**7시 45분
열차에서의
고백**

CONFESSIONS ON THE 7:45

리사 윙거 장편소설

7시 45분
열차에서의
고백

최필원 옮김

황금시간

제프리에게 바칩니다.

당신은 지난 20년간, 그리고 앞으로도

나의 처음이자 마지막이자 영원한 사랑이에요.

※ 본문보다 작은 서체의 괄호 안 내용은 옮긴이 주다.

1부

우리의 모든 작은 비밀들

"비밀을 지키고 싶다면
당신 자신에게도 숨겨야 한다."

- 조지 오웰, *1984*

지켜보는 것은 그녀의 재능이었다. 암흑 속으로 사라지고, 사방에 널린 그림자 속으로 빠져드는 것. 그 안에서는 세상을 제대로 볼 수 있다. 사람들이 본성을 드러내는 순간을. 요즘에는 모두가 방송을 통해 자신들의 여러 버전을 대중들에게 내보였다. 각자 기호에 맞게 자르고 여과시킨 후에. 모두가 자신들을 '쇼'로 포장하느라 정신이 없었다. 하지만 보는 이 하나 없이 홀로 남겨졌을 때 비로소 가면은 벗겨졌다.

그녀는 꽤 오랫동안 그를 지켜봐왔다. 그가 쓴 가면이 조금씩 벗겨져 가는 중이었다.

그 역시도 거리의 그림자 속에 들어가 서 있다. 거대한 어둠 속에. 그녀는 그를 미행해왔다. 그는 차를 몰고 포식자처럼 어슬렁거리다가 나무 아래 적당한 곳을 찾아 차를 세워놓았다. 밤이 깊어가는 동안 그는 잠자코 차 안에 앉아 기다렸다. 그리고 실내 조명이 차례로 꺼지자 차에서 내려 문을 조용히 닫았다. 길을 건너간 그는 또다시 멈춰 서서 기다렸다. 뭘 하고 있는 거지?

그녀가 지켜봐온 지난 몇 주 동안 그는 공원에서 아이들 그네를 밀어주고, 대낮에 스트립 클럽을 들락거리고, 스포츠 바에서 친구들과 경기 중계를 보며 진탕 술을 마셨다. 그는 유모차에 유아와 신생아를 태운 채 차에 실린 식료품을 챙겨 집으로 들어가는 젊은 엄마를 돕기도 했다.

언젠가 그가 동네 술집에서 꼬신 여자를 데리고 나온 적이 있었다. 그들은 주차장에 세워진 그의 차 안에서 두 마리의 짐승처럼 격렬히 몸을 부딪쳐댔다. 그 후 그는 슈퍼마켓에서 가족을 위해 장을 보았다. 그의 카트는 아이들이 좋아하는 아이스크림과 골드피시 크래커 따위로 가득 찼었다.

이젠 또 뭘 하려는 거지?

관찰자는 보기만 할 뿐 간섭해서는 안 된다. 하지만 오늘 밤, 그녀는 몸이 근질거려 견딜 수가 없었다. 그녀는 꾹 참고 서늘한 밤공기 속에서 미동도 없이 차분하게 기다렸다.

구두 굽의 경쾌한 딸깍거림이 적막한 거리를 요란하게 울려댔다. 그녀는 문득 두려워졌다. 나 말고 또 누가 있진 않나? 창밖을 내다보는 사람은? 다행히 없었다. 그녀뿐이었다. 가끔 모두가 눈뜬장님이 돼버린 것 같은 기분이 들기도 했다. 그들은 수상한 기척에도 밖을 내다보지 않았다. 그저 손에 쥔 휴대폰에만 집중할 뿐이었다. 각자 머릿속을 가득 채운 과거와 미래, 그리고 욕망과 공포의 영화에 단단히 홀려있던지.

젊은 여자의 형체는 날씬하고 꼿꼿하며 자신감이 넘쳐보였다. 그녀는 두 손을 주머니에 찔러 넣은 채 다부지게 걸음을 옮겨나갔다. 어깨에는 토트백이 걸쳐져있었다. 그림자에서 불쑥 튀어나온 그가 앞을 막아서자 화들짝 놀라며 멈춰 선 젊은 여자는 뒤로 한두 걸음 물러났다. 그가 그녀의 손을 잡으려는 듯 한 손을 앞으로 내밀었다. 그녀는 두 팔로 자신의 상체를 감싸 안았다.

그녀의 귀에 알아들을 수 없는 대화가 들려왔다. 처음에는 날카롭게 들렸지만 이내 톤은 누그러졌다. 아득하게 들려오는 그 소리는 마치 새를 부르는 소리 같았다. 뭘 하는 거지? 서늘한 공포의 기운이 그녀의 척추를 타고 흘러내렸다.

그가 포옹하려 다가가자 여자는 몸을 움츠리며 물러났다. 하지만 그는 개의치 않고 계속 다가갔다. 밤에 보는 그의 모습은 어렴풋한 유령을 연상시켰다. 그의 육중한 몸이 자그마한 그녀를 삼켜버렸다. 서로에게 달라붙은 두 사람은 마치 춤을 추듯 움직여 문으로 향했다. 어색해하며 몸을 비틀어대던 여자가 마침내 저항을 포기했다. 그녀는 그를 안으로 이끌었다. 그리고 거리에는 다시 정적이 되돌아왔다.

그녀는 바짝 얼어붙은 채로 서 있었다. 자신이 방금 무엇을 본 것인지 의아해하며. 나중에 그가 무슨 짓을 했는지 깨닫게 되면, 그리고 가면에 감춰진 그의 실체를 알게 되면, 그녀는 겁쟁이처럼 그림자 속에 숨어 지켜만 보았던 자신을 증오하게 될 것이다. 그리고 그때는 몰랐다고 항변할 것이다. 가면 뒤에 괴물이 숨어있는 것을 미처 몰랐다고.

1

셀레나

셀레나는 경계 공간을 좋아했다. 그녀가 매일 맡는 역할들 사이에 낀 시간의 자그맣고 소중한 조각들을.

그녀는 5시 40분 열차를 놓치고 말았다. 고객 미팅이 예상보다 늦게 끝났기 때문이었다. 회의실을 나설 때 그녀는 이미 식구들과 하는 오붓한 저녁 식사는 물 건너 가버렸음을 깨달은 상태였다. 남편 그레이엄, 그리고 야생마 같은 두 아들 스티븐과 올리버는 그녀를 두고 정신없는 시간을 보내게 될 것이다. 샤워, 그리고 텔레비전. 두 아이 중 하나라도 차분히 앉아있을 수만 있다면. 물론 이야기 시간도 빠뜨릴 수 없었다. 제시간에 귀가하는 걸 철칙으로 하는 셀레나에게 야근은 무척 드문 일이었다. 시끌벅적 정신없는 그들의 저녁은 그녀가 하루 중 가장 좋아하는 시간이었다.

하지만 그날 밤 열차를 놓쳤을 때 그녀는 제시간에 맞춰 나가려는 노력조차 하지 않았다. 모처럼 예전에 누리지 못했던 여유가 생겼기 때문이었다. 평소에 이용하는 5시 40분 열차를 포기하니 다음 차편인 7시 45분 열차가 도착할 때까지 두 시간 남짓의 짧지 않은 짬이 생겨버렸다. 열차를 기다리며 사무실에서 못다 한 작업을 마무리 지을 참이었다.

실로 오랜만에 맛보는 여유였다. 회사 일과 아이 보는 일로부터의 해방. 진정한 자유였다. 차분히 사색에 잠길 수도 있었다. 마침 깊이 생각해야 할 것이 몇 가지 있었다. 마음 한구석에서 백색소음처럼 윙윙대는 고민.

셀레나는 택시에서 내려 서늘한 가을 저녁으로 들어섰다. 도시의 소음이 엄습해왔다. 그녀는 고된 일과를 마치고 귀가를 서두르는 사람들의 행렬을 지나 썰렁한 건물로 들어갔다. 대리석 바닥과 번들거리는 벽들이 그녀를 맞아주었다. 셀레나는 카드를 긁고 게이트를 통과하며 친숙한 경비에게 목례했다. 그런 다음, 홀로 엘리베이터를 타고 사무실로 올라갔다.

그녀의 심장이 쿵쾅대기 시작했고 입 안이 바짝 말라 갔다. 묵직한 토트백이 그녀의 뭉친 어깨를 짓이기고 있었다. 그녀는 일부러 열차를 놓친 게 아니었다. 한도 끝도 없이 이어지는 고객의 말을 끊을 수가 없었을 뿐.

하지만.

사무실은 텅 비어있었다. 몇 안 되는 저작권 에이전시 직원들 대부분 가족이 있었다. 아이들 하교 시간에 맞춰 일찍 사무실을 나서야 하는 직원들은 귀가 후 오후 내내 남은 작업을 해치워야 했다. 평생을 알고 지낸 친구이자 그녀의 보스인 베스는 직원들이 회사 업무와 집안일을 동시에 챙길 수 있도록 최대한 배려해주었다. 요즘 쉽게 찾아볼 수 없는 인간미 넘치는 직장이었다.

그녀는 굳이 사무실의 불을 켜지 않았다. 커다란 창문 밖으로 펼쳐진 다운타운의 멋진 야경을 감상하기 위해서였다. 가방을 내려놓는 그녀의 얼굴이 화끈 달아올랐다. 재킷을 벗고 컴퓨터 앞에 앉은 그녀가 깊은숨을 한 번 들이쉰 후 노트북을 열었다.

6시 15분. 아이들은 진작 저녁을 먹었을 것이다. 똑 부러지게 애들을 챙기는 보모, 제네바는 올리버와 스티븐을 씻긴 후 잠옷으로 갈아입혔을 테고. 보나 마나 두 아이는 지금쯤 텔레비전 앞에 나란히 앉아있을 것이다.

셀레나는 인체공학적으로 설계된 아늑한 의자의 등받이에 몸을 기댔다.

그녀는 굳이 카메라를 숨겨놓지 않았다. 제네바는 카메라가 설치된 위치를 알고 있었다. 위층에 하나, 아래층에 하나. 하지만 셀레나는 아이들 방에 설치된 카메라를 그레이엄과 제네바 몰래 다른 곳으로 옮겨놓았다.

셀레나는 잠시 뜸을 들였다. 그녀의 책상에는 아이들과 그레이엄의 사진, 아이들이 학교에서 그린 그림, 그리고 올리버가 아트 캠프에서 만들어온 도자기 올빼미 따위가 혼잡하게 널려있었다. 그녀는 흉측한 올빼미를 집어 들고 점토 바닥에 새겨진 아들의 이름을 손끝으로 더듬어나갔다. 비뚤비뚤한 'O', 그리고 좌우가 바뀐 'e'. 어딘가에서 진공청소기 돌아가는 소리가 아득하게 들려왔다.

그녀의 결혼사진. 환히 웃고 있는 그녀와 고전적 디자인의 턱시도를 걸치고 늠름하게 포즈를 취하는 그레이엄. 사진사가 열심히 셔터를 눌러대는 동안 그는 그녀에게 야하고 익살맞은 농담을 쉴 새 없이 속삭였었다. 그러고는 불쑥 이렇게 말했다. *내 생애 최고의 날이야.* 그의 입김은 그녀의 귀를 간질였고, 그의 팔은 그녀에게서 떨어지지 않았다. 그녀의 온몸이 환희와 욕정으로 전율했다. 그것이 벌써 10년 전 일이었다. 맙소사. 눈 깜짝할 새 세월이 이렇게나 많이 흘러가 버렸다니.

셀레나는 사진을 내려놓았다. 그런 다음, 아이들 놀이방에 설치해놓은 카메라의 영상을 노트북으로 확인할 수 있는 앱을 클릭했다.

이미지가 로딩되기까지는 시간이 조금 걸렸다.

마침내 영상이 떴을 때 그녀는 그 내용을 보고도 전혀 놀라지 않았다.

그녀의 남편 그레이엄과 아이들 보모 제네바가 '그 짓'을 벌이고 있었다. 그것도 셀레나와 그레이엄이 이케아에서 신중히 골라온 플레이 매트 위를 뒹굴면서.

볼륨이 내려진 덕분에 그들의 신음은 들리지 않았다.

그들의 관계를 언제 처음 눈치챘느냐고? 한 보름쯤 전에. 그녀는 그레이엄과 제네바가 심상치 않은 눈빛을 교환하는 순간을 기가 막히게 포착해냈다. 0.001초 만에 스쳐간 미세한 표정의 변화를.

아니야. 그녀는 생각했었다. *아닐 거야.*

하지만 그녀는 혹시나 하는 마음에 침실 카메라를 놀이방으로 옮겨놓았다.

그녀가 그들의 불륜 행각을 포착한 것은 이번이 두 번째였다. 그녀에게 묘한 평온이 찾아들었다. 심드렁해 보이기까지 했다.

제네바가 뭐 그리 섹시하다고. 셀레나는 생각했다. 그녀의 시선은 젊은 여자에게 고정돼 있었다. 윤기 나는 금발을 가진 여자의 볼은 벌겋게 달아올라 있었다. 셀레나는 그녀를 좀 더 유심히 관찰하기 위해 화면 앞으로 몸을 기울였다. 나름 매력이 있었지만 셀레나를 훌쩍 넘어서는 정도까지는 아니었다.

인정해. 제네바가 나보다 어리다는 거. 하지만 그래봤자 몇 살 어릴 뿐이잖아. 어쩌면 그녀는 셀레나에게 부족한 부드러움과 신선함을 갖추고 있는지도 몰랐다. 하지만 고작 그 정도로? 사실 셀레나가 제네바를 아이들의 보모로 고용한 건 평균에서 크게 벗어나지 않는 그녀의 외모 때문이었다. 제네바는 적당히 매력 있고 똑똑하며 서글서글한 보육 전문가였다. 거기에 극찬으로 넘쳐나는 추천서는 덤이었다. 하지만 그녀는 성적 매력과는 거리가 먼 여자였다. 촉촉한 입술과 발칙한 문신으로 무장한 20대 여성도 아니었고. 셀레나를 포함한 여자들 대부분은 요염한 처녀를 보모로 들이지 않았다. 그랬다가는 반드시 불편한 상황을 맞게 될 테니까.

하지만 제네바는 셀레나와 친분이 있었다. 사실 제네바를 보모로 들이고 싶어 했던 건 셀레나 자신이었다. 그들은 셀레나가 어린 두 아들을 챙기기 위해 받은 육아 휴가 첫해에 놀이터에서 처음 만났다. 일, 통근, 아이들의 유치원 픽업. 셀레나는 무던히 애써 보았지만, 균형은 끝내 잡히지 않았다. 그녀는 결국 백기를 들어버리고 말았다. 그녀와 그녀의 남편 그레이엄은 그녀가 무기한 집에서 아이들을 챙기는 것이 최선이라는 결론에 도달했다. 그레이엄의 적지 않은 소득 덕분에 가능한 일이었다. 레인지 로버와 매년 봄방학마다 타호호로 놀러 다니는 호사까지는 누리지 못했지만, 맞벌이가 절실한 상황은 아니었다.

셀레나는 터커 씨네 아이들, 라이언과 채드를 성심껏 챙기는 제네바의 모습에 깊은 인상을 받았다. 그녀는 자상하면서도 필요할 때는 단호했다. 준비성이 철저했지만 부산하게 극성을 떨지는 않았다. 아이들은 그녀의 말을 잘 들었다. 날 *봐야지*. 그녀가 환히 웃으며 말하면 아이들은 반항 없이 따랐다. 제네바는 셀레나가 공원에서 봐온 다른 보모들과 확실히 달랐다. 챙겨야 할 아이들이 미친 듯이 날뛰거나 게임기에 정신이 팔려있는 동안 신세대 보모들은 무심하게 휴대폰만 들여다볼 뿐이었다. 하지만 제네바는 아이들을 신나게 쫓았고, 그네를 밀어주었으며, 숨바꼭질에 열성적으로 참여하기까지 했다.

그리고 다행스럽게도 그다지 섹시하지 않았다.

나름의 매력을 가진 건 사실이었다. 작고 둥근 코, 도톰한 입술, 짙게 칠한 눈썹, 사슴 같은 검은 눈, 적당한 볼륨, 그리고 딱 보기 좋을 만큼 통통한 체구. 셀레나의 아버지가 즐겨 쓰던 표현처럼 풍채가 좋았다. 좋게 얘기하면 육체노동에 특화된 강인한 여성상이었다. 반면에 셀레나는 길고 늘씬했다. 느긋이 운동할 여유를 아이들에게 빼앗겨버린 그녀는 부모로부터 그런 유전자를 물려받은 걸 큰 행운으로 여겼다.

그녀는 조심스레 볼륨을 높여보았다. 스피커에서 그들의 신음이 흘러나왔다. 왠지 진심이 묻어나지 않는 소리였다.

셀레나는 제네바와 거의 매일 수다를 떨어왔다. 셀레나의 아이들 올리버와 스티븐은 그녀를 좋아하고 잘 따랐다. *제네바도 거기 올 거*

예요? 큰아들 올리버는 공원에 나갈 때마다 그렇게 묻곤 했다. 어쩌면. 셀레나는 그렇게 대답하며 파트타임이라도 제네바 같은 사람을 보모로 두면 얼마나 좋을지 상상했다. 그녀라면 마음 놓고 아이들을 맡길 수 있을 것 같았다. 하지만 그녀가 집에서 직접 챙기는 것 역시 행복한 일이었다. 그녀는 자신의 홍보 업무가 그립지 않았다. 그녀는 친구들과 달리 성취욕이 없었다. 전혀 그런 타입이 아니었다. 물론 일은 사랑했다. 자주성이 보장되고 동지애가 넘쳐나는 직장 생활에 꽤 만족했다. 그리고 돈. 하지만 그녀는 일에 집착하지 않았다.

그레이엄이 입을 열었다. "오, 그래, 바로 그거예요."

그녀는 다시 볼륨을 줄이고 아이들 사진을 집어 들어 화면을 가렸다. 그녀의 눈이 환희에 찬 아이들의 상기된 얼굴에 고정됐다.

그녀에게 일은 어머니 노릇만큼의 의미가 없었다. 아이들의 곁을 지켜주고, 밥을 만들어 먹이고, 스케줄을 챙기고, 필요할 때 병원으로 미용실로 실어다 나르는 것이 그녀에게는 훨씬 보람 있었다. 유치원 픽업, 학부모 상담, 핼러윈 파티. 섹시한 삶은 아니었다. 쉬운 일도 아니었고. 어머니로 사는 것에 문화적 찬사가 쏟아지지도 않았다. 하지만 그녀는 다른 곳에서는 결코 누릴 수 없는 만족을 그 안에서 찾았다.

그러던 어느 날, 그레이엄이 직장에서 해고당하는 어이없는 일이 벌어졌다. 그의 잘못은 아니었다. 출판 시장의 축소 탓이었다. 특히 그에게 많은 연봉을 안겨줘 온 자기개발서 임프린트는 특히 타격이 컸다. 바로 그 같은 주, 셀레나의 친한 친구 베스가 그녀와 칵테일을 마시던 중 운명적으로 근사한 일자리를 제안했다. 베스가 운영하는 저작권 에이전시의 라이선스 디렉터 자리였다. 셀레나는 그레이엄을 넘어서는 연봉에 보너스까지 받게 됐다. 보모를 고용하는 건 더이상 선택이 아니었다. 그레이엄에게 아이들을 맡아 챙길 능력이 없었기 때문이었다. *여보, 새 직장 알아보는 것 자체가 상근직이야.*

바로 다음 날, 셀레나는 문제 해결을 위해 팔을 걷어붙이고 나섰다. 그리고 운명적으로 제네바와 말을 섞게 됐다. 제네바는 셀레나에게 아무래도 실업자가 될 것 같다고 말했다. 터커 부인이 장기 휴가를 받아 아이들을 챙기게 됐단다.

상황은 그렇게 급진전했다. 요즘 사람들이 얘기하는 '플로flow'라는 것이 그녀에게도 찾아든 것이었다. 덕분에 첫 출근을 앞둔 셀레나는 한시름 덜게 됐다. 원치 않는 직장 생활이었지만 그녀에게는 다른 옵션이 없었다. *조금 참아보지 뭐. 어차피 그레이엄은 신속히 재취업에 성공할 테니까. 설마 오래 걸리진 않겠지. 게다가 솔직히 말해서, 베스가 약속한 연봉 정도면 나쁘지 않잖아. 안 그래?*

카메라는 제네바를 정면으로 향하고 있었다. 그녀는 상위 포지션을 좋아하는 듯했다. 왠지 셀레나의 눈에 제네바는 섹스에 열심인 것같지 않아 보였다. 표정 하며, 골반의 움직임 하며, 자연스럽게 터져나오는 신음 하며, 언뜻 보면 안 그런 것 같았지만.

그녀는 아래층 카메라가 촬영 중인 영상을 확인했다. 두 아이가입을 쩍 벌린 채 〈트롤헌터스〉를 보고 있었다. 식사와 샤워를 마친그들은 잠옷 차림으로 셀레나를 기다리는 중이었다.

그 부분에 있어서 제네바는 흠잡을 데 없었다. 이 상황에서 그녀의 장점을 인정하는 게 어색했지만. 셀레나는 제네바가 어머니 노릇을 하려 드는 다른 보모들과 다르다는 사실에 만족했었다. 매일 저녁 셀레나가 집에 도착하는 순간 제네바는 너무나도 적절하게 집을 나서주었다. 이따금 셀레나가 옷을 갈아입고 내려오기 전에 사라져버릴 때도 있었다. 집은 항상 깨끗했고, 다섯 살과 일곱 살 아이들은 나이답지 않은 얌전한 모습으로 엄마를 맞아주었다. 드문 일이었지만, 피치 못할 사정으로 그레이엄에게 맡겨놓으면 아이들은 예외 없이 야수로 돌변했다. 그들은 더러웠고, 지나치게 흥분했으며, 일상의 루틴을 대놓고 무시했다. 그런 상태에서 질서를 되찾고 아이들을 진정시키는 건 쉬운 일이 아니었다. 그레이엄은 아이들의 큰형처럼 굴었다. 그가 보이는 태도와 행동은 아버지라기보다 형제에 가까워 보였다.

어린 아들들이 아래층에서 텔레비전을 보며 기다리는 동안 놀이방에서 보모와 상스러운 짓을 벌이고 있는 바로 지금처럼.

그런데 왜 화가 안 나는 거지?

사흘 전, 그들의 불륜 행각을 처음 목격한 순간 이후로 그녀는 윙윙대며 머릿속을 맴도는 심란한 기운을 떨쳐내지 못했다. 하지만 애써 외면하며 용케 참아왔다. 어째서 분노하며 오열하지 않았지? 어째서 배신과 질투의 눈물이 쏟아지지 않았지? 왜 씩씩대며 집으로 달려가 그를 쫓아내고, 제네바를 해고하지 않았지? 남들이라면 당연히 그랬을 텐데.

하지만 셀레나는 오히려 잔인하고 비정해 보일 만큼 냉담한 반응만을 보일 뿐이었다. 그 무관심 밑에는 표현할 수 없는 또 다른 무언가가 깔려있었고.

영상 속에서 환희에 찬 제네바가 고개를 뒤로 젖혔다. 절정을 앞둔 그레이엄의 얼굴에는 무력한 표정이 떠올라있었다. 음악에 몰입한 바이올린 연주자가 그렇듯 그는 눈을 지그시 감고 눈썹을 살짝 씰룩였다. 셀레나는 자신도 모르는 새 의자 팔걸이를 있는 힘껏 움켜쥐고 있었다.

그녀는 또 다른 느낌을 어렴풋이 감지했다. 이런 일이 벌어지기 훨씬 전부터 그녀의 마음을 지그시 짓이겨온 아득한 느낌. 둘째 아들이 태어난 후 셀레나에게는 남편에 대한 반감이 생겨났다. 항상 못마땅한 건 아니었다. 하지만 반감의 정도는 충격적일 만큼 강렬했다. 말을 불쑥불쑥 끊어버릴 때. 주방에서 졸졸 쫓아다니며 사사건건 잔소리를 늘어놓을 때. 약속했던 집안일을 차일피일 미룰 때. 오래된 부부는 다들 비슷하다고 하지만 그래도 이건 도가 지나쳤다. 그러던 중 그의 실직이 쐐기를 박았고, 오히려 홀가분해하는 그의 모습에 그녀의 인내심은 뚝 부러져버렸다.

차라리 잘됐어. 그렇지 않아도 다른 일을 찾아보려 했었거든. 게다가 당신도 직장에 복귀하고 싶어 했고.

내가 그랬었나? 아니, 난 그런 적이 없어. 일에 미련을 가진 적이 없었으니까.

그 후로도 사정은 나아지지 않았다. 퇴근 후 이틀 연속 똑같은 운동복 바지 차림으로 널브러져 있는 그를 보았을 때, 그리고 컴퓨터 검색 기록에 구직 노력의 흔적이 조금도 보이지 않았을 때, 그녀의 마음속에 증오의 씨앗이 뿌려졌다. 그리고 반감은 금세 눈덩이처럼 불어났다. 턱시도를 차려입은 늘씬하고 멋진 남자. 그녀를 웃게 하고, 환희로 전율하게 했던 바로 그 남자는 더 이상 온데간데없었다. 기억조차 나지 않는 그녀의 아득한 꿈속에 영영 갇혀버린 것이었다.

그녀는 몸을 앞으로 기울이고 다시 볼륨을 높였다. 기다렸다는 듯 제네바 밑에 깔린 남편의 신음이 터져 나왔다. 증오의 깊이와 범위는 원초적이었다. 그녀는 태어나서 처음으로 살의라는 것을 품어보았다. 한때 격정적으로, 그리고 헌신적으로 서로를 사랑했던 부부였음에도. 하객들 앞에서 기쁨의 눈물을 짓고, 꿈같은 신혼여행을 다녀와서는 천사 같은 아이들을 만들고, 그렇게 아름다운 인생을 함께 설계해나가던 동반자들이었음에도.

그녀 안에 숨어 꿈틀대는 그 무엇인가가 밖으로 빠져나오려 애쓰는 중이었다. 그녀는 그 소리를 똑똑히 들을 수 있었다. 아직 생생한 느낌은 없었지만.

그녀는 자동 조종 모드로 그레이엄을 대해왔다. 지극히 기계적으로 그의 접근을 묵살해 왔다. 일부러 거리를 두려 하는 아내의 노력을 눈치챘을 수도 있지만, 그는 내색하지 않았다. 사실 그가 바람을 피운 것은 이번이 처음이 아니었다. 하지만 그녀는 달라지겠다는 남편에게 마지막 기회를 주고 싶었다. 전문가 상담, 그리고 참회의 눈물이 속속 이어졌다. 그녀는 순진하게도 그를 용서했고, 또다시 무한 신뢰를 보냈다.

"그레이엄."

갑자기 터져 나온 목소리에 팔려있던 셀레나의 정신이 제자리로 돌아왔다.

셀레나의 남편에게서 떨어져 나온 제네바가 말려 올라간 스커트를 잡아 내리고 있었다. 저번과 마찬가지로 두 사람은 섹스를 마치자마자 황급히 옷을 걸쳤다. 서로의 눈길을 애써 피하는 그들의 얼굴은 딱딱하게 굳어져 있었다. 그나마 서로에게 달라붙은 채 놀이방 바닥을 뒹굴며 여운을 삭이는 짓 따위는 하지 않아 다행이었다.

"이건 옳지 않아요." 제네바가 말했다. 그녀의 톤에서는 수치심과 후회가 묻어났다. 그래, 잘했어, 제네바!

그레이엄이 바지를 걸치고 긴 소파에 앉아 두 손으로 머리를 감싸 쥐었다.

"알아요." 그가 웅얼거리며 말했다.

"당신에겐 사랑하는 가족과 폼 나는 인생이 있잖아요. 하지만 이건…… 아니에요." 제네바가 붉게 상기된 얼굴로 말했다.

오, *제네바.* 셀레나는 생각했다. *제발 그만둔다고만 하지 말아줘.*

"아무래도 그만둬야 할 것 같아요." 제네바가 말했다.

그레이엄이 괴로워하는 표정으로 그녀를 올려다보았다. "맙소사, 그러지 말아요." 그가 말했다. "제발 그것만은 참아줘요."

셀레나는 큰소리로 웃음을 터뜨렸다. 아니, 그건 사랑 때문이 아니었다. 그는 젊고 사랑스러운 제네바를 잃게 될까봐 두려운 게 아니었다. 새 직장을 알아보는 동안 자신이 주가 되어 스티븐과 올리버를 챙겨야 하는 상황에 겁을 집어먹은 것이었다.

"셀레나가 당신에게 의지하고 있어요." 그가 말했다. "그 사람, 당신에게 얼마나 고마워하고 있는지 몰라요."

제네바가 피식 웃었다. 셀레나의 입가에도 미소가 머금어졌다. 그녀는 이내 정신을 차렸다. 나 몰래 남편이랑 놀아난 여자를 내가 어떻게 계속 마음에 들어 할 수 있지? 미친 거 아니야? 내가 과로한 탓이겠지. 이렇게 일을 해대는데 어떻게 정신이 온전할 수 있겠어?

"과연 우리가 이러는 걸 알고도 그럴까요?" 제네바가 말했다.

"그건 아니겠지만." 그레이엄이 말했다. 수치심에 얼굴이 창백해진 그가 자신의 턱을 북북 문질렀다. 잠시 후, 그가 고개를 들었다. 순간 묘한 안도감이 셀레나를 휘감았다. 남편, 베스트 프렌드, 아이들의 아버지. 그는 여전히 그곳에 있었다. 그는 그녀의 상상이 빚어낸 허구의 인물이 아니었다.

"당신도 아는군요." 제네바가 말했다. 그녀가 두 손으로 자신의 복부를 감싼 채 문 쪽으로 이동했다. "당신도 이젠 집에 있는 시간을 줄여야 해요. 하루 속히 취직을 하란 말이에요."

"알았어요." 그레이엄이 말했다. 그의 머리는 산발이 돼 있었다. 며칠째 면도를 하지 않은 듯한 꾀죄죄한 모습.

제네바는 대체 저 사람의 어떤 점에 끌렸던 거지? 정말 궁금해. 적어도 나랑은 함께 한 역사라도 있는데. 한 편의 서사시 같았던 연애, 모험으로 가득 찼던 여행들, 만족스러운 가정생활. 이전에 그가 저지른 배신은 비교적 가벼운 것이었다. 그녀는 그렇게 믿고 싶었다. 불륜까지는 아니었다고. 이런 일이 벌어지기 전까지 그는 흠잡을 데 없는 남편이자 부양자였다. 그는 셀레나의 가장 듬직한 친구였고, 그녀가 모든 걸 가장 먼저 나누고 싶어 한 파트너였다. 그는 유머 감각이 탁월하고 적잖이 매력적인데다가 똑똑하기까지 했다. 지금도, 기분 더러운 바로 이 순간에도 그녀는 그에게 전화를 걸어 보모와 바람을 피운 극악무도한 자신의 남편에 대해 하소연하고 싶었다. 그라면 분명 현명한 대처법을 알고 있을 테니까.

"남자가 집에 틀어박혀 있는 건 좋지 않아요." 제네바가 잔소리를 이어나갔다. "요즘 들어 이런 경우를 많이 봤어요. 이건 모두에게 좋지 않아요."

"알았어요." 그레이엄이 다시 말했다. 이번에는 조금 더 낙담한 톤이었다. 가엾은 제네바. 그녀는 자신이 그레이엄의 보모 노릇까지 해야 할 줄은 몰랐을 것이다.

셀레나가 노트북을 거칠게 닫고 케이스에 쑤셔 넣었다. 그런 다음, 케이스를 가방에 담고 짙은 색 모직 재킷을 어깨에 걸쳤다. 그녀의 속이 울렁대기 시작했다.

남편의 배신에 분노했고, 마음이 아팠다. 하지만 그런 감정들은 휴화산처럼 그녀 안 깊은 구멍 속에 처박혀 폭발할 때를 기다렸다. 그녀는 늘 이런 식이었다. 속은 무너져 내려도 겉으로는 애써 태연한 척했다. 계속 그렇게 자신을 억눌러왔다. 더 이상 그럴 수 없을 때까지. 그렇게 참다가 한 번씩 '에픽' 스케일의 폭발이 일어나는 것이었다.

거리로 나온 그녀는 또다시 음울한 기운에 휩싸였다. 잿빛을 띤 무감각함. 도시는 여전히 어수선했다. 그녀는 북적이는 거리를 따라 지하철역으로 향했다. 플랫폼 역시 부산스럽기는 마찬가지였다. 그녀는 제때 도착한 통근 열차에 몸을 실었다.

열차가 칙칙대며 움직이기 시작했다. 객차를 따라 걷던 그녀가 멈춰 섰다.

저기. 왠지 눈에 익은 듯한 젊은 여자의 옆자리. 검은 직모, 모카 커피처럼 짙은 갈색을 띤 눈, 그리고 빨간 입술에 머금은 은은한 미소. 늘씬한 몸매에 맵시 나는 옷차림. 먼발치서도 호감이 느껴지는 외모였다. 셀레나가 다가가자 그녀가 토트백을 들어 자리를 내주었다. 셀레나는 그녀 옆자리에 털썩 주저앉아 긴 한숨을 내쉬었다. 그녀는 손에 쥐고 있던 〈피플〉 잡지를 펼쳐 들었다. 앞으로 40분 동안은 화려한 광택지에만 집중할 생각이었다. 골치 아픈 상념으로부터 벗어날 수 있도록.

"고된 하루였나 봐요." 낯선 여자가 말했다. 도톰한 입술에 머금어진 야릇한 미소, 번뜩이는 까만 눈. 그녀의 표정은 척 봐도 알겠다고 얘기하고 있었다. 자신도 똑같이 겪어봤다고. 그 심정 십분 이해한다고.

셀레나가 피식 웃었다. "상상도 못 하실 만큼요."

2

앤

애초에 그것은 실수였다. 앤은 순순히 인정했다. 보스와 같이 자는 것은 현명한 일이 아니다. 세상 모든 어머니들이 딸들에게 가르쳐야 할 교훈이다. 밥을 먹을 때는 꼭꼭 씹어라. 길을 건널 때는 좌우를 꼼꼼히 살펴라. 직속상관과는 같지 자지 마라. 그가 아무리 섹시하고, 부유하고 매력적이더라도. 하긴, 앤의 엄마는 단 한 번도 쓸 만한 교훈을 가르쳐준 적이 없었다.

어쨌든 일은 벌어지고 말았다. 이번에는 전망 좋은 보스의 사무실 소파에 엎드려 그를 맞았다. 창밖으로 화려하게 불을 밝힌 도시가 펼쳐져 있었다. 하지만 아름다운 야경을 감상할 여유는 없었다. 제때 적절한 신음을 쏟아내야 했기 때문이었다. 그녀는 연기의 달인이었다.

"오, 맙소사, 앤. 당신은 정말 끝내줘요."

그녀에게 몸을 밀착시킨 그가 나지막이 읊조렸다.

그가 처음으로 그녀에게 추파를 던졌을 때 그녀는 진지하게 받아들이지 않았었다. 명료하게 판단하지 못했거나. 그들은 투자회사를 떠나려는 중요한 고객에게 성의껏 저녁을 대접하며 마음을 돌리도록 설득하기 위해 함께 비행기를 타고 DC로 향했었다. 호텔로 돌아가는 택시 안에서 아내와 통화를 하던 휴가 갑자기 앤의 다리에 한 손을 얹어놓았다. 그의 시선은 딴 데 가 있었고, 그녀는 그가 무의식적으로 그랬을 거라 짐작했다. 그는 이따금 그런 넋 나간 행동을 보이곤 했다. 지나치게 다정하고 스스럼없는 성격과 건망증도 한몫했을 것이고.

그의 손이 그녀의 허벅지로 슬금슬금 올라갔다. 갑자기 먹잇감이 돼버린 앤은 바짝 얼어붙어 버렸다. 마침내 휴가 전화를 끊었다. 그녀는 그가 흠칫 놀라며 손을 거두어줄 줄 알았다.

오! 미안해요, 앤. 그녀는 그가 자신의 경솔한 행동에 경악하며 그렇게 사과하리라 생각했다.

하지만 웬걸. 그의 손에는 점점 더 힘이 들어갔다.

"내가 오해한 건가요?" 그가 나지막이 말했다.

잠깐. 대부분 사람들은 여기서 이렇게 생각했을 것이다. *가여운 앤! 회사에서 잘릴까 봐 포식자에게 투항해버렸네.*

하지만 앤은 전혀 다른 생각을 하고 있었다. *어떻게 하면 이 상황을 유리하게 써먹을 수 있을까?* 그녀는 그저 자기 일에만 최선을 다하려 노력해왔다. 하지만 이번에도 아빠가 옳았다. 늘 그렇듯이. 게임을 지배하지 않으면 남에게 지배당하게 되는 법이었다.

내가 나도 모르게 추파를 던졌었나? 그랬는지도 모르지. 그래. 어쩌면 그것도 아빠 말이 맞는지 몰라. 사람은 절대 변하지 않는다는 것. 아무리 애를 쓴다 해도.

그들은 택시 안에서 학교 무도회 커플처럼 애무를 했다. 리츠 호텔 로비로 들어서서는 주위 시선을 의식해 적당히 떨어져 걷는 것을 잊지 않았다. 그는 호텔 방 문을 등지고 선 그녀를 꼭 끌어안았다. 그녀는 마침 섹시한 속옷을 걸치고 있어 다행이라고 생각했다. 다리에 제모를 한 것도.

그날 밤, 그녀는 휴에게 최고의 시간을 선물했다. 그 후로도 두 사람은 자주 몸을 섞었다. 희끗희끗한 머리, 단단한 근육질의 몸, 납작 평평한 복근. 섹스 파트너로서 그는 나쁘지 않았다. 그는 그녀가 상위 체위를 점할 때를 특히 좋아했다. 또한 배려심이 많아 항상 질문이 끊이지 않았다. *이게 낫겠어요? 괜찮아요?* 뜬금없이 고백을 줄줄 늘어놓을 때도 있었고. *케이트와 난…… 우린 결혼한 지 오래됐어요. 각자의 취향이 너무 달라서 괴로워요.* 그래서 나더러 어쩌라는 건지.

앤은 남들이 진중히 여기는 것들을 믿지 않았다. 배우자에 대한 신의? 정말? 일생을 한 명의 파트너와만 살아야 한다고? 결혼. 세상에 그보다 더 불안정하고 실망스럽고 허무한 게 또 있을까? 잘 생각해봐. 우린 짐승이라고. 그것도 발정이 단단히 난 짐승. 남자도. 여자도. 사회 전체가 얄팍하고 임의적이며, 변화무쌍한 법과 관습에 휘둘리고 있어.

앤은 휴가 사랑에 빠질 것을 예상하지도, 그가 그러도록 격려하지도 않았다. 사실 그녀는 입을 거의 열지 않았다. 그냥 적절한 타이밍에 신음을 토하면서 그의 말에 귀를 기울일 뿐이었다. 그는 그녀에 대해 아는 게 하나도 없었다. 과연 그는 그 사실을 알까? 어쨌든 그는 결국 앤과 사랑에 빠져버렸고, 그 후 상황은 걷잡을 수 없이 꼬여버리고 말았다.

일을 마친 휴가 그녀의 허리를 감싸 안으며 살짝 눈물을 지었다. 그의 체중이 그녀를 짓눌러댔다. 그는 종종 섹스를 마치고 나서 울컥 하는 모습을 보이곤 했다. 그녀는 그런 보스의 반응에 개의치 않았 다. 하지만 그런 모습에 성욕이 뚝뚝 떨어지는 것은 어쩔 수 없었다. 그녀가 몸을 살짝 밀어내자 그가 옆으로 비켜주었다. 몸을 일으킨 그 녀가 스커트를 걸치려 하자 그가 다시 손을 뻗어 그녀를 끌어안았다.

그녀는 한동안 그를 안고서 촉촉이 젖은 눈가를 키스로 닦아주었 다. 그가 바라는 대로. 그녀는 상대가 무엇을 간절히 원하는지 알아 채는 눈치가 남달랐다. 휴를 비롯한 많은 이가 그녀와 사랑에 빠지게 되는 것도 다 그녀의 그런 재능 때문이었다. 상대가 원하는 것을 알 아서 챙겨주기 때문에. 그것이 정확히 무엇인지 당사자조차 모를 때 마저도.

마침내 그로부터 떨어져 나온 그녀는 검은 거울에 비친 자신의 유령 같은 모습을 빤히 응시하며 번져버린 립스틱 자국을 훔쳤다.

"이혼하기로 결심했어요." 휴가 말했다. 그는 플러시 천으로 덮인 소파로 다가가 풀썩 주저앉았다. 그는 늘씬하고 우아했으며, 고급 원 단으로 만든, 흠잡을 데 없는 맞춤옷만을 걸치고 다녔다. 오늘 밤, 그 의 실크 넥타이는 느슨하게 풀려있고, 잘 다린 면 셔츠는 풀이 죽은 상태였다. 하지만 검은 모직 양복바지의 라인은 아직도 선명히 살아 있었다. 하얀 테니스 복장을 포함한 그의 모든 의복은 그의 단단한 몸에 환상적으로 어울렸다.

그녀가 미소를 지으며 그의 옆으로 다가가 앉았다. 그는 그녀에 게 살짝 입을 맞추었다. 그의 키스에서는 짭짤하고 달콤한 맛이 묻어났다.

"때가 된 것 같아요. 더는 못 참겠어요." 그가 계속 이어나갔다.

그가 이혼을 언급한 건 이번이 처음이 아니었다. 지난번 같은 상황이 벌어졌을 때 그녀는 좋은 말로 그를 말렸었다. 그녀가 나가려 하자 그는 우악스럽게 그녀의 손목을 움켜쥐고 절망이 엿보이는 눈빛으로 그녀를 쳐다보았었다. 오늘 밤, 그녀는 그가 또다시 울먹이며 찰거머리처럼 달라붙지 않기를 바랐다.

"그래요." 그녀가 손가락으로 그의 머리를 쓸어내리며 말했다. "좋을 대로 하세요."

그건 그가 듣고 싶어 하는 말이었다. 원하는 걸 내주지 않으면 상대는 화를 내기 마련이다. 아예 돌아서 버리거나. 그렇게 되면 게임은 힘들어진다. 거기서 패배로 끝나버리던지.

"나랑 같이 멀리 도망가요." 그가 손끝으로 그녀의 턱선을 살며시 훑어나갔다. 그가 이혼을 감행하면 두 사람은 그날로 실직자 신세가 돼버린다. 그들이 속한 투자회사의 오너는 다름 아닌, 휴의 아내 케이트였다. 그녀는 전설적인 아버지로부터 회사를 물려받았다. 그녀의 형제들은 이사회에 이름을 올려놓았다. 그들은 애초부터 휴를 좋아하지 않았다. (휴는 종종 잠자리에서 케이트의 형제들이 자신을 존중하지 않는다며 하소연을 늘어놓곤 했다.) "일단 해외로 나가죠. 천천히 머리 식히면서 앞으로의 계획을 세워봤으면 좋겠는데. 우리 둘 다 백지상태에서 새롭게 출발하면 좋잖아요. 안 그래요?"

"저야 좋죠." 그녀가 말했다. "그럴 수 있다면 정말 멋질 것 같아요."

앤은 자신의 직업을 좋아했다. 처음 이곳에 지원하고 면접을 보았을 때 그녀는 진심으로 이곳에 몸담고 싶어 했다. 숫자 놀음은 그녀 취향에 딱 맞았다. 투자라는 것도 논리와 마법이 조합을 이룬 흥미로운 작업으로 느껴졌고. 비록 사람들에게 금방 불릴 수 있으니 수중의 현금과 잠시 이별하라고 설득하는 영업 업무는 호락호락하지 않았지만. 또한 그녀는 당당하고 똑똑한 자신의 보스를 존중하고 존경했다. 정부의 아내, 케이트.

앤은 이 모든 걸 꼼꼼히 따져본 후 휴의 접근을 받아들였어야 했다. 그에게는 권력이 없었다. 그녀가 오판한 것이었다. 아니, 그녀는 계산 자체를 해보지 않았다. 그녀는 이따금 게임에 휘둘리는 실수를 저지르곤 했다. 아빠는 그것을 자기 파괴의 한 형태라고 했다. *가끔 네가 성심을 다하고 있긴 한지 의심이 들 때가 있어.* 어쩌면 그가 제대로 짚었는지도 몰랐다.

"윽." 그녀에게서 떨어진 휴가 손목시계를 들여다보며 말했다. "늦었어요. 빨리 옷 갈아입고 모금행사장으로 달려가 봐야 해요. 거기서 케이트랑 만나기로 했거든요."

앤은 자리에서 일어나 그의 넓은 사무실을 가로질러나갔다. 그리고 옷장에서 그의 턱시도를 꺼내와 소파 등받이에 걸쳐놓았다. 최고급 턱시도는 묵직하고 비단결처럼 부드러웠다. 그녀는 손가락으로 옷깃을 살살 더듬어나갔다. 그가 일어나자 그녀는 옷 갈아입는 것을 도와주었다. 그가 벗어놓은 옷은 옷장으로 가져갔다. 그녀는 그의 넥타이를 매주었다. 그는 어린아이처럼 챙김과 돌봄 받기를 좋아했다. 남자들 대부분이 그렇겠지만.

"잘 어울려요." 그녀가 입을 맞추며 말했다. "즐거운 시간 보내시 길요."

그가 한동안 그녀를 쳐다보았다. 그의 눈이 다시 촉촉해져 갔다.

"이제 얼마 남지 않았어요." 그가 말했다. "이 지긋지긋한 연극도 곧 끝날 거예요."

그녀가 그의 볼을 쓰다듬으며 온화하게 미소를 지어 보였다. 그녀가 돌아서서 사무실을 나서려는데 그가 잽싸게 그녀의 손을 낚아채 잡았다.

"앤, 당신을 사랑해요."

그녀는 지금껏 그 말을 내뱉어본 적이 없었다. 그냥 "저도요"라고만 대꾸해왔을 뿐이었다. 사랑한다는 문자 메시지가 도착하면 하트 눈이나 키스를 날리는 이모티콘을 찍어 보냈고, 그는 아직 그 사실을 알아채지 못하고 있었다. 어쩌면 알면서도 알량한 자존심 때문에 모른 척하는 것인지도 몰랐다. 왜 사랑한다고 말해주지 않는지, 자기를 사랑하기는 하는지 무척 궁금할 텐데도. 하지만 그녀가 생각하는 진짜 이유는 따로 있었다. 휴는 자신이 원하는 것만 보고 듣는 사람이기 때문에.

그녀가 그에게 잡힌 손을 거두며 키스를 날렸다. "잘 다녀오세요, 휴."

바로 그때 전화벨이 울렸다. 그는 그녀에게 시선을 고정한 채 응답했다.

"지금 가는 길이야." 그가 시선을 돌리며 말했다. "방금 고객이랑 얘기가 끝났어."

그녀는 그를 남겨두고 사무실을 빠져나왔다. 복도로 흘러나온 그의 목소리가 그녀에게 따라붙었다.

자신의 사무실로 돌아온 그녀는 불편해진 마음으로 소지품을 챙기기 시작했다. 그녀는 왠지 운이 다한 것 같은 기분을 느꼈다. 이 관계가 지속될 수 없을 것 같다는 이유 모를 불길한 기분. 그가 장담하는 것처럼 케이트를 떠나기는 쉽지 않을 것이다. 어쩌면 그의 일부는 이혼을 원치 않는지도 몰랐다. 언젠가 임계점에 이르게 되면 그녀만 잘리는 것으로 모든 상황이 종료될 수도 있었다. 물론 본전도 못 건지고 물러날 그녀가 아니었다.

끝 무렵이면 어김없이 찾아드는 외로움이 있었다. 가슴이 뻥 뚫린 것 같은 공허한 기분. 그녀는 아빠의 목소리가 듣고 싶었다. 아빠라면 이럴 때 든든한 가이드가 돼줄 텐데. 그때 그녀의 휴대폰에서 경쾌한 알림 소리가 흘러나왔다. 짜증 나는 메시지가 도착해있었다.

아무리 생각해도 이건 아닌 것 같아. 상대가 말했다. **더 이상은 못 하겠어.**

조금만 더 참아 봐. 그녀가 답했다. **발을 빼기엔 너무 멀리 와버렸어.**

아이러니한 상황이었다. 고비의 순간에 정작 자신에게 필요한 조언을 남에게 해주고 있으니. 학생이 스승이 돼버린 것이었다. 아빠가 알면 좋아하셨을 텐데.

앤은 휴대폰을 들여다보았다. 화면 속 작은 점들이 잠시 꿈틀거리다가 사라졌다. 풋내기 소녀는 결국 지시에 따라 반응할 것이다. 지금껏 그래왔듯이.

앤은 손목시계를 들여다보았다. 갑자기 없던 기운이 솟아났다. 서두르면 아슬아슬하게 시간을 맞출 수 있을 것 같았다.

3

셀레나

셀레나가 좌석에 앉기가 무섭게 열차는 죽어버렸다. 끙 앓는 소리와 함께 실내조명이 꺼졌다가 이내 다시 켜졌다. 그녀는 잠자코 기다렸다.

제발. 그녀는 생각했다.

만약 열차가 지체 없이 역을 출발한다면 아이들이 잠자리에 들기 전에 집에 도착할 수 있을 것이다. 그녀는 옆자리 여자를 흘끔 돌아보았다. 여자는 창밖을 내다보고 있었다. 그녀의 눈에는 커튼처럼 흘러내린 여자의 윤기 있는 검은 머리와 우아함이 묻어나는 옆얼굴만이 들어올 뿐이었다. 언제 한번 본 적이 있었나? 그녀는 또다시 궁금해졌다.

셀레나는 바람피운 남편, 그레이엄에게 문자 메시지를 보냈다.

기차 연착!

웩. 그가 곧바로 답문자를 보내왔다. **보모가 퇴근했어. 가서 아이들을**

재워야겠어. 애들이 당신을 기다리고 있거든. 사랑해!

그녀는 남편이 제네바의 이름을 쓰지 않았다는 사실에 감탄했다. 예전에 읽은 적이 있었는데. 거리 두기. 예를 들면, 난 그 여자와 성관계를 갖지 않았습니다. 뭐 이런 주장.

그의 메시지에서는 회개의 느낌이 묻어났다. 평소에 잘 쓰지 않는 느낌표까지 찍어놓고. 문자로 전하는 느낌표는 온기, 열의, 쾌활함의 표현이었다. 얼마나 자신이 괴물처럼 느껴졌으면 이렇게까지 할까? 하긴, 괴물이 맞긴 하지.

나도 사랑해. 그녀는 마지못해 적어 보냈다. 느낌표는 달지 않았다.

하지만 그건 진심이었다. 그녀는 남편을 사랑했다. 그는 그녀를 웃게 했고, 그녀의 뭉친 어깨를 눈 녹듯 풀어주는 마법의 손을 가졌다. 그는 강한 남자였다. 가족을 위한 무슨 일이든 발 벗고 나섰다. 장작도 잘 팼고, 정원 조경도 직접 해치웠다. 거의 모든 면에서 후한 점수를 받는 모범 남편이었다. 사랑할 수밖에 없는 파트너. 하지만 이상했다. 그녀는 남편을 사랑하는 만큼 증오했다. 가슴 속 깊이 묻어둔 바로 그 불덩이. 언제 폭발할지 모르는, 슬픔, 분노, 사랑이 뒤섞인 휴화산. 그게 터지는 순간 그녀가 끔찍이 아끼는 모든 것이 잿더미로 변해버리게 될 것이다.

셀레나는 창밖을 내다보았다.

암흑.

눈에 들어오는 것이라고는 유리창에 희미하게 비친 옆자리 여자의 얼굴뿐이었다. 객차에는 승객이 많지 않았다. 적잖은 이들이 갈아타기 위해 내린 모양이었다. 셀레나는 언제든 텅 빈 다른 자리로 옮길 수 있었다. 각자 넓은 공간을 누릴 수 있도록. 하지만 그랬다가 옆자리 여자가 불쾌해하면 어쩌지?

그녀의 얼굴.

뭐지?

옆자리 여자의 광대뼈가 도드라져 보였다. 까만 눈은 마치 심연을 보는 듯했다. 은근하게 비뚤어진 그녀의 입은 관능적인 모양을 띠고 있었다. 셀레나가 조심스레 말을 걸려는 순간 옆자리 여자의 입이 먼저 열렸다. 속삭임처럼 자그마한 목소리는 알아듣기 힘들었다. 나중에 첫 만남의 순간을 되짚어보면 그녀는 앞으로 겪게 될 일들의 원인을 분석하려 애쓰게 될 것이 분명했다.

어쩌면 그것은 사랑에 빠지는 것처럼 불시에 벌어지는 아주 요상한 해프닝이었는지도 몰랐다. 아니면 운명적으로 놓치게 된 열차 때문이었는지도. 어두운 객차, 무기력한 기다림.

여자들끼리 있다 보면 이따금 그런 일이 벌어지곤 했다. 즉각적으로 찾아드는 친밀감. 셀레나도 여러 차례 경험한 적이 있었다. 상대의 눈빛만 봐도 대충 파악이 됐다. 소녀에서 여자가 되어가는 여정, 서로 공감하는 희망과 꿈들, 생각대로 풀리지 않는, 그리고 설령 생각대로 풀렸다 해도 늘 기대에 못 미치는 현실. 유리 구두와 백마 탄 왕자는 없다. 공주의 올림머리는 상당한 고통이 뒤따른다. 우악스럽게 잡아당긴 머리에 날카로운 핀을 박아놓았으니 당연한 일이다. 실망, 잔혹한 현실. 물론 좋은 점도 있다. 진정한 사랑, 진실한 우정, 아이들의 출생. 상대의 눈을 가만히 들여다보면 그녀가 걸어온 길과 여정을 알 수 있다. 무수한 언덕과 골짜기들, 그리고 인생이라는 신의 저주.

옆자리 여자가 다시 말했다.

"살면서 진심으로 후회가 되는 짓을 저질러본 적 있어요?"

그것은 속삭임에 가까운 목소리였다. 어쩌면 그녀는 혼잣말 중인
지도 몰랐다. 셀레나가 늘 그러듯이. 그녀는 샤워하며 혼자 주절대기
를 좋아했다.

누구한테 말하는 거예요? 언젠가 호기심 많은 큰아들, 올리버가
물었다.

혼잣말하는 거야. 그녀가 말했다.

엄마 이상해요.

적어도 귀담아 들어주는 이가 있다는 사실에 그녀는 만족했다.
그녀는 샤워 중 종종 자신에게 매우 훌륭한 조언을 내놓곤 했다. 마
치 머릿속에 모든 문제의 답을 알고 있는 자그마한 심리 치료사가 살
기라도 하는 듯이.

"네." 셀레나가 대답했다. "물론이죠."

오, 어릴 적부터 되짚어보면 한두 번이 아니었지. 5학년 생일파티
에 마티 재스퍼를 초대하지 않았던 것도 후회됐고. 마티는 조금 별난
아이였다. 나쁜 짓을 많이 해 모두가 슬금슬금 피해 다닐 정도였다.
비록 친구는 아니었지만, 셀레나는 그 애를 초대했어야 했다. 그녀
는 오기를 부리다가 순결을 빼앗겼던 것, 그리고 그 일로 친한 친구
를 잃게 됐던 것도 후회했다. 대학 시절, 위험천만한 '원 나잇 스탠드'
를 밥 먹듯 했던 것도. 그녀는 한때 미래의 남편이 될 거라 확신했던
전 남자 친구 윌에게도 몹쓸 짓을 많이 했다. 아이들에게 모유 수유

를 더 적극적으로 하지 못했던 것도 돌이켜보면 후회가 됐다. 아이들의 음식 타박이 심한 건 어쩌면 그 때문인지도 몰랐다. 아닐 수도 있지만. 그 외에도 후회가 되는 일은 많았다. 책 한 권을 가득 채우고도 남을 만큼.

"직장 상사랑 바람을 피우고 있어요." 옆자리 여자가 말했다.

"오." 셀레나가 말했다. 뜻밖의 고백에 흠칫 놀라야 했지만 그녀는 의외로 덤덤했다. "그래요?"

지난해, 그녀의 유부녀 친구 레오나도 유부남인 직장 상사와 바람이 났었다. 그것도 아주 지저분하게.

"그와의 관계를 정리하면," 여자가 계속 이어나갔다. "상황이 건잡을 수 없이 나빠질 거예요. 그는 날 위해 이혼까지 생각하고 있거든요."

"오." 셀레나가 몸을 여자 쪽으로 살짝 기울이며 말했다. 그녀는 음탕하게 들떠있었다. 자신의 골치 아픈 사정을 잠시나마 잊게 돼 기쁘기까지 했다.

"그의 아내가 회사 오너예요." 여자가 말했다. "그와 내가 다니는 회사."

"흠." 딱히 할 말을 떠올리지 못한 셀레나는 그냥 고개만 끄덕였다. 이따금 벌어지는 일이었다. 더 이상 가슴 속에 담아두기가 버거울 때, 하지만 수백만 가지 이유로 가까운 지인들에게 속 시원히 털어놓을 수 없을 때 예고 없이 찾아드는 고백 충동. 그래서 사람들이 바텐더나 미용사에게 지극히 사적인 비밀을 줄줄 털어놓는 게 아니었나?

낯선 이는 가장 안전하고 믿을 만한 청취자였다.

옆자리 여자가 어스름 속에서 몸을 틀고 그녀를 돌아보았다. 그녀가 휘둥그레진 눈으로 한 손을 입으로 가져갔다.

"미안해요!" 그녀가 말했다. "내가 왜 갑자기 이런 얘길 늘어놓은 거죠?"

"아마도," 셀레나가 자애롭게 말했다. "들어줄 사람이 필요했나 봐요."

셀레나는 그 기분을 누구보다도 잘 알고 있었다. 그녀는 누구에게도 그레이엄에 대해 들려주지 않았다. 엄마에게도, 언니에게도, 베스에게도. 그 비밀은 돌처럼 가라앉아 그녀의 속을 불편하게 했고, 목구멍에서 신물이 솟구치게 했다. 그걸 털어놓을 수만 있다면 얼마나 홀가분할까? 하지만 누구에게 들려줘야 하지? 그레이엄과 그녀의 결혼은 첫눈에 반해 평생 행복하게 사는 동화 같았다. 모두가 그들을 부러워했다. 하지만 이제 그들은 남들과 다를 게 없어졌다. 처참하게 망가져 버린 그들의 관계는 회복 가능한 수준을 훌쩍 넘어선 상태였다.

열차가 멈춰 서 있는 동안 셀레나는 압도적인 절망감에 휩싸였다. 창밖 풍경은 점점 더 어두워져 갔고, 객차의 정적은 점점 더 깊어져 갔다.

"난 마사예요." 옆자리 여자가 한 손을 내밀며 말했다.

"셀레나라고 해요." 그녀가 여자의 손을 잡으며 말했다. 차갑고 연약해 보이는 마사의 손에서는 예상치 못한 기운이 느껴졌다.

마사가 가방 안을 뒤적이다가 미니바 크기의 보드카를 두 병 꺼냈다. 그녀가 그중 하나를 불쑥 내밀자 셀레나가 환히 웃으며 받아들였다. 그녀는 문득 술, 샴푸, 보습제, 손 세정제, 구강 청결제, 거의 모든 것을 미니 병에 담아 쓰는 친구, 베스를 떠올렸다. 그녀의 여행 가방과 토트백에는 호텔에서 챙겨온 온갖 작은 병들이 가득했다. 외출 중에 바늘과 실, 빗, 구강 청결제, 로션 따위가 필요할 때면 베스는 분신처럼 항상 메고 다니는 가방에서 꺼내 썼다.

마사가 먼저 술병 뚜껑을 열었다. 잠시 망설이던 셀레나도 그녀를 따라 뚜껑을 땄다.

"최악의 하루가 이 한 모금으로 조금이나마 나아지기를 바라며." 마사가 말했다. 그들은 술병을 부딪쳤다. 셀레나는 승무원이 보이는지 주위를 살폈다. 기차에서 술을 마시는 건 불법이겠지? 그녀는 한껏 들떠있었다. 규칙을 어기는 건 스릴 넘치는 일이었다.

"건배." 그녀가 말했다.

미지근한 보드카가 목구멍을 타고 내려갔다. 볼이 금세 화끈 달아올랐다. 또 한 모금 넘기니 기분 좋은 아찔함이 찾아들었다. 열차는 여전히 멈춰있었고, 여전히 어두웠다. 몇몇 승객은 휴대폰을 꺼내 들고 나지막한 목소리로 통화를 하고 있었다. 그들 맞은편에 앉은 남자는 돌돌 만 재킷을 베고 단잠에 빠져있었다.

셀레나의 주머니 안에서 휴대폰이 울렸다. 페이스타임으로 영상 전화가 걸려온 것이었다.

"이건 꼭 받아야 해요." 그녀가 말했다. 마사는 고개를 끄덕이며 한 손을 내밀었고, 셀레나는 그녀에게 술병을 넘겼다.

그녀가 통화 버튼을 누르자 두 소년의 얼굴이 화면에 떠올랐다.

그녀는 볼륨을 내리고 자리에서 일어나 화장실 사이 빈 공간으로 이동했다.

"엄마." 올리버가 말했다. "지금 어디예요?"

"기차 안에 갇혀있어." 그녀가 목소리를 낮추고 말했다. "미안. 옛날이야기는 다 읽었니?"

"아빠가《장난감이 너무 많은 소년》을 읽어줬어요." 아이가 대답했다.

"오늘도 또요." 스티븐이 불쑥 끼어들었다.

그레이엄은 이야기 시간을 좋아하지 않았다. 마지못해 책을 읽어줄 때도 작은 성의조차 보이지 않았다. 책은 무조건 자신이 직접 골라야 했고, 하루 한 권이라는 철칙은 절대 깨지 않았다. 반면 셀레나는 각 아이에게 원하는 책을 한 권씩 고르게 한 후 침대에 누운 아이들이 잠에 빠져들 때까지 바닥을 뒹굴며 한 시간 가까이 책을 읽어주었다. 이따금 그녀가 잠들어버리면 그레이엄이 나타나 아내를 데려갔다.

"집에 가면 엄마가 키스해줄게." 그녀가 말했다. "금방 도착할 거야."

그녀는 어떤 상황인지 묻기 위해 주위를 살폈지만, 객차에는 승무원이 보이지 않았다. 왜 멈춰 서서 움직이질 않는 거지?

금발에 앞니가 두 개나 빠진 스티븐은 학교에서 직접 머리를 자르고 나서 스타일을 망쳤다고 펑펑 울며 집으로 돌아간 친구 얘기를 들려주었다. 올리버는 오늘 엄마가 챙겨준 간식이 마음에 들지 않다며 내일은 건포도를 넣어달라고 요청했다. 마침내 그레이엄이 끼어들었다.

"그만하면 됐어." 그가 말했다. "이제 들어가서 자야지."

그가 투덜대는 아이들에게서 휴대폰을 빼앗아 들었다. 두 아이가 일제히 소리쳤다. "사랑해요, 엄마!"

"엄마도 사랑해!" 그녀가 말했다. "금방 갈게."

"난?" 그레이엄이 말했다. 화면에 그의 얼굴이 불쑥 떠올랐다. 검은 눈, 까칠하게 자란 수염, 비뚤어진 코(풋볼을 하다가 부러진 코가 제대로 낫지 않았다), 헝클어진 머리. 그리고 매력 넘치는 악마 같은 미소. "난 안 사랑해?"

"사랑하지." 그녀가 애써 태연한 척하며 말했다. "당신도 알잖아."

그녀는 남편의 몸에 올라탄 제네바의 모습을 뇌리에서 지워 내려 애썼다. 하지만 그 역겨운 이미지는 머릿속에서 반복 재생됐다. 다른 방에 켜놓은 텔레비전처럼. 벽 너머에서 들려오는 노래처럼. 그녀는 가슴이 답답해져 오는 것을 느꼈다. 그레이엄이 아내의 심상치 않은 표정을 유심히 살폈다.

그의 눈살이 찌푸려졌다. "왜 그래?"

"이만 끊을게." 그녀가 말했다.

"알았어." 그가 눈을 비비며 말했다. 그의 시선이 다시 그녀에게로 돌아왔다. "도착하면 연락 줘."

그는 그녀가 방금 무엇을 목격했는지 모르는 듯했다. 만약 그녀가 문제의 영상을 보지 못했다면 그의 능청스러운 연기에 깜빡 넘어가 버렸을 것이 분명했다. 그의 목소리 톤과 표정과 몸짓언어는 평소와 조금도 다르지 않았다. 그게 무슨 뜻이지? 그에게는 이 일이 아무것도 아니라는 뜻? 자신이 무슨 짓을 저질렀는지 벌써 잊었다는 뜻? 노련한 거짓말쟁이이자 사기꾼답게 죄책감이나 후회의 감정을 감쪽같이 감출 수 있다는 뜻? 그녀는 화면에 떠오른 남편이 낯설게 느껴졌다.

"그레이엄."

"응?"

"세탁기에 빨래가 담겨있으면 건조기로 옮겨줄래?"

그가 과장되게 눈을 굴려 보였다. 마치 그것이 세상에서 가장 고된 임무라도 되는 것처럼. "그래, 알았어."

그녀는 아무 말도 덧붙이지 않고 전화를 끊었다. 화면 속에서 그의 얼굴이 순간적으로 얼어붙었다가 이내 사라져버렸다.

셀레나는 자신의 자리로 돌아와 풀썩 주저앉았다. 마사가 그녀에게 작은 술병을 다시 건넸다. 셀레나는 보드카를 벌컥벌컥 들이켰다.

"행복해 보이네요." 마사가 말했다. 그녀가 한 손을 살짝 들어 보였다. "일부러 엿들은 건 아니에요."

"난 운 좋은 여자예요." 셀레나가 말했다.

이럴 땐 이렇게 말하는 게 정답 아닌가? *우린 축복받은 가족이에요. 하루하루 감사하며 살고 있어요.*

그것은 사실이었다. 그녀는 실제로 거의 매일 그런 생각을 하며 지내왔다. 감시 카메라의 위치를 바꿔놓기 전까지는.

라스베이거스 사건 이후에 그녀의 엄마는 셀레나에게 은근하고 부드럽게 경고했었다. *그는 나중에 또 그럴 거야. 바람기는 절대 떨쳐내지지 않는다고.*

하지만 셀레나는 그 말을 귀담아듣지 않았었다. 그레이엄은 밥 먹듯 바람을 피웠던 그녀 아버지와는 전혀 달랐다. 적어도 그녀는 그렇게 믿었다. 그녀의 엄마 코라는 셀레나와 그녀의 언니 마리솔을 위해 남편을 버리지 않고 끝까지 결혼생활을 지켜냈었다.

하지만 그레이엄은 그녀 부모님과는 또 다른 문제였다. 엄밀히 따지면 첫 사건은 외도가 아니었다. 게다가 그들은 전문가 상담을 받는 등 상처를 치유하기 위한 노력을 무던히 했다. 두 경우는 전혀 같지 않았다. 적어도 그녀는 그렇게 믿고 싶었다.

"이젠 어쩔 셈이죠?" 셀레나가 자신의 고민에서 벗어나기 위해 불쑥 물었다. "당신 직장 상사 문제 말이에요."

마사가 어깨를 으쓱였다. 그녀는 서로가 더 잘 보이도록 몸을 살짝 뒤로 뺐다. 이제 그들은 더 이상 나란히 앉아 앞좌석 등받이만 빤히 응시하지 않아도 됐다. 속눈썹을 짙게 칠하고 아이섀도를 연하게 바른 그녀의 아몬드 모양 눈은 매서워 보이는 동시에 마치 최면을 거는 듯이 몽환적으로 느껴졌다.

"골치 아픈 문제가 알아서 해결됐으면 좋겠다고 생각해본 적 없어요?" 마사가 땅이 꺼져라 한숨을 내쉬며 말했다.

"그랬으면 얼마나 좋겠어요?" 셀레나가 말했다. 그녀는 어느새 바닥을 드러낸 자신의 술병을 내려다보았다. 이토록 빨리 비우게 될 줄이야. 긴장이 많이 풀린 상태였다. 단단히 뭉쳤던 어깨도 그새 나아졌다.

"그가 내게서 관심을 끊어줬으면 좋겠어요." 그녀가 말했다. "날 대신할 다른 사람을 좀 찾아봐 줬으면."

그 말이 셀레나의 가슴 속에 잠들어있던 슬픔을 마구 휘저어놓았다. 이내 그녀의 눈에서 눈물이 터져 나왔다. 하고많은 사람 중에 굳이 보모랑 그럴 게 뭐람! 진부하게시리.

"오, 이런." 마사가 당혹스러워하며 말했다. "내가 말을 잘못했나요?"

"미안해요." 셀레나가 가방에서 티슈를 꺼내 눈가를 훔치며 말했다.

"무슨 일인지 얘기해 봐요." 마사가 말했다. "나도 내 고민을 털어놓았으니까."

셀레나는 아무 생각 없이 기차에서 만난 낯선 여자에게 자신의 사연을 속속들이 들려주었다. 자신이 가족을 부양하기 위해 늦게까지 일하고 있을 때 남편이 보모와 부정한 짓을 저질렀다고. 하지만 증거 영상을 보았다는 부분은 빼놓았다. 굳이 알려주지 않아도 되는 정보였으니. 문제의 영상을 한 번도 아니고, 두 번이나 봤다고 하면 이상하게 들릴 수 있었다. 처음 봤을 때 진작 조치하지 않았던 것도 납득 못 할 테고.

"미안해요." 고백을 마친 셀레나가 다시 말했다. "내가 왜 이런 얘길 당신에게 늘어놓는 건지."

"내가 보기엔," 마사가 미소를 흘리며 말했다. 그 미소는 아까 셀레나가 그녀에게 지어 보인 위로의 미소와도 다르지 않았다. "당신은 하소연할 상대를 찾고 있었던 것 같아요."

마사는 가방에서 미니 사이즈 그레이 구스를 꺼내 들었다. 반지 없는 가늘고 창백한 그녀의 손가락에는 피처럼 붉은 매니큐어가 칠해져 있었다. 셀레나는 뚜껑을 열고 술을 한 모금 넘겼다. 여자는 셀레나의 다이아몬드 약혼반지에서 눈을 떼지 않았다. (그녀가 만나본 여자들 대부분이 그랬다. 아무래도 다이아몬드가 작지 않으니.) 속사정을 전부 털어놓은 셀레나는 마음이 홀가분했다. 그렇지 않아도 속이 문드러져 가던 중이었는데.

"그래도 아직 잘 모르겠어요?" 마사가 물었다.

셀레나는 고개를 저었다.

"그를 의심하는 이유가 있나요?" 그녀가 물었다.

"아뇨." 셀레나가 대답했다. "그냥 육감으로요."

"흠." 마사가 작은 술병을 살짝 들어 또다시 건배했다. "당신의 육감이 틀렸기를 바라요. 만약 당신이 제대로 짚었다면 그가 대가를 톡톡히 치르길 바라고요."

그녀가 악마 같은 야릇한 미소를 지어 보였다. 셀레나의 안에서 무언가가 싸늘하게 식어갔다. 대가를? 그레이엄이 뭘 어떻게 해야 하지?

"남자들이란," 셀레나가 한동안 말이 없자 마사가 다시 입을 열었다. "겪어보니 다들 결함이 있더라고요. 누구 하나 멀쩡한 사람이 없어요. 남자들 때문에 세상이 요 모양 요 꼴이 돼버린 거예요."

옆자리 여자의 목소리가 한층 어두워졌다. 눈도 초점을 살짝 잃은 듯해 보였고. "남자들이 하는 거라곤 세상을 망가뜨리는 것뿐이에요."

셀레나는 문득 그레이엄을 포함한 세상의 남자들을 방어하고 싶은 충동에 휩싸였다. 내가 낳아 기른 아이들도 모두 남자인데. 하지만 그녀는 반박할 수 없었다. 구구절절 다 옳은 말이었으니. 전쟁, 기후 변화, 대량 학살, 컬트, 소아성애, 강간, 살인, 일반적인 범죄 대부분…… 세상이 지옥화한 것의 책임은 상당 부분 남자들에게 있었다. 그들이 지난 수천 년간 미친 듯이 날뛰어온 결과였다.

"골치 아픈 문제가 알아서 해결됐으면 좋겠다고 생각해본 적 없어요?" 마사가 다시 물었다. "우리가 손 하나 까딱하지 않고도 모든 게 착착 해결된다면 얼마나 좋을까요?"

하지만 문제는 알아서 해결되는 법이 없었다. 게다가 누군가의 남편과 불륜을 저지른 여자의 입에서 그런 말이 나와버리니 그다지 와닿지 않았다. 어쩌면 마사가 다니는 회사의 오너라는 여자는 아직도 남편과 직원을 철석같이 신뢰하고 있는지 몰랐다. 셀레나 그녀가 그래왔듯이. 그녀가 생계를 꾸리고 가족을 부양하느라 여념이 없는 동안 남편이 몰래 젊고 예쁘장한 여자와 바람을 피워댈지 누가 알았겠는가.

"어떻게 하면 당신의 문제가 해결될 것 같아요?" 셀레나가 눈가를 훔치며 물었다.

"오늘 문득 이런 생각이 들었어요. 그가 그냥…… 급사해버리면 얼마나 좋을까." 그녀가 음흉한 미소를 흘리며 말했다. "교통사고, 심장마비, 노상강도. 그렇게만 된다면 난 아무 일도 없었던 것처럼 계속 직장에 다닐 수 있을 텐데 말이죠."

마사가 아이처럼 피식 웃었다. 그리고 작은 술병을 입으로 가져가 또 한 모금을 넘겼다. 설마, 농담이겠지. 안 그래? 셀레나가 뒤로 살짝 물러나 가방을 꼭 끌어안았다.

"모든 게 리셋 된다면 난 두 번 다시 이런 어리석은 짓을 벌이지 않을 거예요." 마사가 말을 이어나갔다. "좋은 직장을 잃을까 두려워 포식자에게 복종하는 것 말이에요."

제네바도 같은 생각이었을까? 셀레나는 궁금해졌다. 그레이엄이 먼저 추파를 던졌고, 그녀는 해고당할 것이 두려워 그에게 복종할 수밖에 없었다면? 아무리 생각해도 그건 아닌 듯하지만, 진실을 모르는 상태에서 속단하는 건 금물이었다. 어쨌든 그레이엄이 권력의 지위에 있다는 건 사실이 아닌가. 셀레나는 제네바가 아등바등 번 돈으로 힘겹게 살아간다는 걸 알고 있었다. 단 며칠이라도 일을 하지 않으면 크게 곤란해진다는 것도.

객차 조명이 깜빡이더니 마침내 기차가 움직이기 시작했다. 순간 희망에 부풀었던 셀레나의 가슴이 이내 푹 꺼져버렸다.

"선로에 장애물이 있었습니다." 스피커에서 승무원의 목소리가 흘러나왔다. 그들 옆에 앉은 남자가 그 소리에 놀라 눈을 번쩍 뜨고는 어리둥절한 표정으로 주위를 살폈다가 자세를 바로 하고 휴대폰을 체크했다. "장애물이 제거됐으니 곧 출발하도록 하겠습니다. 불편을 끼쳐드려 대단히 죄송합니다."

남자는 가방을 챙겨 들고 다음 칸으로 이동했다.

"당신 문제는 어떻게 해결됐으면 좋겠어요?" 마사가 물었다. 셀레나는 그녀의 강렬한 눈빛이 부담스러웠다.

셀레나는 쓴웃음을 지어 보였다.

싱글녀들이 결혼생활의 복잡한 구조와 육아의 고충, 그리고 순조로운 일상을 위해 매일 감수해야 하는 희생과 타협에 대해 알 리가 만무했다.

내 문제는 절대 알아서 해결되지 않아. 셀레나는 생각했다.

남편과 이혼하고 격주 주말과 휴가 때마다 아이들을 남편에게 보내는 삶을 선택해야 하나? 아니면 계속 참고 살아? 아이들이 그토록 좋아하는 제네바는 내가 곤란해지지 않고 그레이엄이 아이들 앞에서 권위를 잃지 않도록 적당한 핑계를 대서 잘라버리고? 저작권 에이전시 일을 그만두고 그레이엄이 재취업에 성공할 때까지 저축한 돈으로 살아보는 건? 남편과 깊게 상의한 후 부부 상담이라도 받아보면 뭔가 답이 나오진 않을까? 그녀가 떠올릴 수 있는 모든 해답에는 골치 아픈 새 문제들이 예외 없이 뒤따랐다. 그리고 그녀에게는 그것들을 해결할 기운이 조금도 남아있지 않았다.

"그 여자가 그냥 사라져줄 수도 있지 않겠어요?" 마사가 말했다. "그렇게 되면 마치 아무 일도 없었던 것처럼 일상으로 복귀할 수 있을 텐데."

마사의 톤은 어둠 속에서 속삭이는 뱀을 연상시켰다.

셀레나는 마사의 눈을 빤히 쳐다보았다. 영혼 없는 멀건 눈빛에서 싸늘한 냉기가 묻어났다. 보드카 때문인지 셀레나의 속이 울렁거려왔다.

어느 날 아무런 예고도 없이 제네바가 나타나지 않는다면 어쩌지? 갑자기 그렇게 사라져버리면? 졸지에 아이들을 풀타임으로 떠맡게 되면 그레이엄은 더욱 미친 듯이 구직 노력에 박차를 가할 것이다. 그냥 모른 척 넘어가 줄까? 모두를 위해서는 그게 나을지도 몰라. 문득 그것이 충분히 가능한 옵션으로 여겨졌다. 셀레나의 어머니도 가정을 지키기 위해 수십 년을 참아오지 않았던가.

하지만 그럴 수 없었다. 본 것을 못 본 척할 수 없고, 남편에 대해 알게 된 것을 모르는 척할 수 없었다. 그녀는 엄마와 달랐다. 아이들을 위한다는 핑계로 이 엄청난 사건을 묻어버릴 수 없었다.

마침내 객차 안 조명이 켜지면서 기차가 속도를 내기 시작했다. 셀레나의 속은 메스꺼워졌고 심장 박동은 빨라졌다. 그녀는 주섬주섬 소지품을 챙겼다.

"네." 셀레나가 애써 미소를 지어 보이며 말했다. "하지만 그렇게 운이 좋진 않을 것 같네요."

"그야 모르죠, 뭐." 마사가 윤기 나는 검은 머리 몇 가닥을 손가락으로 빙빙 꼬아댔다. "나쁜 일은 항상 벌어지니까요."

셀레나가 통로 쪽 좌석으로 옮겨갔다.

"좀 떨어져서 앉을게요." 그녀가 말했다. 마사는 공손하게 미소를 머금고 그녀를 지켜보았다. "그래야 당신도 편하게 갈 수 있으니까."

마사가 고개를 끄덕이며 바닥에서 토트백을 집어 들었다.

"술 고마웠어요." 셀레나가 말했다. "하소연 들어준 것도 고마웠고요."

"오히려 내가 고맙죠." 마사가 말했다. "덕분에 기분이 한결 가벼워졌어요. 이젠 내가 뭘 해야 할지 알 것 같아요."

"이래서 고민이 있으면 서로 나눠야 한다니까요."

"그래야 올바른 방향으로 나아갈 수 있으니까."

그게 무슨 뜻이지? 하지만 셀레나는 알고 싶지 않았다. 옆자리 여자와 나눈 대화는 셀레나를 불안하게 했다. 그녀의 목소리 톤, 그리고 보드카까지도. 그녀는 불편한 대화가 한없이 이어지는 것을 원치 않았다. 내가 왜 처음 보는 여자에게 내 사연을 속속들이 털어놓았을까? 지극히 사적인 내용인데.

셀레나는 잡지를 펼쳐 들고 광택지를 한 장 한 장 넘겨나갔다. 인간의 것으로 보이지 않는 빼빼 마른 몸들, 흠잡을 데 없는 얼굴들, 너무나도 부러운 삶의 방식들. 그녀는 다시 고개를 들고 마사를 돌아보았다. 여자는 꾸벅꾸벅 졸고 있는 듯했다. 목적지가 가까워지자 셀레나는 가방을 챙겨 들었다. 다행히 여자는 깨지 않았다. 그녀는 최대한 소리 없이 자리에서 일어났다. 작별 인사도 없이, 뒤도 돌아보지 않고, 두 번 다시 그녀와 맞닥뜨리는 일이 없기를 빌면서.

4

제네바

제네바는 식기 세척기에 접시를 질서정연하게 쌓아놓은 후 조리대의 번들거리는 석영 상판을 닦았다. 그레이엄은 위층에서 아이들에게 책을 읽어주고 있었다. 여전히 흥분 상태인 두 아이는 쉴 새 없이 방방 뛰어다녔다. 소리를 들어보니 침대에서 뛰어내린 모양이었다. 요란한 굉음에 진열장 속 글라스들이 살짝 진동했다. 셀레나와 제네바는 이런 상황을 절대 용인하지 않았다. 책 읽는 시간은 흥분을 가라앉히는 시간이지 유발하는 시간이 아니었다.

그녀는 셀레나를 위해 남은 음식을 접시에 담아 냉장고에 넣었다. 보나 마나 오늘도 먹고 오겠지만.

"미안해요." 그녀가 냉장고 문을 닫으며 속삭였다. 그것은 진심이었다. 그녀는 셀레나를 좋아하고 존경했다. 셀레나에게 이런 식으로 상처를 주고 또 배신까지 한 건 결코 그녀가 원하는 바가 아니었다. 여자의 배신 만큼 잔인한 건 세상에 없었다.

익숙한 수치심이 그녀에게 찾아들었다. 그 익숙함이 이제는 그녀에게 위안이 돼주었다. 그녀 안 깊은 곳에서 솟구친 열기가 이내 그녀의 얼굴을 화끈 달아오르게 했다. 그렇게 불덩이가 빠져나간 가슴은 텅 빈 듯 허전했다.

왜지? 내가 왜 이런 짓을 하게 된 거지? 그것도 반복해서? 정말 이러고 싶진 않은데.

이유는 딱 한 가지였다. 그리고 이번이 정말 마지막이었다. 그녀는 탈출의 순간을 꿈꾸며 지금껏 돈을 착실히 모아왔다.

그녀는 테이블에 앉아 셀레나를 위한 메모를 적어 내려가기 시작했다.

"올리버는 새 교복 셔츠가 필요해요. 교무실에 주문을 넣으면 돼요. 애들 픽업 갔을 때 스티븐의 담임이……." 왠지 제네바에게만 깐깐하게 구는, "요즘 들어 스티븐이 수업 중에 잡담을 많이 한대요. 수업에 집중하지 않고 친구들 정신까지 산만하게 만든다나요."

솔직히 스티븐은 수다쟁이가 맞았다. 하지만 사랑스럽고 창의력 있고 귀여운 것도 사실이었다. 다행히 제네바의 임무는 그런 문제들을 보고하는 것에서 그쳤다. 직접 나서서 처리하는 건 그녀가 할 일이 아니었다. 보모는 그런 골치 아픈 일을 엄마에게 떠넘겨놓고 제시간에 맞춰 퇴근하면 그만이었다.

갑자기 손에 쥐어진 펜이 무겁게 느껴졌다.

입술에는 아직도 그레이엄의 맛이 남아있었다.

셀레나와 아이들 앞에서 면접을 보았을 때 제네바는 그레이엄이 잡역부인 줄 알았다. 셀레나가 회사 일로 바쁜 남편이 미처 챙기지 못한 작업을 처리하기 위해 고용한 잡역부. 그날 그는 넓은 뒤뜰을 두른 낮은 담을 낑낑대며 수선하고 있었다.

그녀는 면접을 앞두고 사전 조사 작업을 위해 그의 소셜 미디어를 꼼꼼히 뒤져보았었다. 또 언젠가는 기차에서 출근길에 오른 그를 지켜본 적도 있었다. 그때 본 그레이엄은 맵시 나는 양복에 번쩍이는 구두 차림이었다. 깔끔하게 면도한 그는 말쑥해 보였다. 하지만 집에서 본 그의 흐트러진 모습은 완전 딴판이었다.

"오, 그레이엄도 있어요." 제네바에게 으리으리한 주방을 구경시켜주던 셀레나가 말했다. "저 사람도 종종 보게 될 거예요. 평소엔 면접 보러 다니느라 바쁘겠지만."

셀레나는 어리둥절해하는 제네바의 표정을 잘못 읽었다.

"내 남편이에요." 그녀가 설명했다.

"오, 그렇군요." 제네바가 말했다. "알았어요."

제네바는 돌덩이를 가져와 차곡차곡 쌓아가는 그를 한동안 지켜보았다. 땀을 뻘뻘 흘리며 육체노동에 매진하는 그의 모습에서 남성미가 물씬 풍겼다. 청바지, 티셔츠, 작업용 부츠. 지금은 그녀가 처음 보았을 때보다 살이 조금 붙었지만, 그의 팔뚝은 여전히 단단한 근육으로 덮여있고 어깨는 떡 벌어져 있다. 육체적 매력이 적잖은 사람이었다. 까칠하게 자란 턱수염마저도 보기 좋았다.

하지만 제네바도 만만치 않았다. 날씬한 몸매, 검은 머리, 섬세하고 당당해 보이는 이목구비, 잡티 하나 보이지 않는 완벽한 피부. 남편이 자기 발끝에도 못 미친다는 걸 그녀도 잘 알 텐데. 왜 많은 여자들이 자기보다 못난 남자들에게 빠지는 거지? 셀레나는 절세미인일 뿐만 아니라 똑똑하고 인간미 있었으며, 아이들에게 한없이 좋은 엄마이기까지 했다. 그 왜 있지 않은가. 모든 걸 다 갖춘 원더우먼 타입.

제네바에게는 상대를 꿰뚫어 보는 남다른 재능이 있었다. 거의 초능력자의 경지에 올라있다 해도 과언이 아닐 정도였다. 그녀의 눈에 비친 그레이엄은 어른의 옷을 걸친 아기였다. 자신이 원하는 것을 챙겨주지 않으면 어린아이처럼 짜증을 내며 떼를 썼다. 제네바는 보모 노릇을 하며 그런 남자를 숱하게 보아왔다. 너무나 많이.

이제는 진로를 수정해야 할 타이밍이었다. 애초에 그녀는 이 게임과 그 결과에 어울리지 않는 사람이었다. 아이들을 챙기는 건 나름 즐거웠다. 문제는 어른들이었다. 특히 남자들.

제네바는 셀레나에게 전달할 메모를 마저 작성했다. 위층에서 들려오던 쿵쾅대는 소리는 어느새 스티븐과 올리버의 낄낄거림과 그레이엄의 엄포 놓는 소리로 바뀌어있었다. 내일 사라져버리는 게 나을지도 모르겠어. 그녀는 생각했다. 그녀는 조리대를 마지막으로 훔치고 나서 우스꽝스러운 장치들과 새빨간 눈을 가진 커다란 장난감 로봇을 한쪽으로 치워놓았다. *위험! 위험!* 로봇이 외쳐댔다. 아이들은 좋아 죽지만 부모들은 싫어하는 정신없는 장난감이었다. 아이들이 로봇을 놓고 다툴 때면 그녀는 매정하게 그것을 압수해버렸다. 그녀는 로봇을 놀이방에 가져다 놓으려다 생각을 바꾸었다. 놀이방에는 두 번 다시 발을 들이고 싶지 않았기 때문이었다. 범죄 현장. 그녀는 스토브 옆에 장난감을 놓아두었다.

제네바는 가방을 꾸렸다. 저녁으로 먹을 음식은 집에서 챙겨온 파이렉스(흔히 요리 기구 제조에 쓰이는 강화 유리) 통에 담았다. 근무 조건에는 식사가 포함돼 있었다. 그녀는 소리 없이 집을 빠져나와 문을 걸어 잠갔다.

그레이엄의 추근거림은 그녀가 머피 씨 집에 고용된 지 이틀 만에 시작됐다. 아이들이 학교에 가 있는 동안. 유치원생인 스티븐은 아직도 반나절 수업만 듣고 돌아왔다. 1학년인 올리버는 2시 30분까지 학교에 묶여있어야 했다. 그녀는 스티븐을 데려와야 하는 12시 30분까지 셀레나의 심부름과 집안일을 해치웠다.

그러던 어느 날, 그레이엄이 난데없이 세탁실로 불쑥 들어와 잡담을 늘어놓기 시작했다. 대학 시절 풋볼 선수로 뛰었으며, 무릎 부상만 아니었으면 프로로 진출했을 거라는 둥, 일자리 제의가 들어왔지만 "왠지 마음에 와닿지 않아" 거절했다는 둥. 특정 부류 남자들이 그렇듯 그 역시 허풍으로 자신의 약점을 감추는 스타일이었다. 그녀는 그의 수다에 무관심한 반응을 보였다. 눈도 마주치지 않았고, 필요할 때마다 정중하게 한 단어 대꾸만을 내놓았다. 오, 애들 데려오기 전에 해치워야 할 일이 있어요. 물론 이렇게 덧붙이지는 않았다. 바로 당신 아이들 말이에요. 사모님은 가족을 먹여 살리기 위해 혼자 애쓰고 계시잖아요. 그런데 당신은 온종일 집에서 뭘 하고 있죠?

그녀는 너무 늦기 전에 그만두고 나올 뻔했다. 가끔 일이 계획대로 풀리지 않을 때는 미련 없이 손을 떼야 했다.

하지만 칭찬을 입에 달고 사는 셀레나는 너무나도 고마웠고, 넘치는 관심과 극진한 돌봄을 누려온 아이들은 너무나도 사랑스러웠다. 그들의 집은 아름답고 평화로웠다. 제네바는 이곳에서 지내는 시간을 좋아했고, 이따금 홀로 남겨질 때면 이 멋들어진 집의 주인인 척하며 놀기도 했다. 그녀는 셀레나의 서랍을 뒤져대며 그녀의 화장품과 향수, 그리고 예쁜 속옷을 구경했다. 하지만 그냥 보기만 했을 뿐 훔치지는 않았다.

그와 처음으로 일을 벌인 것은 세탁실에서였다. 건조기에 기댄 채 서서.

마치 예정된 운명처럼 찾아든 사건이었다.

그녀는 자신의 외모가 평균보다 살짝 나은 정도라는 걸 알고 있었다. 어쩌면 그는 헌신적으로 자신의 가족을 챙기는 그녀의 모습에 매력을 느꼈는지도 몰랐다. 남을 돌보는 일에 소질이 있는 그녀는 남에게 위안을 주는 일을 하고 싶었다. 아이들에게. 노인들에게. 그리고 애완동물들에게. 남들에게 친절해지고 싶었고 그들을 성심껏 돕고 싶었다. 그래서 거절을 못 했던 건가? 아무리 그러고 싶었어도?

그녀는 선선한 밤 골목을 따라 걸으며 집을 돌아보았다. 아이들 침실에는 아직도 불이 켜져 있었다. 그녀는 길을 건너가 주차된 도요타에 몸을 실었다. 그레이엄은 그녀가 만나본 최악의 아버지는 아니었다. 최악의 남편도 아니었고. 그녀가 겪어본 인생 최악의 아버지는 다름 아닌 바로 그녀의 아버지였다. 생긴 것조차 기억나지 않는 거의 완전한 타인.

집 안 온기에 적응됐던 그녀의 몸이 밤 골목의 냉기에 닿자 덜덜 떨렸다. 그녀는 지난 참사에서 위로상으로 받은 새 차의 엔진 버튼을 눌렀다. 잠시 윙윙대던 엔진에 시동이 걸리고 계기판이 환해졌다. 사람들이 더 이상 입을 열지 않게 된 건 다행이었다. 요즘 같은 인스타그램 세상에서는 모두가 자신들이 최고라 여기는 순간들의 여과된 버전을 만천하에 방송하고 싶어 했다. 그 외의 모든 것은 깊숙이 묻어두고 싶어 했고. 모든 따분하고 수치스러운 것들, 모든 결점 많고 실패한 모험은 철저히 감추어졌다. 대체 사람들은 그런 것들을 다 어디에 처박아놓을까?

그녀는 차를 몰아나갔다. 실내 공기가 데워지자 몸에서 긴장이 풀려갔다. 음악을 틀지도, 스마트폰을 꺼내 보지도 않았다. 집은 멀지 않았다. 철로를 넘어 슈퍼마켓과 공동묘지를 지나면 닿을 수 있는, 큰 저택과 깔끔하게 관리된 공원을 결코 찾아볼 수 없는 동네였다. 그녀가 사는 낮고 아담한 건물에서는 중앙에 분수대가 설치된 인공 호수가 내려다보였다. 나무와 벤치와 놀이터가 갖춰진 구내에는 해마다 오리 일가족이 찾아와 볼거리를 제공해주었다. 크게 매력적이지는 않지만 그렇다고 그녀가 과거에 살아봤던 곳들처럼 허름하고 음울하지는 않았다.

그녀는 지정된 주차 공간에 차를 세워놓고 밖으로 노출된 2층 층계참으로 올라갔다. 부지런히 걸음을 옮겨나가며 자신에게 씌워진 껍질을 차례로 벗겨냈다. 미소가 헤픈 보모, 싹싹한 신세대, 세탁실 섹스 파트너. 전부 그녀가 쓰고 다니는 가면들이었다.

그녀의 집은 작은 원룸 아파트였다. 주방과 식사 공간은 그럭저럭 넉넉했고, 그녀가 공들여 꾸민 거실은 아늑했다. 이 정도면 한 여자의 보금자리로서 나쁘지 않았다. 그녀는 현관문을 닫고 나서 안도의 한숨을 내쉬었다. 그녀는 오페어(외국 가정에 입주하여 아이 돌보기 등의 집안일을 하고 약간의 보수를 받으며 언어를 배우는 젊은 여성)들처럼 자신이 챙겨야 하는 가족과 함께 살고 싶은 마음이 추호도 없었다. 항상 자신만의 공간이 필요했다.

휴대폰이 경쾌한 소리를 내자 그녀가 다시 바짝 긴장했다. 또 문자야?

제발. 나 미칠 것 같아. 온종일 당신만 생각했다고.

그녀는 답하지 않았다. 진작 수신 확인 기능을 꺼둔 탓에 그는 자신의 문자 메시지가 그녀에게 온전히 도착했는지 알 길이 없을 것이다. 그냥 차단해버릴까? 그게 현명한 대처법일 텐데.

왜 답이 없어?
난 당신을 위해 내 인생을 바쳤단 말이야.

평소와 같은 패턴이었다. 시작은 늘 캐주얼하게. 아까 도착한 메시지처럼. **당신 생각을 하고 있어. 당신도 잘 지내고 있길 바라.** 그러다 갑자기 애원으로 바뀌었다. 더 공격적으로. 더 추잡스럽게.

최소한 답이라도 해줘야 하는 거 아니야?

그냥 무시해버렸다.

제네바는 편한 운동복으로 갈아입고 머리를 올려 묶은 후 데우지도 않은 음식을 먹기 시작했다. 그녀는 식탁에 앉아 창밖을 멍하니 바라보았다. 공원 놀이터에서는 삐삐 마른 10대 소녀 둘이 신나게 놀고 있었다. 아이들이 나가 놀기엔 시간이 너무 늦지 않았나? 방금 7시가 막 지났으니 아직은 괜찮은가? 하지만 밖에는 이미 어둠이 내려앉아있었다. 두 아이 중 하나가 휴대폰을 꺼내 들여다보았다. 나머지 한 명은 체인에 머리를 기대놓은 채 축 늘어진 모습으로 그네에 앉아있었다.

휴대폰이 또 울렸다. **좋아. 그렇게 잠수를 타시겠다 이거지? 날 폐인으로 만들어놓고 그냥 사라져버리시겠다?**

놀이터의 두 소녀는 그녀에게 자신의 또 다른 자아를 상기시켰다. 퇴색한 꿈처럼 비현실적이 돼버린 그녀의 또 다른 삶을. 이제 그 삶은 오래 전 그녀가 건성으로 봤던 형편없는 텔레비전 드라마의 한 에피소드처럼 느껴질 뿐이었다.

두 소녀. 하나는 모든 걸 원했다. 나머지 하나는 그냥 사라져버리고 싶은 마음뿐이었다. 그녀는 둘 중 하나라도 자신이 원하는 걸 얻게 될지 궁금했다.

또다시 경쾌한 기계음이 들려온다. **얼마 못 가 크게 낭패를 보게 될 거야.**

그녀는 그의 번호를 차단하려 손을 뻗었다. 하지만 그는 차단당하기 직전에 최후의 일격을 날렸다.

창녀 주제에.

그 단어가 그녀의 가슴에 구멍을 뚫어놓았다. 그녀는 휴대폰을 떨어뜨렸다. 마치 뜨겁게 달구어진 물건이라도 되는 듯이. 속이 살짝 울렁거려왔다.

뿌린 대로 거두리라. 그녀의 엄마는 틈날 때마다 그렇게 말하곤

했다.

그녀 안에서 또 한 번 수치심이 끓어올랐다. 사실인가? 설마. 선한 사람들에게 나쁜 일이 생기고, 악한 사람들에겐 좋은 일이 생기는 경우는 흔하디 흔했다. 그녀의 언니는 세상에는 정의가 없다고 입버릇처럼 주절댔다.

제네바는 창가로 다가가 보았다. 두 소녀는 그새 사라지고 없었다. 그들이 뛰놀던 놀이터는 어둡고 썰렁했다.

그때 그녀의 눈에 그의 차가 들어왔다. 검게 선팅된 창문, 꺼진 헤드라이트. 그는 차 안에 묵묵히 앉아서 무언가를 기다렸다.

내가 여기 들어오는 것도 지켜봤을까?

경찰을 불러야 하지만 차마 그럴 수 없었다.

그는 범죄자가 아니잖아. 공포의 대상도 아니고. 오히려 내가 더 문제 아닌가?

그녀는 창가에 서서 짙은 색 차를 지켜보았다. 그녀의 눈은 차창에 단단히 고정돼 있었다. 잠시 후, 시동이 걸린 차가 스르르 미끄러져 나가기 시작했다.

5

펄

펄은 유심히 들을 줄 알았다. 그게 그녀가 가진 초능력이었다. 그녀에게는 자신을 투명 인간으로 만드는 재주가 있었고, 함께 있는 사람들은 그녀의 존재를 까먹기 일쑤였다. 호리호리한 몸매에 검은 머리, 소박한 옷차림, 그리고 얼굴을 거의 다 가려주는 두꺼운 안경테. 그녀는 늘 은근한 미소를 머금고 부드러운 목소리를 유지하려 애썼다. 주변 환경에 잘 녹아들었고, 사람들 대부분은 그녀와 함께 있는 것을 부담스러워하지 않았다.

학창시절 그녀는 괴롭힘을 당한 적도 친한 친구도 없었다. 그저 멀찌감치 떨어져서 두루뭉술한 태도로만 일관했을 뿐이었다.

"펄은 성격이 좋고 학업에도 열심입니다. 지능이 높고 남을 돕는 데에는 늘 앞장을 서죠. 하지만 너무 조용해요. 수줍음도 많고요. 수업 활동에 적극적으로 참여하기보다는 말없이 지켜보는 타입입니다. 질문을 받으면 단 한 번의 예외도 없이 정답을 내놓지만 자기가 먼저 답하겠다고 손을 들거나 하지는 않아요." 펄의 뛰어난 성적표에 적힌 영어 교사의 조심스러운 의견이었다. 펄의 엄마는 보나 마나 전과목 A 학점을 받았을 딸의 성적표를 흘끔 들여다보았다.

"수줍음?" 그녀의 엄마 스텔라가 촉촉한 파란 눈으로 펄을 돌아보며 말했다. 펄은 그 눈빛에서 엄마의 과거를 살짝 엿볼 수 있을 것 같았다. 유기아동, 지역 전문대학에 다니면서 일을 했던 스트리퍼, 한 남자의 두 번째 트로피 와이프(나이 많은 남자의 젊고 매력적인 아내)의 자리를 빼앗은 또 하나의 트로피 와이프, 싱글맘, 알코올중독자, 폐업 직전의 서점 주인. 스텔라의 눈은 펄의 모든 세포를 속속들이 들여다보고 있었다. 비록 못난 엄마였지만 스텔라는 세상 그 누구보다도 펄을 잘 알았다.

"넌 전혀 수줍지 않잖니."

그건 사실이었다. 펄에게 수줍음은 전혀 어울리지 않았다.

오늘 밤, 열다섯 살 펄은 찰리를 지켜보고 있었다. 몇 주 전 엄마의 인생에 불쑥 나타났을 때부터 그는 펄의 시선과 관심을 확 잡아끌었었다. 그는 엄마가 선호하는 스타일과는 거리가 멀었다. 과묵하고 책을 좋아하는 평범한 남자였다. 적어도 겉으로는 그렇게 보였다. 그의 눈빛 뒤에서는 새까만 무언가가 연신 깜빡이고 꿈틀댔다. 그는 웃음이 많았지만, 그것은 상대를 불편하게 만드는 묘한 웃음이었다.

그는 엄마가 고용한 서점 직원이었다. 가게 뒤편에서 상자를 뜯고 책꽂이를 채우고 손님의 계산을 도왔다. 서점이 폐업 위기에 처해 있음을 아는 펄은 스텔라가 무슨 돈으로 새 직원을 들일 수 있었는지 궁금했다. 하지만 그녀는 굳이 묻지 않았다.

일주일 후, 찰리는 밤마다 엄마의 운전기사 노릇까지 맡아 하게 됐다. 펄은 창밖으로 상어처럼 생긴 검은 차 안에서 한동안 나오지 않는 두 사람을 지켜보았다. 시동도 끄지 않은 차는 가로등 불빛을 받아 번들거렸다.

오늘 밤, 그는 주방에 들어와 콧노래를 흥얼거리며 요리를 하고 있었다. 주방 안에서는 향긋한 음식 냄새가 진동했다.

그는 다른 남자들과 달랐다. 엄마가 데려온 남자들 대부분은 덩치가 산 만했고, 목소리가 컸으며, 문신과 가식적인 미소로 무장했었다. 거기다 멀건 눈빛까지. 그들은 그녀 엄마의 지성에 크게 못 미치는 우둔한 남자들이었다. 스텔라는 처음에는 한껏 들뜬 모습으로 경박한 미소를 흘려댔다. 하지만 오래가지 않아 짜증과 분노, 실망과 권태에 휩싸여버렸다. 이따금 싸움과 고성으로 온 집 안이 들썩이곤 했다. 주로 그녀의 엄마가 고성을 질렀고, 기가 눌린 남자들은 몸을 피하거나 황급히 집을 나가버렸다. 그리고 그렇게 떠난 남자들은 두 번 다시 돌아오지 않았다. 그렇게 나타났다가 하루 만에 자취를 감춰버린 남자가 한둘이 아니었다.

펄은 그들에게 별 관심을 두지 않았다. 그들에 대한 기억은 그녀의 머릿속에서 뒤죽박죽 섞여버렸다. 그녀에게 그들은 단지 한 남자의 여러 버전에 지나지 않았다. 그들은 한 번도 그녀를 괴롭히거나 귀찮게 한 적이 없었다. 하지만 스텔라의 평가처럼 죄다 쓸모없는 놈들이었다. 그들 모두에게는 마치 약속이라도 한 듯 모자란 부분이 하나씩은 있었다. 펄은 그들에게 받은 선물을 수집했다. 톰이 사준 진짜 다이아몬드 조각이 박힌 팔찌, 크리스천이 사준 아이팟, 유니콘 인형은…… 그 사람 이름이 뭐였더라?

그녀의 엄마는 호리호리한 체구에 염색한 금발 머리, 그리고 유리 몽돌 같은 눈을 가지고 있었다. 그녀는 불이고 얼음이었다. 남자들의 넋을 쏙 빼놓을 정도의 미인. 언젠가 펄에게 이런 말을 들려준 남자가 있었다. 네 엄마는 남자들에게 요술을 걸 줄 알아. 우린 그냥 거기에 홀려버리는 거야.

펄은 엄마에게서 그런 면을 찾아볼 수 없었다.

그녀의 엄마는 그릇된 선택의 대가를 톡톡히 치르느라 늘 피곤하고 쪼들렸다. 만약 스텔라가 정말로 요술을 걸 줄 알았다면 파산을 앞둔 서점 주인으로 살고 있지는 않았을 것이다. 방 두 칸짜리 황폐한 랜치 하우스(폭은 별로 넓지 않은데 옆으로 길쭉하고 지붕의 경사가 작은 단층집)에 사는 일도 없었을 것이며, 못난 남자 친구들을 수시로 갈아치우는 한심한 싱글맘으로 남지도 않았을 것이다.

오늘 밤, 펄은 직접 저녁상을 차렸다. 그녀는 주전자에 정수한 물을 담아 식탁에 놓아두고 의자에 앉아 노트북을 열었다.

찰리는 마치 집주인이라도 되는 듯 너무나도 자연스러운 모습으로 주방을 들락거렸다. 그는 묻지도 않고 필요한 것들을 착착 찾아냈다. 펄은 과연 엄마도 찰리처럼 그럴 수 있을지 문득 궁금해졌다. 스텔라가 일요일마다 성의 없이 차려주는 메뉴는 스크램블드에그와 토스트가 전부였다. 그렇다고 찰리처럼 분위기를 띄울 줄 아는 것도 아니었다.

"요즘엔 무슨 책을 읽고 있니, 펄?" 찰리가 골똘한 생각에 잠겨있는 펄을 빤히 쳐다보며 물었다.

스토브 위에서는 정체 모를 소스에 재운 닭고기가 지글거리고, 오븐 안에서는 빵이 구워지고 있었다. 그녀조차도 존재를 몰랐던 그

룻에는 화려한 색채의 샐러드가 담겨있었다. 온종일 굶었던 펄의 배는 연신 꼬르륵댔다.

"제인 에어." 그녀가 대답했다.

지금껏 엄마가 데려온 남자들 중 그런 질문을 던진 이는 아무도 없었다.

"학교 숙제야?"

"아뇨. 학교에선《기억 전달자The Giver》를 읽고 있어요."

"완전 극과 극인데?" 그가 냄비 속 닭고기를 휘휘 저어대며 말했다. "공통된 주제가 있니?"

오랜만에 받아보는 질문다운 질문. 순간 펄은 머릿속에서 무언가가 폭발하는 걸 느꼈다. 오직 소설을 떠올릴 때만 누릴 수 있는 환희. 남이 쓴 이야기나, 한밤중에 침대에 누워 직접 엮어 만든 이야기 속에서만. 자신에 관한 이야기, 장래 희망에 관한 이야기, 기억에 없는 아버지에 관한 이야기, 만나고 싶은 사람들과 가고 싶은 장소들에 관한 이야기.

펄은 앞에 펼쳐놓은 노트북으로 무언가를 끼적거리며 머리를 굴려보았다. 고전문학 대 청소년을 위한 디스토피아 소설. 그 두 작품을 비교해볼 생각을 미처 못 했었다. 하지만 꼼꼼히 따져보니 그것들에는 유사한 부분이 적지 않았다. 펄은 찰리를 흘끔 올려다보았다. 그의 안경은 그녀의 것만큼이나 두꺼웠다. 저 커다란 안경 뒤로 뭔가를 감추고 있지 않을까?

"두 캐릭터 모두 강요에 의해 자신들에 대한 거짓 정보를 믿게 돼요." 펄이 말했다.

냄비에 후추를 갈아 넣던 찰리가 눈썹을 추켜세우며 미소를 지어 보였다. "자세히 설명해봐."

펄은 내면 깊은 곳에서 짜릿한 기분을 느꼈다. 엄마에게 이런 남자 친구가 생기다니. 이런 수준 높은 질문을 받게 될 줄이야!

"사람들은 제인에게 자신이 모두에게 부담을 주는 무가치한 인간이라 믿도록 만들었어요. 다른 식구들보다 못난 존재라고 말이죠." 펄이 말했다. "그리고 《기억 전달자》에서 조너스는 인류 역사의 모든 고통과 갈등을 제거한 사회에서 길러졌어요. 두 인물 모두 독립할 때까지 자기 자신들을 이해하지 못하죠."

찰리는 진지한 표정으로 고개를 끄덕였다. 그의 얼굴은 평온해 보였지만 눈빛은 강렬했다. 그녀는 무의식적으로 자리에서 일어나 마치 무언가에 끌리듯이 카운터 앞으로 다가갔다.

"대단한 관찰력인데." 그가 말했다. "두 작품 모두 성년이 되어가는 과정을 보여주고 있어. 비록 시대 배경은 한 세기 이상 차이가 나지만. 파릇파릇한 청소년들이 가족과 사회의 구속에서 벗어나 자신들이 나아가야 할 길을 닦아간다는, 시대를 초월한 스토리야. 그들이 왜 그런다고 생각하니?"

그는 펄에게서 눈을 떼고 물 흐르듯 움직여 오븐 앞으로 다가갔다. 그런 다음, 잘 구워진 빵을 꺼내고 샐러드에 드레싱을 뿌렸다. 그의 모든 행동이 너무나도 자연스러웠다. 마치 이 집의 주인이기라도 한 듯이.

"왜냐하면 우리 모두 자신만의 길을 직접 개척해나가야 하니까요." 펄이 대답했다.

"바로 그거야." 그가 말했다. "사회가 항상 우리를 바른길로 이끌어주지 않거든. 가족들도 우리에 대해 사실이 아닌 얘길 들려주기도 하고. 가끔은 마음이 시키는 대로 할 필요가 있어."

그가 펄에게 샐러드 그릇을 건넸다. 펄은 그것을 받아들고 식탁으로 돌아갔다.

"엄마가 돌아올 시간이 됐는데." 그가 말했다.

엄마. 자기 엄마도 아니면서. 왠지 친밀하면서도 소유욕이 한껏 묻어나는 표현이었다. 그의 말이 끝내기가 무섭게 뒷벽에 헤드라이트 불빛이 뿌려졌다.

"스텔라가 그러더라. 딸이 똑똑하다고." 찰리가 갓 구운 빵이 담긴 따뜻한 바구니를 건네며 말했다. "하지만 네가 얼마나 똑똑한진 아마 모를걸. 우린 가끔 바로 눈앞의 것도 제대로 못 볼 때가 있잖아."

펄은 할 말을 잊고 말았다. 얼굴이 화끈 달아올랐다. 지금껏 이런 수준의 대화가 가능했던 사람은 영어 교사를 제외하고 아무도 없었다.

그때 그녀의 엄마가 불쑥 들어와 서점이 미치도록 바빴다며 호들갑을 떨어대기 시작했다.

"당신이 뿌린 그 쿠폰 말이에요, 찰리. 그게 제대로 먹혔어요. 스물다섯 명이나 자유 발언대 티켓을 사 갔다고요. 당신은 정말 천재예요."

"당신 아이디어였잖아요, 스텔라." 찰리가 말했다. "내가 한 일이라곤 당신에게 방향을 제시한 것뿐이었어요."

코트를 벗고 손에 든 모든 가방을 내려놓은 스텔라가 펄을 와락 끌어안았다.

"저녁을 준비해놨구나!" 그녀가 말했다. "고마워."

스텔라는 찰리의 볼에 살짝 입을 맞추었다. 펄은 엄마의 허리에 자연스레 얹어진 그의 손을 빤히 바라보았다. 찰리의 시야에서 펄은 그렇게 사라졌다. 늘 그렇듯 엄마의 아름다운 얼굴과 기분 좋은 향기와 막강한 존재감에 파묻혀버리고 만 것이었다.

하지만 펄은 개의치 않았다. 그녀는 그림자를 좋아했다. 그 안에서는 남들이 놓친 모든 것을 똑똑히 볼 수 있었다.

식탁에서 그들은 찰리가 준비해놓은 음식을 먹으며 스텔라의 소규모 소매 서점이 살아남을 방법을 궁리했다. 스텔라는 이따금 의욕에 찬 모습으로 자신이 떠올린 엄청난 계획을 늘어놓곤 했다. 그녀는 소식지를 제작하고, 온라인 판매를 늘리는 한편 책을 구매하는 고객들에게 서점을 북클럽 모임 공간으로 제공하겠다고 했다. 또한 지역 도서전을 찾아 작가들을 섭외해보고 싶다고도 했다. 찰리는 적절한 타이밍에 고개를 끄덕이며 열심히 추임새를 넣었다. "좋아요!" 아니면 "기발한 아이디어예요, 스텔라!" 뭐 이러면서.

찰리 쪽으로 몸을 기울인 스텔라는 그의 손을 조몰락거리며 연신 미소를 흘려댔다. 저녁을 먹고 나면 펄은 자신의 방으로 올라가 숙제를 마저 하든가 잠에 빠져들 때까지 책을 읽곤 했다. 찰리와 그녀의 엄마는 안방으로 사라졌고, 그들은 밤새 아무 소리도 내지 않을 것이고, 찰리는 펄이 기상하기 전에 집을 나설 것이다. 하지만 지금 그들은 화기애애한 분위기 속에서 식사를 이어나갔다.

아무튼 찰리에게는 남들과 다른 구석이 있었다. 이 집에 발을 들인 남자들 대부분은 스텔라에게 단단히 홀린 노예들이었다. 그들은 그녀의 말 한마디 한마디에 열광하고 집착했다. 대체 무엇에 홀려버렸을까? 미모? 엄마의 미모가 그들을 사로잡아버린 걸까? 아니, 그 이상의 무언가가 분명 있을 것이다. 안에서 발산되는, 자성^{磁性}과도 같은 무언가가. 하지만 찰리와 스텔라 사이에서 묻어나는 에너지는…… 마치 댄서와 흡족해하며 지켜보는 관객을 연상시켰다.

"오늘 학교는 어땠니, 펄?" 찰리가 물었다.

스텔라는 흠칫 놀라는 모습이었다. 마치 펄이 함께 자리하고 있다는 사실을 깜빡 잊었다는 듯이. 깜짝 놀라기는 펄도 마찬가지였다.

"과학 시간에 개구리를 해부했어요." 펄이 말했다. "심장도 꺼내보고요."

그들이 일제히 각자의 접시를 내려다보았다. "정말이니, 펄?" 스텔라가 넌더리를 내며 말했다.

"아." 찰리가 말했다. "깜짝 놀랄 만한 걸 배우진 않았고?"

"그냥 뭐," 펄이 말했다. "난 실험을 별로 좋아하지 않아요. 하지만 생각했던 것보다 혐오스럽진 않더라고요. 솔직히 좀 흥미로웠어요. 피부 아래서 어떤 일이 벌어지고 있는지 엿볼 수 있었으니까요. 다들 몸속 장기들에 대해 의식하며 살지 않잖아요."

찰리가 환하게 미소를 지었다. 스텔라는 식탁을 밀고 자리에서 일어났다. 펄이 기다렸던 반응이 이제야 나온 것이었다. 찰리도 그것을 똑똑히 확인했다.

"밥맛이 다 떨어졌잖아." 스텔라가 말했다.

"앉아요." 찰리가 말했다.

펄은 흠칫 놀라며 엄마를 돌아보았다. 찰리의 목소리는 마치 달래듯이 부드러웠다. 하지만 스텔라는 대화 중 주목받지 못하면 그렇게 심통을 부리곤 했다. 또한 남으로부터, 특히 남자들로부터 지시받는 걸 좋아하지 않았다. 버럭 화를 낼까? 자리를 박차고 나가버릴까? 펄은 곧 펼쳐지게 될 상황을 숨죽여 기다렸다.

"펄은 그냥 우릴 놀래주려고 그런 거예요." 찰리가 여전히 미소를 흘리며 말했다. 확 달아올랐던 분위기가 금세 식어버렸다.

놀랍게도 스텔라는 차분히 앉아 의자를 식탁 앞으로 끌고 갔다. 그녀는 짜증 섞인 미소를 지어 보이며 딸에게 눈을 흘겼다. 펄은 애꿎은 닭고기를 콕콕 찔러댔다.

"미안해요." 스텔라가 말했다.

"오늘 서점 창고에 놓아둔 쥐덫을 비웠어요." 그녀가 말했다. "방금 들은 얘기만큼이나 역겨운 일이었죠."

찰리가 스텔라의 손을 살며시 잡았다. "이제 그런 일은 하지 말아요, 스텔라." 그가 말했다. "내가 알아서 처리할 테니까."

"고마워요, 찰리." 그녀가 말했다. 그녀의 부드러운 목소리에서는 진심이 묻어났다.

이번 남자 친구는 분명 나머지 놈들과는 달랐다.

스텔라는 장부 정리를 위해 서재로 들어가 버렸고, 펄은 찰리를 도와 식탁을 정리했다. 펄은 분주히 움직이면서도 자신에게 고정된 찰리의 시선을 똑똑히 느낄 수 있었다.

"넌 아주 재밌는 아이야, 펄." 눈이 마주치자 찰리가 말했다. 그가 자신의 관자놀이를 톡톡 두드렸다. "똑똑하기도 하고."

바로 그 순간, 투명 인간처럼 살아온 펄은 태어나서 처음으로 상대의 눈에 띄는 기분이 얼마나 짜릿한지 깨달았다.

6

셀레나

집에 도착한 그녀는 시동도 끄지 않은 채 멍하니 앉아있었다. 늘 보던 집이 낯설게 느껴졌다. 빛을 받아 일렁이는 복제판. 그녀가 속하지 않은 예쁘장한 곳. 그녀는 소녀 시절 이런 집에서 살아보는 게 소원이었다. 커다란 이층집. 확 트인 방, 높은 천장, 덧문과 지붕널, 잎이 무성한 나무들, 공들여 꾸민 조경. 그녀는 계절이 바뀔 때마다 다년생 식물을 바꿔 심었고, 여름 내내 꼼꼼하게 잡초를 뽑았다. 핼러윈과 크리스마스 때는 과하다 싶을 정도로 집을 장식했다. 그게 다 어머니의 가르침 때문이었다. 집은 네 인생의 마음이야. 그녀의 마음은 이미 찢어졌다. 그리고 이제는 그녀의 집과 인생이 차례로 찢어질 차례였다.

아이들 방에는 불이 꺼져있었다. 야간 조명은 드리워진 커튼을 주황색으로 물들여놓았다. 그녀는 아이들에게 굿나잇 키스를 해주지 못한 것이 못내 아쉬웠다. 그나마 아이들을 위해 가식적으로 웃지 않아도 되는 것은 다행이었다.

기차에서 낯선 여자와 말을 섞고 난 후 그녀 안에서는 전에 없던 기운이 샘솟았다. 그녀는 더 이상 참지 않기로 했다. 더 이상 행복한 척 연기하지 않기로.

그녀는 그레이엄이 차고에서 자신의 차를 뺄 수 있을 만큼의 공간을 남겨놓은 채 주차를 마쳤다. 아이들이 깰 수 있어 차고 문은 올리지 않았다.

불이 환히 켜지고 따스한 온기를 머금은 현관 입구로 들어선 그녀는 문 옆에 가방을 내려놓고 복도를 따라 주방으로 향했다.

그때 샤워를 마친 그레이엄이 문을 열고 들어왔다. 그럼 그렇지. 둘이 놀아난 냄새를 없애려고 애를 썼군. 하지만 그의 얼굴과 냄새는 언제나 그렇듯 완벽했다.

"저기," 그녀가 말했다. "우리 얘기 좀 해."

그들은 어느 비 오는 저녁, 이스트 빌리지에서 만났다. 그녀는 유명한 믹솔로지스트(칵테일 만드는 전문가)의 저자 사인회가 열리는 애비뉴 A로 향하는 길이었다. 셀레나는 늦지 않으려 거리를 내달렸다. 거센 바람에 뒤집힌 그녀의 나선형 우산은 무용지물이 돼버린 지 오래였다. 구두 굽이 부러지면서 그녀는 보도에 고꾸라졌고, 그 바람에 가방 속 내용물들이 콘크리트 위에 뿌려졌다. 멀리 날아간 휴대폰은 둔탁한 소리를 내며 떨어졌다.

"오, 맙소사! 괜찮아요?"

어안이 벙벙해진 그녀는 찰과상 입은 무릎의 통증을 거의 느끼지 못했다. 맵시 나는 항공 재킷과 슬림핏 바지를 걸친 검은 머리의 건장한 남자가 후다닥 달려가 휴대폰과 립스틱과 지갑을 주워왔다. 그는 그녀를 부축해 일으켰다. 못 쓰게 된 우산은 보도를 뒹굴고 있었다. 굵은 빗줄기 아래서 두 사람은 쫄딱 젖어버렸다.

"괜찮아요." 그녀가 민망한 듯 미소를 지으며 말했다. "내가 좀 칠칠치 못해요. 툭하면 이렇게 넘어진다니까요."

그건 사실이었다. 성격이 산만한데다 실용성 없는 신발을 즐겨 신는 탓에 그녀는 거리에서 넘어지는 일이 허다했다. 항상 늦었다며 뛰어다니는 습관도 문제였다.

"피가 나는데요."

"웩." 그녀가 자신의 무릎을 내려다보며 말했다. "징그럽네요."

무릎에서 배어 나온 피가 그녀의 종아리를 타고 발목까지 흘러내렸다. 그녀는 가방에서 티슈를 꺼내 들었다. 민망함에 그녀는 그의 얼굴을 똑바로 바라보지 못했다. 그는 그녀가 말릴 틈도 없이 티슈를 낚아채 들고 몸을 숙인 채 그녀의 다리에서 피를 훔쳐내 주었다.

그가 그녀를 올려다보며 씩 웃어 보였다. 그녀가 사랑에 빠져버린 순간이었다.

"난 그레이엄이에요." 그가 말했다.

"셀레나예요."

"나중에 우리 아이들에게 이 운명적인 순간에 대해 들려줄 기회가 있겠죠?" 허리를 편 그레이엄이 티슈를 가까운 쓰레기통에 휙 던져 넣으며 말했다.

최악의 하루를 보내던 그녀는 하마터면 눈물을 쏟을 뻔했다. 늦잠, 놓쳐버린 기차, 회사에서 저지른 큰 실수, 부진한 실적을 지적하며 상사가 쏟아낸 꾸지람. 하지만 알고 보니 그날은 생애 최고의 날이었다.

가여운 윌. 당시 그들은 함께 살고 있었다. 그녀는 윌과 결별하고 나서 그레이엄과 사귀기 시작했다. 그녀는 자신이 살 집을 얻어 나오기 전까지 그와 키스조차 하지 않았다. 힘겹게 이별을 결정한 그들은 좋은 친구로 남기로 했다. *그 사람, 정말 괜찮겠어?* 몇 달 후, 그녀와 커피를 나누던 윌이 문득 물었다. *그에 대한 확신이 생겼어.* 지금 와서 돌이켜보면 전 애인에게 툭 내뱉기에는 너무나 둔감한 발언이었다.

그렇게 본격적인 연애가 시작됐다. 일레븐 매디슨 파크에서의 저녁 식사, 코스타리카의 집라인(와이어를 타고 높은 곳에서 아래쪽으로 빠르게 하강하는 실외 스포츠), 파리로의 깜짝 여행, 센트럴 파크의 월먼 링크에서 선물한 반짝거리는 다이아몬드까지. 그들은 그녀 아버지 소유의 컨트리클럽에서 성대한 결혼식을 올렸다. 신혼여행은 하와이로 떠났고, 돌아와서는 미리 장만해둔 새집에 살림을 차렸다. 그야말로 모든 게 완벽한 인생이었다.

정말 괜찮겠어?

그녀가 처음으로 외도의 현장을 덮쳤을 때, 물론 그는 외도가 아니었다고 주장했지만, 그레이엄은 전 여자 친구와 섹스팅(성적으로 문란한 내용의 문자 메시지나 사진을 휴대폰으로 전송하는 행위)을 즐기고 있었다. 남편의 휴대폰에서 그가 전 여자 친구와 주고받은 음란한 사진을 여럿 발견한 셀레나는 그만 폭발해버리고 말았다. 그녀는 짐을 싸들고 나와 시내에 자리한 베스의 집으로 들어갔고, 그곳에서 몇 주간 신세를 졌다. 아이들이 태어나기 전의 일이었다. 그레이엄은 용서

해달라고 싹싹 빌었고, 셀레나는 자신과 함께 전문가 상담을 받아야 한다는 조건을 내걸었다.

그레이엄은 카운슬러에게 부족한 자존감을 포르노로 채워왔음을 고백하며 전 여자 친구와의 섹스팅도 그것의 연장이었다고 설명했다. 또한 친밀감에 대한 두려움을 갖고 있다는 사실도 털어놓았다. 부부는 필사의 노력을 다했고, 그 덕분에 간신히 위기를 극복할 수 있었다. 그로부터 얼마 지나지 않아 올리버가 태어났고, 두 사람은 부모로서 새로운 인생을 선물 받게 됐다.

한동안 잠잠하던 그는 친구들과 함께 찾은 라스베이거스에서 또 한 번 사고를 치고 말았다. 스트리퍼. 매춘부. 상세한 내용은 기억나지 않지만 그런 건 아무래도 상관없었다. 차라리 잊고 사는 게 나을 테니까. 셀레나에게는 추가 물증이 필요치 않았다. 이미 머릿속에 섹스팅 사진들이 각인돼 있었기 때문이었다. 그 주말, 그레이엄과 그들의 친구 브래드는 라스베이거스에서 체포됐다. 그녀는 올리버를 엄마에게 맡겨놓고 그들을 구제하기 위해 현장으로 날아갔다. 또다시 전문가 상담을 받게 된 그레이엄은 아이가 태어난 후 육아 스트레스를 심하게 겪었다고 주장했다. 카운슬러는 어느새 그의 옹호자가 돼 있었다. 가엾은 그레이엄이 아버지와 남편으로서 책임감의 무게를 견디지 못하고 일탈을 해버린 것이라면서 그레이엄을 위로하는 데에만 급급했다. 그 후로도 카운슬링은 한동안 이어졌다.

"남편을 중독자라고 생각해봐요." 언젠가 셀레나의 카운슬러가 한 세션에서 말했다. 그레이엄의 카운슬러와 달리 그는 남편 편에 서지 않았다. "남편분의 행동은 부인이 통제할 수도, 바로잡을 수도 없습니다. 남편분의 그런 결점에 필요 이상으로 에너지를 쏟을 필요는 없어요. 다만 부인 자신의 경계가 어디인지는 확실히 지정해둘 필요가 있어요. 어느 부분까지 용인할 것인지. 원래 결혼생활은 협상의 연속입니다. 양측 모두가 합의한 내용에 따라야 하고요."

스티븐이 태어난 후 그레이엄은 확 바뀌었다. 아니, 적어도 그렇게 보였다. 스티븐은 그의 소울메이트였다. 신기하게도 둘째 아이의 출산이 겉돌던 그레이엄의 마음을 다잡아주었다. 그레이엄은 가족에게 헌신했고, 전에 없던 열의를 가지고 직장 생활에 임했다. 주말은 무조건 집에서 식구들과 함께 보냈다. 더 이상 친구들과 '남자들의 밤' 따위는 갖지 않았다. 그 덕분에 그의 난봉꾼 친구들도 하나둘씩 정신을 차리게 됐다.

어느 날 밤, 부부는 아이들 방에 들어가 곤히 잠든 스티븐을 한동안 물끄러미 지켜보았다.

"고마워." 그가 아내에게 속삭였다. "인내하고 지켜봐 줘서 고마워. 앞으로 절대 실망하게 하지 않을게. 맹세코."

그녀는 그 말을 믿었다. 믿을 수밖에 없었다. 그러고 싶었고. 그녀는 남편을 열렬히 사랑했다. 한없이 깊고, 열광적인 사랑. 그를 증오할 때도, 그를 죽이고 싶을 때도, 그의 어리석음과 이기심을 욕할 때조차도. 그들의 사랑은 원초적이었다. 그는 그녀의 것이었고, 그녀는 그의 것이었다. 격렬하고 맹목적인 헌신.

적어도 그녀는 그렇게 믿어왔다.

이런 일이 벌어지기 전까지는.

그를 믿었던 만큼, 사랑의 견고함을 믿었던 만큼 실망도 컸다.

"당신이 그녀 몸에 올라탄 걸 봤어, 그레이엄. 애들 놀이방에서."

굳이 돌려 말할 이유가 없었다.

그의 표정은 우스꽝스러워 보이기까지 했다. 어안이 벙벙한 표정은 이내 순진한 표정으로, 그리고 다시 절망의 표정으로 바뀌었다.

"다른 사람도 아니고 우리 애들 보모랑?" 그녀가 무거운 침묵을 깨고 다시 입을 열었다. "어떻게 그럴 수 있어, 그레이엄?"

그녀는 울고 싶지 않았다. 무슨 일이 있어도 절대 울지 않겠노라 다짐했다. 마음을 굳게 먹어야 앞으로 펼쳐질 상황들에 담담히 대처할 수 있을 테니까. 하지만 결국 눈물을 보이고 말았다.

그가 더듬거리며 말했다. "그…… 그건…… 실수였어. 순간적으로…… 그렇게 돼버렸어. 그동안…… 너무 우울하기도 했고…… 당신도 알다시피 회사에서 잘린 후로 내가 많이 힘들어 했잖아. 그녀가 다가와 먼저 추파를 던졌고, 난 그냥…… 거기 반응했을 뿐이야."

정말? 모든 걸 제네바에게 뒤집어씌우겠다고? 애처롭네. 왜 진작 이런 사람이라는 걸 몰랐을까?

"이번이 두 번째야." 그녀가 나지막이 말했다. "나한테 들킨 것만 두 번째라고."

그가 일어나 그녀에게 다가오기 시작했다. 그녀는 잽싸게 주방 아일랜드 뒤로 돌아갔다. 신기하게도 그녀의 일부는 그의 품에 안겨 위로받기를 바라고 있었다. 그가 부정을 저질렀음을 알면서도 그녀는 남편이 아직도 자신을 사랑하고 있다고 믿고 싶었다. 만약 자신이 본 것들을 기억에서 깨끗이 지워내 주는 약이 있다면 그녀는 기꺼이 그것을 구해 먹었을 것이다.

골치 아픈 문제가 알아서 해결됐으면 좋겠다고 생각해본 적 없어요?

하지만 문제는 알아서 해결되지 않는다. 문제가 생기면 직접 나서서 바로잡는 수밖에는 없다.

"더 이상 다가오지 마, 그레이엄." 그녀가 단호한 톤으로 말했다. "그냥 집에서 나가줘. 당신 없는 곳에서 차분히 생각할 시간이 필요해."

"셀레나."

그녀는 뒤로 몇 걸음 더 물러났고, 그는 계속해서 다가왔다.

"여보," 그가 버터처럼 부드러운 목소리로 말했다. 그의 얼굴에서는 슬픔과 자포자기의 표정이 교차하고 있었다. 그녀에게는 너무나 익숙한 표정이었다. 감정이 풍부한 커다란 눈, 진심 어린 애원. 하지만 더 이상의 용서는 없었다.

"부탁이야." 그가 말했다. "내 말 좀 들어봐."

그녀는 애써 태연한 척했지만, 목소리는 여전히 작고 구슬펐다.

"당신이 무슨 얘길 해도 소용없어."

그레이엄은 아내의 말에 집중하지 않았다. 그는 그녀가 구석으로 내몰릴 때까지 계속해서 다가왔다. 그녀는 더 이상 빠져나갈 구멍이 없었다.

그녀는 지금처럼 옵션 없는 상황이 싫었다. 끓어오르는 분노, 그리고 공포.

또한 그녀는 남편의 얼굴에 떠오른 표정이 영 마음에 들지 않았다. 그는 대판 싸움이 벌어질 때마다 지금 같은 표정을 지어 보였었다. 그는 단 한 번도 아내에게 손찌검한 적이 없었다. 하지만 그가 격노하는 모습은 보기만 해도 섬뜩했다. 그녀는 그가 분노할 때 어떻게 돌변하는지 누구보다도 잘 알고 있었다.

그레이엄이 그녀를 향해 손을 뻗었다. 순간 그녀의 입에서 비명이 터져 나왔다.

"저리 가, 그레이엄!"

그녀의 목소리가 집 안을 쩌렁쩌렁 울려댔다. 그녀는 바닥에서 스티븐의 장난감 로봇을 집어 들었다. 각지고 묵직한 무기. 그녀는 자신이 지른 고성에 아이들이 깨지 않았기를 바랐다.

7

앤

내가 예민한 건가? 사무실로 들어선 앤은 실내 공기가 머금고 있는 불길한 기운을 똑똑히 감지할 수 있었다. 그녀를 노골적으로 경멸해온 접수 담당 직원, 이비가 고개를 들고 미소를 지어 보이는 순간 앤은 무언가가 단단히 잘못됐음을 깨달았다.

"케이트가 사무실로 오래요." 이비가 말했다. 그녀의 코에는 잔주름이 잡혔고, 눈은 번뜩였다. 악의로 가득 찬 표정.

눈부시게 하얀 이비의 치아는 그녀의 올리브색 피부와 현저한 대조를 이루었다. 그녀의 눈은 머리와 같은 새까만 색을 띠고 있었다. 이비의 인스타그램은 유치하고 황당한 포스트로 넘쳐났다. 셀카 사진들, 만화 속 미녀 캐릭터처럼 도발적으로 차려입고 화장을 두껍게 한 채로 다양한 장소에서 촬영한 설정 샷들. 이비는 매일 입술을 쭉 내밀고 가슴골을 훤히 드러낸 사진을 인스타그램에 올렸고, 팔로워들은 '좋아요' 버튼을 누르고 하트 눈 이모티콘을 찍어 날리는 것으로 화답했다. 이비 같은 사람은 대체 뭘 원할까? 요즘 모두가 그러듯이 자기도 스타가 되고 싶은 건가? 대중에게 사랑받는 부자? 완벽해

지길 원하나? 아니. 남들 눈에 완벽해 보이길 바라는 거겠지.

하지만 세상에 완벽한 것은 없었다. 적어도 현실 속에서는. 완벽해지려는 노력은 승산 없는 싸움이었다. 애를 쓸수록 공허한 기분만 커져 갈 뿐이었다.

앤은 이비가 쓴 모든 가면을 똑똑히 확인할 수 있었다. 그중 무엇 하나 마음에 드는 게 없었다.

"알았어요." 앤이 밝은 목소리로 말했다. "고마워요!"

그녀는 자신을 쳐다보는 이비의 눈빛이 거슬렸다. 왠지 이비는 남들이 미처 보지 못하는 부분까지 꿰뚫어 보는 것 같았다. 세상에는 그런 사람들이 있었다. 상대를 보고 느낄 줄 아는 사람들. 경찰이나 사립 탐정들처럼. 그리고 예술가, 작가, 사진가들처럼 에너지와 창의적인 것들을 짚어낼 줄 아는, 과도한 감성을 가지고 있는 예민한 타입들.

당신은 좀 이상해. 당신 눈을 들여다보면 마치 무無의 상태를 둥둥 떠다니는 듯한 기분이 들어. 언젠가 그녀의 첫 번째 남자 친구가 그녀의 귀에 대고 속삭였다. 그때만 해도 앤에게는 자신 또한 누군가를 사랑할 수 있을 거라는 믿음이 있었다.

하지만 사람들은 모두 내면의 허리케인에 갇혀 살았다. 그리고 그 폭풍 밖 세상에 대해서는 조금도 알지 못했다.

"좋은 하루 보내요." 이비가 그녀 뒤에 대고 말했다. 하지만 앤이 돌아보았을 때 이비의 눈은 또 다른 메시지를 보내고 있었다. 왠지 분위기가 심상치 않았다.

세상에는 자기 의지대로 되지 않는 일이 너무 많았다. 그녀는 어릴 적 그걸 깨달았다. 특히 미국에서는 개인 각자가 자신의 운명을 개척해나갈 수 있다는 문화적 오해가 있었다. 긍정적인 사고, 창의적인 시각화, 현상, 비전 보드, 소원을 이루게 해달라는 간절한 기도. 앤은 노력하면 희망하는 무엇이든 이룰 수 있다고 믿었다. 그런 믿음은 그녀에게 자신감을 불어넣어 주었고, 남들이 주저하는 일들을 척척 해치울 수 있도록 도와주었다.

하지만 세상일에는 예측 불가능한 '와일드카드'가 있기 마련이었다. 인간의 나약함 때문에. 사람들은 너무나도 변덕스러웠다. 그것은 아빠가 그녀에게 가장 먼저 가르쳐준 사실이었다.

그녀는 휴의 사무실을 지나쳐 나아갔다. 그는 자리에 없었다. 늘 그렇듯이. 그는 9시 45분 즈음에 여유롭게 나타나곤 했다. 반면에 케이트는 그 누구보다도 일찍 출근했다. 휴는 아내가 새벽 5시에 기상하고, 개인 트레이너와 한 시간쯤 운동을 한 후 그린 스무디와 트리플 샷 에스프레소를 마신다고 그녀에게 알려주었다. 그녀는 무슨 일이 있어도 7시 30분 전에는 사무실에 도착했다. 공포. 자신을 스스로 그렇게 몰아붙이는 건 무언가에 대한 공포 때문일 것이다. 그런 사람들은 대체 뭘 원하지? 그들은 최고가 되고 싶어 했고, 누구보다도 소유욕이 컸다. 최고가 되어야 해코지를 당하지 않을 테니까.

하지만 세상에 해코지로부터 자유로운 사람은 없었다.

앤은 책상에 앉아 가방 내용물을 아주 조심스레 꺼내고 있었다. 몰스킨, 펜, 점심 도시락. 그녀는 케이트의 사무실로 향하기 전 심하게 요동치는 가슴부터 진정시키기로 했다. 상황부터 제대로 파악해보기로. 그녀는 전날 밤 휴와 함께 했던 시간을 머릿속으로 되짚어보았다. 그녀는 그에게 문자 메시지를 전송하려다 말았다.

전화기에 붙은 버저가 요란하게 울려대자 그녀는 잽싸게 수화기를 집어 들었다.

"네."

"안녕, 앤." 케이트의 비서 브렌트였다. "케이트가 사무실로 오라는데요."

"지금 갈게요." 그녀가 밝은 톤으로 말했다.

케이트는 일부러 5분을 흘려보냈다. 시간을 끌면서 상대를 기다리게 만드는 것도 파워 플레이의 일부였다.

버저가 다시 울렸지만 그녀는 응답하지 않았다. 그녀는 자리에서 천천히 일어나 케이트의 사무실로 향했다. 크고 전망 좋은 그녀의 사무실에는 플러시 천으로 된 소파와 바닥에서 천장까지 이어지는 책장, 그리고 부담스러울 만큼 큰 책상이 갖춰져 있었다.

앤은 종종 기어이 그 사무실을 차지한 자신의 모습을 상상해보곤 했었다. 회사 내 힘의 균형을 이해하기 전까지. 실권을 쥔 건 케이트였지만 보스처럼 구는 건 휴였다. 케이트는 그런 남편을 그냥 내버려두었다. 바람직한 결혼생활이란 바로 그런 것이었다. 모두가 각자 원하는 걸 누릴 수 있어야만 모두가 행복해질 수 있었다.

브렌트는 자리에 없었다. 앤은 플러시 카펫을 지르밟고 케이트의 사무실로 들어갔다. 그녀는 책상에 앉아있었다. 앤은 방 안 분위기를 신속하게 살폈다.

케이트는 쿨하고 차분한 모습이었다. 몸은 살짝 경직돼 있었고 눈빛은 날카로웠다. 앤은 그녀의 미모에 새삼 감탄했다. 귀족적인 분위기, 군살 하나 없는 몸매, 짧게 깎은 금발 머리. 케이트는 그런 훌륭한 물적 자산을 최상의 상태로 유지하기 위해 적잖은 돈을 쏟아부었다. 촉촉한 피부, 늘씬하고 탄력 있는 몸. 그녀의 얼굴에서는 늘 봐온, 사람 좋은 미소는 찾아볼 수 없었다.

그녀의 표정은 어두웠다. 분위기가 심상치 않았다. 휴는 긴 소파에 축 늘어진 채 앉아있었다. 그의 얼굴은 식중독에 걸린 사람처럼 초록빛을 띠고 있었고, 눈 밑으로는 다크서클이 그려져 있었다. 그가 앤을 흘끔 돌아보며 고개를 까딱였다.

"안녕하세요." 앤이 밝은 목소리로 말했다.

"어서 와요, 앤." 케이트가 말했다. "앉아요."

앤은 책상에서 멀찍이 떨어진 작은 의자에 앉았다. 마치 교장실에 끌려온 아이가 된 기분이었다. 가석방 심사 위원회 앞에 선 재소자가 된 기분. 취조실에 갇힌 용의자가 된 기분.

브렌트가 사무실 문을 닫자 방 안의 모든 공기가 빠져나간 듯한 기분이 느껴졌다.

그녀는 문득 짚이는 데가 몇 군데 있었다.

휴. 그 때문일 가능성이 가장 컸다. 앤은 지난 몇 개월간 휴와 바람을 피워왔다. 그는 그녀와 사랑에 빠져있었다. 적어도 그는 그렇다고 했다. 그는 그녀와 함께하기 위해 케이트와 갈라서겠노라고 큰소리쳤었다. 그녀는 그의 사랑을 원치 않았고, 그가 아내와 갈라서는 것도 바라지 않았다. 앤은 그를 사랑하지 않았고, 그와 미래를 함께할 마음도 없었다.

그게 아니라면 돈 문제일 것이다. 앤은 회사의 여러 계좌에서 몰래 돈을 뽑아 자신의 계좌로 옮겨왔다. 꾸준히 모아온 푼돈은 금세 엄청나게 불어났다.

만약 그것도 아니라면…… 고객 문제인가? 지난주 그녀에게 사기를 치려다 발각된 한물간 프로 농구 선수가 있었다. 어쩌면 그가 회사에 항의했는지도 몰랐다. 설령 그게 사실이라 해도 그 문제는 크게 걱정할 일이 아니었다.

그녀는 순진해 보이는 표정을 지으며 입가에 야릇한 미소를 머금었다. 아빠 덕분에 완벽하게 통달할 수 있었던 표정이었다. *상대는 네가 무슨 생각을 하고 있는지, 어떤 감정을 느끼고 있는지 몰라. 계속 그 표정을 유지해. 절대 감정을 내보여선 안 돼.*

"자," 허리를 곧게 편 케이트가 눈을 번뜩이며 말했다. "바로 본론으로 들어가죠. 휴와 난 결혼 25년 차예요."

케이트가 두 손을 가지런히 모으고는 계속 말을 이어 나갔다.

"당신은 아직 젊어서 오래 지속된 관계의 속성을 이해하지 못할 거예요. 살다 보면 좋을 때도 있고 나쁠 때도 있기 마련이죠. 열렬히 사랑할 때도 있고 그렇지 않을 때도 있어요. 휴와 난…… 우린 그동안 많은 실수를 저질렀고 서로에게 씻을 수 없는 상처를 안겨줬어요."

앤은 고개를 끄덕였다. 여유 넘치는 그녀의 얼굴에는 어째서 케이트가 이런 얘기를 늘어놓는지 모르겠다는 어리둥절한 표정이 떠올라있었다.

"우정과 용서는 모든 결혼생활의 토대예요."

입을 열지 않는 게 중요했다. 지금은 묵묵히 듣기만 할 타이밍이었다.

"사실," 케이트가 한숨을 내쉬며 말했다. "휴와 난 어젯밤 대판 싸웠어요. 전혀 다른 문제 때문이었는데 계속 따지고 들어가다 보니 이 사람이 당신과 바람을 피운 사실이 드러나더군요."

앤은 케이트의 차분한 모습에 혀를 내둘렀다. 아무리 봐도 연기를 하는 것 같지는 않았다. 초조하게 발을 토닥거리지도, 입술을 깨물지도, 손을 조몰락거리지도 않았다. 눈빛 또한 흔들림이 없었다.

"충분히 있을 수 있는 일이에요. 당신은 예쁘잖아요. 그리고 남자들은⋯⋯." 그녀가 짜증 섞인 표정으로 남편을 흘끔 돌아보았다. "당신도 알죠?"

앤은 고개를 떨구고 조금도 느껴지지 않는 수치심과 회한의 표정을 애써 지어 보였다. 왠지 그래야 할 것 같았기 때문이었다. 케이트는 차분한 시선을 앤에게서 거두지 않았다.

대체 무슨 얘길 하려고 그러지? '미투'를 들먹이며 자기한테 유리한 상황을 만들려는 건가? 그들은 그녀를 함부로 해고할 수 없었다. 그랬다가는 그녀가 성희롱을 당했다고 사방에 떠벌리고 다닐 테니까. 케이트는 그런 당황스러운 상황만큼은 피하고 싶어 했다. 만약 내가 케이트였다면 어떻게 했을까? 그녀는 우선 휴부터 해고했을 것이다. 자신은 마치 아무 일도 없었다는 듯 태연한 반응을 보였을 것이고. 하지만 그런 일은 현실에서 결코 벌어지지 않을 것이다. 결국 앤은 억울하게 손해만 보게 될 테고.

빌어먹을.

앤은 자신의 업무와 사무실, 급료, 그리고 여행 기회 등 회사의 모든 면이 은근히 마음에 들었다. 하지만 이제는 전부 미련 없이 놓아야 했다. 차라리 케이트와 바람을 피울 걸 그랬어.

그녀는 끊임없이 이어지는 케이트의 잔소리를 묵묵히 듣고 있었다.

"당신은 휴를 사랑하지 않아요. 저 사람은 그렇다고 주장하지만…… 그게 사실이 아니라는 건 내가 장담할 수 있어요."

케이트는 앤과 휴를 번갈아 쳐다보았다. 저 여자의 눈에 난 어떻게 보일까? 앤은 궁금했다. 날 화냥년으로 보고 있을까? 차분하고 정돈된 일상에 불쑥 나타난 장애물 정도로? 그럼 휴는? 그녀에게 남편은 대체 어떤 존재일까? 소유물? 보여주기식 들러리? 과연 남편을 진심으로 사랑했을까? 만약 그랬다면 대체 왜? 이런 질문들이 앤의 흥미를 자극했다. 어째서 사람들은 이러고들 사는 걸까?

휴는 두 여자에게 시선조차 주지 않았다. 그는 꼭 장난감을 빼앗겨 심통이 난 아이 같아 보였다. 그는 두 손을 머리에, 한쪽 발을 작은 탁자에 각각 얹고 있었다. 그가 헛기침을 한 번 했다. 사무실 안은 어느새 어색한 침묵으로 가득 차 있었다. 앤은 두꺼운 유리 안으로 스며드는 아득한 사이렌 소리를 똑똑히 들을 수 있었다. 그녀는 모든 걸 부인하는 대신 입을 꼭 닫아버렸다. 아빠는 항상 이렇게 말했다. *가만있으면 중간이라도 가지. 침묵은 금이야.*

앤은 절망에 빠진 사람처럼 한 손을 이마로 가져갔다.

"만약 사실이라면," 케이트의 목소리는 놀라울 만큼 부드러웠다. 자애롭게 느껴질 정도였다. "당신들이 정말로 불같은 사랑을 하고 있다면 내가 인정하고 빠져줄게요. 더 이상 막지 않겠다고요."

앤은 문득 궁금해졌다. 그가 옳다구나 하며 내 손을 잡고 여길 뛰쳐나가 줄까? 그녀는 그걸 원치 않으면서도 한편으로는 그가 그래주기를 내심 바라고 있었다. 그래야 케이트의 반응을 확인할 수 있을 테니까. 하지만 그는 탁자에 두 다리를 얹어놓은 채 앉아 창밖만을 내다볼 뿐이었다.

비겁한 사람.

아빠는 늘 말했다. *뭐니 뭐니 해도 돈이 장땡이야.* 아빠의 조언대로라면 케이트는 완벽한 표적인 셈이었다.

"말해봐요, 앤." 케이트가 나지막하면서도 단호하고 실용적인 목소리로 말했다. "당신은 어떻게 하고 싶나요?"

단도직입적으로 파고드는 흥미로운 질문이었다. 그녀의 목소리에서는 이사회실에서처럼 그 어떤 감정도 묻어나지 않았다. 케이트는 늘 이런 식이었다. *쓸데없는 얘긴 그만하죠. 시간 낭비하지 말고.*

앤은 고개를 들고 케이트를 쳐다보았다. 순간 강렬하고 익숙한 부러움이 찾아들었다. 아니, 그보다는 확실히 어두운 감정이었다. 멋진 차를 보면 열쇠로 긁고 싶고, 귀한 그림을 보면 찢어버리고 싶고, 행복해하는 사람을 보면 울리고 싶은 충동을 유발하는 정체 모를 감정.

그들의 시선이 마주쳤다. 앤은 무덤덤했다. 두렵지도, 화가 나지도, 후회가 되지도, 실망스럽지도, 부끄럽지도 않았다. 제대로 된 사람이라면 당연히 느껴야 할 감정들이었지만. 마침내 케이트가 먼저 시선을 돌려버렸다. 그들은 늘 그랬다.

"원하는 걸 얘기해요." 케이트가 팔짱을 낀 채 말했다. "여기 일을 그만두고 내 남편과의 관계를 정리해주는 대가 말이에요. 물론 이번

일과 오늘 합의 내용을 절대 발설하지 않겠다는 협약서에도 서명해야 하고요."

갑자기 사무실 안 공기가 일렁였다. 앤은 예전에도 같은 기분을 느껴본 적이 있었다. 마치 몸에서 빠져나온 영혼처럼 둥둥 떠다니며 자기 자신과 오만한 케이트와 무기력하게 늘어진 휴를 내려다보는 기분. 그녀는 전날 밤의 일들을 차분히 곱씹어보았다. 물론 그런다고 달라질 건 없었다. 그는 애초에 아내와 편한 직장, 아이들, 부자 친구들, 그리고 성공한 동료들을 떠날 생각이 조금도 없었을 테니까.

자, 그럼 이제 협상을 시작해볼까?

어려울 건 없었다. 그녀는 진작 책정해놓은 값을 불렀다. 꽤 부담스러운 액수였지만 예상했던 줄다리기는 벌어지지 않았다. 그녀에게는 변호사의 명함이 건네졌다. 케이트는 내일 아침 9시에 미팅 약속이 잡혀있다면서 반드시 참석할 것을 당부했다.

"우리 거래는 이걸로 끝난 거죠?" 케이트가 말했다. "자, 이제 돌아가도 좋아요."

앤은 긴 복도를 따라 걸어 나갔다. 그녀는 자신에게 집중된 시선을 감지할 수 있었다. 챙길 짐이라고는 그날 아침 가져온 가방뿐이었다. 그녀의 책상에는 개인용품이 없었다. 액자에 담긴 사진도, 귀여운 장식품도.

케이트가 앤을 건물 밖으로 이끄는 동안 휴는 아내의 사무실에 남아있었다.

눈부신 겨울 햇살을 받은 케이트의 얼굴에는 잔주름이 자글거렸다. 목의 피부도 크레이프처럼 고르지 않았으며, 두 손은 미세하게 떨리고 있었다. 완벽해 보였던 케이트도 결국에는 인간에 불과할 뿐이었다. 앤과 다르게. 앤은 여전히 어렴풋이 찾아든 만족감 외에는 아무런 감정도 들지 않았다. 대단히 만족스러운 액수는 아니었지만 그렇다고 불평할 만큼 적다고도 볼 수 없었다.

"두 번 다시 서로 보는 일이 없도록 해요." 여전히 문손잡이를 쥔 채 케이트가 말했다. 영영 자신의 요새에 갇혀 살아야 할 운명인가 보군. 거길 벗어나면 나한테 '쨉'도 안 될 텐데.

앤은 풀이 죽은 모습으로 고개를 끄덕였다. 자신도 모르게 자꾸 입꼬리가 올라가려 했지만, 꾹 참아냈다. 케이트의 가녀린 몸은 이미 어스레한 로비 안으로 사라져버린 후였다.

그건 사실이었다. 케이트는 두 번 다시 앤을 볼 수 없을 것이다. 애초에 올 때부터 뒤에서 몰래 나타났으니까. 케이트는 자신이 어떻게 당했는지 결코 알 수 없을 것이다.

기차를 타고 집으로 돌아오는 길에 앤은 막 끝낸 작업을 꼼꼼히 되짚어보았다. 무엇이 제대로 됐는지, 무엇이 제대로 되지 않았는지. 한적한 기차역에 도착한 그녀는 주차장에 세워놓은 차에 오르며 자신이 저지른 실수와 고쳐야 할 부분들을 하나하나 따져보았다. 그녀가 저지른 가장 큰 실수는 계획을 너무 허술하게 세웠다는 것이었다. 그녀는 회사 생활에 매력을 느꼈고, 그러다 보니 다른 것들에 불필요한 관심을 두게 됐다. 그 결과 정찰 업무에 소홀하게 돼버렸고. 그뿐 아니라 필요 이상으로 시간을 끌었다. 솔직히 그녀는 휴와 함께 한 시간, 그의 정부로 지내며 누린 사치스러운 삶이 꽤 마음에 들었다. 상황 통제력을 상실해버릴 만큼. 하지만 최종 성적은 나쁘지 않았다. 비록 마무리가 지저분해져 버렸지만. 하지만 아빠는 이 결과에 만족할 것이다.

그녀는 차를 몰아 구불구불한 숲길을 달려 나갔다. 하늘은 자주색과 잿빛으로 물들어있었고, 새까만 나무들은 음울해 보였다. 노면과 나뭇가지에는 아직도 눈이 달라붙어 있었다. 그녀는 겨울을 무척이나 싫어했다. 이 텅 빈 느낌을, 봄을 향한 지겨운 기다림을. 휴는 그녀에게 따스한 햇볕과 맛있는 칵테일과 열대 낙원으로의 탈출을 약속했었다. 그녀는 따스한 바닷물이 피부에 닿는 기분과 과일 음료의 톡 쏘는 맛을 느낄 수 있었다. 그녀는 그의 리드를 순순히 따를 준비가 돼 있었고, 죽이 되든 밥이 되든 끝까지 밀고 나가볼 참이었다.

나무들에 에워싸인 집은 낮고 어두웠다. 그녀는 차를 세우고 시동을 끈 후 으스름 속에 잠자코 앉아 앤의 모든 흔적이 벗겨져 나가기를 기다렸다. 차에서 내린 그녀는 현관으로 올라가 자물쇠를 열고 안으로 들어갔다.

"저 왔어요." 그녀가 안으로 들어서며 말했다. 그녀 발밑에서 나무 바닥이 삐걱거렸다.

'일찍 왔구나. 어떻게 됐니?'

"일이 계획대로 풀리지 않았어요."

'그래?'

"걱정 마세요, 아빠." 그녀가 코트를 벗고 가방을 내려놓으며 말했다. "액수가 그렇게 작진 않아요. 이미 또 다른 작업에 착수한 상태이기도 하고요."

'네 걱정은 안 해. 네게 당한 그 남자가 안쓰러울 뿐이지.'

"역시, 아빠는 날 너무 잘 아신다니까."

'그야 당연하지.'

바로 그때, 그녀의 휴대폰이 띵 하고 울렸다. 발신자를 확인하는 순간 짜증이 확 밀려왔다. 상대는 공황 상태에 빠졌는지 한층 더 징징댔다.

더 이상은 못 하겠어.

아무리 생각해도 이건 아닌 것 같아.

지겹지도 않아?

일이 잘못돼가고 있는 게 느껴져. 난 이제 그만할래.

그녀는 굳이 답을 띄우지 않았다. 대신 위층으로 올라가 편한 옷으로 갈아입었다. 청바지, 부드러운 긴소매 티셔츠, 가죽 재킷, 부츠.

'화가 난 것 같구나.' 그녀가 다시 내려오자 아빠가 말했다. 머리가 시원하게 벗겨진 그는 긴 소파에 앉아있었다. '화가 났을 때 일을 벌이면 안 돼. 그럴 때 실수가 자주 나오니까.'

"화가 난 게 아니에요." 그녀가 말했다.

지겹지도 않아?

솔직히 그랬다. 가끔은 너무 지겹다는 생각이 들곤 했다.

8

제네바

제네바는 세 시쯤부터 어두워지는 겨울 오후가 너무나도 싫었다. 하늘에서 빛이 새어나가는 걸 지켜보고 있노라면 심신이 절로 축 늘어졌다. 그녀는 주방에 불을 켜고 식기 세척기에 그릇을 채워나가기 시작했다. 아이들은 한쪽에서 간식을 먹고 있었다. 평소에도 학교에서 돌아오면 이유 없이 짜증을 내는 아이들이었지만 오늘은 특히 더 심통을 부렸다. 스티븐은 연신 샐쭉거렸고, 올리버는 언제나처럼 몸을 웅크린 채 책을 읽고 있었다. 집 안 전체가 침울한 분위기에 젖어 있었다.

그날 아침, 그녀가 도착했을 때 머피 부부는 이미 출근한 상태였다. 그녀는 열쇠로 문을 열고 들어가 주방에 남겨진 메모를 확인했다.

"오늘은 일찍 나가요." 셀레나의 것인지 그레이엄의 것인지 알 수 없는 필체로 휘갈겨 적어놓은 메시지였다. "늘 하던 대로 아이들 픽업 부탁해요."

집 안 꼴은 엉망이었다. 식탁에는 그릇이 널려있었고, 아이들의 침대는 마구 헝클어져 있었다. 평소와는 확실히 다른 풍경이었다. 평소 같았으면 아이들은 그녀가 도착하는 시간에 맞춰 식탁에 앉아 달걀과 토스트를 먹고 있었을 것이다. 아이들은 진작 교복으로 갈아입었을 것이고, 머리도 단정히 빗은 상태였을 것이다. 책가방과 도시락 가방은 현관에 가지런히 놓여있었을 테고.

셀레나는 출근 전에 아이들의 등교 준비를 완벽히 마쳐놓아야 직성이 풀리는 타입이었다. 제네바는 셀레나가 아무리 바빠도 엄마로서 최소한의 노릇이라도 해내려 애쓴다는 걸 알고 있었다. 셀레나는 매일 아이들의 도시락 가방에 짧은 메시지가 담긴 메모를 넣어두었고, 가끔은 설탕이 적게 함유된 특별 간식을 싸주기도 했다. 출근하고 나서도 아이들이 돌아오는 시간에 맞춰 전화를 걸어왔고, 아이들이 필요로 할 때면 언제든 아낌없이 시간을 내주는 정성을 보였다.

반면, 터커 부부네는 완전 딴판이었다. 아이들은 늘 짐승처럼 날뛰었고, 온종일 게임기를 손에서 놓지 않았다. 부모는 위급 상황이 아니면 아이들에게 조금도 신경 쓰지 않았다. 매일 아침 도착해 보면 잠옷 차림으로 설탕 덩어리 시리얼을 게걸스럽게 먹어대는 아이들의 모습을 어렵지 않게 발견할 수 있었다.

셀레나는 터커 부부의 불행이 조금도 안타깝지 않았다.

하지만 셀레나 머피는 아이들에게 헌신하는 좋은 엄마였다. 남편에게는 충실한 아내였고, 제네바에게는 공정하고 다정다감한 고용주였다. 그녀는 자신의 등 뒤에서 몰래 진행되고 있는 계략의 희생양이 돼야 할 이유가 전혀 없었다.

제네바는 곧바로 청소를 시작했다. 침대를 정리하고, 세탁기에 빨래를 넣은 후 방 정리까지 완벽히 해치웠다. 무척 친밀감 넘치는 작업이었다. 남의 옷을 세탁하고, 그들의 침대 시트를 교체하고, 그들이 먹고 아무 데나 던져놓은 그릇을 치우고. 그녀는 조리대를 문질러 닦으며, 하마터면 덜미를 잡혀버릴 뻔했던 순간들을 곱씹어보았다. 언제든 모가지가 달아날 수 있는 게 유급 직원들의 운명이었다. 고용주 가족과 아무리 친해져도 결국에는 소모품 취급을 피할 수가 없었다.

조리대에 남겨진 갈색 점을 살펴보는 동안에도 그녀의 머릿속에서는 '소모품'이라는 단어가 빙빙 맴돌았다. 그녀는 청소를 위해 조리대 앞으로 다가갔다. 이게 뭐지? 그녀는 문득 방금 세탁기에 넣고 온 얼룩진 옷을 떠올렸다. 그제야 미스터리가 풀려버렸다.

피.

스토브 옆에도 같은 얼룩이 남아있었다. 제네바는 알 수 없는 공포에 몸을 떨며 얼룩을 지워나갔다.

제네바는 아이들이 식탁에 앉아 간식을 먹는 동안 아이들의 도시락 가방을 열어보았다.

"선생님이 날 싫어해요." 갑자기 들려온 스티븐의 목소리에 제네바는 흠칫 놀랐다. 소년은 한 손으로 통통한 분홍색 볼을 받쳐 들고 있었다.

"그럴 리가." 제네바가 세척기 전원을 켜며 말했다.

아이들을 데리러 학교에 갔을 때 들은 얘기가 있었다. 스티븐이 또 말썽을 부렸어요. 아이의 깐깐한 담임이 말했다. 스티븐이 놀이터에서 다른 아이를 떠밀었다나. "선생님은 네가 다른 아이들과 사이좋게 지내길 바라실 뿐이야."

"선생님이 너 싫어하는 게 맞아." 올리버가 얄밉게 말했다. 그 애 역시 제네바가 알 수 없는 이유로 심통이 나있는 상태였다. 올리버는 원래 말이 많지 않았다. 스티븐은 모든 걸 구구절절 늘어놓는 반면, 올리버는 꾹 참고 마음속에 담아두는 타입이었다. "네가 말썽꾸러기 인데다가 유치하기까지 해서 선생님이 싫어하는 거야."

"닥쳐!" 스티븐이 빽 소리쳤다. 아이의 벌게진 얼굴은 당장이라도 눈물을 쏟을 것만 같았다.

"올리버." 제네바가 부드럽게 말했다. "사과해."

"미안해." 올리버가 무성의하게 말했다.

형제의 나이 차이는 고작 18개월이었다. 그래서인지 형제임에도 마치 라이벌 범죄 조직의 멤버들을 보는 듯했다. 물론 안 그럴 때도 있기는 했다. 아주 이따금 엿볼 수 있는 우애의 순간. 이렇듯 형제 관계는 매우 복잡했다. 올리버가 방을 나서자 스티븐이 쪼르르 그 뒤를 따랐다. 두 아이는 접시를 깨끗하게 비운 상태였다. 제네바는 싱크에서 접시를 닦으며 자신의 언니를 떠올렸다. 애정과 경쟁심, 존경과 억울함의 묘한 조화. 그녀는 이내 언니 생각을 떨쳐내고 주방 정리를 마저 끝냈다.

몇 분 후, 아이들이 계단을 뛰어 올라가는 소리가 들려왔다. 그들은 영화를 만든다며 아이패드로 서로를 촬영 중이었다. 엉뚱하게도 이럴 때는 죽이 아주 잘 맞았다. 제네바는 아이들이 모바일 장치에 집착하는 것을 크게 문제 삼지 않았다. 직접 익살맞은 영상을 촬영하고 편집하면서 나름 창의력을 키워나갈 수도 있기 때문이었다.

제네바는 거실을 정리했다. 담요를 개고, 쿠션을 부풀려놓았다. 텔레비전을 끈 그녀는 화면에 비친 자신의 반영을 물끄러미 들여다보았다. 올린 머리에 지나치게 헐렁한 셔츠와 청바지. 큰 가슴은 별로 매력적이지 않았다. 남자들은 이런 가슴에 환장했지만, 풍만한 가슴은 가뜩이나 살이 쪄 괴로운 그녀를 더 뚱뚱해 보이게 했다. 오늘 그녀는 화장조차 하지 않은 상태였다. 누가 봐도 평범한 주부의 모습이었다. 집도 없고, 누군가의 아내도 아닌데.

또다시 원치 않는 언니 생각이 뇌리를 스쳤다. 흠잡을 데 없는 미모에 실수라고는 저질러본 적 없고 인생의 모든 부분을 완벽히 통제하는 얄미운 언니.

만나는 남자 없어? 얼마 전, 언니는 물었다. 그녀는 제네바의 모든 면을 못마땅해했다. 삶의 선택도, 직업도. 제네바는 언니에게 인정받기를 간절히 바랐다. 굳이 그럴 필요가 없었음에도.

세탁기에서 빨래가 끝났음을 알리는 벨소리가 들려왔다. 세탁물을 건조기로 옮기러 가려는데 갑자기 차고 문이 올라가기 시작했다.

젠장.

그레이엄.

손바닥에서 땀이 배어 나왔다. 오늘은 이상한 짓 못 하겠지? 집에 아이들도 있는데. 게다가 금요일이라 셀레나의 귀가 시간을 예측할 수도 없고. 제네바는 세탁실로 들어가 건조기를 돌렸다. 서둘러 집을 나설 생각이었다. 급료는 월요일에 받아도 될 테니까.

몇 분 후, 밖에서 셀레나의 목소리가 들려왔다.

"엄마 왔어!" 셀레나가 큰소리로 아이들을 불렀다. 두 아이가 계단을 우르르 뛰어 내려갔다. 엄마! 엄마! 엄마!

나도 저런 기분을 느껴보고 싶은데. 제네바는 생각했다. 이따금 찾아드는 찌르르한 느낌이 또다시 가슴을 울려댔다. 아무리 애를 써도 그녀는 결국 관음증 환자, 침입자, 그리고 외부자일 수밖에 없는 운명이었다.

이젠 네 인생을 살아야지, 제네바. 그녀의 언니는 영혼 없는 다정함이 묻어나는 낭랑한 목소리로 말했다. 설마 이게 네가 원했던 삶은 아니겠지? 너 때문에 걱정이 많아. 넌 꼭 발육이 정지된 사람 같아.

발육 정지. 트라우마나 비탄의 순간, 또는 돌봐주는 이에게 버림받은 순간에서부터 발육이 멈춰버리는 것. 어쩌면 그것은 정확한 진단인지도 몰랐다. 그녀의 언니는 지금껏 그 누구에게도 어리석다는 지적을 받아본 적이 없었다.

제네바는 세탁물을 정리하고 아래층으로 내려갔다.

주방으로 들어서니 두 팔로 아이들을 감싸 안은 셀레나가 눈에 들어왔다. 그녀는 키가 크고 늘씬했다. 짙은 색 머리의 올리버는 엄마를 닮았고, 통통하게 살집이 오른 스티븐은 아빠를 닮았다. 아이들에게서 떨어져 나간 셀레나는 또다시 그들을 차례로 끌어안고 입을 맞추었다. 그런 다음, 제네바를 돌아보며 어색한 미소를 지어 보였다. 그녀와 눈이 마주치는 순간 제네바의 가슴이 철렁 내려앉았다. 셀레나의 눈빛이 평소와 달리 차갑게 느껴졌다.

셀레나도 아는 모양이었다.

"운이 좋네요." 셀레나가 말했다. "주말을 일찍 누릴 수 있게 됐으니."

"그렇게 됐네요." 제네바가 미소를 지으며 말했다.

"물론 급료는 깎지 않을 거예요." 셀레나가 부드러운 톤을 유지하며 말했다.

"고마워요."

셀레나는 화가 난 것 같지 않았다. 만약 모든 걸 알고 있다면…… 어떻게 날 보고 저리도 태연할 수 있을까? 만약 알고 있다면…… 어떻게 아무렇지도 않게 출근할 수 있었을까? 마치 아무 일도 없었다는 것처럼. 제네바는 자신이 닦아냈던 핏자국을 떠올렸다.

그녀는 퇴근 준비에 들어갔다.

미안해요. 제네바는 그렇게 말하고 싶었다. 난 그를 좋아하지도 않아요. 내가 굳이 그래야 했던 말 못 할, 아주 엽기적인 이유가 있어요. 내가 겪어온 일들을 안다면 내 잘못된 선택을 이해할 수 있을 거예요. 그리고 우리 언니. 언니가 내게 요구한 것, 내가 언니를 위해 해야 하는 것들도. 내 인생은 아수라장이 돼버렸어요. 난 거기 갇혀서 헤어나질 못하고 있고요.

하지만 그녀는 고백할 수 없었다.

"아빠는 어딨어요?" 올리버가 묻는다.

"이번 주말엔 안 들어오실 거야." 셀레나가 말했다. "까먹었니?"

올리버가 어리둥절한 표정으로 고개를 저었다. "뭘요?"

"남자들만의 주말." 그녀가 말했다. "조 삼촌이랑 낚시하러 가셨잖니."

"플레이데이트(부모들끼리 잡는 자녀들의 놀이 약속) 같은 거예요?" 눈이 휘둥그레진 스티븐이 순진하게 물었다.

"그래. 어른들도 플레이데이트가 있어." 셀레나가 장난스레 눈을 굴리며 말했다. 제네바는 애써 미소를 지어 보였지만 셀레나는 그녀에게 눈길을 주지 않았다.

"다녀온다는 말도 안 했는데." 올리버가 현관을 돌아보며 말했다. 당장이라도 아버지가 불쑥 나타나 주기를 바란다는 듯이.

"말씀하고 가셨잖아." 셀레나가 말했다. "오늘 아침 일찍. 기억 안 나니?"

"아뇨." 올리버가 단호하게 말했다. "그런 적 없어요."

셀레나가 온화한 미소를 흘리며 아들의 머리를 쓰다듬었다.

"잠이 덜 깼었기 때문에 기억을 못 하는 거야, 이 잠꾸러기야."

"난 기억나요." 스티븐이 말했다. "아빠가 귀에 대고 소곤거리는 소릴 들었어요."

"맞아." 셀레나가 스티븐의 어깨에 손을 얹으며 말했다. 스티븐이 의기양양한 표정으로 형을 돌아보았다. 하지만 올리버는 여전히 의심 가득한 모습이었다.

"이따 잘 시간에 전화하기로 했어요?" 올리버가 물었다.

"휴대폰이 터지는 곳이면 전화하시겠지." 셀레나가 덤덤한 목소리로 말했다. "엄마도 온종일 네 아빠에게 연락을 못 받았어. 그러니 너무 기대하진 마."

셀레나는 그레이엄의 외박에 별 반응을 보이지 않았다. 어쩌면 속으로는 열불이 나지만 애써 태연한 척하는 것인지도 몰랐다. 제네바가 작은 핏자국을 훔쳐내는 데 사용한 걸레는 검붉게 물들어버렸다. 조리대에 남은 분홍빛 얼룩은 끝내 지워지지 않았다. 핏자국을 완벽히 지워내는 방법 따위는 없었다. 헤모글로빈은 늘 씻을 수 없는 흔적을 남겨놓았다. 다공성 표면에도, 섬유에도. 그녀는 표백제를 넣고 두 번이나 세탁한 걸레를 캐비닛 속 깊이 처박아놓았다.

"올라가서 옷 좀 갈아입을게요." 셀레나가 말했다. "그때까지 애들 좀 봐주겠어요?"

"네." 제네바가 말했다. "이번 주말에 좀 쉬고 싶으시면 언제든 문자 주세요."

"어쩌면 그래야 할지도 몰라요." 셀레나가 말했다. 그녀는 제네바에게 눈길도 주지 않고 위층으로 사라졌다.

제네바는 아이들을 텔레비전 앞에 앉혀놓았다. 두 아이는 치열한 기 싸움 끝에 〈트롤헌터스〉를 보기로 합의했다. 이미 백만 번도 넘게 봤으면서도. 그녀는 아이들의 이마에 차례로 입을 맞추고는 주말에 엄마 말을 잘 들으라고 당부했다.

그녀는 셀레나가 조리대 석영 상판에 놓아둔 수표를 집어 들었다. 수표에 적힌 액수는 그녀의 계산과 일치했다. 지금껏 셀레나는 액수를 반올림하거나 특별히 보너스로 몇 푼씩 더 얹어주곤 했는데.

사람들은 작은 것들을 통해 소통했다. 사람들 대부분은 작고 하찮은 디테일이 많은 것을 시사한다는 사실을 깨닫지 못했다. 제네바는 수표를 물끄러미 내려다보았다. 꽃무늬 같은 셀레나의 서명, 조심스레 적어 넣은 날짜.

이력서를 새로 써야겠어. 언니는 이 상황을 아주 못마땅해 할 것이다. 하지만 그녀에게는 분명 대책이 있을 것이다.

제네바는 계단 아래에서 위층에 대고 큰 소리로 말했다. "애들은 다 준비됐어요! 저는 이만 가볼게요."

"고마워요." 셀레나의 목소리가 대꾸했다.

평소 같았으면 셀레나와 제네바는 아이들이나 일이나 이웃들에 대해 신나게 수다를 떨어댔을 것이다. 하지만 이제 두 사람 사이에는 보이지 않는 벽이 가로막고 있었다.

셀레나는 적절한 타이밍을 기다리고 있는지도 몰라. 행동에 들어가기 전에 계획부터 완벽히 세워두려고. 그녀는 서늘해 보일 만큼 차분했다. 제네바는 예전에도 그런 타입을 만나본 적이 있었다. 그들은 신속히 반응하는 대신 일단 참고 봤다. 그리고 치밀하게 세워둔 계획을 실행할 때는 빠르고 과감하게 움직였다.

제네바는 아이들을 돌아보지 않았다. 집에도 미련을 두지 않았다. 이제는 떠날 시간이었다.

제네바는 어스레한 늦은 오후의 풍경으로 들어섰다. 현관문을 닫는 순간 아득한 텔레비전 소리가 뚝 멎었다. 가끔, 지금처럼 찬 바람이 불 때면 과연 봄이 오기는 할까? 의문이 들곤 했다. 연말의 들뜬 분위기가 완전히 가신 1월 말, 잿빛을 띤 음울한 북녘의 겨울 하늘은 눈부시고 따스한 봄날에 대한 그녀의 갈망에 더욱 부채질해댔다. 그날이 올 때까지 그녀 안에 뻥 뚫린 커다란 구멍은 절대 메워지지 않을 것이다. 그녀의 발소리가 골목을 쩌렁쩌렁 울려댔다.

아테네. 베니스. 바르셀로나. 어디라도 상관없었다. 기대했던 만큼 돈이 모이지는 않았지만, 한동안 돈 걱정 없이 지낼 수 있는 만큼은 됐다. 다음 표적을 찾을 때까지는. 좋은 보모는 항상 수요가 많았다.

그녀는 자신의 계략으로 수렁에 빠져버린 머피 가족이 무척 안쓰러웠다. 하지만 엄밀히 따지면, 그들은 그녀가 끼어들기 훨씬 전부터 이미 위기에 처해있었다. 진작부터 생겨난 미세한 실금이 조금씩 넓고 깊어져 가면서 지금의 이 지경에 이르게 된 것이었다. 만약 두 사람의 사랑이 견고했다면 이런 풍파 속에서도 그들은 끄떡없었을 것이다. 그녀가 일해본 무수한 집들에서 그녀에게 손을 대기는커녕 눈길조차 주지 않았던 남편이 여럿 있었다. 아내를 열렬히 사랑하고, 아이들에게 헌신하고, 자신의 삶에 만족하는 남자들. 그런 남자들은 그녀가 비집고 들어갈 틈을 내보이지 않았다. 믿기 힘들겠지만, 세상에는 그런 타입도 실제로 존재했다.

셀레나의 가족을 만나기 전, 그녀는 터커 가족과 함께 지냈었다. 터커 부부는 제네바가 나타나기 훨씬 전부터 위태로운 상태에 놓여 있었다. 맞벌이 신세, 챙겨야 할 두 자녀, 어마어마한 대출금, 리스해 쓰는 두 대의 차(아내는 렉서스, 남편은 번쩍거리는 BMW), 컨트리클럽 회원권. 일과 모바일 기기와 사교 생활에 집착하는 부모에게 철저히 방임 당한 아이들은 그녀가 감당하기 힘들 만큼 야단스럽고 난폭했다. 말 그대로 혼돈의 도가니였다. 에릭 터커의 매력적인 외관 이면에는 정체 모를 어둠이 도사리고 있었다. 그들 가족을 수렁으로 떠밀어버린 불행의 씨앗.

제네바는 연쇄 가정파괴범이었다. 그건 그녀가 원했던 삶이 아니었다. 그녀는 심리 치료사와 그 부분에 대해 길고 진지한 대화를 나누었다. 하지만 그녀가 그럴 수밖에 없었던 배경과 이유에 대해서는 한 번도 이야기하지 않았다. 그녀에게는 말 못 할 과거가 있었다. 그녀가 연달아 이런 상황에 빠질 수밖에 없는 진짜 이유.

같은 일이 반복해 벌어지면 그 원인을 차분하게 곱씹어볼 필요가 있어요. 어째서 우리가 자신에게, 그리고 남들에게 고통을 초래하는지 분석을 해봐야 하지 않겠어요?

갑자기 제네바의 걸음이 뚝 멎었다. 돌아가는 게 옳을까?

가서 셀레나와 얘길 나눠볼까? 왠지 그녀에겐 모든 걸 솔직히 털어놓을 수 있을 것 같은데. 나도 이젠 달라져야지. 언제까지 이럴 순 없잖아.

안 돼. 첫 번째 규칙을 잊지 마. 아무 문제도 없는 것처럼 행동할 것.

사람들, 특히 여자들은 자기 회의에 시달렸다. 곤란한 상황에 빠지면 늘 남들을 둘러보며 위안거리를 찾았다. 비행기가 난기류를 만났을 때 승객들이 승무원들의 얼굴을 쳐다보듯이. 그냥 계속 웃는 거야. 계속 움직여야 해. 태연하게 걸어. 뛰지 말고.

솔직히 고백하면 셀레나가 도움을 줄지도 모르잖아. 그녀는 그런 사람이니까. 자신에게 고통을 안겨준 상대마저도 보듬어줄 수 있는.

하지만 제네바는 계속해서 걸음을 옮겨나갈 뿐이었다.

커다란 참나무 그늘에 파묻힌 동네는 조용했다. 앞뜰에 나와 서성이는 사람은 없었다. 아이들이 골목에 나와 자전거를 타거나 노는 일도 드물었다. 골목에는 보도 자체가 없었다. 골목 깊숙이 처박힌 큰 집들은 서로에게서 멀찌감치 떨어져 있음에도 의외로 부지가 작았다. 모두가 작은 사일로에 자신을 가둬놓고 삶의 여러 버전을 세상에 중계하느라 정신들이 없었다. 정적 속에서 포장된 노면을 디뎌나가는 그녀의 발소리가 메아리쳤다.

그녀가 차에 오르려는 찰나 어딘가에서 차 문이 열렸다 닫히는 소리가 들려왔다. 순간, 그녀의 신경이 바짝 곤두섰다.

저만치서 다가오는 검은 형체가 그녀의 눈에 들어왔다. 제네바는 이른 저녁의 푸르스름함에 따스한 주황색 불빛을 뿌리고 있는 셀레나의 집을 돌아보았다. 동네의 다른 집들은 여전히 어둠에 묻혀있었다.

형체가 점점 다가오자 그녀는 열쇠를 찾아 가방 안을 뒤적이기 시작했다.

미친 듯이 휘저어대는 손끝에는 열쇠가 닿지 않았다. 제네바의 심장이 늑골을 뚫고 나올 것처럼 요동쳤다. 진작 가방 정리를 해두는 거였는데. 그녀가 차로 다가가자 차 문의 자물쇠가 자동으로 걸려버렸다. 전자열쇠를 쓰는 신차들의 문제점이었다.

바로 그때, 무언가가 그녀를 형체 쪽으로 돌아서게 했다.

제네바는 눈을 가늘게 뜨고 어느새 바짝 다가온 형체를 쳐다보았다.

누구지? 상대의 얼굴을 확인하는 순간 충격과 공포가 밀려들었다.

"오." 제네바가 간신히 입을 열었다. "난 또 누구라고."

9

펄

"그럼 안 되잖아. 안 그래?"

찰리가 서점 뒷방으로 들어왔을 때 펄은 엄마의 가죽 토트백 안을 뒤적이고 있었다.

"어차피 엄만 신경 안 써요." 펄이 말했다.

아이는 아무것도 적히지 않은 하트 모양의 수첩을 유심히 들춰보았다.

스텔라는 부주의하게 아무 데나 가방을 던져놓는 습관이 있었다. 차 조수석에, 주방 조리대에. 언젠가는 딴 데 정신이 팔려 쇼핑카트에 가방을 놔두고 온 적도 있었다. 펄은 관리가 소홀한 엄마의 가방을 뒤지는 나쁜 취미가 있었다.

스텔라의 토트백은 온갖 신비한 것들로 가득 찬 요술 주머니였다. 펄은 마음 내킬 때마다 뻔뻔하게 가방을 뒤져댔다. 다양한 색조의 립스틱들. 언제 다녀왔는지 알 수 없는 레스토랑과 술집에서 꼼꼼하게 챙겨온 성냥들. 여자의 몸을 본떠 만든 라이터. 한창 읽고 있는 책. 카프카 같은 난해한 외국 작가의 작품일 때도 있고, 베스트셀러 차트에 오른 신간 로맨스 소설일 때도 있었다. 순문학, 로맨스, 스릴러, 고전, SF, 판타지, 여성문학, 소녀의 엄마는 장르를 가리지 않고 닥치는 대로 읽어댔다.

스토리가 다 거기서 거기지. 스텔라는 말했다. 내가 책을 읽는 이유는 잠시나마 이 지긋지긋한 현실에서 벗어나고 싶기 때문이야.

콘돔 패키지. 엄마는 외박이 잦았다. 책을 고를 때처럼 엄마는 남자를 고를 때도 특별히 차별을 두지 않았다. 자신에게 호감을 느끼는 사람이라면 누구라도 마다하지 않았다. 공사장 인부, 의사, 사업가, 가게 점원.

사탕. 가방 안에는 항상 사탕이 들어있었다. 스웨디시 피시, 틱택, 마스 바…… 그중 엄마가 가장 좋아하는 건 주니어 민트였다. 그리고 똘똘 말아놓은 지폐들. 왜 지갑을 쓰지 않아요? 왜냐면 쇼핑할 때 신속하게 돈을 꺼낼 수 있어야 하니까. 스텔라는 받아쳤다. 하긴, 어차피 버는 족족 다 써버리니 지갑에 담아 보관할 이유가 없겠지. 전화번호가 적힌 종이 쪼가리. 가끔 담배가 나오기도 했다. 언젠가는 마리화나가 발견된 적도 있었다. 치실. 스텔라는 치아 위생에 꽤 집착했다.

"너네 엄마, 아주 미스터리한 사람이지? 안 그러니?" 찰리가 물었다.

"별로요." 펄이 대답했다. 펄에게 엄마는 비밀이 없는 사람이었다.

"세상의 모든 여자는 다 미스터리해."

"그건 남자들 생각이고요." 펄이 말했다. "유심히 관찰해보면 그렇지 않다는 걸 확인할 수 있을 거예요."

찰리는 엄마 책상에 앉아 엄마 컴퓨터로 무언가를 하고 있었다. 엄마가 예고한 대로 회계 장부를 작성 중인 듯했다. 그는 단 두 달 만에 모녀의 인생에서 큰 부분을 차지하게 됐다. 그는 엄마가 데려온 그 어떤 남자보다 오래 버텨냈다. 펄이 등교 준비를 마치고 내려오면 그는 예외 없이 주방에서 아침을 준비하고 있었다. 지난주, 그는 펄의 과제물을 꼼꼼히 교정해주었을 뿐만 아니라 펄과 오랫동안 머리를 맞대고 의견을 나누기까지 했었다. 펄은 찰리가 마음에 들었지만, 필요 이상으로 정을 주지는 않았다. 어차피 머지않아 엄마에게 버림받을 게 뻔했으니.

"여자들보다 더 미스터리한 건 바로 10대 여자애들이에요."

아이는 그의 시선을 똑똑히 의식하고 있었다. 그는 항상 아이를 지켜보았다. 아이도 항상 그를 지켜보았고. 그의 속을 꿰뚫어 보기 위해서. 그는 정중하고 똑똑했다. 시간관념도 투철했다. 손님들을 노련히 다룰 줄 알았고, 장부 정리도 완벽하게 해치웠다. 박식한 그는 영업에도 열심이었다. 고객들과 친해지려 애썼고, 그들의 취향을 파악해 책을 추천하기도 했다. 아주 고지식한 사람이야. 스텔라는 말했다. '스토리'보다 '숫자놀이'에 더 집착하는, 이 바닥에서 흔히 볼 수 없는 진정한 서적상이라나.

하지만. 하지만. 하지만.

무언가 거슬리는 게 있었다. 펄은 관찰자였다. 아이는 책더미 속에 숨어 그를 지켜봐 왔다. 아무리 봐도 이해가 되지 않는 부분이 있었다. 샌님 스타일의 미남. 호리호리한 체구. 흠잡을 데 없는 옷차림. 잘 다린 버튼다운 셔츠와 카키색 바지, 그리고 실용적인 신발. 바지와 깔맞춤한 양말.

"오늘 오후에 책 정리 좀 해줄 수 있니?" 찰리가 물었다. "방금 물건이 많이 들어왔어. 카린 슬로터 신작도 들어왔고."

그가 문 옆에 쌓아놓은 상자들을 턱으로 가리켰다.

"네." 펄이 말했다.

"숙제는 없니?"

"많지 않아요." 아이가 대답했다. "금방 해치울 수 있어요. 엄마는 어디 있죠?"

찰리가 어깨를 으쓱였다. "내가 얘기했잖니. 미스터리한 사람이라고."

"가방은 여기 있는데." 펄이 말했다. 아이가 블랙 잭 껌을 입 안에 쑤셔 넣었다.

찰리는 미간을 찌푸린 채 잠시 생각에 잠겼다.

"지갑이랑 휴대폰은 챙겨 가셨을 거야. 열쇠도." 마침내 그가 말했다.

밖에서 벨소리가 울렸다. 그들은 벽에 붙은 모니터로 한 무리의 아이들이 서점으로 들어서는 걸 지켜보았다. 찰리는 아이에게 미소를 지어 보인 후 그들을 맞으러 나갔다.

잠시 후, 아이들의 웃음소리가 펄이 있는 뒷방까지 들려왔다. 그들은 펄의 학교에 붙여놓은 광고지를 보고 찾아온 아이들이었다. 학생들에게 공부할 공간을 제공하자는 건 찰리의 여러 아이디어 중 하나였다.

펄은 커터 칼로 첫 번째 상자를 조심스레 뜯기 시작했다. 아이는 상자 뜯는 작업을 즐겼다. 새 종이 냄새, 화려한 유광과 무광 표지들, 손끝에 만져지는 양각 문자들, 묵직한 책의 무게, 넘겨지는 종이의 속삭임. 아이는 딱딱한 양장본과 흐물거리는 대형 페이퍼백, 그리고 벽돌 같은 문고본을 좋아했다. 서점에는 그것들 모두를 위한 자리가 따로 마련돼 있었다.

소란스러웠던 밖이 잠잠해졌다. 공부하러 온 아이들이 '정말로' 공부를 하는 모양이었다. 아이는 무리 중 한 소녀를 알고 있었지만, 나머지 둘은 처음 보는 얼굴이었다. 펄의 학교는 마치 교도소를 연상시키는 거대한 콘크리트 괴물이었다. 펄은 학교의 모든 아이를 알지 못했다. 솔직히 안다고 할 만한 아이는 손에 꼽을 정도였다. 펄은 점심시간마다 샌님 같은 외톨이들과만 어울렸다. 그들은 펄을 다정하게 맞아주었지만, 펄은 늘 책에 얼굴을 파묻은 채 그들의 대화에 낄 생각을 하지 않았다.

잠시 후, 몇몇 아이가 더 들어왔다. 그들은 도넛을 하나씩 챙겨 들고는 한쪽에 놓인 긴 소파로 우르르 몰려갔다. 그들도 자리를 잡고 앉아 공책과 노트북을 일제히 펼쳐 들었다. 주중 오후에 서점이 이토록 북적였던 적이 없었다. 온라인 판매, 그리고 파티나 미팅, 북클럽을 위한 공간을 제공해주는 대가로 챙겨온 돈이 아니었다면 스텔라스 페이지스Stella's Pages는 오래전에 진작 문을 닫아야 했을 것이다. 찰리는 서점을 위해서도 스텔라를 위해서도 좋은 선택이었다. 그보다 더 중요한 건 펄도 그가 싫지 않다는 사실이었다.

하지만 아이는 그에게 정을 줄 마음이 전혀 없었다.

그렇게 오후는 흘러가 버렸다. 펄은 베스트셀러를 위해 마련된 앞

테이블에 책을 진열해놓았다. 그런 다음 깃털로 만든 먼지떨이를 손에 쥔 채로 서점 안을 찬찬히 둘러보았다. 일반문학 섹션에서 SF 섹션으로, 영어덜트 섹션에서 그림책 섹션으로. 청소를 마친 아이는 가게 앞쪽 창가에 놓인 푹신한 의자에 풀썩 주저앉아 숙제를 시작했다.

어느새 어둠이 내려앉았다. 가게 문을 닫을 시간이었지만 스텔라는 나타나지 않았다.

"집으로 곧장 가실 건가 보네." 찰리가 찌푸린 얼굴로 휴대폰을 내려다보았다. 펄은 숙제를 하며 그가 문자 메시지를 전송하고 틈틈이 화면을 응시하는 모습을 보았다. 아이는 그가 안쓰러웠다. 마침내 스텔라가 그에게 싫증을 느끼기 시작한 것이었다. 펄은 진작 그 징조를 알아차렸다.

"먹을 것 좀 사서 들어가자." 찰리가 말했다.

그들은 매상을 계산한 후 가게 문을 잠갔다. 펄은 스텔라의 토트백과 자신의 배낭을 챙겨 들고 찰리의 GTO에 올랐다. 집으로 향하는 내내 찰리는 말이 없었다. 두 사람은 햄버거 가게에 잠깐 들러 저녁으로 먹을 음식을 샀다.

그들이 집에 도착했을 때 위층 불은 환히 켜져 있었다. 차 안에서는 햄버거와 감자튀김 냄새가 진동했다. 펄은 창문에 비친 그림자를 올려다보았다. 이내 엄마의 그림자가 불쑥 나타났고, 두 사람이 서로를 와락 끌어안았다. 새 남자 친구. 펄은 짐작했다.

찰리도 봤을까?

"펄." 찰리가 안경을 살짝 밀어 올리며 말했다. 그의 시선은 정면에 단단히 고정돼 있었다. "엄마 들어오시면 연락 달라고 전해주겠니? 물론 그러고 싶으시다면 말이야."

펄은 할 말을 잊고 말았다.

"햄버거 받아." 그가 나지막이 말했다. "엄마랑 나눠 먹도록 해."

가로등 불빛을 받은 그의 얼굴은 창백해 보였다. 이를 악문 그의
턱 근육이 씰룩였다.

"미안해요." 펄이 자기 배낭과 엄마의 토트백과 음식을 챙겨 들고
차에서 내렸다. 아이가 봉투에서 햄버거를 하나 꺼내 들고 찰리에게
건넸다. 그가 햄버거를 향해 손을 뻗는 순간 두 사람의 눈이 마주쳤
다. 그가 먼저 환히 웃어 보이자 아이도 미소로 화답했다. 펄은 문득
그에게 연민을 느꼈다. 지극히 자연스러운 반응이었지만 전에 없던
일이라 기분이 묘했다.

찰리는 난처해하는 아이에게 들어가 보라고 말없이 손짓했다.

현관에 들어선 아이에게 음악과 엄마의 웃음소리가 들려왔다. 그
리고 뒤따라 들려온 남자의 굵고 낮은 목소리. 아이는 현관문을 닫기
전 뒤를 흘끔 돌아보았다. 찰리는 여전히 집 앞에 남아있었다. 왜 저
러고 있지? 내가 안전히 들어가는 걸 확인하고 가려는 건가?

아이는 식탁에 홀로 앉아 저녁을 먹으며 책을 읽었다. 엄마 방에
틀어놓은 음악 소리가 점점 커져 갔다. 식사를 마친 아이는 아침 식
사 때 쓴 접시들을 식기 세척기에 넣고 행주로 식탁을 닦았다. 위에
서는 계속해서 웃음소리가 들려왔다. 정체를 알 수 없는 둔탁한 쿵쿵
소리도.

아이는 남은 숙제를 마저 해치우기 위해 조용한 자기 방으로 올
라갔다. 잠시 후, 집 안에 다시 정적이 찾아들었다.

아이는 찰리에게 정을 붙이지 않아 다행이라고 생각했다.

하지만 잘 준비를 마친 아이가 불을 *끄*기 전 마지막으로 침실 창문을 내다보았을 때 찰리의 차는 여전히 집 앞에 버티고 서 있었다.

10

셀레나

스티븐과 올리버는 저녁을 먹는 내내 언쟁을 그치지 않았다. 영화를 보는 중에도 두 아이의 신경전은 계속 이어졌다. 이야기 시간은 조용히 넘겼지만 각자의 침대에 오르기 전, 그들은 마지막으로 서로에게 가볍게 주먹을 날리는 걸 잊지 않았다. 셀레나는 두 침대 사이 바닥에 드러누웠다.

"얘들아, 서로 사이좋게 지내야지." 그녀가 야간등만 켜놓은 어두운 방 안에서 속삭였다. 천장에서는 초록색 별들이 빛을 발하고 있었다. 그녀는 그레이엄과 함께 별들을 붙여나가던 기억을 떠올렸다. 생각보다 오래 걸리는 작업이었고, 그들은 다음날까지도 팔과 등에서 전해져오는 통증에 신음해야 했다. "형제끼린 서로 사랑해야 해."

"웩." 올리버가 말했다.

"닥쳐." 스티븐이 말했다.

"너희들 자꾸 이러면 엄마 나가버릴 거야." 셀레나가 경고했다. 엄마의 엄포에 두 아이가 일제히 입을 닫았다. 올리버는 씩씩대며 돌아누웠다. 그녀는 스티븐의 따가운 시선을 똑똑히 감지할 수 있었다.

더 어렸을 때 스티븐은 잠에 빠져들 때까지 엄마에게서 눈을 떼지 않았다.

뻐근한 허리가 딱딱한 바닥에 닿는 기분이 나쁘지 않았다. 그녀는 실로 잔혹한 하루를 보냈다. 공들여 쌓아온 삶이 와르르 무너져 내리는 순간에도 모든 게 다 잘될 거라며 태연한 척 연기하는 건 엄청난 노력이 필요했다. 미소를 짓고, 고객들과 소통하고, 아무렇지 않은 척 가면을 쓰고 다니는 일에는 적잖은 에너지가 들었다. 그녀는 완전히 진이 빠진 상태였다. 끊이지 않는 수다, 예의 바른 미소, 그리고 더 이상 움직여지지 않는 부자연스러운 보톡스 얼굴들. 인맥 관리를 위한 점심 식사 자리는 그녀를 녹초로 만들어놓았다. 그녀는 지끈대는 두통을 안고 레스토랑을 나왔다.

"괜찮아?" 택시에 오르자 베스가 물었다.

척 보면 모르나? 이게 괜찮아 보이는 얼굴인가?

"응." 셀레나는 거짓으로 둘러댔다. "난 괜찮아."

셀레나는 친한 친구를 직장 상사로 모시는 게 어떤 기분일지 궁금했었다. 하지만 막상 해보니 나쁘지 않았다. 상호 존중, 연민, 팀워크, 그리고 끊이지 않는 웃음. 남자들은 말한다. 여자들끼리는 무난히 섞이지 않는다고. 하지만 그녀는 지금껏 여성 동료들과 어떠한 갈등도 빚어본 적이 없었다. 오히려 그 반대였다. 그녀가 이토록 커리어를 쌓아올 수 있었던 것도 다 여성 멘토와 친구들 덕분이었다.

"알레르기 때문에 그래." 셀레나가 말했다. "두통이 장난 아니야."

그녀와 베스는 오랜 친구 사이였다. 20대 시절, 그들은 작은 출판사의 홍보 담당자로 활동하며 고락을 같이 해왔다. 남자 친구, 이별,

부모의 죽음, 좋은 남자와의 운명적인 만남, 결혼, 임신, 출산, 베스의 이혼, 그리고 어느 날 갑자기 심장마비로 세상을 떠나버린 그들의 친구, 마이클라.

베스는 고개를 끄덕이며 동정 어린 미소를 지어 보였다. 그녀가 셀레나의 손을 꼭 잡았다. 그녀의 시선이 잠시 친구에게 머물렀다가 다시 이메일 알림이 뜬 휴대폰으로 돌아갔다. 캔디 핑크로 칠해진 정사각형 손톱들이 그녀가 이혼 후 기분 전환용으로 산 반지에 붙은 다이아몬드처럼 반짝거렸다. 손끝으로 휴대폰 화면을 두드리는 경쾌한 소리가 셀레나에게 최면을 거는 듯했다.

"내게 털어놓을 준비가 되면 그때 얘기해줘." 베스가 덤덤하게 말했다. 번역하자면, *비밀로 묻어두고 싶다면 그렇게 해. 하지만 내가 늘 곁에 있다는 걸 잊지 마.*

"아무 일 없어." 셀레나가 말했다. "정말이야."

"그레이엄이 일자리 알아보는 건 어떻게 돼가?" 번역하면, *네 루저 남편은 대체 언제나 출근을 하게 되는 거지?*

"계속 알아보고 있어."

베스가 또 한 번 그녀를 쳐다보았다가 이내 휴대폰으로 시선을 돌렸다. 베스는 그레이엄을 좋아하지 않았다. 입 밖으로 얘기한 적은 없지만, 눈치 빠른 셀레나는 진작 그걸 알고 있었다. 그의 이름을 부를 때마다 달라지는 목소리 톤, 그와 자리를 함께할 때마다 굳어지는 표정. 하지만 그들은 서로의 배우자를 마음에 들어 할 필요는 없었다. 그저 싫은 티만 내지 않으면 됐을 뿐. 셀레나도 지난 10여 년간 베스의 천박하고 이기적이고 불순한 전 남편 존을 영혼 없는 미소로 대해왔었다. 그것은 우정의 황금률이었다. 티 내지 말 것. 정말 쓸 만한 규칙이었다. 모두가 그 규칙에 묵묵히 따랐다면 세상은 진작 살기 좋은 곳이 됐을 것이다. 또 다른 규칙. 친구에게 비밀을 허락할 것. 도움을 필요로 할 때만 나설 것.

전날 밤, 셀레나는 베스의 도움이 절실히 필요했다.

셀레나는 그레이엄과 벌였던 일을 떠올리지 않으려 온종일 애를 썼다. 잠든 아이들이 깰까 봐 최대한 나지막이, 하지만 끓어오르는 격노를 한껏 담아 내뱉었던 충격적인 말들이 뇌리를 스쳤다. 그녀가 쏟아낸 말들. 신장을 파고드는 묵직한 펀치처럼 아팠던 그의 가시 돋친 말. 실로 추잡한 싸움이었다. 언제 독설과 분노가 그토록 쌓이게 됐을까? 마치 허물어진 건식 벽체 뒤에서 독성 곰팡이를 발견한 듯한 기분이었다.

"아빠는 전화도 안 하고." 올리버가 웅얼거렸다.

"전화가 안 걸리는 곳에 계실 거야." 그녀가 천장에 대고 말했다.

"잘 자라는 말도 안 해주고."

셀레나는 문득 미안한 마음이 들었다. 이미 벌어진 일에 대해서. 자신이 늘어놓은 거짓말에 대해서. 그녀는 지금도 아이들에게 거짓말로 둘러대고 있었다. 이걸 원한 게 아니었는데.

"내일 돌아오실 거야." 셀레나가 나지막이 말했다. "자, 이제 눈들 감아."

"엄마." 올리버가 말했다. "아까……."

"내일 얘기하자." 셀레나가 말했다. 학교나 텔레비전이나 컴퓨터에서 본 것들에 대해 얘기가 시작되면 최소한 20분 이상 대화가 이어질 게 뻔했다. 물론 스티븐도 흥분하며 잠을 이루지 못할 테고. 게다가 자칫하면 언쟁으로 번질 수도 있었다. "어서들 자."

"하지만……."

"올리버." 셀레나가 성난 엄마 목소리로 말했다. "빨리 자."

그녀는 이럴 때마다 지금처럼 근엄한 톤으로 아이들을 제압하곤 했다. 부모로서의 하루는 아이가 잠들고 나서야 비로소 끝이 났다. 풀타임 부모에게 바로 이 순간은 아무런 죄책감 없이 자신만의 시간을 조용하게 보낼 유일한 기회였다. 단 몇 시간 동안만이라도 경계를 늦추고 욕구와 필요로부터 해방될 기회. 그녀에게는 차분히 생각을 정리할 시간이 필요했다. 자신에게 무슨 일이 있었는지, 앞으로 어떻게 할 것인지.

퇴근 후, 집으로 향하는 열차 안에서 셀레나는 전날 밤 만났던 여자를 찾아보았다. 한편으로는 그녀를 만나고 싶은 마음이 굴뚝같았지만, 또 한편으로는 그녀와 두 번 다시 마주치지 않기를 간절히 바랐다. 그들이 함께했던 고백의 공간은 세상 그 어느 곳보다 솔직하고 진실한 곳이었다. 그녀는 날아갈 것 같은 해방감을 다시 느끼고 싶었지만 동시에 그것이 너무도 두려웠다.

그때 그 여자가 뭐라고 했었지? 골치 아픈 문제가 알아서 해결됐으면 좋겠다고 생각해본 적 없어요?

어떤 이유에서인지 그때의 기억, 귓전을 맴도는 그 여자의 목소리가 등골을 오싹하게 했다. *나쁜 일은 항상 벌어지니까요.*

셀레나는 눈을 감았다. 금세 졸음이 밀려들었다. 언제쯤이나 아이들 방을 빠져나갈 수 있을지 궁금했다. 바닥에 누워 자다가 새벽 2

시에 뻐근해진 몸으로 깨어나고 싶지 않았다. 그녀는 자신의 호흡을 세며, 그리고 아이들이 뒤척이는 소리를 들으면서 때를 기다렸다. 한참 후, 그녀가 눈을 떴을 때 기다렸다는 듯 스티븐이 입을 열었다.

"가지 마세요." 마치 엄마의 속내를 간파했다는 듯이.

"눈 감아." 그녀가 말했다.

아이들의 숨소리가 점점 고르고 깊어져 갔다. 잠귀가 어두운 스티븐은 코가 막힌 듯했다. 그녀만큼이나 잠귀가 밝은 올리버는 몸을 뒤척이며 긴 숨을 내쉬었다. 그녀는 소리 없이 일어나 아이들 방을 빠져나왔다.

그녀는 복도를 따라 침실로 향했다. 방에 들어가 문을 잠그고 나서야 비로소 안도의 한숨이 터져 나왔다.

현관문을 빠져나와 출근길에 오르는 순간부터 그녀는 그 누구도 아닌, 셀레나일 뿐이었다. 팟캐스트나 오디오북을 들으며, 또는 침묵 속에서 차를 몰아나갈 때. 기차역으로 향하는 그 14분의 시간은 그녀에게 무척 소중했다. 퇴근길까지 합쳐 총 28분. 그녀가 오로지 '셀레나'로만 살 수 있는 시간이었다.

아이들이 잠들었을 때, 그리고 그레이엄이 외출했을 때, 그녀는 비로소 완전한 자유를 맛볼 수 있었다. 항상 발랄하고 능률적이고 듬직한 직원이어야 하는 회사에서나, 다정다감하고 이해심 많은 엄마와 아내로 살아야 하는 집에서는 결코 누릴 수 없는 소소한 행복이었다. 차 안 검은 가죽 시트에 앉아있는 동안에는 누구도 그녀를 귀찮게 하지 않았다. 그렇다고 불행한 건 아니었다. 그녀는 자신의 삶에 만족했다. 미소가 넘쳐나는 소셜 미디어 포스트들에는 진심이 담겨

있었다. #감사한마음 #스트레스도행복 #예쁜아이들

하지만 전날 밤은 완전 딴판이었었다. 비명, 박살 난 글라스, 그리고 곤히 잠든 아이들 귀에 기적적으로 닿지 않은 흐느낌. 최초의 폭발은 아니었지만, 최악의 폭발이었던 것은 분명했다. 그녀의 두통이 점점 그 강도를 높여가고 있었다.

그래도 행복하긴 했었잖아.

그녀와 그레이엄은 축구장과 야구장 사이드라인에 서서 신나게 웃으며 아이들을 응원했다. 그들은 접는 의자를 펼쳐놓고 아이스박스에서 물과 오렌지를 꺼내 팀, 그리고 다른 부모들과 나누었다. 친구들을 불러놓고 파티와 피크닉을 즐겼고, 때때로 가족 휴가도 다녀왔다. 그들에게는 친구와 지인과 이웃이 많았다. 학교 행사, 뒤뜰 바비큐 파티, 자선 경매, 지역 마라톤 대회. 모두 그들이 함께 설계하고 차곡차곡 지어온 인생이었다. 그래도 괜찮은 인생이었잖아. 안 그래?

하지만 그 전에 난 무엇을 하고 싶어 했었지? 무엇이 되고 싶어 했었지?

작가.

그녀는 전날 밤 이후 처음으로 펑펑 눈물을 쏟았다. 그녀는 텔레비전을 틀어놓고 크고 푹신한 베개에 얼굴을 파묻었다. 그런 다음, 그녀 안의 모든 분노와 슬픔, 오랜 인내가 떠안겨준 피로와 불투명한 미래에 대한 두려움을 베게에 쏟아냈다. 그렇게 한바탕 법석을 부리고 나면 마치 심신이 정화된 것처럼 한결 홀가분해졌다.

그녀는 깊게 생각할 시간이 필요했다. 앞으로 무엇을 해야 할지.

두툼한 이불 옆에 놓인 그녀의 휴대폰은 조용했다. 누구에게 전화를 걸지? 이럴 때 통화를 할 사람이 하나라도 있나? 아무도 없잖아. 상냥한 엄마도. 완벽한 언니도. 잘나가는 친구들도. 과연 누가 내 하소연에 귀를 기울여줄까? 그녀는 문득 월에게 전화를 걸고 싶어졌다. 그녀의 전 애인. 그레이엄과 결혼하기 위해 그녀가 매몰차게 차 버렸던 남자. 놀랍게도 그들은 여전히 좋은 친구로 남아있었다. 그에게는 언제든 부담 없이 전화할 수 있었다. 그라면 분명 그녀의 전화를 반겨줄 것이다. 그것도 아주 지나칠 만큼. 하지만 그건 좋은 생각이 아니었다. 결국 그녀는 휴대폰을 집어 들지 않았다.

그녀는 또다시 기차에서 만난 여자를 떠올렸다. 마사. 그녀의 고해 신부. 왠지 마사에게라면 이런 자신의 사정을 속 시원히 털어놓을 수 있을 것 같았다. 다 듣고 나면 그녀가 뭐라고 할까? 그 여자에게 연락할 방법도 없지만.

서랍장 위에는 그레이엄, 올리버, 스티븐과 셀레나의 사진이 놓여있었다. 결혼생활이 위기에 빠졌을 때 찍은 가족사진이었다. 공들여 준비한 옷을 챙겨 입고 전문 사진사가 기다리고 있는 공원으로 향하는 길은 대혼란 그 자체였다. 스티븐은 도착할 때까지 끊임없이 울어댔다. 그레이엄은 부질없는 돈 낭비라며 투덜거렸다. 꽉 막힌 도로 상태에 짜증이 난 그는 아이들에게 괜히 분풀이해댔다. 실로 최악의 날이었다. 하지만 그들 모두는 세션의 무난한 진행을 위해 억지 미소를 지으며 버텨냈다.

"걱정들 마세요." 그들의 스트레스 레벨을 감지했는지 곱실대는 머리에 인자한 미소를 지닌 나이 든 여성 사진사가 말했다. 셀레나의 태연해하는 연기가 간파당하고 만 것이었다. "만족하실 거예요."

그것은 사진 촬영만을 두고 한 얘기가 아니었다. 그녀가 따뜻한 손으로 셀레나의 어깨를 지그시 잡았다.

나중에 배달된 사진들은 완벽했다. 사진 속 네 식구는 모두 행복에 겨워하는 모습이었다. 그녀와 그레이엄은 사랑이 넘치는 커플 같았고, 두 아이는 작은 천사들을 보는 듯했다. 그녀는 크리스마스카드로 만들 사진을 직접 골랐고, 모두가 탁월한 선택이라며 좋아했다. 사진사의 말이 옳았어. 증거가 도착하자 셀레나는 생각했다. 그녀 말대로 모두가 대만족이었다.

사기꾼 같으니라고. 가족사진을 집어 든 그녀는 생각했다. 그녀는 박살 내버리고 싶은 충동을 애써 누르고 액자를 원위치에 돌려놓았다. 그런 다음, 침대에 드러누워 화면을 멍하니 응시했다. 왕좌의 게임. 가죽 의상 차림의 검게 그을린 사람들이 임박한 전쟁을 분주히 준비하고 있었다. 그녀는 한동안 아름답고 위험한 판타지 세계에 정신을 팔았다. 용. 추잡한 섹스. 눈 세 개 달린 까마귀. 좀비 부대. 잠시나마 현실을 잊기에는 딱이었다.

그때 아래층에서 섬뜩한 소음이 들려왔다. 그녀는 황급히 TV 볼륨을 줄였다.

올라오기 전, 보안 경보기를 세팅해놓는 걸 잊지 않았었다.

복도로 뛰쳐나온 그녀를 맞아준 것은 정적뿐이었다.

층계참에 멈춰 선 그녀는 귀를 쫑긋 세웠다가 이내 다시 움직였다. 현관문부터 체크했다. 문은 제대로 잠겨있었다. 경보기는 여전히 정상 작동 중이었다. 뒷문도 굳게 걸려있었다. 셀레나는 아래층의 모든 창문을 차례로 살펴보았다. 그녀는 지금껏 이 동네에서 무단침입 사건이 발생했다는 소식을 단 한 번도 들어본 적이 없었다.

기차에서 만난 그 여자가 뭐라고 했더라? 나쁜 일은 항상 벌어진 다고 했던가? 무작위로? 전혀 예상치 못했던 순간에?

그때 계단 위에서 호리호리한 형체 하나가 불쑥 나타났다. 외마 디 비명이 그녀의 목구멍을 타고 올라왔다.

그녀는 문득 기차에서 본 여자일지 모른다는 생각이 들었다.

"엄마." 올리버였다. "이상한 소리가 들려서 깼어요."

셀레나는 안도의 한숨을 내쉬며 계단을 올라갔다. 그리고 두 손 으로 아이의 어깨를 감싸 쥐었다. "깜짝 놀랐잖아."

"미안해요."

"들어가서 자."

"스티븐이 코를 너무 골아요. 오늘 밤은 엄마랑 같이 자면 안 돼 요?"

그녀는 아들의 크고 까만 눈을 빤히 쳐다보았다. 작은 분신. 올리 버는 자궁에서 나오자마자 엄마를 물끄러미 응시했다. 반면 스티븐 은 요란하게 울부짖으며 법석을 떨어댔다. 배앓이를 자주 했으며, 아 무리 애를 써도 쉽게 달래지지 않았다. 하지만 올리버는 그녀의 천사 였고, 동지였다. 말썽을 부리지 않을 때면 켜켜이 쌓인 과거와 현재 와 미래가 고스란히 엿보였다. 태어나기 전 누구로 살았는지, 아이에 게 그녀가 어떤 존재로 보였을지, 나중에 커서 무엇이 될 것인지, 일 생을 누구와 함께할 것인지, 그리고 함께 세상을 뜨고 나면 또 어떤 일이 벌어지게 될지.

모자는 큰 침대에 함께 올랐다. 그녀는 어린 아들을 꼭 끌어안고 기분 좋은 온기를 온몸으로 받았다. 그녀를 짓누르던 무수한 고민거리가 잠시나마 눈 녹듯 사라져버렸다.

"어젯밤 엄마랑 아빠가 싸우는 소리를 들었어요." 자는 줄 알았던 아이가 말했다.

부인하려던 그녀가 생각을 바꾸었다. "미안해."

그녀는 아이들이 깊이 잠든 줄 알았었다. 하지만 과연 그게 가능했을까? 그 엄청났던 소란 속에서?

"엄마랑 아빠가 서로를 많이 싫어하는 것 같았어요." 올리버가 말했다.

그녀의 가슴 한구석이 아려왔다. "아니야."

"엄마가 그렇게 말하는 걸 들었어요. '당신이 싫어, 그레이엄.' 아빠랑 결혼한 걸 후회한다고도 했고요. 윌 삼촌과 결혼할 걸 그랬다고도 했잖아요."

젠장. 내가 정말 그렇게 얘기했다고? 그건 치사한 공격이었다. 완전한 사실과도 거리가 있었고.

"엄마가 한 가지 물어볼게." 그녀가 말했다. "너랑 스티븐도 매일 싸우지?"

"네."

"싸울 때 스티븐한테 싫어 죽겠다고 얘기하지?"

"네."

"그게 진심이야?"

아이는 잠시 머리를 굴렸다. "아뇨."

"잔뜩 화가 나고 흥분이 된 상태에선 진심이 아닌 말이 가끔 튀어 나올 때가 있어. 그렇지?"

"네."

"어젯밤 엄마 아빠도 마찬가지였어. 그런 말을 듣게 해서 엄마가 미안하구나."

그녀는 어릴 적 부모님이 싸우던 때를 떠올려보았다. 그 소리를 들었을 때 기분이 어땠는지. 밖에서 대판 싸움이 벌어지면 그녀는 언니와 부둥켜안은 채 폭풍이 지나가기를 기다렸었다. 공포와 무력감에 몸을 떨면서. 맙소사. 올리버도 그랬을 거 아니야. 못난 엄마를 둔 탓에. 그녀는 그레이엄만큼이나 자신이 미워졌다.

그녀는 아들의 부드러운 머리를 살살 쓸어내렸다. 아이의 이마에서 미열이 느껴졌다.

올리버는 한동안 말이 없었다. 아이의 가슴은 호흡의 리듬에 맞춰 부풀었다 꺼지기를 반복했다.

"잰더의 부모님이 이혼한대요." 아이가 나지막이 말했다. "이제부턴 생일파티도 두 번씩 하고, 크리스마스 선물도 두 번씩 받을 거래요."

"그래?" 그녀는 잰더가 누구인지도 몰랐다.

"난 생일파티 두 번 하는 게 싫어요." 아이가 말했다.

"그래."

"아빠 어디 있어요?"

"남자들만의 주말을 신나게 즐기고 계실 거야. 아까 얘기했잖니."

모자 사이에 잠시 무거운 침묵이 감돌았다.

"아마 조 삼촌네 가셨을 거야." 마침내 그녀가 시인했다. 그레이엄은 머리를 식히러 독신인 동생의 집을 종종 찾곤 했다.

"저기 밖에 있는 것 같은데요." 올리버가 말했다.

"응?" 그녀가 물었다. "그게 무슨 소리야?"

"길 건너 차 안에 앉아있는 것 같다고요."

그녀는 벌떡 일어나 창가로 달려갔다. 아이의 말대로 길 건너에는 그레이엄의 SUV가 세워져 있었다. 그녀는 끓어오르는 분노와 짜증을 애써 억눌렀다. *저기서 뭐 하는 거지?* 그녀는 그에게 머릿속을 정리할 시간과 공간이 필요하다고 분명히 말했었다. 그러니 제발 꺼져달라고. 아이들에게는 대충 둘러댈 것이며, 토요일에 아이들과의 통화를 허락하겠노라고. 하지만 그녀의 말을 순순히 들을 그가 아니었다. 왜냐하면 그는 그레이엄이니까. 그는 상대를 존중할 줄 몰랐다. 게다가 남들에게도 넘지 말아야 할 선이 존재한다는 걸 이해하지 못했다.

대학을 갓 졸업하고 취직에 성공했을 때 그녀의 엄마는 셀레나와 그녀의 언니에게 아빠의 화려한 외도 행각에 대해 솔직히 들려주었다. 셀레나는 엄마가 끝까지 아빠를 떠나지 않았던 이유를 이해하는 척했다.

연민을 느낀 그녀는 진심을 담아 위로했지만, 엄마의 선택은 끝내 이해하지 못했다. 엄마는 대체 무엇을 위해 수치와 굴욕과 분노를 수십 년간 참고 견뎌냈을까? 어떻게 그런 아빠와 한 지붕 아래서 함께 살아올 수 있었을까? 셀레나는 그게 늘 궁금했다. 그리고 어두운 침실에서 큰아들과 도란도란 대화를 나누고 있는 지금, 그 답이 불쑥 찾아들었다. 아이들을 위해서라면 부모는 못 할 게 없으니까. 그녀는 가운을 꺼내 몸에 걸쳤다.

"엄마가 나가볼게." 그녀가 말했다. "넌 방에 돌아가서 자."

"하지만⋯⋯."

그녀는 아이를 방으로 데려가 다시 침대에 뉘였다.

"아빠가 미워요?" 그녀가 떨어져 나가자 올리버가 물었다.

뜻밖의 질문에 그녀는 당황했다. "아니." 그녀가 말했다. "전혀 그렇지 않아. 딱 네가 스티븐을 미워하는 만큼만 그래."

엄마의 복잡한 설명을 이해했다는 듯 아이가 고개를 끄덕였다. "엄마랑 아빠는 너랑 네 동생을 세상 그 무엇보다도 사랑해. 그 사실을 잊지 마."

앞으로 무슨 일이 벌어진다 해도. 그녀는 생각했다. 하지만 입 밖에 꺼내지는 않았다.

올리버는 금세 꾸벅꾸벅 졸기 시작했다. 그녀는 조심스레 문을 닫고 나왔다.

아래층으로 내려온 그녀는 보안 경보기를 끄고 가운과 슬리퍼만 걸친 채 밖으로 나갔다. 그녀가 차창을 힘껏 두드리자 졸고 있던 그레이엄이 화들짝 놀라며 눈을 떴다. 그녀는 어둠에 묻힌 동네를 잽싸게 둘러보았다. 그냥 전화로 할 걸 그랬나? 이웃들이 보면 뭐라고 생각할까? 자기들처럼 우리 가족도 문제투성이라며 고소해들 하겠지?

"여기서 뭐 하는 거야?" 그가 창문을 내리자 그녀가 물었다.

"조가 날 내쫓았어." 그가 한심하게 말했다. "여자를 초대했다면서."

"그럼 호텔로 가면 되잖아."

"그런 데 돈을 쓰고 싶지 않아."

그건 그의 말이 맞았다. 그녀는 그의 신용카드를 취소해버릴까도 생각했었다. 남편의 접근이 가능한 계좌의 돈을 그가 모르는 계좌로 옮겨버릴 생각도 했고. 하지만 행동으로 옮기지는 않았었다.

그의 눈두덩에는 거즈가 붙어있었다. 격노한 그녀가 냅다 집어던 진 스티븐의 로봇에 맞아 생긴 상처였다. 그레이엄은 피를 많이 쏟았고, 그녀는 하마터면 그를 안쓰럽게 여길 뻔했었다.

"일단 들어와. 동네 사람들이 보면 어쩌려고 그래?"

"보든 말든 상관 안 해."

"당신 입장만 중요해?"

그는 과장되게 눈을 굴리다가 뒤통수를 다시 머리 받침대에 갖다 붙였다.

"셀레나."

그녀는 다시 길을 건너 현관으로 올라갔다. 밤의 냉기가 엄습해 오자 그녀는 두 팔로 자신의 어깨를 감싸 안았다. 그레이엄이 그녀를 뒤따랐다.

"오늘 밤은 당신 사무실에서 자." 그녀가 말했다.

"우리 얘기 좀 해."

"싫어." 그녀가 말했다. 그리고 계단을 올라가 버렸다.

그녀는 남편을 돌아보지 않았다. 그냥 자신의 침실로 들어가 문을 걸어 잠가버렸을 뿐이었다. 그녀는 한동안 의자에 앉아 요동치는 가슴과 핑핑 도는 머릿속을 진정시켰다. 이젠 어쩐다?

그때 휴대폰에서 경쾌한 신호음이 울렸다. 아래층에서 그레이엄이 문자를 보냈나?

확인해보니 모르는 번호가 전송한 문자 메시지였다.

안녕하세요. 어젯밤에 즐거웠어요.

누구지? 그녀가 메시지를 삭제하려는 순간 휴대폰이 또 한 번 울렸다.

당신만 괜찮다면 우리 대화를 계속 이어가고 싶어요. 당신 생각을 많이 했어요. 우리 또 만날래요?

설마. 셀레나는 생각했다. 아니겠지?

기차에서 만났던 여자. 그 여자의 음산한 목소리 톤과 그녀가 뿜어내던 묘한 에너지가 생생히 떠올랐다. 순간 셀레나의 볼이 화끈 달아올랐다. 셀레나는 그 낯선 여자에게 자신의 가장 사적인 비밀을 털어놓았다. 그 여자도 셀레나에게 자신의 비밀을 들려주었고. 그들 사이에서는 묘한 유대감이 형성됐었다.

하지만 그 여자랑 전화번호를 교환한 기억은 없는데. 메시지를 삭제하려던 셀레나는 잠시 망설였다.

답을 하는 게 좋을까? 셀레나는 문득 그 여자의 목소리가 듣고 싶어졌다. 그 누구에게도 털어놓지 못한, 심지어 베스조차도 모르는 그간의 사연을 낯선 이에게 속 시원히 쏟아내고 싶은 강한 충동에 휩싸였다.

안 돼. 누군가가 실수로 보낸 문자일 거야. 셀레나가 삭제와 차단 버튼 아이콘을 차례로 누르려는 찰나 또 다른 메시지가 도착했다.

참, 나, 마사예요.

기차에서 만났던.

11

셀레나

월요일 아침, 셀레나는 알람이 울리기 전에 잠에서 깼다. 밖은 아직 어두웠고, 거센 바람에 흔들리는 나뭇가지는 연신 창문을 두드렸다. 눈을 뜨기도 전에 '할 일 목록'이 그녀의 의식 속으로 스며들었다. 스티븐의 담임에게 이메일을 보내 면담 약속을 잡기. 조카, 재스퍼의 생일선물 준비하기. 오후에 있을 고객 프레젠테이션의 발표문 최종 손질하기. 비용 처리하기. 엄마에게 전화하기.

대단하네.

하늘이 무너져버렸는데도 이런 목록에나 집착하고 있다니. 하긴, 처지가 어떻든 삶은 계속 이어져야 하니까.

그레이엄이 침실 문을 열고 들어와 침대로 기어 올라왔다. 사무실에서 자다가 아이들이 깨기 전에 슬쩍 올라온 것이었다. 셀레나는 눈을 질끈 감고 모른 척했다. 지금 당장은 남편을 눈에 담고 싶지 않았기 때문이었다. 그녀의 머릿속에서는 아직도 그와 제네바가 서로 엉겨 붙어있는 모습이 반복해서 그려지고 있었다.

"깼어?" 그레이엄이 그녀의 몸에 손을 얹으며 속삭였다.

"아니." 그레이엄에게서 떨어져 나오며 셀레나가 대답했다. 그레이엄은 돌아누워 천장을 올려다보았다.

진실.

셀레나는 주말 동안 인스타그램에 세 개의 포스트를 올려놓았다. 첫 번째 포스트는 토요일 아침, 아이들이 아침 식사 준비를 돕는 사진이었다. 현명한 엄마들은 아들들에게 요리를 가르칩니다! 그녀가 달아놓은 캡션이었다. 나중에 며느리들이 고마워할 거예요!

다음 포스트는 집에서 30분 거리에 자리한 주립공원에서 산책을 즐기는 사진이었다. 그들은 바위투성이 오솔길을 따라 걸었다. 아이들이 앞장을 섰고, 그녀와 그레이엄은 입을 꼭 닫은 채 넉넉한 거리를 두고 뒤따라갔다. 그녀는 강가에서 그들의 사진을 찍었다. 그레이엄이 몸을 숙이고 화석일지도 모르는 돌멩이를 아이들에게 보여주는 모습. 정신없는 한 주를 보내고 난 후 자연에서 재충전의 시간을 갖다!

일요일, 그녀와 아이들은 레고 데스 스타를 시작했다. 완성하기까지 몇 주가 걸릴지 모르는 엄청난 프로젝트였다. 그녀는 활짝 열린 상자와 수북이 쌓인 설명서, 그리고 자그마한 조각들이 가득 담긴 투명 봉투를 찍어 포스트했다. 오, 맙소사! 대단한 프로젝트가 될 것 같네요!

소셜 미디어에 오르지 못한 사진들. 그레이엄과 그녀 사이에 무겁게 흐르던 침묵. 심상치 않은 분위기를 감지한 아이들의 어색한 연기. 서로 국자를 차지하겠다고 바닥을 뒹굴며 몸싸움을 벌인 올리버와 스티븐. 먼저 첫 번째 봉지를 뜯겠다며 치고받느라 시작부터 삐걱댄 레고 프로젝트. 싸우던 아이들이 방으로 쫓겨 갈 때까지 강박적으로 휴대폰을 체크하던 그레이엄. 셀레나가 빨래와 요리로 정신이 없는 동안 두 아이는 TV 앞을 떠나지 않았다. 그녀는 아이들을 그냥 내버려 두었다. 평화로운 집안 분위기를 깨고 싶지 않아서였다. 빨래. 설거지. 스티븐의 까진 무릎. 탈진 상태에 빠진 셀레나는 샤워 부스에 들어가 자신의 불행을 한탄하며 펑펑 울었다.

찬란한 순간만을 골라 포스트하는 건 기만일까? 따분하고 일상적이고 추한 걸 걸러내면 다 없던 일이 돼버리나? 그레이엄은 물었다. 왜 그리 인스타그램에 열심이냐고. 대체 무엇을 증명해 보이고 싶은 거냐고.

"이제 어떻게 되는 거지?" 옆에 누운 그레이엄이 물었다. "우리 말이야."

마침내 회색을 띤 새벽빛이 블라인드 틈으로 스며들기 시작했다. 그레이엄이 다시 셀레나에게로 바짝 다가왔다. 그레이엄은 침대 끝에 아슬아슬하게 걸쳐진 아내의 몸을 살짝 끌어와 허리에 한 손을 얹어놓았다. 셀레나는 그를 밀쳐내려다 멈칫했다. 그의 온기가 묘하게 위안이 돼주었기 때문이었다. 그녀는 돌아누워 남편에게 찰싹 달라붙고 싶은 충동에 휩싸였다. 비록 심신이 고달픈 주말이지만 그들은 아이들을 챙기며 웃음을 찾으려 애썼다. 함께 요리도 하고, 밥도 먹고. 아름답고 추한 것들이 혼란스럽게 뒤얽힌, 바로 이것이 인생이었다.

"나도 모르겠어." 그녀는 솔직하게 대답했다.

새로운 한 주가 시작됐다. 언제부터인가 사무실은 그녀에게 탈출구가 돼주곤 했다. 그녀는 도움이 절실했다. 아무래도 오늘 당장 제네바를 잘라야 할 테니. 당분간은 그레이엄이 집에서 아이들을 챙기게 될 것이다. 적어도 당분간은 그를 쫓아낼 수 없다는 뜻이었다. 모든 걸 솔직히 털어놓으면 베스가 기발한 아이디어를 내놓을지도 몰라.

"그냥 잘 지내는 척하자는 거야?" 그레이엄이 말했다.

"당분간은."

"정확히 언제까지 그래야 하지?"

"나도 모르겠어, 그레이엄." 그녀는 하마터면 고함을 칠 뻔했다. 맙소사. 무슨 어린애도 아니고. 그녀는 심호흡하며 끓어오르는 화를 진정시켰다. "애들을 학교에 내려주고 곧장 출근할 거야. 당신은 오늘 안으로 제네바를 해고해."

그는 말없이 고개만 끄덕일 뿐이었다. 부부는 한동안 그렇게 누워있었다. 마침내 그녀가 먼저 일어나 샤워를 하러 들어갔다.

그녀는 델 정도로 뜨거운 물로 씻는 것을 좋아했다. 그녀는 화장실 전체가 김으로 가득 찰 때까지 온몸으로 물을 받았다.

샤워를 마치고 나와서는 머리를 손질하고 화장을 한 후 슬림한 검은 바지와 푸르스름한 빛이 감도는 분홍색 상의, 그리고 하이힐을 차례로 걸쳤다. 그레이엄은 아내가 침실을 나오기 전 아이들을 깨웠다. 그나마 오늘을 골라 정신을 차려줘서 고맙긴 하네.

"잘 잤니?" 셀레나가 계단을 내려가며 말했다.

스티븐과 올리버는 잠이 덜 깬 좀비들처럼 끙 앓는 소리를 내며 전날 밤 엄마가 꺼내놓은 교복을 굼뜬 동작으로 걸쳐 나갔다.

그레이엄은 셀레나가 내려오기 전에 식사 준비를 마쳐놓았다. 아이들의 도시락도 알아서 싸놓고. 토스터 안에서는 와플이 익어가고 있었다. 결혼생활에 위기가 닥치기 전에 진작 이렇게 할 것이지. 긍정적으로 바뀐 그의 태도가 오히려 그녀를 더 분하게 했다.

그가 아이들을 챙기는 동안 그녀는 커피를 한 잔 따라 마셨다.

그녀는 금요일에 받은 문자 메시지를 거의 잊은 상태였다. 메시지를 삭제했고, 번호까지 차단해버렸다. 뇌리에서도 떨쳐내려 무던히 애를 썼다. 마사는 잠수의 희생양이 돼버린 것이었다. 그 문제는 그렇게 깔끔히 정리됐다. 그녀는 마사 때문에 지금보다 더 골치 아파지고 싶지 않았다.

초인종이 울렸을 때 깜짝 놀란 셀레나는 하마터면 들고 있던 커피를 쏟을 뻔했다.

젠장. 제네바가 벌써 왔네. 그녀는 제네바가 도착하기 전에 아이들과 집을 나서기를 바랐다. 한때 제네바를 좋아했고 그녀에게 고마운 마음도 갖고 있었지만, 셀레나는 두 번 다시 그녀와 마주치고 싶지 않았다. 이미 볼 건 다 봐버렸으니.

"열쇠 깜빡했어요?" 셀레나가 현관문을 열며 물었다.

하지만 방문자는 제네바가 아니었다.

문 앞에는 육중한 체구에 얼굴이 말쑥하고 머리가 검은 남자가 서 있었다. 제복 차림은 아니었지만 셀레나는 형사 배지를 보기도 전에 그가 경찰임을 짐작할 수 있었다. 집 앞에는 검은색 세단 한 대가 세워져 있었고, 차 안에는 또 다른 남자가 타고 있었다. 나이 들어 보이는 주름진 남자가 차에서 내려 그들에게로 다가왔다. 새들은 신나게 지저귀어댔고 공기는 실로 오랜만에 온기를 머금고 있었다. 올해는 봄이 일찍 오려는 듯했다. 셀레나의 심장이 갑자기 쿵쾅대기 시작했다.

"머피 부인?"

"그런데요?"

"그레이디 크로 형사입니다. 이쪽은 제 파트너, 웨스트 형사이고요."

셀레나는 그들이 안을 들여다볼 수 없도록 살짝 열린 문틈에 버티고 서 있었다. 그녀는 큰소리로 그레이엄을 부르고 싶은 충동을 가까스로 억눌렀다.

"무슨 일로 오셨죠?" 셀레나가 물었다.

"제네바 마크슨이라는 여성의 고용주 되십니까?"

"그런데요?"

"그녀와 마지막으로 연락을 하신 게 언제였습니까?"

크로 형사의 시선은 셀레나에게 단단히 고정돼 있었다. 반면 웨스트의 시선은 사방을 훑느라 바빴다. 문 앞 계단, 셀레나의 어깨 너머로 보이는 현관 입구, 화분들, 관목.

"그건 왜 물으시죠? 그녀에게 무슨 일이라도 생겼나요?"

"잠깐 들어가도 되겠습니까?"

셀레나의 입 안이 바짝바짝 말라 갔다. 상대가 순순히 죄상을 털어놓도록 유도하는 경찰의 수법일까?

방문자들에게 아무 관심이 없는 아이들은 계단을 후다닥 뛰어 올라갔다. 셀레나가 문을 활짝 열고 형사들에게 길을 내어주자 그레이엄이 다가와 그녀 뒤에 멈춰 섰다.

형사들은 그레이엄에게도 자기소개를 했다. 그들의 신원을 확인한 그레이엄이 얼굴에 환한 미소를 머금었다. 그는 늘 그랬다. 상황을 통제해야 할 때마다 그레이엄은 지금과 같은 상냥한 표정을 짓곤 했다. 그는 가장답게 형사들을 거실로 이끌며 커피를 권했다. 그는 이미 샤워를 마친 상태였다. 옷도 말쑥하게 차려입었고 머리도 단정하게 빗었다. 작은 기적이었다. 실직을 당한 후 반쯤 넋이 나간 채 살아온 사실을 상기해보면.

"금요일 오후 네 시쯤 퇴근했어요." 셀레나가 긴 소파의 팔걸이에 걸터앉으며 말했다. "그날은 제가 좀 일찍 귀가했거든요."

크로 형사가 수첩에 무언가를 적어 내려갔다. 그의 파트너는 문간에 서서 주위를 유심히 둘러보고 있었다.

"두 분 다 댁에 계셨습니까?" 크로가 물었다.

"아뇨." 그레이엄이 눈을 비비며 대답했다. 거짓말을 할 때마다 자연스럽게 나오는 버릇이었다. "그날 전 동생네서 집수리를 도와줬습니다."

집수리를 도와줬다고? 셀레나는 하마터면 웃음을 터뜨릴 뻔했다. 뻔뻔하게. 조가 집수리를 했다고? 그레이엄이 그걸 도왔다고?

"동생분 댁은 어디죠?"

"렘슨에 있습니다. 북쪽으로 15분쯤 가면 나오죠."

그레이엄은 거짓말의 귀재였다. 그의 천연덕스러운 연기는 누구라도 끔뻑 넘어갈 만큼 자연스러웠다.

"무슨 일인데 그러시죠?" 셀레나가 물었다.

"마크슨 씨의 언니가 지역 경찰에 실종신고를 넣었습니다. 토요일에 만나서 아침을 먹기로 했는데 마크슨 씨가 나타나지 않았답니다. 차도 아파트 주차장에서 안 보인다고 하고요. 언니가 열쇠로 따고 들어가 봤는데 텅 비어있더랍니다."

"아." 셀레나가 말했다. "이상한 일이네요. 우리에겐 언니가 있다는 얘길 한 적이 없는데." 아니, 했던가?

"주로 몇 시쯤 출근하죠?" 웨스트 형사가 물었다.

셀레나가 벽에 걸린 시계를 돌아보았다. "지금쯤 도착할 시간이에요."

"음." 그레이엄이 소파 등받이에 몸을 붙이고 다리를 꼬았다. "아직 젊고 싱글이잖아요. 친구들이나 애인이랑 주말여행을 떠났는지도 모르잖습니까."

셀레나의 뇌리에 그레이엄의 몸에 올라탄 제네바의 모습이 또다시 스쳤다. 그녀는 애써 불쾌한 기억을 떨쳐내고 의자에 털썩 주저앉아 창밖을 내다보았다.

그들의 이웃, 브라운 씨 가족이 차를 타고 골목으로 빠져나오는 중이었다. 매일 아침 그들 부부는 쌍둥이 아이들을 태우고 학교로 향했다. 질은 아이들을 내려준 후 남편 바비를 기차역까지 태워다주었다. 바비는 그곳에서 기차를 타고 도시로 통근했다. 셀레나는 그들과 거의 같은 시간에 집을 나섰다. 그들은 손을 흔들어 서로에게 인사하곤 했다. 좋은 *하루 보내세요!* 멀어지는 그들을 바라보며 셀레나는 묘한 좌절감을 느꼈다. 우리가 저래야 하는데. 우리가 저렇게 평범하게 하루를 시작해야 하는데.

그때 위층에서 쿵쾅대는 소리와 함께 고함이 들려왔다. 방치된 아이들이 신나게 뛰노는 중이었다. 셀레나는 아이들을 체크하기 위해 자리에서 일어났다.

"평소에도 이렇게 늦을 때가 많습니까?" 크로 형사가 물었다.

"아뇨." 셀레나가 잽싸게 대답했다. "그녀는 단 한 번도 늦은 적이 없어요."

"얼굴이 왜 그러시죠?" 웨스트 형사가 그레이엄을 가리키며 물었다.

크로가 잠자코 앉아있는 동안 웨스트는 책장 쪽으로 다가갔다.

그레이엄이 얼굴에 난 상처로 한 손을 가져갔다. 그리고 돌벽이 내다보이는 창문을 턱으로 가리켰다. 한때 그가 팔을 걷어붙이고 손보려 했던 돌벽은 1년이 지나도록 무너져 내린 상태로 남아있었다. 모두의 시선이 그에게로 쏠렸다.

"금요일에 저 벽을 손보다가 좀 다쳤습니다. 그런 잡부 일엔 익숙지 않거든요."

우와. 한 치의 머뭇거림도 없이 거짓말을 쏟아 내다니. 거기다 자조적인 미소까지 짓고. 셀레나조차도 하마터면 그 말에 속아 넘어갈 뻔했다. 그레이엄은 무너진 돌벽에 손을 대본 적이 없었다. 자신을 대신해 작업해줄 사람을 부른 적도 없고. 그녀는 툭하면 돌벽을 문제 삼으며 남편을 질책하곤 했다. 어째서 한번 시작한 일을 제대로 끝맺는 법이 없느냐고. 왜 지키지도 못할 약속을 남발하느냐고.

크로는 그의 진술 내용을 수첩에 받아 적었고, 웨스트는 고개를 끄덕였다. 두 사람 모두 이해한다는 듯 미소를 지어 보였다. 귀찮고 성가신 홈 프로젝트. 남자라면 누구나 공감하는 문제였다.

그레이엄은 거짓말을 할 수밖에 없었을 거야. 달리 둘러댈 거리가 없을 테니까.

오, 아내랑 대판 싸우던 중에 아내가 냅다 집어 던진 장난감 로봇에 맞았습니다.

무슨 일로 싸움을 하셨습니까, 선생님?

보모랑 바람피우는 현장이 몰래카메라에 포착됐거든요. 실종된 그 여자 말입니다.

"휴대폰은요?" 셀레나가 그레이엄의 거짓말로부터 화제를 돌리기 위해 물었다. "휴대폰을 추적하면 되지 않나요?"

"휴대폰이 꺼져있습니다." 웨스트 형사가 대답했다. "그녀는 지난주 초 이후 신용카드도 사용하지 않았습니다."

셀레나는 아이들의 등하교를 책임지는 것은 물론, 슈퍼마켓과 세탁소와 카센터를 돌며 온갖 심부름을 도맡아 처리해온 제네바를 떠올렸다. 제네바는 가족의 일원이나 다름없었다.

"주중엔 매일 와서 아이들을 봐줬어요." 셀레나가 말했다. "여기서 식사를 해결했고, 퇴근할 땐 저녁에 먹을 음식도 싸갔죠. 식료품 쇼핑 따위의 심부름을 시킬 땐 현금을 내줬으니 평일엔 신용카드를 쓸 일이 거의 없었을 거예요."

"제네바 씨의 언니도 그렇게 얘기하더군요." 크로가 고개를 끄덕이며 말했다.

제네바가 자신의 언니를 언급한 적이 있었던가? 동생의 습관을 훤히 알고 있을 정도로 가까운 언니를? 동생이 고작 아침 식사 약속을 지키지 못한 것이 걱정돼 경찰에 실종신고를 접수한 오버스러운 언니를? 어떤 이유에서인지 동생 집 열쇠를 갖고 있는 이상한 언니를? 제네바에게 그런 언니가 있었다면 셀레나가 몰랐을 리 없었다.

"금요일에 급료를 지급하셨습니까?"

"네." 셀레나가 대답했다. "수표로 지급했어요. 특별한 일이 없을 땐 집을 나서기 전에 휴대폰으로 입금해요." 형사는 또다시 고개를 끄덕이며 펜을 놀려나갔다.

"돈이 빠져나갔는지 계좌를 확인해보시겠습니까?" 형사가 물었다.

셀레나의 이마에서 땀이 배어 나오기 시작했다. 벽시계는 아이들 등교 시간이 다 됐음을 알리고 있었다. 자칫하면 그녀도 통근 기차를 놓치게 될 게 뻔했다. "그러죠."

"제네바 씨가 주말에 뭘 하겠다고 얘기하진 않았습니까?" 형사가 물었다.

"아뇨." 셀레나가 말했다. "주말에 우리에게 애들 봐줄 사람이 필요하면 문자 달라고 했어요. 어디 멀리 갈 계획이 없다면서."

'우리에게'가 아니라 '내게'잖아. 셀레나는 생각했다. 그녀는 제네바에게 그레이엄이 "남자들만의 주말"을 즐기러 떠날 거라고 했다. 이것 역시 거짓말이었다. 그레이엄에 이어 그녀마저도 천연덕스럽게 거짓말을 늘어놓은 것이었다.

"그래서 그녀에게 연락하셨습니까?"

"아뇨." 그레이엄이 대답했다.

그가 앞으로 몸을 살짝 기울였다. "주말은 가족끼리 조용하게 보냈어요. 공원에도 잠깐 다녀왔고요."

목가적인 가족만의 주말. 정말 멋진 가족이에요. 그간 애들이 많이 컸네요. 최고의 엄마네요! 가족과 함께하는 시간보다 소중한 건 없겠죠! 그녀의 인스타그램에 올라온 댓글들이었다.

"남자 친구는요?"

그레이엄이 턱을 문지르며 골똘한 생각에 잠긴 척하다가 고개를 저었다. 그가 온화한 표정으로 셀레나를 돌아보았다. 그는 염려에 찬 고용주의 태도를 완벽하게 연출해 보이고 있었다.

"저한테도 남자 친구를 언급한 적이 없었어요." 셀레나가 고개를 저으며 말했다.

내 남편 말고?

내가 가족을 부양하기 위해 늦게까지 열심히 일할 때 그녀가 누구랑 엉겨 붙어 놀았느냐고?

나한테 얘길 했어야 알지.

솔직히 그녀와 제네바는 신나게 수다를 떠는 사이는 아니었다. 그들의 대화는 아이들, 집안일, 그리고 심부름 거리에 대한 것들이었다. 제네바가 도착하면 셀레나가 집을 나섰고, 셀레나가 귀가하면 제네바가 퇴근했다. 그들은 늘 그렇게 스쳐 지나는 교대 근무자들일 뿐이었다. 그런 이유로 셀레나는 제네바의 사생활에 대해 아는 게 거의 없었다.

제네바의 아버지가 가까이 산다고 했지? 제네바가 아버지를 언급했던 것 같은데. 세상을 떠났다고 했던가? 기억이 나지 않았다. 제네바는 언니나 친구들을 언급한 적이 없었고, 쉬는 날 무엇을 하며 시간을 보내는지도 들려준 적이 없었다. 남자 친구 얘기는 말할 것도 없고. 올리버와 스티븐을 챙기지 않을 때의 제네바는 셀레나의 안중에도 없었다. 하지만 원래 말수가 적은 제네바가 셀레나를 지나치게 어려워한 탓도 있었다. 셀레나의 살인적인 스케줄 탓일 수도 있었고.

셀레나는 제네바를 채용하기 전, 놀이터에서 그녀와 나눈 대화의 내용을 떠올려보려 애썼다. 터커 씨네 아이들, 육아, 루틴, 텔레비전과 모바일 기기 사용에 대한 규칙, 유기농 식단, 알레르기.

"오늘은 많이 늦네요." 셀레나가 시계를 쳐다보며 말했다. "늦겠다는 연락도 없고. 이런 적은 처음이에요."

셀레나는 창가로 다가갔다. 왠지 제네바가 집 앞에 차를 세우고 허둥지둥 달려오는 모습을 보게 될 것만 같았다. *미안해요! 갑자기 일이 생겨서 멀리 다녀와야 했어요! 정신이 없어서 휴대폰을 잃어버렸어요!*

아니, 그런 게 아닐 거야. 순간 그녀의 가슴이 철렁 내려앉았다.

그때 아이들이 요란하게 계단을 뛰어 내려왔다.

"우리 안 늦었어요? 제네바는요?" 항상 상황 판단이 빠른 올리버가 물었다. 그리고 크로 형사를 홱 돌아보았다. "아저씬 누구예요?"

"난 그레이디라고 해." 그가 한 손을 내밀며 말했다. 올리버는 순순히 악수에 응했다. "너, 힘이 아주 좋구나."

그 말이 올리버를 흐뭇하게 만든 모양이었다.

"오늘은 좀 늦을 것 같다." 그레이엄이 자리에서 일어나 아이들을 문 쪽으로 지그시 밀어냈다. "가서 텔레비전 보고 있어."

두 아이는 신이 나서 달려 나갔다. 등교 전에 텔레비전을 볼 수 없다는 규칙은 그렇게 깨져버리고 말았다.

"회사에 늦는다고 알려야겠어요." 셀레나가 말했다.

그레이엄이 무언가 말을 하려다 이내 입을 닫아버렸다.

그녀는 휴대폰을 가지러 가던 중 자신의 컴퓨터에 저장된 그레이엄과 제네바의 영상을 떠올렸다. 암호를 알면 누구나 볼 수 있는 문제의 영상. 카메라를 만들고 앱과 소프트웨어를 디자인하는 회사가 이미 클라우드에 저장하지 않았을까?

설령 컴퓨터에서 삭제한다 해도 복구는 얼마든지 가능할 것이다. 경찰이 그것까지 보려 하지는 않겠지만. 그게 이 사건과 무슨 상관이 있다고 내 컴퓨터를 뒤지려 하겠어? 내가 〈크리미널 마인드〉를 너무 많이 봤나 봐. 이런 말도 안 되는 걱정을 다 하고. 제네바는 분명 돌아올 거야. 암, 돌아올 거고 말고.

셀레나는 베스에게 메시지를 남긴 후 아이들 학교에 전화를 걸었다. 그런 다음 제네바의 번호를 눌러보았지만, 전화는 곧장 음성 사서함으로 넘어가 버렸다.

셀레나는 휴대폰에 깔린 앱으로 당좌 예금 계좌를 살펴보았다. 제네바의 수표는 아직 결제되지 않은 상태였다. 어쩌면 그녀는 금요일 늦은 시간에 수표를 입금했는지도 몰랐다. 가끔 화요일이 다 돼서야 돈이 빠져나갈 때가 있었다. 다시 거실로 돌아온 셀레나는 자신이 확인한 내용을 크로 형사에게 들려주었다. 형사는 고개를 끄덕이며 추가 질문을 던졌다.

"혹시 그녀가 누군가와 갈등을 빚고 있다고 얘기한 적은 없습니까? 미행하는 사람이 있다든지, 전화로 스토킹하는 사람이 있다든지, 뭐 그런 얘기 말입니다."

"아뇨." 셀레나가 대답했다. "그런 얘긴 들은 적 없어요."

그런 사적인 얘기를 고용주에게 털어놓으려 했을까? 베스를 비롯한 셀레나의 친구들은 보모들을 가족처럼 대했다. 하지만 셀레나와 제네바는 그런 스스럼없는 관계가 아니었다. 그녀가 실종되기 전에도 마찬가지였고. 또다시 제네바와 그레이엄의 역겨운 영상이 그녀의 뇌리에 스쳤다. 셀레나의 얼굴이 화끈 달아올랐다.

"이 집에 고용되기 전 어디서 일했습니까?"

"터커 씨네서요." 셀레나가 대답했다. "이 근처에 살아요."

크로가 수첩을 몇 장 넘겼다. "그녀 언니가 그러더군요. 그 집에서 문제가 좀 있었다고 말입니다. 그래서 갑자기 그만두고 나왔답니다."

셀레나가 고개를 저었다. "그랬을 리 없어요. 터커 부인, 그러니까, 엘리자는 그저 집에 남아 직접 아이들을 챙기고 싶어 했을 뿐이에요."

하지만 그게 사실인지는 셀레나도 알 길이 없었다. 비록 페이스북 친구이기는 했지만, 그리고 아이들이 같은 학교에 다니기는 했지만, 사실 그녀는 터커 가족에 대해 아는 게 거의 없었다. 그들은 이메일로 제네바를 추천했었다. 그것도 아주 간결하게.

"그 댁 남편 분 문제였다고 들었습니다." 크로가 말했다. "달갑지 않은 접근이 있었다더군요."

셀레나는 순간 아찔한 기분을 느꼈다. 놀이방에서는 텔레비전 소리가 흘러나오기 시작했다.

"제네바는 그런 얘길 한 적이 없어요." 셀레나가 말했다.

설령 그런 일이 있었다 해도 굳이 언급하지 않았겠지. 안 그래? 셀레나는 마른침을 꿀꺽 삼켰다. 웨스트 형사가 수상쩍다는 눈으로 그녀를 지켜보고 있었다. 셀레나는 그레이엄에게서 눈을 떼지 않으려 애썼다.

"저희가 어떻게 도와드리면 되겠습니까?" 그레이엄이 진심으로 걱정된다는 듯 물었다. "경찰 수사와 제네바를 위해서라면 뭐든 협조하겠습니다."

크로가 명함을 꺼내 테이블에 내려놓았다. "그녀와 연락이 닿으면 연락 주십시오. 계속 전화를 걸어보시죠. 언니와 통화하고 싶지 않아 일부러 응답하지 않는 것일 수도 있지 않겠습니까. 고용주의 전화라면 다르겠죠. 은행에도 연락해 수표가 결제됐는지 알아봐 주시고요."

"네." 그레이엄이 말했다. "알겠습니다."

순간적으로 어색한 침묵이 찾아들었다. 셀레나는 형사들의 시선이 그레이엄에게 고정돼 있음을 깨달았다.

"손재주가 좋으신 것 같습니다." 웨스트 형사가 그레이엄에게 말했다.

"네?" 그레이엄이 물었다.

"금요일에 저 벽을 수리하셨다면서요." 웨스트가 말했다. "그러고 나선 동생분 댁에서 집수리를 도우셨다고 했고요."

"오. 그레이엄이 피식 웃으며 팔짱을 꼈다. "그렇게 생각하실 수도 있겠네요. 나름 최선을 다했는데, 사실 두 작업 모두 허접스럽게 됐어요."

"동생분 댁에선 어떤 작업을 하셨습니까?"

"캐비닛." 그레이엄이 헛기침을 한 번 하고 나서 대답했다. "캐비닛 문 경첩이 떨어졌어요."

"그걸 고치는 데 성인 남자가 둘씩이나 필요했어요?"

"저희에겐 그랬습니다." 그레이엄이 씩 웃어 보였다. "집수리는 핑계고요, 그냥 오랜만에 동생과 함께 시간을 보내러 갔던 겁니다."

형사들이 또다시 고개를 끄덕였다. "정확히 몇 시에 귀가하셨습니까?"

"늦게 돌아왔어요. 그게 몇 시쯤이었지, 여보?"

"아홉 시나 열 시쯤이었을 거야." 셀레나가 대답했다. 그녀는 자신이 꿈을 꾸고 있는 것이기를 바랐다. 그 꿈에서 곧 깨어날 수 있기를.

형사는 그레이엄에게 동생의 이름과 주소, 그리고 전화번호를 차례로 물었다. 그레이엄은 머뭇거림 없이 대답했다. 셀레나는 남편이 자신의 주장대로 동생 집 캐비닛 문을 수리하고 왔기를 바랐다. 설령 그러지 않았어도 조가 형을 위해 눈치껏 거짓으로 둘러대 주기를 바랐다. 그라면 순순히 그래 줄 것이다. 누가 뭐래도 그들은 피를 나눈 형제였으니.

"제네바는 어디 있어요?" 작은 키에 삐쩍 마른 올리버가 문틀에 몸을 기댄 채 서서 물었다. "무슨 일이에요?"

두 형사가 현관 쪽으로 이동했다. 바짝 긴장한 셀레나는 자리에서 벌떡 일어나 올리버에게로 달려갔다.

"아직 몰라." 그녀가 지나치게 밝은 톤으로 대답했다. "아무 문제 없으니까 넌 걱정하지 마."

올리버는 의심에 찬 눈으로 셀레나를 쳐다보았다. 그녀는 어린 아들만이 알아볼 수 있게 고개를 살짝 저었다. 무슨 생각을 하고 있든, 무슨 말이 하고 싶든, 계속 입을 닫고 있으라는 경고였다. 아이는 엄마가 보내는 무언의 당부를 대번에 이해했다.

"가서 동생 좀 봐줘." 셀레나가 말했다. 올리버는 쪼르르 복도를 달려 나갔다.

그레이엄은 형사들을 현관까지 배웅했다.

"초인종 카메라를 설치해두셨더군요." 웨스트가 포치에 서서 말했다. "동작 탐지 기능이 있습니까? 촬영된 영상은 녹화가 되고요?"

"아뇨. 오래된 겁니다." 그레이엄이 유감이라는 표정으로 말했다. "와이파이를 업그레이드하지 않아서 상태가 안 좋습니다. 작동을 멈출 때도 많고요."

"그런 것들을 일일이 챙기려면 골치가 아프긴 하죠."

웨스트가 앱을 보여 달라면 어쩌지? 그레이엄이 순순히 보여줄까? 영상이 제대로 녹화되긴 했을까? 셀레나는 알 길이 없었다. 다른 카메라는? 그것들은 정상적으로 녹화가 됐을까? 전부 같은 앱으로 확인할 수 있을 텐데.

형사들이 요구하면 공개를 거부할 생각이었다. 그들에게는 그럴 권리가 있었다. 셀레나는 마음을 굳게 먹었다. 뭐라고 둘러대야 하지? 진심으로 수사에 협조하고 싶다면, 정말로 감출 게 없다면 공개하지 못할 것도 없을 텐데.

그들은 진심으로 협조하고 싶었고, 정말로 감출 게 없었다. 비록 추잡한 불륜의 현장이 포착되긴 했지만 그게 범죄는 아니잖아. 안 그래?

셀레나는 그레이엄을 쳐다보았다. 그는 웨스트와 최첨단 보안 시스템에 대해 신나게 수다를 떨고 있었다. 형사는 요즘 나오는 장치들은 가격이 쌀 뿐더러 범죄 예방에 확실한 효과가 있다고 강조했다. 사람들은 사방에 무수한 눈이 숨겨져 있다는 걸 몰라요. 초인종에도, 거실에도, 휴대폰에도 초소형 카메라가 숨겨져 있죠. 사방이 카메라 천집니다. 더 이상 프라이버시는 없어요. 완전히 사라져버렸죠. 누가 앗아간 게 아니에요. 우리가 알아서 갖다 바쳤죠.

셀레나는 골목을 좌우로 살폈다. 거의 모든 집이 초인종 카메라를 설치해놓았다. 게다가 동네 네트워크까지 구축이 된 상태였다. 특별한 일이 있을 때마다 그녀는 휴대폰으로 알림 메시지를 받았다. 우리 집 문 앞에 수상한 사람이 서성거려요! 우리 집 택배가 사라졌어요! 어떤 개가 우리 집 앞뜰에 큰 볼일을 보고 있어요!

"저흰 동네를 좀 더 둘러보다 갈 겁니다." 크로가 말했다. "뭔가 기억나는 게 있거나 제네바 씨에게서 연락이 오면 저희를 불러주십시오."

동네에 남아서 이웃들을 상대로 탐문을 하겠다고?

"아무 일 아닐 거예요." 셀레나가 말했다. "오는 길에 누군가를 만나서 시간 가는 줄 모르고 수다를 떨고 있겠죠 뭐."

"글쎄요." 크로가 말했다. 그가 하늘을 올려다보았다. "언니를 바람맞힌 것보다도 일터에 출근하지 않았다는 게 더 큰 문제죠. 책임감 강한 사람이."

셀레나의 입이 근질거렸다. 자칫하다가는 한순간에 모든 게 무너져 내릴 것만 같았다. 고백. 고백은 영혼에 좋다고 누군가가 얘기하지 않았나? 제네바는 내 남편과 바람을 피웠다. 나는 그에게 뭔가를 집어 던졌고, 그렇게 그의 얼굴에 상처를 내놓았다. 쫓겨난 남편은 한밤중에 다시 돌아왔다. 나는 아이들을 생각해 그를 집 안으로 들였다. 절대 그러고 싶지 않았지만. 퇴근길 기차에서는 이상한 여자를 만났다. 주말에는 휴대폰으로 요상한 메시지가 들어오기까지 했다. 우연히 만난 여자는 어딘지 모르게 요상했다. 뭐랬더라? *그녀가 그냥 사라져줄 수도 있지 않겠어요?*

하지만 생각할수록 황당했다. 그게 제네바의 실종과 무슨 상관이지? 셀레나의 정신은 대혼란에 빠져있었다. 대체 내 처지가 언제 이렇게 돼버린 거지?

"머피 부인?" 크로 형사가 말했다. "괜찮으십니까?"

크로가 그레이엄의 어깨 너머로 셀레나를 쳐다보고 있었다. 그녀는 그의 어둡고 솔직한 눈빛이 마음에 들었다. 그레이엄의 요란한 웃음소리가 조용한 동네를 쩌렁쩌렁 울려댔다. 어떤 이유에서인지 웨스트와는 죽이 아주 잘 맞는 것 같았다. 사람이 실종됐는데 웃음이 나오나? 입만 열면 거짓말이 술술 흘러나오고.

"걱정스러워서요." 셀레나가 희미하게 미소를 머금고 나지막이 말했다. "제네바 말이에요. 저희에게 가족이나 다름없거든요."

12

올리버

어른들은 거짓말을 잘했다. 그것도 아주 엄청나게.

그들은 맛에 대해서도 거짓말을 했다. 한번 먹어보라니까. 맛이 끝내줘.

주사를 맞으러 가서도 마찬가지였다. 아주 잠깐 따끔거리다 말 거야. 바늘이 언제 뽑혀나갔는지도 알 수 없을걸!

올리버는 문간에 서서 어른들의 대화를 엿들었다. 그러면 안 된다는 걸 잘 알면서도.

"아무 일 아닐 거예요." 엄마가 근심 가득한 톤으로 말했다. "오는 길에 누군가를 만나서 시간 가는 줄 모르고 수다를 떨고 있겠죠, 뭐."

"글쎄요." 낯선 남자가 말했다. "언니를 바람맞힌 것보다도 일터에 출근하지 않았다는 게 더 큰 문제죠. 책임감 강한 사람이."

엄마와 아빠가 일제히 얼굴을 찌푸렸다. 올리버는 자신이 챙겨야 하는 스티븐을 내버려둔 채 문 쪽으로 슬그머니 다가갔다.

"머피 부인?" 낯선 남자가 말했다. "괜찮으십니까?"

어른들은 괜찮다는 거짓말을 남발했다. 엄마는 펑펑 울면서도 항상 괜찮다고 둘러댔다. 부활절 토끼, 산타클로스, 이의 요정(밤에 어린 아이의 침대 머리맡에 빠진 이를 놓아두면 빠진 이를 가져가고 그 대신에 동전을 놓아둔다는 상상 속의 존재). 전부 다 거짓말이었다. 유치원에 늦게 들어간 올리버보다도 한 살 많은 일라이가 학교에서 들려준 충격적인 사실이었다. 덩치가 크고 성질이 못된 일라이의 주장에 토를 다는 아이는 아무도 없었다. 일라이는 선생님들이 잠시 한눈을 팔 때를 골라 신속하고 거칠게 아이들을 괴롭혀대는 악취미를 가지고 있었다. 아무튼 올리버는 그 말을 믿지 않았다.

못 믿겠으면 집에 가서 엄마한테 물어봐. 정말로 산타가 있는지. 일라이가 말했다.

그래서 올리버는 엄마에게 물어보았다.

산타를 믿지 않는 아이들은 선물을 받지 못해. 그것이 엄마 대답이었다. 올리버는 그 답이 성에 차지 않았다.

그래서 아이는 또다시 물었다. *하느님께 맹세해요? 정말 산타가 있어요?*

엄마는 고개를 홱 돌려버렸다. *눈에 보이지 않고 만져지지 않는다고 해서 없는 게 아니란다. 산타는 진짜도 가짜도 아니야. 산타는 마법이야.*

마법?

마법은 진짠가?

왜 갑자기 그런 걸 묻는 거지? 엄마가 말했다. 올리버는 엄마에게 일라이에 대해 들려주었다. 그리고 이내 엄마 얼굴에 성난 표정이 어리는 걸 숨죽여 지켜보았다. 엄마는 태연한 척해 보이려 무던히 애쓰

고 있었다.

그거 아니? 엄마가 말했다. 세상엔 남에게서 사는 재미를 앗아가려
는 사람들이 꼭 있단다. 그들이 그러도록 내버려 두면 절대 안 돼. 알아
듣겠니? 넌 그냥 이야기를 즐기기만 하면 되는 거야. 넌 뭐가 진짜고, 뭐
가 가짠지, 그런 데 신경 쓸 나이가 아니라고. 알겠니?

아이는 그러겠다고 약속했다. 매년 꼬박꼬박 크리스마스 선물과
부활절 바구니와 이의 요정의 돈 봉투를 받는 게 좋았기 때문이었다.
하지만 일라이의 말이 맞다는 건 확인이 된 셈이었다. 비록 친구들을
괴롭히는 나쁜 아이이기는 했지만.

어른들은 거짓말을 밥 먹듯 해댔다.

스티븐이 텔레비전에 바짝 붙어있는 동안 올리버는 문밖으로 나
가 부모님과 낯선 남자들의 대화를 엿들었다. 아빠는 이마에 난 상처
에 대해 거짓말을 했다. 벽에 대해서도 거짓말을 했고. 캐비닛 얘기
도 보나 마나 거짓말일 것이었다. 아빠에게는 그런 손재주가 없었으
니까. 솔직히 벽을 고쳤다는 말도 믿기 힘들었다. 아빠는 그런 작업
을 척척 해낼 사람이 아니었다. 올리버가 아빠와 소나무를 깎아 만든
경주용 자동차는 다른 아이들 것에 비하면 형편없었다. 하지만 아이
는 개의치 않았다. 만드는 과정 자체가 충분히 즐거웠으니까. 스티븐
은 자동차에 익살스러운 눈을 붙여놓았다. 손을 댈 때마다 마구 흔들
리는 게 얼마나 우습던지. 아무튼 누군가가 집수리를 위해 아빠에게
도움을 요청한다는 건 결코 있을 수 없는 일이었다.

엄마가 낯선 남자에게 괜찮다고 한 것도 거짓말이었다. 새된 목
소리와 어색한 미소가 그걸 증명해주었다.

아빠가 '남자들만의 주말'을 보내고 왔다는 엄마의 말도 사실이 아니었다.

아빠는 초인종 카메라에 대해 거짓말을 했다. 녹화가 되지 않는다고. 하지만 올리버와 스티븐에게는 집 안팎 곳곳에 설치된 모든 카메라의 녹화 기능이 제대로 작동한다고 설명해주었다. 그 덕분에 집에 없을 때도 두 아이가 어떤 나쁜 짓을 벌이는지 다 알 수 있다면서. 적어도 올리버와 스티븐에게는 그렇게 주장했다.

아빠가 항상 지켜보고 있다는 거 명심해! 아빠는 무시무시한 목소리로 말했다. 그리고 괴물 흉내를 내며 기겁하고 달아나는 두 아이를 쫓아 복도를 내달리곤 했다.

그게 다 거짓말이었나? 아니면, 지금 경찰에게 늘어놓는 얘기가 거짓말인 건가?

올리버는 문 쪽으로 좀 더 다가가 보았다. 입을 꼭 닫고 움직이지 않으면 부모님에게 들킬 염려가 없었다. 지금처럼.

오늘, 제네바는 그들을 학교로 데려가 주지 않았다. 엄마도 아직 집에 있었다. 아빠는 손님이 왔을 때처럼 언성이 높았고, 쓸데없이 웃음을 남발했다. 뭔가가 잘못된 게 틀림없었다.

금요일, 올리버는 제네바가 집을 나서는 걸 보았다. 매일 밤 자신의 침실 창문을 통해 봐왔듯이. 아이는 퇴근하는 그녀의 모습을 아이패드로 촬영해놓기까지 했다. 올리버와 스티븐은 그날 오후 내내 영상을 반대로 녹화해주는 앱으로 서로를 촬영하며 놀았다. 촬영한 영상을 재생시키면 붕 떠오른 몸이 침대로 되돌아가거나 거꾸로 내달려 문을 통과하는 재밌는 모습을 볼 수 있었다. 그들은 슬로모션 기능을 이용해 동물 인형들이 하늘을 나는 것처럼 보이게도 만들었다. 그렇게 아이패드를 가지고 놀던 중 집을 나서는 제네바를 보고 본능적으로 녹화 버튼을 눌렀다.

올리버는 그녀가 퇴근 후 어디로 가는지, 또 어떤 집에서 사는지 무척 궁금했다.

언젠가 아이는 물었다. *어디 살아요? 집?*

성에서 살아. 그녀는 대답했다. *언덕 꼭대기에 세워진 성에서.*

거짓말 말아요. 아이가 말했다. *이 근처엔 성이 없다고요.*

확실해?

애완용으로 키우는 용이 있어요? 스티븐이 물었다.

그런 바보 같은 질문이 어딨어? 올리버가 말했다. *제네바는 성에 살지 않아. 애완용으로 키우는 용도 없고.*

제네바는 웃음을 터뜨렸다. 그녀의 눈과 분홍색을 띤 입술은 반짝반짝 빛이 났다. 불그스름한 그녀의 볼에는 주근깨가 많이 나있었다. *난 평범한 아파트에 살아. 여기서 20분 거리에 있어.*

결혼했어요?

아이는 있어요?

개는요?

아니. 아니. 아니.

외롭지 않아요? 혼자 살면 외로울 텐데.

제네바는 치즈 토스트와 사과가 담긴 접시를 아이들 앞에 놓아주었다. 올리버는 그녀가 엄마처럼 샌드위치를 대각선으로 잘라주는 걸 좋아했다. 아빠는 수직으로 자르거나 아예 자르지 않은 채로 샌드

위치를 내왔다. 접시에 덩그러니 놓인 직사각형의 큼직한 샌드위치에는 손이 잘 가지 않았다. 가끔 치즈가 완전히 녹지 않은 상태로 나올 때도 있었다. 휴대폰에 정신이 팔려 한쪽 면을 새까맣게 태울 때도 있었고.

너희들이 있는데 외로울 틈이 있겠니? 그녀가 말했다.

스티븐은 그 대답에 만족하는 눈치였다. 하지만 올리버는 상대의 얼굴을 유심히 관찰하는 취미가 있었다. 대답과는 달리 그녀의 눈은 왠지 슬퍼 보였다.

성에 살고 있는 거 다 알아요. 아이는 그녀의 기분을 띄워주기 위해 말했다. *공주처럼 예쁘니까요.*

그녀가 부드러운 손으로 아이의 볼을 쓸어내리며 미소를 지어 보였다. *너도 아주 멋진 아이야.*

올리버는 그 후 벌어진 일들을 기억하지 못했다. 동생과 딴 데 정신을 팔고 있었기 때문이었다. 하지만 매일 밤 아이는 창가에 서서 퇴근하는 그녀를 지켜보았다. 그녀가 어디로 가는지, 왜 그리 슬퍼 보이는지 궁금해하면서.

어젯밤, 아이는 그녀가 차에 다다를 때까지 지켜보았다. 차에 도착한 그녀는 멈칫하며 뒤를 돌아보았다. 마치 누군가가 부르는 소리를 듣기라도 한 것처럼. 그녀는 가방을 꼭 끌어안고 얼굴을 찌푸렸다. 그녀의 입이 움직였다. 말을 하는 것이었다. 잠시 후, 그녀는 차에서 떨어져 나갔다. 그리고 아이의 시야에서도 사라져버렸다. 골목에는 또 다른 누군가가 있었지만 올리버에게는 보이지 않았다. 앞뜰의 커다란 오크나무가 시야를 가려놓은 탓이었다. 아이는 목을 길게 뽑아내 보았지만 소용없었다.

그때 스티븐이 달려와 형을 태클했다. 올리버가 리모컨을 숨겼기 때문이었다. 엄마가 달려와 엉겨 붙어 싸우는 두 아이를 떼어놓았다. 그 벌로 아이가 창틀에 놓아두고 제네바를 촬영했던 아이패드도 압수당했다. 그러는 와중에 올리버는 제네바에 대해 까맣게 잊고 말았다.

나중에 다시 창밖을 내다보았을 때 그녀의 차는 여전히 제자리를 지키고 있었다. 잠자리에 들었을 때 아이는 엄마에게 그 사실을 들려주려 했었다. 하지만 단단히 화가 난 엄마는 올리버에게 입을 여는 것을 허락하지 않았다.

차는 주말 내내 그곳을 뜨지 않았다. 이상했다. 하지만 어른들은 원래 이상한 일을 자주 벌이지 않던가. 제대로 설명도 안 해주면서. 결국 올리버는 차에 대해서도 잊고 말았다.

그리고 지금, 아이는 또다시 아이패드를 압수당할지도 모를 만큼 큰 잘못을 저지른 것처럼 잔뜩 주눅이 들어있었다.

문간 밖에 나와 서 있는 올리버는 계속해서 부모님과 낯선 남자들의 대화를 엿들었다. 아이는 퇴근하는 제네바를 촬영해둔 사실을 그들에게 알려야 할지 고민에 빠졌다.

하지만 괜히 쓸데없는 말을 늘어놓았다가 곤란에 빠지기라도 하면? 엄마가 나가서 일하는 동안 아빠가 속옷 차림으로 소파에 누워 잤다고 일러바쳤을 때처럼? 아빠가 토스터 와플을 저녁으로 먹였고, 스티븐이 악몽을 꿀 정도로 무서운 영화를 보여주었다고 고자질했을 때처럼? 헤이, 올리버. 아빠가 말했다. *세상엔 말이야, 남자들만의*

코드가 있어. 아빠가 온종일 뭘 했는지 엄마한테 고스란히 일러바치는 건 쿨한 일이 아니야.

쿨하지 않은 것.

일라이는 그보다 더 나쁜 건 없다고 했다.

그래서 올리버는 입을 닫고 있었다. 마침내 낯선 남자들이 돌아가자 그제야 아이는 안도의 한숨을 내쉴 수 있었다. 아이는 부디 그들이 다시 찾아오지 않기를, 그리고 내일, 제네바가 자신의 성으로 무사히 돌아갈 수 있기를 간절히 기도했다.

13

셀레나

거짓말은 바이러스와 같다. 퍼지고, 또 자기복제를 하고. 하나의 거짓말은 계속 새로운 거짓말을 만들어낸다. 셀레나의 엄마는 남편 얘기를 꺼낼 때면 늘 그렇게 경고하곤 했다. 맨 처음 내뱉은 거짓말을 보호하기 위해 끊임없이 다른 거짓말을 늘어놓게 된다고. 보도에서 형사들을 지켜보는 셀레나의 머릿속에서 아이디어 하나가 불쑥 떠올랐다. 집으로 들어가야 했지만, 그녀의 발은 바닥에서 떨어질 줄 몰랐다.

두 형사는 길을 건너갔다. 햇살이 구름을 뚫고 쏟아졌고, 바람은 앞뜰에 널린 낙엽을 사방으로 뿌려대고 있었다. 따가운 시선을 감지한 그녀가 돌아서서 어두운 창가에 서 있는 그레이엄의 검은 형체를 바라보았다. 형사들이 떠나자 기다렸다는 듯 그의 얼굴에서 미소가 싹 가셨다. 그는 침울한 표정을 머금고 안으로 사라졌다.

난 당신을 모르겠어. 그녀는 생각했다.

그는 그녀의 집과 침대와 마음에 들어와 사는 낯선 사람이었다.

제네바는 어디로 간 거지?

셀레나의 엄마는 아빠의 불륜 사실을 털어놓으며 항상 작고 하찮은 디테일을 의심해야 한다고 늘 강조했다. 이상한 시간에 걸려오는 전화. 언젠가 차를 청소하던 엄마가 싸구려 귀걸이 하나를 찾아낸 적이 있었다. 아빠의 주머니에서는 시내의 고급 레스토랑 영수증이 나왔고. 아빠는 직업상 출장이 잦았다. 그리고 아빠 곁에는 늘 많은 여자가 있었다. 고객들과 동료들. 모든 건 쉽게 떨쳐내졌다. 그녀는 이번 일 역시 서둘러 떨쳐내고 싶은 마음이 간절했다. 그녀의 짐작이 맞는다면 당장 무엇이라도 해야만 했다. *무관심.* 그녀는 자신의 입장을 그렇게 표현했다. 계획적인 무관심.

셀레나의 아빠는 점점 대담하고 노골적이 되어 갔다. 그녀의 엄마는 점점 눈이 멀었고, 나중에는 편두통에까지 시달리게 됐다. 셀레나는 굳게 닫힌 문을 기억하고 있었다. 그걸 열고 어두운 방으로 들어서면 차가운 물수건을 눈에 얹어놓은 채 침대에 누워있는 엄마가 눈에 들어왔다. 셀레나가 살그머니 다가가면 엄마는 아무 말 없이 앙상한 팔로 어린 딸을 감싸 안았다. 코라는 그토록 비참한 인생을 어떻게 견뎌냈을까?

엄마가 이혼한 지 한참 지나서 마리솔과 자신에게 아빠의 불륜 사실을 털어놓았을 때 셀레나는 제대로 이해하지 못했다. 그냥 이해하는 척했을 뿐. 하지만 그녀는 속으로 엄마를 질책했다. *어떻게 그러실 수 있죠? 어떻게 그런 아빠를 그냥 내버려 둘 수 있었냐고요.* 하지만 이제 그녀는 이해할 수 있었다. 더 이상 참지 못할 때까지 악착같이 버텨야 하는 이유를. 진실의 고통과 무반응으로 일관하는 것이 나중에 불어닥칠 후폭풍에 대한 두려움보다 커질 때까지.

그녀는 금요일 밤, 그레이엄을 그냥 쫓아버렸어야 했다. 그가 제네바와 바람을 피웠다고 형사들에게 솔직히 털어놓았어야 했다. 하지만 아이들은?

골치 아픈 문제가 알아서 해결됐으면 좋겠다고 생각해본 적 없어요?

문제는 제네바가 아니라, 그레이엄이었다.

셀레나는 안으로 들어가 현관문을 닫았다. 집안 분위기는 착 가라앉아있었다. 마치 모두가 숨을 참고 있는 듯했다. 아이들도 조용했다. 위에서는 텔레비전 소리만이 윙윙대며 들려올 뿐이었다.

"내가 굳이 말로 할 필요 없겠지?"

그녀는 흠칫 놀랐다. 그레이엄은 거실과 복도 사이 아치 아래 서 있었다. "뭘?"

"이게 어떻게 된 일이든 나랑은 아무 상관이 없다는 거 말이야."

그는 그녀를 빤히 지켜보고 있었다. 셀레나는 낯선 남자를 대하고 있는 듯한 기분을 느꼈다. 남편. 간통자. 거짓말쟁이. 또 뭐가 있지?

"셀레나." 그레이엄이 말했다. 그의 목소리에서는 단호함이 묻어나왔다. "무슨 말이라도 해봐."

그녀의 눈앞에서 세상이 핑핑 돌기 시작했다.

그때 초인종이 울렸다. 화들짝 놀란 부부가 일제히 움찔했다. 문밖에는 크로 형사가 서 있었다.

"머피 부인." 크로 형사가 말했다. "제네바 마크슨의 차를 찾은 것 같습니다. 골목 한쪽에 세워져 있더군요. 그녀가 차를 두고 간 사실을 알고 계셨습니까?"

가슴이 철렁 내려앉은 셀레나는 고개를 저었다. "아뇨."

그녀는 제네바가 무슨 차를 몰고 다니는지조차 몰랐다. 제네바는 그들 집 앞에 차를 세워놓은 적이 없었다. 그리고 아이들을 태우고 다녀야 할 때는 그들의 '세컨드카'인 신형 스바루를 이용했다.

셀레나는 형사의 시선을 따라 길 건너에 세워진 흰색 도요타 쪽을 돌아보았다. 차 주변에는 벌써 많은 사람이 모여들어 있었다. 순찰차 한 대가 다가와 그 앞에 멈춰 섰다.

"오늘 외출하실 계획이 있습니까?" 크로가 물었다.

셀레나는 고개를 저었다. "오늘은 집에서 일해도 돼요."

"남편 분은?"

그의 톤에서 묻어나는 묘한 기운에 그녀의 속이 울렁거렸다. "그 사람은…… 실직 상태예요."

실직 상태? 왠지 수상한 구석이 있어 보이는 표현이었다. 하지만 형사는 별 반응 없이 정중하게 고개를 끄덕일 뿐이었다.

"남편도 온종일 집에 있을 거예요." 그레이엄은 복도의 어두운 구석에 바짝 얼어붙은 채 서 있었다.

"나중에 몇 가지 더 여쭈러 올지도 모르거든요." 형사가 말했다. 그녀는 왠지 심상치 않은 톤이 거슬렸다. "두 분 다 댁에 계시면 감사하겠습니다."

"그럴게요. 오늘은 외출하지 않을 거예요."

그녀가 현관문을 닫고 복도로 이동했다.

"셀레나." 그레이엄이 말했다.

주방에 놓아둔 그녀의 휴대폰이 울어대기 시작했다. 남편에게서 떨어져 나온 그녀는 곧장 위기관리 모드로 접어들었다. 그녀는 엄마에게 연락해 아이들을 며칠만 봐달라고 요청할 참이었다. 모든 게 깔끔하게 해결될 때까지. 그런 다음에는 베스에게 전화를 걸어 최대한 간략하게 상황 설명을 해줄 것이다. 그다음은 윌. 윌은 변호사였다. 변호사는 필요치 않았지만, 나중 일은 또 모르니. 윌리엄은 경찰이 불쑥 찾아왔을 때 변호사를 부르지 않는 것은 자신의 권리를 포기하는 거나 다름없다고 늘 강조했었다. 지나치게 드라마틱한 조언이었다. 누가 변호사 아니랄까 봐. 하지만 지금은 그 어떤 조언보다도 유익하게 와닿았다.

휴대폰을 집어 든 그녀의 눈에 모르는 번호로 남겨진 문자 메시지들이 들어왔다.

안녕,

잘 지냈어요? 오늘 밤에 퇴근하고 나랑 한잔할래요?

참, 나, 마사예요.

기차에서 만났던.

14

앤

앤은 손끝으로 가느다란 손목에 채워진 다이아몬드 팔찌를 살살 훑어나갔다. 티파니 빅토리아 라인에서 출시된 팔찌였다. 작고 캐럿수가 얼마 되지 않는 모델이지만 그래도 꽤 봐줄 만했다. 모르긴 해도 1만 달러 이상은 호가할 것이 분명했다. 1만5천 달러까지 갈 수도 있고. 창문으로 스며든 햇살이 보석에 뿌려지면서 벽과 천장에 무지개가 투사됐다. 케이트로부터의 보상은 이 정도로 충분했다. 그녀 얼굴에 떠올랐던 표정만으로도. 하지만 왠지 마음 한구석 걸리는 게 있었다.

"마음에 들어요, 달링?" 휴가 말했다. 불륜 사실을 들켜버렸지만, 케이트와의 갈등이 미해결 상태에 빠져있었음에도, 그는 여전히 그녀의 유혹을 뿌리치지 못했다. 앤은 자신에게 그런 힘이 있다는 사실이 기뻤다.

"마음에 쏙 들어요." 앤이 말했다. "너무 예뻐요."

사기. 협잡. 아주 구닥다리 아이디어였다. 누아르 소설이나 흑백 영화에서나 볼 법한 수법.

멀리서 도움을 청하는 나이지리아 왕자: 은행 계좌 정보를 알려주면 아주 후하게 보상하겠습니다. 야바위 게임: 다음엔 딸 수 있을 거예요! 신용 사기: 이봐요! 지갑 떨어뜨렸죠? 우와, 이것 좀 봐요. 현금으로 가득 찼네요. 얼간이로부터 돈을 뽑아낼 수 있는 방법은 무수히 많았다. 단순히 돈 때문만은 아니었다. 그보다는 스릴 때문이었다. 상대로부터 신뢰를 얻어내는 것. 그들이 내놓고 싶어 하지 않는 것을 기어이 뽑아내고야 마는 것. 그들이 내놓고 싶어 하는 것도.

정직한 사람에겐 사기를 치면 안 돼. 아빠는 늘 그렇게 말했다.

그 말은 사실이었지만 절대적인 진실은 아니었다. 앤은 그 내용에 약간의 수정을 가했다. 무언가를 원하지 않는 사람, 그것을 얻기 위해 회색 지대로 선뜻 들어서려 하지 않는 사람에게는 사기가 통하지 않는다. 한마디로, 갈망과 필요에 집착하지 않는 사람에게 사기를 치면 안 된다는 뜻이었다.

예를 들면, 휴와 같은 사람들. 그는 자신이 앤을 성공적으로 유혹했다고 생각하고 있었다. 하지만 그건 사실이 아니었다. 오히려 그녀가 부드럽고 섬세하게 그를 함정으로 끌어들인 것이었다. 그녀는 비록 표면적으로나마 정식으로 일을 하기 위해 회사에 들어갔다. 사기꾼 커리어를 접고 착하게 살기 위해서. 문제는 입사와 동시에 외면할 수 없는 멋진 기회가 포착됐다는 사실이었다. 그녀는 휴를 처음 본 순간 그가 어떤 남자인지 대번에 알 수 있었다. 밋밋한 유혹의 몸짓으로는 부족했다. 그가 모든 게 자기 아이디어였다고 생각하게 하는 게 중요했다.

가벼운 아첨. 당신에 대해 많은 걸 알게 됐어요! 연약한 척하기. 그

녀는 실연의 상처로 눈물짓는 모습을 일부러 그에게 들켰다. (물론 모든 게 연기였다. 그녀는 고작 남자 문제로 질질 짜는 여자가 아니었다.) 엘리베이터 안에서는 필요 이상으로 그에게 가까이 붙어 섰다. 그리고 실수인 척 한두 번 그의 손에 자신의 손을 슬쩍 가져가 댔다. 감지하기 힘든 미묘한 접근. 그것은 그녀 전문이었다. 하지만 너무 신중했던 것일까, 그는 그녀의 예상과 달리 목석처럼 반응했다. 그녀는 그가 어쩌면 아내를 죽도록 사랑하는 애처가일지도 모른다고 생각했다.

그러다가 문득 그녀의 무릎에 얹어진 손. 바로 그 순간, 반듯하게 살기로 한 그녀의 다짐은 무너져 내리고 말았다.

아빠가 뭐랬니? 사람 천성은 변하지 않는다고.

휴는 무엇을 원했던가? 그는 관심받기를 원했다. 다시 젊어지기를 원했고. 무엇보다도 그는 케이트가 소유하지 못한 것을 자기 것으로 만들고 싶어 했다. 그는 그 사실을 아는 것에, 그것을 내주는 것에, 그리고 그것을 다시 앗아가 버리는 것에 스릴을 느꼈다.

앤과 휴는 서로에게 달라붙은 채 킹사이즈 침대에 누워있었다. 그들이 잡은 호텔방에서는 센트럴 파크가 훤히 내려다보였다. 그녀는 고급 시트를 몸에 두른 채 샴페인 글라스 안에서 부글대는 거품을 지켜보았다.

그녀는 그가 며칠에 걸쳐 보내온 문자 메시지를 외면하지 않았다.

너무 미안해요, 앤. 용서해줘요.

집사람을 버릴 수가 없어요. 이 사람에겐 내가 필요해요. 지금 상태가…… 말이 아니거든요.

당신 생각을 멈출 수가 없어요. 오, 제발 부탁이에요. 꼭 한 번만 만나줘요.

앤.

당신을 못 보면 난 죽을지도 몰라요.

그녀는 이런 그의 메시지를 은근히 즐겼다. 사실 그녀도 어느 정도는 휴를 마음에 두고 있었다. 표적에게 매력을 느끼는 건 무척 드문 일이었다. 휴는 탄탄한 체구에 아량 있는 마음씨와 온순한 성격의 소유자였다. 유머 감각도 탁월했고. 앤은 어째서 케이트가 그토록 남편에게 집착하는지 알 것 같았다. 대부분 남자들에게는 음흉한 구석이 있었지만 휴는 달랐다. 겉과 달리 그의 속은 아이처럼 순수했다.

휴는 앤의 눈에서 머리카락을 떼어낸 후 그녀의 볼을 살살 어루만졌다.

"당신이 만나주지 않았다면 난 죽었을지도 몰라요."

"이번이 마지막이에요, 휴." 그녀는 애써 불편해하는 척해 보였다. "난 당신의 정부가 아니에요. 나중에 때가 되면 완전히 하나가 될 수 있을 테니 기다려줘요."

"알아요." 그가 한숨을 내쉬며 그녀에게 키스를 퍼부었다. "알아요. 당신이 곤란해한다는 거."

너무나도 달콤한 게임이었다.

아빠는 그녀의 미모가 꽤 훌륭한 무기가 될 수 있다고 가르쳐주었다. 너무 마르지 않은 늘씬하고 탄탄한 몸. 흠잡을 데 없는 황갈색 피부. 등의 중간 부분까지 내려오는 길고 칼날처럼 곧은, 짙은 남빛 머리. 그녀는 자기관리에 철저했다. 성심을 다해 왁스하고, 뽑고, 벗겨내고, 칠하고, 바르고, 운동했다. 그녀의 미모는 모두가 탐내는, 그래서 잘 가꾸어야 하는 자산이었다. 많은 남자와 여자를 홀리는 데 유용하게 써야 하니까. 남자들은 그것을 소유하고 싶어 했고, 또 마음껏 다루고 싶어 했다. 여자들은 그것이 자신들의 무기가 될 수도 있을 거라 믿고 싶어 했다. 머리는 어디서 했어요? 비결이 뭐예요?

앤은 고개를 돌려 자신의 우아한 목선을 내보였다. 휴가 기다렸다는 듯 그녀의 목에 입을 맞추었다. 앤은 몸을 바르르 떨었다. 휴는 그녀가 한껏 흥분된 상태라고 짐작했다.

더 이상 할 게임이 남았어? 아빠는 물었다. 이미 그의 아내에게서 다 뽑아먹었잖아.

정말 더 뽑아먹을 게 없어요?

아빠에게는 오로지 돈만이 중요할 뿐이었다. 게임을 무사히 마치고 깔끔하게 손을 털어야 한다고 늘 강조했다. 하지만 앤은 그 정도로 성이 차지 않았다. 그녀는 인형을 부리듯 상대를 가지고 노는 것에 큰 재미를 느꼈다.

그렇게 욕심을 부리다가 곤란한 상황에 부닥치게 되는 거야. 상대를 얼마나 망쳐놔야 직성이 풀리니?

"여길 떠나야 해요." 앤이 나지막이 말했다.

"네? 왜요?"

"동생이 있는데," 그녀가 말했다. "걔가 많이 아파요. 앞으로 살날이 많이 남지 않았어요."

"저런." 휴가 말했다. 그의 적갈색 눈에서 근심의 빛이 묻어났다. 그는 늘 진심으로 상대를 대했다. 그 부분은 그녀도 인정했다. 오로지 자신만을 챙기는 데 바빠야 하는 휴는 그녀에게도 놀라울 만큼 애정을 쏟았다. "내가 어떻게 도우면 되겠어요?"

이게 사기라는 걸 아직도 눈치 못 챈 건가?

웃긴 건 누구도 그걸 눈치채지 못했다는 사실이었다. 그녀의 계략을 간파하고서도 그들은 자신들을 못 미더워하곤 했다. 자신들이 잘못 짚었다고 믿고 싶어 했다. 보기 좋게 한 방 먹었음을 깨닫고도 그들은 늘 그녀에게로 돌아왔다. 마치 로맨스 스캠 피해자들처럼. 그 수법은 그녀의 전문이었다. 세상에는 외로운 부자들로 넘쳐났다. 그들은 사랑을 찾아 사기꾼들이 득실대는 온라인을 헤매고 다녔다. 몇 번을 당해도 포기하지 않을 만큼 그들은 절박했다.

그리고 표정. 눈 주변에서 묻어나는 상냥함. 희망이라는 놈이 그들을 그렇게 만들어놓은 것이었다. 그게 아니었으면 그녀의 수법은 결코 손쉽게 먹혀들지 않았을 것이다. 하지만 휴는 전혀 다른 범주에 속해있었다. 자기애가 강해 조금만 아첨을 해도 쉽게 무너져 내리는 타입이었다.

"아무래도 이곳 집을 처분해야 할 것 같아요." 앤이 말했다. "이번에 떠나면 언제 돌아올 수 있을지 몰라요. 가진 돈은 전부 동생 챙기는 데 쓰게 될 거예요. 동생 형편이 많이 안 좋거든요. 게다가, 걔한텐 어린애가 둘이나 딸려있어요. 내 조카들."

"남편은요?"

"걔 버리고 떠났어요." 앤이 말했다. 앤은 긴 한숨을 내쉬며 애써 슬프고 무기력한 척했다. "세상 남자들이 다 당신 같으면 얼마나 좋을까요?"

휴가 다시 그녀에게 입을 맞추었다.

그가 지갑에서 천 달러를 꺼내 그녀에게 건넸다. 침대 옆 탁자에는 팔찌가 담긴 연한 푸른색 상자가 놓여있었다. 그가 그녀를 위해 준비한 선물이었다. 그는 케이트가 모르는 신용카드로 항공권과 호텔까지 예약해주었다. 오, 휴, 이 은혜를 어떻게 다 갚죠?

앤은 세이지와 박하 향기가 진동하는 욕실에 들어가 휴와 함께 샤워했다. 그녀는 김이 잔뜩 서린 타일 바닥에 무릎을 꿇고 성심을 다해 그에게 서비스를 제공했다.

그녀는 무력감 속에서 알몸으로 그와 함께 신음할 때가 좋았다.

앤은 오후 미팅에 늦어버린 휴가 주섬주섬 옷을 챙겨 입는 모습을 지켜보았다. 케이트는 남편이 여기서 이러고 있다는 걸 알까? 만약 휴가 앤의 남편이었다면 앤은 온종일 그를 미행했을 것이다. 어쩌면 케이트는 남편에게 별 관심이 없는 것인지도 몰랐다. 이미 그의 목줄을 타이트하게 쥐고 있으니. 어쩌면 잘생기고 매력적인 바람둥이 남편에게 또 한 번 속고 있는 것인지도.

휴가 넥타이를 매는 동안 앤은 플러시 천으로 된 커다란 가운을 걸치고 침대로 돌아갔다. 그는 거울로 그녀를 지켜보았다.

"원한다면 이 방에서 계속 머물러도 돼요." 그가 말했다. "스파에 가서 푹 쉬다 와도 되고요. 나중에 전화할게요. 우리 일은 잘 풀릴 테니 걱정하지 말아요, 애니."

그녀가 불확실하고 연약한 모습으로 고개를 끄덕였다. 돈 많은 백인 남자들에겐 세상이 그렇게 호락호락한 모양이지?

그가 그녀에게로 돌아와 침대에 걸터앉았다. 그리고 그녀를 끌어안은 채 오랫동안 키스를 퍼부었다. 그러는 동안 앤은 그의 마음에 쏙 들게끔 능청스러운 연기를 이어나갔다. 마치 그를 사랑한다는 듯이, 마치 그와 결혼하고 싶어 한다는 듯이, 마치 병든 동생에게 달려가야 한다는 듯이. 그녀는 아내를 버리기로 결심한 남자의 부드럽고 사랑스러운 정부로 사는 것이 어떤 기분일지 상상해보았다. 얼마나 많은 상처를 받게 될지. 과연 희망이라는 게 있기는 할지. 그가 달아나려 할 때 후다닥 쫓아가 바짓가랑이를 붙들 용기가 있을지.

"약속할게요." 그가 방을 나서기 전 말했다. "우린 기어이 방법을 찾고야 말 거예요."

그녀는 그를 문까지 배웅했다. 문이 닫히고 걸쇠가 채워지는 순간 무언가가 종결된 듯한 묘한 기분이 찾아들었다.

사기꾼은 메소드 연기자가 돼야 해. 아빠는 늘 말했다. *거짓말 그 자체가 돼야 한다고.*

다행히 그녀는 메소드 연기에 소질이 있었다. 지금 그녀는 앤 포터였다. 러트거스 대학을 나온 젊고 야심 있고 계산이 빠른 뉴저지 출신의 여자. 그녀에게는 사랑하는 여동생이 있었다. 여동생이 있다는 설정은 어느 정도는 사실이었다. 하지만 동생이 요상한 병에 걸려 죽어간다는 건 새빨간 거짓말이었다. 그녀에게는 조카도 없었다. 최대한 그럴듯하게 포장하기 위해 여기저기 진실을 심어놓기는 했다. 고소공포증이 있고, 초밥을 좋아하고, 어머니는 세상을 떴으며, 아버지에 대해서는 아는 게 거의 없다는 것. 그녀는 이런 몇 가지 사실을 자신이 연기하는 모든 캐릭터에 기본으로 설정해두었다.

앤이 되기 전, 그녀는 엘리 마틴이었다. 새로운 로맨스를 두려워하는 젊은 미망인. 그 전에는 말리 크로프트였다. 잃어버린 가족을 찾고 있는 고아. 그 전에는, 그리고 또 그 전에는. 그녀는 무수한 얼굴과 색깔로 무장한 러시아 인형(속이 비어있고 그 안에 같은 모양의 인형이 여러 개 차곡차곡 들어있음)이었다. 지금 그녀는 새까만 머리를 하고 있었다. 그 전에는 금발이었다가 빨간 머리였다가 칙칙한 갈색 머리였다가, 오락가락했다. 필요에 따라 살을 찌울 때도, 뺄 때도 있었다. 그녀는 남이 되어 사는 데 재능이 있었다. 그러는 동안 그녀의 본성은 캐릭터들의 개성에 묻혀 형체를 잃고 말았다. 그리고 앤은 자신의 본 모습을 거의 기억하지 못하는 지경에 이르게 됐다.

과거의 넌 사라졌어. 미래의 넌 존재하지 않고. 중요한 건 현재의 너일 뿐이야. 아빠. 사기꾼. 망령.

원하는 걸 얻었니? 아빠는 분명 그렇게 물을 것이다. *다 끝났어?*

아직요.

앤은 휴와 함께 주문해놓은 점심을 먹었다. 랍스터 콥 샐러드, 트러플 버터를 바른 통밀빵, 그리고 먹기 좋게 자른 딸기. 그녀는 샴페인을 한 잔 더 따르고 나서 우듬지와 도시를 뒤덮은 먹구름을 지켜보았다.

그녀는 식사를 마친 후 여유롭게 화장실로 들어갔다. 그리고 한쪽 구석에 몰래 숨겨둔 휴대폰을 집어 들었다. 그녀는 휴와 함께 샤워하는 모습을 휴대폰으로 촬영해놓았다. 다시 침대로 돌아온 그녀는 촬영된 영상을 확인했다. 샤워 부스 안에서 서로에게 몸을 밀착한 휴와 그녀의 에로틱한 이미지. 영상이 조금 흐릿하기는 했지만 격한 신음을 토해내며 꿈틀거리는 그를 알아보는 건 어렵지 않았다. 그녀는 카메라를 등지고 서 있었다. 한없이 이어지는 그의 신음은 원시적인 후두음이었다. 그녀는 자신의 스태미나에 새삼 감탄했다. 휴가 절정에 다다르자 앤은 카메라를 돌아보며 미소를 지었다. 장난기 넘치는 귀여운 미소. 마치 이 모든 걸 케이트와 짰기라도 한 듯이. 원래 결혼생활이라는 게 장기간에 걸쳐 펼쳐지는 궁극의 게임이 아니던가.

어쩌면 케이트는 남편이 얼마나 비열한 인간인지 확실하게 일깨워준 앤에게 어느 정도는 감사한 마음을 갖게 될지도 몰랐다. 모든 것을 다 가진 케이트는 언제든 휴를 버리고 최상급 신랑감을 골라 재혼할 수 있는 여자였다. 휴는 케이트 같은 여자를 누릴 자격이 없었다. 그녀는 그를 좋아했지만, 그가 부끄러움을 모르는 바람둥이라는 사실은 비판하지 않을 수 없었다.

앤은 플러시 베개를 깔고 엎드려 자신이 촬영한 영상에 살짝 손질을 가했다. 밝은 화장실 조명을 받아 더 창백해 보이는 자신의 등에도 적당히 색을 첨가했다.

그런 다음, 그녀는 혼자 샤워를 했다. 뜨거운 물과 바디워시의 풍부한 거품과 대리석 타일에 떨어지는 나지막한 물소리를 만끽하며 아주 천천히 몸을 씻어나갔다. 옷을 챙겨 입은 후에는 책상에 앉아 노트북 컴퓨터를 펼쳤다. 그리고 휴가 알려준 신용카드 번호를 이용해 신나게 쇼핑을 즐겼다. 니먼 마커스 장바구니에 담아두었던 지미 추 펌프스, 구찌 토트백, 그리고 번쩍거리는 프라다 선글라스. 그녀는 그것들이 추적이 불가능한 주소지로 익일 배송될 수 있도록 주문을 마쳤다.

그녀는 호텔의 시설 관리과에 연락해 럭셔리한 세면도구와 세련된 흑백 라벨이 붙은 갈색 병들을 주문했다. 잠시 후, 통통한 얼굴을 한 젊은 메이드가 도착하자 앤은 그녀에게 후한 팁을 쥐어주었다. 기분이 좋아진 메이드는 체코어인 듯한 알아들을 수 없는 외국어를 재잘대며 카트에서 여러 아이템을 더 꺼내와 앤에게 안겨주었다. 앤은 그것들과 옷장에서 꺼내온 사용하지 않은 목욕 가운, 그리고 새 수건들을 롤러 여행 가방에 쑤셔 넣었다.

그녀는 다시 노트북으로 돌아가 이메일을 몇 통 작성해 보냈다. 여러 페르소나를 관리하는 것은 쉬운 일이 아니었다.

오랫동안 연락이 없었네요. 미안해요, 마이 러브! 급한 집안일이 생겨서요. 나중에 연락할게요.

토요일까지 어떻게 기다리죠? 가족의 일원이 된 것 같아 기뻐요.

다음은 문자 메시지.

이번 먹잇감은 고집이 셌다. 아직까지 답이 없다니.

좀 더 공격적으로 밀고 나가야 하나? 아니면 여기서 그냥 포기해버려? 상황이 너무 끈적거렸다. 그건 아빠가 즐겨 쓰는 표현이었다. 먹잇감이 너무 똑똑하고 직관력이 뛰어날 때. 의심이 많고 상대를 쉽게 신뢰하지 못할 때. 그리고 욕심이 없을 때. 그런 상황에 빠지면 사냥꾼의 몸은 달아오르게 돼 있다. 그건 일을 그르치는 지름길이었고.

앤은 휴대폰을 들여다보았다. 깜빡이는 작은 점들이 상대가 답글을 작성 중임을 알려주었다.

어느새 일이 너무 꼬여버렸다. 가동부들이 사이좋게 협력해야 일이 술술 풀릴 텐데. 그녀는 관리 운영에 이토록 애를 먹어본 적이 없었다. 그리고 동기. 아빠는 늘 돈에만 모든 초점을 맞추었지만 앤은 달랐다. 그녀에게는 이따금 아빠와 다른 어젠다가 있었다.

그녀는 묵묵히 기다렸다. 답은 끝내 오지 않았다.

짐을 챙겨 문으로 이동한 앤은 환상적인 전망을 자랑하는 호화로운 호텔 방을 마지막으로 돌아보았다. *긴장을 풀고 이 순간을 최대한 즐겨. 눈 한 번 깜짝하면 다 지나가 버리니까.*

그녀는 그 조언에 착실히 따랐다.

토트백을 어깨에 메고 푸른 플러시 카펫 위로 여행 가방을 끌고 나오기 전 그녀는 미리 계획해둔 두 가지를 차례로 처리했다.

그녀는 우선 직접 촬영한 영상을 케이트에게 전송했다. 파일의 용량이 커 전송되기까지 시간이 조금 걸렸다. 마침내 기분 좋은 '휙' 소리와 함께 전송이 완료됐다.

됐죠? 그녀는 생각했다. *완벽히 마무리됐잖아요, 아빠.*

그녀는 고집스러운 먹잇감에게 새로운 문자 메시지를 작성해 띄웠다. 불필요한 혼선이 없도록.

참, 나, 마사예요.

기차에서 만났던.

15

펄

"그럼 아버지가 누구지?"

서점 뒷방은 후텁지근했다. 에어컨이 또다시 작동을 멈춘 탓이었다. 책 정리를 마친 펄과 찰리는 땀을 비 오듯 쏟고 있었다.

"난 아버지가 없어요." 아이는 한때 상상 속의 멋진 아버지에 대해 신나게 떠벌리고 다니곤 했었다. 하지만 언제부터인가 그런 거짓말에 흥미를 잃어버리고 말았다.

"세상에 아버지 없는 사람이 어디 있어?" 찰리가 아이와 눈을 맞추지 않은 채 말했다. 그는 배송 송장을 작성하는 중이었다. 그는 반듯하고 보기 좋은 필체를 가지고 있었다.

"없는 사람도 있어요." 아이가 말했다.

찰리가 안경 너머로 소녀를 쳐다보았다. "생물학적으로 그렇단 얘기야. 아버지 없이 태어날 순 없잖아."

"몰라요." 펄은 짜증 섞인 한숨을 길게 내쉬었다. 아이는 아버지가 화제로 오르는 걸 좋아하지 않았다.

"어머니가 안 알려주셨어?"

"엄마도 몰라요." 아이가 말했다. "엄마가 파트너를 밥 먹듯 바꾸는 거 알잖아요."

찰리는 한동안 대꾸가 없었다. 펄은 껄끄러운 화제가 지나가 다행이라 생각했다.

"궁금하지 않니?" 찰리가 물었다.

아이는 포장용 테이프 건으로 상자를 꼼꼼히 봉한 후 두 팔을 양옆으로 내렸다.

"내가 세상에 존재한다는 사실조차 모르는 남자에 대해 궁금하지 않느냐고요? 그 사람은 아버지가 아니라 정자 기증자에 불과해요."

찰리는 여전히 안경 너머로 펄을 응시하며 어깨를 으쓱였다.

"세상엔 정자 기증자에 대해 궁금해하는 사람들도 있어." 그가 말했다. "자기가 어디서 왔는지 알고 싶어 하는 건 지극히 자연스러운 일이야."

"엄마는 늘 얘기해요. 과거는 중요하지 않다고. 중요한 건 바로 지금, 이 순간이라고."

"너 아주 진화적이구나."

"그냥 신경을 안 쓰는 거라고요." 아이가 발끈하며 말했다. 그는 한번 물면 절대 놓지 않는 개 같았다. "엄마가 어떤 남자들이랑 어울려 다니는지 잘 알잖아요. 그런데도 친부를 찾아보라고요? 보나 마나 온몸에 문신한 멍청이일 텐데도요? 맨번(남자의 쪽 진 머리)을 했거나 마케팅 분야에 몸담은 사람이면 어쩌고요?"

찰리가 웃음을 터뜨렸다. 그들은 반품할 책들을 상자에 담아 테이프로 봉한 후 주소 적힌 라벨을 출력했다. 새 책들이 들어올 때면 펄은 한껏 기대에 부풀었다. 베스트셀러들, 생소한 문학 타이틀들, 논픽션 신간들. 한 번도 펼쳐진 적 없는 빳빳한 새 책들은 보기 좋게 진열되어 독자들을 기다렸다. 그리고 지정된 날짜를 넘길 때까지 팔리지 않으면 출판사는 남은 재고를 환불해주었다.

되돌려 보내는 책이 늘어갈 때마다 펄은 마음이 아팠다. 유동 인구의 수를 늘리려는 찰리의 피나는 노력에도 불구하고 서점은 늘 파리만 날렸다. 엄마에게 새 남자 친구가 생겼지만, 찰리는 떠나지 않았다. 그는 서점을 챙겼고 펄을 돌봐주었다. 매일 밤 아이를 집까지 데려다주었으며, 아이가 끼니를 거르지 않도록 성심껏 챙겨주었다. 그뿐 아니라 펄의 숙제를 도와주기까지 했다. 펄과 고작 6개월을 함께 해온 찰리는 아이의 친모보다 훨씬 더 부모 같았다.

"네 엄마는 오늘도 나오지 않았어." 찰리가 말했다. 테이프는 요란한 소리를 내며 상자에 담긴 책들의 운명을 결정지었다. 발송자에게 반송.

전날 밤, 펄은 악몽을 꾸었다. 높아진 언성, 그리고 요란한 굉음. 비명. 아이는 패닉에 빠진 채로 눈을 떴다. 하지만 방을 나와 보니 집 안은 조용했다. 엄마의 방문 밑으로는 희미한 불빛과 은은한 음악이 새어 나왔다. 펄은 차마 노크를 할 수 없었다. 그러면 안 된다는 걸 알기에. 아침에 일어나보니 스텔라가 보이지 않았다. 분명 누군가가 변기 물을 내리고 샤워까지 했는데.

펄은 설탕으로 범벅이 된 시리얼을 먹고 버스를 타러 나갔다. 엄마 생각은 또 들지 않았다.

"늦게 들어왔나 봐요."

작은 체구에도 힘이 좋은 찰리는 무거운 상자를 번쩍 들어 차곡차곡 쌓아나갔다.

"요즘 장사가 잘 안 되고 있어, 펄." 그가 말했다. "네 엄마에게 얘기했더니 귓등으로도 안 듣더라고."

"장사는 원래부터 안 됐어요." 펄이 말했다. "세상에 잘되는 서점이 어디 있어요?"

"그래도 1년 내내 적자라면 문제잖니."

펄이 어깨를 으쓱였다. 아이는 엄마가 책방을 간신히 연명해 가는 미스터리에 조금도 관심이 없었다. 애답게 사는 게 네가 할 일이야. 다른 모든 건 엄마한테 맡겨. 전혀 엄마답지 않은 스텔라가 입버릇처럼 내뱉는 아주 엄마다운 말이었다.

"미납 고지서가 수북이 쌓여있어." 찰리가 말했다. 그러고는 고개를 저었다. "미안. 이런 얘긴 네게 들려줄 필요가 없는데. 넌 아직 어리잖니."

"엄마가 이 건물 주인이에요."

서점은 재개발이 늦어지고 있는 슬럼가의 큰 창고 건물에 자리하고 있었다. 스텔라는 누군가로부터 받은 큰돈으로 이 건물을 매입했다. 그녀는 재정적 곤란이 있을 때마다 그 인물에게 손을 벌렸고, 그는 항상 그녀에게 구원의 손을 내밀어주었다. 펄은 궁금했다. 그가 누구인지. 그리고 그가 왜 스텔라에게 재정적 지원을 아끼지 않는지. 스텔라는 그를 자신의 "후원자"라고 불렀다. 하지만 어쩐 일인지 그녀는 한동안 그를 언급하지 않았다.

"세금도 연체가 됐던데." 찰리가 말했다.

펄은 또다시 어깨를 으쓱였다.

"넌 신경 쓰지 마. 내가 얘기해볼게." 찰리가 한 손을 살랑여 보이며 말했다. "네 엄마에겐 다 계획이 있을 거야. 적어도 내가 아는 스텔라에겐."

당신이 우리 엄마를 그렇게 잘 안다고?

펄은 페이퍼백 한 권을 손에 쥐고 있었다. 표지에는 백일몽에 잠긴 듯한 모습으로 해변 별장 앞을 지나고 있는 꽃무늬 드레스 차림의 얼굴 없는 여자가 그려져 있었다. 아이는 그 책도 상자에 조심스레 담았다.

펄은 찰리가 책으로 가득 찬 상자를 테이프로 봉하고 번쩍 들어 운반하는 모습을 티 나지 않게 지켜보았다. 그가 흘끔흘끔 쳐다볼 때면 아이는 딴청을 부리며 못 본 척했다. 펄은 그의 나이를 가늠할 수 없었다. 그는 고등학교 졸업반 소년들과도 나이 차이가 별로 나지 않을 것 같았다. 갸름한 얼굴에 매력적인 눈, 깔끔하게 면도한 턱, 긴 코, 그리고 미소를 머금기 전까지는 한없이 진지해 보이는 입.

"아저씨 아버지는요?" 펄이 물었다. 찰리는 자신과 자신 가족에 대해서는 극도로 말을 아꼈다. 자신이 어디 출신인지조차도 밝히지 않았다. 이따금 지나가는 말로 하찮은 디테일을 슬쩍슬쩍 흘렸을 뿐.

"우리 아버지는," 그가 상자를 내려놓으며 말했다. "괴물이었어."

"정말요?"

그가 아이를 돌아보며 팔뚝으로 땀에 젖은 눈썹을 훔쳤다. "그래, 정말이야. 주정뱅이에 마약쟁이기까지 했지. 사기꾼이었고."

"미안해요."

"죽었어." 그가 다음 상자를 바퀴 달린 짐수레에 실었다. 그는 무표정한 얼굴을 유지하고 있었다. 덤덤하게 사실을 늘어놓는 사람처럼.

"어머니는요?"

"어머니도 죽었어." 그가 마지막 상자를 테이프로 봉했다.

"그럼 아저씨만 남은 거네요."

"그래. 졸지에 고아가 돼버렸지. 불행한 커플의 외아들."

"최악인데요." 아이가 말했다. 그것 외에는 달리 해줄 말이 없었다.

그가 어깨를 으쓱였다. "그게 내 운명인 걸 어쩌겠어? 그냥 받아들일 수밖에. 그 책 제목이 뭐였더라? 핑칼리셔스Pinkalicious?"

고작 컵케이크 때문에 격노하는 응석받이 아이가 나오는 책.

"하지만 걘 자기 운명을 묵묵히 받아들이지 않았잖아요."

찰리가 야릇한 미소를 지어 보였다.

"그랬더니 걔가 어떻게 됐지?" 그가 물었다.

"몸이 이상해져 버렸던가요?"

"거봐." 그가 고개를 끄덕이며 말했다. 펄은 웃음을 터뜨렸다. 그는 짐수레를 밀고 문을 나섰다. UPS 트럭이 싣고 갈 수 있게 상자를 밖에 쌓아놓으려는 것이었다. 날은 저물어 갔고, 서점은 텅 비어있었다. 방과 후 프로그램은 그 인기가 식어버린 지 오래였다. 애초부터 부담스러웠던 공짜 음식과 와인 제공 서비스를 종료하자 자유 발언 시간도 자연스레 시들해져 버렸다.

그들은 집으로 향하는 길에 중국 식당에 들렀다. 찰리는 집 앞에 차를 세워놓고 아이를 집 안까지 에스코트했다. 무거운 책가방과 음식을 들고 있는 찰리 대신 펄이 현관문을 열었다.

"네 엄마에게 같이 먹자고 해야겠다."

그는 떠나려는 것이었다. 아이는 대번에 알아차릴 수 있었다. 그의 얼굴에는 어른들이 상대를 실망시키기 직전에 흔히 짓는 심각한 표정이 떠올라있었다. 그는 스텔라에게 버림받은 것이 분명했다. 어쩌면 그녀는 찰리에게 '보수' 지급을 중단했는지도 몰랐다. 늘 그래왔듯이. 그녀는 상대로부터 모든 걸 뽑아먹었고, 더 이상 쓸모가 없어지면 아무런 미련 없이 집에서 쫓아냈다. 그들이 걷든, 뛰든, 고함을 지르든, 아니면 펑펑 울든, 그녀는 조금도 개의치 않았다.

난 당신에게 아무것도 요구하지 않았어요. 펄은 스텔라가 성난 애인이나 친구나 이웃에게 그렇게 외쳐대는 걸 여러 번 들었었다. 그건 사실이었다. 스텔라는 상대에게 무언가를 요구할 만큼 궁했던 적이 없었다.

하지만 그들이 들어섰을 때 집 안은 어둡고 조용했다. 펄은 불부터 켰다. 찰리는 아이의 책가방을 내려놓고 음식을 주방으로 가져갔다. 펄이 아침에 아무렇게나 쌓아두고 간 접시들은 여전히 제자리를 지키고 있었다.

무언가가 아이의 뒷덜미 털을 곤두서게 했다. 순간 펄의 숨이 턱 하고 막혀버렸다.

"스텔라?" 찰리가 큰 소리로 불러보았다.

지저분한 주방의 어스레함 속에서 두 사람의 눈길이 마주쳤다. 아이는 문득 주위를 맴돌던 에너지의 민감한 변화를 감지할 수 있었다. 앞으로 펄은 그 순간을 두고두고 곱씹어보게 될 것이다. 그리고 그때의 기억은 떠올릴 때마다 제각각의 의미로 다가오게 될 것이다.

찰리가 펄을 스치듯 지나쳐 위층으로 뛰어 올라갔다. 아이는 그가 풍기는 비누와 종이 냄새를 똑똑히 맡을 수 있었다. 펄은 미동도 없이 서서 분주히 이 방 저 방을 오가는 그의 발소리에 귀를 기울였다.

잠시 후, 위에서 그의 절규가 들려왔다. 절망의 비브라토. 바짝 얼어붙은 아이는 움직일 수도, 머리를 굴려볼 수도 없었다. 마치 시간이 멈춰버린 듯했다.

오, 맙소사. 오, 스텔라. 안 돼! 오, 안 돼 안 돼 안 돼 안 돼.

그의 울부짖는 소리를 따라 간신히 위층으로 올라간 펄이 온몸을 덜덜 떨며 문간에 멈춰 섰다. 찰리는 침대 옆에 무릎을 꿇고 앉아있었다. 초점 잃은 스텔라의 눈은 시뻘겋게 충혈돼 있었고, 목에는 까만 멍 자국이 나 있었다. 펄은 자신의 일부가 엄마와 함께 죽어버린 것 같은 기분을 느꼈다.

16

셀레나

셀레나는 어머니 집 앞에 차를 세웠다. 뒷좌석의 두 아이는 평소와 달리 조용했다. 그녀는 백미러로 꾸벅꾸벅 졸고 있는 스티븐과 미간을 찌푸린 채 차창 밖을 내다보는 올리버를 잠시 지켜보았다.

"걱정할 거 없어." 그녀가 말했다. "그냥 할머니 집에 놀러 왔을 뿐이니까."

그 어느 때보다도 지쳐 보이는 올리버의 눈이 그녀의 눈에 들어왔다. 통통하게 살이 오르고 야단스러운 스티븐은 꼭 통카 트럭크를 보는 듯했다. 하지만 둔감한 동생과 달리 올리버는 예리한 관찰자였다. 아이의 얼굴에는 멸시에 가까운 회의의 표정이 떠올라있었다. 그녀가 산타클로스에 대해 황당한 거짓말을 늘어놓거나 언젠가는 방울양배추를 좋아하게 될 거라고 확신시킬 때마다 아이가 늘 보여 온 표정이었다.

"알았어요." 아이가 말했다.

스텔라는 고개를 들고 집을 올려다보았다. 그녀의 어머니 코라가 문간에 서서 손을 흔들고 있었다. 엄마의 작은 체구는 셀레나가 볼 때마다 조금씩 줄어드는 것 같았다. 코라와 마리솔은 작고 아담한 체구인 반면, 셀레나는 큰 키에 탄탄한 체구였다. 셀레나는 늘 속으로 언니 마리솔의 자그마한 체구를 부러워했었다. 코라의 두 번째 남편 파울로는 몸으로 문간을 거의 채울 만큼 건장했다.

"파울로!" 올리버가 큰 소리로 불렀다. 찌푸려졌던 아이의 얼굴에는 어느새 미소가 머금어져 있었다. 잠에서 막 깬 스티븐은 여전히 그로기 상태였다.

아이들은 우락부락하면서도 유쾌한 파울로를 좋아했다. 그는 박력 있는 포옹과 목말로 손자들에게 많은 점수를 땄고, 시종 활기 넘치는 모습으로 레고를 만들며 놀아주기까지 했다. 자식과 손주들이 없는 그에게 셀레나와 마리솔의 아이들은 크나큰 활력소였다. 성질이 고약한 셀레나의 친부는 파울로와는 정반대였다. 그는 시끄럽고 부산스럽고 식탁 예절이 형편없으며 항상 싸움질만 하는 아이들에게 툭하면 짜증을 내곤 했다. 잔소리와 험악한 인상은 그의 기본 설정이었다. 그는 손자들이 응석받이가 돼버렸다면서 셀레나와 그레이엄에게 더 엄하게 훈육할 것을 주문했다. 그런 그와 함께 하는 시간은 지옥과도 같았다. 그러면서도 그는 어째서 손자들이 자신을 피하는지 모르겠다며, 자주 찾아오지 않는 그들을 나무라기까지 했다.

코라와 파울로가 쪼르르 달려 나와 셀레나를 맞아주었다. 파울로는 그녀를 꼭 끌어안고 등을 토닥였다. 그런 다음 각자의 짐과 장난감 상자를 챙겨 든 아이들을 안으로 이끌었다. 이번에는 코라가 다가와 딸을 부둥켜안았다.

"며칠 안에 다 해결될 거예요." 셀레나가 말했다. 그녀의 어깨는 한없이 무겁기만 했고 극심한 피로에 머리도 잘 돌지 않았다.

"오래 있다 가도 돼." 코라가 말했다. "이럴 때 쓰라고 부모가 있는 거야."

그들은 아이들을 한 방에 몰아넣었다. 그들의 두 사촌, 릴리와 재스퍼는 잭앤질 욕실(두 개의 다른 방이나 공간에서 출입할 수 있도록 설계된 욕실) 너머의 또 다른 방으로 보내졌다. 파울로가 아이들을 챙기는 동안 셀레나는 엄마와 함께 주방으로 들어갔다. 셀레나는 엄마에게 모든 걸 털어놓았다. 불륜에서부터 제네바의 실종까지. 하지만 기차에서 만난 여자에 대한 언급은 쏙 뺐다.

"그래서 정신이 하나도 없어요." 그녀가 말했다. "오해가 빨리 풀렸으면 좋겠어요."

오해에서 비롯된 일이 맞긴 하잖아. 안 그래? 그녀는 코라가 내민 상자에서 티슈를 한 장 뽑아 들고 촉촉해진 눈가를 훔쳤다.

코라가 두르고 있는 파란 캐시미어 랩을 더 꽉 여며 쥐었다. "그레이엄이 정말 그 여자랑 잤어?"

셀레나는 엄마가 닫아놓은 주방문을 돌아보았다. 아이들, 특히 올리버는 소리 없이 나타나 사람을 놀라게 하는 데 소질이 있었다.

"네." 셀레나가 솔직히 대답했다. 그녀의 얼굴은 화끈 달아올라 있었고, 눈에서는 또다시 눈물이 배어 나왔다. "둘이 같이 잤어요."

코라가 손을 뻗어 딸의 손을 잡았다.

"그럼 그 일로……."

"그 일이 그녀의 실종과 상관이 있느냐고요? 전혀요." 셀레나가 여전히 얼떨떨해하며 말했다. "그건 아니에요."

하지만 모두가 그렇게 넘겨짚게 될 것은 불 보듯 뻔했다. 만약 이 소식이 세상에 알려진다면. 물론 그런 일이 생기지 않을 수도 있었다. 제네바만 나타나 준다면. 그렇게만 된다면 이 모든 난리는 허무하게 막을 내리게 될 것이다. 제네바의 차는 주말 내내 우리 집 앞에 방치돼 있었어. 그녀는 언니를 바람맞혔고, 출근도 하지 않았어. 어쩌면 그녀는 누군가를 만나서 술을 퍼마시고 흥청거렸는지도 몰라. 충분히 있음 직한 일이잖아. 아무리 제네바처럼 참한 여자라 해도. 비록 그녀가 생각처럼 참하지 않다는 건 이번에 적나라하게 까발려졌지만. 그레이엄과 바람도 피우고, 전 직장에서도 문제가 있었다 하고. 어쩌면 제네바의 본모습은 겉으로 보이는 것과는 완전 딴판인지도 몰라. 그런 경우는 흔하잖아.

"아니에요." 엄마의 침묵에 불편해진 셀레나가 단호한 톤으로 말했다. "그 사람은 철이 안 들었을 뿐이지 괴물이 아니에요, 엄마."

"그래." 그녀의 엄마가 딸의 손을 살며시 쓰다듬으며 나지막이 말했다. "당연히 아니겠지."

셀레나는 그림자 안에서 알 수 없는 표정을 지으며 서 있던 그를 떠올렸다. 어쩌면 그레이엄도 겉과 속이 다른 사람인지도 몰랐다. 그리고 셀레나는 일과 가사에 지나치게 몰두한 나머지 그녀 엄마와 마찬가지로 무관심한 아내가 돼버리고 말았다. 머릿속을 헤집고 다니는 내면의 허리케인에 휩쓸려 바로 코앞에서 벌어지는 충격적인 사건을 미처 보지 못했다. 덩치 큰 유인원이 신나게 춤을 추는 배경 속에서 농구공의 개수를 세는 데만 집중해야 하는 영상처럼. 거의 모든 이가 통통 튀어 오르는 주황색 구체들에 집중하느라 유인원을 제대로 보지 못했다.

"셀레나." 엄마가 불렀다. "내 말 듣고 있니?"

"죄송해요." 정신이 번쩍 든 셀레나가 말했다.

"변호사부터 선임해야지. 윌에게 연락해봐."

"벌써 했어요." 셀레나가 말했다. "한 시간 후에 만나기로 했어요."

마음이 아팠다. 다정하고 잘생기고 성공한 변호사가 전 남자 친구였다는 사실이, 그리고 바람기 없고 사랑스러운 그에게 이런 불미스러운 일로 연락할 수밖에 없는 현실이. 어쩌다 내 인생이 이토록 꼬이게 됐을까?

그녀의 엄마가 희끗희끗한 금발 단발머리를 귀 뒤로 넘기며 테이블을 내려다보았다.

"내 실수로 실패한 결혼생활을 떠올릴 때마다 부끄러워 죽을 것 같아." 그녀가 말했다. "그땐 너희들을 보호해야 한다는 핑계로 진실을 외면했어. 그 인간쓰레기를 위해 진땀 빼며 변명도 해줬고."

"난 그러지 않을 거예요." 셀레나가 말했다. 그녀는 자신의 방어적인 톤과 느낌이 영 마음에 들지 않았다. "난 그레이엄이 어떤 사람인지 잘 알아요."

주방 카운터에는 가족사진이 담긴 액자가 놓여있었다. 셀레나, 그레이엄, 스티븐과 올리버, 마리솔과 전남편 켄트(그도 바람을 피우다 걸렸다), 재스퍼와 릴리. 지난 크리스마스 때 찍은 사진이었다. 그때까지만 해도 그들 가족은 그럭저럭 온전한 상태를 유지했었다.

"우리 땐 다들 그랬어. 애들 때문에 참고 살았지." 코라가 말했다.

"하지만 이젠 깨달았어. 그게 오히려 아이들에게 독이 될 수 있다는 걸 말이야."

"엄마, 이제 그만 하세요." 셀레나가 말했다. 엄마의 결혼생활에 관해 얘기하고 싶지 않았다. 부모의 실패한 결혼은 그녀에게 엄청난 독이었고, 지금까지도 그 후유증에 시달리는 중이었다. "그 얘기라면 지겹게 했잖아요. 나도 엄마처럼 내가 옳다고 믿는 대로 밀고 나갈 거예요."

코라가 다시 손을 뻗어 셀레나의 손을 잡았다.

"너희들은 강했어." 코라가 말했다. 그녀의 연약한 손에는 힘이 잔뜩 들어가 있었다. "나보다도 훨씬 더."

과연 그게 사실일까? 실패한 결혼을 꾹 참고 버티는 게 더 힘이 들까, 아니면 훌쩍 떠나버리는 게 더 힘이 들까?

"그게 무슨 뜻이죠?"

"너희는 나처럼 어리석게 살지 않을 거라는 뜻이야. 너희는 그럴 필요가 없잖니. 엄마 아빠가 이렇게 곁에서 응원하고 챙겨주니까."

셀레나는 차마 엄마의 눈을 똑바로 바라볼 수 없었다. 그녀는 자신이 얼마나 겁에 질려있는지, 그리고 불투명한 미래에 얼마나 불안해하고 있는지 보여주고 싶지 않았다. 그녀의 여생은 절벽과도 같았다. 날개가 있기를 바라며 눈 딱 감고 뛰어내리는 수밖에.

"우린 보호소에 들어오는 여자들에게 늘 얘기해. 시간과 공간과 안전을 제공하는 게 우리의 주된 목적이라고." 코라가 말했다. "그들 대부분은 가진 게 아무것도 없어. 하지만 넌 모든 걸 다 가지고 있잖니."

코라와 파울로는 여성 보호소에서 자원봉사를 했다. 파울로는 짬짬이 자살 방지 핫라인에서도 일을 거들곤 했다. 두 사람 모두 누구보다도 봉사활동에 열심이었다. 하지만 셀레나는 엄마가 예로 든 내용이 전혀 와닿지 않았다.

"전 학대 받는 여자가 아니라고요, 엄마."

셀레나는 장난감 로봇을 그레이엄에게 집어 던졌던 순간을 떠올렸다. 그는 묵묵히 서서 얻어맞고만 있었다. 그녀가 일방적으로 남편을 폭행한 건 그게 처음이 아니었다. 언젠가 그녀는 남편의 뺨을 냅다 후려친 적도 있었다.

"학대의 종류는 한두 가지가 아니야." 코라가 말했다. "내가 절박했을 때 누군가가 나타나, '이 난관을 벗어날 수 있게 도와줄게'라고 말해주었다면 아마 내 인생은 확 바뀌었을 거야. 지금 네 곁에도 그런 사람이 필요해. 그래서 엄마가 이러는 거라고."

셀레나는 그 말에 어떻게 반응해야 할지 몰랐다. "고맙다"는 말은 두려움, 그리고 상처 입은 자존심에 붙잡혀 입 밖으로 나오지 않았다. 그래서 그녀는 말없이 일어났다.

그녀는 심문이 있을 경찰서에서 그레이엄과 윌을 만나기로 한 상태였다. 그녀와 그레이엄은 그와 제네바의 관계에 대해서는 함구하기로 입을 맞추었다. 그레이엄은 그녀의 컴퓨터와 카메라의 웹 어플리케이션에서 모든 영상을 삭제했다.

경찰이 제대로 수색하면 그 파일을 어렵지 않게 찾아낼 거야. 내가 영상을 삭제한 사실을 들키게 될 거라고. 그는 말했다.

그의 말이 옳았다. 그녀도 그 부분에 대해 많은 검색을 해보았다.

경찰은 옥시즌 포렌식과 같은 소프트웨어를 사용해 삭제된 파일을 복구할 수 있었다. 카메라 회사 클라우드에서 문제의 영상들을 찾아보는 것도 한 방법이었다. 물론 그들은 영장부터 발부받아야 했다. 그녀는 일이 그렇게까지 커지지 않기를 바랐다.

왜 그에게 그러라고 시켰을까? 왜 경찰에 다 털어놓으라고 하지 않았을까? 왜냐하면 그럴 수 없었으니까. 그가 제네바에게 무슨 몹쓸 짓을 했다고는 생각하지 않았다. 하지만 그 영상은 경찰에게 어둡고 엉뚱한 의심을 심어주기에 충분했다.

경찰에 아무것도 내주지 마. 윌 역시 그렇게 말했다. 그들이 몸이 달아서 먼저 찾으러 오게끔 해야 해. 내가 올 때까진 이미 내놓은 답변 외의 내용은 절대 언급하지 마. 단 한마디로 해선 안 돼. 알아듣겠어?

그럼 우리가 켕기는 게 있는 것처럼 보일 텐데?

어떻게 보이는지는 중요하지 않아. 괜히 쓸데없는 말을 늘어놨다간 나중에 당신이나 그레이엄이 곤란해질 수도 있어.

윌의 지나치게 현실적인 태도에 셀레나는 짜증이 났다. 셀레나는 윌과 다르게 성마른 타입이었다. 쉽게 욱하고, 늘 호전적이었으며, 화를 풀 때도 화끈했다. 하지만 윌은 무기력해 보일 만큼 신중하고 차분했으며, 듣는 이에게 묘한 위안을 주는 매력적인 목소리 톤을 갖고 있었다.

우린 잘 헤쳐 나갈 수 있을 거야. 아무 걱정 마.

어쩌면 그는 모든 의뢰인을 그렇게 안심시켜왔는지도 몰랐다. 잘 헤쳐 나갈 수 있을지 그가 무슨 수로 알 수 있겠는가. 어쩌면 그는 그들을, 그레이엄을 잘 안다고 생각했을 수도 있었다. 그들은 몇 년에 걸쳐 우정을 쌓아오면서 자연스레 그룹을 형성했다. 셀레나 역시 윌의 전처와 돈독히 지냈었다. 벨라는 어떤 여자와 눈이 맞아 윌을 떠났다. 가엾은 윌. 셀레나는 요즘도 가끔 토요일 요가 클래스에서 벨라를 보곤 했다. 그녀와 그녀의 여자 친구는 날씬하고 탄탄한 몸매를 자랑했다.

"셀레나." 엄마가 다시 불렀다. 그녀는 자신에게 집중하지 못하는 딸이 못마땅했다. "내 말 듣고 있니?"

"딴생각을 좀 했어요." 셀레나가 말했다. "미안해요."

그녀 엄마의 회색 눈은 많이 지쳐 보였다. 그녀는 방금 했던 말을 다시 들려주었다.

"원한다면 이 문제가 해결될 때까지 그의 곁을 지켜도 좋아." 코라가 말했다. "하지만 그를 용서하진 마. 네가 봐준다고 그 사람이 바뀔 것 같니? 천만에. 너도 이번이 마지막일 거라는 어리석은 생각을 버려. 네가 떠나지 않는 이상 그 버릇은 절대 못 고칠 거야."

코라의 깊이 주름진 얼굴에 떠오른 단호한 표정을 확인한 셀레나의 가슴이 철렁 내려앉았다. 엄마의 반응은 이 일이 얼마나 더 지저분하게 번져갈 수 있을지 짐작하도록 해주었다. 불륜 그 자체만으로도 부부의 인생이 파탄 나버릴 수 있었다. 하지만 설상가상으로 그들의 보모까지 실종돼버렸다. 게다가 그녀와 그레이엄은 경찰에게 중요한 단서를 숨기기까지 했다. 유독한 무언가가 그들의 삶으로 스며들었고, 그들과 그들 인생은 어느새 음울한 잿빛 그늘에 완전히 잠식돼버리고 있었다.

셀레나는 짐을 챙겨 들고 아이들을 보러 거실로 들어갔다. 무슨 게임을 하고 있었는지 스티븐이 파울로를 따라 어딘가로 내달렸다. 하지만 올리버는 몸을 낮춘 엄마에게 찰싹 달라붙었다. 스티븐이 그레이엄의 소울메이트라면 올리버는 그녀의 소울메이트였다. 셀레나는 아들의 체취와 체온을 온몸으로 받았다.

"얼마나 이래야 해요?" 아이가 엄마의 목에 뜨거운 입김을 내뿜으며 속삭였다.

"오래 걸리진 않을 거야." 그녀가 말했다. "약속할게."

그녀는 오늘 밤 돌아오겠다는 말을 꺼내지 않았다. 그건 나중에 결정해도 될 일이었다. 이 따뜻하고 넓은 집에는 그녀가 묵을 빈방이 마련돼 있었다. 그녀는 자신과 자신의 아이들이 마음 놓고 지낼 안전한 장소가 있다는 사실에 감사해했다. 위기에 빠진 모든 여자가 그녀처럼 운이 좋은 건 아니었다.

"난……." 아이가 다시 입을 열었다. 하지만 그녀는 아들이 '난 여기 있고 싶지 않아요', 또는 '난 엄마랑 같이 갈래요'라고 칭얼대기 전에 잽싸게 선수를 쳤다. 죄책감이 더 커져버리기 전에.

"잠자리에 들기 전에 전화할게."

"엄마." 아이가 말했다.

"올리버, 제발. 엄마가 많이 늦었어. 사랑해, 스위티. 엄마를 빨리 보내줘야 그만큼 빨리 돌아올 수 있어. 너도 최대한 빨리 집에 돌아가고 싶을 게 아니니. 응?"

아이가 눈을 내리깔고 고개를 끄덕였다. "알았어요."

차에 오른 셀레나는 창가에 서서 손을 흔드는 올리버와 엄마를 올려다보았다. 백미러에서 집이 사라지자 그녀는 마음 놓고 펑펑 울기 시작했다. 차가 신호 대기에 걸려 멈춰 서자 기다렸다는 듯 휴대폰이 울려댔다. 그녀는 가방을 뒤져 휴대폰을 꺼내 들었다.

우리 만나서 술 한잔해요. 그날 못다 했던 얘길 계속 이어가야죠.

그리고 또 한 번의 '띵' 소리.

참, 나, 마사예요. 기차에서 만났던.

17

셀레나

주방 조명은 어둑했다. 월과 그레이엄은 테이블에 앉아있었다. 재킷을 벗은 월은 의자 등받이에 몸을 기댄 자세였고, 그레이엄은 두 손으로 머리를 감싸 쥐고 있었다. 셀레나는 순간적으로 남편에게 연민을 느꼈다. 하지만 그 감정은 오래 지속되지 않았다.

셀레나는 한쪽 구석 작업 공간 위에 걸린 코르크 보드를 빤히 응시했다. 보드에는 아이들이 그린 그림과 직접 만든 카드, 사진, 쿠폰, 그리고 포스트잇 메모가 덕지덕지 붙어있었다.

셀레나는 두 남자에게서 적당히 떨어진 아일랜드 옆 높은 의자에 앉아있었다. 그녀는 카베르네를 벌써 두 잔째 홀짝이는 중이었다. 그들은 경찰서에서 세 시간을 보내고 돌아왔다. 형사들은 그들을 각기 다른 방에 데려가 개별적으로 심문을 진행했다. 그녀의 머릿속은 핑핑 돌았고, 온 신경이 곤두섰다. 어쩌다 이 지경까지 오게 됐지? 그녀는 이 악몽에서 하루빨리 깨어나고 싶었다.

"좋은 소식은 제네바가 무슨 일을 당했다는 증거가 별로 없다는 사실이야." 월이 대수롭지 않다는 듯 말했다. "경찰도 우릴 용의자로 지목하고 있는 것 같진 않고. 아무래도 그녀의 고용주인데다가 그녀를 가장 자주 보는 사람들이고, 또 그녀를 마지막으로 봤기 때문에 저렇게들 관심을 보일 수밖에. 누구보다도 그녀에 대해 잘 아니까 말이야."

그레이엄이 말없이 고개를 끄덕였다.

"그들이 두 사람 모두에게 관심을 보이는 건 어찌 보면 당연한 일이야." 윌이 계속 이어나갔다. "수사가 꽤 꼼꼼하게 진행되고 있는 것 같아."

윌은 부부의 얼굴을 번갈아 쳐다보았다. 그는 미세 구조적 얼굴을 가지고 있었다. 도드라진 광대뼈, 긴 매부리코. 그의 황금빛 머리는 보기 좋게 곱실거렸다. 회녹색 눈은 당장이라도 레이저 광선을 발사할 것처럼 강렬했다. 그에게는 상대의 표정과 몸짓언어를 읽을 줄 아는 능력이 있었다. 셀레나와 사귀었을 때 그는 그녀의 심리 변화를 누구보다도 빨리 알아차렸다. 무언가가 그녀의 마음을 불편하게 했을 때, 그리고 그녀가 무언가를 감추려 했을 때도. 그는 그녀에게서 눈을 떼지 않았고, 그녀는 계속해서 앞에 놓인 글라스만을 내려다보았다.

"혹시 나한테 뭐 숨기는 거 있어?" 부부의 침묵이 오래 이어지자 윌이 불쑥 물었다.

짙은 색을 띤 낭랑한 와인이 그녀의 정맥을 타고 온몸에 뜨거운 기운을 불어넣었다. 뻣뻣했던 목과 어깨에서도 긴장이 조금씩 풀려나갔다.

"그레이엄이 그녀랑 바람을 피웠어." 셀레나가 대뜸 말했다. 그 말에 그레이엄이 화들짝 놀라며 고개를 들었다. 마치 테이저건에 맞은 사람 같아 보였다. 윌은 전혀 놀랍지 않다는 듯 차가운 눈빛으로 그녀의 남편을 응시했다.

"정말?"

"내니 캠에 다 포착됐어." 셀레나가 말했다. 그녀는 와인을 한 모금 넘긴 후 빈 글라스를 다시 채워놓았다.

"그렇군." 웅크려있던 윌이 허리를 곧게 폈다. "그 비디오는 어디 있지?"

"삭제했어." 그레이엄이 말했다. "셀레나의 컴퓨터랑 앱에서 영상을 다 지워버렸어."

그 말에 윌의 눈썹이 살짝 씰룩였다. "클라우드 어딘가에 그 영상들이 잠들어있을 수도 있어."

"알아." 그레이엄이 다시 고개를 떨구며 말했다.

"아이들 보모랑 같이 잤다고?" 윌이 말했다. "그리고 이젠 그 보모가 실종됐고?"

그들 사이에 잠시 무거운 침묵이 찾아들었고, 무수한 암시가 소용돌이쳤다.

"별일 아니었어." 그레이엄이 말했다. "순간적으로 어리석게 실수를 했던 거라고."

"제발 입 좀 닫아." 셀레나가 신경질적으로 쏘아붙였다. "그게 실수였든 아니든, 무슨 차이가 있어?"

그녀의 남편이 구슬픈 눈으로 그녀를 쳐다보았다. 한때 그녀의 마음을 사르르 녹였던 눈빛이었다. 그는 곤란할 때마다 그런 표정을 앞세워 난관을 돌파하곤 했다. 하지만 오늘 밤, 그녀에게는 남편의 가식을 조용히 눈감아줄 마음이 추호도 없었다. 그가 그럴수록 그녀의 분노만 점점 더 커져갈 뿐이었다.

"당신 말이 맞아." 그레이엄이 말했다. "미안해, 셀레나."

남편을 무섭게 노려보던 셀레나는 자신에게 고정된 월의 시선을 감지했다. 축 늘어진 그레이엄은 당장이라도 의자에서 스르르 녹아내릴 것만 같아 보였다.

마침내 셀레나가 월을 돌아보았다. 그녀는 대번에 그의 생각을 읽을 수 있었다.

고작 이런 놈 때문에 날 버리고 떠났던 거야?

지난 몇 년간 셀레나는 자신에게 같은 질문을 무수히 던져왔다. 그녀의 결혼생활이 위기에 빠졌을 때, 그리고 월이 파경을 맞았을 때. 그러는 동안 그들의 우정은 자연스레 돈독해졌다.

그때 갈라서는 게 아니었는데.

하지만 그레이엄이 아니었으면 올리버와 스티븐은 만들지 못했을 것이다. 전처와의 사이에서 아이가 없는 월은 결혼을 후회하는 것이 얼마나 복잡한 문제인지 이해하지 못했다.

"이봐, 월." 그레이엄이 간절한 톤으로 말했다. "그녀가 어디로 사라졌든 나랑은 아무 상관이 없어. 우린 그 전에 이미 관계를 정리하기로 합의한 상태였다고. 그녀가 날 협박할 이유도 전혀 없었어. 애초에 서로에게 아무런 감정도 없었으니까."

"협박? 오히려 그 반대였잖아." 셀레나가 와인을 한 모금 넘기며 말했다. "그녀는 하루속히 당신에게서 벗어나고 싶어 했어."

윌이 셀레나에게 한 손을 들어 보였다. "다들 흥분을 가라앉히자고."

하지만 셀레나는 그러고 싶은 마음이 전혀 없었다.

"보나 마나 바람피우는 남편과 멍청한 아내들이 득실대는 이 동네를 어떻게든 떠나고 싶었을 거야." 셀레나가 말했다.

레드 와인이 그녀를 공격적으로 만들어놓았다. 늘 그래왔듯이. 그녀는 글라스를 앞으로 쭉 밀어냈다가 이내 다시 끌어와 한 모금 더 홀짝였다.

"터커네 얘긴가?" 윌이 자신의 수첩을 들여다보며 말했다. "제네바가 에릭 터커와 같이 잔 적이 있었다지? 터커 씨는 그녀에게 협박을 받았다고 진술했어. 새 차를 사주면 당장 일을 그만두고 비밀도 철저히 지키겠다고 했다나."

전 고용인, 터커와의 '문제'에는 불륜과 갈취 혐의도 포함돼 있었다.

제네바의 이력서에 담긴 추천서들은 전부 가짜인 것으로 밝혀졌다. 크로 형사는 추천서를 써준 이들에게 연락을 시도해보았지만, 응답이 없거나 아예 없는 번호였다고 알려주었다. 이메일은 전부 반송됐다고 했고.

"추천인들에게 연락은 해봤나요?" 형사는 물었다. 경찰은 셀레나를 그레이엄이 강도 높은 심문을 받았던 곳과 같은 분위기의 취조실로 데려가지는 않았다. 그레이엄은 웨스트 형사, 윌과 함께 취조실로 들어갔었다. 셀레나는 크로의 작고 창문 없는 사무실로 안내되었다.

크로는 그녀에게 일부러 딱딱하고 불편한 의자를 내주었다. 생수 한 병과 함께. 그녀는 여전히 출근용 옷차림을 하고 있었다. 그녀는 바짝 긴장한 모습으로 자리에 앉았다. 꽉 죄는 스커트의 허리 밴드가 그녀를 몇 배 더 불편하게 했다.

"터커네랑 친했어요." 셀레나는 크로에게 말했다. "그들에게 이메일을 보냈죠. 그들은 그녀가 좋은 보모라고 했어요. 아이들도 그녈 잘 따른다고 했고요. 하지만 난 그 전에 이미 제네바를 알고 있었어요. 공원에서 만났었거든요."

크로가 앞에 놓인 종이를 내려다보다가 그녀 앞으로 그것을 밀어냈다.

"나머지 이웃들은요? 그들과 소통한 적이 있었습니까?"

그녀는 자신에게 건네진 명단을 유심히 들여다보았다. 오랜만에 보는 것이었다.

"이 가족에게 이메일을 보냈어요. 렌네 가족. 하지만 답이 없더라고요."

크로가 얼굴을 찌푸리며 그녀를 쳐다보았다. "그땐 그게 이상하다고 생각하지 않았습니까?"

셀레나는 그걸 이상하다고 여긴 적이 없었다. 남자들은 몰랐다. 그들은 여자로 산다는 게 얼마나 고된 일인지 이해하지 못했다. 받은 메일함에 넘쳐나는 이메일들, 하루에도 열두 번씩 눈앞에 떠올랐다 사라져버리는 업무 안내. 일, 학교, 가사, 가족. 병원, 치과, 미용실, 기부, 생일파티. 그 집에서 답이 오지 않은 것은 조금도 이상한 일이 아니었다. 사실 그녀도 자신이 띄운 이메일에 대해 까맣게 잊고 있었다. 추천서를 확인하는 건 형식상의 절차일 뿐이었다. 그녀는 아이들을 돌봐달라며 집으로 불러들인 젊은 여자를 전적으로 신뢰했었다.

"난 이미 제네바에 대해 알고 있었어요. 그녀의 첫인상도 아주 좋았고요."

"그렇게 본능만 믿고 일을 추진했다가 난처한 상황에 빠져본 적은 없습니까?"

크로가 살짝 비꼬는 투로 말했다. 그녀는 그냥 못 들은 척했다.

"그런 적은 없어요." 그녀가 말했다. 그런 적이 없다고? 정말이야? 그럼 지금 이 상황은 대체 뭐고?

크로는 그녀에게 협박 사건에 대해 들려주었다. 제네바는 에릭 터커와 불륜을 저지르고, 부인에게 알리겠다며 에릭을 협박해왔다. 그녀가 차를 요구하자 에릭은 신속하게 차를 뽑아 안겨주었다. 그 후 얼마 지나지 않아 엘리자 터커는 남편의 수상한 지출에 대해 알게 됐다. 어떻게 차를 구매한 흔적을 아내에게 숨길 생각을 했을까? 차가 한두 푼 하는 것도 아니고. 그레이엄은 회계 소프트웨어 때문에 스타벅스에도 마음 편히 들락거리지 못했는데.

"맙소사. 그런 일이 있었군요." 셀레나가 말했다.

믿기 힘든 이야기였다. 형사의 묘사는 그녀가 아는 제네바의 이미지와 전혀 일치하지 않았다. 늘 여분의 물티슈와 골드피시 크래커를 챙겨 다니는 성실한 보모, 제네바가 질 나쁜 착취자였다니. 남편과 함께 포착된 영상 속 제네바도 셀레나에게는 한없이 이질적으로 여겨졌었다. 미소가 많은 다정한 성격에 효율적이고 유능한 고용인인데다가 애정이 넘치면서도 필요에 따라 단호해지는 보모가 알고 보니 근면한 엄마들의 남편을 홀리는 꽃뱀이었을 줄이야.

제네바는 언제든 그 무엇으로도 변신이 가능한 사람인 듯했다. 마치 배우처럼. 그런 그녀에게 속아 넘어간 건 비단 셀레나뿐만이 아니었다.

"터커네 사람들이 용의자인가요? 그들이 제네바의 실종과 관련이 있다고 생각해요?" 셀레나가 물었다.

용의자. 실종. 그녀는 자신의 입에서 이런 단어가 속속 흘러나오는 게 영 불편했다.

하지만 크로는 대답 대신 계속 심문을 이어나갔다.

"그러니까 댁에선 이런 일이 없었다는 말씀이죠?"

"네." 그녀는 거짓으로 둘러댔다. "없었어요. 그녀는 정말 훌륭한 보모예요. 마음 놓고 아이들을 맡길 수 있는, 믿음직스럽고 성실한 보모죠. 집안일은 물론이고 심부름도 척척 해주는."

그녀의 목구멍이 바짝 타들어 갔다. 경찰이라면 이런 거짓말쯤은 대번에 간파하지 않을까? 거짓 진술을 간파하는 기술을 의무적으로 익히지 않았을까? 그녀는 자신의 발이 무의식적으로 바닥을 두드리고 있다는 사실을 깨달았다. 긴장할 때마다 자신도 모르게 나오는 습관이었다. 그녀는 그것을 멈추려 다리를 꼬았다. 형사가 눈치챘을까?

"하지만 남편께서 온종일 댁에 계셨지 않습니까. 그런데 왜 보모가 필요하셨죠?"

그녀가 피식 웃었다.

"좋은 질문이에요." 그녀가 살짝 눈을 굴리며 대답했다. 하지만 형사는 공감 대신 무표정을 유지하며 그녀를 응시할 뿐이었다. 그녀는 헛기침을 한 번 했다. "그레이엄은 새 직장을 알아보고 있었어요. 그가 이토록 오래 집을 지키게 되리라곤 누구도 예상하지 못했어요. 게다가 여기저기 면접도 보러 다녀야 하고요."

말도 안 되는 해명이었다. 그녀 귀에도 그렇게 들렸다. 그레이엄은 아이들을 챙기지도, 일하지도, 의욕적으로 새 직장을 알아보지도 않았다.

"전 직장에선 해고되신 건가요?"

형사의 목소리 톤에서 심상치 않은 무언가가 감지됐다.

"네, 해고됐어요." 셀레나가 대답했다. "남편이 속해있던 부서가 사라졌거든요."

"저런."

그녀는 그가 보인 연민의 반응이 마음에 들지 않았다.

"어쩔 수 없죠, 뭐." 그녀가 덤덤하게 말했다.

심문 내용이 녹음되고 있음에도 그는 무언가를 열심히 적어 내려가는 중이었다.

"남편과 보모가 온종일 함께 지내는 게 거슬리지 않았습니까?"

"전혀요." 그녀가 말했다. "거슬리지 않았어요."

"결혼생활을 평가하신다면?"

"나쁘지 않아요." 그녀가 말했다. 바짝 경직된 그녀의 몸은 바람만 불어도 두 동강 나버릴 것 같았다. "좋으니까 이렇게 오래 지속되는 거겠죠. 우린…… 아주 행복해요."

그녀가 개인적인 아이템을 찾아 그의 사무실을 빠르게 둘러보았다. 사진, 아이가 만든 도자기, 스포츠팀 우승기. 하지만 그런 건 눈에 들어오지 않았다. 보이는 것이라고는 수북이 쌓인 파일과 노트북 컴퓨터, 그의 휴대폰, 그리고 펜이 빽빽이 꽂힌 낡은 머그잔뿐이었다. 파일 캐비닛 위에는 시들어가는 화초가 놓여있었다.

"부정한 일은 없었고요?" 형사가 압박을 이어나갔다.

"그게 이번 사건과 무슨 상관이죠?"

그는 사적인 영역을 집요하게 파고들고 있었다. 월은 그레이엄의 취조실로 들어가기 전 형사에게 어떠한 정보도 내주지 말 것을 신신당부했었다. 그는 동료 변호사를 그레이엄에게 붙여주고 자신이 그녀 곁을 지키겠다고 나섰지만, 그녀는 경찰에게 숨길 게 없다면서 사양했다. 부정. 우둔함. 절박함. 어쩌면 그 셋 모두 때문이었는지도 몰랐다.

"지금 상황을 고려하면 상관이 없다곤 할 수 없겠죠." 크로가 그녀를 똑바로 바라보며 말했다.

"아뇨." 마침내 그녀가 대답했다. "부정한 일은 없었어요."

그동안 어떤 거짓말을 늘어놓았는지 기록이라도 해놔야 하는 거 아닌가? 남에게, 그리고 나 자신에게 신나게 늘어놓은 거짓말을 수첩에 적어놔야 하지 않을까? 나중을 위해서?

"제네바가," 그녀가 말했다. "그냥 훌쩍 떠나버렸을 가능성은 없나요? 그녀가 누군가를 만났을 수도 있잖아요. 보모로 사는 데 싫증이 났는지도 모르고요. 그녀가 나쁜 일을 당했다는 암시는 어디에도 없지 않나요?"

"현재로서는," 형사가 말했다. "모든 가능성을 열어두고 수사를 할 수밖에요. 하지만 저는 차가 좀 마음에 걸립니다. 왜 차를 버려두고 갔을까요?"

무수한 가능성을 떠올릴 수 있었다. 사람들이 일을 벌이는 데는 수백 가지의 이유가 존재한다. 그리고 그중에는 평범하게 현실을 사는 사람들이 결코 이해하지 못할 것들도 있다. 문을 꼭꼭 걸어 잠그고 신원을 보호하려는 사람들, 공과금 납부를 위해 열심히 일하는 사람들, 아이들의 교육을 위해 저축하는 사람들. 그리고 남의 남편들과 잠자리를 한 후 그들에게 차를 사달라고 협박하지 않는 사람들.

경찰은 머피네보다 터커네에 더 관심을 가질 필요가 있었지만, 그녀는 그런 제안을 감히 내놓을 수 없었다. 자신이 살자고 다른 가족을 곤경에 빠뜨릴 수는 없기 때문이었다. 아니, 그렇게 해서라도 이 수렁에서 벗어나는 게 옳을까?

"내가 가만히 보니까," 윌이 정신을 딴 데 팔고 있는 셀레나에게 말했다. "아직 아무런 단서도 찾지 못한 것 같아. 제네바는 실종됐지만 강력 범죄의 증거가 없어. 현재로서는 그녀를 지극히 평범한 사기꾼으로만 볼 수밖에 없다고. 표적으로 삼은 가정에 침투해 원하는 걸 다 뽑아먹고 다음 표적으로 넘어가는. 어쩌면 차에 대해 알아낸 터커 부인이 그녀에게 따졌는지도 모르지. 어쩌면 제네바가 그레이엄에게서는 뽑아먹을 게 별로 없다고 판단했을 수도 있고. 그래서 미련 없이 떠나버린 걸 수도 있잖아."

세 사람은 그렇게 앉아있었다. 그레이엄은 허공만 바라보았고, 윌과 셀레나는 서로를 빤히 쳐다보고 있었다.

"집에서 뭐 없어진 건 없어? 보석? 현금? 약?"

셀레나가 어깨를 으쓱였다. "아마 없을걸. 나중에 체크해볼게."

월이 자리에 앉은 채로 꼼지락거렸다. 그의 손가락은 연신 나무 테이블 표면을 톡톡 두드리고 있었다.

"살인이 벌어졌다는 결정적인 증거를 찾아내지 못하거나 그녀의 시체가 발견되지 않는다면 경찰도 손을 뗄 수밖에 없을 거야."

"시체라고?" 셀레나가 흠칫 놀라며 말했다. "멀쩡히 살아있을 사람을 시체라고 부르면 어떻게 해?"

월이 두 손을 살짝 들어 보였다.

"그냥 말이 그렇다는 얘기야." 그가 방어적으로 말했다. "그런 일이 벌어지지 않는다면 지금으로선 그들이 할 수 있는 게 아무것도 없어. 예고도 없이 홀연히 사라져버리는 게 범죄는 아니니까. 협박, 그리고 차, 그 문제는…… 경찰이 터커네와 제네바, 양측 얘길 다 들어보고 나서 판단하겠지. 그녀는 선물로 받았을 뿐이라고 주장할지도 모르고."

"그들이 영장을 앞세우고 들이닥치면 어쩌지? 우리 컴퓨터나 카메라 앱을 살펴보기라도 하면 큰일이잖아." 그레이엄이 말했다.

"살인사건 수사가 아닌 이상 그런 일은 없을 거야. 적어도 아직은 그런 걱정을 할 필요가 없어. 만에 하나, 그런 일이 생긴다면 우리에게 주어진 옵션을 꼼꼼히 따져본 후 어찌할지 결정해야겠지. 압수 수색이 시작되기 전에 두 사람의 부정한 관계에 대해 솔직히 털어놓는 것도 한 방법일 거고."

"그때까지 우린 뭘 해야 해?" 셀레나가 물었다.

"쉽진 않겠지만," 월이 말했다. "다 잊고 일상으로 되돌아가야지 뭐. 뭔가 새 소식이 들려올 때까지 말이야. 언니라는 사람이 계속 압력을 넣거나 언론이 난리를 치거나 수사에 눈에 띄는 진전이 있는 게 아니라면 금세 잠잠해질 거야."

그 말이 그녀에게 희미하게나마 희망을 안겨주었다.

골치 아픈 문제가 알아서 해결됐으면 좋겠다고 생각해본 적 없어요?

어쩌면 이따금 그런 일이 벌어질지도 몰랐다.

그레이엄은 속이 편치 않은 모양이었다. 마침내 그가 자리에서 일어나 방을 나가버렸다. 잠시 후, 그가 소파에 풀썩 주저앉는 소리와 텔레비전이 켜지는 소리가 차례로 들려왔다. 셀레나는 월을 쳐다보았다. 잔뜩 힘이 들어간 그의 눈빛은 읽기가 쉽지 않았다. 그가 무언가 할 말이 있는 듯 입을 열었다가 이내 닫아버렸다.

"난 이만 가볼게." 마침내 그가 말했다.

"내가 배웅해줄게."

"고마워." 그의 차에 도착해서 그녀가 말했다. "그리고 미안해. 널 이런 지저분한 일에 끌어들여서."

밤공기는 찼고, 바람은 거셌다. 골목을 따라 줄지어 늘어선 높은 오크나무들이 속삭이듯 살랑거렸다. 불을 밝힌 동네 풍경은 따스함과 평안함을 한가득 머금고 있었다.

"이런 일이 네게 벌어져서 유감이야." 월이 자신의 최신형 검은색 BMW의 매끈한 후드에 몸을 기댄 채 말했다. "이런 널 보니 속상해 미치겠어, 셀레나. 애들은 또 무슨 고생이고."

셀레나는 두 팔로 자신의 복부를 감싼 채 고개를 저었다. 그녀의 시선이 집 쪽으로 돌아갔다. 아이들이 없는 집에는 부정한 남편만 늘어져 있을 뿐이었다. 젊었을 때 뭘 하고 싶어 했었더라? 그때 내 꿈이 뭐였지? 적어도 이렇게 사는 건 아니었잖아.

"이제 어쩔 셈이야?" 그가 물었다. 목소리는 깊고 부드러웠다.

"나도 모르겠어."

그가 그녀의 어깨에 살며시 손을 얹었다.

"당신에겐 내가 있잖아." 그가 말했다. "알지? 우린 오래된 친구잖아. 그 사실엔 아직 변함이 없어. 앞으로도 그럴 거고."

"고마워." 그녀가 속삭였다.

그에게는 여전히 상대를 끌어당기는 묘한 매력이 있었다. 이런 윌을 버리고 다른 남자를 선택하다니. 그게 바로 인생이었다. 일련의 선택과 그것의 결과들. 그때 난 그레이엄의 어떤 점에 매료된 거지? 그레이엄은 고루한 윌과 다르게 와일드했다. 그는 위험을 감수하고 싶어 하는 그녀의 한 부분을 단단히 홀려놓았다. 그레이엄은 스카이다이빙과 집라인 따위의 위험천만한 활동을 즐겼지만 윌은 늘 발이 땅에 닿는 곳을 떠나지 않으려 했다. 학창 시절, 윌은 그녀에게 좋은 자극제가 되어 주었다. 덕분에 셀레나는 성적을 높일 수 있었고, 불면증에서 해방될 수 있었으며, 운동도 규칙적으로 챙겨서 하게 됐다. 그레이엄은 밤새도록 파티를 즐겼다. 그들은 클럽에서 새벽까지 신나게 놀았고, 집에 돌아와서는 토막잠으로 피로를 씻어냈다. 그럼 다음, 대충 샤워를 하고 출근길에 올랐다. 그레이엄과 함께 한 삶은 즐거웠다. 충동적으로 떠났던 라스베이거스 여행, 호화로운 저녁 외식,

분수에 맞지 않는 쇼핑 습관. 반면, 윌은 너무 뻔한 캐릭터였다. 그는 늘 옳은 일을 하려고 애썼다. 그는 성실히 저축했고, 빚이 생기는 걸 극도로 두려워했다. 쇼핑을 할 때도 꼭 필요한 것만을 구매했다.

그녀는 그레이엄을 선택했다. 그때는 자신의 선택이 옳았다는 믿음이 있었다. 지금 생각해보면 참으로 유치하고 어리석은 이유였다. 그녀는 모험적인 삶을 원했다. 한계를 뛰어넘고 싶었다. 젊었을 때 후회 없이 화끈하게 살아보고 싶었다. 시작과 끝이 빤히 보이는 평범한 삶에 갇혀 지내고 싶지는 않았다. 그레이엄은 그녀의 마음속에 불을 댕겨놓았다. 그녀는 그를 열렬히 사랑했었다. 물론 윌도 사랑했었지만 그건 또 다른 타입의 사랑이었다.

"얼마 전 누군가를 만났어." 셀레나가 말했다. 순간 윌의 표정이 심상치 않아졌다.

"아니." 그녀가 말했다. "당신이 생각하는 그런 게 아니야. 기차에서 어떤 여자를 만났어."

윌이 피식 웃었다. "그것도 숱하게 들어본 얘기야."

"농담하는 거 아니야." 셀레나가 미소를 지으며 말했다. "그녀가…… 자꾸 문자를 보내와."

윌의 미간이 찌푸려졌다. "문자 내용이 어떤데?"

셀레나는 마사와의 우연한 만남에 대해 상세히 들려주었다. 그녀에게서 감지됐던 묘한 에너지, 어째서 그 낯선 여자에게 지극히 사적인 고민을 털어놓았는지, 여자가 자신에게 어떤 사연을 늘어놓았는지. 그동안 여자의 문자를 일부러 외면해온 사실도 들려주었다.

"그 여자한테 전화번호를 알려줬어?"

"아니." 셀레나가 말했다. "그런 적 없어. 내 성도 알려준 기억이 없다고."

윌의 주름이 한층 깊어졌다. "이상한데."

"이 얘길 하는 이유는…… 그레이엄에 대해 아는 사람이 또 있기 때문이야. 내가 그의 불륜을 의심하고 있다는 걸 아는 사람."

윌이 천천히 고개를 끄덕였다. "그녀 이름이 뭔데?"

"마사. 성은 몰라. 처음 연락이 왔을 때 번호를 차단해버렸어. 그런데 차단당한 후로는 다른 번호로 문자를 보내더라고. 내가 자길 차단했다는 걸 알았나 봐."

그녀가 윌에게 휴대폰을 건넸다. 윌은 수신된 메시지를 차례로 훑어 내려갔다.

잠시 후, 그가 어깨를 으쓱였다.

"그냥 무시해버려. 잠수를 타버리라고."

"나한테서 뭘 원하는 걸까?"

"원하는 게 있어서라기보단," 윌이 말했다. "그냥 친구가 필요해서 그러는 건지도 몰라." 윌이 말했다.

셀레나가 어깨를 으쓱였다. 나랑 뭔가 통하는 게 있다고 생각했나? 내게서 뭔가를 감지했는지도 모르지. 어쩌면 외로워서 그러는 걸 수도 있고. "누가 친구를 이런 식으로 만들어?"

"요즘엔 온갖 부적절한 방법으로 상대와 소통하려는 사람이 적지 않아."

"만약 이번 일이 크게 번지기라도 한다면." 셀레나가 손을 뻗어 윌의 손을 잡았다. "그 여자는 그레이엄이 보모랑 바람이 났다는 걸 알고 있어. 적어도 내가 그렇게 믿는다고 알고 있지."

"염려 마. 크게 번질 일 없을 테니까." 윌이 두 손으로 그녀의 손을 꼭 쥐며 말했다. "아직 언론이 다루지 않고 있잖아. 언니와 만나 아침을 먹기로 약속한 사람이 홀연히 사라져버렸을 뿐이야. 출근도 하지 않고. 게다가 아무 증거도 없잖아. 제네바는 언제든 불쑥 나타날 수 있어. 아직 벌어지지도 않은 일을 걱정할 필요는 없다고. 그냥 현재 상황에만 집중해."

"알았어." 셀레나가 말했다. 하지만 야속한 세상은 온갖 불길한 가능성을 상기시키며 그녀를 괴롭혀댔다.

"다음에 또 누군가에게 비밀을 털어놓고 싶다는 충동이 생기면, 나 같은 진짜 친구에게 연락해."

윌이 셀레나를 와락 끌어안았다. 그녀는 그의 양복의 고급 원단과 은은한 향수 냄새에 몸을 맡겼다. 젊었을 땐 왜 안전하고 예측 가능한 삶이 답답하게만 여겨졌을까? 지금은 그렇게 살지 못해 안달인데.

그녀의 눈에 창가에 서서 밖을 내다보는 그레이엄의 검은 형체가 들어왔다. 하지만 그녀는 윌의 품에서 떨어져 나오지 않았다.

18

펄

"펄 S. 벅?"

찰리가 먼저 입을 열었다. 그의 말이 아이의 의식을 에워싼 자욱한 안개 속으로 스며들었다.

"아뇨." 아이가 말했다. 바람이 거세게 부는 도로는 칠흑 같은 어둠에 묻혀있었고, 타이어 밑에서는 윙윙거리는 소리가 나지막이 들려왔다. "존 스타인벡의 《진주The Pearl》예요."

아이의 목소리는 탁했고, 피로에 전 팔다리는 천근만근이었다.

"그거 되게 암울한 이야긴데."

그의 말대로 《진주》는 비극적 결말을 가진 무겁고 슬픈 작품이었다. 스텔라는 그 삭막함 속의 아름다움을 좋아했었다.

그게 거기 놓여있었다. 아름다운 진주, 달처럼 완벽한 진주가. 펄의 엄마는 어린 딸에게 그 구절을 종종 읊어주었었다.

"스텔라는 그다지 밝은 사람이 아니었어요." 펄이 말했다. *하지만 엄마는 날 끔찍이 사랑했어요.* 아이는 속으로 덧붙였다. *엄마만의 어설픈 방법으로요. 하지만 이제 엄마는 저세상으로 가버렸어요.*

"하긴, 어두울 때가 좀 있었지." 찰리가 말했다. 정면을 주시하는 그의 얼굴에 슬픈 미소가 어렸다.

"이따금 그랬죠."

그들은 계속해서 달려 나갔다. 그들은 지난 며칠간 쉬지 않고 달려왔다.

펄은 지금껏 북동부를 벗어나 본 적이 없었다. 잿빛 겨울과 푸른 여름들. 가을 낙엽 냄새와 늦은 2월의 질퍽함. 3월에 잠깐 스치고 지나가는 화려한 색채의 향연. 그녀가 아는 세상 풍경들이었다. 텍사스에 이르기 전까지 고속도로 양옆으로는 먼지투성이 평지만이 펼쳐져 있을 뿐이었다. 그러다가 갑자기 황토색 남서부가 폭발하듯 나타났고, 그에 이어 우뚝 솟은 갈색 산과 상록수림이 속속 눈에 들어왔다. 천박해 보이는 길거리 식당들. 짙은 청색으로 물든 하늘. 떼 지어 몰려다니는 구름. 진짜라고 믿기 힘들 만큼 무수한 별이 쏟아지는 밤하늘. 한 폭의 그림 같은 일몰 즈음의 사막. 덤불과 정적에 에워싸인, 어도비 점토로 지은 구조물들. 그것들을 흘려보내면 비로소 어스름한 고요 속으로 현대적 풍경이 스며들었다.

"꼭 달에 온 기분이에요." 아이가 말했다.

그들은 한동안 침묵을 지켰다. 지난 며칠간 잠에 취해있었던 아이는 무엇이 현실이고 무엇이 꿈인지 제대로 구분하지 못했다. 검은 옷차림의 노파가 계속 쳐다봤던 식당. 찰리의 절망에 찬 울부짖음. 스텔라의 죽은 눈빛. 허름한 레스토랑 밖에서 부는 모래 폭풍과 그 속에서 유유히 걸어 나온 카우보이. 아이는 침대, 찰리는 그 옆 바닥에 각각 누워 잠을 잤던 모텔. 노변에 무릎을 꿇고 속을 비워냈던 순간들.

"좋아. 지금 우리가 있어야 할 곳은 바로 거기야."

찰리는 산타페 밖에 자리한 페코스라는 소도시에 거처가 있다고 했다. 그래서 그들은 일단 그곳으로 향했다. 아이는 그곳을 완전히 벗어날 때까지 목적지에 다다랐다는 사실을 깨닫지 못했다. 그곳에 는 잡화점과 술집, 주유소를 개조해 만든 미술관, 식당, 그리고 중고 품 위탁 판매점이 전부였다. 그들은 5분도 채 안 돼 도시를 관통했다.

그들은 포장되지 않은 구불구불한 시골길을 따라 계속 나아갔다. 새들이 지저귀는 나무들 뒤로 드문드문 보이는 집들에서 짤랑대는 풍경 소리가 들려왔다. 잠시 후 그들은 어도비 점토로 지은 작은 집 에 도착했다. 집은 나무와 산과 하늘에 폭 파묻혀 있었다. 다른 집들 과는 몇 킬로미터 떨어진 아주 외진 장소였다.

"당분간 여기서 지내게 될 거야." 찰리가 좁은 진입로에 차를 세 우며 말했다.

"여기 누구 집이에요?" 아이가 물었다. 묘하게 눈에 익었지만, 펄 은 이런 곳에 와본 기억이 없었다.

"이젠 우리 집이야."

집과 같은 점토로 만든 우편함이 한쪽에 보였고, 나무 문 앞 계단 에는 다양한 모양의 화분이 널브러져 있었다. 현관에는 풍경이 매달 려있었다.

펄은 차 문을 열고 밖으로 나왔다. 아이 발밑에서 붉은 먼지가 일 었다. 향나무와 세이지의 신선한 향기가 아이의 후각을 기분 좋게 자 극했다. 바짝 긴장했던 펄의 몸이 서서히 풀려갔다. 교통 소음과 사람들의 목소리가 들리지 않는, 완전한 고요를 누릴 수 있는 곳이었다.

"학교는요?" 아이가 물었다. 때마침 불어온 바람이 아이의 목소리를 날름 삼켜버렸다.

찰리가 차 문을 닫자 그 소리가 메사(꼭대기는 평평하고 등성이는 벼랑으로 된 언덕)에 닿아 메아리쳤다. "온라인 수업으로 해결하면 돼."

그에게는 모든 문제에 대한 쉬운 해결책이 있었다. 아이는 추가 질문을 포기하고 고개를 끄덕였다. 그래, 그러면 되지 뭐. 온라인 수업, 못 할 거 없잖아?

침대 위에 뒤틀린 채 피를 쏟으며 누워있는 스텔라의 모습을 보았을 때 펄에게 심상치 않은 일이 벌어졌다. 바닥과 시트를 흥건히 적신 피를 보았을 때. 혼란스러움과 격노가 가득 담긴 눈을 부릅뜨고 있는 엄마를 보았을 때. 참혹한 현장 한가운데 무릎을 꿇고 앉은 찰리를 보는 순간 펄은 의식을 잃고 말았다. 그의 절규는 사이렌이었다. 아이는 고꾸라지면서 바닥에 머리를 찧었다. 머리에는 아직도 혹이 남아있었다. 정신을 차렸을 때 아이는 찰리의 차 뒷좌석에 담요를 덮은 채 누워있었다. 머리 밑에는 펄의 방 침대에서 가져온 베개가 깔려있었다.

살해된 여자. 사라진 아이.

신문 표제들은 일제히 그렇게 떠들어댔다. 노변 식당에서 본 뉴스 프로에서도, 인터넷에서 본 기사들도.

사실이지만 사실이 아니기도 했다.

난 실종된 게 아니야. 펄은 주위를 찬찬히 둘러보며 생각했다. 난 발견된 거야.

그들은 오는 길에 앨버커키에 들러 산 식료품을 내렸다. 찰리는 열쇠를 꺼내 아주 익숙한 동작으로 현관문을 열고 불을 켰다. 사방에 많은 창문이 나있었다. 거실, 식탁 공간, 그리고 주방이 하나의 큰 방을 이루고 있었다. 궁륭형 천장은 꽤 높았다. 벽을 뒤덮은 유리창 밖으로는 산타페 국유림과 계곡이 내다보였다.

찰리는 아이를 퀸사이즈 침대와 나무 서랍장이 덩그러니 놓인 방으로 안내했다. 아이의 여행 가방은 문 옆에 놓아두었다. 무광택 페인트로 칠해진 벽에는 커다란 창문이 하나 나 있을 뿐 그림 따위는 걸려있지 않았다. 깨끗한 면 시트와 이불, 그리고 베개가 갖춰진 침대는 꼭 하얀 구름을 보는 듯했다.

"여기가 마음에 들 거야." 찰리가 말했다. 그는 근심 가득한 표정으로 이 말을 주문처럼 자주 읊어댔다. "앞으론 내가 잘 돌봐줄게."

두 사람은 집에서 벌어진 끔찍한 사건을 언급하지 않으려 애썼다. 아이는 그 무엇에 대해서도 좀처럼 입을 열지 않았다. 그는 스텔라의 시체를 발견했을 때 패닉에 빠졌었다고 털어놓았다. 찰리는 펄의 침구와 책, 옷, 세면도구, 그리고 곰 인형을 챙겨 나와 허둥대며 차에 실었다. 그는 축 늘어진 펄을 안고 나오지 않았다. 그리고 그 사실을 아이에게 반복해서 상기시켰다. 마치 충격에 넋이 나가버린 아이가 자발적으로 집을 떠나왔다는 사실이 엄청나게 중요하다는 듯이.

"그들이 널 강제로 데려갔을 거야. 아동 보호 서비스 사람들. 스텔라는 그걸 원치 않았을 거야. 네 엄마는 내가 널 보살펴주길 바랐을 거야. 그래서 우리가 이렇게 집을 떠나오게 된 거야." 두 번째 날, 찰리는 말했다. 그리고 그 후로도 같은 말을 두어 번 더 반복해 늘어놓았다. 그가 밀고 있는 내러티브. 아이는 그 말을 곧이곧대로 믿었다. 찰리를 빼면 미성년자인 펄을 돌봐줄 이는 아무도 없었다. 찰리는 펄의 아버지도, 의붓아버지도 아니었다. 엄밀히 따지면 찰리는 스텔라의 남자 친구조차도 아니었다. 친부가 누구인지 모르는 펄은 그의 말대로 위탁 가정에 맡겨질 운명이었다.

"괜찮아. 다 잘될 거야." 찰리가 다시 말했다. "약속할게."

침대에 걸터앉은 아이는 말없이 고개를 끄덕였다.

"가서 저녁을 만들어야겠다." 찰리가 말했다. "얘긴 나중에 하자. 네가 입을 열 준비가 됐을 때."

서랍장 위에는 거울이 걸려있었다. 아이는 거울 속 얼굴이 낯설게 느껴졌다. 펄은 텍사스에 와서 짧은 단발머리를 새까맣게 염색했다. 찰리는 길고 숱 많은 짙은 색 머리를 바짝 깎고 염소수염을 기르기 시작했다. 그들은 더 이상 서점에서 재고 정리했을 때의 그들이 아니었다. 불과 일주일만의 변화였다. 사람 인생이 이토록 빠르게 변할 수 있을까? 월요일엔 누군가였다가 일요일에 또 다른 누군가로 돌변해버릴 수 있는 걸까? 펄은 목걸이에 달린 스텔라의 로킷(사진 등을 넣어 목걸이에 다는 작은 갑)을 만져보았다. 찰리가 챙겨온 것이었다. 그것과 사진 앨범, 그리고 펄조차 존재를 몰랐던 스텔라의 일기장. 아이는 아직 엄마의 일기를 읽어보지 못했다. 현금이 가득 담긴 신발 상자도 있었다. 찰리는 그것도 펄에게 주었다. 그는 파일도 꼼꼼하게 챙겨 나왔다. 그녀의 출생증명서, 사회 보장 연금 카드. 그녀가 소유했던 모든 것이 커다란 여행 가방 하나에 담겨있었다.

아이는 샤워를 했다. 물은 미지근했고 물줄기는 힘이 없었다. 하지만 아이의 정신은 그 어느 때보다도 또렷했다. 샤워를 마치고 나온 아이는 옷을 갈아입고 주방에서 찰리가 부스럭대는 소리를 들었다. 마침내 아이는 아래층으로 내려가 그를 돕기 시작했다. 이미 상을 차려놓은 찰리는 조리한 음식을 접시에 담고 있었다.

"앉아." 그가 말했다.

닭 가슴살 구이, 신선한 샐러드, 버터를 넣은 으깬 감자. 그들은 꾸역꾸역 먹는 데만 집중했다. 지난 며칠 동안 그들은 햄버거와 감자 튀김, 전자레인지용 부리토(옥수수 가루로 만든 토르티야에 고기·콩 등을 싼 음식) 그리고 감자 칩으로만 연명해왔다. 아이 앞에 놓인 건 신선하고 깔끔한 건강식이었다. 그들은 물도 1갤런 가까이 마셔주었다. 두 사람은 식사를 마칠 때까지 입을 열지 않았다.

"이런 일이 어린 네게 벌어지다니, 유감이야." 찰리가 말했다. "지금 네 심정이 어떨지 상상이 안 돼."

하지만 아이는 아무런 기분도 느끼지 못했다. 이상하리만큼. 펄은 어떤 기분이라도 느껴보고 싶었다. 비탄, 두려움, 격노. 하지만 그녀 안은 가슴 저림과 과거에 전혀 영향받지 않은 현재에 대한 의식으로만 가득 차있을 뿐이었다.

"걱정 마." 그가 말했다. 이번에는 아이도 똑똑히 볼 수 있었다. 묘한 쿨함, 그리고 오직 앞만 바라보는 능력. "그들이 신속히 우릴 찾아내지 못하면 케이스는 미해결 사건으로 종결돼버릴 거야. 게다가 네겐 가족과 친척이 없잖니. 계속 찾아 헤맬 사람이 없단 얘기야. 누가 사설탐정을 고용할 것도 아니고."

펄은 그의 설명에 안도했다.

"누구의 눈에도 띄지 않아야 해. 뉴스에 나온 우릴 알아보고 경찰에 신고하는 사람만 없으면, 그렇게 조심히 지내면……." 그가 잠시 말을 멈추고 생각에 잠겼다. 어쩌면 지금껏 그들이 다녀본 곳들을 되짚어보려는 것인지도 몰랐다. "당분간 여기서 안심하고 머물며 다음 단계 계획을 차분히 짜볼 수 있을 거야."

야윈 체구와 짧게 깎은 머리. 외모적으로 많은 변화가 있었지만, 그의 이글거리는 눈빛은 여전했다.

"아저씨가 그런 거예요?" 아이가 물었다.

"뭘?"

"아저씨가 우리 엄말 죽였어요?"

그의 입이 쩍 벌어졌다. 그는 한 손을 가슴에 가져가 얹었다. "그게 무슨…… 워, 펄, 절대 아니야. 너도 나랑 같이 있었잖니. 오후 내내 나랑 같이 있었잖아."

그건 사실이었다. 하지만 아이는 온종일 학교에 갇혀있었다. 아이는 한밤중에 수상한 소리를 들었고, 그다음 날 아침에는 엄마를 보지 못했다. 엄마인 줄 알았던 누군가가 움직이는 소리만 들었을 뿐. 내가 아침을 먹고 있었을 때 엄마는 이미 숨진 채 쓰러져있었을까? 살인자가 집에 남아있진 않았을까?

"그럼 누가 죽였다는 거죠?"

"그…… 그…… 그건 나도 모르지." 그가 더듬거리며 말했다. 그가 테이블 앞으로 몸을 기울였다. "지금까지 내가 네 엄말 죽였다고 생각했던 거니? 내가 킬러인 줄 알았던 거야?"

"그랬을 가능성도 있다고 생각했어요."

찰리는 크게 상처받은 모습이었다. 펄이 예상했던 것과는 전혀 다른 반응이었다. 그는 항상 쿨하고 차분했다. 지금과 같은 반동적인 모습은 아이의 눈에 무척 생소하게 와닿았다. 사실 아이는 그가 덤덤하게 "응" 또는 "아니야"로 답을 해주리라 예상했었다.

"난…… 스텔라를 마음에 두고 있었어." 그가 부드러운 톤으로 말했다. "네 엄마와 함께 하고 싶었지만, 그녀의 마음은 딴 데 가 있었어. 그 집에서 함께 지내는 동안 어쩌다 보니 네게 아버지 같은 존재가 돼버렸는데…… 인정해. 난 살아오면서 많은 실수를 저질렀어. 부끄러운 일도 많이 했고. 하지만 누군가를 그렇게 해친 적은 단 한 번도 없었어."

스텔라의 참혹한 모습이 아이의 뇌리에 다시 스쳤다. 순간 알 수 없는 감정이 펄의 속을 휘저어대기 시작했다. 아이는 찰리의 얼굴을 빤히 쳐다보았다. 그도 피하지 않고 펄을 응시했다. 마침내 아이가 먼저 시선을 돌려버렸다.

"만약 경찰이 킬러를 잡으면 그가 내게도 몹쓸 짓을 했다고 생각하겠네요." 아이가 말했다. "당연히 나도 죽었을 거라고 넘겨짚지 않겠어요?"

찰리는 계속해서 펄을 지켜보고 있었다. 그의 볼에서는 다시 발그레하게 혈색이 돌고 있었다. "그럴지도 모르지."

전망창 밖으로 분홍빛과 자줏빛, 그리고 주홍빛으로 물든 하늘이 내다보였다. 어느새 해가 지고 있었다. 펄은 아직도 배가 고팠다. 또다시 한 상 차려놓으면 깨끗이 비워낼 자신이 있었다. 하지만 온 세상을 다 먹어치우고 나서도 왠지 허기는 가실 것 같지 않았다.

"경찰은 아직 아무런 단서도 잡지 못했어. 내가 실종됐다는 사실만 확인했을 뿐." 찰리가 말했다. "그들에게 난 여전히 유력한 용의자야. 그들 시스템엔 내 DNA가 없어. 전과가 없으니까. 설령 그들이 현장에서 내 DNA를 찾아낸다 해도 문제 될 거 없어."

"알았어요." 아이는 그게 무엇을 의미하는지 이해하지 못했다. 그들은 이미 그의 정체를 알고 있었다. 굳이 DNA를 찾지 못해도 그의 신원을 파악하는 데 아무런 지장이 없다는 뜻이었다. 그때 문득 아이의 뇌리를 스치는 의문이 하나 있었다. 찰스 핀치는 그의 본명이 아니었다. 그의 진짜 이름은 뭘까? 그게 그렇게 중요한가?

"당분간 여기서 조용히 지내면서. 그가 말을 이어나갔다. "차분하게 하나하나 짚어나가 보자. 어떻게 된 일이고, 또 앞으로 어떻게 할 것인지."

펄은 텅 빈 엄마의 집과 주인 잃은 학교 사물함을 떠올렸다. 영영 문을 닫아버린 서점도. 수북한 먼지에 덮이게 될 책들도. 그냥 훌쩍 떠나버리면 그것들은 다 어떻게 될까? 아이는 수송을 기다리는 책 상자들을 떠올렸다. 우리에게 벌어진 일을 제대로 파헤쳐보고 싶어 하는 이가 하나라도 있을까? 내겐 그래줄 친구조차 없는데. 그나마 있는 이웃들은 쌀쌀맞기만 하고. 비탄에 빠진 조부모도, 애정 넘치는 사촌들도 없고.

세상 그 누구도 그들의 빈자리를 알아채지 못할 것이다. 세상의 시야에서 사라진 펄도 결국 그렇게 잊혀 갈 운명이었고.

"모두가 날 잊을 거예요." 아이가 말했다. "애초에 존재감도 없었으니."

찰리가 깊은숨을 들이쉬며 포크를 내려놓았다.

"넌 여기서 분명 존재하고 있어." 그가 말했다. "나랑 같이."

"네." 아이가 말했다. 그건 본질적인 진실이었지만 펄에게는 현실적으로 와닿지 않았다. 아이는 마치 하늘로 빨려 올라가기 직전의 유령이 된 기분이 들었다.

"서점은 이제 어쩌죠?"

찰리가 글라스를 살짝 들어 보였다. "어차피 파산한 거나 다름없었잖아. 스텔라도 그걸 알고 있었어. 빚은 산더미처럼 쌓여있었고 재산세는 2년 넘게 미납된 상태였어. 건물 전체가 날아갈 운명이었다고."

"그럼 앞으로 어떻게 되는 거죠?"

아이는 독자들을 기다리던 형형색색의 새 책들을 떠올렸다. 이야기방, 예쁜 펜과 익살맞은 버튼, 책갈피 따위가 어지럽게 널려있던 카운터, 펄과 스텔라가 함께 만든 책꽂이들, 그리고 명서에서 인용한 글귀를 담은 커다란 포스터들.

"책이랑 가구랑 컴퓨터는 매각돼 연체된 세금을 납부하는 데 쓰일 거야. 건물은 압류 경매에 부쳐질 거고."

"은행 계좌는요?"

찰리가 어깨를 으쓱였다. "펄, 네 엄마는 생전에 많은 빚을 졌어. 신발 상자에 보관된 3천 달러도 채 안 되는 현금을 제외하면 빈털터리나 다름없었다고. 아무튼 그 돈은 네 것이니까 궂은날에 대비해서 잘 관리하도록 해."

지금보다도 더 궂을 수 있다는 게 가능한가? 아이는 상상조차 하고 싶지 않았다.

밖에서는 무언가가 나지막하고 애절하게 울어대고 있었다.

"자, 이제부턴 건설적인 얘길 해볼까?" 찰리가 접시를 집어들고 자리에서 일어났다. "우린 여기서 새로 태어나게 될 거야."

"그게 무슨 뜻이에요?"

아이도 접시를 챙겨 찰리와 나란히 싱크대 앞에 섰다.

"내가 얘기했지? 우리 아버지가 괴물이었다고." 찰리가 말했다. "하지만 아버지는 사기의 달인이기도 했어. 비록 그렇게 살다가 목숨을 잃긴 했지만."

"어떻게요?" 펄이 물었다.

"그 얘긴 나중에 들려줄 기회가 있을 거야. 아무튼 아버진 내게 사람과 상황과 인생으로부터 최대한 뽕을 뽑아내는 방법을 가르쳐줬어."

"우리 엄마에게 숨겨놓은 재산이 있는 줄 알았죠?"

찰리가 스펀지와 세제로 접시를 닦아나갔다. 코끝을 자극하는 그윽한 라일락 향기가 나쁘지 않았다.

"뭔가가 더 있을 줄 알았어. 처음 만났을 때 네 엄마는 돈 많은 귀부인 같아 보였거든. 명품 가방과 구두로 치장한 것도 그렇고, 번듯한 서점의 오너에, 사는 집도 컸으니."

"그래서 엄마에게 사기를 치려고 했어요?"

"아니." 찰리가 황급히 대답했다. 그는 접시를 헹구고 나서 식기건조대로 옮겨놓았다. "글쎄. 어쩌면 그랬는지도 몰라. 하지만 내가 표적을 잘못 골랐다는 걸 깨닫기까진 오래 걸리지 않았어. 네 엄마에 겐 인간적인 매력이 있었고, 난 거기 사로잡혀 몇 가지 철칙을 어기고 말았지. 소기의 목적을 망각하고 너희 집에서 필요 이상으로 오래 머무른 것. 예기치 못한 변수에 정신이 팔리는 바람에 말이야."

"변수라뇨?"

하지만 아이는 이미 그 답을 알고 있었다.

"너."

펄은 열다섯 살 나이에 어울리지 않는 성숙한 외모와 분위기를 지녔다. 또한 아이는 어른스러운 통찰력까지 갖추고 있었다. 스텔라가 집으로 데려온 남자 중 몇몇은 펄에게 음흉한 눈길을 보내다가 쫓겨나기도 했다. 하지만 찰리는 달랐다. 그들 사이에서는 기묘하면서도 지극히 자연스러운 유대감이 피어났다.

찰리는 펄의 접시도 대신 닦아주었다. 아이는 물기를 닦은 접시들을 찬장에 넣은 후 행주로 조리대를 훔쳤다. 펄은 마치 집에 온 듯한 기분을 느꼈다.

"난 스텔라에게 애정을 갖고 있었어." 찰리가 말했다. "그녈 돕고 싶었지. 너도 마찬가지고. 하지만 네 엄마는 그러도록 허락하지 않았어. 그냥 그렇게 또 다른 파트너를 찾아 나섰을 뿐."

펄은 그가 느꼈을 좌절을 이해했다. 엄마는 늘 시간에 쫓겨 살았다. 항상 너무 늦게 도착했고, 또 너무 늦게 떠나버렸다. 단 한 번도 '현재'에 느긋이 머무르는 법이 없었다. 그녀는 항상 탈출할 기회만 엿보았다. 그러다가 결국 영영 떠나버리고 말았다. 펄은 엄마가 무엇을 남기고 떠났는지, 앞으로는 무엇으로 엄마를 추억해야 하는지 궁금해졌다. 엄마에 대한 최근의 기억들마저 빠르게 바래져 가고 있었다.

"널 온라인 학교에 등록시키는 게 급선무야. 신원 문제는 내가 알아서 처리할 거고."

신원 문제. 마치 신원을 바꾸는 게 옷 갈아입듯 간단한 일이라는 듯이.

"어떻게요? 어떻게 할 건데요?"

"그런 일을 전문으로 하는 사람들을 알아."

"난 이해가 안 되는데요."

"그건 별로 중요하지 않아." 그가 말했다. "하지만 원한다면 가끔 내가 가르쳐줄 수도 있어. 예전처럼 수월하진 않지만, 세상으로부터 잠적해버리는 방법은 아주 많아."

그는 적당한 타이밍에 자신이 무슨 일을 해왔는지, 어떤 이들과 함께 어떤 방식으로 작업하는지 속속들이 털어놓을 것이다. 하지만 지금, 피로에 전 아이는 오로지 쉬고 싶은 마음뿐이었다. 상상했던 것과 완전 딴판인 세상에서 자기 길을 찾아 헤매는 건 무척이나 고단한 일이었다.

"그리고 펄." 그가 말했다. "엄마의 죽음을 비통해하는 건 지극히 자연스러운 일이야. 얼마든지 슬퍼하고 두려워해도 돼. 내가 곁에서 힘이 돼줄게."

아이는 여전히 어떤 감정을 느껴야 하는지 잘 모르고 있었다.

"사람마다 비통해하는 방식이 다른 모양이에요."

아예 비통해하지 않거나. *끝내 아무 감정도 찾아들지 않으면 어쩌*

지? 아이는 궁금했다. 왠지 찰리에게는 그런 걸 물어도 될 것 같았다. 그리고 왠지 그라면 함부로 재단하지 않을 것 같았다. *내 영혼이 있어야 할 자리에 모든 걸 삼켜버리는 블랙홀만이 버티고 있다면? 만약 그게 사실이라면, 난 뭐가 되는 거지?* 펄은 그런 생각과 질문들이 두렵지 않았다. 분명 그래야 마땅했지만. 하지만 아이는 끝내 침묵을 지켰다.

"언제라도 속마음을 터놓을 대화 상대가 필요해지면……."

그는 말을 맺지 않았다.

"네." 아이가 말했다. "알았어요."

그들은 말없이 뒷정리를 마쳤다.

거실로 나온 찰리는 뒷문 밖에서 가져온 약간의 장작으로 불을 피웠다. 펄은 바닥에 앉아 두 손을 불에 쬐었다. 아이의 얼굴에 열기가 뿌려졌다. 찰리는 눈을 감은 채 긴 소파에 몸을 비스듬히 기대고 앉아있었다. 집은 남서부 스타일로 수수하게 꾸며져 있었다. 플러시천으로 덮여 아늑해 보이는 가구들, 벽에 걸린 소의 두개골, 사막과 노을 진 하늘, 별이 쏟아지는 밤과 울부짖는 코요테를 그려놓은 유화들. *여긴 어딜까? 대체 뭘 하는 델까? 우린 어떻게 여기까지 오게 됐을까?*

어쩌면 난 죽었는지도 몰라. 아이는 생각했다. *어쩌면 여긴 저승인지도 몰라.*

"새 이름이 필요하겠다." 찰리의 목소리가 정적을 깨뜨렸다. "나도 마찬가지고."

새 이름. 새로운 자신. 아이는 그 아이디어에 급격한 관심을 보였다. 낯선 머리 스타일에 무언가에 홀린 듯한 눈을 가진 거울 속 소녀.

그래. 내겐 새 이름이 필요해.

"포르샤? 딜라일라? 클레오파트라? 세헤라자데?" 아이가 벽난로를 향해 말했다. 그리고 고개를 홱 돌려 그의 반응을 확인했다.

그가 눈썹을 추켜세우며 피식 웃었다.

"심플하고 평범한 게 좋아. 튀지 않는 이름."

"앤은 어때요?"

그가 고개를 끄덕였다. "좋아. 《빨강머리 앤》처럼 말이지? 아일랜드처럼이 아닌, 그렇지?"

"맞아요." 아이가 말했다. "다정하고, 순수하고, 마음씨 고운 앤. 아저씨는요?"

"이제부터 아이디어를 짜내봐야지."

"오셀로? 험버트? 나이틀리 씨? 스벵갈리?"

그 말에 그가 웃음을 터뜨렸다.

"새 이름 짓기 위원회에서 쫓아내야겠군." 그가 말했다.

"밥은 어때요?"

"그나마 좀 낫네." 그가 말했다. "다음 게임으로 넘어가기 전에 짚어둘 게 있어. 이제부턴 사람들 앞에서 부녀지간인 척하는 게 좋을 것 같아."

펄은 그 '다음 게임'이라는 게 무엇일지 궁금했다. 물론 짐작이 가기는 했지만. 아이는 이미 그의 비위를 살살 맞춰가는 방법을 터득한 상태였다.

"그럼 아저씨는 홀아비 밥이 되는 건가요?"

"홀아비라고 하면 세간의 이목을 끌게 될 거야. 동정하는 사람들도 생길 거고. 특정 타입의 여자들에겐 그런 점이 매력 포인트로 와 닿을 수도 있어. 그녀가 우릴 버리고 떠난 걸로 하는 게 어때? 네 엄마 말이야. 재혼한 그녀가 더 이상 네 엄마이길 거부하고 있고, 이따금 우리 인생에 들락거리는 걸로."

"그럼 이제부터 난 아저씨를 아빠라고 불러야겠네요."

"그렇게 할 수 있겠어?"

"아무래도 그게 자연스러울 테니까."

"그게 바로 우리의 지향점이야." 그가 씩 웃으며 말했다. 아이는 온몸에서 터져 나오는 그의 요란한 웃음소리를 좋아했다. "날 뭐라고 부르고 싶니?"

"그냥." 아이가 그가 뻗어있는 소파에 몸을 기대며 말했다. "아빠라고 부를게요."

그가 한 손을 떨어뜨려 펄의 정수리에 얹었다. 그리고 손끝으로 아이의 머리와 어깨를 차례로 더듬어나갔다. 아이는 그의 침묵을 찬성의 의미로 받아들였다. 한동안 그렇게 앉아있던 아이가 쏟아지는 졸음을 이기지 못하고 피로로 무거워진 몸을 힘겹게 일으켰다.

"잘 자, 앤." 그가 탁탁거리는 장작 소리 너머로 부드럽게 말했다.

"잘 자요, 아빠."

19

앤

앤은 늘 현재 자신이 가장 많이 쓰고 있는 이름의 주인으로 살았다. 지금 그녀는 앤의 캐릭터로 살아가는 중이었다. 휴와의 관계가 완전히 끊어진 후로 그 자아는 빠르게 바래져 가고 있었다. 이젠 또 누구로 살아가게 될까? 지금껏 그녀에게는 무수히 많은 이름과 자아가 있었다. 진짜인 척 능청스레 살아온 거짓의 세월. 앞으로 당분간은 마사로 살게 될지도 몰랐다. 이따금 가슴속에서 펄이라는 그녀의 본명이 불리곤 했지만, 시간이 흐를수록 그 빈도는 점점 줄어갔다.

어둠이 내려앉는 중이었다. 그녀는 장작이 타들어 가는 벽난로 앞에 노트북 컴퓨터를 펼쳐든 채 앉아있었다. 긴 소파 옆 탁자에는 김이 모락모락 피어오르는 찻잔이 놓여있었다. 바깥 기온이 뚝 떨어지면서 바람이 거세어져 갔다.

그녀는 컴퓨터를 무릎에 놓아두고 이메일을 빠르게 훑어나갔다. 집에 돌아온 후 그녀는 한동안 즐겼던 게임들을 삭제했고, 이메일 계정을 폭파했다. 대포폰들도 깔끔하게 처리했고, 가짜 페이스북 프로필도 지워버렸다.

아빠는 멀티태스킹의 팬이 아니었다. 어느 정도 나이가 들고 나서야 그녀는 비로소 그 이유를 알게 됐다. 사방에 늘어놓은 온갖 거짓말과 무수한 자아를 관리하는 건 쉬운 일이 아니었다. 무엇보다도 집중력이 흐트러진다는 게 문제였다.

휴와 케이트를 떨쳐버린 그녀에게는 두 건의 케이스만이 남겨졌다. 계획대로 진행되지 않고 있는 케이스 하나. 그리고 계획대로 착착 진행 중인 케이스 하나.

사람들은 상대와 사랑에 빠지지 않았다. 그들은 상대에게 떠받들어짐을 사랑하는 것이었다. 상대로 하여금 자신을 사랑하게 만드는 건 쉬운 일이었다. 비결은 그들의 비위를 적당히 맞춰주는 것이었다.

벤은 오타와에 사는, 자식이 없는 55세 홀아비였다. 안경을 쓴 둥그스름한 얼굴은 나름의 매력이 있었다. 게다가 그는 소아과 의사이기까지 했다. 그는 입양자가 나타날 때까지 구조된 그레이하운드 몇 마리를 돌보는 중이라고 했다. 데이팅 사이트 프로필에는 곤경에 처한 동물만 보면 마음이 약해진다면서 그들에게 영웅이 되고 싶다고 적어놓았다.

뜨거운 온라인 로맨스를 이어가던 그녀와 벤은 이번 주말, 몬트리올에서 만날 계획이었다. 하지만 앤은(벤은 그녀를 귀네스라는 이름으로 알고 있었다. 프로필은 그가 키 크고 호리호리한 체구의 금발 여성을 선호한다고 했다. 덕분에 그녀는 현재 외모에 특별히 변화를 줄 필요가 없었다) 조울증을 앓고 있는 동생이 걱정돼 약속을 깨고 말았다. 늦은 밤 불쑥 걸려온 불길한 전화가 첫 번째 적신호였다. 그러고 나서 그녀의 동생은 일터에 나타나지 않았다. 동생이 약을 끊었다는 확실한 증거였다. 그래서 귀네스는 벤과의 약속을 부득이하게 취소할 수밖에 없다고 했다. 언니의 도움이 절실한 동생을 두고 한가하게 로맨틱한 휴가를 즐길 수는 없다면서.

그녀는 한참 전에 도착한 벤의 메시지를 확인했다. **당신을 생각하고 있어요. 내 도움이 필요하면 언제든 얘기해요.**

정말 미안해요, 벤. 다른 선택의 여지가 없어요. 그녀는 답했다. **우리 약속은 취소해야 할 것 같아요. 동생에게선 아직도 연락이 없어요. 일단 나가서 찾아봐야겠어요.**

그녀는 그의 반응을 기다렸다. 너무나 실망한 나머지 버럭 화를 내진 않을까? 만약 그런다면 그를 쿨하게 놓아줄 수밖에. 그때 그의 답이 도착했다.

내가 그쪽으로 갈게요.

당연히 만나서 귀네스와 존재하지도 않는 그녀의 동생을 돕겠다고 나서겠지. 다정하고 친절한 사람들은 손쉬운 표적이었다. 왜냐하면 그들은 세상 모두가 자신들처럼 선하다고 믿었으니까. 생각해보면 무척 슬픈 일이었다.

괜찮아요. 이런 어수선한 상황에서 낯선 이까지 끼어든다면 걘 더 버티지 못할 거예요. 나중에 도착해서 연락할게요.

그녀는 또다시 벤의 답을 기다렸다. 화면 속 작은 점들이 깜빡였다. 벤은 대꾸가 없었다. 불안해진 그녀가 잽싸게 덧붙였다.

내게 혈육은 동생뿐이에요. 미안해요, 벤.

잠시 후.

뭐가 미안해요? 다 이해하니까 걱정 말아요. 동생은 좋겠어요. 당신같이
좋은 언니가 있어서.

너무 걱정돼요.

비행기 시간이 어떻게 되죠?

내일 일찍 출발해요.

잠깐 얘기 나눌 수 있어요?

나중에 하면 안 될까요?

알았어요. 너무 걱정하지 말아요. 도움이 필요하면 언제든 달려갈게요.

가엾은 귀네스. 그녀도 난처한 상황에 빠져있었다. 얼마 전, 잘 다
니던 직장에서 해고됐지만 항공권을 사서 보내주겠다는 벤의 제안

은 끝내 사양했다. 그녀는 자신의 힘으로 헤쳐 나가고 싶다고 벤에게 분명히 못 박아놓았다. 부모님이 교통사고로 세상을 뜬 후 그녀와 그녀 동생 에스메는 서로를 끔찍이 챙기며 살아왔다. 그들은 지금껏 그 누구의 도움도 받아본 적이 없었다. 교통사고가 났을 때 그녀는 열여덟 살, 에스메는 열여섯 살이었다. 그녀는 동생이 고등학교를 졸업할 때까지 성심껏 뒷바라지했다. 귀네스는 웨이트리스로 일하며 지역 전문대학을 다녔다. 그들에게는 상속받은 약간의 돈이 있었고, 자매는 그 돈으로 간신히 연명할 수 있었다.

당신을 만난 후로 삶에 여유가 생겼어요. 그녀는 메시지를 작성해나갔다. **든든한 버팀목이 돼줘서 고마워요.**

친구 좋다는 게 뭐겠어요?

친구……

무슨 뜻인지 알잖아요.

네. 그녀는 대꾸했다. 무슨 뜻인지 잘 알아요. 하루빨리 당신 품에 안기고 싶어요. 그리고 당신이란 존재가 내게 얼마나 큰 의미인지 보여주고 싶어요.
깜빡이는 화면 속 작은 점들에서 그의 욕정이 묻어나는 듯했다.

그 누구를 다시 좋아하게 될 줄은 정말 몰랐어요.

나도 마찬가지예요. 우리가 서로를 발견한 건 기적이에요.

그는 지금껏 '사랑'이라는 표현을 한 번도 써본 적이 없었다. 하지만 머지않아 그 단어가 불쑥 튀어나올 때가 올 것이다. 그들의 대화는 오로지 전화로만 이루어졌었다. 그는 페이스타임의 사용을 완강히 거부했다. 실제 외모가 프로필 사진보다 훨씬 뚱뚱하기 때문일 것이다. 하지만 그런 건 아무래도 상관없었다. 그녀 역시도 그에게 얼굴을 공개하고 싶지 않았으니까. 그들에게 정체를 들키지 않기 위해서. 물론 그들은 죽었다 깨어나도 카멜레온 같은 그녀를 알아보지 못하겠지만. 또 다른 이유는 그들이 상상력을 발휘해 각자의 내적 욕망과 완벽히 일치하는 여인을 창조해주기를 바랐기 때문이었다. 그녀의 메시지는 늘 간결했다. 이모티콘 따위는 사용하지 않았다. 그래야 그들이 각자의 필요에 따라 그녀의 말에 톤을 입히게 될 테니까.

그의 답글은 평소보다 더디게 도착했다.

내일 전화할게요.

한때 그녀는 상대의 침묵의 의미를 궁금해하곤 했다. 특히 첫 채팅 중에. 하지만 이내 그가 감정에 쉽게 휘둘리는 타입이며, 대화 중 툭하면 입을 닫아버리는 습관이 있음을 알게 됐다.

작은 점들은 계속해서 깜빡여댔다. 드디어 그 단어를 꺼내려는 건가? 아니. 그건 아닐 거야. 보나 마나 첫 만남의 순간에 써먹으려고 꾹 참고 있는 게 분명해. 잠자리를 함께할 때 분위기를 잡아보려고.

하지만 그런 일은 결코 없을 것이다. 그녀는 애초에 몬트리올이 아니라, 그 어디서도 벤을 만나줄 생각이 없었다. 그는 그것도 모르고 수천 번에 걸쳐 온갖 환상에 사로잡혔을 것이다. 그는 섹스팅이나 사진 교환이나 음담패설 따위에는 관심이 없었다. 단지 끔찍이 사랑하고 챙겨줄 상대를 애타게 찾고 있을 뿐이었다. 고아 출신의 가엾은 귀네스, 아름답고 용감한 그녀는 그가 꿈에 그리던 완벽한 여자였다.

오직 당신 생각만 할 거예요.

오, 당연히 그러겠지, 벤. 그녀는 속으로 말했다.

잘 자요.

"사기는 말이야." 아빠는 항상 강조했다. "폭력이 아니야. 박살내고 탈취하는 게 아니라 춤을 추는 거야. 유혹하는 거라고. 네가 먼저 뭔가를 내주면 그들은 네게 모든 걸 갖다 바칠 거야."

그녀는 벤에게 무척 공을 들여왔다. 그들은 무려 3개월에 걸쳐 문자 메시지와 장문의 이메일로 소통해왔다. 통화를 할 때면 그녀는 일부러 숨소리 섞인 나지막한 톤을 유지했다. 그녀는 그에게 교통사고로 갖게 된 흉터에 대해 들려주었다. 다리와 가슴에 큰 흉터가 하나씩 나왔으며, 남의 시선을 의식해 노출을 꺼리게 됐다고 토로했다.

그는 아내에 대해 많은 정보를 내주지 않았다. 전처나 자신을 버리고 떠난 여자 친구에 대해 떠벌리기 좋아하는 남자들과는 확실히 달랐다. 그들의 하소연을 들어보면 불평과 비난 일색이었다. 그들은 직접 겪은 부당한 일들을 하나하나 공들여 열거했고, 어떻게든 부정하고 지배적이고 술만 퍼마셨던 파트너들을 깎아내리려 애썼다. 하지만 벤이 전처를 언급한 건 달랑 두어 번뿐이었다. 그는 아내와 함께한 따스한 추억과 재밌는 일화들을 간략하게 풀어놓았을 뿐 불필요한 디테일은 덧붙이지 않았다. 특히 전처가 앓았던 병과 그녀의 죽음에 대해서는 극히 말을 아꼈다. 그녀도 굳이 알려고 하지 않았다. 알고 싶지도 않았고.

그녀는 노트북 컴퓨터를 접고 벽난로 안에서 타들어 가는 장작을 응시했다.

'왜 갑자기 약한 모습이야?'

아빠가 의자에 앉았다. 오늘 밤은 그냥 그림자일 뿐이었다. 아빠는 매번 제각각의 형태로 모습을 드러냈다. 또렷하고 억센 목소리만 들려올 때도 있고, 바람에 섞인 메아리로만 찾아들 때도 있었다. 거울 속에 홀연히 나타나기도 하고, 계단의 삐걱거림으로 존재감을 드러내기도 했다. 그녀는 아빠의 검은 형체를 등지고 돌아앉았다. 그녀는 아빠를 보고 싶지 않았다. 하지만 아빠는 늘 그녀 곁을 지켰다.

"그런 거 아니에요."

그녀가 다시 돌아보았을 때 아빠는 사라지고 없었다.

접힌 노트북. 집 안에 내려앉은 정적. 울부짖는 바람. 그녀는 복잡해진 머릿속을 비워내려 애썼다. 이따금 그녀는 자신의 본모습을 찾아 오랜 기억을 파헤쳐대곤 했다. 그때 난 어떤 아이였지? 내가 좋아하는 음식과 색과 꽃이 뭐였더라? 그땐 커서 뭐가 되고 싶었지? 그녀는 동물을 좋아했다. 개와 고양이를 무척이나 좋아했던 기억이 새록 새록 떠올랐다. 가끔 어둠 속으로 스며든 그늘처럼 자신의 옛 모습이 살짝살짝 엿보일 때가 있었다.

그녀는 휴대폰을 집어 들었다. 셀레나의 답문자는 도착하지 않았다.

그녀는 텔레비전을 켜고 뉴스 채널로 돌렸다. 실종된 여자에 대한 소식은 없었다. 그녀는 다시 노트북을 열고 검색을 시작했다. 역시 무소식.

'이번엔 네가 실수한 것 같아.'

아빠는 구석에 서 있었다. 이 집은 그가 마련한 것이었다. 이젠 이 집이 우리의 영원한 보금자리야. 그는 말했었다. 여기선 우리가 우리 본연의 모습으로 살 수 있어. 한동안은 그의 말처럼 지낼 수 있었다. 하지만 늑대들은 이미 그들을 바짝 뒤쫓는 중이었고, 두 사람은 그 사실을 깨닫지 못했다. 그들의 영원한 보금자리는 전혀 영원하지 않았다.

'도대체 네가 뭘 얻으려고 그러는지 모르겠구나. 그들은 네가 기대하는 만큼의 형편이 안 될 수도 있어. 게다가 그 셀레나라는 여자도 미끼를 물지 않잖니.'

그 말에 그녀가 발끈했다. 그녀는 아빠에게 자신을 옹호하고 싶은 마음이 없었다. 그럴 필요도 없었고. 제자는 이미 스승을 넘어선 지 오래였으니까.

"이건 돈 때문이 아니에요." 그녀가 말했다.

'아, 정말?'

그녀가 다시 노트북을 펼쳐 들고는 셀레나의 소셜 미디어 페이지에 들어가 보았다. 보안 설정 수준은 형편없었다. 누구라도 마음만 먹으면 그녀의 사생활을 얼마든지 엿볼 수 있었다. 친구들, 직장, 아이들이 다니는 학교. 그녀가 어디서 시간을 보내는지, 어디서 쇼핑을 하는지. 그녀의 삶 전체가 미끼처럼 만천하에 뿌려져 있었다. 한심한 일이었다.

셀레나는 지난 주말, 화목해 보이는 가족사진을 하나 걸어놓은 후로 새 포스트를 작성해 올리지 않았다. 세상 모두가 각자의 소셜 미디어 피드에 거짓말을 늘어놓기 바쁠 때. 셀레나의 남편이 보모와 바람을 피웠을 때도 그녀는 완벽한 가족 행세를 하며 친구들의 질투심을 자극했었다.

결혼 전 셀레나 노울스라는 이름으로 알려졌던 셀레나 머피는 그다지 특별한 인물이 아니었다. 학교 축제의 여왕도 아니었고 졸업생 대표도 아니었다. 그저 가정 교육 잘 받은, 예쁘장한 상위 중산층 소녀에 불과했을 뿐이었다. 똑똑한 머리. 우수한 성적. 뉴욕 대학교 졸업장. 성공한 커리어우먼. 마케팅과 홍보의 귀재. 많은 친구. 적어도 남들에게는 행복해 보였을 결혼생활. 그녀는 귀여운 두 아이의 평범한 엄마였을 뿐, 조금도 특별하지 않았다. 그런데도 그녀는 모든 걸 다 가지고 있었다.

'설마 그 여잘 질투하는 건 아니겠지?'

이제 아빠는 벽난로 앞에 우뚝 서 있었다. 그는 그녀가 마지막으로 보았을 때처럼 멀건 눈을 하고 있었다. 가슴 정중앙에는 갈색 구멍이 하나 나 있었고. 그녀는 메아리치는 자신의 목소리를 듣고 있었다. *제발 나만 두고 떠나지 말아요. 아빠, 제발.*

"질투하는 게 아니에요." 그녀가 말했다. "그냥 불공평하다는 생각이 들었을 뿐이에요. 그 여자는 모든 걸 다 가졌잖아요. 은수저를 물고 태어났으니 애초에 노력 따윈 필요 없었을 거고요. 그런 그 여자가 고난과 시련이 뭔지 알까요? 안전망 없이 불안하게 살아가는 기분을 알기나 할까요? 그 여자 표정 못 봤어요? 정말 아무 생각 없이 살잖아요. 세상의 위태로운 진실엔 아무런 관심도 없고."

'그래서 사회 정의를 구현해보겠다고?'

두 사람 모두 그게 아니라는 걸 알고 있었다. 진짜 이유는 그보다 훨씬 심오했다. 지극히 개인적인 문제이기도 했고. "그런 셈이죠." 앤이 대충 둘러댔다.

아빠가 피식 웃었다. '나쁜 소식 하나 들려주지. 사기꾼에게 사기를 치는 건 어리석은 일이야.'

앤이 베개를 집어 들고 아빠를 향해 냅다 던졌다. 베개는 난로 옆에 툭 떨어졌다. 아빠가 사라진 후에도 그의 웃음소리는 계속해서 방 안을 쩌렁쩌렁 울려댔다.

펄과 찰리는 각자의 새로운 신원에 금세 적응했다. 아이는 단 며칠 만에 펄을 잊고 앤으로 다시 태어났다. 찰리도 새로 맞춘 안경과 바짝 친 머리 스타일로 변신을 완성했다. 그렇게 그는 아빠가 됐다. 아이가 간절히 원했음에도 누려보지 못했던 아버지. 지금껏 장발 속에 숨어있다가 마침내 모습을 드러낸 희끗희끗한 머리 때문에 그는 열 살쯤 더 나이 들어 보였다. 둥근 안경과 야구 모자와 흑발 염색약이 연출해온 '젊은' 찰리, 스텔라가 집에 데려왔던 서점 마케팅의 달인, 멋쟁이 찰리의 모습은 더 이상 찾아볼 수 없었다. 좋은 기억으로 남은 친숙한 남자를 두 번 다시 볼 수 없게 됐다는 사실이 아이를 서글프게 했다.

"네가 폐기한 자아들은 남으로 여기도록 해. 먼 친척 정도로만 생각하라고. 넌 그들을 알고 있고, 그들은 네 인생의 일부야. 그 캐릭터들에게서 이런저런 부분들을 떼어내 현재의 자아에 살을 붙여나가야 해. 하지만 너무 오버하진 마라. 거짓말이 늘어날수록 네가 기억해야 하는 디테일도 그만큼 늘어나니까."

펄은 온라인 고등학교에 등록했다. 외떨어진 자그마한 집에서 아이는 매일 아침 식사를 준비했다. 아이가 오전 수업을 듣는 동안 아빠는 밖에 나가 일자리를 알아보았다. 수업이 끝나면 아이는 기점에 이를 때까지 흙길을 따라 산책을 했다. 우거진 피논 노간주나무, 사시나무, 가문비나무, 미루나무 숲을 거닐 때면 머릿속은 고요로 채워지고 모든 감각은 파릇파릇 되살아났다. 산쑥 냄새, 드넓게 펼쳐진 새파란 하늘, 바람의 속삭임. 뜨거운 태양과 건조한 공기.

앤으로 살게 된 후로 아이는 전에 없던 생기를 느낄 수 있었다. 펄과 스텔라의 존재는 점점 꿈과 같이 아득해져 갔다. 묘하게도 언제부터인가 아이는 엄마 생각을 거의 하지 않게 됐다. 마치 과거의 모든 것이 가짜 기억으로 전락해버렸기라도 한 것처럼. 심지어 엄마조차도. 누가 엄마를 죽였는지를 묻는 시급하고 중요한 질문도 이제는 먼 뒷전으로 떠밀려졌다.

스텔라 살인사건과 펄 실종사건은 미해결 상태로 남게 됐다. 불과 몇 주가 지났을 뿐이지만 뉴스는 더 이상 그 사건을 언급하지 않았다. 자취를 감춰버린 스텔라의 애인이자 서점의 매니저, 찰스 핀치는 여전히 살인사건과 펄 실종사건의 유력한 용의자로 지목받고 있었다. 보도에 쓰인 사진 속 펄과 찰리는 지금의 모습과 아주 달랐다. 아이는 진심으로 다시 태어난 기분을 느꼈다.

새 출발을 한 지 한 달쯤 지났을 때 앤은 인터넷으로 뉴스를 검색하다가 그들 사건에 관한 특집 기사를 발견하게 됐다. 검거된 용의자도, 실종된 소녀 펄을 보았다는 제보자도 없어 관할 경찰서가 좌절하고 있으며, 결국 헌터 로스라는 미해결 사건 전문 수사관을 고용하기에 이르렀다는 내용이었다.

"스텔라 베어는 자기 집에서 잔혹하게 교살 당했습니다. 그녀의 열다섯 살 딸 펄은 실종됐고, 베어 부인의 애인이자 파산 직전에 놓인 그녀의 서점에서 매니저로 일했던 찰스 핀치 또한 그날 밤 사라졌습니다." 그가 기자에게 밝힌 내용이었다.

"찰스 핀치로 알려진 남성은 허구일 가능성이 큽니다. 저희가 찾아낸 그의 이력서들도 전부 조작된 내용을 담고 있고요. 이름, 주소, 사회 보장 번호, 전부 다 위조됐습니다."

펄과 스텔라와 서점의 사진까지도 만천하에 공개됐다. 그들이 입수한 찰리의 사진은 달랑 하나뿐인 듯했다. 스텔라의 휴대폰에서 찾아낸 것이 분명했다. 그는 카메라를 향해 음흉한 미소를 흘리고 있었다. 펄에 대한 간략한 소개도 있었다. 우등생이었지만 친구가 많지 않은 외톨이었다고. 교사들은 펄을 예의 바르고 똑똑하지만 급우들과 잘 어울리지 못한 학생으로 기억하고 있었다.

기사를 읽어 내려가는 펄의 가슴이 쿵쾅거렸다. 사진 속 아이의 모습은 가짜 같아 보였고, 기사 내용은 온갖 황당한 거짓말을 긁어모아 엉성하게 짜깁기해놓은 것 같았다.

스텔라가 살해된 날 밤의 타임라인도 소개돼 있었다. 거기에는 펄과 찰리가 짐을 챙겨 집을 나서는 걸 보았다는 이웃 주민의 진술도 들어 있었다. 제보자는 펄이 자유 의지에 따라 행동하는 것으로 보였다고 덧붙였다. 또한 사건 발생 직후 찰리의 인상착의와 매치되지 않는, 큰 키에 근육질의 몸, 긴 금발 머리, 그리고 텁수룩한 턱수염을 가진 남자가 허둥대며 집을 나서는 걸 보았다는 목격자의 진술도 있었다.

"어머니는 숨졌고 그녀의 어린 딸은 실종됐습니다. 이 사건의 열쇠를 쥐고 있는 남자는 유령처럼 사라졌고요. 찰스 핀치는 사기꾼일 겁니다. 보나 마나 다름 표적으로 넘어갔겠죠. 어쩌면 펄도 그와 함께 지내고 있을지 모릅니다. 그에게 세뇌되어 노예가 돼버렸는지도 몰라요."

아이는 찰리의 사진을 한동안 들여다보았다. 스텔라를 등쳐먹기 위해 나타난, 배려심 많은 연인 캐릭터의 모습이었다. 펄을 대해온 그는 또 다른 캐릭터였다. 다정다감한 친구. 아이의 내적 자아와 마찬가지로, 그의 눈에도 차갑고 척박하고 방대한 공허가 한가득 담겨 있었다.

"단서가 몇 가지 잡혔습니다. 저는 그것들을 따라 수사를 진행할 생각입니다." 로스가 말했다. "주를 벗어난 문제들은 아무래도 FBI가 개입해 처리하게 되겠죠. 전국에 공개된 찰스 핀치의 사진을 보고 그의 신원에 대한 제보가 많이 들어오고 있습니다. 대규모 사기 혐의로 수배 중인 피의자일 가능성도 배제할 수 없습니다. 본격적인 수사는 이제 시작입니다. 쉽진 않겠지만 반드시 진상을 밝혀내고 펄 베어를 찾아내도록 하겠습니다."

그때 현관문이 열렸다가 총성처럼 요란하게 닫히는 소리가 들려왔다. 펄, 아니, 앤은 지금껏 찰리, 아니, 아빠가 자신에게 사기를 치고 있을지 모른다는 의심을 해본 적이 없었다.

아이는 아빠를 맞으러 방을 나섰다. 아빠는 주방에서 휘파람을 불며 식료품을 정리하고 있었다. 조리대에는 싱싱해 보이는 꽃다발이 놓여있었다.

"헤이." 아빠가 말했다. 그는 하던 일을 잠시 멈추고 앤에게 우려 섞인 미소를 지어 보였다. "왜 그래? 유령이라도 본 것처럼."

"그들이 아직도 우릴 추적하고 있어요." 아이가 말했다. 앤은 자신이 몸을 덜덜 떨고 있는 이유를 알지 못했다. "경찰이 미해결 사건 전문 수사관을 고용했대요. 그가 확실한 단서를 잡았다고 했어요."

아빠는 고개를 끄덕였다. 그리고 재사용이 가능한 부대에서 우유를 꺼내 냉장고로 가져갔다. "나도 알아."

그는 평소와 같은 덤덤한 모습이었다. 그에게서는 불안해하는 기색을 조금도 찾아볼 수 없었다.

"경찰이 결국 두 손 들어버릴 거라고 했잖아요."

"곧 그렇게 될 거야."

"기사는 그들이 단서를 잡았다고 했어요. FBI도 개입할 거래요."

"매번 늘어놓는 뻔한 멘트야." 그는 앤에게로 다가가 억센 두 손으로 아이의 어깨를 붙잡았다.

"그 기사에서," 아이는 계속 이어나갔다. "형사가 그랬어요. 아빠의 신원을 밝혀줄 단서를 잡았다고. 꼬리가 길면 잡히는 법이잖아요. 그들은 우릴 찾을 때까지 수사를 멈추지 않을 거예요."

그는 아이에게 자신의 과거를 살짝 들려주었었다. 어릴 적 어떻게 살았는지. 모든 사연을 듣지는 못했지만 앤은 대충 그림이 그려졌다.

고개를 푹 숙인 그의 두 손에는 힘이 잔뜩 들어가 있었다. "나 믿니?" 마침내 그가 물었다.

아이는 그의 얼굴을 똑바로 바라보았다. 만화경처럼 변화무쌍한 눈과 입가의 주름을.

"네." 아이가 대답했다. 그건 사실이면서도 사실이 아니었다. 누군가를 전적으로 신뢰한다는 게 가능한 일인가? 자기 자신도 믿을 수가 없는데.

"그럼 그 기사는 무시해버려. 그 형사와 FBI도. 그들은 더 이상 존재하지 않는 유령들을 찾아 헤매고 있어. 펄과 찰리. 그들은 이미 오래전에 죽었다고."

"난 과거로 되돌아가고 싶지 않아요."

그가 아이의 양 볼에 따뜻한 손바닥을 살며시 얹었다.

"내가 살아있는 한 넌 안전해. 약속할게."

아이는 목이 메어왔다. 찰리는 앤을 부둥켜안았다. 아이는 스킨십을 좋아하지 않았다. 누군가가 가까이 접근하는 것도, 누군가의 손길이 몸에 닿는 것도. 하지만 찰리와의 스킨십은 용인할 수 있었다.

이따금 그걸 갈망할 때도 있었고.

"자, 올라가서 예쁜 옷으로 갈아입고 와. 손님이 곧 도착할 텐데, 저녁 준비를 도와주겠니?"

"손님이라뇨?"

"일자리를 찾았어."

일자리. 아빠가 얘기하는 일자리는 보통 사람들이 얘기하는 일자리와 많이 달랐다. 그에게는 그만이 사용하는 언어가 따로 있었다. '새 친구'는 다음 표적으로 점찍은 이가 생겼다는 의미였다. '여자 친구'는 누군가가 미끼를 물어버렸다는 의미였고. '벤처'는 감당하기 쉽지 않은 크고 복잡한 케이스를 의미했으며, '이별'은 아지트를 신속히 옮겨야 한다는 의미였다. '일자리'는 본격적으로 작업에 들어갈 타이밍임을 의미했다.

앤은 벽난로 불빛이 드리운 그림자 속에서 그를 찾아보았다. 하지만 그는 이미 사라져버린 후였다.

"잘 자요, 아빠." 앤이 말했다. 난로 안 장작이 굴러떨어지면서 불꽃이 튀었다.

그녀가 잠자리에 들려는 찰나 휴대폰에서 경쾌한 신호음이 흘러나왔다. 그녀는 그것이 휴의 절박한, 또는 분노에 찬 메시지일 거라 짐작했다. 케이트에게 쫓겨났는지 여부에 따라 가시 돋친 비난일 수도, 제발 만나달라는 애원일 수도 있었다. 하지만 확인해보니 아니었다.

이런, 이런. 이건 뜻밖인데.

미팅이 늦게 끝났어요. 시간 되면 나랑 한잔할래요?

참, 나, 셀레나예요.

기차에서 만났던.

20

셀레나

인도를 따라 나가는 발소리가 빗속의 고요를 뒤흔들었다. 그녀의 온 신경은 바짝 곤두선 상태였다. 내가 지금 뭘 하는 거지? 왜 모든 논리와 분별력을 거스르려 하는 거야?

윌이 집으로 돌아간 후 집 안으로 들어선 그녀는 긴 소파에 늘어져 잠든 그레이엄을 발견했다. 그는 코까지 골며 잠에 빠져있었다. 잠은 그레이엄의 단골 도피 수단이었다. 스트레스를 받을 때도, 우울해할 때도, 늘 이토록 태평하게 잠만 잤다. 남편 앞으로 다가가 선 셀레나는 문득 그를 흔들어 깨운 후 경찰 심문에 어떻게 답했는지 묻고 싶어졌다. 그들이 제네바에 대해 어떤 질문을 던졌는지, 그녀가 아직 모르는 내용이 더 있는지.

하지만 그녀는 남편의 목소리를 듣고 싶지 않았다. 그의 핑계와 진심 어린 애원과 사과는 그녀를 더 언짢게 할 뿐이었다. 그녀는 온순한 남편이 제네바에게 몹쓸 짓을 했을 거라 생각하지 않았다.

하지만 엎어져 곯아떨어진 남편의 모습은 그녀 안 깊은 곳에서 무언가를 꺼뜨려 놓았다. 그들은 모든 걸 다 가졌었다. 결혼 전 품었던 남편에 대한 모든 의심은 사랑의 힘으로 떨쳐버렸다. 그들은 남부럽지 않은 가정을 꾸렸다. 그녀는 충실하고 사랑스러운 아내로 살아왔다. 하지만 그는 부부가 함께 지은 모든 것을 불살라버렸다. 한 번도 아니고 무려 세 번씩이나. 셀레나는 남편을 용서할 마음이 없었다. 더 이상 남편을 사랑하지 않았다.

주방에서 그녀는 또다시 제네바에게 전화를 걸어보았다. 여전히 응답이 없었다. "셀레나예요. 제발 연락 좀 해줘요." 그녀는 음성사서함에 메시지를 남겨놓았다. "누구에게라도 무사히 잘 있다는 걸 알려줘야 모두가 안심할 수 있지 않겠어요?"

그녀는 마사가 보내온 문자 메시지를 차례로 훑어나갔다. 그녀의 남편이 보모와 바람이 났다는 걸 아는 사람은 그레이엄과 윌, 그리고 마사뿐이었다.

홍보 전문가인 그녀는 선제적으로 피해 대책을 마련하는 것이 문제 해결에 얼마나 도움이 되는지 잘 알고 있었다. 발 빠르게 선수를 쳐 상대의 허를 찌르는 것으로 대참사를 방지하는 것도 하나의 방법이었다.

그래서 그녀는 메시지를 작성해 전송했다.

미팅이 늦게 끝났어요. 시간 되면 나랑 한잔할래요?

지금 그녀는 웨스트 브로드웨이를 따라 올라가는 중이었다. 불안한 기운 속에서 검고 번뜩이는 무언가가 꿈틀거리고 있었다. 분명 잘못된 일을 하고 있는데 왜 이리도 속이 편한 거지? 규칙을 어길 때,

해선 안 되는 일을 할 때 찾아드는 짜릿한 느낌이 있었다. 과속한다든지, 낯선 이를 집으로 데려간다든지, 물러설 타이밍에 오히려 달려들어 싸우든지 할 때. 그 공간에는 에너지가 담겨있다. 강렬한 흥분. 좋은 엄마와 충실한 아내와 착한 딸로 살았을 때 한 번도 느껴보지 못했던 팔팔한 생기.

그녀는 서로에게 몸을 밀착시킨 커플을 지나쳐 걸어 나갔다. 여자는 뭐가 그리 재밌는지 까르르 웃고 있었다. 빗물에 젖은 재킷 차림으로 자전거를 타고 가는 남자. 그는 미끄러운 도로 상태에도 아랑곳하지 않고 맹렬히 페달을 밟아나가고 있었다. 그리고 쏟아지는 비를 피해 처마 아래 쓰레기더미 속으로 기어들어 간 노숙자. 그녀는 주머니에서 5달러 지폐를 꺼내 남자의 버킷에 떨어뜨렸다. 두 사람의 눈길이 잠시 마주쳤다.

"복 받으실 겁니다." 그가 말했다.

"그쪽도요."

하지만 지금 그녀에게 특별히 복 받은 느낌은 없었다. 그건 그도 마찬가지일 것이었다. 어쩌다 내가 이 지경이 돼버렸지? 저 사람은 어쩌다 저렇게 돼버린 거고? 다들 어쩌다가 현재 상황에 놓이게 됐지?

트라이베카에 접어드니 도시의 소음이 많이 줄어들었다. 미드타운의 뜨거운 열기, 웨스트 빌리지의 예스러운 매력, 로어 이스트 사이드의 쿨한 투박함. '도시'라는 이야기 속 캐릭터인 모든 동네에는 나름의 에너지와 개성이 담겨있었다. 하지만 고가의 로프트(예전의 공장 등을 개조한 아파트)와 감각적으로 꾸민 상점, 그리고 연예인이 운영하는 어스레한 레스토랑으로 넘쳐나는 이 동네에서는 불편한 위화감만이 느껴질 뿐이었다. 셀레나는 트라이베카를 비밀이 많은 장소로만 여겨왔었다. 아는 사람만 아는 곳으로.

그녀는 우산이 없어서 비에 젖은 머리를 흔들어 털었다. 뼛속까지 스며든 냉기에 몸을 바르르 떨었다. 실수한 것 같았다. 그냥 집에 돌아가 망가진 인생을 재건하는 게 나을 것 같았다.

하지만 그녀는 어느새 목적지 앞에 다다라있었다. 현명하고 조심스러운 판단을 내리기 위한 마지막 기회였다. 집에 돌아가 차분히 기다려보는 거야. 고루하지만 신뢰가 가는 친구의 조언에 귀를 기울여야 해. 어릴 적 교육받은 대로 착한 아이처럼 행동해야 한다고.

그때 오토바이 한 대가 맹렬히 달려왔다. 지하철이 지나고 있는지 그녀의 발밑에서 희미한 진동이 전해져왔다.

그녀는 하마터면 돌아설 뻔했다. 하마터면.

결혼 직전 하마터면 그레이엄과 헤어질 뻔했을 때처럼. 심연으로부터 끓어오른 흥분은 늘 일을 그르치게 했다. 그의 눈길이 다른 여자들에게 필요 이상으로 오래 머무르는 걸 봤잖아. 그가 다정다감한 톤으로 통화할 때마다 상대가 누구인지 궁금해했고. 지금껏 그가 늘 어놓은 거짓말들, 다 잊었어? 가지도 않은 곳에 다녀왔다고 하질 않나…….

결혼식을 일주일 앞두고 그녀는 윌과 단둘이 술을 마신 적이 있었다. 그는 언제나처럼 말쑥한 모습이었지만 눈에는 피로가 가득 담겨있었다. 스트레스를 받을 때마다 습관적으로 물어뜯는 그의 손톱은 속살이 드러날 정도로 짧아진 상태였다.

"이번 주가 다 가기 전에 이 얘긴 꼭 해주고 싶었어. 난 아직도 우리가 처음 만났을 때만큼이나 널 사랑해." 그가 프로세코(이탈리아 백포도주의 일종) 글라스 너머로 말했다. "지금껏 단 한순간도 널 잊어본 적이 없어."

"윌." 그녀가 말했다. 그의 흡인력은 여전히 강력했다. 그에게 상처와 실망을 안겨준 것에 대한 죄책감이 그녀의 가슴을 무겁게 짓눌러댔다. 그들은 오랜 시간을 함께했었다. 대학 시절부터 그의 로스쿨 시절을 거쳐 그들이 첫 직장에 다닐 때까지. 주변의 모두가 그들이 결국 결혼에 골인할 거라 입을 모아 말했었다. 하지만 결국 그녀가 친구와 친척들에게 사기를 친 것처럼 돼버리고 말았다.

"네 기대와는 아주 다를 거야." 그가 그녀의 손을 살며시 잡으며 말했다. "네가 그랬었지? 넌 안정적인 삶, 그 이상을 원한다고 말이야. 예측 가능한 따분한 삶, 그 이상을 원한다고. 실험과 탐구와 발견. 넌 그런 것들을 원했잖아. 그런 건 아무래도 상관없어. 네가 원하는 대로 해. 하지만 그레이엄과 결혼하는 것만은 제발 참아줘. 원하는 걸 다 해보고 나서 내게 돌아와 주길 바라."

그의 눈이 번뜩였다. 그녀는 그의 손을 꼭 잡은 채 고개를 떨구었다.

"셀레나." 그가 말을 이었다. "당장 일을 그만두고 여행을 떠나. 그냥 정처 없이 떠돌아다니라고. 그리고 잠자리에 누워 곰곰이 생각해 봐. 우리가 뭘 원하는지. 우린 사랑하고 싶어 하고, 또 사랑받고 싶어 해. 어딘가에 소속되고 싶어 하고. 밖에 나가 세상을 보고 싶어 하면서도 집에 남겨진 가족은 끝내 포기하지 않지. 애석하게도 인생은 그게 다야. 그 이상이란 건 없어."

그녀 안의 슬픔은 어느새 눈 녹듯 사라져버렸다. 그리고 불쑥 치민 짜증이 그 빈자리를 대신 채워나갔다. 윌은 늘 그녀를 어린아이 취급했다. 한없이 현명하고 전지한 척하면서 마치 셀레나가 큰 실수를 저지른 못된 소녀라도 되는 듯 어르고 달래고 타일렀다. 그녀는 윌이 막무가내로 떠안기는 그런 기분이 싫었다. 그녀는 파트너를 원했을 뿐 아빠를 원한 게 아니었다.

그녀는 그에게서 슬그머니 손을 빼고 뒤로 주춤 물러났다.

"난 다 큰 성인이야, 윌." 그녀가 말했다. "난 내가 누구인지, 그리고 어디로 가고 있는지 잘 알아. 너까지 나서서 우리가 뭘 원하는지 그 본질을 설명할 필요 없어."

그가 고개를 숙이고 자신의 와인글라스를 내려다보았다. 잠시 후, 그가 다시 고개를 들었을 때 그녀는 깨달았다. 자신이 그에게 얼마나 큰 상처를 주었는지. 그녀 안에서 알 수 없는 기운이 꿈틀대기 시작했다. 그녀는 테이블을 돌아 그의 옆자리로 이동했다. 그리고 충동적으로 그의 입에 키스를 퍼붓기 시작했다.

"미안해." 그녀가 그의 목에 입술을 갖다 붙인 채 속삭였다. "난 널 영원히 사랑할 거야. 그를 향한 사랑과는 또 다르겠지만."

그날 밤, 그녀는 윌을 술집에 남겨둔 채로 먼저 나와버렸다. 하지만 쉴 새 없이 그를 생각하느라 일주일 내내 일이 손에 잡히지 않았다. 어쩌면 그의 말이 맞을지도 몰랐다. 그녀는 밤마다 마지막 키스와 그의 눈빛, 그리고 그의 설득을 되새겨보느라 잠을 이루지 못했다. 하지만 결혼식은 폭주 열차였다. 이미 많은 돈을 쏟아부은 상태였고, 전국 각지에서 친구와 친척들이 몰려올 예정이었다. 파리에서 날아올 웨딩드레스, 호화로운 청첩장, 숲을 이룰 만큼 다량 주문한 꽃들. 이제 와서 그것들을 물릴 방법은 없었다.

그리고 10여 년이 지난 지금, 그녀는 보기 좋게 닳은 금속 문을 밀고 은은한 조명이 뿌려지고 있는 와인바의 훈훈한 온기 속으로 들어섰다.

그녀는 대번에 먼 구석 부스를 차지한 마사를 찾아낼 수 있었다. 잔잔한 피아노 선율에 묻힌 대화 소리는 흐르는 전류처럼 윙윙거렸다. 셀레나는 바 테이블을 지나 계속 걸어 나갔다.

누군가를 알아봤을 때, 그리고 제대로 꿰뚫어봤을 때 느껴지는 얼얼한 기분이 또다시 찾아들었다.

마사의 길게 땋은 검은 머리는 뱀처럼 그녀의 어깨 위로 늘어져 있었다. 맵시 나는 그녀의 연회색 실크 블라우스와는 무척 대조적이었다. 그녀는 무용수처럼 호리호리한 체구와 반듯한 자세를 가지고 있었다. 셀레나를 발견한 마사가 미소를 지어 보였다. 진심이 묻어나는 상냥한 미소였다. 마치 친한 친구를 보고 기뻐하는 여자의 모습을 보는 듯했다. 바짝 경직됐던 셀레나의 몸에서 긴장이 살짝 풀렸다.

내가 실수하고 있는 건가?

이곳은 그녀가 올 자리가 아니었다. 그녀도 그걸 알고 있었다. 윌은 절대 미끼를 물지 말라고 신신당부했었다.

도대체 뭐에 홀려서 여기까지 오게 된 거지? 어째서 오랜 친구를 만나러 온 것처럼 마음이 설레는 거지?

늦은 밤, 문자 메시지를 받자마자 그녀는 차를 몰고 도시로 향했다. 그녀는 스티븐이 태어난 후로 밤 11시 이후에 외출해본 적이 없었다. 부모가 되면 다시 아이로 돌아가게 된다는 걸 예전에는 미처 몰랐다. 모두가 이른 잠자리와 치즈 토스트에 적응해야 한다는 것을. 부부만의 시간은 꿈도 꿀 수 없고, 가고 싶은 자리에 초대받아도 전략적으로 계책을 부리지 않으면 참석이 힘들었다. 공원 놀이터와 축구장과 처키치즈Chuck E. Cheese(미국의 키즈 카페)에서 거의 살다시피 해야 하니.

혼란의 도가니에 빠져 허우적대고 있음에도 셀레나는 살짝 들뜬 상태였다. 자정 가까운 시간에 홀로 도시에 나오다니.

그녀는 마사 반대편 자리로 들어가 앉았다.

"와줘서 고마워요." 마사가 말했다. "당신이 저녁형 인간인 줄은 몰랐어요."

"평소엔 안 그래요. 오늘은 미팅이 늦게 끝난 김에 시내에서 밤을 보내기로 한 거예요. 어차피 남편도 없고, 아이들은 할머니가 잘 봐주고 있으니까. 모처럼 절호의 기회를 맞게 된 셈이죠." 그녀가 장난스레 윙크해 보였다.

"한번 위험하게 살아보겠다, 이거군요?"

"바로 그거예요."

셀레나는 코트를 벗고 와인 리스트를 훑어나갔다. 바텐더이기도 한 웨이터가 다가오자 그녀는 카베르네를 주문했다.

"당신 메시지를 받고 깜짝 놀랐어요." 셀레나가 말했다. 가볍게, 그리고 수다스럽게. "내 번호는 어떻게 알았어요?"

마사가 고개를 한쪽으로 살짝 기울이고는 미소를 지어 보였다.

"당신이 명함을 줬잖아요."

"내가요?"

마사는 가방 속을 뒤적여 파란색과 하얀색으로 된 명함을 꺼냈다. 그리고 그것을 셀레나 앞으로 쭉 내밀었다. 피처럼 붉은 매니큐어가 촛불에 반짝거렸다.

"오." 그녀가 자신의 명함을 빤히 쳐다보며 말했다. 그녀는 마사와 명함을 주고받은 기억이 없었다. "그날 퍼마신 보드카가 내 기억을 싹 지워버린 모양이네요."

"나도 마찬가지예요." 마사가 눈을 굴리며 말했다. "내가 당신에게 문자를 보낸 건……."

그때 바텐더가 셀레나의 와인을 챙겨 돌아왔다. 마사는 하던 말을 멈추고 그에게 고맙다고 인사했다. 잠시 서로를 빤히 쳐다보던 두 사람이 어색하게 미소를 지었다. 오, 하긴. 싱글들끼리 서로에게 추파를 던지는 게 뭐가 이상해? 오히려 자연스럽지. 마사는 원하는 누구라도 자신의 남자로 만들 수 있을 만큼 엄청난 미모의 소유자였다.

"그날 내가 괜한 얘길 했어요." 웨이터가 사라지자 마사가 계속 이어나간다. "그때만 생각하면 민망해 죽겠어요."

셀레나는 글라스를 들고 와인을 한 모금 넘겼다. 기분 좋은 온기가 온몸으로 퍼지면서 서서히 긴장이 풀려갔다. 마사에게 명함을 건넨 사실이 확인된 이상 그녀의 뜬금없는 메시지를 수상하게 여길 이유가 없었다. 어쩌면 그녀는 윌이 얘기한 것처럼 말벗을 찾고 있었던 것인지도 몰랐다. 그녀에게 명함을 건넨 기억은 여전히 없었지만.

마사는 셀레나의 여느 친구처럼 밝고 따뜻한 사람이었다. 솔직히 그날 밤, 마사의 첫인상은 나쁘지 않았다. 그녀를 처음 본 순간 셀레나는 묘한 동질감을 느꼈고, 그 느낌은 아직도 생생히 남아있었다.

셀레나가 한 손을 들어 살랑였다. "마음 쓰지 말아요. 우리 둘만 아는 얘기니까 밖으로 새나갈 일도 없잖아요."

마사가 환히 미소를 지어 보였다. 셀레나는 글라스의 손잡이 부분을 잡고 살살 돌려나갔다. 글라스 안에서 빨간 와인이 찰랑거렸다.

"그땐 내 상태가 말이 아니었어요. 마침 당신에게선 따스한 기운이 느껴졌고요." 마사가 말했다. "왠지 당신에게 내 사연을 속속들이 털어놔야겠다는 생각이 문득 들었어요."

"이해해요." 셀레나가 앞으로 몸을 기울이고 나지막이 말했다. "민망하긴 나도 마찬가지였어요. 내가 들려준 얘기 기억하죠? 나중에 알고 보니 내가 오해를 했더라고요."

마사가 눈을 깜빡였다. 뜻밖의 말에 흠칫 놀라는 표정이었다. "오?"

"그땐 내가 너무 피해망상이었어요." 셀레나가 뻘쭘하게 미소를 지어 보였다. "남편과 난 예전에 아주 힘든 시기를 보냈어요. 신뢰에 크게 금이 갔던 적이 있었죠. 하지만 이번엔 내가 잘못 짚었어요."

계속되는 거짓말.

"정말 다행이네요." 마사가 글라스를 들고 스파클링 로제를 한 모금 홀짝였다. "그 기념으로 우리 건배해요."

두 여자는 촛불 위로 글라스를 가볍게 부딪쳤다.

"당신은요?" 셀레나가 물었다.

"보스랑 갈라섰어요." 마사가 허리를 곧게 세우며 말했다. "신사

답게 순순히 떨어져 나가주더군요. 아무튼 난 그렇게 실업자가 돼버리고 말았어요."

저 여자도 거짓말을 하고 있나? 낯선 이에게 부끄러운 비밀을 속속들이 털어놓고 갑자기 후회된 걸까? 설령 그렇다고 해도 상관없었다. 두 사람 모두 진실을 꽁꽁 감춘 채 거짓말만 늘어놓을 수 있으니까.

"그랬군요." 셀레나가 마사의 손을 살며시 잡으며 말했다. "잘 생각했어요."

"그날 이후로 당신이 날 어떻게 생각하고 있을지 궁금해했어요. 유부남을 홀리고 다니는 꽃뱀으로 생각하는 건 아닌지."

"그런 말 말아요." 셀레나가 한 손을 살랑이며 말했다. "인간이라면 누구나 실수하기 마련이잖아요."

마사 뒤 테이블에는 다정해 보이는 젊은 커플이 앉아있었다. *지금은 마냥 좋기만 하지?* 셀레나는 생각했다. 그녀는 불쑥 튀어나온 자신의 저주 섞인 반응에 흠칫 놀랐다. 또 다른 테이블에서는 두 여자가 서로에게 몸을 바짝 기울인 채 무언가를 속삭이고 있었다. 글라스의 물기를 공들여 닦고 있는 근육질의 바텐더는 짬짬이 마사를 쳐다보았다. 비 내리는 월요일 밤의 술집은 한산했다. 거의 모든 테이블에서 스마트폰 불빛이 번뜩이고 있었다.

"남편과의 문제는 어떻게 됐나요?" 마사가 테이블을 내려다보며 물었다. "얘기가 잘 됐어요?"

셀레나는 이렇게 대답하고 싶었다. *강하게 몰아붙였어요. 아주 큰 싸움이 벌어졌죠. 난 홧김에 장난감 로봇을 그에게 던졌어요. 아들 녀석*

은 우리가 싸우는 소릴 고스란히 엿들었고요. 그레이엄을 쫓아냈는데 다시 집에 들일 수밖에 없었어요. 그가 스토커처럼 집 앞에서 서성대고 있는 걸 올리버가 발견했거든요. 오, 설상가상으로 우리 보모까지 실종돼버렸어요. 앞으로 또 무슨 일이 터질지 불안해 죽겠어요.

"강하게 추궁했더니," 셀레나가 애써 가볍고 차분한 톤으로 말했다. "정말 아무 일도 없었다고 우는 소릴 하더라고요."

마사는 계속해서 셀레나를 뚫어져라 응시했다. "남편 얘길 믿어준 거예요?"

"네." 셀레나가 어깨를 으쓱이며 말했다. "그럴 수밖에 없었어요. 내 남편이니까."

마사가 눈썹을 추켜세웠다. "정말 그러는 게 가능해요?"

셀레나가 마주 앉은 여자를 똑바로 바라보았다. "신뢰마저 잃으면 부부에겐 아무것도 남지 않게 되잖아요."

말도 안 되는 헛소리였지만 마사는 그 말을 곧이곧대로 믿었는지 글라스를 살짝 들어 보이기까지 했다.

"난 미혼이에요." 마사가 말했다. "결혼생활을 안 해봐서인지 그런 얘기가 신기하게 들려요."

마사는 오른손에 낀 에메랄드 반지를 내려다보았다. 살살 돌아가는 반지가 촛불에 반짝거렸다. 화이트 골드 띠에 붙은 쿠션형 컷(장방형 가장자리에 둥그스름한 네 귀퉁이를 가진 브릴리언트형 컷의 변형)에메랄드가 셀레나의 시선을 잡아끌었다.

"사실 난 결혼에 아무 관심이 없어요." 마사가 말을 이어 나갔다.

"정말요?"

셀레나는 마사를 유심히 뜯어보았다. 완벽하게 칠해진 손톱, 고급 드레스, 흠잡을 데 없는 촉촉한 피부. 자기관리에 많은 돈과 노력을 들인 티가 뚜렷했다.

"우리 부모님은…… 문제가 많으셨어요." 마사가 말했다. "폭력. 불륜. 불행하게도 난 어릴 적부터 그런 것만 보고 배웠죠."

그녀의 잔인하리만치 솔직한 고백에 셀레나는 움찔했다. 어쩜 이렇게도 나랑 똑같을 수 있지? 하긴, 어릴 적 불행한 결혼생활의 십자포화 한번 안 맞아본 사람이 과연 있을까? 혹시 이 모든 게 함정은 아닐까? 혹시 이 여자가 나에 대해 알아서는 안 되는 부분까지 알고 있진 않을까? 설마. 그럴 리 없어. 어떻게 그게 가능하겠어?

그때 셀레나의 휴대폰이 울어댔다. 그레이엄이었다. **트라이베카엔 대체 왜 간 거야? 윌이랑 같이 갔어?**

그녀를 추적하고 있는 게 분명했다. 셀레나는 그의 메시지를 무시해버렸다. 그는 그녀가 어디에 누구와 함께 있는지 물을 자격이 없었다. 어디서 뻔뻔하게.

"어릴 때 많이 힘들었겠어요." 셀레나가 동정적인 톤으로 말했다.

"부모님은 행복한 결혼생활을 하셨나요?" 마사가 물었다.

셀레나는 예고도 없이 훅 파고드는 마사의 지극히 사적인 질문이 불편했다. 하지만 그녀는 마사에게 아빠는 만성적으로 바람을 피웠고, 엄마는 어린 자식들을 위해 묵묵히 참고 버텨왔음을 덤덤히 털어놓고 싶었다. 마사와 마찬가지로 자신 역시 부모님의 불화로 마음의 상처를 받았노라고. 하지만 그녀는 말을 아꼈다. 그녀는 상황 수습을 위해 왔을 뿐 낯선 여자에게 자신의 사적 비밀을 추가로 털어놓기 위해 온 것이 아니었다. 그녀는 이 수렁으로부터 자신을 최대한 우아하게 추출하고 싶었다.

"아뇨." 셀레나가 말했다. "별로요. 하지만 엄마는 두 번째 결혼생활에 아주 만족하고 계세요. 자신에게 딱 맞는 짝을 찾는 게 중요한 것 같아요."

"그렇군요." 마사가 글라스에 남은 로제를 마저 비우고는 웨이터에게 한 잔 더 가져오라고 손짓했다. 그는 무서운 속도로 달려와 그녀의 빈 글라스를 챙겨 가버렸다. "내 눈에 당신은 완벽한 삶을 누리고 있는 것으로 보이는데."

셀레나가 웃음을 터뜨렸다. 그나마 다행이었다. 남의 눈에는 행복해 보인다니. "정말 그랬으면 좋겠어요. 그런데 완벽한 삶을 누리는 여자가 과연 세상에 있기는 할까요?"

마사가 씩 웃어 보였다. "하긴."

"내가 아는 사람들 대부분은 그냥 그런 척하며 살고 있어요. 살다 보면 좋은 날도 궂은날도 있기 마련인데 말이죠. 그게 자연스러운 건데."

그레이엄의 또 다른 메시지가 도착했다. **당신이 아직도 그 친구에게 마음을 두고 있다는 거 알아. 내가 한 짓만 불륜이라고 생각하지 않아 줬으면 좋겠어, 셀레나.**

오, 정말? 정녕 이렇게 나오시겠다 이거지? 셀레나는 두 번째 메시지를 애써 무시하고는 집어 든 휴대폰을 가방에 넣었다.

마사가 턱으로 좀 전까지 셀레나의 휴대폰이 놓여있던 자리를 가리켰다. "남편이 물어요? 지금 어디냐고?"

"네." 셀레나가 대답했다. "이번 잔만 비우고 일어나야겠어요."

웨이터는 가져온 글라스를 두 여자 앞에 내려놓았다. 셀레나는 자신의 글라스가 거의 바닥을 드러낸 사실을 그제야 깨달았다.

"남편이 어디 가 있다고 하지 않았나요?"

젠장. "맞아요. 그냥 잘 자라는 인사를 하고 싶었나 봐요."

"너무 다정다감하시다."

셀레나는 와인을 한 모금 더 넘겼다. 머릿속에 묵직하게 자리 잡은 피로가 눈꺼풀을 잡아 내리고 있었다. 집을 나와 도시로 향했을 때 찾아들었던 해방감은 온데간데없었다. 이제 그녀는 마치 닻을 올린 배처럼 정처 없이 떠내려가려 하고 있었다.

"그럼 그 보모는요?" 마사가 물었다. "그녀를 계속 데리고 갈 거예요? 그렇게 의심스러운 사람을요?"

셀레나는 머릿속에서 제네바를 완전히 지워낸 상태였다. 그녀는 불쾌한 것들을 잊고 다른 새로운 것에 집중하는 데 남다른 재능이 있었다. 어쩌면 그런 능력은 엄마로부터 물려받은 것인지도 몰랐다.

"그 부분은 당분간 문제가 되지 않을 거예요." 셀레나가 말했다. "오늘 출근하지 않았거든요. 아이들은 급한 대로 어머니에게 맡겨놨어요."

"오, 저런." 마사가 말했다. "좀 이상한데요. 안 그래요?"

"믿었던 도끼에 발등을 찍혀버렸죠." 셀레나가 말했다. 또다시 그녀 안에서 모든 걸 털어놓고 싶은 충동이 꿈틀거렸다. 셀레나는 꾹 참고 와인을 한 모금 넘겼다.

"우연의 일치일까요? 당신이 남편을 몰아붙였더니 보모가 사라졌잖아요."

서늘한 기운이 셀레나의 척추를 타고 올라왔다. 그녀는 퇴창으로 자신을 내려다보던 그레이엄을 떠올렸다. 왠지 섬뜩하게 느껴졌던 그 순간을.

그는 그 누구를 해친 적이 없었다. 그는 그런 사람이 아니었다. 하지만 어째서 나 자신을 안심시키려 이토록 애를 써야 하는 거지? 어쩌면 그녀 마음속 깊은 곳의 한 부분은 그게 사실이 아님을 알고 있는지도 몰랐다. 한때 그가 누군가를 해친 적이 있었음을.

"그게 서로 상관이 있는지 모르겠어요." 셀레나는 바짝 긴장한 톤으로 말했다.

"오." 마사가 한 손을 살랑 흔들어 보이며 말했다. 그녀의 입에서 피식 웃음이 새어나왔다. "내 말, 마음에 두지 말아요. 내가 좀 오버하는 경향이 있거든요. 당신 남편에 대해선 누구보다도 당신이 잘 알겠죠. 당신이 신뢰한다는데 더 이상 무슨 말이 필요하겠어요? 세상엔 좋은 보모가 널렸어요. 오히려 잘된 일인지도 몰라요."

마사가 와인을 한 모금 홀짝인 후 휴대폰을 흘끔 들여다보았다.

"모든 일엔 이유가 있는 법이죠." 셀레나가 말했다.

"맞아요."

그들은 한동안 신나게 수다를 떨어댔다. 즐겨 찾는 레스토랑, 재밌게 본 연극, 결혼생활, 독신 생활. 가볍고 흥미로운 대화가 이어지는 동안 셀레나는 문밖에서 기다리고 있는 추한 괴물에 대해 까맣게 잊고 말았다. 마치 편한 친구를 만난 것 같은 기분을 느꼈다. 그녀를 이곳으로 이끈 암울한 이유는 아득하고 부수적인 것으로 바뀐 지 오래였다.

"당신을 알게 돼서 기뻐요." 마사가 말했다. 그러곤 계산서를 가져오라고 손짓했다. 계산서가 도착하자 마사는 자신이 내겠다고 나섰다. "내겐 여자 친구가 별로 없어요."

그건 최악의 여자들이나 늘어놓는 얘기였다. 남의 남자를 홀리고 다니는 여자들이나. 험담, 사보타주, 뒤통수치기. 그러다가 다른 여자들이 마음에 들지 않아 하면 능청스럽게 혼란스러운 척하고. 그녀는 문득 마사가 유부남인 직장 상사와 바람이 났었다는 사실을 떠올렸다.

"가족은 있어요?"

마사가 재빨리 고개를 저었다. "부모님 모두 돌아가셨어요."

"미안해요." 셀레나가 말했다. 마사는 대수롭지 않다는 듯 살짝 미소를 지어 보였다. 하지만 셀레나는 그녀의 고독을 분명히 느낄 수 있었다. 셀레나는 무엇이 자신을 이곳으로 이끌었는지 알 것 같았다. 마사는 마음을 터놓을 친구가 필요했던 것이었다.

"만나는 남자는 없고요?"

"네." 마사가 말했다. "내가 원래 사람을 좀 잘 못 믿거든요. 아직까지 마음에 쏙 드는 이상형을 못 만나봤어요."

셀레나는 고개를 끄덕이며 자신의 글라스를 내려다보았다. 설령 만난다 해도 그 사실을 미처 깨닫지 못할 수도 있어요. "하긴, 쉬운 일은 아니죠."

"그 점에 있어서 당신은 운이 좋았네요."

"글쎄요." 셀레나가 말했다. 그녀는 순간 뻘쭘해졌다. 소셜 미디어에 수시로 올려온 포스트들이 문득 떠올랐기 때문이었다. 나의 사기 행각. "결혼생활을 오랫동안 무난하게 이어 나가려면 서로 엄청나게 노력해야 해요. 항상 타협해야 하고요. 항상 샴페인과 장미만 있는 게 아니에요."

"아무래도요." 마사가 미소를 흘렸다. "그래도 당신처럼 똑똑하고 매력적이고 애정이 넘치는 엄마이자 아내는 누구보다도 좋은 남자를 만나 호강해야 마땅해요. 당신을 끔찍이 챙겨주고, 보호해주고, 또 사랑해주는 그런 사람 말이에요. 절대 한눈팔지 않고."

셀레나는 다시 눈을 내리깔고 어느새 바닥을 드러낸 자신의 글라스를 내려다보았다. 마사의 말 한마디 한마디가 묵직하게 가슴을 파고들었다.

"남편이 딱 그런 사람이에요." 셀레나가 속삭였다. "정말 축복받은 셈이죠."

"당신만큼 운이 좋지는 않은 여자들도 많죠." 마사가 말했다. "유감스럽게도."

마사의 톤이 또다시 어두워졌다. 마사는 고개를 든 셀레나의 눈을 똑바로 바라보았다. 그 심상치 않은 눈빛이 셀레나를 오싹하게 했다.

"우리 엄마처럼 말이에요." 마사가 말했다. "엄마는 아빠가 되게 좋은 사람인 줄 아셨어요. 하지만 직접 겪어보니 그 반대인 거 있죠? 진작 그 인간을 쳐내버리셨어야 했는데. 여자들은 왜들 그렇게 참고 살죠?"

"관성." 셀레나가 말했다. 그녀의 목이 메어왔다. "자식들을 위해서. 어쩌면 두려움 때문인지도 모르고요. 학대엔 심리학적 원인이 있어요. 우리 엄마가 여성 보호소에서 일하시거든요. 세상엔 수렁에서 벗어날 줄 모르는 사람들도 있어요."

마사의 눈빛은 심연처럼 새까매 읽을 수가 없었다. 계속 들여다보면 최면에 걸릴 것만 같았다.

"내가 얘기했잖아요. 당신은 그런 좋은 남자를 남편으로 둔 걸 행운으로 여겨야 해요."

순간 셀레나의 귓속에서 피 쏠리는 소리가 났다. "맞아요. 아주 큰 행운이에요."

"만약 남편이 당신이 생각했던 그런 사람이 아니었다는 걸 알게 된다면 그를 떠나겠어요?"

"그래야 하지 않을까요?" 셀레나가 대답했다. "결혼생활이란 건…… 아주 복잡해요."

마사가 글라스에 남은 와인을 단숨에 들이켰다. "한 잔씩 더 할까요?"

"너무 즐거운 시간이었어요." 셀레나가 말했다. 그녀는 자세를 반듯하게 고쳐 앉고 깊은 숨을 들이쉬었다. "하지만 난 이만 가봐야 할 것 같아요."

"연락 주셔서 고마웠어요." 마사가 따스한 미소를 머금으며 말했다. "이렇게 교감하고 나니 좋은데요."

"나도 좋았어요. 어느 정도 나이를 먹으면 새 친구를 사귀기에는 너무 늙었다는 생각을 하게 되죠." 셀레나가 말했다. "하지만 보다시피 그건 사실이 아니에요."

"어쩜 내 마음에 쏙 드는 말만 골라서 하는 거죠? 고마워요." 마사가 따뜻하게 미소를 지으며 말했다. 진심으로 기뻐하는 모습이었다.

셀레나가 감지했던 어둠은 걷히고 호의와 온기가 그 자리를 채워 나갔다. 내 상상력이 지나쳤나? 막연한 두려움 때문에? 내 인생에 스며든 어둠 때문에?

셀레나는 속으로 자신의 현명한 대처를 칭찬했다. 기차에서의 우연한 만남은 운명처럼 그녀에게 마사라는 새 친구를 선물해주었다. 애초에 마사에게 은밀한 사적 비밀을 털어놓지 않았더라면 더 좋았겠지만, 셀레나는 그 결과물에 만족했다. 하지만 제네바가 무슨 끔찍한 일이라도 당했다면? 그녀의 실종이 충격적인 뉴스거리가 돼버리기라도 한다면? 그래도 마사를 지금처럼 신뢰할 수 있을까? 아마 그러지 못할 것이다. 그녀는 부디 그런 일이 벌어지지 않기를 간절히 바랐다.

"앞으로도 우리 자주 만나요." 셀레나가 말했다.

"좋죠. 마음속 얘길 털어놓고 싶을 때 언제라도 연락해요. 내가 다 들어줄게요. 아무것도 재단하지 않고. 나름 고민 해결사로 유명하거든요."

"고민 해결사."

"세상의 모든 문제엔 해결책이 있기 마련이에요. 나한텐 그 답을 찾아내는 재주가 있어요." 셀레나가 기차에서 감지했던 야릇한 번뜩임이 다시 찾아들었다. 표면 아래서 무언가가 꿈틀대는 느낌.

"이제 보니 능력자였군요." 셀레나가 윙크하며 말했다. 마치 농담을 이해했다는 듯이.

"문제가 항상 알아서 사라져주진 않거든요."

"맞아요."

두 사람은 서로를 끌어안았다. 마사는 셀레나보다 몇 초 더 붙어 있다 떨어져 나갔다. 어떤 이유에서인지 셀레나의 볼이 살짝 달아올랐다. 그녀는 문득 자리를 뜨고 싶다는 충동에 휩싸였다.

"당신도요." 셀레나가 말했다. "말벗이 필요하면 언제든 연락해요."

"난 좀 더 있다 갈게요." 마사가 바텐더 쪽을 돌아보며 말했다. 그녀는 다시 자리에 앉았다.

"오." 셀레나가 말했다. 그녀는 지금껏 단 한 번도 싱글인 적이 없었다. 고등학교 시절 진지하게 사귀었던 남자 친구, 그리고 윌, 그리고 그레이엄. 하지만 그녀의 친구들은 아무나 무작위로 만나 뜨거운 시간을 보내는 짜릿함에 대해 종종 얘기하곤 했다. 외로움, 이상형을 찾지 못해 안달했던 나날, 데이팅 앱, 그리고 결실을 보지 못한 만남에 대해서도. 그들은 거부 의사를 쿨하게 받아들이지 못하는, 지나치게 공격적인 상대와 과음 후 섬뜩한 사이코로 돌변하는 착한 남자들에 대해서도 들려주었었다.

바텐더는 바 뒤편 거울에 비친 마사의 모습을 지켜보고 있었다. 그의 도톰한 입술에 희미하게 미소가 머금어졌다. 그는 손으로 숱 많은 검은 머리를 쓸어 올렸다. 셀레나는 그의 손목에 새겨진 부족 스타일 문신을 똑똑히 볼 수 있었다.

"알았어요." 셀레나가 말했다. "몸조심해요, 알았죠?"

마사가 환히 웃어 보이며 손을 뻗어 셀레나의 팔뚝을 살짝 잡아 쥐었다. "당신은 정말 좋은 친구예요."

거리로 빠져나온 셀레나는 빗속을 헤치고 주차장으로 향하는 대신 택시를 잡아탔다.

"어디로 모실까요?" 택시 기사가 물었다.

셀레나는 잠시 고민에 빠졌다. 차로 돌아가서 집까지 먼 길을 갈까? 오늘도 그레이엄과 한바탕하면서 밤을 꼬박 새워봐? 아니, 그러고 싶지 않아. 그녀는 기사에게 윌의 주소를 불러주었다. 그리고 윌에게 문자 메시지를 띄웠다.

그는 즉각 답을 보내왔다. **아래서 들여보내 줄 거야.**

업타운으로 향하는 동안 그녀는 어머니가 보내온 아이들 사진을 확인했다. 그녀의 두 아들은 각자의 침대에서 곤히 자고 있었다.

집엔 아무 일 없어. 그녀의 어머니가 알려왔다. **이 또한 지나가 버릴 테니 조금만 참아보자꾸나.**

21

앤

미행은 그녀가 지닌 남다른 재능 중 하나였다. 특별한 기술과 기교가 필요한 일이었다. 사람들 대부분은 자신들이 절대 그런 일을 당할 리 없다고 굳게 믿는 경향이 있었다. 미행자에게는 다행스러운 일이었다.

요즘 사람들은 특히나 경계심이 없었다. 모두가 뇌에 감각이 사라질 때까지 모바일 기기를 손에서 놓지 않았다. 심적으로 곤란한 상황에 빠지지 않는 이상. 그들은 자신들의 욕구와 필요, 원한, 열망, 그리고 불안감에 단단히 사로잡힌 채 각자 머릿속에서 상영되는 자전적 영화에만 집중했다. 그게 아니면 캔디 크러시를 하거나, 소셜 미디어에 찌질한 글을 작성해 올리거나, 자신의 자질구레한 인생에 대한 문자 메시지를 전송하거나 수신하며 아까운 시간을 허비했다.

그 덕분에 요즘은 그 어느 때보다도 손쉽게 표적을 관찰하고 접근할 수 있게 됐다.

앤은 셀레나를 먼저 떠나보냈다. 셀레나는 홀로 남은 난잡한 친구가 바텐더와 엮여 뜨거운 밤을 보내게 될 거라 믿어 의심치 않을 것이다. 물론 충분히 가능한 일이었다. 세상에 그녀가 유혹하지 못할 남자는 없었다. 하지만 딱히 그래야 할 이유가 없었다. 아무리 상대가 거부할 수 없는 매력의 소유자라 해도 아무 때나 생각 없이 들이대는 건 어리석은 일이었다. 게다가 그녀의 몸은 오후에 만나 살을 섞었던 휴를 여전히 지워내지 못하고 있었다.

앤은 잠시 기다렸다가 셀레나를 미행하기 시작했다. 셀레나는 도로변에 서서 택시를 잡고 있었다. 앤은 문 안에서 그녀를 지켜보았다. 택시가 멈춰 서자 셀레나가 몸을 숙여 뒷좌석에 올랐다. 앤은 바로 그 뒤에 멈춰 선 택시에 몸을 실었다.

"앞의 택시를 따라가 주세요." 그녀가 기사에게 주문했다.

택시 기사는 대꾸가 없었다. 그녀는 그것을 찬성의 의미로 해석했다. 휴대폰이 울리자 그가 알아들을 수 없는 언어로 응답했다. 서슬라브 연방? 러시아? 폴란드?

셀레나의 택시는 업타운을 향해 빠르게 나아가고 있었다. 앤의 택시는 놓칠세라 앞차를 바짝 뒤쫓아나갔다.

"어디로 가는 거야?" 그녀가 속삭였다.

예측. 그것은 그녀의 또 다른 재능이었다. 무난하던 인생이 갑자기 뿌리째 흔들리기 시작하면 어디서 위로받아야 하지? 갑자기 지축이 흔들리고 시련이 닥쳐오면 누구에게 의지해야 하지?

앞차는 10번가를 따라 올라가다가 79번가를 타고 공원을 가로지른 후 매디슨 가로 접어들었다. 어퍼 이스트 사이드. 도로는 번드르르했다. 언제 비가 왔었나?

남의 인생에 잠입하는 것은 생각보다 쉬웠다. 소셜 미디어와 자신의 일상을 과시하려는 사람들의 끝없는 욕망 덕분이었다. 앤은 단두어 시간 만에 표적에 대한 거의 모든 정보를 뽑아낼 수 있었다. 그들이 어디 사는지, 어디서 일하는지, 어디서 쇼핑하고, 식사하고, 파티를 벌이는지, 아이들을 어느 학교에 보내는지. 지금껏 개인 정보를 손에 넣고 접근하는 게 이토록 쉬웠던 적이 없었다. 사람들은 아무 생각 없이 은밀한 비밀을 사방에 마구 뿌려댈 뿐만 아니라, 그 사실을 제때 깨닫지도 못했다.

물론 그녀는 셀레나를 파헤치는 데 평소보다 많은 공을 들였다. 기차에서의 우연한 만남은 사실 운과 아무런 상관이 없었다. 셀레나 머피에 대해 그녀가 모르는 건 거의 없었다. 그녀가 알아낸 정보 중에는 셀레나 자신조차 모르는 것들도 있었다.

셀레나의 택시가 멈춰 서자 앤의 택시도 발맞춰 멈춰 섰다. 기사는 여전히 미터기를 켜놓은 채 누군가와 수다를 이어나가는 중이었다. 그는 누군가를 미행하는 일에 익숙한 모양이었다. 앤은 자신의 빼빼 마르고 우아한 친구가 택시에서 내려 적갈색 차양을 친 건물로 뛰어 들어가는 걸 유심히 지켜보았다. 맵시 있게 차려입은 문지기가 셀레나를 맞아주었다.

앤은 잽싸게 휴대폰을 꺼내 들었다.

생각보다 오래 걸리지 않았네. 그녀는 생각했다.

그녀는 셀레나가 환히 웃으며 문지기와 몇 마디 주고받는 모습을 지켜보았다. 셀레나는 이내 화려하게 꾸민 로비 안으로 사라져버렸다. 변호사. 전 애인. 셀레나에게는 영혼의 파트너가 사는 바로 이곳이 궁극의 안전지대일 것이다.

오늘 밤 셀레나 머피가 보인 모습은 앤의 예상을 완전히 빗나간 것이었다. 앤은 그녀가 기진맥진하고 불안정한 모습으로 나타날 줄 알았었다. 하지만 술집에서 마주 앉았던 여자는 너무나 말짱한 모습이었다. 지적이고, 자신감에 넘치는 모습. 그녀는 마치 연습을 해온 듯이 거짓말을 술술 늘어놓았다. 매우 계산적이었고.

그녀는 앤이 상상했던 것보다 훨씬 강인하고 똑똑했다. 표적으로 삼기에는 부담스러운 부류였다.

'계획에 빈틈이 많아.' 아빠가 말했다. '사적 감정이 개입되니 그럴 수밖에. 내가 널 그렇게 가르쳤니? 애초에 그 여잘 표적으로 고른 것부터가 문제였어. 더 늦기 전에 손 떼.'

"알아요, 안다고요." 그녀가 빽 소리쳤다. 그녀는 갑자기 터져 나온 자신의 요란한 목소리에 움찔했다.

택시 기사는 그 소리에 놀라지 않았다. 앤도 자신처럼 누군가와 통화 중이라고 생각한 모양이었다. 불안감이 폭발 직전의 분노로 빠르게 변해갔다. 아니, 그것은 분노가 아니었다. 그보다 훨씬 어둡고 사악한 무언가였다.

'격노에 휩싸이면.' 이 기회를 그냥 흘려보낼 아빠가 아니었다. '실수가 나오는 법이다. 이 바닥에서 실수는 곧 죽음이고 말이야. 기억하지?'

"이봐요." 기사가 백미러로 그녀를 쳐다보았다. "이젠 어디로 갈 거죠? 그냥 여기서 죽치고 있을 거예요? 미터가 계속 돌아가고 있다고요."

그녀는 자신에게 주어진 몇 가지 옵션을 하나하나 짚어보았다.

셀레나 때문에 어긴 규칙이 한두 개가 아니었다. 이제는 후퇴할 타이밍이었다. 재정비의 시간. 그 후에 다시 강하게 몰아붙여 반드시 결실을 보아야만 했다.

"그랜드 센트럴로 가주세요." 그녀가 말했다.

택시가 다시 움직이기 시작했다. 기사는 누군가와 통화를 이어나갔다. 대체 누구랑 수다를 떠는 거지? 그녀는 문득 궁금해졌다.

'브리짓 기억해?' 그녀 옆에서 아빠가 물었다. 그 소리에 그녀가 화들짝 놀랐다. 요즘 들어 아빠는 그림자의 형태로 자주 출몰했다. 하지만 지금 아빠는 완전한 인간의 형태를 띠고 있었다. 그녀가 손을 뻗어 만지려 하자 아빠가 홀연히 사라졌다.

"내가 그걸 어떻게 잊겠어요?" 그녀가 창밖을 내다보며 말했다. 어느새 그들은 공원에 들어서 있었다.

22

펄

아이와 아빠는 다시 거처를 옮겨야 했다. 페코스의 작고 예쁜 집은 이제 아득한 기억으로 남게 됐다. 그곳을 떠나온 후 그들은 볼더 외곽의 외진 오두막집, 애머릴로의 허름한 목장, 그리고 피닉스의 이층집을 전전했다. 아이는 메리, 베스, 그리고 세라로 살았고, 아빠는 짐, 크리스, 그리고 빌로 살았다.

중고 볼보를 몰아나가는 아빠는 침울해하는 모습이었다. 펄이 '어둠에 잠겼다'고 표현하는, 바로 그런 상황이었다.

상황이 나빠지거나 예상을 벗어날 때, 또는 무언가가 화를 돋울 때면 아빠는 한없이 우울해했다. 멍한 표정과 긴 침묵. 옆에서 지켜보는 사람마저 불안감이 느껴질 정도였다. 그러다가 긴장증 증상이 찾아들면 아빠는 긴 소파에 앉아 불 꺼진 벽난로를 빤히 응시하곤 했다. 아이는 아빠로부터 어떠한 반응이라도 자아내기 위해 온갖 수법을 다 동원해보았다. 좋은 말로 설득하기. 고함 지르기. 울기. 거칠게 흔들어대기. 때리기. 지금 아이는 그의 앞 바닥에 드러누워 기다리는 중이었다. 가까스로 정신을 가다듬은 아빠는 지난 두어 시간 동안 벌

277

어진 일들에 대해 아무것도 기억하지 못했다.

"미안하구나." 그가 아이에게 말했다. 평소 스킨십이 드문 부녀였지만 그날만큼은 꼭 부둥켜안고 서로를 위로했다. "살다 보면 이럴 때도 있지 뭐. 우린 잘 이겨낼 수 있을 거야."

그는 아이가 꽤 마음에 들어 했던 피닉스 집으로 돌아와서는 아무 말 없이 짐을 꾸리기 시작했었다. 아이는 아무것도 묻지 않고 아빠를 따라 했다. 스텔라를 오래 겪은 덕분에 아이는 비언어적 신호를 대번에 알아차리고 실행하는 탁월한 능력이 있었다. 아이와 아빠의 모든 짐은 바퀴 달린 여행 가방 두 개에 가득 담겼다. 꼼꼼히 짐을 꾸린 그들은 자신들의 흔적을 완전히 지워내기 위해 집 안 구석구석을 박박 문질러 닦았다. 적어도 그들은 그러려고 최대한 노력했다.

뜨겁고, 평평하고, 새빨갰던 피닉스. 친절한 사람들, 넘쳐나는 미소, 남서부만의 힙스러운 분위기. 아빠의 '여자 친구'는 데이팅 앱으로 만난 중년의 회계사 브리짓이었다.

그들이 원하는 건 무엇일까? 그걸 가장 먼저 알아내야 했다.

유심히 보고 들으면 그 답은 늘 쉽게 찾아졌다.

그들이 말로 털어놓지 않을 수도 있다. 그들이 자신에 대해 잘 모르는 경우도 있고. 하지만 그들은 온갖 사소한 디테일을 신나게 늘어놓는다. 어떻게 머리를 손질하고, 화장하고, 옷을 입는지. 어떤 음악과 책과 영화를 좋아하는지. 부모는 어떤 사람들인지, 어떻게 몸을 관리하는지, 대화할 때 상대의 눈을 똑바로 바라보는지, 거울 앞을 지날 때마다 자기 모습을 체크하는지.

특정 연령대의 미혼 여성은 특히 쉬운 표적이었다. 그녀는 살아오는 동안 숱하게 약속받았던 동화 같은 삶을 꿈꿨다. 오랫동안 기다려온, 그리고 세상의 모든 개구리들에게 용기를 북돋워 준 그 왕자를 원했다. 로맨스와 관심을 갈망했다. 외로웠던 밤들, 옷장을 가득 채운 들러리 드레스들, 그리고 홀로 쓸쓸히 보낸 크리스마스들을 보상해줄 사랑을. 그녀는 "당신이 나타나 주기를 기다렸어요"라고 말해주고 싶어 안달할 것이었다.

노련한 아빠는 여자들에게 그들이 열망해온 것들을 성실히 제공해주었다.

그는 다정하고, 배려심 많고, 예의 바른 남자였다. 상대의 말을 귀담아 들어줄 줄 아는 사람. 실천가. 게다가 손재주까지 있어 못 고치는 물건이 없었다. 요리 솜씨도 수준급이었고.

그리고 앤은 메리와 베스로 살던 때와 마찬가지로 케이크의 달콤한 당의 장식이었다. 아이는 홀아버지의 손에 길러진 가엾은 딸 역할을 완벽히 해냈다. 어머니와 친구를 갈망하는, 하지만 자신을 거뜬히 챙길 수 있을 만큼 성숙한 아이. 젊은 여자들은 그가 애 딸린 남자라는 사실에 부담을 느끼고 달아나기도 했다. 하지만 진실한 사랑, 자식, 손주들, 그 모든 걸 누리지 못할까 봐 걱정하는 여자들에게 앤은 뜻밖의 행운이었다.

아이는 자신의 역할을 완벽하게 수행했다. 주로 온라인상에서 이메일과 페이스타임을 이용해 소통했으며, 몸소 모습을 드러내야 하는 경우는 드물었다. 처음에는 수줍음이 많은 척하다가 서서히 마음을 열어가는 패턴. 어느 정도 편한 관계로 발전하면 아이는 아빠의 새 여자 친구에게 먼저 전화를 걸어 이런저런 고민을 털어놓으며 조언을 구했다. 짬짬이 익살맞은 문자 메시지를 띄우기도 했다. 밈(특정 메시지를 전하는 그림, 사진, 또는 짧은 영상으로 재미를 주는 것을 목적으로 함). 앙증맞은 고양이 영상.

"넌 타고났어." 아빠가 말했다. "하지만 너무 오버하진 마. 너무 많은 걸 드러내지도 말고. 절대 그 누구와도 사랑에 빠져선 안 된다는 거 명심해." 물론 앤은 그 철칙을 칼 같이 지켰다. 그러면서 어떻게든 상대가 자신과 사랑에 빠지도록 최선을 다했다.

미끼를 덥석 문 표적들은, '표적'이라는 표현이 조금 쌀쌀맞게 들리기는 하지만, 자연스레 앤과의 만남을 희망했다. 앤이나 베스나 메리는 그들과의 첫 만남을 며칠 앞둔 시점에 갑자기 병이 났다며 약속을 취소시켰고. 이따금 아빠는 마치 휴가를 떠나온 양 연기를 하곤 했다. 물론 그들은 표적에게 둘러댄 휴가지에 와있지 않았다. 아빠는 여자 친구에게 강도를 당했다거나 지갑을 분실했다거나 예쁜 딸이 괴한의 습격을 받아 중태에 빠졌노라고 거짓말을 했다. 표적들은 단 한 명의 예외도 없이 황급히 돈을 송금해주었다. 5천 달러, 1만 달러, 가끔 그보다 훨씬 많은 액수를 거둬들일 때도 있었다. 그건 두어 달 만에 끝장을 봐야 하는 '쇼트 게임'이었다.

돈이 송금되면, 또는 의심을 품은 표적이 휴가지에서 만나 직접 돈을 전달하겠다고 고집을 피우면, 부녀는 신속하게 자취를 감추어 버렸다. 온라인 프로필은 삭제됐고, 대포폰은 폐기처분 됐으며, 이메일 계정은 해지됐다. 그들 대부분은 그렇게 당하고도 경찰에 신고하기를 꺼렸다. 수치심이 그들의 입을 막아버린 것이었다. 부유하고 교양 넘치는 피해 여성들은 어쩌다 그런 사기꾼에게 속아 넘어가게 됐는지 자문하며 자신들의 어리석음을 한탄했다.

하지만 브리짓은? 앤은 그녀가 전형적인 표적과 거리가 멀다는 걸 진작 알아차렸다. 그녀에게는 어딘지 예리한 구석이 있었다. 미묘하게 느껴지는 냉담함도. 그녀는 다른 표적들과 달리 앤에게 현혹되지 않았다. 앤은 그 부분을 지적했지만, 아빠는 귀담아듣지 않았다. 그녀는 돈 많은 거물이었다. 하지만 아빠가 미끼를 던졌을 때 브리짓은 끝내 돈을 송금하지 않았다. 그녀는 상황을 직접 살핀 후 도와주겠다고 했다. 필요하면 변호사를 보내주겠다고도 했다. 그녀는 아빠의 대포폰으로 지겹도록 전화를 걸어왔다. 그리고 결국에는 경찰에 신고하겠다는 협박 메일을 보내오기에 이르렀다. 아빠는 신속하게 플러그를 뽑아버렸다. 온라인 프로필, 이메일 계정, 스카이프 ID, 휴대폰. 브리짓에게 거처를 들키지는 않았지만, 그들은 피닉스 집을 떠나기로 했다.

그들이 엘 파소에 다다랐을 때 아빠가 입을 열었다.

"어떻게 알았지?"

어둠에 묻힌 사막 고속도로를 달려 나가는 중이었다. 멀리서 도시의 불빛이 아득하게 깜빡였고, 새까만 밤하늘에는 별들이 진동했다. 아이는 문 루프를 통해 반짝이는 별들을 올려다보았다. 별들은 아이에게 적잖은 위안을 주었고, 세상 그 무엇도 중요하지 않다는 걸 새삼 일깨워주었다. 앤은 생사의 경지를 진작 초월한 상태였다. 불과 얼마 전까지만 해도 아이는 이 땅에 존재하지 않았었다. 머지않아서는 영영 이곳을 떠나게 될 것이고. 하지만 아이는 개의치 않았다.

"뭔가 온화한 느낌이 없었어요. 날 쳐다볼 때도 미소를 보인 적이 없었고요. 애초에 우릴 신뢰하지 않았던 것 같아요."

"난 그걸 알아채지 못했어." 아빠가 두 손으로 핸들을 꼭 쥔 채 말했다.

아이는 피부가 벗겨진 아빠의 손가락 관절을 쳐다보았다. 그의 광대뼈에는 멍이 들어있었다. 하지만 앤은 무슨 일이 있었는지 묻지 않았다. 그는 가끔 밖에 나가 술을 퍼마시곤 했다. 그리고 매번 필름이 끊어진 채로 귀가했다.

"매번 성공할 순 없죠." 아이가 말했다.

그건 스텔라가 입버릇처럼 하던 말이었다. 앤은 엄마의 무작위 디테일을 생생히 기억하고 있었다. 엄마의 향수 냄새. 샤넬 넘버 5. 사포처럼 걸걸했던 웃음소리. 항상 얼음장처럼 차가웠던 손과 발. 나란히 소파에 앉아있을 때면 엄마는 늘 펄의 아래로 발가락을 쑤셔 넣곤 했다. 가끔 그런 기억이 떠오를 때마다 아이는 울컥해졌다.

"내 기량이 떨어진 모양이야." 아빠가 말했다. "나이가 들면 이렇게 된다고들 하던데. 본능이 무뎌진다고."

"이제 은퇴하는 건 어때요?" 아이가 비꼬듯이 말했다. 앤은 잔뜩 화가 난 상태였다. 아이는 피닉스 집을 무척이나 좋아했었다. 그곳에서 좋은 친구도 하나 사귀었었고. 같은 동네에 사는 남자아이.

앤은 아빠가 한동안 폐인처럼 살게 될 거라 짐작했다. 아이는 아빠가 부디 그렇게 해주기를 은근히 바라고 있었다. 그래야 자신이 평화로이 분노할 수 있을 테니까.

"아직은 아니야." 그가 말했다. "난 아직 은퇴할 준비가 돼 있지 않아."

"그 여자가 우릴 찾아내면 어쩌죠?"

"그럴 일은 없어." 그가 잽싸게 대답했다. "절대로. 우린 유령들이 잖니."

하지만 아빠의 목소리에서는 확신이 묻어나지 않았다. 그리고 아빠가 이번에도 잘못 짚었다는 건 오래가지 않아 확인됐다.

23

헌터

헌터 로스가 식당으로 들어서자 문에 달린 작은 종이 딸랑거렸다. 왁자지껄한 소음 속에서 그 누구의 귀에도 닿지 않았겠지만, 카운터 뒤에서 웨이트리스가 손을 흔들어 보였다. 그녀는 소란스러운 뒤편 손님들 너머로 환히 웃으며 고개를 끄덕였다. 헌터는 한숨을 내쉬며 그쪽으로 다가갔다.

헌터 로스는 은퇴가 반갑지 않았다. 사실 그는 경찰, 변호사, 소방관, 구급대원, FBI 요원 등 다양한 분야의 베테랑들이 모여 만든 화요일 조찬 클럽에 슬슬 부담을 느끼던 중이었다. 직업의식이 투철한 그들은 억눌렸던 에너지를 국가와 세계가 처한 암울한 상황에 대해 불만을 쏟아내는 데 전부 써버렸다.

그들은 모두 과체중이었다. 텔레비전에 중독된 그들이 특대형 칠리 오믈렛과 수북이 쌓인 해시 브라운, 베이컨, 두툼한 소시지, 달콤한 주스, 그리고 아무리 마셔도 바닥나지 않는 커피를 게걸스럽게 먹어치우는 모습은 헌터를 불안하게 하기에 충분했다.

당장이라도 그들 중 하나가 뇌졸중으로 고꾸라져도 전혀 이상하지 않을 것이다.

그들은 그를 청년 취급했다. 70대를 코앞에 둔 그들의 눈에는 50대 후반의 헌터가 팔팔한 청년으로 비치는 모양이었다. 엄밀히 따지면, 그는 은퇴한 게 아니었다. 그는 일을 그만둔 후로 가족, 그리고 인력 부족에 시달리는 경찰국의 주문을 받아 미해결 사건을 수사해왔다. 부족한 단서와 시간과 예산과 에너지에 신음하는 곳이라면 어디라도 달려갔고, 이따금 무보수로 재능기부를 하기도 했다.

그룹 멤버들은 한창 쉬어야 할 때 누구보다도 왕성히 일에 매진하는 그를 나무랐다. 그것은 질투심에서 비롯된 훈계였고, 헌터는 그 사실을 잘 알고 있었다. 각자 분야에서 잔뼈가 굵은 그들은 뒷방 노인네 취급을 받으며 궁색히 살고 싶어 하지 않았다. 화재와 범죄, 피해자, 그리고 긴급 구조대의 절실한 필요는 늘 세상과 함께였다. 하지만 구조는 이제 젊은 청년들의 몫이 돼버렸다.

헌터는 현재 세 건의 케이스를 맡아 진행 중이었다. 보나 마나 가출했을 10대의 실종, 야단스럽게 종말에 대비해온 한 커플의 실종, 그리고 지난 10년간 해결하지 못했던 개인적인 사건. 10주년이 되는 해라 그런지 헌터는 그 사건에 유독 집착하게 됐다. 사건이 종결되면 그는 비로소 아내가 오랫동안 졸라온 유럽 리버보트 여행에 대해 진지하게 고민해볼 참이었다.

그가 자리를 잡고 앉았다.

"오늘은 늦었군." 은퇴한 경찰, 필이 말했다. 그는 큰 키에 겉으로는 말라보이지만 숨어있는 살이 제법 많은 체구의 소유자였다. 원래 군살 하나 없는 몸이었지만 채소 섭취와 운동을 죽기보다 싫어하는 탓에 지금의 체형을 갖게 됐다. 오로지 버번위스키로만 수분을 보충하는 악습관 역시 한몫을 했다. 골프 셔츠에 아슬아슬하게 갇힌 그의 복부는 벨트 너머로 흘러 내려와 있었다. "우리가 자네 것까지 주문해놨어."

"고마워요." 앤드루 옆자리에 앉은 헌터가 말했다. "그렇지 않아도 어떻게 콜레스테롤 수치를 높일지 고민했는데."

"엄청 바쁘겠지. 매번 참석하는 게 쉽진 않을 거야." 소방관 레이가 비꼬듯이 말했다. 작년에 심장마비에 걸려 죽을 뻔했던 그는 치즈와 베이컨에 폭 파묻힌 달걀 흰자위를 먹고 있었다. "요즘도 혈혈단신으로 세상을 구하려고 동분서주하는 것 같던데. 미제 사건을 하나씩 해치우면서 말이야."

"요즘은 무슨 사건을 들쑤시고 있지?" 은퇴한 변호사 앤드루가 물었다. 위험한 환경에 갇힌 아이들을 위해 무료 법률 상담을 맡아하는 그 역시 헌터처럼 자신의 천직을 놓지 못하고 있었다.

"가출한 아이를 찾고 있어요." 헌터가 말했다. "새 단서를 찾았거든요. 커피 한잔하고 나서 곧바로 착수하려고요."

"집이 싫어서 가출한 아이야. 그냥 내버려 두면 안 되나?" 또 다른 은퇴 경찰 제이가 말했다. 짜증이 몸에 밴 그는 이혼 후 아이들과도 소원해진 상태였다. 현역 시절 가족을 제쳐두고 일에 병적으로 집착한 처참한 결과였다.

헌터가 어깨를 으쓱였다. "가족이 아직도 찾아 헤매고 있어요."

제니가 실종된 지 벌써 1년이 지났다. 아이는 열여섯 살 나이보다 훨씬 성숙해 보였다. 친모와 계부는 친부에게 학대받아온 아이의 치유를 위해 모든 노력을 기울여왔다. 하지만 옥시(모르핀과 유사한 효과를 내는 진통제)에 중독된 아이들과 어울려 다닌 제니는 금세 엄마의 통제권에서 완전히 벗어나 버렸다.

제이가 희끗희끗한 턱수염을 살살 문질러댔다. "부모가 더 잘 챙겼으면 아이가 가출하는 지경까진 이르지 않았을 거야."

나머지 멤버들은 일제히 동의한다는 반응을 보였다. 마치 자신들이 세계 최고의 부모라도 된다는 듯이.

"어쩌면요." 헌터가 말했다.

헌터는 늘 상대의 부정적인 입장에 정면으로 맞서기보다 미지근한 반응으로 불필요한 마찰을 피하는 길을 택했다. 그는 그 누구와도 언쟁을 즐기지 않았다. 한때 남편의 그런 냉담한 태도에 속상해했던 그의 아내는 요가와 명상으로 마음을 다스릴 줄 알게 됐다. 이제 그녀는 갈등을 대하는 남편의 방식을 이해할 수 있었다. 헌터는 언쟁에서 이길 방법이 없음을 알고 있었다. 이쪽에서 어떻게 받아치든 상대는 점점 더 강해질 뿐이었으니까.

"그 누구에게도 소홀할 수 없다, 그건가?" 앤드루가 헌터의 등을 가볍게 두드리며 말했다. "마이클 코넬리 소설을 너무 많이 읽은 탓이겠지. 자기가 보슈인 줄 안다니까."

"그 누구에게도 소홀해선 안 되지 않습니까." 헌터가 말했다. "적어도 전 그렇게 생각해요."

메이비스가 주문한 음식을 가져왔다. 접시마다 달걀, 팬케이크, 와플, 고기, 그리고 도넛이 수북이 쌓여있었다. 음식을 본 멤버들의 눈이 번뜩였다. 마치 생일파티에서 케이크의 등장에 흥분한 아이들을 보는 듯했다.

메이비스가 블랙커피와 달걀 흰자위와 아보카도를 얹은 호밀빵을 헌터 앞에 내려놓았다.

"그건 저 친구를 위해 주문한 게 아닌데." 빌이 짜증스러운 표정을 익살맞게 지어 보이며 말했다.

"하지만 매주 이걸 먹잖아요." 메이비스가 미소를 흘리며 대꾸했다.

헌터는 그녀에게 고맙다는 눈짓을 보냈다. 누군가가 칠리 치즈 오믈렛을 가져왔으면 그는 망설임 없이 먹어 치웠을 게 분명했다. 결국 그도 인간이니.

"고마워요, 메이비스."

그들은 일제히 식사를 시작했다. 정치, 의료 서비스, 역모기지, 그리고 스포츠에 관한 대화가 물 흐르듯 이어졌다. 때때로 언성이 높아지기도 했고, 웃음이 터져 나올 때도 있었다. 그러는 와중에서도 그들은 서로를 장난스레 자극하는 걸 멈추지 않았다. 헌터는 그냥 그 틈에서 묵묵히 듣기만 했다. 그가 이곳을 찾은 이유였다. 나쁜 버릇과 까칠한 성격의 소유자들이었지만 그들과 함께하는 시간이 좋았다. 그들 모두 인류를 위해 최전방에서 활약했던 영웅들이었다. 그들의 지식과 경험과 지혜는 헤아릴 수 없이 막대했다. 그는 이곳으로 사건을 가져와 즉석 워크숍을 열곤 했다. 그들에게는 항상 기발한 아이디어가 있었다. 그들의 추리가 완전히 빗나갈 때도 있지만 제대로 짚을 때도 많았다. 그들 모두는 헌터가 미처 살피지 못했던 방향으로 그를 이끌었다.

범인이 페이스북에서 가출한 제니 머레이를 스토킹해왔을 가능성을 제기한 건 필이었다. 만약 그러지 않았다면 놈은 아이의 전 남자 친구가 올려놓은 포스트를 못 보고 지나쳤을 것이다. *제니, 얼마 전에 토미스 코브에서 널 본 것 같았어. 너 맞지?*

제니는 그 포스트에 답글을 올리지 않았다. 헌터는 곧장 인터넷으로 검색을 시작했고, 그곳이 두어 마을 떨어진, 오토바이 폭주족이 즐겨 찾는 허름한 술집임을 확인했다. 그것은 한 달 만에 헌터가 손에 넣게 된 첫 단서였다.

잠시 침묵을 지키던 헌터가 입을 열었다. "혹시 토미스 코브라고 들어본 적 있어요?"

"토미스 코브?" 필이 고개를 끄덕이며 말했다. "트럭 운전사와 폭주족이 득실대는 곳이야. 마약쟁이들도 그렇고. 만약 그 애가 거기 있다면 보나 마나 옥시나 필로폰 살 돈을 마련하기 위해 열심히 몸을 팔아대고 있을 거야."

헌터도 같은 생각을 하고 있었다. 마약에 취해 해롱대는 소녀가 살아남는 방법은 그것뿐이었다.

"자네가 그 앨 데려와 중독 치료원에 처넣어도." 제이가 말했다. "갠 분명 6개월도 안 돼 또다시 가출해버릴 거야. 마약을 끊는 게 얼마나 힘든 줄 알아?"

전형적인 경찰의 태도였다. 사람은 절대 고쳐 쓸 수 없다는 확고한 믿음. 하지만 세상에는 예외도 있었다.

"누구든 두 번째 기회를 누릴 자격이 있어." 앤드루가 말했다.

헌터는 문득 스텔라와 펄 베어를 떠올렸다. 자신의 한풀이 케이스를. 그가 끝내 찾지 못한 소녀는 세상 어딘가에 살아있었다. 이미 죽어 묻혔거나. 잔인하게 살해된 여자는 모두에게 잊혔지만, 생전에 한 번도 만나본 적 없었던 헌터만큼은 아직 생생히 기억하고 있었다. 사춘기 딸, 망해가는 가게, 연이어 걸려드는 못난 남자 친구들. 그녀는 자신의 침대에서 목이 졸려 숨졌고 아이는 납치됐다.

누구든 두 번째 기회를 누릴 자격이 있다. 하지만 모두에게 그 기회가 주어지는 건 아니었다.

"내가 좀 도와줄까?" 커피잔만 빤히 들여다보며 선배들의 대화에 끼지 않는 헌터에게 앤드루가 물었다.

"좋죠." 헌터가 말했다. 파트너는 언제나 환영이었다.

그는 남은 커피와 샌드위치를 마저 해치우고는 필의 접시에서 베이컨 한 조각을 집어 들었다. 그런 다음, 야유와 고함 섞인 인사를 나눈 후 자리에서 일어났다. 식당 손님들은 요란한 그들이 전부 사라져 주기를 간절히 바라고 있을 게 분명했다.

그들이 식당을 나서려는 순간 구석 텔레비전 화면에 떠오른 무언가가 헌터의 시선을 확 잡아끌었다.

'실종된 보모.' 화면 아래 걸린 글자였다.

헌터는 텔레비전 앞으로 다가갔다. 그리고 카운터에서 리모컨을 집어 들고 소리를 키웠다. "25세 여성, 제네바 마크슨은 어제 출근하지 않았습니다." 뉴스 프로그램 진행자가 말했다. "지난 주말 언니에 의해 실종신고가 접수된 것으로 확인됐는데요, 경찰은 월요일 고용주의 동네에 버려진 그녀의 차를 발견했습니다. 현재까지 그녀의 행방에 대한 단서는 잡지 못한 것으로 알려졌지만 경찰은 아직 강력 범죄를 의심할 단계는 아니라고 선을 그었습니다. 만약 이 여성의 행방을 알고 있다면 이 핫라인으로 제보하시기 바랍니다."

묘하게 익숙한 얼굴 하나가 그의 눈앞을 스쳐 갔다. 그가 아는 여자였다. 언젠가 본 적 있는 얼굴이었다. 그는 한 번 본 얼굴은 절대 잊어버리지 않았다. 기억을 더듬어나가는 그의 등골이 갑자기 오싹해져 왔다. 어디서였지? 언제였더라?

"왜 그래?" 어느새 그의 뒤로 바짝 다가온 앤드루가 물었다. "아는 여자야?"

"그런 것 같아요." 헌터가 말했다.

그는 이번 단서를 쫓고 나서 집에 돌아가 옛 파일을 뒤져보기로 했다. 일단 차에서 몇 군데 전화부터 걸어보고. 비록 소싯적의 예리함은 잃어버린 지 오래였지만 그는 결국 기억해내고야 말 것이다.

그 누구에게도 소홀해선 안 된다. 지금껏 찾아 헤맨 실종 청소년들, 정의 구현을 고대하는 살인사건 피해자들, 그리고 기필코 범인을 잡아 안전한 세상을 만들겠노라는 그의 약속을 철석같이 믿은 강간 사건 피해자들. 헌터는 그들 중 누구 하나도 잊어본 적이 없었다.

24

셀레나

"잘 잤어?" 셀레나가 스피커폰으로 올리버에게 물었다.

윌의 침대는 겹겹이 쌓인 구름처럼 크고 푹신했다. 그녀는 그 안에 폭 안겨있었다. 경황이 없는 상황이었음에도 실로 오랜만에 숙면할 수 있었다.

"괜찮았어요." 잠에서 덜 깬 올리버가 뿌루퉁하게 말했다. 눈을 뜨자마자 전화를 건 모양이었다.

"파울로 할아버지가 아침으로 뭘 만들고 계시니?" 그녀가 심각한 얘기가 나오기 전에 잽싸게 물었다.

"팬케이크 먹기로 했어요. 주방에서 요리하는 소리가 들려요."

"네가 제일 좋아하는 메뉴잖아!" 그녀의 밝은 톤은 이내 침묵에 파묻혀버렸다.

"나 집에 언제 돌아갈 수 있어요?"

'우리'가 아닌 '나.' 아이는 스티븐에게 아무런 관심도 없는 듯했다. 그럴 수 있다면 동생만 남기고 자기만 쏙 빠져나오고도 남을 녀석이었다. 정말 그러고 싶어 할까? 그게 정상인가?

"아주 금방." 셀레나가 말했다.

"그런 대답이 어딨어요, 엄마?"

"올리버." 셀레나가 깊은숨을 들이쉬며 말했다. "오늘은 그냥 학교에 다녀오도록 해. 이따 오후에 돌아오면 답이 기다리고 있을 거야."

네가 간절히 바라는 답이 아닐 수도 있겠지만. 셀레나는 속으로 웅얼거렸다. 오늘 밤은 어머니와 함께 보내게 될 것이다. 그녀는 그레이엄에게 돌아갈 마음이 없었다. 당분간은 코라와 함께 지낼 수밖에 없었다. 자신을 위해. 그리고 아이들을 위해.

"알았어요." 아이가 말했다. 그녀는 쌕쌕대는 아들의 숨소리에 잠시 귀를 기울였다.

빳빳하면서도 실크처럼 부드러운 시트는 신성하게 느껴지기까지 했다. 보나 마나 한두 푼짜리가 아닐 것이다. 와인과 예술, 고급 직물 그리고 디자인에 대한 그녀의 모든 지식은 월에게서 배운 것들이었다. 보랏빛을 띤 회색 커튼 사이로 햇빛이 스며들고 있었다. 그녀가 침대 옆에 놓인 리모컨을 끌어와 버튼을 누르자 커튼이 스르르 열리면서 희부연 도시의 풍경이 쏟아져 들어왔다.

"아빠는 어디 있어요?"

"아직도 주무셔." 순간 죄책감이 그녀를 덮쳤다. 하지만 그것은 거짓말이 아니었다. 보나 마나 그는 자고 있을 테니까. 굳이 현장에서 보지 않아도 알 수 있었다.

"또 사무실에서 잔 거예요?"

아무리 잔머리를 굴려대도 아이들을 속이는 건 쉽지 않았다.

"넌 잘 잤니?" 그녀가 잽싸게 화제를 돌렸다.

"스티븐이 코를 골았어요. 밤새도록."

거실 소파에서 윌이 기상하는 소리가 들려왔다. 그녀는 화장실로 향하는 그의 발소리에 귀를 기울였다.

그들은 늦은 밤까지 대화를 나누었다. 셀레나는 운동복 바지에 대학교 티셔츠 차림이었다. 윌은 벽난로에 불을 피웠고, 셀레나는 불을 쬐며 그레이엄에 대해 많은 불만을 토로했다. 아이들이 태어난 후로 얼마나 고된 나날을 보내왔는지. 하지만 모든 디테일을 털어놓지는 않았다. 그들은 제네바에 대해서도 의견을 나누었다. 그녀에게 무슨 일이 생겼을지. 기차에서 만난 여자도 화제에 올랐다. 어스레한 거실에서 윌과 함께 마신 와인이 잔뜩 경직됐던 셀레나의 긴장을 풀어주었다.

"이런 상황 자체는 유감이지만," 윌이 말했다. "이렇게 너랑 밤을 보낼 수 있게 돼서 행복해. 나란히 앉아 도란도란 대화를 나누던 시절이 너무 그리웠어. 너도 마찬가지고. 우리 정말 오랜만이지?"

셀레나는 순간 할 말을 잊고 말았다. 나도 윌이 그리웠나? 가끔은 그랬지. 그랬던 것 같아. 만약 우리가 헤어지지 않았다면 지금쯤 어떤 삶을 살고 있을지 상상도 해봤고. 하지만 어떻게 인생이 뜻하는 대로만 술술 풀리겠어? 당장 한 치 앞도 내다볼 수가 없는데.

"아무 말 하지 않아도 돼." 윌이 말했다. "이해해. 단순히 생각할 문제가 아니잖아."

"네게 상처를 준 거, 미안하게 생각해." 셀레나가 말했다. "그 부분에 대해선 늘 죄책감을 느끼고 있었어."

윌이 어깨를 으쓱였다. "원래 사랑은 번개 같은 거야. 운명은 거스를 수 없잖아. 가끔 사랑할 상대와 이유를 우리가 선택할 수 없을 때가 있어. 그렇다고 마음에 없는 사람을 억지로 사랑할 수도 없는 일이고."

난 널 사랑해. 그녀는 그렇게 말하고 싶었다. 난 널 사랑했었어. 그땐 사랑이 뭔지 몰랐을 뿐이라고. 하지만 그녀는 끝내 입을 열지 않았다. 그저 벽난로 안 장작만을 빤히 응시할 뿐이었다. "벨라는? 그녀도 번개였어?"

월이 살짝 미소를 지어 보였다. "벨라? 우린 깊이 사귄 친구였어. 단지 우정을 사랑으로 착각했을 뿐이야."

"그 정도 애정도 없으면서 결혼을 감행하는 사람들이 적지 않아."

그건 누구보다도 셀레나가 잘 알고 있었다.

"그래." 월이 말했다. "하지만 결혼생활은 그 정도 애정만 갖고선 버티기 힘들어. 반드시 뜨거운 열정을 품고 있어야만 해. 그 열정이 식고 우정만 남게 돼도 괜찮아. 하지만 애초에 애정 없이 결혼한 거라면, 그건 문제가 다르지. 게다가…… 너도 알잖아. 그 사람, 여자를 더 좋아했다는 거. 벨라는 원래 그런 성향이었어. 뒤늦게나마 그걸 깨닫고 행복을 찾아 떠난 거야."

"미안." 셀레나가 길게 한숨을 내쉬며 말했다. "믿었던 도끼에 발등 찍히는 기분, 잘 알아."

"하긴."

월은 그녀에게 긴 소파를 내어주고 자기는 맞은편 큰 의자에 앉아있었다. 실내에서는 당장이라도 큰 실수가 벌어질 것만 같은 묘한 기류가 감지됐다. 그건 전혀 어려운 일이 아니었다. 하지만 차마 그

럴 수 없었다. 셀레나는 가정에 충실했고, 윌 또한 마찬가지였다. 그
레이엄이 무슨 짓을 했든, 셀레나는 맞바람을 피울 마음이 없었다.

한동안의 침묵 끝에 윌이 자리에서 일어났다. "침대에 새 시트를
깔아줄게." 그가 말했다. "난 소파에서 자면 돼."

"내가 소파에서 잘게."

"말도 안 돼." 윌이 말했다. "고집부리지 마."

윌이 거실에서 잠이 든 후 침대에 몸을 눕힌 셀레나는 그레이엄
의 전화를 받지 않았다. 그레이엄은 새벽 3시가 다 되도록 문자 메시
지를 끈질기게 보내왔다.

제발 집으로 돌아와. 정말 미안해.

당분간 나만의 시간이 필요해, 그레이엄. 인간적으로 그 정도는 내줘야 하
잖아.

날 용서해줄 수 있겠어?

그게 가능할까? 내가 그를 용서할 수 있을까? 그녀는 아직 그 답
을 몰랐다.

"파울로 할아버지가 아침 먹으라고 불러요." 올리버가 말했다.

"그래." 셀레나가 말했다. "학교 다녀와서 또 통화하자. 사랑해."

"나도요."

"아무 걱정하지 마." 그녀가 말했다. 부모들의 단골 멘트였다. "다 잘 해결될 거야."

아이는 무거운 침묵에 빠졌다. 올리버는 무언가 할 말이 있는 듯했다. 셀레나는 아이가 먼저 입을 열 때까지 기다렸다.

"엄마, 엄마가 먼저 끊어요."

"사랑해." 그녀가 다시 말했다. "스티븐에게도 엄마가 사랑한다고 전해줘."

"사랑해요, 엄마."

전화를 끊는 셀레나의 마음이 한없이 무거웠다. 어쩌다가 우리 가족이 이 지경에 빠지게 됐을까? 불과 1년 전만 해도 거의 완벽에 가까운 삶을 살고 있었는데. 그녀는 온 가족이 그레이엄 문제를 무난히 극복해냈다고 생각했었다. 그녀는 집에서 아이들을 챙겼고, 남편은 행복한 직장 생활을 이어나가고 있었다.

이 또한 지나가리라. 좋았던 시간도.

그녀의 휴대폰이 경쾌하게 울어댔다. 그레이엄.

윌이랑 함께 보낸 밤이 어땠어? 옛날 기분 그대로야?

그는 거실 소파에서 잤어.

정말?

난 지금껏 바람을 피워본 적이 없어. 지금 와서 그걸 시작해보고 싶은 마

음도 없고.

나도 알아. 미안해. 당신이 전활 받지 않아서 불안해졌어. 제발 날 용서해 줘. 우리 다시 예전처럼 잘 지낼 수 있을까?

답을 알 수 없는 또 다른 질문이 던져졌다.

셀레나는 새 출발에 임하는 자신의 모습을 머릿속에 그려보았다. 집을 팔고 맨해튼으로 돌아가 미지의 미래로 뛰어드는…… 문득 올리버와 스티븐이 떠올랐다. 아이들의 행복에 드리워질 먹구름. 그녀는 어머니였다. 아이들을 위해 그 어떤 고난과 참담한 굴욕도 견뎌내야 했다. 연기로라도 행복한 척해야만 했다.

그녀의 휴대폰이 다시 울렸다. 이번에도 그레이엄이었다.

오, 젠장.

왜?

형사들이 왔어.

또 무슨 꿍꿍이지? 만약 그의 잔머리라면 그녀에게 제대로 먹힌 셈이었다. 다급하게 걸어본 전화는 곧장 음성 사서함으로 넘어가 버렸다. 그녀의 목은 바짝 타들어 갔고, 속은 울렁거렸다.

형사들이 이 시간에 무슨 일로 찾아왔을까?

셀레나는 휴대폰을 내려놓고 아름답게 꾸며진 윌의 주방으로 나갔다. 중고 폭스바겐만큼이나 값이 나갈 번쩍이는 기계에서는 이미 커피가 내려지고 있었다. 그녀는 리모컨을 집어 들고 텔레비전을 켰다. 순간 그녀의 눈앞에서 세상이 핑핑 돌기 시작했다.

화면에는 제네바의 사진이 떠올라있었다. 금발 머리를 휘날리며 환히 웃고 있는 모습. 예쁘장한 얼굴 바로 아래에는 불길해 보이는 새빨간 글자가 붙어있었다. 실종 보모.

"25세 제네바 마크슨은 어제 일터에 나타나지 않았습니다. 그녀의 언니는 이미 주말에 실종신고를 해놓은 상태였습니다." 머리 손질에 굉장히 공을 들인 듯한 늘씬한 뉴스 진행자가 말했다. "지난 월요일 경찰은 고용주가 사는 부유한 동네에서 그녀의 차를 발견했습니다. 강력 범죄의 징후와 행방에 대한 단서는 아직 없는 것으로 알려졌습니다. 경찰은 현재 두 남성이 소환돼 심문을 받고 있다고 밝혔습니다. 만약 이 여성의 행방을 아신다면 화면에 적힌 경찰 핫라인으로 제보해주시기 바랍니다."

윌이 셀레나의 뒤로 다가와 섰다. "오, 빌어먹을. 누군가가 언론에 제보한 모양이야."

"집에 형사들이 와있대." 숨이 턱 막혀버린 그녀가 간신히 말했다. "그레이엄이 방금 문자를 보내왔어."

"내가 가볼게."

윌의 말이 끝나기가 무섭게 셀레나는 의식을 잃고 대리석으로 된 조리대에 머리를 부딪쳤다. 그리고 타일이 깔린 바닥 위에 그대로 고꾸라져버렸다.

2부

우리의 모든 작은 거짓말들

"세 사람이 비밀을 지키려면

그중 두 명이 죽어야 한다."

- 벤저민 프랭클린, 가난한 리처드의 연감

25

셀레나

'병약함'이라는 단어가 절로 연상되는 오후 중반의 빛이 있었다. 어릴 적 몸이 아파 결석했을 때 침실의 가볍고 투명한 분홍색 커튼으로 스며들었던 은은한 장밋빛 햇살 같은. 집 안은 쥐 죽은 듯 고요했다. 셀레나는 주방에서 엄마가 바스락대는 소리를 똑똑히 들을 수 있었다. 아빠는 출근한 후였고, 언니는 학교에 있었다. 오묘한 햇살 속에서 시간은 그 흐름이 느려진 듯했다.

오늘, 집 거실로 스며든 햇살은 잔인하리만큼 강렬한 순백색을 띠고 있었다. 왠지 쬐고 있으면 병에 걸릴 것만 같은. 바깥세상은 차분히 기다리는 중이었다. 씩씩대며 기회를 노리는 문밖의 늑대.

제네바는 공식적으로 실종됐다. 그레이엄과 그녀의 전 고용주 에릭 터커는 경찰에 불려 가 심문을 받았다.

셀레나는 크로 형사와 마주 앉아있었다. 그의 머리는 산발이고 양복은 심하게 구겨져 있었다. 눈에는 자줏빛 피로가 잔뜩 묻어있었다. 셀레나는 정신이 몽롱한 상태였다. 머릿속이 심하게 욱신거렸다. 의식을 잃으면서 부딪친 뒤통수에는 얼음주머니가 얹어져 있었다.

누구 짓이지? 크게 잘못됐기라도 하면 어쩌지?

남편이 감옥에 갈 수도 있다.

아이들은 영영 아버지를 잃게 될 것이고.

정신 차려. 셀레나는 마음을 다잡았다. *이럴 때일수록 침착해야 해.*

한 시가 다 돼가고 있었다. 곧 셀레나의 엄마가 아이들을 데리러 학교로 향하게 될 것이다. 그녀는 올리버에게 방과 후 답을 들려주겠노라고 약속했다. 하지만 그녀에게는 아직 답이 없었다. 질문은 계속 쌓여만 가는데.

제네바는 어디 있지?

그레이엄이 대체 무슨 짓을 한 거지?

앞으로 아이들은 어떻게 되는 거지?

셀레나는 온몸이 덜덜 떨리기 시작했다. 그녀는 다른 한 손으로 소파를 짚고 있었다. 크로 형사에게 잔뜩 겁먹은 모습을 보이고 싶지 않았기 때문이었다.

크로 형사는 많은 질문을 쏟아냈다. 셀레나는 그것들에 섣불리 답변해서는 안 된다는 걸 알고 있었다. 하지만 왠지 강직함이 느껴지는 그에게는 모든 걸 털어놓아도 안전할 것만 같았다. 크로 형사는 몸을 앞으로 기울인 채 흐트러짐 없는 시선으로 그녀를 응시하고 있었다. 그와 함께 있으니 묘하게 위안이 되는 느낌이었다.

"제네바 마크슨과 남편분의 부적절한 관계를 언제 처음 눈치채셨습니까?" 그가 부드러운 톤으로 물었다.

지금 와서 거짓말로 둘러댈 이유가 없었다. 경찰은 이미 모든 걸 알고 있을 테니까.

앞 테이블에 놓인 종이에는 그레이엄과 제네바 사이에서 오고 간 문자 메시지가 고스란히 담겨있었다. 그리고 그 내용은 언론으로 흘러 들어갔다. 그건 또 누구의 짓일까?

그레이엄: 내가 너무 무리했나 봐요. 아직도 몸이 얼얼해요.

제네바: 내 입 안에서도 아직 당신 맛이 느껴져요.

맙소사. 속에서 욕지기가 났다. 형사가 출력해온 건 두 장 분량의 대화 내용이었다. 셀레나는 메스꺼움을 간신히 참고 그 내용을 대충 훑어보았다.

"일주일 전쯤이었어요." 셀레나가 말했다. 그녀는 폭신한 플러시 소파에 몸을 기댔다. "내니 캠을 보고 알았죠."

"그럼…… 부인께서 거짓말을 하신 거군요." 크로 형사가 짜증 섞인 톤으로 말했다. 그에게 그녀는 난지 또 한 명의 거짓말쟁이에 불과할 뿐이었다. 무수한 거짓말쟁이 중 하나.

"그래요." 셀레나가 고개를 끄덕이며 말했다.

그녀는 그 부분에 대해 사과를 하려다 이내 생각을 바꾸었다. 내가 왜 그래야 하지? 남편이 보모와 바람을 피우고, 보모가 실종됐는데 왜 내가 사과해야 하지?

대체 그레이엄과 제네바의 역겹고 지저분한 대화 내용이 어떻게 언론으로 흘러 들어가게 됐지? 제네바의 통화기록을 살펴본 경찰만이 알고 있어야 하는데.

아무튼 난 사과할 게 하나도 없어. 남편의 수치스러운 행실로부터 아이들을, 내 인생을 보호하려 했을 뿐이라고.

"왜 그러셨습니까?" 크로 형사가 물었다. "왜 제게 거짓말을 하셨습니까?"

"음." 셀레나가 마치 골똘히 생각에 잠긴 듯, 한 손을 턱에 가져가 대고 말했다. "모르겠어요. 수치심 때문이 아니었을까요? 두렵기도 했고요. 이 모든 게 오해에서 비롯됐다는 게 밝혀질 거라는 간절한 희망 때문이기도 했어요. 일단 부정부터 하고 싶었는지도 모르죠."

"그렇군요." 크로가 한 손을 들어 보이며 말했다. "이해합니다. 정말로요."

그는 파트너 없이 혼자 찾아왔다. 보나 마나 그의 파트너는 그레이엄을 한창 갈궈대는 중일 것이다. 경찰서로 달려간 월은 그레이엄의 곁을 지키고 있었다. 경찰 드라마를 숱하게 봐온 그녀는 경찰이 의도적으로 그레이엄과 자신을 서로에게서 떼어놓았음을 알고 있었다. 경찰은 변호사가 집에 취약하게 홀로 남은 그녀 대신 더 시급한 그레이엄을 먼저 챙기도록 유도한 것이었다.

셀레나는 크로 형사가 나타났을 때 그냥 돌려보냈어야 했다. 그게 옳고 현명한 대처법이었을 것이다. 변호사 없인 아무 말도 할 수 없어요. 그렇게 단호히 나갔어야 했다. 하지만 그러지 못했다. 그 탓에 이렇듯 곤란한 상황에 빠지게 됐고.

인터넷으로 두 사람의 대화 내용을 확인하지만 않았어도, 트위터와 레딧에 올라온 댓글들을 일일이 찾아 읽지만 않았어도 그녀는 지금처럼 난처하지는 않았을 것이다. 솔직히 그녀는 현관에 선 크로 형사를 본 순간 기뻤다. 그가 답을 찾아 헤매는 정직한 사람이라는 생각이 들어서였다. 바로 그녀 자신처럼.

"이제부터 진실만 말씀해주실 수 있습니까?" 크로 형사가 물었다.

진실. 모호한 개념.

"좋아요."

"두 사람이 이런 내용의 문자를 주고받아온 사실을 알고 계셨습니까?"

"몰랐어요." 순간 셀레나의 목과 볼이 화끈 달아올랐다.

제네바의 실종에 역겹고 지저분하고 수치스러운 디테일이 더해진 것이었다. 그들 대화에는 폭력적인 표현도 포함돼 있었다. 신체 결박과 처벌에 대한 위협.

당신이 비명을 지를 때까지 때려주고 싶어요.

당신을 꽁꽁 묶어놓고 뒤에서 들이댈 거예요.

정말? 그레이엄의 성향이 그런 쪽이었다고? 상상치도 못했던 내용이었다. 그뿐 아니라 제네바와 에릭 터커의 부정한 관계 역시 이번에 함께 폭로됐다. 공개된 그들의 대화 내용 역시 극도로 불쾌하기는 마찬가지였다.

트위터에서는 벌써 이런 해시태그가 퍼지고 있었다. #응큼한보모.

셀레나의 휴대폰은 몇 분에 한 번씩 울어댔다. 그럴 때마다 그녀는 어머니나 학교가 아닌지 일일이 체크했다. 마지막 문자 메시지는 베스가 보내온 것이었다. **지금 너희 집으로 가고 있어.**

우리 집. 벽돌로 지어졌다고 굳게 믿었지만 알고 보니 짚으로 지어진 바로 내 집.

그레이엄과 다른 이들 사이의 대화 내용도 정리돼 있었다. 경찰이 그의 휴대폰까지 열어본 모양이었다. 역시 역겨운 내용이었다. 그레이엄의 이미지에 전혀 어울리지 않는, 그의 입에서 나왔다고는 도저히 믿어지지 않는 내용. 그것 역시 폭력적이고 침울하기는 마찬가지였다. 몇 배 더 당황스러웠고.

난 당신이 누군지 알고 있어. 당신이 무슨 짓을 저질렀는지도 알고.

확실히 대가를 치르게 해주지. 약속해.

셀레나는 그들이 그레이엄의 휴대폰을 압수했을 거라 확신했다. 하지만 그 절차가 어떻게 진행되는지는 몰랐다. 그들이 내 휴대폰도 압수할까? 그들이 수색영장 없이 나타나도 순순히 휴대폰을 내줘야 하나?

크로 형사가 턱으로 테이블에 놓인 인쇄물을 가리켰다. 셀레나는 갑자기 불안해졌다. 그를 집 안으로 들이는 게 아니었는데. 윌이 올 때까지 기다렸어야 했는데. 그건 또 다른 실수였다.

"이게 누군지 짚이는 사람 없습니까?" 크로 형사가 물었다. "이 사람은 대체 뭘 목격했기에 이토록 협박을 늘어놓았을까요? 그레이엄이 뭘 잘못했기에 대가를 톡톡히 치르게 해주겠노라고 협박했을까요?"

놀랍게도 그녀의 일부는 아직도 경찰에게 거짓말을 하고 싶어 했다. *나였어요.* 셀레나는 그렇게 말하고 싶었다. *그냥 부부끼리 역할 놀이를 했던 것뿐이었어요.*

아이들 아버지를 보호하는 것이 바로 아이들을 보호하기 위한 길이었다.

하지만 무엇보다도 자신을 보호하기 위함이었다. 오랫동안 관리해온 자신의 이미지를. 남의 눈에 셀레나는 좋은 엄마였고, 멋진 남편을 둔 행복한 아내였으며, 성공한 커리어우먼이었다. 겸손하고, 너그럽고. 그 누구보다도 인스타그램에 잘 어울리는 완벽한 여자. 언니보다도, 친구들보다도.

셀레나는 목구멍 안에서 걸쭉한 굴욕의 맛을 느꼈다.

두려움이 귓속에서 연신 울어댔다.

"머피 부인."

"몰라요." 셀레나가 신경질적으로 대꾸했다. "그걸 내가 어떻게 알겠어요?"

"예전에도 남편분이 바람을 피운 적이 있었습니까?"

"네." 그녀가 대답했다. 셀레나는 자신의 결혼반지를 물끄러미 내려다보았다. 백금 띠에 얹은 큼지막한 다이아몬드.

"여러 차례 그랬나요?" 크로가 여전히 부드러운 톤으로 물었다.

셀레나는 그간의 사건들을 차례로 읊어나가기 시작했다. 남편이 그냥 장난이었을 뿐이라고 항변했던 전 여자 친구와의 섹스팅. 전문가 상담. 그리고 라스베이거스 사건.

크로가 수첩을 꺼내 들춰보았다. "스트리퍼." 그가 말했다. "폭행 사건이었죠?"

"네."

"남편분은 스트리퍼에게 랩 댄스(누드 댄서가 관객의 무릎에 앉아 추는 선정적인 춤)를 주문했고, 그녀가 거부하자 폭력을 썼습니다. 결국 스트립 클럽 기도들과 주먹다짐으로까지 번지게 됐고요." 그가 말했다.

"맞아요." 그녀가 바짝 긴장한 상태로 말했다. 그 사건에 관해 아는 사람은 어머니뿐이었다. 어쩌면 언니도 알고 있는지 몰랐다. 그녀의 등 뒤에서 모녀가 신나게 비밀을 공유했는지도.

"그 후로도 계속 상담을 받으셨겠군요." 크로 형사가 말했다.

셀레나는 고개를 들고 그를 쳐다보았다. 예상과 달리 그의 얼굴에는 조롱이나 비난의 표정 대신 다정함과 연민의 표정이 떠올라있었다.

"제 아내도," 그가 말했다. "두어 번 바람을 피운 적이 있었어요. 그런 아내를 지켜보다가 깨달았죠. 그 사람이 평생 그 버릇을 못 고칠 거란 사실을요. 내가 남편 노릇을 못 해서가 아니라 그 사람 천성이 그렇다는 사실을."

그제야 셀레나는 형사의 손에 결혼반지가 끼워져 있지 않음을 알아차렸다.

"유감이에요." 셀레나가 말했다.

크로는 고개를 끄덕였다. "저도 마찬가집니다."

밖에서 누군가의 목소리가 들려오는가 싶더니만 이내 다시 잠잠해졌다. 기자들이 몰려오진 않을까? 셀레나는 문득 궁금해졌다. 아마도. 그게 자연스러운 수순이잖아. 뉴스 차량, 온갖 사진과 이론으로 무장한 트루 크라임 블로거들, 끊이지 않는 전화벨 소리, 이메일.

"공무집행 방해입니다. 부인께서 이런 사실들을 진작 털어놓지 않으신 것 말입니다."

셀레나는 한동안 대꾸가 없었다. "그게 이 사건과 아무 상관이 없다고 생각했어요. 정말로요."

크로가 고개를 끄덕였다. "그러셨군요. 그 일들과 이번 일이 서로 무관하다고 판단하셨을 수도 있었겠습니다. 아무래도 섹스팅과 라스베이거스 스트리퍼는 부인께 추상적으로만 와닿았을 테니까요. 부인의 삶에서 멀리 동떨어진 사건으로 말입니다. 그것들이 제네바의 실종과 어떻게든 관련이 있다고 믿고 싶지 않으셨을 겁니다."

그의 말이 셀레나에게 묘한 불안감을 안겨주었다. 그녀는 남편이 젊은 여자를 해쳤다고 믿고 싶지 않았다. 하지만 그는 이미 과거에 한 여자를 해친 전과가 있었다.

"남편분 직장은요?"

순간 셀레나의 가슴이 철렁 내려앉았다.

그럴 줄 알았어. 회사에서 잘린 이유를 제대로 털어놓지 못할 때부터 짐작했다고. 그의 보스이자 그들의 친구인 제이든은 지금까지도 그녀의 전화에 응답하지 않고 있었다. 그가 보내온 마지막 이메일은 충분히 다정다감한 톤이었지만 내용은 너무도 빈약했다. **그러지 않**

아도 소식 궁금했어요! 너무 바빠서 연락할 겨를이 없었네요. 날씨 좀 풀리면 우리 만나서 얘기해요. 어때요?

누가 봐도 어색한 연기였다.

하지만 셀레나는 자신의 본능을 외면했었다. 깊이 알고 싶지 않았기 때문이었다.

그런 점에서 그녀는 어머니를 쏙 빼닮았다.

"그건 왜 물으시죠?" 셀레나가 나지막이 물었다.

"남편분 소속 부서의 한 여직원과 문제가 좀 있었던 모양입니다."

셀레나는 말없이 고개만 저었다.

"모르셨나 보군요."

그녀가 또다시 고개를 저었다. 울고 싶지 않았다. 한 번 울음보가 터지면 영영 멈출 수 없을 것만 같았다.

"자꾸 추근대서 거부 의사를 분명히 밝혔더니 남편분이 공격적이고 위협적인 태도를 보이셨답니다."

또다시 찾아든 변호 본능. 그 여자 주장을 곧이곧대로 믿을 순 없잖아. 요즘 직장에서 가짜 미투의 덫에 빠지는 억울한 남자들이 많다면서? 하지만 이번만큼은 남편의 편에 서고 싶지 않았다. 더 이상 남자의 불량한 행실을 눈감아주는 여자가 되고 싶지 않았다.

그는 정체가 뭘까? 내 남편은 대체 어떤 사람일까?

셀레나는 라스베이거스 스트리퍼의 멍든 얼굴을 생생히 기억하고 있었다. 멍든 눈, 통통 부어오른 자주색 입. 그레이엄은 랩 댄스 그 이상을 원했고, 그 여자는 요청을 거절했다. 그래서 그는 그 여자를 두들겨 팼다. 남편은 그런 사람이었다. 반박의 여지가 없었다. 그조차도 부인하려 들지 않았다. 셀레나는 남편을 챙기러 황급히 라스베이거스로 날아갔었다. 술에 취해 난동을 부린 혐의로 체포된 그는 벌금을 내고 풀려났다. 다음날, 그들은 함께 집으로 돌아왔다.

하지만 셀레나의 머릿속에는 그 여자에 대한 기억이 고스란히 남아있었다. 단지 그가 원하는 걸 내주지 않았다는 이유로 부당하게 고통받은 여자. 젖먹이 아들과 아내는 머나먼 집에서 그를 기다리다 잠에 빠져들었는데.

대체 어떻게 돼먹은 사람이지? 난 왜 지금껏 그런 사람의 곁을 미련하게 지켜온 거지? 잠재의식 속 깊숙한 곳에 저장된 그 불쾌한 기억은 화가 나거나 어두운 침실 안을 빙빙 맴도는 근심과 두려움에 사로잡혀 불면의 밤을 보낼 때마다 수면으로 올라오곤 했다.

"부인께도 폭력을 쓴 적이 있습니까?"

"아뇨." 셀레나가 잽싸게 대답했다. "그런 적은 단 한 번도 없었어요."

크로 형사가 그녀의 멍든 눈을 가리켰다. 고꾸라지는 과정에서 머리를 부딪쳐 얻게 된 상처였다.

"의식을 잃고 쓰러지면서 머리를 부딪친 거예요."

그들은 잠시 서로를 빤히 응시했다. 그의 깊고 까만 눈이 그녀를 면밀하게 살펴나갔다.

"부인." 크로 형사가 말했다. "더 알고 계신 게 있거나 제네바에게 무슨 일이 벌어졌는지 짚이는 데가 있으면 알려주십시오. 바로 지금이 그녀를 도울 수 있는 마지막 기회입니다. 당연히 가족부터 챙기고 싶으시겠죠. 하지만 지금은 한 여자가 실종된 시급하고 절박한 상황입니다."

셀레나가 고개를 저었다. "내 남편은 불륜을 저질렀어요. 내게 거짓말도 했고요. 이것으로 우리 결혼생활은 깨진 거나 다름없어요. 하지만 난 그가 누굴 해칠 사람이 아니란 걸 알아요."

크로가 한쪽 눈썹을 추켜세웠다가 다시 입을 열고 부드럽게 말했다.

"어떻게 그렇게 말씀하실 수 있죠? 그에게 폭행당한 피해자가 있는데도 발뺌하시겠습니까?"

"술에 취해 실수로 폭력을 행사한 것과 납치와 살인 같은 강력 범죄가 어떻게 같을 수 있죠?"

셀레나는 어느새 남편의 옹호자가 돼버린 자신이 못마땅했다. 하지만 다른 건 사실이지 않은가. "사건의 성격 자체가 서로 다르잖아요, 안 그래요?"

맙소사. 내가 들어봐도 딱하고 한심하네. 크로의 표정은 그녀가 모른 척하고 싶어 하는 그녀의 심리를 고스란히 반영하고 있었다.

"원래 폭력은 심화하는 겁니다, 머피 부인." 크로가 말했다. "폭력적인 남자들은 예외 없이 더 폭력적으로 돼 가기 마련이에요. 실직이나 가정불화 같은 스트레스 요인들이 점점 쌓이다 보면 잠들어있던 그런 성향이 깨어나는 법입니다."

그런 성향.

공포와 패닉에 셀레나의 호흡이 가빠졌다. 모든 게 그녀의 손아귀에서 새어나가 버렸다. 그녀는 너덜너덜해진 인생의 끝자락을 향해 손을 뻗어보았지만 끝내 붙잡는 데는 실패하고 말았다.

"제네바는 그레이엄과만 바람을 피운 게 아니에요." 셀레나가 발악하듯 말했다. "에릭 터커는 어쩌고요? 그는 왜 용의자가 아니죠?"

지금은 남이 곤경에 빠지는 걸 걱정할 때가 아니었다. 형사는 말 없이 자신의 수첩만 들여다볼 뿐이었다.

"혹시 호숫가 별장이나 사냥용 오두막을 소유하고 있진 않습니까?"

"그런 건 없어요."

혹시 내가 모르는 그의 아지트가 있을까? 그의 친구 숀은 애디론댁 산에 별장이 있다고 했는데. 얼마나 외진 곳이지? 그레이엄이 마음껏 드나들 수 있는 곳일까? 크로는 수첩에 무언가를 휘갈겨 적기 시작했다.

"그건 왜 물으시죠?"

크로가 고개를 갸우뚱했다. "한 여자가 실종됐지 않았습니까, 머피 부인. 남편분이 그녀를 억류해뒀을 만한 장소가 있는지 궁금해서 여쭌 겁니다."

또 한 번의 치명타. 셀레나가 다시 미지근해진 얼음주머니를 집어 들었다. 머릿속 욱신거림은 점점 강도를 더해갔다. 그대로 실신해버리고 싶었다. 이 악몽으로부터 헤어날 방법은 그것뿐이었다.

"제네바가 남편분과 바람을 피워온 사실을 일주일 전에 진작 아셨으면서 왜 신속히 해고하지 않으셨습니까?"

좋은 질문이었다. 그녀의 머릿속에 들어가 사는 사람이 아니라면 친절히 설명을 해줘도 이해하지 못할 것이다. 어쨌든 제네바는 해고되기 직전에 알아서 사라져주었다.

"좋은 보모 찾는 게 쉽지 않아서요." 셀레나가 말했다.

크로가 그녀를 빤히 쳐다보았다. 소파에 앉은 그녀의 몸이 축 늘어졌다.

"모르겠어요." 그녀가 나지막이 말했다. 그건 사실이었다. "일단 부정부터 하고 싶었어요. 온몸이 마비된 기분이었죠. 당장 뭘 해야 하는지 몰라 난처했고요. 그레이엄이 해고된 후 전 아이들을 위해 다시 돈을 벌러 나가야 했어요. 거듭 말씀드리지만, 제네바는 정말 괜찮은 보모였어요. 마음 놓고 아이들을 맡길 수 있었죠. 남편보다 훨씬 더 믿음이 갔어요. 어쨌든 너무 경황이 없어서 신속히 조치할 수 없었어요."

셀레나는 크로가 이해해줄 거라 기대하지 않았다. 그녀조차도 이해할 수 없기는 마찬가지였다. 그녀는 자신의 삶이 처참히 무너지는 게 한없이 두려운 겁쟁이일 뿐이었다.

그녀의 휴대폰은 아직도 정신없이 울어대고 있었다.

"마지막으로 아내의 불륜을 눈치챘을 때," 크로가 말했다. "전 이미 해탈의 경지에 올라선 상태였습니다. 신뢰가 무너진 지 오래인데 왜 갈라서지 않는지 저조차도 이해가 되지 않았어요. 더 이상 가망이 없음을 알면서도 저흰 계속 아무렇지도 않은 척 연기를 이어갔습니다. 같이 넷플릭스도 보고, 외식도 다니고. 저희에겐 아이가 없어요. 다행히 자식 문제로 골머리를 썩일 필요가 없었죠."

셀레나가 고개를 끄덕였다. 그럼 내 입장과 처지를 십분 이해하겠네.

"하지만 화가 나더군요." 크로가 말했다. "속에서 격노가 끓어올랐습니다. 아내와 그녀의 내연남에 대해 별의별 나쁜 생각을 다 해봤죠."

셀레나는 그가 무슨 말을 하려는지 짐작이 됐다. 그녀는 그에게서 조금이라도 더 떨어지고 싶은 마음에 쿠션들 속으로 깊숙이 파고들었다.

"제네바를 해치고 싶다는 생각을 해보셨습니까?" 셀레나가 아무 말이 없자 크로가 물었다.

충분히 예상이 가능했던 질문임에도 셀레나는 당혹감을 감추지 못했다.

"지금 농담하시는 거죠?"

그들 사이 테이블에는 폴더 하나가 놓여있었다. 출력된 문자 메시지가 담겨있었던 바로 그 폴더였다. 그는 그 안에서 사진 몇 장을 꺼내 그녀에게 건넸다. 그녀는 집 앞 골목 풍경이 흐릿하게 담긴 사진들을 차례로 훑어보았다. 어안 렌즈로 촬영된 것이었다. 이웃집 현관 카메라의 작품인 듯했다. 사진은 집을 나선 제네바가 골목을 건너 자신의 차로 향하는 과정을 고스란히 담고 있었다.

사진 속 10대 소녀처럼 작고 앳되어 보였다. 어깨는 잔뜩 움츠린 상태였고 딱딱하게 굳은 얼굴에는 슬픈 표정이 떠올라있었다. 집 앞에 선 모습. 이웃집을 지나쳐 걸어 나가는 모습. 자신의 차에 다다른 모습. 마치 무언가를 발견한 듯 멈춰 서서 뒤를 돌아보는 모습. 대부분 이미지는 관목과 나무들에 가려져 있었다. 현관 입구의 상황만을 포착하게끔 디자인된 카메라인 탓이었다. 게다가 촬영 시점이 어스레한 늦은 오후였다는 사실도 문제였다.

마지막 사진에는 골목 한복판에서 불쑥 나타난 두 번째 인물이 포착됐다. 검은 재킷, 야구 모자, 청바지, 부츠. 불길한 기운이 셀레나에게로 스멀스멀 다가오고 있었다. 얼굴은 잘 보이지 않지만 형체의 움직임은 묘하게도 눈에 익었다.

아니야. 그녀는 생각했다. 그럴 리 없어.

"이 사람을 아십니까?"

셀레나는 심하게 요동치는 심장을 애써 달래며 몸을 앞으로 기울였다. 이미지는 형체의 성별조차 구분할 수 없을 만큼 흐릿했다. 두 번째 인물을 정면에서 포착한 다른 사진은 없었다.

그녀는 사진들을 처음부터 다시 훑어나갔다.

"그 이후의 사진은 없습니다. 두 사람이 갑자기 어디론가 사라져 버렸거든요."

"여자…… 인가요?" 셀레나가 물었다.

"작고 슬림한 체구인 걸 보면 아마도요." 크로가 말했다.

두 손을 주머니에 찔러 넣은 채 자연스럽게 다가온 걸 보면…….

"납치범치곤 너무 느긋해 보이지 않나요? 적어도 이런 태평스러운 태도는 아닌 것 같은데."

"납치라고요?" 크로가 흠칫 놀라며 물었다.

"다들 그렇게 짐작하고 있었던 거 아닌가요? 누군가가 제네바를 납치해갔다고? 그래서 외진 곳에 별장이나 오두막이 있는지 물었던 거잖아요. 제네바가 또 다른 직장 여성의 남편과 달아났을 리도 없고."

"화가 많이 나신 것 같군요." 크로가 말했다.

셀레나는 사진을 테이블에 내려놓았다.

기차에서 만난 여자가 있어요. 셀레나는 하마터면 그렇게 고백할 뻔했다. 우린 많은 얘길 나눴어요. 난 그녀에게 남편에 대해 속속들 이 들려줬어요. 그때 내가 왜 그랬나 모르겠어요. 내 얘길 듣고 나서 그녀가 이런 말을 하더군요. 아직까지도 생생히 기억나는데…… 골 치 아픈 문제가 알아서 해결됐으면 좋겠다고 생각해본 적이 없는지 묻더라고요. 그리고 며칠 후엔 뜬금없이 문자를 보내왔어요. 난 그녈 만나러 갔고…… 나도 내가 왜 그랬는지 몰라요. 그녀가 나에 대해 너무 많은 걸 알고 있어서 그랬나 봐요. 그녀는 자신을 "고민 해결사" 라고 불렀어요.

사진 속 인물이 그녀일까요?

하지만 셀레나는 끝내 형사에게 그 사실을 털어놓지 않았다.

왜냐하면…… 너무나도 수상했으니까. 만날 때마다 어두운 암류 가 흘렀으니까. 기차에서도, 술집에서도. 마사와의 암묵적인 약속도 있었고. 나도 입을 열지 않을 테니 너도 아무 말 말라고. 더 이상 감출 비밀도 없었지만. 불륜, 실종, 그리고 제네바의 산산이 부서진 삶은 뉴스에서 신나게 물어뜯기게 될 것이 분명했다. 아니, 어쩌면 이미 그런 상황인지도 몰랐다. 학교에서도, 테니스 클럽에서도, 축구장에 서도 모두가 외설스럽고 기괴한 그들 얘기로 열을 올릴 것이다. 보모 가 고용주의 남편을 유혹하는 것으로도 모자라 고용주의 인생까지 불살라버린 영화 같은 사건. 모든 게 일하는 엄마이고 싶었던 셀레나 의 소박한 바람 때문에 벌어진 일들이었다.

만약 제네바와 함께 포착된 여자가 마사라면, 그건 어떻게 해석

해야 하지?

"아는 여잡니까?" 크로 형사가 물었다.

셀레나는 몸을 좀 더 앞으로 기울여보았지만 사진 속 얼굴은 여전히 알아볼 수 없었다. 왜소한 청년일 수도, 덩치 큰 10대 아이일 수도 있었다. 조깅으로 단련된 엘리자 터커는 자그맣고 탄탄한 체구의 소유자였다. 그녀도 분명 제네바에게 원한을 품고 있을 것이다. 하지만 두 아이의 어머니인 프레피한 분위기의 그녀가 골목 한복판에서 제네바와 한탕 벌였을 가능성은 희박했다.

"아뇨." 셀레나가 말했다. "모르는 사람이에요."

"제네바가 누굴 언급하거나 하진 않았었나요? 자길 괴롭히거나 스토킹하는 사람 말입니다."

크로는 예전에도 같은 질문을 던진 적이 있었다. "아뇨. 하지만 고용주들과 잠자리를 같이 한 후 그들을 협박하는 취미를 가졌으니 그녈 곱지 않게 바라보는 사람들도 분명 있지 않을까요?"

셀레나의 휴대폰이 다시 울어대기 시작했다. 엄마의 전화였다. 형사는 받아도 좋다고 고개를 끄덕였다.

"엄마." 셀레나가 휴대폰에 대고 말했다.

"나예요." 올리버가 뿌루퉁하고 지친 목소리로 말했다.

"안녕, 아들." 셀레나가 참았던 숨을 내쉬며 말했다. "오늘 학교는 어땠니?"

"학교 다녀오면 답을 들려준다고 했잖아요. 오늘은 집에 가도 되죠?"

"엄마가 이따 전화할게. 아니, 금방 갈 테니까 거기서 조금만 기다려주겠니?"

아이가 툴툴거리자 그녀가 말했다. "사랑해, 올리버. 조금만 기다려줘. 알았지?"

셀레나는 죄책감을 느끼며 전화를 끊었다. 문자 메시지가 몇 개 더 도착했지만 휴대폰을 주머니에 쑤셔 넣었다. 그녀는 엄마와 아이들 전화 외에는 일절 응답하지 않기로 했다.

"아시다시피 제네바 마크슨이 에릭 터커를 협박해온 것으로 추정되고 있습니다." 크로 형사가 딴 데 정신이 팔려있는 셀레나에게 말했다. "그는 입막음용으로 제네바에게 차를 사줬습니다."

"네." 셀레나도 이미 아는 사실이었다. 하지만 여전히 믿기지가 않았다. 다정하고 성실한 제네바가 알고 보니 이토록 못된 보모였다니.

"부인은 어떻습니까?" 크로 형사가 물었다. "계좌에서 거액이 빠져나가거나 하진 않았나요? 남편분이 최근에 상의도 없이 뭔가를 구매하진 않았습니까?"

셀레나는 하마터면 웃음을 터뜨릴 뻔했다. 경제권은 전적으로 그녀에게 있었다. 예산을 짜고, 조언자를 만나고, 아이들 학자금과 은퇴 자금을 위해 예금을 관리하는 것도 그녀가 할 일이었다. 그레이엄은 그런 일을 귀찮아했다. 그들의 구매 내역은 고스란히 회계 프로그램에 기록됐다. 그녀 엄마는 돈 관리에 철저한 여자가 돼야 한다고 늘 강조했었다.

만약 제네바가 그레이엄을 협박하려 했다면 보기 좋게 실패했을 것이다. "아뇨. 그런 건 없었어요."

"모든 계좌를 직접 관리하시는 모양이군요."

"네." 셀레나가 대답했다. 하지만 그녀는 궁금했다. 남편이 또 어떤 비밀을 감추고 있을지. 또 어떤 말이 거짓으로 판명될지. "하지만 그레이엄에게 내가 모르는 계좌나 카드가 있었는지도 몰라요."

크로는 여전히 부드러운 눈빛으로 그녀를 응시하고 있었다.

"이제 심문이 끝났나요?" 셀레나가 물었다.

"솔직히 말씀드리면," 크로가 말했다. "아직도 부인이 뭔가를 숨기고 있다는 느낌이 들어요."

"형사님도 제게 뭔가를 숨기고 계신 것 같은데요." 셀레나가 이내 받아쳤다.

"그게 바로 부인과 저의 차이입니다." 크로가 말했다. "저는 부인께 모든 걸 털어놓을 의무가 없어요."

셀레나는 폭신한 소파에 파묻혀 영원히 사라져버리고 싶었다.

"저는 제네바를 해치지 않았어요. 보아하니 그렇게 넘겨짚고 계시는 것 같은데." 그녀가 말했다. "지금껏 살아오면서 누굴 괴롭히거나 해친 적이 없어요. 누구에게 무례하게 군 적도 없었고요. 그리고 한 가지 분명한 건 사진 속 인물이 그레이엄이나 제가 아는 사람이 아니라는 사실이에요. 그러니까 제네바의 납치범을 잡고 싶으면 제발 다른 데 가서 알아보세요. 그녀에게 악감정을 가진 사람이 적지 않을 테니까."

크로는 한동안 셀레나를 빤히 쳐다보았다. 셀레나도 그의 시선을 피하지 않았다. 그녀는 문득 자신에 관한 무언가를 기억해냈다. 쉽게 잊어온 중요한 사실을. 그녀는 전사였다. 쉽게 물러나지 않는 타입.

놀이터에서 괴롭힘을 당했을 때도, 대학 시절 못된 것들에게 시달렸을 때도, 그리고 직장에서 뒤통수를 맞았을 때도, 그녀는 피하지 않고 당당히 맞섰다. 마리솔은 울음을 터뜨렸지만 셀레나는 버럭 화를 냈고, 통쾌하게 보복했다. 그녀는 크로 형사가 두렵지 않았다. 크로가 눈을 내리깔더니 자리에서 일어났다.

"이게 끝은 아닙니다, 머피 부인." 그가 말했다. "하지만 오늘은 이 정도만 해두죠. 곧 다시 찾아봬야 하니 멀리 떠나 있진 마십시오."

셀레나는 고개만 끄덕일 뿐 자리에서 일어나지는 않았다. 엿이나 드세요, 형사님. 그녀는 속으로 웅얼거렸다. 크로는 셀레나의 배웅도 받지 못한 채 홀로 원목 바닥을 가로질러 밖으로 나갔다.

셀레나의 주머니 안에서 휴대폰이 진동했다. 그녀는 휴대폰을 꺼내 화면을 들여다보았다.

어젯밤 즐거웠어요.

우리 더 할 얘기가 남지 않았나요?

참, 나 마사예요.

기차에서 만났던.

이제 마사의 메시지는 도발적으로 느껴졌다. 마치 조롱처럼. 순간 셀레나의 등골이 오싹했다. 셀레나의 진실은 언론에 쫙 깔린 상태였고, 어쩌면 마사도 그걸 보고 모든 걸 알게 됐는지 몰랐다. 셀레나가 그레이엄에 관해 거짓말을 했다는 사실마저도. 어차피 경찰을 포함한 모두가 알고 있는 사실 아니던가.

그 이미지들, 골목에서 제네바와 함께 포착된 인물. 마사였나? 7시 45분 열차에서 처음 만났을 때 마사가 뭐라고 했었지?

그 여자가 그냥 사라져줄 수도 있지 않겠어요? 그렇게 되면 마치 아무 일도 없었던 것처럼 일상으로 복귀할 수 있을 텐데.

그 말처럼 제네바는 실종됐다.

나쁜 일은 항상 벌어지니까요.

한 가지는 분명했다. 기차에서 만난 여자는 셀레나로부터 무언가를 원하고 있었다. 대체 그게 뭘까? 정체가 뭐지? 제네바에게 무슨 일이 생겼는지, 그녀는 알고 있을까?

어젯밤엔 자기가 '고민 해결사'라고 했었잖아.

두려움 속에서 희망이 꿈틀대기 시작했다. 대체 누구지? 내게서 뭘 원하는 거지?

셀레나는 답문자를 작성해 그녀에게 보냈다.

26

펄

아이는 자신이 얼마나 오랫동안 잠에 빠져있었는지 알지 못했다. 차를 타고 달려온 지 몇 달이 지난 것 같은 기분이었다. 그들은 오는 길에 차를 두 번 바꾸었다. 지금 그들을 싣고 가는, 퀴퀴한 담배 냄새와 끈적이는 탄산음료 냄새가 한데 뒤섞여 진동하는 차는 낡은 다지 미니밴이었다. 아이는 인디애나폴리스를 떠나는 순간부터 극심한 메스꺼움에 시달려왔다. 펄은 솔틴(윗부분에 소금을 뿌린 짭짤한 크래커)과 진저에일(생강 맛을 첨가한 탄산음료) 외에 다른 음식을 먹은 기억이 전혀 없었다.

펄은 눈을 뜨고 나서도 얌전히 앉아 귀를 기울였다. 아이는 아빠가 입을 열기도 전에 그가 어떤 무드에 젖어있는지 알아맞힐 수 있었다. 호흡 소리만으로 쉽게 확인이 가능했다. 지난 며칠간 그는 불편한 심기를 감추지 못했다. 말수가 적어졌고, 늘 침울한 모습이었다. 신경질도 잘 부렸고. 그들은 '브리짓'이라는 여자 때문에 도망을 다니는 중이었다.

"내가 우리 아버지에 대해 들려준 적 있었니?" 아이가 잠에서 깼다는 걸 감지한 찰리가 물었다.

"조금요." 아이가 말했다. 머리를 부자연스러운 각도로 차 문에 기대고 있던 펄은 그제야 어색한 자세로부터 벗어날 수 있었다. 아이는 뻐근한 어깨를 문지르며 목을 좌우로 꺾어댔다. 아빠가 손을 뻗어 아이의 등에 살며시 얹었다.

"미안하다." 찰리가 말했다. "모든 게 다 미안해."

"괜찮아요." 아이가 말했다.

"지금 가는 곳은," 찰리가 말했다. "우리 집이야. 진정한 우리 집. 거기선 안심하고 지낼 수 있어. 거기서 새로 출발하는 거야."

그들은 동쪽으로 하염없이 달려 이 약속의 땅에 도착했다. 숲속에 드문드문 자리한 예쁘장한 집들. 지금껏 살아본 교외의 조잡한 집들과는 확실히 다른 분위기였다. 아이가 앤이 된 지, 그리고 찰리를 아빠라고 부르게 된 지도 벌써 2년이 지났다. 열여덟 번째 생일을 코앞에 둔 아이는 온라인 코스를 통해 고등학교 졸업장을 땄다. 이젠 어쩔 셈이니? 아빠가 물었다. 거의 성인이 됐는데 무슨 계획이라도 있니? 아이는 대학 진학을 생각 중이라고 했고, 아빠는 그 자체가 엄청난 사기라고 했다. 이미 석박사보다도 똑똑하고 아는 게 많은데 무슨 놈의 대학이냐고.

스텔라는 늘 대학 진학의 중요성을 강조했었다. 문제는 진학 여부가 아니라 학교의 선택이라면서. 펄은 똑똑했고 성적이 좋았으며 근면하기까지 했다. 게다가 학자금 걱정도 없었다. 아빠는 자신의 모든 수익을 아이와 반씩 나누어 가졌다. 아이는 문득 궁금해졌다. 현금이 가득 담긴 가방을 챙겨 학교 회계 담당자를 찾아가면 되는 건가?

그들은 모든 계좌를 해지했다. 돈 관리 문제를 놓고 한참을 고민했던 아빠는 가진 돈 전부를 뒷좌석에 실린 여행가방 두 개에 나눠 담았다.

"아빠의 아빠에 관해 들려줘요." 아이가 말했다. "술주정뱅이에 사기꾼이었다고 했죠? 감옥에서 죽었고."

펄은 그의 사진을 본 적이 있었다. 아빠의 몇 안 되는 소유물 중에는 사진 앨범도 포함돼 있었다. 아이는 그걸 몇 번 들춰보았다. 아이는 특히 아빠의 부모가 결혼식 날, 교회 앞 계단을 나란히 내려오는 사진을 좋아했다. 흩날리는 장미꽃잎, 얼굴마다 머금은 환한 미소. 브라운 스톤으로 지은 브루클린 집 앞에서 촬영된 한 흑백 사진은 아버지의 품에 폭 안겨있는 어린 시절 아빠의 모습을 담고 있었다. 아빠의 얼굴은 그때나 지금이나 다르지 않았다. 커다란 파란 눈과 진지한 표정. 아빠의 아버지는 머리가 벗겨져 가는 중이었고, 애벌레 같은 눈썹을 갖고 있었다. 여위지만 강단 있어 보이는 몸에 흰색 민소매 티셔츠를 걸치고 있었다. 얼굴을 찡그린 채 먼 산을 바라보는 그의 팔뚝에는 흐릿한 문신이 새겨져 있었다. 아빠는 그것이 인어를 새긴 것이라고 설명했다.

다른 사진들도 있었다. 여자들, 몇몇 소녀들. 사진 속에서 여자들은 전부 비슷한 표정을 짓고 있었다. 왠지 모를 불안감에 젖어있는 모습. 큰 눈에 풍만한 몸, 그리고 숱 많은 곱슬머리. 스텔라처럼. 소녀들은 전부 창백한 피부에 호리호리한 체구였다. 한때 길게 내려온 앞머리를 새까맣게 염색하고 다녔던 펄이 그랬던 것처럼.

"다 사실이야." 아빠가 말했다. "난 아버지에게 많은 걸 배웠어."

"아빠한테 맞기도 했죠?" 아이가 말했다. 그 주제가 아빠의 심기를 불편하게 한다는 걸 알면서도. 아이의 열여덟 번째 생일이 다가오면서 아빠는 예민하게 반응하는 모습을 자주 보이기 시작했다. 부녀는 툭하면 옥신각신했다. 아빠는 말수가 눈에 띄게 줄어들었고, 펄은 이따금 그의 심기를 살살 건드리며 반응을 관찰했다. "흉터를 봤어요."

"그게 아버지로부터 배운 최고의 교훈이야." 아빠가 눈 앞 도로에서 시선을 떼지 않은 채 말했다. "그 누구도 함부로 믿어선 안 된다는 가르침. 설령 상대가 내게 무조건적인 사랑을 베풀어야 하는 입장이라 해도."

그들은 어둡고 구불구불한 숲길을 묵묵히 달려 나갔다. 오는 길에 다른 차를 본 기억이 없을 만큼 외진 곳이었다. 마치 또 다른 행성, 딴 세상에 존재하는 마법의 숲에 들어가 있는 기분이었다. 오로지 그들 두 사람과 칼날처럼 어둠을 가르는 헤드라이트 불빛만이 존재하는 세상에.

"네 아버지만 봐도 알잖니." 아빠가 말했다.

"난 친부가 누군지 몰라요."

"내 말이." 아빠가 말했다. "네 아버지는 세상의 모든 어둡고 무시무시한 것들로부터 널 보호해야 하는 사람이야. 하지만 그가 제 역할을 제대로 했니? 응?"

"아뇨."

아이는 어릴 적 아버지에 대한 온갖 황당한 상상을 해보곤 했었다. 아버지가 러시아에서 극비 임무를 수행하고 있는 스파이라고. 언젠가는 영웅 대접을 받으며 귀국해 자신과 스텔라에게 큰돈과 멋진 장난감을 한아름 안겨줄 거라고. 아버지가 무려 7년이 걸리는 막중한 임무를 띠고 화성으로 날아간 우주비행사라는 상상도 해보았다. 누가 물으면 아버지가 오토바이 사고로 세상을 떠났다고 둘러댄 적도 있었다. 어디서 주워들은 건 있어서 아프가니스탄에 주둔중이라는 대답을 내놓기도 했다. 정말 훌륭한 아버지를 두었구나. 한 여자는 아이의 볼을 살살 어루만지며 그렇게 말했다. 펄은 그게 무슨 뜻인지 알지 못했다. 아이는 선생님들에게 아버지에 대한 온갖 버전의 이야기를 들려주었다. 하지만 오래 가지 않아 모든 게 거짓임이 들통나버렸고, 스텔라는 그 뒷수습을 하느라 진땀을 빼야 했다.

"아버지에 대한 환상일랑은 버려." 스텔라가 말했다. "네 아버지는 그렇게 특별한 사람이 아니었어."

펄이 적당한 나이에 이르렀을 때 스텔라는 딸에게 진실을 들려주었다. 자신이 유부남과 바람을 피워 임신까지 하게 됐지만 그 유부남은 가정을 지키겠다며 끝내 아내를 버리지 않았단다. 대신 양육비를 꼬박꼬박 보내왔고, 펄이 대학을 졸업할 때까지 경제적으로 책임을 지겠다고 약속했다나. 그나마 사람 구실 못 하는 다른 남자들보다 낫다는 게 스텔라의 설명이었다. 가정과 친자식들이 있는 그는 펄과 스텔라와 접촉하는 것을 애써 피했다. 차마 그럴 수가 없단다.

"만나보고 싶어요." 펄은 말했었다.

"그 사람은 널 만나고 싶지 않다잖니. 그런데도 보고 싶어?" 스텔라가 말했다. "잊어버려."

어쨌든 아이의 친부 덕분에 모녀는 경제적으로 별 어려움 없이 지낼 수 있었다. 음식, 옷, 교육, 거기에 치아 교정까지. 펄은 서점이 망하지 않고 계속 버텨올 수 있었던 것도 그 돈 때문이었음을 나중에 알게 됐다. 베일에 싸여있고, 그다지 특별하지 않으며, 딸을 만나고 싶어 하지 않는 아버지가 꼬박꼬박 보내온 돈 덕분이었음을.

"아버지한테 뭘 배웠죠?" 펄이 아빠에게 물었다.

"한시도 경계를 늦추지 말라는 것."

"멋진데요."

"상대에게 산 채로 끌려가지 말라고도 했고."

"우와." 펄이 말했다. "대화가 갑자기 어두워지는데요."

아빠가 미소를 지어 보이다가 마침내 웃음을 터뜨렸다. 그제야 아빠의 얼굴에서 조금이나마 어둠이 걷혔다. 피닉스를 떠난 후로 이런 밝은 모습은 처음이었다.

"내가 네 친부에 대해 알고 있다면 어떨 것 같니?"

펄은 어깨를 으쓱였다. 애써 태연한 척했지만 아이의 가슴은 두근대고 있었다. "어떨 것 같기요."

"스텔라의 침실에서 관련 서류를 찾았거든. 난 그가 누군지 알고 있어. 서류에 이름과 주소가 다 적혀있더라고."

"그래요?"

"네가 먼저 접촉해보는 게 어때?"

갑자기 펄의 목이 메어왔다. "날 만나고 싶지 않다잖아요."

"그건 사실이 아닐 수도 있어. 게다가 그는 네게 빚을 졌잖니."

펄은 아빠가 친부와의 만남을 부추기는 이유를 알 것 같았다. 사기꾼에게는 표적이 필요한 법. 늑대가 바짝 뒤쫓고 있는 상황에서조차도. 당분간 먹고 사는 데 지장이 없을 만큼 충분한 돈이 확보돼 있음에도. 그는 단 한순간도 헤엄을 멈출 수 없는 상어와 다르지 않았다.

"그는 순순히 돈을 내놓을 거야." 아빠가 말했다. "네가 바로 그가 영영 숨기고 싶어 하는 비밀이니까."

아이는 고개를 끄덕였다. 펄은 아빠가 시키는 대로 할 각오가 돼 있었다. 아이는 아빠를 사랑했으니까.

차는 속도를 줄이고 한없이 이어지는 흙 덮인 진입로로 들어섰다. 타이어 밑에서는 자갈이 요란하게 짓이겨졌고, 어둠은 점점 더 짙어져갔다. 한쪽에서 노란 눈의 무언가가 잽싸게 길을 건너가는 게 보였다. 마침내 먼발치로 집 한 채가 모습을 드러냈다. 20세기 후반 스타일의 현대식 주택은 평평한 지붕과 큰 창문으로 덮여있었다. 어둠 속의 집은 마치 두 팔을 활짝 벌리고 그들을 반겨 맞는 듯해 보였다. 아이는 왠지 마음이 편해지는 것을 느꼈다. 아빠의 입에서는 긴 한숨이 새어나왔다.

"여기야." 그가 말했다. "이게 우리 집이야."

27

헌터

　사람들이 조사 업무의 진실을 알았다면 이토록 많은 관련 도서와 텔레비전 프로그램은 나오지 않았을 것이다. 항상 엄청난 중압감에 시달려야 했고, 대수롭지 않게 여겨졌던 공허감은 기어이 나중에 큰 타격을 입히고야 말았다. 하루하루가 시간과의 고투였다. 긴 시간을 죽치고 앉아 기다리고, 또 지켜봐야 했다. 형편없는 음식과 짜증나는 파트너와 산더미처럼 쌓인 서류. 엉성한 단서와 막다른 길.

　쫓김을 당하는 사람들과 그러다 결국 덜미를 잡힌 사람들 대부분은 주모자가 아니었다. 애초에 깡패로 태어난 사람들도 아니고. 이따금 새파랗게 젊은 놈이나 지적 장애인이 걸릴 때도 있었다. 항상 잘못된 선택을 반복하는 인간들. 그들이 피해자로 확인될 때도 많았다. 힘겹게 버텨온 헌터는 25년 만에 백기를 들었다. 그는 오랫동안 아까운 인생을 허비해온 사실을 그 누구에게도 털어놓지 않았다. 눈치가 빠르기로 소문난 그의 아내, 클레어에게마저도.

　사람들은 정의와 권선징악의 개념에 지나치게 집착하는 경향이 있었다. 아무리 범죄를 소탕해도 세상은 조금도 안전해지지 않았다.

허점 많은 시스템이 기어이 세상을 원점으로 되돌려놓기 때문이었다. 게다가 세상은 감당이 안 될 만큼 넓었다. 최첨단 기술로 촘촘히 짠 그물을 던져놓아도 끝내 걸려들지 않는 자들이 꼭 있었다.

"너무 상심하지 마." 조수석에서 앤드루가 말했다.

그들은 앤드루의 집 앞에 앉아있었다. 날은 어느덧 저물어가는 중이었다. 헌터의 추적은 막장이 돼버린 세상에 대한 한탄만을 남겼을 뿐 아무런 성과도 거두지 못했다. 문신, 피어싱, 자그마한 화면에서 눈을 떼지 못하는 멍한 얼굴의 청년들. 토미스 코브는 한때 오토바이 폭주족의 아지트였다. 갱들의 폭력과 혈투가 끊이지 않는, 와일드하고 답답한 구닥다리 술집. 창문들을 검게 칠해놓은 탓에 실내에서는 자정이 영원히 이어졌다. 고막을 찢을 듯한 요란한 음악, 몽롱한 섬광 조명. 그 안에 갇힌 모두는 마치 무언가에 홀린 듯한 모습을 하고 있었다. 법률상 아편의 사촌쯤 되는 크라톰(동남아시아에서 자라는 열대 나무)은 이미 넋이 나가버린 아이들을 더더욱 좀비처럼 만들어놓았다. 하지만 아무리 둘러봐도 제니의 모습은 보이지 않았다.

헌터는 이번만큼은 제니의 어머니에게 나쁜 소식을 전하고 싶지 않았다.

"은퇴는 생각 안 해봤어?" 앤드루가 물었다. 공들여 가꾼 잔디 정원들 위로 어둠이 내려앉았다. 어딘가에서 잔디 깎는 기계의 윙윙거림이 들려오고 있었다. "말뿐인 은퇴 말고, 진짜 은퇴 말이야."

"일을 그만두고 백핸드 연습이나 하라고요?"

앤드루는 어깨를 으쓱였다. 원래 거구였던 그는 살이 많이 빠진 상태였지만 왠지 당장이라도 덩치를 다시 키울 만반의 준비가 돼 있는 사람 같아 보였다. 바뀐 체형에 맞춰 옷을 사 입지 않은 탓에 헐렁 거리는 옷차림이 늘 눈에 거슬렸다. "다들 그러고 살잖아. 남는 시간 이 아까우면 정식으로 목공 일이라도 배워보던가. 자네, 예전에 목공 이 취미라고 하지 않았었나?"

클레어도 그에게 은퇴를 권했었다. 같이 여행이나 다니자면서. 사교댄스도 배우고. "생각 좀 해볼게요."

"피곤해 보여서 하는 얘기야."

그가 피로에 절어있는 건 사실이었다.

하지만. 하지만. 양치기 개 노릇은 그만둘 수 없었다. 세상에는 아 직도 그가 보호해야 할 양이 많았다. 그가 쫓아야 할 늑대도 많았고. 현재 그의 처지를 잘 표현한 영화 속 대사였다. 위기의 순간, 순찰차 와 구급차와 소방차를 몰고 나타나는, 그리고 국내외 최전방을 종횡 무진 누비며 평화 유지를 위해 싸우는 훌륭한 이들. 선과 악의 경계 를 지키는 그들과 포식자를 물리치고 길 잃은 양들을 찾아 집으로 데 려오는 양치기 개는 다르지 않았다.

차에서 내린 앤드루가 벗겨진 머리를 어색하게 문질렀다. "말벗 이 필요하면 언제든 연락해."

앤드루의 중산층 동네를 빠져나온 헌터는 시골길을 따라 집으로 향했다. 클레어는 의료기구 영업을 하는 고소득자였다. 그녀 덕분에 그들은 부지가 2만 제곱미터에 달하는 큰 집을 마련할 수 있었다. 우 거진 큰 나무와 개울이 있는 목가적인 곳. 집에 도착한 그는 차고 안 에 차를 세우고 시동을 끈 후 우편물을 확인했다. 죄다 카탈로그와 광고 전단지뿐이었다. 그는 그것들을 챙겨 안으로 들어갔다.

예상과 달리 아내는 집에 없었다. TV를 켜놓고 주방에서 무언가를 열심히 만들고 있을 줄 알았는데. 덩그러니 놓인 메모지에는 그녀가 북클럽 모임에 참석 중이며, 시장하면 냉장고에서 남은 음식을 꺼내 데워 먹으라는 내용이 적혀있었다. 헌터는 아내의 부재가 그렇게 반가울 수 없었다.

아내의 못마땅한 시선을 받지 않고도 베어 케이스 파일을 마음껏 훑어볼 수 있게 됐으니.

적당히 좀 해, 헌터. 너무 집착하지 마.

모두가 그에게 '포기'를 권했다. 하지만 세상에는 결코 포기할 수 없는 것들이 너무 많았다. 적어도 헌터에게는 그랬다. 펄. 누구도 그 아이에게 관심을 두지 않았다. 분명 실재하는 10대 소녀가 어느 날 갑자기 사라져버렸는데도. 헌터는 그 가엾은 아이에게 집착하는 유일한 사람인 자신이 자랑스러울 정도였다.

실종자들. 실종 아동들. 항상 처음에만 호들갑이었다. 광분한 언론, 발 벗고 나선 수색대와 자원봉사자들, 무한 반복 모드에 빠진 뉴스 보도, 울먹이는 부모를 전면에 내세운 기자회견. 그렇게 며칠, 몇 주가 지나고 쓸 만한 추가 단서가 나오지 않으면 사람들은 하나둘씩 각자의 일상으로 돌아갔다. 그럴 수밖에 없었다. 왜냐하면 세상에는 한번 잃어버리면 영영 되찾지 못하는 것들이 있으니까. 사람이라고 예외는 아니었다. 죽는 날까지 희망고문에 시달리며 하염없이 기다려야 하는 부모에게는 그보다 더한 고통이 없었다.

깔끔하게 정리된 주방에서 그는 클레어가 만들어놓은 라자냐를 데워 먹었다. 눈을 부릅뜨고 지켜보는 아내가 없어 마음 편히 세 접시를 비울 수 있었다. 클레어가 보았다면 분명 스트레스성 폭식이라며 나무랐을 것이다. 헌터는 일이 잘 풀리지 않은 날마다 폭식을 하는 나쁜 습관이 있었다. 그렇게 식사를 마친 그는 후식으로 걸스카우트 쿠키, 태걸롱스Tagalongs 반 상자를 단숨에 해치웠다. 그런 다음, 착한 남편답게 뒷정리까지 완벽하게 해놓았다.

위층 사무실로 올라간 그는 불안정한 발판 사다리에 올라 선반 높은 곳에 보관해둔 미해결 사건 파일을 내렸다. 무거운 상자를 내리다가 하마터면 중심을 잃을 뻔했다. 나이 든 사람들이 가장 조심해야 할 것이 바로 낙상이었다. 아직 노인 소리를 들을 나이는 아니었지만.

그는 아버지에게 물려받은 책상에 상자를 내려놓았다. 경찰이었던 그의 아버지는 기어이 서장 자리에 올라선 후 명예롭게 은퇴했다. 헌터는 정치에 별 관심이 없었다. 그는 일을 좋아했고 늘 의욕에 차 있었지만, 멋들어진 제복 차림으로 책상에 앉아 남들을 현장으로 내모는 일 따위는 하고 싶지 않았다. 코드가 맞지 않는 그와 그의 아버지는 사사건건 부딪쳤다. 헌터는 자식들과 돈독한 관계를 유지하고 있었지만 정작 아버지와는 그러지 못했다. 그럼에도 그는 아버지를 탓하지 않았다. 아버지도 나름 최선을 다했음을 알기에.

납작이 눌린 베이지색 상자에는 먼지가 수북이 쌓여있었다. 뚜껑을 열자 무수한 먼지 입자들이 일제히 떠올랐다. 헌터는 참지 못하고 재채기를 했다. 그는 한동안 펄과 스텔라를 잊고 지내왔다. 그는 가죽 의자에 앉아 파일을 차례로 훑어나가기 시작했다.

흐릿하게 색이 바랜 사진 속에서 약간 붉은색이 도는 금발의 여자가 카메라를 향해 어색하게 미소를 짓고 있었다. 두드러진 광대뼈, 고른 치열, 유혹적인 눈빛.

싱글맘이자 서점 주인인 스텔라 베어는 서른다섯의 젊은 나이에 자신의 침대에서 목이 졸려 죽었다. 헌터는 죽음에 이른 피해자가 달랑 몇 가지 디테일에 의해서만 정의되는 현실을 못마땅해 했다. 남자친구를 밥 먹듯 갈아치워 온 젊고 섹시한 금발 미녀. 파산 직전에 내몰렸던 자영업자. 그녀와 엮였던 남자 여럿이 심문을 받고 풀려났다.

또 다른 사진 속의 소녀는 스텔라를 닮았지만 좀 더 진한 눈을 가졌다. 차분한 얼굴은 왠지 슬퍼 보였다. 아이의 미소는 부자연스러웠다. 수줍음 많은 소녀는 쿨해 보이면서도 예쁘장했다.

스텔라의 딸 펄은 열다섯 살이었다. 교사들은 아이가 무척 똑똑하다고 입을 모았고, 뛰어난 성적과 시험 점수가 그 평가를 뒷받침해주었다. 하지만 몇몇 교사는 아이가 외톨이였으며 어딘지 모르게 특이한 구석이 있었다고 말했다. 둔감하고 감정을 잘 드러내지 않는 조용한 타입. 말썽을 부리지는 않았지만 그 어느 교사의 총아도 아니었단다. 펄의 아버지에 관한 정보는 없었다. 공문서에도, 그들 집에도.

이웃에 은둔하는 나이 든 여자는 스텔라가 살해된 날 밤, 펄이 서점 매니저 찰스 핀치와 집을 나서는 걸 보았다고 진술했다. 그녀는 아이가 자발적으로 떠난 것 같다는 해설도 곁들였다. 두 사람 모두 서두르는 기색 없이 조용하고 차분하게 움직였단다.

찰스 핀치는 유령이었다. 그건 그의 본명이 아니었다. 그의 고용 기록은 전부 위조된 것이었다. 그가 몰고 다닌 개조된 GTO는 이미 10년 전에 사망한 남자의 이름으로 등록된 차량임이 확인됐다. 스텔라는 그의 임금을 현금으로 챙겨준 모양이었다. 그녀의 모든 은행 계좌는 해지된 상태였다. 그녀에게는 개인적인 빚이 많았고, 가게와 집도 미납된 세금이 적지 않았다. 그녀는 몇 달 안에 모든 걸 잃을 운명이었다.

산적한 미해결 사건을 청소해달라는 요청을 받았을 때 헌터에게는 변변한 단서 하나 없었다. DNA 샘플과 시스템이 매치를 찾지 못한 지문 몇 개가 전부였다. 그날 밤, 찰스 핀치와 펄이 집을 나서는 걸 목격했다는 이웃집 여자는 핀치가 모녀의 집을 자주 들락거렸다는 것 외의 디테일을 내놓지 못했다. 그녀는 그가 스텔라의 여러 남자친구 중 하나였다고 했고, 얌전한 펄은 직접 쓰레기를 내다 버리고, 매일 밤 책상에 차분히 앉아 숙제를 하는 착한 아이였다고 했다.

영화를 보면 형사를 진실로 이끄는 결정적인 단서가 항상 등장했다. 온갖 악조건 속에서도 사건을 척척 해결해내는 다큐멘터리나 팟캐스트도 많았다. 뜬금없이 나타난 목격자. 현장에 남은 증거를 따라 잡은 최첨단 기술. 새로 발생한 다른 사건 덕분에 시스템 안에서 매치를 찾아낸 DNA 샘플.

하지만 현실 세계는 감당이 안 될 만큼 방대했다. 뒷골목과 미개척지도 많았다. 어떤 사건은 영원히 미제 상태로 남아버렸고, 어떤 사람들은 흔적도 없이 사라져버렸다.

대부분은 그랬다.

헌터는 찾던 파일을 뽑아들고 펼쳐보았다.

스텔라가 살해되고 펄이 실종된 지 2년쯤 지났을 때 또 다른 여자가 살해되는 사건이 발생했다. 그 피해자의 10대 딸도 실종됐다. 베어 모녀의 집에서 불과 50마일 떨어진 곳에서 발생한 사건이었다.

서른여섯 살의 매기 스티븐슨은 싱글맘에 간호사였다. 그녀는 집에서 목이 졸려 숨졌고, 딸은 같은 날 실종됐다. 그녀의 전 남자 친구는 심문을 받고 풀려났다. 현장에는 물적 증거가 거의 남아있지 않았다. 한 직장 동료는 그녀가 새로 사귄 남자에게 흠뻑 빠져있었다고 진술했다. 그녀는 데이팅 사이트를 이용했지만 그녀가 그곳을 통해 누군가를 만난 기록은 끝내 찾지 못했다.

그녀의 휴대폰에서 발견된 수상한 문자 메시지는 대포폰에서 전송된 것으로 확인됐다.

이제야 당신을 만나게 됐군요.

그는 파일 속 사진을 물끄러미 들여다보았다. 매기 역시 섹시한 금발 미녀였다. 숱 많은 곱슬머리에 욕정 어린 눈길. 눈동자는 스텔라보다 짙었지만 두 사람 모두 연약해 보이면서도 와일드한 눈빛의 소유자였다. 그녀의 딸 그레이스는 호리호리한 체구에 긴 황금색 머리와 인형 같은 앙증맞은 얼굴을 갖고 있었다. 또 한 명의 근면한 싱글맘이 살해됐고, 그녀의 아이가 실종됐다. 매기에게는 가족도 각별한 관계의 친구도 없었다. 그녀가 살해된 날, 그녀의 계좌에서 얼마되지 않는 잔액이 전부 인출됐다. 5천 달러. 그뿐 아니라, 베스트 바이와 메이시즈 등지에서 그녀의 신용카드가 사용된 석연찮은 기록도 확인됐다. 그들 사건은 스텔라와 필 모녀의 사건보다 훨씬 빨리 미제 상태에 빠져들었다.

두 사건에서는 뚜렷한 패턴이 엿보였다. 일치하는 디테일도 적지 않았다.

스티븐슨의 집에서 채취한 DNA 증거는 베어의 집에서 채취한 것과 일치했지만 애석하게도 전과자 데이터베이스의 샘플들과는 끝내 매치를 이루지 못했다.

하지만 매일 새로운 데이터가 추가됐고, 더 이상 급여 대상자가 아닌 헌터는 매치가 나올 때까지 6개월마다 조회를 청탁하며 담당자를 들들 볶아댔다. 10년도 넘은 미제 사건 수사를 위한 예산은 애초에 기대할 수 없었다. 결국 수사는 절대 포기할 수 없는 그의 한풀이로 남게 됐다.

헌터는 컴퓨터를 켜고 낮에 접한 기사를 검색해보았다. 이내 화면에는 실종 여성의 사진이 떠올랐다.

그는 파일 속 그레이스 스티븐슨의 사진과 화면 속 얼굴을 번갈아 쳐다보았다. 동일 인물인 것 같기도 하고, 아닌 것 같기도 했다. 누구나 나이가 들면 변하기 마련이었다. 특히 아이들은 더 그랬다. 변화를 원하는 이들은 말할 것도 없고. 그간 너무 오랜 세월이 흘러버렸다. 화면 속 젊은 여성은 갸름한 얼굴에 짙은 색 머리를 갖고 있었다. 귀엽고 앳된 모습은 어느 정도 걷힌 상태였다. 하지만 입과 눈 주위를 유심히 보면 실종된 그레이스일 수도 있겠다는 생각이 들었다.

못된 보모.

그는 찰스 핀치의 파일을 골라 펼쳤다. 파일에는 스텔라 베어의 소지품에서 나온 그의 사진이 하나 담겨있었다. 짙은 속눈썹에 파란 눈, 도드라진 광대뼈, 깔끔히 면도한 얼굴, 환히 웃는 큰 입. 단순히 잘생긴 것을 넘어 아름다워 보이기까지 했다. '프리티 보이'라는 별명이 붙은 그의 작고 각진 얼굴에서는 남다른 매력이 묻어나왔다. 모든 사기꾼이 기본으로 갖춰야 할 것이 바로 그와 같은, 탁월한 매력으로 상대를 유혹하고 무장 해제시키는 능력이었다. 헌터의 눈에 비친 사진 속 핀치는 부정할 수 없는 전문 사기꾼의 외모를 하고 있었다.

헌터에게는 나름의 이론이 있었다. 그는 헌터가 유혹에 쉽게 넘어가는 취약한 여성들만 골라 충분한 시간을 들여 그들의 삶 속으로 소리 없이 스며드는 장기 전략을 써왔을 거라 짐작했다. 그는 주로 피해자들의 돈을 노렸지만 가끔은 그 이상의 전리품을 챙겨 달아나기도 했다.

헌터는 또 다른 파일을 뽑아 들었다. 이번 파일에는 인터넷에 공개된 기사들로 가득 차있었다. 그는 정기적으로 인터넷을 뒤져 일치하는 패턴의 미제 사건들을 검색하곤 했다. 투손에서는 한 여성이 남자 친구에게 목이 졸려 숨질 뻔한 사건이 있었다. 비명을 듣고 달려온 이웃 덕분에 극적으로 목숨을 건질 수 있었다. 그녀에게는 10대 딸이 하나 있었고, 사건 발생 당시 아이는 외출 중이었다. 범인은 경찰이 도착하기 전 도망쳤다. 그녀는 그의 사진을 딱 한 장 갖고 있었다. 헌터가 핀치라는 이름으로 알고 있는 남자일 수도 있었지만 흐릿한 이미지로는 확인이 불가능했다. 덩치가 있어 보이는 사진 속 남자의 얼굴은 안경과 덥수룩한 턱수염으로 뒤덮인 상태였다. 사방에서 연애 사기가 우후죽순 돋아나는 중이었다. 이런저런 핑계를 대며 돈 많은 미망인과 홀아비들에게 돈을 뜯어내는 온라인 약탈자들. 실제로 주변에서 흔히 벌어지는 사기행각이었다. 세상은 무수한 사기꾼과 피해자로 넘쳐났다. 우리의 상상을 초월할 만큼.

피닉스에서는 브리짓 파인이라는 여자가 하마터면 한 남자와 그의 딸에게 사기를 당할 뻔한 일이 있었다. 그녀와 빌 잭슨이라는 이름의 남자는 한동안 온라인 연인 관계를 이어왔다. 어느 날, 그가 채팅 중 딸이 큰 사고를 당해 급히 돈이 필요하다고 주장했다. 수상한 낌새를 챈 그녀는 직접 확인에 들어갔다. 그리고 그가 알려준 주소지와 직장을 살펴본 후 지금껏 그가 늘어놓은 모든 주장이 거짓임을 깨닫게 됐다. 그녀는 즉각 지역 경찰과 FBI에 신고했고, 언론에 그들의 사기 행각을 공개했다. 하지만 찰스 핀치와 마찬가지로 그는 유령처럼 흔적도 없이 사라졌다. 온라인 프로필 사진 속 그의 모습은 핀치와 조금도 닮지 않았다. 남자의 딸이라는 소녀의 사진은 그 어디서도 찾을 수 없었다.

연애 사기 사건 피해자 대부분은 그냥 조용히 넘어가려 하는 경향이 있었다. 한껏 부풀었던 꿈의 죽음이 안겨준 치욕 때문에. 하지만 브리짓은 오히려 호들갑을 떨며 사방에 광고를 하고 다녔다. 헌터가 연락했을 때 그녀는 자신이 아는 범인의 모든 정보를 상세히 들려주었다. 격정적인 내용이 가득 담긴 이메일, 밤을 새워가며 나눈 통화, 고대했던 첫 만남을 앞두고 느꼈던 달콤한 긴장감. 그녀는 미모가 출중한 축에 들지 못했다. 그런 이유로 그의 사탕발림에 더더욱 빠져들 수밖에 없었다.

"육신의 껍데기는 중요하지 않아요." 그녀가 헌터에게 말했다. "중요한 건 마음이잖아요. 안 그런가요?"

"물론입니다." 헌터가 말했다. 하지만 한밤중에 속삭여댄 밀어와 서로에게 남발해댄 약속만으로는 진심 어린 친밀감이 생길 수 없었다. 그는 비록 불완전하지만 지금껏 용케 지속돼온 자신의 결혼생활을 문득 떠올렸다. 그 비결은 상대의 흠마저도 너그러이 끌어안는 것에 있었다.

"지금 와서 돌이켜보면," 브리짓이 말했다. "애초에 눈치를 챘던 것 같아요. 사랑과 로맨스는 진작 포기한 상태였는데 왠지 온라인 데이팅은 안전할 것 같더라고요. 설령 짝을 찾는 데 실패한다 해도 상처가 덜할 것 같았어요."

"유감입니다." 헌터가 말했다. "요즘 이런 사기 수법이 기승을 부리고 있습니다. 상상하시는 것보다 훨씬 흔한 일이 돼버렸어요."

"그를 무슨 수로 찾아내죠?" 브리짓이 물었다. "절 좀 도와주실래요? 물론 사례는 하겠어요."

"사실 저도 진작부터 그를 쫓고 있었습니다. 벌써 몇 년 됐어요. 사례는 필요 없습니다. 그를 찾게 되면 가장 먼저 부인께 알려드리도록 하겠습니다."

"어떤 방법으로 그를 쫓고 계시죠?" 브리짓이 물었다.

헌터는 자신의 작업 방식을 설명해주었다. 뉴스 사이트 훑어보기. 유사한 사연을 찾아 조사하기. 전화로 해서 안 되면 직접 찾아가서 살펴보기.

"확실한 단서 하나만 잡으면 게임 끝이죠." 헌터가 말했다. "하지만 부인께 조언을 하나 드리자면, 그냥 훌훌 털어버리세요. 빨리 잊으실수록 좋습니다."

브리짓이 웃음을 터뜨렸다. "이게 내 생애 마지막 연애였어요.

빌…… 그 사람에게 모든 걸 걸었는데."

빌. 찰리. 본명이 무엇이든 그는 애초에 유령이나 다름없었다.

"쓸 만한 단서를 찾으시면," 헌터가 말했다. "혼자 살펴보지 마시고 꼭 제게 연락 주십시오. 성심껏 돕겠습니다. 무보수로요."

브리짓은 그러겠노라고 약속했다. 매기 스티븐슨이 살해되고 그녀의 딸 그레이스가 사라지기 두 달 전의 일이었다.

나중에는 브리짓 파인마저 쥐도 새도 모르게 사라져버렸다. 그녀는 직장을 그만두고 나서 계좌 잔고를 몽땅 인출한 후 새 차를 구입했다. 그리고 짐을 꾸려 어딘가로 홀연히 사라졌다. 이메일이 되돌아오고 전화 연결이 되지 않자 헌터는 수소문 끝에 그녀의 전 직장 동료를 찾아내 그녀에 대해 물었다.

"좀 괴짜였어요." 그가 말했다. "동료들과도 잘 어울리지 않는데, 어느 날 갑자기 사직서를 던지고 나가버리더군요. 충분한 은퇴 자금이 마련됐다면서 여행이나 다니며 살겠다고 했어요. 그냥 좀…… 이상하더라고요."

그 후 누구도 그녀의 소식을 접하지 못했다.

헌터는 계속해서 오래 전 기록을 훑어나갔다. 다양한 뉴스의 출처를 샅샅이 뒤져 못된 보모 관련 정보를 수집했고, 즐겨 찾는 미제 사건 웹사이트에도 접속해 새로운 소식을 살펴보았다. 그는 이 모든 사건의 연결고리를 찾고 있었다. 그를 결정적인 단서로 이끌어줄 새 정보를.

날이 저물자 밖에서 가로등이 속속 켜졌다. 헌터는 아내가 귀가하기까지 한 시간도 채 남지 않았음을 알고 있었다. 그는 그 전까지 스텔라와 펄 베어, 매기와 그레이스 스티븐슨에 대해 최대한 파헤쳐 보기로 했다. 진실을 찾을 때까지 멈추지 않을 것이다. 그 누구에게 도 소홀해선 안 되니까.

28

셀레나

그녀는 블라인드를 걷어 올렸다. 앞뜰에, 차고 앞 진입로에, 그리고 골목에 아무도 없다는 듯 태연하게. 형사가 떠나자 기다렸다는 듯 기자 몇 명과 방송국 밴 두 대, 그리고 표시 없는 차량 서너 대가 우르르 도착했다. 이웃들은 창가와 현관에 서서 밖을 살피고 있었다. 낯선 이들이 집 앞에 진을 치는 모습이 그녀의 마음을 불편하게 했다. 이제 셀레나는 그동안 뉴스로만 봐왔던, 스캔들이나 범죄로 인생이 망가진 사람들 중 하나가 돼버렸다.

그녀는 긴 소파에 풀썩 주저앉아 당장 무엇을 해야 할지 고민에 들어갔다. 짐부터 싸야 하나? 그래, 바로 그거야. 아이들의 옷과 장난감을 챙겨 엄마 집으로 달려가야 했다. 왜냐하면…… 그것 말고는 할 게 없었으니까. 그곳 말고는 갈 데가 없었으니까.

갑자기 현관문에서 거친 노크 소리가 들려왔을 때 그녀는 바짝 얼어붙어버렸다. 형사가 다시 돌아왔나? 날 체포하려고 경찰이 도착했나? 심장이 쿵쾅거렸다. 그녀는 잠시 기다려보았다. 응답하지 않으면 그냥 돌아갈지도 모르니.

"나야." 문 뒤에서 귀에 익은 목소리가 들려왔다. "셀레나, 나야, 베스. 문 좀 열어줘."

그녀는 안도의 한숨을 내쉬며 문으로 달려가 친구를 들였다. 앞뜰에서 기자들의 질문이 날아들었다.

제네바 마크슨에겐 무슨 일이 생긴 겁니까, 셀레나?

남편분이 보모와 바람을 피운다는 사실을 진작 알고 계셨나요?

베스의 금발머리는 헝클어져있었다. 토트백을 꼭 끌어안은 채 잽싸게 들어온 그녀는 닫힌 문에 등을 기대고 섰다.

"지금 내가 꿈을 꾸고 있는 건 아니지?" 그녀가 휘둥그레진 눈으로 셀레나에게 말했다. "이거 생시 맞지?"

"맞아." 셀레나가 말했다. "이게 지금 내가 처해있는 현실이야."

그들은 잠시 서로를 쳐다보았다. 어두운 터널을 함께 지나온 각별한 사이였다. 절친한 친구의 죽음. 암울한 장례식. 내파를 겪은 베스의 결혼생활. 지저분하고 시끄러웠던 이혼 과정. 불임. 그게 행운인지 불행인지 알 길은 없지만. 올리버가 태어나기 전 셀레나가 겪어야 했던 유산의 아픔. 언젠가 셀레나가 하이킹 중 다리가 부러진 베스를 부축하고 무려 5마일을 걸었던 적도 있었다. 진정한 '언플러그드' 시간을 가져보자며 휴대폰을 차에 놔두고 온 탓이었다.

"젠장." 베스가 말했다. "젠장. 지금 몇 시나 됐지? 우리 한잔할까?"

오후 3시가 훌쩍 지나있었다. "카베르네 소비뇽이 한 병 있어."

베스는 술 생각 없는 셀레나를 기어이 주방으로 데려갔다. 그녀는 가방을 테이블에 내려놓고 두 개의 글라스에 와인을 따랐다. 셀레나는 마지못해 몇 모금 홀짝였다. 몸에 기분 좋은 온기가 퍼져나가면서 서서히 긴장이 풀어지기 시작했다.

"어떻게 된 일인지 상세히 들려줘봐, 셀레나." 베스가 말했다. 그들은 집의 심장이라 할 수 있는 주방 테이블에 앉아있었다. "처음부터. 전부 다."

그녀는 친구에게 처음으로 그간의 일들을 털어놓았다. 섹스팅, 라스베이거스 사건, 몰래카메라로 그레이엄과 제네바의 불륜 현장을 포착한 것. 퇴근길 기차에서 우연히 마주친 여자, 어색했던 한밤중의 회동, 그녀가 보내온 문자 메시지들, 크로 형사로부터 전해 들은, 그레이엄이 회사에서 잘린 진짜 이유. 제네바가 터커 가족을 협박해온 사실. 역겨운 내용을 담은 문자 메시지들. 백마 탄 왕자처럼 나타나 셀레나를 구해준 윌, 그리고 그의 집에서 함께 밤을 보낸 셀레나. 베스는 물 흐르듯 쏟아내지는 말에 귀를 기울이며 고개를 끄덕였다. 그녀는 친구의 손을 꼭 쥐고 적절한 타이밍에 추임새까지 넣으며 초집중하는 모습을 보여주었다.

"이게 다야." 셀레나가 사연을 맺으며 말했다. "이런 일을 겪느라 눈코 뜰 새 없이 바빴던 거야."

"왜 나한텐 비밀로 한 거지?" 베스가 의아해하는 표정으로 물었다. "대체 이런 엄청난 비밀을 어디에 꼭꼭 숨겨온 거야?"

"내 마음속 깊은 곳에." 셀레나가 말했다. "우리가 세상에 알려지는 걸 원치 않는 흉측한 진실을 보관해두는 곳에."

베스는 남은 와인을 입에 마저 털어 넣고는 다시 고개를 끄덕이며 빈 글라스를 채웠다. "나도 겪어본 일이야. 애써 태연한 척하는 게 얼마나 힘든 일인지 잘 알아. 손 놓고 기다리면 반드시 좋은 날이 올 거라며 미련하게 참고 살았던 시절도 있었어. 그럴 시간에 뭐라도 했어야 했는데. 날 괴롭히는 사람으로부터도 달아나야 했었고."

셀레나는 베스와 스콧이 불화를 겪어온 사실을 미처 몰랐다. 성인이 되면 세상에 완벽한 결혼이 흔치 않음을 금세 깨닫게 된다. 모든 부부 사이에는 남들이 결코 이해할 수 없는 비밀과 협상이 존재한다. 그녀의 언니 마리솔은 한때 남편의 포르노 중독으로 마음고생을 했었다. 설상가상으로 그는 도박 중독에까지 빠져 가정 재정을 파멸로 몰아넣기도 했다. 참다못한 마리솔은 남편을 집에서 내쫓고 나서야 비로소 셀레나와 어머니, 코라에게 모든 걸 털어놓았다. 이 사건이 터지기 전까지 셀레나의 눈에 터커 부부의 결혼생활은 완벽하게만 보였다. 서로를 끔찍이 사랑하고 행복에 겨워 어쩔 줄 모르는 커플로만.

"그들이 문제인 거야, 아니면 우리가 문제인 거야?"

셀레나는 친구를 쳐다보았다. 베스는 고개를 한쪽으로 기울인 채 손가락으로 관자놀이를 문질러대고 있었다.

"원래 남자들에게 선천적으로 문제가 있는 거야? 아니면 우리가 그들의 불량함을 부추겨서 구제불능으로 만들어버린 거야? 좋은 말로 타이르는 대신에."

"어쩌면 그 둘 다인지도 모르지."

"왜냐하면, 내가 아는 여자들은 자신들이 한없이 사랑하고 보호해야 하는 이들의 삶을 무책임하게 망쳐놓지 않거든. 바람도 피우지 않고, 학대도 하지 않고, 거짓말도 안 하고. 그보다 더한 짓들은 말할 것도 없고 말이야."

그보다 더한 짓들. 지금 내가 겪고 있는 일들 얘긴가? 그럼 내 남편은 사악한 괴물인 거야?

와인은 술술 넘어갔다. 취하면 안 되는데. 어떻게든 멀쩡한 정신으로 밤을 보내야 하는데. 셀레나는 글라스를 멀리 밀어냈다.

"월이랑은 어떻게 된 거야?" 베스가 물었다.

"아무 일도 없었어." 셀레나가 말했다. "그는 거실 소파에서 잤어. 진정한 신사였다고."

베스가 매니큐어를 칠한 손가락으로 글라스 가장자리를 살살 더 듬어나갔다.

"아직도 널 사랑하고 있는 게 분명해."

"아니야." 셀레나가 말했다. "다 옛날얘기일 뿐이라고."

베스가 빤히 쳐다보자 셀레나가 동의한다는 듯 고개를 끄덕였다. "알았어. 내게만 옛날얘기인가보지, 뭐."

"어젯밤엔 네가 제 발로 먼저 월을 찾아갔잖아." 베스가 말했다. "내게 올 수도 있었으면서."

셀레나가 어깨를 으쓱였다. "내가 왜 찾아갔는지 월에게 설명할 필요가 없었어. 이미 모든 걸 알고 있었으니까."

"기분이 엄청 좋을 거야. 마침내 널 수렁에서 건져줄 기회가 왔으니 얼마나 신나겠어?"

베스는 늘 월을 탐탁지 않게 여겼다.

"네가 왜 그를 차버렸었는지 다시 들려줘."

베스는 상대의 생각을 입 밖으로 끌어내는 탁월한 재주가 있었다. 하지만 그 뻔한 덫에 걸려들 셀레나가 아니었다.

"그레이엄을 만나고 나서 내가 꿈꾸는 결혼생활의 환상이 윌과 일치하지 않는다는 걸 깨닫게 됐어."

"그레이엄을 만나기 전까지는 죽을 만큼 행복했단 얘기야?"

"세상 누구도 '죽을 만큼' 행복할 순 없어."

베스는 상체를 앞으로 기울이고 손끝으로 테이블을 톡톡 두드렸다.

"윌은 소유욕이 너무 강했어. 항상 널 조종하려 들었다고." 베스가 셀레나에게 상기시켰다. "그는 항상 네가 어디 있는지, 누구랑 함께 있는지 알고 싶어 했잖아. 그가 널 몰래 지켜봐온 거 알지? 잘 때도. 운동할 때도."

"내가 규칙적으로 생활할 수 있게 도와준 거야. 내가 가진 잠재력이 충분히 발휘될 수 있도록."

베스가 미소를 흘리며 고개를 저었다. "그는 네 아빠가 되고 싶었던 거야."

"날 각별히 챙겨주려 했을 뿐이야." 셀레나가 말했다. "그냥 그러도록 내버려뒀어야 했는데. 그랬으면 이런 일은 없었을 텐데."

셀레나는 한 손으로 주변을 더듬어나가기 시작했다. 한때 그토록 자랑스러워했던 주방은 이제 사운드스테이지(영화 등의 사운드 필름을 제작하는 방음 스튜디오)처럼 느껴질 뿐이었다. 한번 힘껏 떠밀면 우르르 무너져 내릴 것 같은 무대 세트처럼.

"그냥 하는 얘기야. 단지 겁이 난다는 이유로 지난날에 미련을 두지 마. 그레이엄으로부터 벗어나려고 윌에게 무작정 달려가 안기지 말라고."

베스는 무슨 말이든 대담하고 적나라하게 늘어놓을 수 있는 몇 안 되는 막역한 친구였다. 그녀는 셀레나의 생각을 훤히 꿰뚫어 보고 있었다. 분명 아니라고 부인했지만 베스를 속일 수는 없었다. 윌의 존재는 셀레나의 유일한 위안이었다.

"우린 이 난관도 잘 헤쳐 나갈 수 있어. 지금껏 그래왔듯이 말이야." 베스가 말을 이어나갔다. "긴 터널을 벗어나면 넌 한층 더 강해져 있을 거야."

"내가 과연 이 터널을 벗어날 수 있을까?"

"네 곁엔 내가 있잖아." 베스가 몸을 앞으로 기울이고 셀레나의 손을 살며시 잡았다. 그녀의 파란 눈이 반짝거렸다. "필요하다면 널 질질 끌고서라도 이 터널을 빠져나갈 거야. 네가 날 질질 끌고 숲을 나온 것처럼."

두 사람은 잠시 서로를 쳐다보다가 누가 먼저랄 것도 없이 웃음을 터뜨렸다. 문득 과거 일들이 떠올랐기 때문이었다. 당시에는 전혀 우습지 않았지만. 고통에 신음하는 베스, 빠르게 어두워져 가는 오후, 살인적인 피로, 힘겨운 분투.

"넌 철의 여인이었잖아. 패기와 투지로 똘똘 뭉친 여 전사." 베스가 말했다. "그게 바로 너야. 명심해."

셀레나는 그렇지 않다는 걸 알고 있었다. 그녀는 남편을 떠난 후 싱글로 독하게 살아온 베스처럼 강하지 않았다. 베스는 그간 연애를 몇 번 시도했지만 아쉽게도 결실을 맺는 데는 실패했다. 그러는 동안 그녀의 스탠스는 '남혐anti-male' 쪽으로 서서히 기울어져갔다. 그녀는 번듯한 사업주였고, 여행도 홀로, 또는 싱글 친구들과 함께 다녔다. 그녀는 자신의 규칙만 따라 제멋대로 살 수 있는 솔로의 삶에 대단히 만족해했다. 외로움을 타는지는 알 수 없지만 한 번도 내색한 적이 없었다. 설령 외롭다 해도 그녀는 결혼해 잘 살고 있는 친구들에게 그 사실을 결코 인정하려 하지 않을 것이다.

지금껏 한 번도 싱글이었던 적이 없는 셀레나는 혼자 사는 기분이 어떨지 궁금했다.

"그 여자는?" 베스가 다시 빈 글라스를 채우며 말했다. "그건 어떻게 됐어? 그레이엄에게도 들려줬다면서 왜 나한텐 아무 말 없었지?"

"그냥 좀 이상했어." 셀레나가 한 손을 살랑여 보이며 말했다. "이제 와서 돌이켜보니 후회가 되더라고."

"우물쭈물하지 말고 단칼에 잘라버려." 베스가 말했다. "두 번 다시 그녀랑 말을 섞지 말라고. 듣기만 해도 섬뜩하네. 그 여자, 스토커 타입이야?"

"아니." 셀레나가 대답했다. "솔직히 잘 모르겠어."

"전화가 걸려 와도 응답하지 마. 또 문자를 보내오면 월에게 얘기해서 처리해달라고 해. 경찰에도 꼭 알리고."

"경찰이 날 어떻게 생각하겠어? 무슨 비밀이 그리도 많으냐면서 더더욱 의심을 하겠지."

"월에게 시키면 되잖아." 그녀가 말했다. 기발한 생각이었다. 그러면 손쉽게 해결될 것을. 하지만 왜 자꾸 꺼려지는 거지?

"월이 네 변호사야, 아니면 그레이엄의 변호사야?" 베스가 물었다.

셀레나는 잠시 골똘한 생각에 잠겼다. 뜻밖의 질문이 그녀의 가슴에 큰 구멍을 뻥 뚫어놓았다. "우리 부부의 변호사야."

베스가 고개를 저었다. "너만의 변호사가 필요해. 오로지 네게만 집중해주는 변호사. 앞으로 험난한 일이 많을 거야. 너 혼자선 절대 감당 못 한다고."

셀레나가 고개를 끄덕였다. 어쩌다 내가 이런 수렁에 빠져버리게 됐지? 당장이라도 눈물이 터져 나올 것만 같았지만 꾹 참았다.

"넌 철의 여인이야." 베스가 말했다. "명심해."

셀레나는 철로 만들어지지 않았다. 오히려 그 어느 때보다도 취약한 느낌이었다. 하지만 그녀는 친구에게 씩 웃어 보이며 오래 전 숲속에서 겪은 일을 떠올렸다. 그들이 얼마나 공포에 떨었는지. 그녀는 살아서는 결코 숲을 벗어나지 못할 거라 믿었었다. 하지만 베스는 극심한 통증에 이를 악물고 마지막 한 마일을 필사적으로 걸어냈다. 두 사람이 기적적으로 살아남을 수 있었던 건 순전히 정신력 덕분이었다. 아무리 처한 상황이 절망적이어도 정신만 똑바로 차리면 얼마든지 다음 단계에 이를 수 있었다.

"이젠 어쩔 셈이야?" 베스가 물었다.

"짐을 싸야지. 내 옷이랑 아이들 옷이랑."

"여길 떠나려고?" 베스가 말했다.

"다른 옵션이 없잖아." 셀레나가 말했다. "앞으로 무슨 일이 벌어지더라도 여기 남아있을 순 없어. 서둘러 여길 뜨는 게 상책이야."

베스가 고개를 끄덕였다. "도와줄게."

그들은 이 방 저 방을 돌며 옷과 봉제 인형, 그리고 나중에 필요할지 모르는 서류 등을 챙겨 여행 가방에 꼭꼭 쑤셔 넣었다.

"내가 늘 곁에 있다는 거 잊지 마." 베스가 셀레나를 꼭 끌어안으며 다시 말했다.

하지만 그들은 알고 있었다. 곁에 있어도 그저 목소리에, 와인글라스 너머로 아른거리는 애정 어린 얼굴에 지나지 않음을. 이제부터는 셀레나 혼자 어둠이 내려앉은 이 길을 걸어가야만 했다.

셀레나는 고개를 푹 숙인 채 세워둔 차로 달려가는 베스의 모습을 지켜보았다. 기자들이 우르르 뒤따랐지만 그녀는 못 본 척 무시해버렸다. 기자의 수는 그새 눈에 띄게 줄어있었다. 뉴스 밴들도 어딘가로 자취를 감춰버린 후였다. 셀레나는 달라진 바깥 풍경에서 한 줄기 희망을 엿볼 수 있었다. 시체 없는 이 사건은 월의 말처럼 호들갑을 떨 만큼 큰 이슈가 아닌 모양이었다. 하긴, 지금껏 나온 단서라고는 기껏해야 역겨운 내용의 문자 메시지가 전부였으니. 부디 잠시 이러다 잠잠해지면 좋겠는데.

차에 오른 베스가 손을 흔들어 보였고, 셀레나도 손을 살랑여 화답했다.

셀레나는 휴가를 내고 대책 마련에 집중하기로 했다. 베스는 떠나있는 동안 급여의 절반을 챙겨주겠노라고 했지만 셀레나는 정중히 사양했다. 소상공인에 불과한 친구에게 부담을 주고 싶지 않았기 때문이었다. 그들 부부에게는 저축해둔 돈이 조금 있었다. 그녀에게는 부모도 있었고. 게다가 어차피 아이들 때문에라도 일을 잠시 쉬어야 할 타이밍이었다. 일상 보류. 사건이 해결되면 유유히 일터로 복귀할 수 있을까? 어쩌면 다른 일자리를 알아봐야 할지도.

셀레나는 다시 소파로 돌아가 앉았다. 올리버의 목소리를 들어야 할 시간이었지만 그녀는 멍하니 불 꺼진 벽난로만 응시할 뿐이었다. 그녀의 사지는 천근만근 무겁기만 했다. 짐을 꾸리는 데 모든 에너지를 소진해버린 탓이었다. 텔레비전을 켜고 뉴스를 체크해야 하나? 아니. 더는 보고 싶지 않아. 셀레나는 차분히 심호흡을 한 번 하고 마지막으로 위층을 둘러보기 위해 계단으로 향했다. 그때 누군가가 현관문에 노크를 했다.

문밖에서 웅얼대는 목소리가 흘러 들어왔다. "셀레나, 나야, 윌."

셀레나는 그를 집 안으로 들이고 잽싸게 문을 닫았다.

"어떻게 됐어?" 셀레나가 물었다.

"그레이엄을 무자비하게 몰아붙이더군." 윌이 말했다. "다행히 그는 일관성 있게 답변했어. 그녀랑 같이 잔 것도 사실이고, 야한 내용의 문자 메시지는 그냥 재미로 주고받은 거라고. 두 사람 모두 실수였음을 인정하고 부적절한 관계를 끝내기로 합의했대. 제네바의 행방은 모른다고 하고."

"그 말을 믿어?"

윌은 잠시 머뭇거렸다. "믿고 안 믿고는 내가 결정할 일이 아니야. 난 그저 그의 권리를 보호하고 그를 변호하는 데만 신경 쓰면 돼."

"윌." 셀레나가 말했다. "그가 제네바를 해쳤을 거라 생각해?"

윌은 긴 한숨을 내쉬며 고개를 돌렸다. "모르겠어, 셀레나. 라스베이거스에서의 사건, 문자 메시지들…… 그에 대한 내 생각이 그새 많이 바뀐 건 사실이야."

예상치 못했던 그의 답변이 그녀의 어깨를 무겁게 짓눌렀다. 그는 그레이엄의 참모습을 알지 못했다. 그리고 그건 아내인 셀레나도 마찬가지였다.

"어머님 댁까지 태워다줄까?"

"내 차가 필요해."

"그럼 내가 그 차로 데려가줄게. 나중에 우버를 타고 내 차로 돌아오면 되니까."

그녀는 혼자 가고 싶었지만 여행가방과 아이들 방에서 챙겨온 책과 장난감을 속속 차로 나르는 그를 막지 않았다.

〈스타워즈〉 포스터, 천장에 매달린 비행기, 축구 트로피, 액션피겨, 장난감과 게임 선반들. 셀레나가 직접 공들여 꾸민 아이들 방은 마치 버려진 듯 썰렁해 보였다. 커튼부터 베개, 페인트 색조, 그리고 장식품 하나하나까지 그녀의 세심한 손길이 닿지 않는 데가 없었다. 하지만 부산한 아이들의 에너지가 빠져나간 집은 영혼 없는 육체처럼 칙칙하고 공허하게만 느껴졌다.

"필요한 거 다 챙겼어?" 윌이 물었다.

셀레나는 고개를 끄덕이며 묵직한 상자를 힘겹게 집어 들었다. 윌은 상자를 낚아채 들고는 그녀를 차고로 이끌었다.

경찰은 금요일 밤, 그레이엄이 몰고 다녔던 SUV를 압수했다. 차고에는 스바루만 덩그러니 세워져있었다. 그들은 짐을 싣고 차에 올랐다.

"준비됐어?"

"어서 출발해."

그녀는 리모컨으로 차고 문을 열었다. 차가 후진해 나오자 모여

있던 기자들이 양쪽으로 일제히 물러났다. 그들은 속사포처럼 질문을 쏟아내며 신나게 카메라 셔터를 눌러댔다.

윌은 집을 나서기 전, 셀레나에게 무표정한 얼굴로 정면만을 똑바로 바라볼 것을 신신당부했다. 절대 감정을 내보이지 말라고. 그녀는 그의 당부를 착실히 따랐다.

제네바는 어디 있지? 못된 보모는 어떻게 된 거지? 정말 남편이 죽인 건가?

기자들은 알아들을 수도 없는 말을 연신 깩깩댔다. 그들이 내는 고성은 갈매기 떼를 연상시켰다. 셀레나는 차창이 검게 코팅되어 있어 다행이라 생각했다. 넋이 나간 그녀에게 피로가 엄습해왔다. 이런 상태라면 천 년도 넘게 잘 수 있을 것 같았다.

"그를 오래 붙잡아 두진 못할 거야." 윌이 말했다. "확실한 물증이 없으니까. 에릭 터커는 이미 풀려났어. 시체도 발견되지 않았고, 살인을 의심할 만한 단서도 없고."

"그 사람을 영원히 붙잡아둔다 해도 난 상관없어."

"셀레나."

두 사람은 한동안 침묵을 지켰다. 아수라장이 된 동네를 빠져나오자 그녀의 마음이 한층 편안해졌다. 그들을 미행하는 차량은 보이지 않았다. 그들은 일부러 구불구불하고 한적한 뒷길을 따라 이동했다.

"크로 형사가 묻더라고. 제네바를 해치고 싶은 마음이 없었는지." 셀레나가 윌에게 말했다. "경찰은 날 의심하고 있나봐."

윌은 못마땅해 하는 표정으로 고개를 저었다. "경찰엔 아무 말도 하지 말라고 했잖아."

"알아."

"그래서 뭐라고 했어?"

"아무 말도 안 했어. 그날 내 스케줄을 알고 있더라고. 주말 일정은 소셜 미디어에 고스란히 기록이 돼 있고. 스마트폰 데이터만 살펴 봐도 내가 언제 어디서 뭘 했는지 체크가 가능할 거야. 게다가 경찰도 제네바가 금요일에 무탈한 모습으로 집을 나서는 영상을 봤잖아. 형사가 괜히 날 떠본 걸 거야. 내가 어떻게 반응하는지 보려고."

셀레나는 기차에서 만난 여자를 형사에게 언급하려다 말았다는 얘기는 굳이 꺼내지 않았다. 자신 안의 무언가가 알 수 없는 이유로 말렸기 때문이었다.

셀레나는 하루 속히 이 악몽 같은 현실에서 벗어나고 싶은 마음뿐이었다. 과연 그게 가능한 일인지 알 수는 없었지만.

그녀는 다시 입을 닫고 머릿속으로 시간을 거슬러 올라가 보았다. 만약 섹스팅 스캔들이 터진 직후에 그를 버렸더라면? 라스베이거스 사건을 겪고 나서 곧장 떠났더라면? 그랬다면 내 인생은 어떻게 바뀌었을까? 하지만 차마 그럴 수 없었잖아, 안 그래? 아이들은 어떻게 하고? 그런 희생을 치르면서까지 내 욕심만 챙길 순 없잖아. 모든 게 손쉽게 해결된다면 그건 인생이 아니지. 그냥 묵묵히 전진하는 수밖엔. 다시 계산하고, 다시 측정하고, 새로운 길을 찾으면서.

우려했던 것과 달리 엄마의 집에는 기자들이 진을 치고 있지 않았다. 그들은 문이 열린 차고 안으로 들어갔다. 윌이 시동을 끈 후에도 두 사람은 차에서 내리지 않았다. 정적 속에서 식어가는 엔진이 탁탁 소리를 냈다. 셀레나는 안으로 들어가고 싶지 않았다. 집으로 돌아갈 수도 없었고. 그녀는 차분히 앉아 아이들을 어떻게 챙겨야 할지 고민에 들어갔다.

"후회가 돼. 그때……." 윌이 셀레나의 손을 살며시 잡으며 입을 열었다.

베스의 경고가 그녀의 귓전을 울려댔다. 좋은 친구의 적절한 조언. 지금 그녀에게 필요한 건 심신의 회복을 위한 공간과 시간이었다.

"제발 그 얘긴 하지 말아줘." 셀레나가 말했다. 윌의 시선은 그녀에게서 떨어지지 않았다. 그녀는 그 강렬한 눈빛을 감지했음에도 끝내 그와 눈을 맞추지 않았다.

"그날 너랑 그 파티에 갔어야 했는데."

미처 예상하지 못했던 말이었다. 셀레나는 고개를 돌려 윌을 쳐다보았다. 그가 한 손으로 그녀의 웨이브 진 석청 색 머리를 살살 쓸어내렸다.

"무슨 파티?" 셀레나가 물었다.

"네가 그레이엄을 처음 만난 날. 기억해?"

물론 셀레나는 생생히 기억하고 있었다.

코라와 파울로의 차고는 완벽하게 정돈돼 있었다. 벽에 가지런히 걸어둔 연장들. 거치대에 나란히 세워놓은 자전거. 스쿠터부터 롤러스케이트까지, 아이들의 놀 거리는 찾기 쉽게 투병한 통에 담아놓았다. 그녀의 어지러운 차고 안 풍경과는 완전 판판이었다.

윌이 다시 입을 열고 나지막이 말했다. "원래 내가 데려가기로 돼 있었잖아. 하지만 일이 너무 늦게 끝나는 바람에……."

"제발 이러지 마." 셀레나가 속삭였다.

월이 두 손을 살며시 들어 보였다. "그냥 하는 얘기야. 만약 그랬다면 우리 인생이 어떻게 바뀌었을지 궁금해서 그래."

"넌 아이가 없잖아." 셀레나가 말했다. "그래서 후회된다는 얘기도 그렇게 쉽게 할 수 있는 거야. 하지만 내겐 스티븐과 올리버가 있어."

"알아. 난 단지……."

"부탁이야."

월이 천천히 고개를 끄덕였다. 셀레나의 머릿속에 젊은 버전의 그가 스멀스멀 떠올랐다. 보기 좋게 살을 태운 그가 해변에서 환히 웃는 모습. 모래에 파묻힌 발가락들. 그를 사랑한 여자는 너무나도 자유로웠다. '자유'가 무엇인지조차 몰랐으면서도. 그가 날 조종하고 있는 걸까? 한때 그는 그녀에게 많은 옷을 선물했다. 그녀의 옷 사이즈와 그녀에게 어떤 스타일이 잘 어울리는지를 알고 있었다. 하지만 그녀는 이따금 그를 만족시키기 위해 좋아하지 않는 옷을 걸치고 다닌 적도 있었다.

"널 위해 온 거야. 그레이엄도 마찬가지고."

그녀에게 포갠 손에서 기분 좋은 온기가 느껴졌다. 하지만 정체 모를 무언가가 함께 감지됐다.

그 친구는 아직도 당신을 사랑하고 있어. 그레이엄은 늘 그렇게 투덜거렸다. 그들 모두는 좋은 친구로 남기 위해 무던히 애를 썼다. 쿨한 사람들답게. 하지만 저녁 자리는 늘 어색했고, 대화도 거의 오가

지 않았다. 그러다가 윌과 그의 아내는 이혼에 이르게 됐다. 당신이 제 발로 돌아와 주기를 간절히 기다려온 사람 같아.

셀레나는 그 말에 동의하지 않았다. 윌의 아내 벨라는 상냥하고 아름다웠다. 두 사람은 꽤 행복해 보였다. 애정 넘치는 눈빛, 자연스러운 스킨십. 하지만 잘못 짚었다. 너무나 많은 커플이 그녀의 눈앞에서 파경을 맞게 됐다. 부모도, 그리고 언니도. 친구 중 절반 이상이 이혼을 경험했다. 그녀 자신의 결혼생활은 말할 것도 없고. 어쩌면 애초에 영원히 함께할 운명이 아니었는지도 몰랐다. 처음부터 서로에게 너무 많은 걸 기대했는지도.

셀레나는 윌에게 잡힌 손을 슬그머니 뒤로 빼 그의 다리에 살며시 얹어놓았다. 윌은 잠시 그녀를 빤히 쳐다보다가 눈을 내렸다.

두 사람 사이에는 더 이상 예전의 감정이 남아있지 않았다. 셀레나는 더 이상 윌과 함께였을 때의 소녀도, 그레이엄과 함께였을 때의 여자도 아니었다. 그녀는 현재 자신이 누구인지가 궁금했다. 어쩌면 그녀는 그저 어머니일 뿐인지도 몰랐다. 대혼돈 속에서 그녀는 그 이상의 역할은 엄두도 내지 못했다.

윌은 이해한다는 듯 입을 굳게 닫고 고개를 끄덕인 후 차에서 짐을 내리는 그녀를 도왔다. 나를 찾아야 할 때가 온 것 같아. 묵직한 여행 가방을 차에서 내리며 셀레나는 생각했다. 부모님의 딸, 윌의 친구, 그레이엄의 아내, 스티븐과 올리버의 엄마. 그녀는 그 모든 것이었고, 앞으로도 항상 어머니일 것이었다. 하지만 수습이 안 될 만큼 망가져버린 인생은 셀레나에게 이제야 자신의 참모습을 드러낼 타이밍이 왔음을 조언하고 있었다.

안으로 들어서자 스티븐이 쪼르르 달려와 그녀에게 안겼다. 하지만 올리버는 멀리 떨어져 서서 윌을 매섭게 쳐다볼 뿐이었다.

"아빠는 어딨어요?" 아이가 물었다.

"얘들아." 파울로가 말했다. "저녁 준비를 도와주겠니? 남자라면 요리도 좀 할 줄 알아야 해."

그가 두 아이를 이끌고 주방으로 갔다.

셀레나는 엄마의 품에 와락 안겼다.

"엄마, 저희 여기서 며칠 지내도 돼요?" 이미 어떤 답을 듣게 될지 알면서도 그녀는 굳이 물었다. 하지만 엄마 집 손님방에 누워서 무슨 수로 나 자신을 찾지? 그나마 어린 시절 그녀가 썼던 방이 아니라서 다행이었다. 그녀의 아빠는 아직도 그 집에 살고 있었고, 그녀는 그곳에 거의 걸음을 하지 않았다.

"여긴 네 집이나 마찬가지야." 엄마가 말했다. "내가 있는 곳이 바로 네 집이라고."

한 번 엄마는 영원한 엄마였다. 자식이 몇 살이든 간에. 그녀의 엄마는 딸을 거실로 데려갔다. 주방에서는 파울로의 바리톤 목소리와 아이들의 웃음소리가 흘러나오고 있었다.

"배고파?" 코라가 물었다. 엄마라면 늘 가장 먼저 챙겨야 하는 부분이었다. 배곯는 아이가 있는지.

"너무너무 고파요." 그녀가 사실대로 말했다.

"마침 수프가 있어." 코라가 셀레나의 팔뚝을 가볍게 토닥였다. "데워올 테니까 여기 앉아서 좀 쉬고 있어."

그때 윌의 휴대폰이 울어대기 시작했다. 그는 다른 방에 들어가 응답했다. 셀레나는 통화 내용을 엿듣지 않으려 애썼다. 하지만 그녀는 어느새 귀를 쫑긋 세운 채 알아들을 수 없는 그의 웅얼거림에 집중하고 있었다. 그녀는 차분하면서도 음울한 그의 목소리에 익숙했다. 잠시 후, 통화를 마친 그가 어두운 표정으로 방을 나왔다.

셀레나는 심호흡으로 불안진 마음을 다스렸다. 한 가닥 남은 희망을 끝까지 붙잡고 싶었다. 게임은 아직 끝나지 않았으니까.

"경찰이 젊은 여자의 시체를 발견했대." 월이 말했다. "집에서 5마일쯤 떨어진 곳에서. 주립공원 오솔길에서 조깅을 하던 사람이 시체를 발견했다나봐."

한때 그레이엄이 규칙적으로 뛰던 코스.

셀레나의 엄마는 숨이 턱 막혀버린 모양이었다. 갑자기 현기증이 밀려들자 셀레나는 긴 소파로 다가가 풀썩 주저앉았다.

"그 시체…… 제네바야?"

월은 아이들이 듣고 있는지 확인하기 위해 자신의 뒤를 흘끔 살핀 후 목소리를 낮추었다.

"얼굴이 심하게 훼손됐대. 그래서 신원 확인에 애를 먹고 있다더군."

코라의 입에서 끙 앓는 소리가 터져 나왔다. 아내의 나지막한 신음을 용케 듣고 파울로가 주방에서 불쑥 나타났다.

셀레나는 두 손에 얼굴을 묻고 흐느껴 울기 시작했다. 제네바와 자기 자신과 아이들이 너무나도 불쌍해졌기 때문이었다. 끝이 보이지 않는 그들 앞의 터널은 그새 한층 더 어두워져 있었다.

29

펄

아빠는 늘 바빴다. 펄에게 뒷정리를 떠맡기고는 자주 집을 비웠다. 그녀는 아빠가 또 다른 외로운 여자를 찾았을 거라 짐작했다. 펄에게는 그의 것과는 별개의 목표가 있었다. 하지만 진척은 무척 더디기만 했다. 과연 내가 잘 해낼 수 있을까? 그녀는 궁금했다. 친부가 이런저런 것들을 꼬치꼬치 캐묻지 않을까? 내가 어디서 어떻게 살아왔는지, 스텔라는 어떻게 됐는지. 물론 그를 만날 수 있을는지부터 의문이었지만.

펄은 지역 전문대학교에 등록했다. 그녀의 지적 능력에 한참 못 미치는 곳이었지만 지금은 그런 걸 따질 여유가 없었다. 게다가 배우고 싶은 건 세상 어디서든 배울 수 있지 않은가. 좋은 학교의 번듯한 학위. 그것 역시 또 다른 종류의 사기였다. 지위에 대한 환상을 사고 파는 것에 불과할 뿐. 아빠는 그렇게 말했다.

아빠는 학교 측의 철저한 조사에 그녀의 정체가 발각되면 어쩌나 걱정했다. 특히 명문 학교들은 신청인의 가계까지 꼼꼼히 살펴보는 경향이 있었다. 아이가 좋은 학교들을 마다하고 굳이 이런 곳에 입학

하게 된 이유였다.

"그가 그런 걸 궁금해 할 것 같아?" 오랜만에 만난 아버지가 난처하게 캐물으면 어떻게 반응해야 하는지 묻자 아빠는 반문했다. 아빠는 일부러 못 되게 군 게 아니라, 그저 현실적이었을 뿐이었다. 표적의 분석. 그는 누구인가? 그는 무엇을 원하는가?

그날 밤, 그녀와 아빠는 실로 모처럼만에 함께 시간을 보낼 수 있었다. 두 사람 사이의 기류에는 그간 약간의 변화가 있었다. 그녀는 더 이상 게임의 자산이 아니었다. 성인이 된 그녀는 외모 또한 많이 성숙해져 있었고, 그런 이유로, 더 이상 어머니 노릇을 하고 싶어 하는 나이 든 여자들을 유혹하는 미끼가 될 수 없었다. 더 젊고 아름다운 그녀는 오히려 그들의 위협이 돼버렸다. 그들은 긴 소파에 늘어져 있었다. 그녀의 머리는 그의 허벅지에 얹어져있었고, 그는 그녀의 머리끝을 손가락으로 비비 꼬아대는 중이었다.

"그가 네게 조금의 관심이라도 있었으면 아무리 못해도 사람을 써서 널 찾아보려는 시늉이라도 하지 않았겠어? 경찰을 끌어들이던지."

그녀는 문득 궁금해졌다. 스텔라가 살해됐을 때 그도 경찰의 방문을 받았을까? 아빠도 그에 대해 손쉽게 알아냈는데 경찰이라고 못할 리 없잖아. 그녀는 뉴스 기사에서 친부에 대한 내용을 읽어본 기억이 없었다.

"나에 대해 알고 싶어 했는지도 모르죠." 그녀가 그를 올려다보며 말했다. 그녀의 이목구비는 벽난로 불빛을 받아 깜빡였다. 눈은 움푹 들어갔고, 볼에는 계곡이 생겨났다.

아빠는 그녀가 자신의 발언을 차분히 곱씹어볼 수 있도록 한동안 침묵을 지켰다.

"하지만 보나 마나 그러지 않았을 거예요." 마침내 그녀가 난로 속 불꽃을 바라보며 입을 열었다.

"스텔라가 죽고 네가 실종됐을 때 네 친부는 양육비 부담이 확 줄었다며 기뻐했는지도 몰라. 감정적으로 파산이 된 상태였을 테니까."

부전여전이라는 건가? 어쩌면 내 안의 공허감도 아버지로부터 물려받았는지도 몰라. 무감정적인 성격도.

그들은 사전 조사를 완벽히 마쳐놓은 상태였다. 그녀의 친부는 링크드인에 가입돼 있었지만 페이스북이나 트위터나 인스타그램에서는 찾을 수 없었다. 그들은 그의 딸들과 가족 친구들의 포스트에서 그의 사진을 찾아내는 데 성공했고, 비록 엉성하나마 그의 프로필이 조금씩 완성되어갔다.

아빠가 말을 이었다. "그에겐 가족이 있어. 아내, 딸 둘. 은행 임원이더군. 네가 불쑥 나타나 시끄럽게 굴면 분명 돈으로 네 입을 막으려 들거야."

인터넷에서 찾아낸 사진 속의 친부는 딱딱하게 굳은 표정에 잔뜩 경직된 모습을 하고 있었다. 가족사진 속에서 그는 검은 머리를 한 두 소녀 뒤에 우뚝 서 있었다. 그의 소유욕 강한 팔은 가식적인 미소를 흘리는 자그마한 체구의 여자에 둘러져 있었다. 여자에게서는 스텔라 분위기가 살짝 풍겼다. 큰 키에 험상궂은 표정, 넓은 이마, 그리고 까만 눈의 소유자였다. 짙은 눈썹 사이에는 영영 펴지지 않을 것 같은 주름이 깊게 패어 있었다. 마치 매서운 눈빛으로 상대를 주눅 들게 하는 판사나 교도소장이나 엄격한 교장을 보는 듯했다. 개와 함께 찍은 또 다른 사진 속에서 그는 환히 웃고 있었다. 신기하게도 그와 로트와일러는 서로 꽤 닮아있었다.

그는 펄의 상상 속 아버지 버전과 거리가 멀었다. 그는 스파이도 군인도 아니었다. 그녀의 상상력이 빚어낸 아버지는 늘씬한 체구에 엷은 갈색 머리, 그리고 미소가 멈추지 않는 얼굴을 가지고 있었다. 아빠처럼 웃기고, 저돌적인 사람이었다.

"그가 스텔라를 죽인 거라면요?" 펄이 물었다.

아빠는 눈썹을 추켜세우며 잠시 골똘한 생각에 잠겼다. 미처 생각지 못했던 가능성이라는 듯이.

하지만 펄은 아빠 역시 같은 의심을 해보았을 거라 확신했다. 아빠는 그런 부분에 있어 누구보다도 철저한 사람이니까. 적어도 당시에는 그녀의 눈에 그렇게 비쳐졌다.

"그랬을 가능성은 희박해." 한참 후 아빠가 대답했다. "만에 하나, 그게 사실이라면 그는 더더욱 네 출현을 부담스러워할 거야. 누가 알겠어? 우리 예상을 훌쩍 뛰어넘는 금액을 제시할지?"

"아니면."

"아니면?"

"아니면 날 없애려 할지도 모르잖아요."

아빠는 펄을 살며시 끌어안았다. 펄은 두 팔을 양옆으로 늘어뜨린 채 저항하지 않았다. 잠시 후, 그녀에게서 떨어져 나간 아빠가 두 손으로 그녀의 볼을 감싸 쥐었다. "내가 살아있는 한 그 누구도 널 해치지 못해."

펄은 미소를 지어 보였다. 아빠는 그녀의 머리에 살짝 입을 맞추었다. "지키지도 못할 약속일랑 하지 말아요." 그녀가 말했다.

"내가 언제 약속 어기는 거 본 적 있어?"

두 사람은 한동안 침묵에 빠졌다.

아빠가 다시 입을 열었다. "그는 모든 문제를 돈으로 해결해온 사람이야. 이번이라고 다르지 않을 거라고. 미래의 행동을 점치려면……."

"과거 행동을 살펴보면 되죠."

두 사람 사이에 또다시 어색한 정적이 찾아들었다.

"신중히 접근해야 해." 아빠가 말했다. "침착하고, 조심스럽게. 그를 자극해선 안 돼."

그래서 펄은 친부에게 링크드인에 소개된 이메일 주소로 먼저 연락해보았다. 제목은, **저, 펄이에요.** 그리고 짤막한 메시지, **제가 누군지 아세요?**

펄은 묵묵히 답을 기다렸다. 하루. 이틀. 아무리 기다려도 답신은 오지 않았다. 그녀는 불안해졌다. 이메일 주소가 틀렸나? 아니면, 비서가 정크 메일로 구분해 삭제해버렸나? 사흘. 나흘. 그녀는 자신이 무엇을 원하는지 알지 못했다. 그녀는 아버지를 원하지 않았다. 그로부터 얼마나 뜯어낼 수 있는지도 관심사가 아니었다. 적어도 아빠만큼은. 하지만 그녀 안에서는 정체를 알 수 없는 갈망이 계속해서 꿈틀댔다.

펄은 기차를 타고 도시로 향했다. 그리고 그의 사무실 프런트 데스크에 메모를 남겨놓았다.

저, 펄이에요. 제가 누군지 아세요?

그녀는 직접 마련한 대포폰의 번호도 남겨놓았다. 보안 카메라가 사방에 널린 곳에서 그런 무모한 일을 벌이다니, 누가 봐도 어리석은 짓이었다. 하지만 당시 그녀에게는 그런 것까지 일일이 따져볼 정신이 없었다. 그녀는 아빠가 스마트폰을 좋아하지 않는다는 걸 알고 있었다. 아빠는 방심하다가 그것에 덜미를 잡힐 수도 있다고 늘 경고했다. 하지만 당시 그녀에게는 가정용 카메라, 보안용 카메라, 그리고 경찰이 운영하는 감시용 카메라의 복잡하게 얽힌 회로망에 대한 이해가 전혀 없었다.

그녀는 계속 기다렸다. 아버지에게서는 이메일도, 전화도 없었다. 닷새. 엿새.

"내 이메일을 못 받았나 봐요." 그녀가 아빠에게 말했다. "어쩌면 프런트 여직원이 내가 남기고 온 메모를 쓰레기통에 던져버렸는지도 몰라요. 날 구두에 달라붙은 껌 처다보듯 했다니까요."

"네 아버지가 네가 조용히 물러가주길 바랐는지도 모르잖니."

그녀는 포기할까도 생각했다. 심리학 교수가 내준 산더미 같은 과제를 생각하면 마땅히 그래야 했다. 교수는 꽤 흥미로운 사람이었다. 그는 자극과 도전을 무기 삼아 제자들을 노련하게 조련했다. 펄은 자신에게 웃음을 되찾아준 남자와 교제도 시작했다. '평범함'에 이르는 문간에 아주 자그마한 틈이 생긴 것이었다. 아빠만 아니었어도 그녀는 진작 그 틈을 비집고 들어갔을 것이다.

"아무래도 압박을 가해봐야겠어." 아빠가 말했다. "아주 조금만."

펄의 친부 집은 꽤 봐줄 만했다. 웅장한 느낌이 들어서가 아니었다. 솔직히 세상에는 그보다 훨씬 웅장한 집이 쎄고 쎘다. 눈부시게 푸르른 잔디, 차고 밖 퍼걸러(정원에 덩굴 식물이 타고 올라가도록 만들어 놓은 아치형 구조물)를 뒤덮은 부겐빌레아(분꽃과에 속하는 덩굴 식물), 현관 입구의 벽돌 계단, 빨간 문, 검은 덧문, 하얀 외벽. 그는 매일 아침 미끈한 BMW를 몰고 출근했다. 가끔 조수석에 탄 그의 둘째 딸이 눈에 들어올 때도 있었다. (그의 맏딸은 대학생이었다.) 날씬한 체구에 예쁜 옷을 걸친 아이는 윤기 나는 검은 머리를 갖고 있었다.

예쁘장한 아이는 자신의 삶 속으로 스며든 어둠을 전혀 감지하지 못했다. 아이는 오로지 환한 빛만 쬐고 살아온 듯했다. 펄은 아이의 매끄럽고 순수한 얼굴만 보고 그걸 알 수 있었다. 덜렁대는 걸음걸이, 트렁크에 책가방을 아무렇게나 던져 넣는 모습 하며, 손에 쥔 휴대폰에서 눈을 떼지 못하는 모습까지. 아이에게 인생은 재밌는 게임에 지나지 않았다. 부서지면 고치면 되고, 잃어버리면 또 사면 되고. 늘 그런 마인드로 살아왔을 아이는 세상에 또 다른 종류의 삶이 존재한다는 걸 알지 못했다. 궁핍하고 예측 불가능한 삶이.

펄은 마음이 불편해졌다. 그녀 안 블랙홀은 빛과 시간을 게걸스럽게 삼켜대고 있었다.

펄은 지난 일주일간 이해되지 않는 뜨거운 감정을 안고 그 집 가족을 관찰해왔다.

아침마다 집 건너편에 차를 세워놓고 그들이 각각 출근길과 등굣길에 오르는 모습을 지켜봐왔다. 그녀의 정찰은 그의 아내가 볼일을 보러 집을 나설 때까지 이어졌다.

펄은 오후 3시 30분에 다시 돌아와 시끌벅적한 친구들과 버스를 타고 귀가하는 소녀를 지켜보았다. 비싼 옷에 공들여 손질한 머리, 립글로스, 그리고 숨넘어가는 웃음소리. 놀리고, 떠밀고, 뒤쫓고. 그들은 그렇게 빨간 문 뒤로 사라져버렸다. 지금껏 펄에게 허락되지 않았고, 앞으로도 그럴 일 없을 세상 속으로. 특권이 아닌, 소속의 세상 속으로.

그러던 어느 날, 차에서 내린 펄은 으스름을 헤치며 천천히 길을 건너갔다. 그가 6시 10분 정각에 집에 도착한다는 걸 알고 있는 그녀는 커다란 오크나무 뒤에 몸을 숨겼다. 집에서는 보이지 않지만 차고 앞 진입로에서는 잘 보이는 곳이었다. 그녀는 새들의 지저귐과 바람에 날리는 낙엽 소리를 들으며 때를 기다렸다.

마침내 귀가한 그는 고개를 돌리고 그녀를 쳐다보았다.

그녀는 한 손을 들어 보였고, 두 사람은 잠시 서로를 빤히 쳐다보았다. 내가 누군지 알아봐줄까?

그는 딸에게서 눈을 떼고 차고 문을 열었다. 그가 차고 안으로 사라지자 그녀는 쿵쾅대는 가슴과 어수선해진 머리를 애써 진정시키며 기다렸다. 날 봤겠지? 분명 날 알아봤을 거야. 아니, 어두워서 못 봤나? 내가 너무 무모하게 달려든 건 아닐까?

이내 차고 문이 내려졌다. 거슬리는 소음이 저녁 새소리를 완전히 삼켜버렸다. 그는 끝내 차에서 내리지 않았다.

펄은 자신의 차로 돌아갔다. 마음속에서는 분노의 폭풍이 휘몰아치고 있었다. 처음 느껴보는 격한 감정에 스스로 흠칫 놀랐다.

지금껏 그녀 안 깊은 곳에 방치돼온 무언가가 폭발해버린 것이었다. 차에 오른 펄은 핸들을 두 손으로 꽉 움켜쥐고 동네를 빠져나왔다. 그리고 인적 끊긴 운동장 건너편 텅 빈 주차장으로 들어갔다. 펄은 가장 외진 곳에 차를 멈춰 세웠다.

그녀의 입에서 기다렸다는 듯 사이렌과 같은 긴 울부짖음이 터져나왔다. 그녀는 자신이 그런 섬뜩한 소리를 낼 수 있다는 사실을 미처 몰랐다. 로켓처럼 파고든 그 소리가 가슴을 후벼대자 펄은 주먹으로 핸들을 반복해서 내리쳤다. 그녀 자신과 스텔라를 위한 절규는 한동안 멎지 않았다. 아버지인 남자와 자신의 동생일 수도 있는, 그의 예쁘고 맹한 딸, 그리고 자신이 한 번도 누려보지 못한 평범한 삶을 향한 펄의 분노가 뜨겁게 끓어올랐다. 아빠에게도 발끈 화가 났다. 그 사람은 내게 뭐지? 아버지? 억류자? 어쩌면 펄의 엄마를 죽인 살인자인지도 몰랐다. 그럼에도 두 사람 사이에는 친 부녀와 같은 끈끈한 유대가 형성돼 있었다.

눈물이 폭포처럼 쏟아져 내렸다. 평생 억눌렸던 감정이 일제히 폭발을 일으킨 듯했다.

격한 흐느낌이 멎자 진이 빠져버린 그녀는 이마를 핸들에 가져가 붙이고는 가쁜 숨을 몰아쉬었다. 해가 저문 세상은 온통 황금빛으로 물들어있었다. 가로등이 차례로 켜지기 시작했다. 마침내 그녀는 어둠에 파묻히고 말았다. 그녀는 정신을 가다듬고 집을 향해 차를 몰아나갔다. 집. 아빠와 함께 사는 집으로.

하지만 그녀가 도착했을 때 집은 비어있었다. 뭐가 그리 바쁜지 최근 들어 아빠의 외출이 잦아졌다. 그에게 많은 시간과 노력이 필요한 새 일거리가 생긴 모양이었다. 그럴 때면 펄은 홀로 숙제를 하거나 책을 읽는 것으로 시간을 보내곤 했다. 늘 그래왔듯 그녀는 쉴 새 없이 책을 읽어나갔다. 그리고 그렇게 또 다른 세상과 다른 삶들 속으로 빠져들어 갔다.

그녀는 노트북 컴퓨터로 이메일을 체크했다. 아버지가 보내온 메모가 그녀 눈에 들어왔다. 전혀 특별한 구석이 없는 친부의 메모였다.

그래. 메모에는 그렇게 적혀있었다. **네가 누군지 알아. 우리 만나서 얘기할까?**

30

앤

주방 조리대에는 휴대폰 세 개가 나란히 놓여있었다. 셋 다 충전 중이었다. 그 중 둘은 플립형 대포폰이었고, 나머지 하나는 스마트폰이었다. 앤은 총 네 개의 이메일 계정과 다섯 개의 사서함을 관리하고 있었다. 또한 그녀는 유령회사를 통해 사들인 콘도 두 채를 소유하고 있었다. 그녀의 재산은 아빠의 부패하고 나이 든 변호사, 멀이 관리해왔다. 그녀의 새 신원은 법적으로 아무런 문제가 없었다. 여권, 사회 보장 번호, 운전면허증, 전부 다 깨끗했다.

그 신원은 그녀의 탈출구였다. 그녀는 현재 진행 중인 케이스를 마무리 짓는 즉시 깨끗하게 손을 털 생각이었다.

"이게 내 마지막…… 케이스예요." 그녀가 큰소리로 말했다.

그녀는 '사기'라는 표현을 좋아하지 않았다. 저급한 어감 때문이었다. 스캠, 바가지. 그런 단어들은 게임의 신중한 뉘앙스와 전혀 어울리지 않았다. 그녀가 하는 것, 그들이 하는 것은 단순한 절도가 아니었다. 과학과 예술이었다. 섬세한 기브 앤드 테이크. 아빠는 얻는 만큼 반드시 내준다고 했지만 그녀는 그 말을 믿지 않았었다. 하지만 나중에 그 주장이 어느 정도는 진실임을 확인하게 됐다.

아빠는 말이 없었다. 탐탁지 않거나 동의하지 못한다는 의미였다. 그는 유령 같은 모습을 하고 구석에 서 있었다. 보일락 말락 한 그림자가 되어서는. 그게 바로 그였다. 오래 전에 떠났지만 아직도 곁을 서성이는 유령, 그리고 그림자.

'그런 다음엔?' 마침내 아빠가 입을 열었다.

아빠는 늘 그녀에게 너무 깊이 들어갔다고, 공사의 구분을 못 했다고, 불필요한 출혈이 너무 심했다고 잔소리를 해댔다. 하지만 그는 직접 전면에 서서 이끌지 않을 때는 자신이 누구인지조차 알지 못했다. 그는 초조해했고, 안절부절못했다. 마치 전원이 차단됐기라도 한 것처럼 몇 시간 동안 멍한 얼굴로 앉아있기도 했다. 직접 뛰지 않으면 그는 아무것도 아닌 존재였다.

하지만 그녀는 달랐다.

그녀는 누구라도 될 수 있었고, 어디라도 갈 수 있었다. 언제든 한 캐릭터에서 또 다른 캐릭터로 옮겨갈 수 있었고, 필요하다면 언제라도 손을 털고 떠날 수 있었다. 그녀는 은퇴 후 남아있는 모든 에너지를 총동원해 가면 뒤에 숨겨진 자신의 본모습을 꼭 찾아보고 싶었다.

"이젠 지쳤어요." 그녀가 말했다. "당분간 자유를 누려보고 싶어요. 여행도 하고, 이국적인 곳에서 요리도 배우고. 스키도 배워보고 싶어요. 남들처럼 말이에요."

그가 웃음을 터뜨렸다. 그녀를 불쾌하게 할 만한 반응은 아니었다. 나름의 방식으로 앤을 사랑했던 아빠는 단 한 번도 그녀를 불쾌하게 만든 적이 없었다. '우리 같은 사람들은 절대 그런 삶을 누릴 수

없어.'

"난 아빠랑은 달라요." 신랄하고 방어적인 대꾸였다. 그녀는 이내 누그러졌다. "난 그렇다고요."

'정말?'

"이 일을 그만두고도 얼마든지 마음 편히 살 수 있어요."

'과연 그럴까?'

그때 대포폰 하나가 요란하게 진동하기 시작했다. 벤.

마지막 채팅 이후로 그들은 연락 두절 상태를 유지해왔었다. 그는 몇 번 전화를 걸어왔고, 문자 메시지와 이메일로도 접촉을 시도했었다. 하지만 그녀의 무응답에 한동안 침묵해왔다. 그녀는 그가 자신을 진심으로 걱정한다는 걸 알고 있었다. 절박함에 필사적인 모습을 보이고 있다는 것도. 그녀는 그의 안에 무언가를 심어놓았다. 누군가를 다시 사랑할 수 있을지 모른다는 희망. 다시 누군가의 사랑을 받을 수 있을지 모른다는 희망. 그녀는 달콤한 밀어와 그를 갈망하는 시늉으로 그의 상처 난 자아를 서서히 채워왔다. 그녀는 한없이 나약한 척하며 그에게 조언을 구했고, 사진도 여럿 내주었다. 그가 헛바람에 주체하지 못할 때까지.

아빠는 늘 강조했다. 정직한 사람에게는 절대 사기가 먹히지 않는다고. 하지만 그건 사실이 아니었다. 사기에 넘어가지 않는 유일한 이는 그 무엇도 필요하지 않은 사람뿐이었다. 절실히 원하는 게 없어 그 어떤 유혹에도 흔들리지 않는 사람.

'그가 마음에 들어?' 아빠가 말했다. '그런 거야?'

그녀는 대답하지 않았다.

'넌 지금 큰 실수를 하고 있어.'

그녀가 대포폰을 집어 들고 벤의 메시지를 확인했다.

'정말 어쩌려고 그래?' 아빠가 말했다. '그 친구랑 결혼이라도 할 작정이야? 가정을 꾸리고 평범하게 살고 싶어? 이 바닥을 영영 떠나겠다는 거야?'

원한다면 당장이라도 그를 놓아줄 수 있었다. 그의 접촉 시도를 외면하고, 온라인 프로필을 삭제하고, 이메일 계정을 폭파하고, 휴대폰을 폐기해버리면 깨끗이 끝날 일이었다. 그는 사라진 '귀네스'를 그리워하며 비탄에 빠질 테지만 결국 극복해낼 것이다. 하지만 그녀는 그를 놓고 싶지 않았다.

미안해요. 그녀는 답문자를 작성해 보냈다. **별일 없어요.**

동생이 마약 과다복용으로 쓰러졌어요. 지금 병원에 입원해있어요. 동생 챙기느라 정신이 좀 없네요. 나중에 연락할게요.

그녀의 전화가 울어댔다. 벤이었지만 그녀는 응답하지 않았다.

'때가 됐어.' 아빠가 말했다. '걸려들었어. 그는 네가 요구하는 걸 다 내놓을 거야. 널 곁에 두고 싶어 몸이 달아있다고. 여기서 조금만 더 시간을 끌면 절박함이 분노로 바뀔 수 있어. 소중한 걸 잃었을 때 남자들이 어떻게 돌변하는지 너도 알지?'

미안해요. 그녀는 벤에게 답했다. **할 얘기가 있긴 한데 이런 상황에선 곤란해요.**

?

지금은 동생만 생각하고 싶어요. 인생은 짧잖아요.

그게 무슨 소리죠?

사랑해요, 벤.

그 말은 거의 진심처럼 느껴졌다. 자신 안의 진심 어린 감정조차 제대로 알아보지 못하면서. 그녀는 숨을 죽이고 벤의 반응을 기다렸다.

나도 사랑해요. 만나서 얼굴 보며 들려주고 싶었어요.

곧 만날 수 있을 거예요. 약속해요.

화면에 찍힌 단어들을 읽어나가는 그녀는 완전한 단절감을 느꼈다. 손길도, 어조도, 감정도 실리지 않은 채 휘리릭 날아가는 메시지들. 남들이 온갖 의미로 채워나갈 수 있는 빈 슬레이트는 사기꾼에게 완벽한 도구였다. 하지만 진심을 담아 소통하기에는 적절치 않았다. 그럼에도 그녀는 벤의 진심을 알 것 같았다. 그녀는 그에게 본명을 가르쳐주고 싶었다. 자신의 진짜 사연을 털어놓고 싶었다. 하지만 이제 와서 어떻게?

'우와.' 아빠가 말했다. '내가 잘못 봤군. 넌 역시 마스터야. 계속 곁에 붙잡아두면서 낚싯바늘을 최대한 깊숙이 박아 넣다니.'

그녀의 또 다른 휴대폰이 경쾌한 신호음을 뱉어냈다. 그녀는 잽싸게 휴대폰을 집어 들었다. 셀레나였다.

당신 뭐예요? 날선 메시지. **원하는 게 뭐죠?**

좋은 질문이었다. 정말로.

'너무 많은 공을 위로 던져놨어.' 아빠가 말했다. '한 번에 하나씩만 가지고 놀라고 했잖아. 그런데 넌 지금 몇 건이나 건드려놨지? 세 건?'

지금은 달랑 두 건뿐이었다. 벤과 스텔라. 나머지는 그냥 놓아주었다. 그녀가 오랜만에 나타난 사촌이라 철석같이 믿고 있는 가족. 그녀가 카메라를 해킹하는 바람에 포르노를 보다 걸렸다는 남자.

"이게 마지막이에요, 아빠. 딱 이번만 해치우고 손 씻을 거예요."

'다들 말은 그렇게 하지. 두고 보라고.'

두 사람 사이에 무거운 정적이 찾아들었다. 그녀는 하마터면 벤의 대포폰을 없애버릴 뻔했다. 그는 그녀의 탈출구였다. 그녀는 언제든 어렵지 않게 그가 아는 버전의 여자로 돌변할 수 있었다. 또한 마음만 먹으면 당장이라도 평범한 삶 속으로 홀연히 사라질 수도 있었다. 그런 일상 속에 영원히 갇혀 사는 것도 나쁘지 않을 것 같았다. 어쩌면 그녀는 실제로 그렇게 되기를 속으로나마 진심으로 바라고 있는지도 몰랐다.

'넌 대체 정체가 뭐야?' 아빠가 말했다. '원하는 게 뭐지?'

그녀는 주방 싱크 너머 유리창에 비친 자신의 모습을 물끄러미 처다보았다. 그녀는 역광 속에서 검은 형체로만 보일 뿐이었다.

"이제 그 답을 찾아보려고요."

그 말에 아빠가 피식 웃었다.

'계속 그렇게 껍질을 벗겨나가 봐. 기대했던 것과 완전 딴판인 자신의 모습을 발견하게 될 걸.'

31

올리버

바보 스티븐. 아이는 입을 쩍 벌린 채 요란하게 코를 골아대고 있었다. 두 팔은 머리 위로 번쩍 들려있고, 볼은 벌겋게 달아올라 있었다. 동생을 빤히 쳐다보는 올리버도 당장 잠자리에 들고 싶었지만 차마 그럴 수 없었다. 왜냐하면 옆방에서 심상치 않은 일이 벌어지고 있었기 때문이었다. 굳게 닫힌 문, 낮추어진 언성, 벽 너머에서 들려오는 엄마의 흐느끼는 소리. 엄마는 방에 들어와 아이들에게 책을 읽어주었고, 차례로 입도 맞춰주었다. 또한 잠이 들 때까지 절대 입을 열지 않는다는 조건으로 두 아이와 함께 잠시 누워있기도 했었다. 소년은 엄마의 심기가 불편할 때, 슬플 때, 피곤하고 짜증이 날 때, 그리고 아빠에게 화가 났을 때 보이는 반응을 잘 알고 있었다. 아이들에게 화가 났을 때도. 스티븐은 바보라 그런 걸 알아채지 못했다.

올리버는 동생처럼 둔감하지 못한 자신이 못마땅했다.

아이는 무언가가 크게 잘못됐음을 알고 있었지만 누구도 들어와 설명해주는 이가 없었다. 그날 오후, 아이는 아빠와 짧게 통화를 했었다. *엄마를 잘 부탁해.* 아빠는 낯설고 아득한 목소리로 아들에게 당부했다.

　지금 어디예요, 아빠?

　아빠 걱정은 마. 아무 문제 없으니까. 며칠만 더 참으면 우린 다시 예전처럼 되돌아갈 수 있어.

　하지만 소년은 지금껏 그런 아빠의 목소리를 들어본 적이 없었다. 수화기에서는 생소한 소음이 끊이지 않고 흘러나왔다. 전화벨 소리, 그리고 처음 들어보는 목소리들.

　아무 문제 없어. 조금만 더 참아줘.

　아이의 엄마도 같은 얘기를 했다. 하지만 올리버는 그 말을 곧이곧대로 믿지 않았다. 어른들이 으레 하는 거짓말임을 알기에. 집에 무언가 큰일이 생긴 것이 분명했다.

　아이들 침실을 나온 엄마는 이따금 재스퍼와 릴리가 자고 가는 옆방으로 갔다. 한동안 흐르던 정적을 깨고 그녀의 울음소리가 들려오기 시작했다. 가끔 그러듯 소리 없이 눈물을 짓고 있는 건 아니었다. 아이들 말썽에 폭발했을 때처럼 고함을 치며 펑펑 울어대는 것도 아니었다. 이번에는 그냥 흐느낄 뿐이었다. 불안정한 호흡, 짧은 한숨. 길고 구슬픈 소녀의 울음이었다. 엿듣는 사람이 없다고 생각했는지 그녀는 한참을 그렇게 울었다. 그리고 갑자기 뚝 그쳤다.

　아이는 침대를 내려와 잭앤질 욕실(누가 화장실에 이런 요상한 이름을 붙여놨을까?)로 들어갔다. 문을 열고 옆방으로 들어간 아이는 침대로 다가가 보았다. 아이는 엄마에게 같이 누워도 되는지 물어볼 생각이었다. 하지만 침대는 텅 빈 상태였다. 어디에도 엄마는 보이지 않았다.

어쩌면 엄마는 아래층에 내려갔는지도 몰랐다. 이따금 할머니가 그러듯이. 할머니는 가끔 아래층에 내려가 우유를 데워 마시곤 했다. 아이도 몇 번 할머니를 따라 내려간 적이 있었다. 그들은 식탁에 마주 앉아 이런저런 대화를 나누었다. 학교, 만화책, 엄마와 마리솔 이모의 어린 시절, 뭐 그런 것들에 대해서. 할아버지 집 뒤뜰에 지어놓은 나무 위 오두막, 할머니와 파울로가 다녀온 여행. 할머니와 진짜 할아버지가 갈라선 이유. *부부가 서로에게 정나미가 떨어지면 아예 헤어져서 사는 게 현명한 일이야. 처음엔 좀 힘들지만 시간이 흐르면 모두가 적응을 하게 된단다.* 그건 어른들이 흔히 내놓는 또 다른 거짓말처럼 들렸다. 잰더는 이혼한 부모님 때문에 너무 괴롭다고 했다. 물론 생일과 크리스마스를 두 번씩 꼬박꼬박 챙겨 먹는 건 좋지만. 하지만 할머니와 할아버지가 이혼했을 때 올리버의 엄마는 아이가 아니었다. 그리고 아이의 진짜 할아버지는 파울로만큼 좋은 사람이 아니었다.

아이는 엄마와 아빠도 머지않아 갈라서게 될 거라 믿었다. 그리고 그 중심에는 아직도 나타나지 않는 제네바가 있을 거라고.

다시 화장실을 통해 방으로 돌아온 소년은 아이패드를 집어 들었다.

아래층에서 인기척이 들려왔다. 아이는 곯아떨어진 동생을 남겨놓고 아래층으로 내려가 보았다. 올리버는 제네바가 사라진 날 찍은 사진을 엄마에게 보여주고 싶었다. 아이패드에는 많은 사진이 담겨 있었다. 제네바를 찍은 사진, 이웃집 개를 찍은 사진, 바지를 내린 스티븐의 엉덩이 사진, 자기 엉덩이 사진. 주방 일에 여념이 없는 엄마. 늘 그러듯이 서재에 앉아 컴퓨터를 들여다보는 아빠. 갈라진 벽을 고치려고 몸을 숙인 아빠의 엉덩이 골. *이런 것까지 찍으면 어떡해?* 아빠가 빽 소리쳤었다. *당장 삭제해.* 하지만 올리버는 미친 듯이 웃음을 터뜨렸고, 결국 아빠도 따라 웃고 말았다. 엄마는 항상 한 손을 들어 촬영을 막았다. *엄마 꼴을 좀 봐! 그만해, 올리버! 웩, 그 각도는 정말 최악이야.* 아이는 리버스 슬로모션으로 촬영한 영상도 여럿 갖고 있었다. 스티븐이 침대와 소파에서 뛰어내리는 장면들. 현관 앞 계단에서 넘어져 펑펑 우는 영상도 있었다. 올리버는 그 영상을 꺼내 볼 때마다 웃음을 참지 못했다. 환히 웃던 스티븐의 표정이 한순간에 울상으로 바뀌는 게 너무나도 신기하고 우스꽝스러웠다.

올리버는 조심스레 계단을 내려갔다. 벽은 온갖 사진으로 뒤덮여 있었다. 엄마와 이모의 어릴 적 모습, 올리버와 스티븐과 사촌들, 할머니와 파울로가 여행지에서, 그리고 온 가족이 디즈니랜드에서 찍은 사진들. 소년은 벽에 걸린 사진 구경하기를 좋아했다. 아이는 기억에서 사라진 소중한 순간이 명명백백한 증거로 남겨졌다는 사실이 흐뭇했다. 그것들을 너무 자주 들여다본 덕분에, 그리고 당시 사연을 귀가 따갑도록 들어온 덕분에 아이는 포착된 모든 순간을 생생히 기억할 수 있을 것만 같았다. 그중에는 엄마가 강아지를 안고 있는 사진도 있었다. 엄마가 어릴 적 키웠다는 '추이'였다. 할머니는 엄마가 열 살 때 찍은 사진이라고 했다. 한때 엄마가 자신 같은 꼬마였다는 사실이 올리버는 믿어지지 않았다.

계단을 마저 내려온 올리버는 주방에 불이 켜져 있는 걸 확인했다. 아이는 몸을 웅크린 채 휴대폰을 들여다보거나 가끔 그러듯 알 수 없는 표정으로 먼 산을 바라보고 있는 엄마를 찾게 될 거라 짐작했다. 하지만 주방을 지키고 있는 건 엄마가 아닌, 할머니였다. 할머니는 제복이 돼버리다시피 한 분홍색 가운 차림으로 스토브 앞에 서 있었다. 데워진 우유 향기가 아이의 코를 기분 좋게 간질였다. 할머니는 그것에 꿀과 후추를 비롯한, 발음조차 쉽지 않은 이름의 여러 향신료를 곁들일 것이다. 할머니는 그것을 '황금 우유'라고 불렀다. 올리버가 세상에서 가장 좋아하는 음식이었다. 아이는 식탁으로 다가가 앉았다. 할머니는 한밤중에 불쑥 나타난 손자를 보고도 화를 내지 않았다.

"엄마가 방에 없어요." 아이가 의자를 식탁 앞으로 바짝 끌어가며 말했다. 주방 벽에도 많은 사진이 걸려있었다. 모든 사진을 텔레비전과 컴퓨터와 아이패드와 휴대폰에 보관하는 올리버의 집과는 대조적인 풍경이었다. 아이의 집에 진열된 종이 사진이라고는 엄마 아빠의 결혼식 사진뿐이었다. 사진 속 엄마는 공주 같았고, 아빠는 지금보다 훨씬 날씬한 모습이었다.

할머니가 아이 쪽으로 돌아섰다. 할머니는 올리버와 스티븐과 릴리와 재스퍼를 볼 때마다 항상 잔주름 가득한 눈으로 미소를 지어 보였다. 하지만 오늘 밤은 달랐다. 할머니의 얼굴 표정에는 근심이 한가득 담겨있었다.

"네 엄마가 나가는 소릴 들었어." 할머니가 고개를 끄덕이며 말했다. "그 소리에 깼단다."

"어디 갔는데요?"

"네 엄마가 어렸을 땐 한밤중에 곧잘 뛰러 나가곤 했어. 스트레스 받는 일이 있거나 기분이 우울할 때. 침대에서 벌떡 일어나 갑자기 조깅을 다녀오곤 했단다."

"할머니가 안 말렸어요?" 올리버는 부모님 허락도 없이 한밤중에, 그것도 혼자서 외출하는 기분이 어떨지 상상해보았다. 엄마는 어떤 이유로든 집을, 아이들을, 그리고 아빠를 두고 훌쩍 떠날 사람이 아니었다. 아빠는 혼자 외출할 때가 잦았다. 한번 나가서 며칠 동안 돌아오지 않은 적도 있었다. 바로 지금처럼. 아빠의 외출은 전혀 이상하지 않았다. 하지만 엄마가? 그건 전혀 다른 차원의 문제였다. 엄마를 잘 부탁해. 아빠는 통화 중에 당부했었다. 올리버는 엄마를 위해 자신이 뭘 할 수 있는지 묻지 않았었다. 그런 건 진작 알고 있어야 했으니까. '남자들만의 코드'처럼.

할머니는 어깨를 으쓱이고는 다시 돌아서서 나무 주걱으로 냄비를 젓기 시작했다. "엄마는 다 큰 성인이야. 자기 앞가림은 알아서 할 나이잖니. 그게 옳든 그르든 그냥 지켜볼 수밖에."

소년은 새까만 창밖 풍경을 내다보았다. "밖에 나가도 위험하지 않나요?"

"셀레나…… 네 엄마는 똑똑하고 강한 여자야. 자기 몸 하나는 확실하게 챙길 줄 안다고. 네 나이 때도 허락도 없이 저렇게 나다니곤 했단다."

"난 혼자서 밖에 나가본 적이 없어요."

할머니는 어깨 너머로 손자를 돌아보며 미소를 지었다. "세상이 많이 바뀌었어. 요즘 부모들은 절대 우리처럼 아이들을 키우지 않을 거야. 사실 그게 현명한 일이기도 하고."

할머니는 머그잔 두 개를 들고 돌아와 아이 맞은편에 앉았다. "조심해라. 뜨겁다."

"엄마랑 아빠가 이혼하나요?"

할머니가 손을 뻗어 아이의 머리에 살며시 얹었다. 할머니의 보드라운 살결에서는 항상 꽃향기가 풍겼다. 소년은 할머니의 거짓말을 기다렸다. *당연히 아니지!* 할머니는 그렇게 대답할지도 몰랐다. *아니면, 그런 말 함부로 입에 올리는 거 아니야.* "할머니가 하는 말 잘 들어." 할머니가 말했다. "어른들 문제로 집안이 시끄러운 건 사실이야. 하지만 우리 모두가 한마음으로 노력하면 다 잘 해결될 거야."

거짓말은 아니었다. 하지만…….

"난 그걸 물어본 게 아니에요, 할머니."

할머니가 고개를 끄덕였다. "알아. 하지만 지금 할머니가 해줄 수 있는 말은 이것뿐이야. 미안하지만."

아이가 예상했던 대로였다.

올리버는 우유를 한 모금 홀짝였다. 칼칼하면서도 달콤한 맛. 아이는 뜨거운 우유에 혀를 살짝 데였지만 통증은 견딜 만했다. 뜨거우니 조심하라는 할머니의 경고를 무시한 탓이었다. 스티븐이 알았다면 한밤중에 할머니와 단둘이 특별한 음료를 나누며 오붓한 시간을 보낸 올리버를 질투했을 것이다. 올리버는 스티븐이 갖지 못한 것을 누릴 때 기분이 특히 좋았다.

"제네바 때문이에요?" 소년이 물었다. "제네바가 일하러 오지 않아서요?"

할머니가 자신의 관자놀이를 살살 문지르며 긴 한숨을 내쉬었다. 그러곤 잠시 침묵을 지켰다. 아이는 할머니로부터 원하는 답변을 끝내 뽑아내지 못하리라는 걸 알고 있었다. 그들은 분위기 반전을 위해 화제를 전환했다.

할머니도 우유를 한 모금 넘겼다. "엄마가 돌아오시면 같이 앉아서 얘기해보자. 하지만 지금 네가 알아야 할 건 너와 스티븐이 안전하게 잘 지내고 있다는 사실뿐이야. 부모님이 너희를 그 어느 때보다도 사랑한다는 사실이랑. 그걸로 충분하지 않니?"

올리버는 고개를 끄덕였다. 할머니가 자신에게 뭘 원하는지 이해했기 때문이었다.

소년은 아이패드를 테이블에 내려놓고 앞으로 쭉 밀어냈다.

"그 사람 떠난 날 밤," 아이가 말했다. "몰래 찍은 거예요."

"누구?"

"제네바."

할머니가 미간을 찌푸린 채 손자의 얼굴과 아이패드를 번갈아 쳐다보았다. "네가 찍은 게 여기 담겨있어?"

"네." 아이는 아이패드를 할머니 쪽으로 돌려놓고는 영상을 재생시켰다.

"다른 사람에게도 이걸 보여줬니?" 할머니가 물었다.

아이가 고개를 젓자 할머니의 미간이 한층 더 깊게 팼다. 그녀는 몸을 앞으로 기울이고 화면을 빤히 들여다보았다. 아이의 시선도 같은 화면에 고정됐다. 길을 건넌 제네바는 자신의 차 앞에 멈춰 서서 가방 안을 뒤적이고 있었다. 그러다가 갑자기 뒤를 획 돌아보았다.

바로 그 시점에서 올리버는 리모컨으로 귀찮게 구는 스티븐을 멀리 쫓아냈다. 하지만 창문에 세워놓은 아이패드는 계속 촬영을 이어나갔다.

제네바는 골목을 따라 몇 걸음 나아갔다. 누군가가 그녀에게 다가오고 있었다. 그는 후드 달린 재킷 차림이었다. 남자 같아 보였지만…… 아닌가? 어쩌면 아이인지도 몰랐다. 나이 든 아이.

제네바는 화가 난 듯 눈썹을 씰룩이고 있었다. 그녀의 몸은 빳빳하게 경직된 상태였다. 그녀의 입 모양만으로는 어떤 대화가 오가고 있는지 확인할 수 없었다. 제네바가 그들의 집 쪽을 가리켰다. 제네바보다 키가 조금 더 큰 상대가 그쪽을 잠시 바라보다가 다시 제네바에게로 시선을 되돌렸다.

바로 그 순간, 상대의 얼굴이 두 사람의 눈에 제대로 들어왔다.

"오." 아이의 할머니가 말했다.

"저게 누구죠?" 올리버가 불쑥 물었다. 할머니가 그걸 알 리 없음에도. 올리버는 고개를 들고 할머니를 쳐다보았다. 한 손을 입에 가져가 댄 그녀는 겁에 질린 모습이었다. 할머니의 반응을 확인한 아이의 가슴이 철렁 내려앉았다.

제네바와 정체 모를 인물은 화면 밖으로 사라졌다. 그들이 서 있던 곳에는 낙엽만이 뒹굴고 있을 뿐이었다. 잠시 후, 길 건너 인도에 연한 적갈색 고양이 한 마리가 모습을 드러냈다. 올리버도 예전에 본적이 있는 고양이었다. 어느 집에서 키우는 녀석인지는 알 수 없었지만. 차량 몇 대가 간헐적으로 텅 빈 골목을 지나쳐갔다. 그리고 한참 후, 엄마가 나타나 촬영을 종료시켰다. 영상 끝부분에는 짜증으로 가득 찬 엄마의 얼굴이 짧게 담겼다. 엄마는 동생과 다툰 데 대한 벌로 올리버의 아이패드를 압수해가 버렸다.

"오, 이런 맙소사." 아이의 할머니가 말했다. 영상이 끝난 후였지만 그녀의 눈은 화면에서 떨어질 줄 몰랐다.

"엄마?" 갑자기 들려온 목소리에 두 사람이 흠칫 놀랐다.

올리버는 고개를 들고 문간에 서 있는 엄마를 쳐다보았다. 운동복 차림을 한 그녀의 볼은 벌겋게 상기돼있었고, 셔츠는 땀에 흠뻑 젖어있었다.

"뭘 보고 있었어요?" 그녀가 물었다. 하지만 할머니는 말없이 고개만 저어댈 뿐이었다. 그녀의 눈가는 촉촉해져 있었다. 엄마를 쳐다보는 올리버는 마음이 편치 않았다. 나 때문에 할머니가 울잖아. 소년의 눈시울이 뜨거워져가기 시작했다. 소년은 눈물을 보이지 않으려 애썼다. 남자는 울면 안 돼. *징징 짜는 건 계집애들이나 하는 짓이라고, 올리버.* 언젠가 엄마가 엿듣지 않을 때 아빠가 말했었다.

"뭐죠?" 올리버의 엄마가 천천히 다가오며 겁에 질린 목소리로 말했다. "대체 뭘 봤는데 그래요?"

32

펄

아빠가 데려온 소녀는 내성적이고 창백했다. 아이는 유리 같은 멀건 눈을 갖고 있었다. 자칫 잘못 건드리면 수백만 개 조각으로 박살 나버릴 것만 같은 눈이었다. 펄은 아이에게 조심스레 다가가 보았다. 소녀의 몸이 바르르 떨리고 있었다. 아니, 온몸을 사시나무처럼 덜덜 떨고 있었다. 그들의 집에 외부인이 발을 들인 건 이번이 처음이었다. 펄은 갑작스레 펼쳐진 상황이 끔찍한 침략, 그리고 깨진 약속처럼 당혹스럽고 불편했다.

"그레이시야." 펄이 짐을 내려놓자 아빠가 말했다. "가엾은 아이야. 당분간 우리가 돌봐줘야 해."

"뭐라고요?" 펄이 말했다.

소녀가 펄을 올려다보다가 이내 시선을 돌려버렸다. 아침 하늘처럼 담청색을 띤 아이의 한쪽 눈에서 눈물이 쪼르르 흘러내렸다. 신체적으로 충분히 발달하지 않은 아이는 작은 가슴에 창백한 피부를 지녔고, 펄처럼 예쁘장하지 않았다. 어쩌면 펄도 아빠의 돌봄을 받기 전까지는 이 아이와 다르지 않았을 것이다.

"흙 속의 진주야." 마치 펄의 생각을 읽기라도 한 듯 아빠가 말했다. 그는 근심 어린 눈빛으로 아이를 내려다보았다. 아이 앞에 놓인 손도 대지 않은 찻잔에서는 하얀 김이 피어오르고 있었다.

"딱 봐도 그런 것 같아요."

"그러니까 못되게 굴지 마." 그가 속삭였다. "엄마를 잃은 불쌍한 아이야."

아빠가 데려왔던 또 한 명의 소녀가 있었다. 어디 살 때였지? 별 특징 없고 습한 곳이었는데. 하지만 그 프로젝트는 실패로 돌아갔다. 펄은 자신이 발탁되기 전, 또 다른 아이들이 있었을지 궁금해졌다. 만약 있었다면 그 아이들은 모두 흔적도 없이 사라져버렸다.

"옛날에," 아빠가 그레이시를 돌아보며 말했다. "끔찍한 일을 겪은 펄을 데려와 키웠단다. 이 아이가 수렁을 헤어 나올 수 있게 보살피고, 또 도와줬어. 이제부터 우리가 널 돌봐줄 거야. 알았지?"

진실과는 거리가 있는 이야기였다. 하지만 그런 건 아무래도 상관없었다. 결국 우리가 합의한 이야기였으니.

그레이시가 어느 정도 마음을 추스른 모습으로 고개를 끄덕였다. 아이는 한 손으로 자신의 머리를 쓸어내리며 헛기침을 했다. 펄의 예상과 달리 소녀는 끝내 입을 열지 않았다. 잠시 펄을 응시하던 그레이시가 갑자기 몸을 숙이더니 주방 바닥에 속을 비워내기 시작했다. 이내 격한 기침이 뒤를 이었고, 잘 참아왔던 울음이 봇물 터지듯 쏟아졌다.

펄은 휘둥그레진 눈으로 아이를 지켜보았다. 그녀의 속이 혐오감으로 심하게 울렁이기 시작했다.

"괜찮아, 괜찮아." 아빠가 그레이시에게 슬그머니 다가가며 말했다. "푹 쉬면 금세 나아질 거야."

그는 아이를 부드럽게 감싸 안았다. 울음은 멎었지만 훌쩍임은 계속 이어졌다. 자그마한 체구의 소녀는 그새 더 줄어든 것 같아 보였다. 아빠는 아이를 데리고 주방을 나갔다. 그가 뒤를 흘끔 돌아보았다.

"펄? 미안하지만 바닥 좀 치워주겠니?"

그는 아직도 그녀를 펄이라고 불렀다. 하지만 집을 벗어나거나 한창 작업 중일 때는 실수로도 그렇게 부르지 않았다. 그녀 또한 집에서는 펄로 살았다. 이제는 엘리자베스가 돼버렸지만. 리즈도, 베스도 아닌, 엘리자베스. 흔하디흔한 이름이지만 그래도 장엄하고 우아하게 불리고 싶었다. 그녀는 같은 학교에 다니는 남자 친구가 있었다. 아빠는 그의 존재에 대해 알지 못했다. 그는 표적이 아니었으니까. 그들은 영화도 보고 근사한 레스토랑에서 데이트도 했다. 공부도 같이 했고. 그들은 진한 스킨십을 즐겼지만 섹스까지는 하지 않았다. 그는 그녀를 엘리자베스라고 불렀다. 어둠 속에서 속삭이는 이름은 특히 더 듣기 좋았다. 어쩌면 그는 표적이 맞는지도 몰랐다. 어떤 면에서는. 그녀는 평범한 학생인 척하며 그에게 접근해 여자 친구가 됐고, 남들처럼 피자 가게에서 아르바이트도 했다. 그녀는 그의 눈에 선하고 좋은 여자로만 비쳐지고 싶었다.

"너랑 더 가까워지고 싶어." 며칠 전 밤에 그가 그녀에게 입을 맞추며 말했다. 그녀는 그게 무슨 의미인지 궁금했다. 육체적으로? 아니면 감정적으로? 어쩌면 그 둘 다인지도 몰랐다. 그녀는 그가 마음에 들었다. 제이슨. 그는 똑똑하고 기타도 잘 쳤다. 펄에게 그는 남들과 같은 평범한 삶으로 이르는 문간이었다. 그녀는 필수적인 몇 가지 소유물만 챙겨 새 프로젝트에 정신이 팔려있는 아빠 곁을 훌쩍 떠나볼까도 생각해보았다. 얼마든지 그럴 수 있었다. 그녀는 기술을 완벽히 숙달했고, 수중에 돈도 어느 정도 모은 상태였다. 그녀는 그가 자신을 막으려들지 않을 거라 생각했다.

"알았어요." 펄이 큰소리로 대답했다. "못할 거 없죠 뭐. 토사물은 내가 치울게요. 내가 이 집 하녀잖아요."

하지만 아빠는 이미 그레이시와 함께 사라져버린 후였다.

소녀가 쏟아낸 토사물은 바닥에 작고 투명한 웅덩이를 만들어놓았다. 그레이시를 증오하지 않았다면 그녀는 조금이라도 아이를 안쓰럽게 여겼을 것이다.

그녀 안에서는 아직도 작지만 사나운 분노가 끓고 있었다. 어쩌다 이런 상황이 돼버렸을까? 둘만의 안전한 보금자리에 왜 낯선 아이를 데려와 평화를 깨뜨리는 거지?

위층에서 아이의 울음소리가 들려왔다. 아빠는 소녀를 달래느라 진땀을 빼는 중이었다. 그리고 또다시 통곡.

나도 처음엔 저랬을까? 걸레질을 하던 펄은 문득 궁금해졌다. 그녀는 종이수건과 표백제로 바닥을 공들여 닦은 후 뜨거운 물로 손을 씻었다.

아니. 난 저러지 않았어.

"너 같은 아이는 많지 않아, 펄." 아빠는 종종 말했다. "넌 아주 독특한 케이스야."

돌이켜보면 그레이시의 출현은 처음으로 찾아든 불길한 징조였다. 그 후로 나쁜 일들이 줄줄이 이어졌다. 늘 그렇지 않던가. 한 번의 실수는 가차 없이 다음 실수로 이어지기 마련이었다. 가파른 계단에서 굴러 떨어질 때처럼. 어쩌면 불길한 징조는 피닉스에서부터 시작됐는지도 몰랐다. 브리짓, 그 여자 때문에.

"너무 언짢아하지 마." 주방으로 돌아온 아빠가 말했다. 펄은 아직도 뜨거운 물을 틀어놓고 두 손을 박박 문질러대는 중이었다. 그녀는 얼얼해진 손으로 물을 잠갔다.

"내가 왜 언짢아하겠어요?" 펄이 의도했던 것보다 더 날카롭게 받아쳤다.

"널 위해 데려왔어." 아빠가 문간에 서서 말했다. "동생을 만들어주려고."

저게 무슨 황당한 소리지? 펄은 하마터면 웃음을 터뜨릴 뻔했다. 그녀의 눈이 그의 얼굴을 유심히 살폈다. 피로로 축 늘어진 눈꺼풀과 그 밑의 다크서클. 그녀는 아빠가 심한 불면증에 시달려왔음을 알고 있었다. 그는 밤마다 잠을 이루지 못하고 방 안을 빙빙 맴돌았다. 피닉스에서 골치 아픈 일을 겪은 후로 폭삭 늙어버렸다. 입 주위와 미간의 주름이 눈에 띄게 깊어졌고, 살도 많이 빠졌다. 그곳에서 크나큰 타격을 입고 쓰러진 그는 아직까지도 원기를 회복하지 못하고 있었다.

그가 테이블로 다가왔고, 그녀는 그 맞은편에 앉았다. 주방은 아직도 토사물과 표백제의 역겨운 냄새로 진동하고 있었다.

"집에 아무나 데려오면 어떻게 해요?" 펄이 말했다. "무슨 애완동

물도 아니고."

아빠가 고개를 떨어뜨리고 흉측하게 물어뜯긴 자신의 손톱을 내려다보았다. "거봐, 화난 거 맞잖아."

"아니라니까요."

그렇다. 펄은 잔뜩 화가 나있었다. 집에 불쑥 나타난 낯선 소녀 때문만은 아니었다. 그 외에도 수천 개의 이유가 있었다. 일일이 거론할 수는 없었지만. 그녀는 우리 속에 갇힌 짐승이 돼버린 기분이었다. 마치 그에게 붙잡혀 원치 않는 동거를 하고 있는 듯한 기분. 머릿속 목소리는 그를 떠날 수 있다고, 그리고 떠나야 한다고 그녀를 부추기는 중이었다. 하지만 그럴 수 없었다. 이런 심적 갈등을 그에게 털어놓지 않았다.

"좀 이상해진 것 같아." 그가 정적에 대고 말했다. "무슨 일 있니?"

"그건 아빠도 마찬가지 아닌가요?"

펄은 차를 끓이겠다며 일어나 주전자에 물을 받았다. 사실 그건 그로부터 멀리 떨어져있기 위한 핑계였다. 그녀는 그의 강렬한 눈빛이 불편하고 부담스러웠다. 상대가 무엇을 원하는지, 무엇을 필요로 하는지, 또 무엇을 두려워하는지 훤히 꿰뚫어 보는 눈빛.

"네 친부 때문이야?" 그가 그녀를 돌아보지도 않고 말했다. "그 문제 때문에 그래?"

그녀는 그에게 얼굴을 보이지 않아 다행이라고 생각하며 어깨를 으쓱였다. 그녀는 얼굴에 적나라하게 드러나는 감정을 들키고 싶지 않았다.

"그 일은 잘 풀렸어요." 그녀가 의도했던 것보다 높아진 톤으로 말했다. "아빠 말대로 대박을 쳤어요."

말 그대로 대박이었다. 그는 두 번 다시 접촉하지 않는 조건으로 그녀에게 거액을 내주었다. 약속대로 그에게서 멀리 떠나야 했지만, 두 번 다시 그를 떠올리지 않고, 그에 대한 모든 미련을 버려야 했지만…….

"완전히 무너뜨린 모양이군." 아빠가 말했다.

그의 탐탁지 않아 하는 톤에 펄은 마음이 불편했다.

그녀는 손목시계를 들여다보았다. 제이슨과 그녀의 또 다른 자아, 엘리자베스가 만나기로 한 시간이었다. 학생, 웨이트리스. 소도시 출신의 평범한 여자. 전혀 특별하지 않은 인물로 둔갑해야 할 시간. 찻주전자에서 요란한 휘파람 소리가 들려왔다. 그녀는 스토브에서 주전자를 가져와 찬장에서 꺼낸 머그잔 두 개에 뜨거운 물을 따랐다. 한 머그잔에는 '세계 최고의 아빠'라고 적혀있었다. 이렇듯 세상은 온갖 아이러니로 넘쳐났다.

"그럼 안 되나요?" 펄이 아빠의 앞에 머그잔을 내려놓으며 말했다. 그는 차를 향해 손을 뻗지 않았다.

그렇다. 그녀는 친부의 인생을 잿더미로 만들어버렸다. 그는 크고 아름다운 저택에서 쫓겨났고, 부부는 지저분하고 공개적인 이혼 소송을 시작했다. 그의 딸들은 아버지와의 대화를 거부했다. 나중에 알려진 사실이지만, 그의 불륜 상대는 스텔라 말고도 또 있었다. 또 다른 가족, 또 다른 여자, 또 다른 아이들. 이 소식이 전해지자 그와 함께 일해 온 여직원들이 앞 다투어 그의 공격적인 태도와 불쾌한 접근을 고자질하고 나섰다. 부유한 자선가이자 지역사회의 수호자가 알고 보니 연쇄 간통자에 직장 내 포식자였다니. 엄청난 사건은 아니었지만 충분히 큰 뉴스거리이기는 했다. 결국 그는 CEO 자리에서 쫓겨나고 말았다.

"일은 그렇게 처리하는 게 아니야." 아빠가 나지막이 말했다. "방법이 틀렸어."

"이건 내 방식이에요." 펄은 자리에 앉지 않고 소지품을 주섬주섬 챙기기 시작했다. "돈도 좋지만 난 그가 더 혹독한 대가를 치르길 바랐어요."

"표적이 발악하도록 만들면 안 돼. 도대체 아빠한테 뭘 배운 거야?"

"나만의 방식이 있다니까요." 그녀가 말했다. "아빤 이보다 더 큰 대박을 쳐본 적이 없잖아요. 아닌가요?"

아빠가 경의를 표하듯 고개를 끄덕였다. "스승을 뛰어넘는 제자가 나타나셨군."

"스승과 제자라고요? 그게 우리 관계였나요? 그럼 저 애도 제자로 키우려고 데려온 거예요?" 펄이 위층을 가리켰다. "아빠의 새로운 제자예요?"

"그런 게 아니야. 쟨 그저 우리의 도움이 필요한 가엾은 아이일 뿐이야. 이렇게 해서라도 가족을 만들어줘야지."

"아빠를 숭배할 누군가가 필요했던 게 아니고요?"

아빠는 고개를 저으며 테이블의 나뭇결을 내려다보았다. "난 널 사랑으로 키웠어, 펄. 내가 널 친딸처럼 끔찍이 아끼고 챙겨준 거, 너도 알잖아."

끓어오르는 그의 분노는 폭발 직전에 이르러있었다. 하지만 펄은 꿈쩍도 하지 않고 제자리를 지켰다. 그녀는 분노에 사로잡혀 이성을 잃어본 적이 거의 없었다.

"아이들은 다 성장하잖아요." 펄이 나지막이 말했다.

아빠는 마치 뺨이라도 한 대 얻어맞은 듯한 표정으로 그녀를 쳐다보았다.

펄은 위층으로 올라갔다. 그리고 20분 만에 필요한 모든 걸 가방에 챙겨 넣었다. 벽 너머에서 아이의 훌쩍이는 소리가 들려왔다. 소녀가 쏟아내는 절망과 비탄의 소리가 그녀의 땀구멍으로 스며들었다.

쟨 내가 알 바 아니야.

펄이 다시 아래층으로 내려왔을 때 아빠는 현관에서 기다리고 있었다.

"제발 이러지 마." 그가 말했다. "우린 가족이잖아."

"나만의 공간이 필요해요." 펄이 말했다. "잃어버린 날 찾아야겠어요."

아빠는 이해한다는 듯 미소를 지어 보였다. 그리고 바짝 다가와 그녀를 꼭 끌어안았다. 아빠의 품속에서 그녀는 흔들리려는 마음을 굳게 다잡았다. 펄의 단호한 모습에 아빠는 체념한 듯했다. 마침내 떨어져 나간 아빠가 그녀의 이마에 살짝 입을 맞추었다.

"일요일에 저녁 먹으러 와." 아빠가 말했다. "아이들은 장성해도 결국 집에 돌아오는 법이잖니."

집을 나선 펄은 자신의 돈으로 산 차의 트렁크를 열고 모든 짐을 쑤셔 넣었다. 그녀는 백미러로 문간에 서서 손을 흔드는 아빠와 위층 창문에 드리워진 소녀의 그림자를 번갈아 쳐다보았다.

그제야 분노가 누그러졌다. 이제 필, 앤, 엘리자베스, 셋 중 그 누구에게도 아무런 감정이 느껴지지 않았다.

33

코라

"왜 그러세요, 엄마?" 셀레나가 물었다.

코라는 믿을 수 없다는 표정으로 아이패드를 뚫어지게 들여다보고 있었다. 그녀 딸의 얼굴에서는 혼란스러움과 분노의 표정이 교차했다. "제네바랑 같이 있는 이 여자⋯⋯." 코라는 아직도 자신의 눈을 의심하고 있었다.

"올리버." 셀레나가 아들을 쳐다보며 말했다. 눈물이 아이의 볼을 타고 흘러내렸다. "방에 올라가. 어른들끼리 할 얘기가 있어."

"하지만⋯⋯." 아이가 엄마와 할머니를 번갈아 쳐다보며 말했다. "미안해요."

"어서." 셀레나가 필요 이상으로 날카롭게 말했다. 그녀는 인내심을 소환하려는 듯 두 눈을 질끈 감고 성난 목소리를 누그러뜨렸다. "부탁할게. 엄마 말 들어."

올리버는 대꾸를 위해 입을 열었다가 이내 닫아버렸다. 그리고 쌩하니 주방을 나가버렸다. 예민한 아이라 충분히 예상이 가능했던 반응이었다. 코라는 잽싸게 달려가 씩씩대며 계단을 오르는 손자를 달래주고 싶었다.

셀레나는 코라의 손에서 아이패드를 낚아채 들고 화면을 켰다. 영상이 재생되면서 그녀의 얼굴에 환한 불빛을 뿌렸다.

잠시 후, 그녀의 숨이 턱 막혀버렸다. 그녀는 의자에 털썩 주저앉았다. 당혹감을 감추지 못한 채 고개를 저어댔다.

"이 여자를 아세요?" 마침내 셀레나가 물었다.

"넌?" 코라가 물었다.

"전…… 기차에서 만난 적 있어요." 셀레나가 넋 나간 모습으로 대답했다. "이 여자가…… 한번 만나자고 문자를 끊임없이 보내왔어요. 그래서 못 이기는 척 시내에 나가 만나줬죠."

딸의 설명에 코라는 흠칫 놀라는 모습이었다. "오, 맙소사."

"이 여자가 누군데 그래요? 네? 엄마."

갑자기 코라는 목이 메어왔다. 그녀는 친부에 대해 딸에게 들려주지 못한 얘기가 많았다. 친부가 무슨 짓을 했는지. 그녀는 딸들에게 피해가 가지 않도록 그에 관한 비밀을 꼭꼭 숨겨왔었다.

코라는 넘겨받은 올리버의 아이패드를 켜고 이미지를 클릭했다. 맞아. 그 애야. 코라는 영상 속 여자를 대번에 알아볼 수 있었다.

"엄마!" 셀레나가 말했다. "이 여자가 대체 누군데 그러세요?"

코라가 처음 보았을 때 그녀는 10대 후반의 소녀였다. 슈퍼마켓 밖을 서성거리던 아이는 코라의 남편처럼 검은 머리에 이목구비가 또렷한 얼굴을 갖고 있었다. 그들의 딸들처럼 늘씬했고. 뭔가 야생의 분위기를 풍기는 소녀는 코라의 모성 본능을 자극했다. 그녀는 농산물 코너에서 사과를 고르는 소녀를 유심히 쳐다보았다. 그날 오후 내 시선을 그토록 강하게 잡아끈 건 무엇이었을까? 그녀는 그게 늘 궁금했었다. 소녀는 어느새 신문 코너로 자리를 옮겼다.

코라는 하마터면 아이에게 성큼 다가갈 뻔했다. 도움이 필요하니? 그녀는 그렇게 묻고 싶었다. 전혀 도움을 필요로 하는 모습은 아니었지만. 코라가 계산을 마쳤을 때 아이는 어딘가로 사라져버린 후였다.

며칠 후, 코라는 동네에서 소녀를 다시 보게 됐다. 아이는 동네 주민처럼 자연스럽게 행동하려 애쓰는 중이었다. 하지만 그럴수록 코라의 눈에는 점점 더 어색하고 튀어 보일 뿐이었다. 소녀에게서는 외부인의 느낌이 물씬 풍겼다. 시선은 한 곳에 머물지 않았고, 어깨에는 잔뜩 힘이 들어가 있었다. 비록 옷차림은 추레했지만 소녀는 다리가 길고 가슴이 풍만한 미녀였다. 아이는 한동안 그렇게 동네를 배회하고 다녔다.

그리고 며칠 후, 다시 나타난 소녀는 집 밖 참나무 옆에 우뚝 서 있었다. 주방 창문으로 지켜보던 코라는 포치에 나가 여유로운 모습으로 꽃에 물을 주기 시작했다. 이번엔 용기를 내서 먼저 접근하지 않을까? 인내심이 한계에 다다르자 코라는 판석 깔린 길을 따라 걸음을 옮겨나갔다. *내가 먼저 다가가서 말을 걸어봐야겠어. 대체 원하는 게 뭔지.* 코라는 생각했다. 하지만 겁을 집어먹은 소녀는 후다닥 달아나버렸다.

코라는 소녀의 정체를 어렵지 않게 알아챌 수 있었다. 남편을 쏙 빼닮은 외모 덕분이었다.

마리솔은 타지 대학에 다니고 있었고, 고등학교 졸업반인 셀레나는 가을에 NYU로 떠날 예정이었다. 모든 게 새로 태어나는 화창한 봄날이었다.

그 소녀. 영상 속 여자는 길 건너에서 코라의 집을 유심히 지켜보던 바로 그 소녀였다.

그것은 코라에게 최후의 결정타였다.

남편은 혼외정사로 아이를 가진 것으로도 모자라 그 아이를 무책임하게 방치하기까지 했다. 그리고 아버지에게 버림받은 가엾은 아이는 저렇게 거리를 맴돌며 무언가를 기다리고 있었다. 인간의 탈을 쓰고 어떻게 그럴 수 있지? 내가 사랑한 남자가 저토록 도덕적으로, 그리고 정서적으로 타락한 인간이었다니.

코라는 의외로 순조로웠던 맏딸과의 대화를 떠올리며 용기를 내보았다.

마리솔. 마리솔은 눈물까지 지으며 고함을 쳤지만 모녀는 기어이 대화로 갈등을 풀어내는 데 성공했다. 하지만 아버지를 닮아 모든 걸 흑백논리, 선과 악의 문제로만 보는 셀레나의 경우는 달랐다. 마리솔은 인생의 상당 부분을 차지하는 회색 지대에 대해 잘 알고 있었다. 가끔은 선이 악처럼, 악이 선처럼 여겨질 때가 있다는 것을. 그녀는 셀레나와 달리 코라를 심하게 몰아붙이지 않았다. 셀레나는 더그를 오랫동안 버리지 못하고 그의 비밀을 지켜온 엄마를 늘 못마땅해했다. 하지만 코라에게는 다른 선택의 여지가 없었다. 그녀는 가정을 지키는 것이 아이들을 위하는 길이라는 굳은 믿음에 사로잡혀 자신의 행복을 기꺼이 희생했다. 후환이 두렵기도 했고.

어쩌다 보니 셀레나도 같은, 아니, 더 깊은 수렁에 빠지고 말았다.

코라는 엄마로서 딸의 시련에 어느 정도 책임을 느끼고 있었다. 롤모델로서 제 역할을 잘하지 못했기에.

코라는 속삭임에 가까운 나지막한 톤으로 말했다.

"이 여자는…… 네 아버지가 다른 여자와 낳은 딸이야. 사생아."

셀레나는 창백해진 얼굴로 입을 쩍 벌렸다.

"네 이복동생이야." 코라가 말했다. "이름은 펄."

34

펄

　전화는 한밤중에 걸려왔다. 펄은 꿈속까지 스며든 전화벨 소리에 놀라 눈을 떴다. 땅속 깊이 이어지는 계단을 뛰어 내려가는 꿈을 꾸던 중이었다. 발소리가 쩌렁쩌렁 울려 퍼졌고, 그림자 같은 검은 형체 하나가 그녀를 맹추격하고 있었다. 그녀는 형체가 내뿜는 서늘한 입김을 생생히 느낄 수 있었다. 아래로, 아래로. 깊이, 더 깊이. 그녀의 머리 위로 뿌려지는 햇빛은 빠르게 사그라져갔다. 계단은 머리가 닿을 듯이 낮은 동굴로 통했다. 그녀는 손을 더듬어 요란하게 울어대는 휴대폰을 찾아보기 시작했다. 생명줄. 탈출구. 그녀는 힘겹게 잠을 떨쳐내고 침대 옆에서 빛을 발하는 휴대폰을 쳐다보았다. 제이슨의 팔과 다리가 그녀의 몸에 얹어져있었다. 그는 늘 그렇게 아이처럼 잤다. 절대 깨지 않을 것 같은 완전한 숙면.

　마침내 벨소리가 뚝 멎었다. 그녀는 굳이 휴대폰을 집어 들지 않았다. 새벽 3시에 반가운 소식이 도착했을 리 없으니. 집을 떠나온 후로 아빠와 통화를 해본 적이 없었다. 분명 아빠의 전화일 거라 짐작했다. 무언가 일이 터졌다는 뜻이었다.

어둠 속에 가만히 누워있는 그녀의 가슴이 쿵쾅대며 요동쳤다. 꿈이 뻗친 덩굴손이 그녀를 잠으로 잡아끌고 있었다. 그녀는 제이슨에게 몸을 밀착했다. 그의 몸은 용광로처럼 뜨거웠다.

펄은 이제 완전히 엘리자베스로만 살고 있었다. 그녀는 캠퍼스 근처에 자리한 제이슨의 단출한 원룸 아파트에서 그와 함께 지냈다. 그들은 함께 강의를 들었다. 그녀는 피자 가게에서 일했고, 그는 동네 카센터에서 수습생 신분으로 빈티지 자동차를 수리했다. 그들은 영화도 자주 보러 다녔다. 볼 영화는 주로 그가 골랐다. 예술 영화들, 그리고 난해한 다큐멘터리들. 그들은 하우스 파티나 바비큐 파티에서 그의 친구들과 어울려 놀았다. 외식은 주로 캐주얼 레스토랑에서 저렴한 메뉴로 해결했다. 그리고 그들은 마침내 잠자리도 함께했다. 섹스는 어렵지 않았다. 아니, 너무 쉬워서 탈이었다. 아빠가 늘 강조했던 평범한 삶. 그녀는 상쾌한 비를 맞고 새로 태어난 기분이었다. 펄의 흔적은 매일 조금씩 바래져갔고, 엘리자베스는 조금씩 진해져갔다.

그녀는 스텔라와 함께했던 삶을 기억하고 있었다. 엄마가 밥 먹듯 갈아치운 남자 친구들, 경영난에 허덕여온 서점, 연신 널뛰기를 해댄 스텔라의 무드, 점점 늘어만 갔던 엄마와의 거리감. 유년 시절은 혼란의 연속이었고, 그녀는 자신을 이야기와 책 속에 가둔 채 간신히 버텨냈다. 악몽 같은 현실을 잊기 위해 그녀는 늘 다른 세상으로, 다른 인생으로 도피하며 살아왔다. 책 속에서 그녀는 누구라도 될 수 있었다. 항상 불행에 쫓겨 다니는 제인 에어. 혐오로 가득 찬 댄버스 부인의 심상치 않은 눈빛 아래서 시들어가는 드윈터 부인. 퍼시

벌 글라이드 경의 사악한 손아귀에 붙잡힌 로라 페얼리. 지금의 삶도 그것과 다르지 않았다. 그녀는 그저 엘리자베스와 제이슨의 이야기 속으로 사라져버렸을 뿐이었다.

제이슨은 그녀의 어린 시절과 그녀의 부모에 대해 궁금해했다. 펄-엘리자베스는 궁리 끝에 진실을 반쯤 섞은 버전의 이야기를 들려주었다. 어머니는 죽었고, 아버지는 누군지 모른다고. 삼촌이 고아가 된 자신을 거두어주었다고. 한동안 삼촌과 전국 곳곳을 들쑤시고 다녔으며, 이제는 그와 소원해졌다고. 제이슨은 미네소타의 한 대가족 출신이었다. 그들은 올여름, 제이슨의 고향에 다녀올 계획을 세워둔 상태였다. 그는 그녀를 깊이 사랑했고, 그녀도 그 사실을 알고 있었다. 그녀는 능청스럽게 그를 사랑하는 척했고, 그것을 놀이처럼 즐겼다. 어쩌면 그는 그녀와의 사이를 가로막고 있는 보이지 않는 벽을 진작 감지했는지도 몰랐다.

가끔 네가 어디 있는지 궁금할 때가 있어. 언젠가 그가 말했다. *내게서 멀리 벗어나려고 애쓰는 사람 같거든.*

여기 있잖아. 그녀가 말했다. 그녀는 입을 열심히 놀려 그의 넋을 쏙 빼놓았다. 늘 그런 방식으로 난처한 상황을 벗어났다.

그녀는 가끔 한밤중에 깨어나 그림자에 파묻힌 물건들을 물끄러미 처다보곤 했다. 의자에 걸쳐놓은 옷, 책과 노트북 컴퓨터, 꽃병에 담긴 꽃들, 그들이 함께 사놓고 거의 보지 않는 텔레비전. 여기서 달아나야 하면 당장 무엇부터 챙겨야 하지? 잠시 머리를 굴려보았다.

책 몇 권. 옷 몇 벌. 옷장에 보관해둔, 돈과 여권과 사회 보장 카드가 담긴 가방. 당시만 해도 그녀는 해외에 나가본 적이 없었다. 하지만 꼭 떠나야 할 상황이 오면 난 영국으로 갈 거야. 그녀는 생각했다. 영국을 선호하는 데는 특별한 이유가 없었다. 그냥 잿빛 하늘과 끊임없이 내리는 보슬비가 왠지 모르게 매력으로 다가왔다. 언제든 안개 속으로 사라져버릴 수 있는 곳.

전화벨이 다시 울렸다. 필은 손을 뻗어 발신자를 확인했다. 화면에는 처음 보는 번호가 떠올라있었다. 그녀는 그냥 음성 사서함으로 넘겨버릴까 고민하다가 전화를 받아보았다. 전화를 걸어온 이는 울고 있었다. 귀에 익은 소녀의 목소리.

"필?"

"무슨 일이니?" 그녀는 짜증 섞인 톤으로 물었다.

"집으로 돌아와 주세요."

순간 찾아든 공포에 그녀는 정신이 번쩍 들었다. 그녀는 제이슨으로부터 조심스레 떨어져 나왔다. 여전히 깊은 잠에 빠진 제이슨의 몸은 반대쪽으로 돌아갔다.

"무슨 일인데?"

"제발," 아이가 말했다. "제발 돌아와 주세요. 난…… 뭘 어떻게 해야 할지 모르겠어요."

그녀는 전화를 끊고 나서 한동안 조용히 누워있었다. 그리고 침대를 내려와 짐을 꾸리기 시작했다. 옷장에서 꺼낸 더플백에는 옷과 책과 노트북을 쑤셔 넣었다.

그녀는 자신이 그렇게 반응하는 이유가 궁금했다. 꿈, 전화, 아이의 목소리, 모두 불길하게 와닿았다. 방 안을 맴도는 음산한 기운도. 그녀는 문득 깨달았다. 이대로 나와버리면 제이슨에게로, 엘리자베스에게로 돌아가는 길이 순탄치 않을 거라는 것을. 덮어버린 책. 끝나버린 이야기.

묵직한 가방을 어깨에 짊어진 그녀는 곯아떨어진 제이슨을 잠시 내려다보았다. 슬픔도, 후회도, 갈망도 찾아들지 않았다. 언제나 그렇듯 아무런 감정도 느낄 수 없었다. 기껏해야 가슴 한구석이 찌르르한 정도였다. 기어이 이렇게 돼서 유감이라는 정도.

그녀의 머릿속에 하나의 이야기가 스멀스멀 떠올랐다. 그는 청혼을 하고, 그들은 결혼에 골인한다. 그들은 그의 가족이 있는 미네소타로 이사한다. 그곳에서 아담하고 수수한 집을 장만해 조용히 살아간다. 그렇게 마련한 안전하고 아늑한 보금자리에서 아이들을 낳아 키운다. 엘리자베스가 전면에 서면 얼마든지 현실화할 수 있는 시나리오였다. 뒤로 물러난 펄이 과거의 유령이 되어 영원히 자취를 감춰버리면. 충분히 가능한 일이었다. 마음만 먹으면 충분히 가능한 일이었다.

제이슨은 더 이상 뒤척이지 않았고, 그녀는 소리 없이 방을 나섰다.

대학가를 벗어난 그녀는 구불구불한 시골길을 따라 한 시간가량 차를 몰아 집으로 돌아갔다. 집을 떠나온 후로 아빠는 자주 전화를 걸어와 함께 저녁이나 먹자고 했지만 그녀는 단 한 번도 응한 적이 없었다. 그가 남겨놓는 음성 메시지는 근황과 소소한 소식들로 가득 찬 편지나 다름없었다. 집 상태가 어떤지, 무엇을 수리해야 하는지. 짜증 나게 그녀의 동생이라고 표현하는 꼬마 녀석에 대한 소식도 간간이 들려주었다. 네 동생 말이다······ 너랑 닮은 구석은 별로 없는데 머리가 아주 비상하더구나. 금세 새 환경에 적응할 것 같아. 그녀는 계속해서 그의 전화를 음성 사서함으로 넘겨버렸다.

집으로 돌아와라. 마지막으로 남긴 메시지에서 그는 말했다. 바뀐 건 아무것도 없어. 우린 가족이잖니. 세상에 완벽한 가족이란 없어. 어느 집이든 문제가 있기 마련이라고. 하지만 싫다고 해서 가족이 절대 사라지지는 않아.

가족.

아빠는 그새 정신이 이상해진 모양이었다. 먼발치서 바라보니 아빠가 어떤 사람인지 더 명확히 알 수 있었다. 그는 기껏해야 노련한 사기꾼에 불과했다. 사악한 유괴범이었고, 살인자이기까지 했다. 아직도 미제로 남아있는 스텔라 살인사건의 유력한 용의자. 대체 그레이시는 어디서 데려온 거지? 걘 도대체 정체가 뭐야? 아이 엄마는 어디 있고?

집 앞에 차를 세운 펄의 눈에 소녀의 모습이 대번에 들어왔다. 포치 난간에 몸을 기댄 채 앉아있는 아이는 꼭 축 늘어진 봉제 인형 같았다. 아이는 무릎을 끌어안은 태아형 자세를 취하고 있었다. 순간 펄의 가슴이 철렁 내려앉았다. 그녀는 탁탁거리며 식어가는 엔진 소리를 들으며 미동도 없이 앉아있었다. 그냥 돌아가야겠어. 여기서 멀리 벗어나는 게 좋겠어. 하지만 그러지 않았다. 그건 아빠가 원하는 게 아니었다.

그녀는 차에서 내려 그레이시에게로 다가갔다. 발밑에서 자갈이

짓이겨졌다.

"무슨 일이야?" 그녀가 물었다. 그녀의 날카로운 톤은 조금의 나약함도 용납지 않았던 스텔라와 닮아있었다. 흥분하지 *마, 펄.*

소녀는 멍한 얼굴로 고개만 저어댈 뿐이었다. 펄은 바짝 다가가 아이의 상태를 유심히 살폈다. 아이의 셔츠 앞섶과 손과 손톱 밑에는 짙은 혈흔이 남아있었다. 초점 잃은 아이의 담청색 눈은 먼 산을 바라보고 있었다.

"어디 다쳤니?" 펄이 한층 누그러진 톤으로 물었다. 그녀의 목소리는 입을 떠나기가 무섭게 천근 만근한 밤공기에 파묻혀버렸다.

소녀는 또다시 소심하게 고개를 저었다.

살짝 열린 현관문 틈으로 새어나온 불빛이 포치의 나무 바닥에 노란 직사각형을 그려놓았다. 정적. 밤의 서늘한 입김이 등골을 오싹하게 했다. 펄은 현관 앞 계단을 천천히 올라갔다. 그녀의 무게에 눌린 계단 널이 요란하게 삐걱댔다. 포치에 오른 그녀는 요동치는 가슴을 진정시키려 애쓰며 조심스레 문을 밀어보았다.

피 웅덩이 안에 나란히 누워있는 시체 두 구가 그녀의 눈에 들어왔다. 금속성의 역한 냄새가 확 풍겼다. 그녀는 뒤로 주춤 물러났다. 시간이 얼어붙은 듯한 기분이었다. 아빠의 머리와 가슴에는 총알구멍이 하나씩 나있었다. 반듯하게 누운 그는 두 손을 활짝 펼친 채였다. 눈은 차분해 보였지만 입은 쩍 벌어져있었다. 자신에게 닥친 일이 믿어지지 않는다는 표정이었다.

또 다른 악몽인가? 이번에도 잠의 손아귀에서 빠져나올 수 있을까? 땅속 깊이 이어지는, 끝이 보이지 않는 계단. 그리고 그녀를 맹렬히 뒤쫓는 그림자. 하지만 그녀는 꿈을 꾸고 있는 게 아니었다. 꿈으로 보기에는 디테일이 너무나 명확했고, 악취는 너무나 강렬했다.

"아빠." 그녀가 나지막이 불러보았다. 하지만 그는 말없이 그녀를 빤히 올려다볼 뿐이었다.

사기꾼의 죽음. 영리한 표적이 그의 수법을 눈치챘고, 그렇게 공수 입장이 완전히 바뀌어버린 것이었다. 악랄한 범죄자의 죽음을 누구에게 알려야 할까? 그는 우주의 섭리에 따라 최후를 맞았다. 진작부터 예정됐던 수순에 따라서.

그의 옆에는 여자가 엎어져있었다. 그녀의 뒤통수는 피로 범벅이 된 상태였다. 그런 상태임에도 펄은 그녀를 대번에 알아볼 수 있었다. 펄은 목구멍을 타고 끓어오르는 분노를 애써 억눌렀다. 여자의 굵은 어깨와 옷차림. 싸구려 상의와 지나치게 꽉 끼는 청바지. 빨갛게 염색된 머리. 브리짓이었다. 피닉스에서 아빠를 곤혹스럽게 했던 여자.

표적에게 잃을 것이 없게 만들지 말 것. 아빠는 어리석게도 자신의 그런 조언을 듣지 않았던 모양이었다. 그는 그녀에게 큰 피해를 입혔고, 그녀는 필사적으로 그를 추적해왔다.

그녀는 두 사람을 빤히 내려다보았다. 그녀의 머릿속은 요란한 사이렌 소리로 진동했다. 의지와 상관없이 배어 나온 눈물이 볼을 타고 흘러내렸다. 내면은 무덤처럼 고요했다.

그녀 뒤에서 질질 끌리는 가벼운 발소리가 들려왔다.

"내가 죽였어요." 그레이시가 속삭였다.

펄은 현장을 찬찬히 둘러보았다. 분명 아빠를 죽이는 데 사용됐을 브리짓의 반자동식 권총은 그녀의 손 옆에 떨어져있었다. 또한 서재에 있어야 할, 옥으로 만든 묵직한 북엔드(여러 권의 책을 세워 놓은 것이 쓰러지지 않게 양쪽 끝에 받치는 것)는 피로 범벅이 된 채 바닥에 나뒹굴고 있었다. 아빠가 서점에서 챙겨온 '푸 라이언'인지 뭔지 하는 북엔드는 언젠가 스텔라가 소유물 처분 판매장에서 사온 것이었다. 액운으로부터 주인을 지켜준다는 전설의 동물이 살인 도구로 전락해버리다니. 또 하나의 작은 인생 아이러니였다.

"내가 뒤에서 그 여잘 내리쳤어요." 그레이시가 덤덤하게 말했다. "한 대 맞더니 픽 쓰러지더라고. 하지만 내가 한발 늦었어요. 그 여자가 이미 총을 쏜 후였거든요. 찰리는 총에 맞고 순식간에 숨이 끊어져버렸어요. 같이 저녁 준비를 하고 있었는데."

펄은 그제야 양파 냄새가 은은히 풍겨오고 있음을 깨달았다.

할 말을 잃은 그녀는 고개를 돌려 소녀를 응시했다. 그새 많이 야위어 각이 생긴 그레이시의 얼굴에서는 앳된 귀여움이 엿보였다. 아이의 눈은 차가운 강철 같았다. 늘 눈물을 쏟고, 속을 비워내고, 태아처럼 웅크려있기만 했던 아이는 펄이 지금껏 본 적 없는 섬뜩한 기운을 한껏 머금고 있었다.

"이제 우리 어떡하죠?" 소녀가 울먹이며 물었다.

우리? 펄은 생각했다.

그래, 우리. 아빠는 분명 그렇게 말했을 것이다. 그레이시는 네 동생이야. 그 애가 의지할 사람은 세상에 너 한 사람뿐이라고.

넋이 나가있던 펄은 힘겹게 정신을 가다듬었다. 서둘러 현장을 수습해야 할 때였다. 그녀의 재능이 또 한 번 빛을 발할 기회가 온 것이었다. 머리는 이미 빠르게 돌아가고 있었다. 계산, 전략. 솔루션 설계자.

집은 외진 곳에 자리하고 있었다. 총성을 듣고 놀랄 이웃은 없었다. 아빠는 유령이었다. 거의 존재하지 않는 것이나 다름없었다. 더 이상 그를 찾는 이들을 걱정할 필요가 없었다. 그나마 다행스러운 일이었다.

펄은 무릎을 꿇고 앉아 잠시 망설였다. 그리고 손에 피가 묻지 않도록 조심스레 여자의 몸을 더듬어 청바지 뒷주머니에 든 휴대폰을 찾아냈다. 스마트폰. 그녀는 홈 버튼을 눌러보았다. 패스워드가 걸려있지 않았다.

브리짓. 아빠가 처음 그녀를 찾았을 때 그녀는 완벽한 표적이었다. 가족도, 친구도 없는. 정을 나눌 상대를 갈망해온 완전한 외톨이.

"이 여자 차는 어디 있어?" 펄이 물었다. 그녀는 몸을 일으켜 현관으로 향했다. 그리고 길게 이어진 진입로를 눈으로 훑었다. 여자의 차는 보이지 않았다. 아까 내가 못 보고 지나쳤나? 아니야. 분명 내 차밖에 없어. "이 여잔 뭘 타고 여기까지 온 거지?"

그레이시는 가녀린 어깨를 으쓱여 보였다.

브리짓의 휴대폰에는 라이드-셰어링 앱이 깔려있지 않았다. 그녀가 이곳을 찾아왔다는 기록은 없는 셈이었다. 펄은 그녀의 휴대폰과 이메일, 그리고 소셜 미디어 피드를 차례로 살펴본 후 브리짓이 이 집에서 멀리 떨어진 어느 장소로 향했다는 디지털 흔적을 그녀의 휴대폰에 남겨놓을 생각이었다.

"이 여자 차는," 펄이 말했다. "분명 가까운 곳에 세워져있을 거야.

우선 그것부터 찾아야 해."

펄이 그레이시를 올려다보았다. 아이는 휘둥그레진 눈으로 그녀를 지켜보고 있었다.

"그런 다음엔," 펄이 말을 이었다. "시체들을 없애야 하고."

"시체들." 그레이시가 메아리처럼 따라 말했다. 아이는 또다시 넋나간 표정을 짓고 있었다.

"그레이시." 펄이 날카로운 목소리로 아이를 불러보았다. 자신의 이름이 불리자 아이가 움찔하며 정신을 차렸다. 멀뚱히 선 아이는 펄의 지시를 기다리고 있는 듯했다. 펄의 설명이 계속 이어졌다.

"이걸 수습하려면 네 도움이 절실히 필요해. 아빠는 우리가 여기 남아 개죽음을 당하는 걸 원치 않을 거야. 우리가 힘을 합쳐 이 난관을 헤쳐 나가길 바라고 있을 거라고."

그들은 심상치 않은 눈빛을 잠시 교환했다. 무언의 합의. 펄은 아빠가 그레이시에게 무슨 짓을 했는지, 어떻게, 그리고 왜 그 아이를 집에 데려왔는지 알 길이 없었다. 하지만 그가 옳았다. 그의 말대로 그들은 자매였다. 운명으로, 그리고 이 역겨운 순간과 아빠의 부당한 당부로 맺어진 자매.

그레이시는 시체들을 물끄러미 내려다보다가 다시 펄에게로 시선을 돌렸다. 운명의 순간이 돌아왔다. 기절해버릴까? 저대로 쓰러져버리면 어쩌지? 갑자기 비명을 질러대기 시작하면? 달아나기라도 하면? 그레이시의 본모습이 드러나게 될 순간이었다. 펄도 페코스에서 같은 순간을 맞았다. 그녀가 펄에서 앤으로 다시 태어나기 훨씬 전에. 그녀는 아빠를 선택했다. 앞으로 어떤 대가를 치르게 될지 따져보지도 않은 채 그와 함께하는 삶을 선택했다. 왜냐하면 펄은 생존자였으니까. 그녀는 멈추지 않고 계속 싸울 수 있는 길을 선택한 것이었다.

하지만 그레이시는? 아빠가 내 동생이라며 데려온 이 소심한 아이는? 대체 이 아이는 본모습이 뭘까?

아까운 시간이 계속 흘러가고 있었다. 그레이시는 주위를 찬찬히 둘러보았다. 아이의 얼굴에는 더 이상 혼란의 표정이 담겨있지 않았다. 아이의 턱 선은 두드러져 보였고, 눈은 번뜩였다. 잠시 후, 펄은 아빠가 그레이시에게서 엿본 무언가를 직접 두 눈으로 확인할 수 있었다. 아이도 그들과 같은 부류였다는 것을.

"좋아요." 그레이시가 펄을 똑바로 바라보며 말했다. "먼저 뭣부터 해야 하죠?"

35

코라

"왜 이 얘길 이제야 들려주시는 거죠, 엄마?" 셀레나가 물었다. 그녀는 비난의 눈빛으로 엄마를 노려보고 있었다. "우리에겐 알 권리가 없었나요?"

코라의 안에서 분노가 치밀어 올랐다. 제대로 들어보지도 않고 무작정 화부터 내다니. 그녀의 둘째 딸은 10대 시절부터 무수한 이유로 코라를 증오해왔다. 코라는 지나치게 엄격했고, '현대 세상'을 이해하지 못했으며, 아무것도 아닌 일들을 극성스럽게 걱정했다. 셀레나가 열세 살일 때부터 대학에 진학할 때까지 모녀의 불화는 계속 이어졌다. 셀레나는 아버지를 열렬히 숭배했고, 그가 신임을 잃고 타락했을 때 엄청난 충격을 받았다. 상냥하고 정 많은 마리솔은 늘 마마걸이었다. 아직까지도 그들 관계는 꽤 돈독했다. 코라와 셀레나의 관계와는 달리. 그렇다고 그녀가 둘째 딸을 덜 사랑하는 건 절대 아니었다. 그저 셀레나와 궁합이 맞지 않았을 뿐.

"그래." 코라는 의도와 달리 날카롭게 반응했다. "난 너희에게 알 권리가 없다고 생각했어. 게다가 그건 네 아버지가 했어야 할 일이잖니. 자기가 저지른 일이니까. 비난받을 사람은 내가 아니라 네 아버지라고."

셀레나는 가쁜 숨을 몰아쉬었다. 그녀 얼굴에서 교차하는 착잡함과 실망의 표정이 코라의 가슴을 후벼 팠다.

"엄마." 그녀가 말했다. 셀레나가 한 손을 올려 이마에 얹어놓았다. "이 여자…… 펄 말이에요. 기차에서 내게 접근해왔어요. 왜 그랬는지 이유는 모르겠지만 난 이 여자에게…… 내 개인적인 사연을 다 털어놨어요."

"어떤 사연?"

"그레이엄에 대해서요. 그날 이후로…… 그 여자가 자꾸 문자 메시지를 보내오더라고요. 이젠 제네바까지 실종됐고."

"오." 코라가 근심 어린 표정으로 말했다. 대체 무슨 꿍꿍이일까? 우릴 얼마나 더 괴롭히려고 다시 나타난 거지?

아이가 나타나고 몇 주 후, 코라는 더그의 비밀 계좌에서 거액이 증발해버린 사실을 확인했다. 코라는 다른 여자들과 달리 집안의 재정 상태를 세심히 챙기는 타입이었다. 더그는 모든 부분을 직접 관리하고 싶어 했지만 그녀는 재정 관리만큼은 남편에게 양보하지 않았다. 더그가 비밀 계좌를 만들면 그녀는 모든 수단과 방법을 총동원해 계좌 번호와 암호를 알아내고야 말았다. 그녀는 딸들이 대학에 진학할 때까지 묵묵히 참고 기다렸다. 그러는 동안 수상한 거래는 하나도 빠뜨리지 않고 기록해놓았다.

어느 날 밤, 셀레나가 친구 집에서 밤샘 파티를 하고 있을 때 코라는 마침내 더그에게 사라진 돈과 수상한 소녀에 대해 따져 물었다.

코라는 남편이 강하게 반발할 거라 예상했다. 뻔뻔하게 부인하고, 아내를 의부증 환자로 몰아붙이고, 그러다가 혼자 씩씩대며 뛰쳐나갈 거라고. 늘 그래왔듯이. 하지만 이번만큼은 그냥 넘어갈 수 없었다. 완전히 끝낼 각오를 굳힌 그녀는 이미 변호사를 선임해둔 상태였다.

하지만 놀랍게도 그는 부인하는 대신 펑펑 울기 시작했다. 그의 모든 비밀과 거짓말이 봇물 터지듯 쏟아져 나왔다. 펄. 또 다른 가족. 애틀랜타에 사는 어떤 여자와 두 아이. 세 번째 여자 친구. 그는 자신의 상태가 정상이 아님을 인정하며 당장 전문가의 도움을 받겠다고 했다.

그러니 제발 용서해줘.

안 돼. 절대 용서 못 해. 더는 참지 않을 거라고.

도미노. 하나가 쓰러지니 모든 게 차례로 무너져갔다. 더그가 다른 여자와 낳은 딸, 그 펄이라는 아이가 몰고 온 대재앙이었다. 셀레나와 마리솔의 이복 자매. 그녀는 돈을 원치 않았다. 그저 복수만을 바랐을 뿐이었다. 결국 그녀는 더그를 끝장내버렸다.

코라는 다그쳐 묻는 셀레나에게 그동안 숨겨온 모든 비밀을 털어놓았다. 전부 다.

그녀의 말이 끝나자 한동안 무거운 침묵이 이어졌다. 들리는 것이라고는 현관의 대형 괘종시계의 초침과 셀레나의 호흡 소리뿐이었다.

"미안하구나." 셀레나가 입을 열지 않자 코라가 말했다. 그녀의 눈은 멀겋고, 발은 불안정하게 바닥을 토닥여대고 있었다. "이토록 많은 비밀을 숨겨 와서 미안해. 다 너흴 위해 그랬던 거야."

코라의 기운 빠진 목소리가 허공에 뿌려졌다.

"그럼," 셀레나가 말했다. "그녀가 우릴…… 날 지켜봐왔다는 거예요? 지금껏?"

상상만으로도 코라는 등골이 오싹해졌다. 정말 개가 그랬나?

그 부분까지는 미처 생각하지 못했었다. 파울로와 함께해온 그녀의 새 삶 속에 그런 불쾌한 과거가 끼어들 자리는 없었다. 그래서 그녀는 과거의 악몽을 기억 속에 꽁꽁 묻어두었다. 더그와 그의 불륜과 그의 지배적인 성향은 그녀의 기억 속에서 서서히 바래져갔고, 그녀는 전남편과 기어이 나타나 친부를 몰락시킨 펄을 더 이상 뇌리에 담지 않았다.

"그 여자가 원하는 게 뭐죠?" 셀레나가 물었다.

"보나 마나 돈을 더 뜯어내려는 거겠지." 코라가 말했다. "네 아버지가 자산을 어떻게 관리해왔는지 모르겠구나. 이럴 때 쓸 여윳돈이 있긴 할까? 네 아버지가 돈을 내놓지 않으면 그 애가 또 요상한 짓을 벌이려들 텐데."

대답은 그렇게 했지만 그녀는 펄이 돈을 위해 이러는 게 아니라는 걸 알고 있었다. 펄은 애초부터 돈에는 관심이 없었다. 그녀는 고통 유발자였고, 자신에게 크나큰 상처를 안겨준 이들을 괴롭혀대고 싶었을 뿐이었다. 그녀는 슈퍼마켓과 코라의 집 뒤뜰을 서성이며 불안을 조성했고, 이제는 셀레나의 골목에까지 나타나 존재감을 드러냈다. 상처받은 짐승, 고통 속에서 울부짖으며 발악하는 위험한 짐승.

개가 셀레나를 스토킹해온 건가? 만약 기차에서 우연히 만난 것도 치밀한 조작이었다면? 대체 셀레나에게서 뭘 원하는 거지?

셀레나는 올리버의 아이패드 화면에 떠오른 이미지를 응시하고 있었다.

"이제 보니 아빠를 닮았네요." 셀레나가 말했다. "진작 눈치를 챘어야 했는데. 어쩌면 무의식적으로 그 사실을 깨닫고 있었는지도 몰라요. 그래서 왠지 모르게 끌렸던 거겠죠."

끌림. 그래, 나도 그 아이에게서 같은 느낌을 받았어. 걔가 돈을 뜯어내려 했을 수도 있어. 위해를 가하려 했는지도 모르고. 하지만 그 애가 진정으로 원했던 건 우리와 교류하는 거였을 거야. 그래서 자신이 유일하게 알고 있는 방법으로 소통을 시도했던 게 아닐까?

"경찰에 신고하는 게 좋겠어." 코라가 말했다. "그 애가 무슨 꿍꿍이인진 모르겠지만 일이 더 커지기 전에 여기서 막아야 해."

"안 돼요." 셀레나가 몸을 앞으로 기울이며 말했다. "경찰에 알리면 그 보복으로 또 어떤 해코지를 하려고 들지 몰라요."

"걘 파괴자야." 코라가 말했다. "걔가 제네바를 죽였는지도 모른다고. 널 다음 표적으로 점찍어놓았을 수도 있고."

"그건 아닐 거예요." 셀레나가 코라의 손을 꼭 잡아 쥐며 말했다. "아직은 경찰에 알릴 때가 아니에요."

"셀레나," 코라가 말했다. "대체 뭘 어쩌려고 그래?"

셀레나는 단호한 표정이었다.

"뭘 원하는지 알아보려고요." 셀레나가 쿨하고 덤덤한 톤으로 말했다. "그걸 내주고 우리 인생을 되찾을 거예요."

코라의 딸은 제정신이 아니었다.

시계 종소리가 1시를 알렸다. 셀레나는 결코 자기 인생을 되돌릴 수 없을 것이다. 그녀도 그걸 알고 있을 테고. 그레이엄과 결혼생활은 이미 파경을 맞았고, 설상가상으로 젊은 여자의 시체까지 발견된 상황이었다. 일주일 전 평범했던 일상으로 복귀하는 건 불가능했다. 엄밀히 따져보면 이 모든 건 코라의 탓이기도 했다. 만약 그녀가 진작 필에 대해 경고해주었더라면 셀레나는 상대의 함정에 허무하게 빠지지 않았을 것이다.

"어떻게?" 코라가 물었다.

"그건…… 나도 모르겠어요. 원하는 걸 손에 넣으면 알아서 물러가주지 않겠어요? 어쩌면 내게 그런 얘길 하려 했는지도 몰라요. 이건 단순한 갈취 사건일 수도 있다고요."

코라는 고개를 저었다. 악몽이 제 발로 물러가줄 리 없었다. 코라의 경험에 비춰보면, 악몽은 더 나빠지기 일쑤였다. 거의 예외가 없었다.

"걘 널 갖고 놀고 있어." 코라가 말했다.

셀레나는 고개를 저었다. "그건 아닐 거예요."

코라는 대꾸 없이 딸을 지켜보았다. 셀레나는 자리에서 일어나 의자 등받이에 걸쳐놓은 가방을 집어 들었다. 아직도 운동복 차림이었다. 그녀는 아버지를 닮아 키가 컸고, 운동신경이 좋았으며, 기운이 셌다. 반면 코라와 마리솔은 아담한 체구였다. 어쩌면 셀레나의 대담함은 그런 덩치에서 비롯된 것인지도 몰랐다.

셀레나는 휴대폰을 꺼내 메시지를 작성하기 시작했다. 코라는 딸의 뒤로 다가가 그 내용을 읽어보았다.

당신이 누군지 알아요, 펄.

원하는 게 뭔지 얘기해요.

그들은 함께 기다렸다. 하지만 상대는 아무 반응이 없었다.

코라의 심장이 요동치기 시작했다. 그녀는 팔을 뻗어 셀레나의 손을 잡아 쥐었다. 코라는 지금껏 자신보다 강한 상대의 의지에 굴복만 하며 살아왔다. 초조함에 그녀의 목구멍은 바짝 타들어갔고, 손바닥은 따끔거렸다.

"제발 이러지 마." 코라가 말했다.

"다른 옵션이 없잖아요, 엄마." 셀레나가 말했다. "두 시간 동안 제게서 연락이 없으면 월과 경찰에 알려주세요. 그들에게 모든 걸 다 털어놓으세요."

코라는 손을 놓고 현관까지 딸을 배웅했다. 그리고 미끄러지듯 진입로를 빠져나간 차가 골목으로 사라질 때까지 묵묵히 지켜보았다.

36

셀레나

셀레나는 어릴 적 살았던 집의 진입로로 들어섰다. 지금은 그녀의 아버지 더그가 혼자 살고 있었다. 소녀 시절, 하얀 기둥과 커다란 문이 인상적인 집은 크고 웅장하게만 느껴졌었다. 하지만 오늘 밤에는 왠지 작고 초라해 보이기만 했다. 한때 어머니가 공들여 가꿨던 앞뜰은 아무렇게나 방치된 상태였다. 잔디는 갈색으로 변해있었고, 관목은 바짝 말라있었다. 보도에 깔린 포석 사이사이로는 잡초가 흉측하게 삐져나와 있었다. 휘황찬란하게 경관 조명을 켜놓은 동네의 다른 집들과 달리 이곳은 어둡고 추레했다. 셀레나에 비해 아버지와 가까운 마리솔은 노쇠한 아버지가 정원 관리까지 맡아 챙기기에는 무리가 있다며 아버지를 두둔했다. 하지만 셀레나는 그 말을 귀담아 듣지 않았다. 언니는 아버지를 용서했는지 몰라도 셀레나는 차마 그럴 수 없었다. 아니, 결코 용서하지 않을 것이다.

지금 이 악몽도 그가 지은 죄악에서 비롯된 것이었다. 그 피해는 그가 아닌, 셀레나와 그녀의 가족이 고스란히 보게 됐고.

차에서 내린 셀레나는 보도를 따라 걸음을 옮겨나갔다. 현관문

앞에 멈춰 서자 마음속에서 잠들어있던 분노가 깨어나 꿈틀거리기 시작했다. 그녀는 거칠게 초인종을 눌러댔다. 한 번, 두 번, 세 번. 잠시 후, 위층과 계단에 불이 속속 켜졌다. 그녀는 옆 창으로 안을 들여다보았다. 가운과 슬리퍼 차림을 한 아버지가 구부정한 모습으로 계단을 내려오고 있었다.

마지막으로 아빠를 본 게 언제였더라?

아버지는 잔뜩 찌푸린 얼굴로 창밖을 살폈다. 딸이 온 걸 확인한 그가 표정을 누그러뜨리며 문을 활짝 열었다.

"셀레나." 아버지가 딸의 어깨 너머로 어둠을 살피며 말했다. "무슨 일이니?"

맙소사. 내가 지금 여기서 뭘 하는 거지? 왜 이게 좋은 아이디어라는 생각이 들었던 거지?

"드릴 말씀이 있어요, 아빠."

아버지가 숱 적은 머리를 긁적였다. "셀레나, 지금이 몇 시인지 아니?"

셀레나는 대꾸 없이 안으로 들어갔다. 현관에는 우편물이 널브러져 있었고, 사람들이 주로 열쇠나 지갑 따위를 놓아두는 테이블에는 신문이 수북이 쌓여있었다. 퀴퀴한 냄새를 풍기는 실내 공기가 코 안을 간질여댔다. 귓전에서 마리솔의 목소리가 아른거렸다. *아빤 더 이상 집 관리를 안 하셔. 자기 몸 관리도 마찬가지고. 넌 그걸 보고도 측은한 마음이 안 생기니? 아빠가 씻지 못할 죄를 저지른 건 사실이지만 그래도 이런 너무하잖아. 세상에 완벽한 사람이 어디 있다고.*

셀레나가 홱 돌아서서 아버지를 쳐다보았다. "중요한 문제예요,

아빠."

그녀의 아버지도 집만큼이나 작아 보였다. 한때 건장하고 팔팔하고 억셌던 그의 몸은 그새 많이 쪼그라들어 있었다. 우중충한 잿빛을 띤 그의 몸에는 헐렁한 잠옷과 주머니가 뜯겨져나간 가운이 걸쳐져 있었다.

그녀 안의 분노가 어느 정도 누그러졌다. 앞에 구부정하게 서 있는 남자는 볼품없는 노인일 뿐, 더 이상 위풍당당한 아버지가 아니었다. 아버지의 노쇠하고 병약한 모습이 마음을 짠하게 했다. 셀레나는 두 아들에게 늘 강조해왔다. 부모도 한낱 인간에 불과해. 그래서 실수도 저지르는 거고.

하지만 정작 그녀는 더그와 코라에게 넓은 아량을 베풀지 않았다.

그녀는 아버지의 팔뚝에 살며시 손을 얹었다. "펄 애길 좀 하려고 왔어요."

아버지가 숨을 한 번 크게 들이쉰 후 눈을 질끈 감았다. 그의 손이 주방 쪽을 가리켰다. 그녀는 아버지를 따라 지저분한 바닥을 걸어나갔다. 주방 싱크대에는 접시가 수북이 쌓여있었고, 창턱에는 시든 화초들이 나란히 놓여있다. 마리솔은 아버지와 동거했던 여자가 몇 달 전 집을 나갔다고 귀띔해주었다. 아무래도 우울증에 걸리신 것 같아. 마리솔은 말했었다. 그 소식을 전해 듣고도 셀레나는 아버지에게 전화 한 통 넣지 않았다.

"집 꼴이 왜 이래요, 아빠?" 그녀가 물었다. 쓰레기통 안에서는 무언가가 역겨운 냄새를 풍기고 있었다.

아버지가 아수라장으로 변한 주방을 슥 둘러보았다. "청소하는 아줌마가 내일 올 거야." 그가 말했다.

"뜰 상태도 말이 아니던데요."

"관리하는 놈을 잘랐어." 아버지가 퉁명스럽게 말했다. "자꾸 바가지를 씌우려들잖아."

"제가 다른 사람을 알아볼게요." 셀레나가 말했다. "그냥 저대로 두면 안 되니까."

아버지의 숱 없는 머리는 산발이 된 상태였다. 싱크대 너머 창문으로 자신의 몰골을 확인한 그가 손으로 머리를 매만졌다.

"내 집안 관리 기술을 지적하려고 꼭두새벽에 찾아온 게냐, 셀레나? 그런 얘기라면 날이 밝고 나서 해도 될 텐데."

"아뇨." 셀레나가 말했다. "그 얘길 하려고 온 게 아니에요."

"그래, 얘기해봐." 아버지가 말했다. "펄이 어쨌다고?"

아일랜드에서 의자를 끌어와 앉은 셀레나가 그간의 일을 상세히 들려주는 동안 그녀의 아버지는 묵묵히 커피를 끓였다. 이야기는 끝이 났고, 부녀는 한동안 침묵에 빠졌다. 그녀 앞에 놓인 커피는 꽤 진했다. 그녀는 카페인이 정맥을 타고 퍼져나가는 걸 느낄 수 있었다.

"살아오면서 큰 실수를 많이 저질렀어." 아버지가 말했다. "물론 네겐 놀라운 소식이 아니겠지만."

아버지는 다가와 딸의 옆에 앉았다.

"펄은 내 딸이야." 그가 말했다. "네 엄마랑 살 때 스텔라 베어라는 여자에게 잠깐 한눈을 판 적이 있었어. 그렇게 그 아이를 낳게 됐고."

아버지의 허심탄회한 모습에 셀레나는 흠칫 놀랐다. 부녀는 지금
껏 그가 무슨 일을, 왜 했는지에 대해 진술하게 대화해본 적이 없었
다. 그녀는 아버지의 입장 따위는 전혀 궁금하지 않았었다. 아버지가
왜 그런 남편에 그런 아버지일 수밖에 없었는지. 그저 부모님이 만들
어놓은 아수라장으로부터 최대한 멀리 벗어나고 싶은 마음뿐이었다.

"난 그 애한테 재정적으로 도움을 줬어." 아버지가 말했다. "그러
던 어느 날 갑자기 스텔라가 살해되고 펄이 실종되는 사건이 발생했
지. 그 후 몇 년이 흐르고 나서 그 애가 우리 집에 불쑥 나타났어."

그의 덤덤하고 무심한 태도가 그녀의 등골을 오싹하게 했다. 셀
레나는 몸을 들썩여 아버지로부터 조금 떨어졌다.

"잠깐만요. 방금…… 그녀 어머니가 살해됐다고 하셨나요?" 순간
셀레나의 숨이 턱 막혔다.

"그래." 아버지가 자신의 컵을 들여다보며 말했다. 그는 여전히
아무런 감정도 드러내 보이지 않고 있었다.

"대체 누구…… 누가 스텔라를 죽였죠?" 셀레나가 물었다.

아버지가 어깨를 으쓱였다. "스텔라는 아주 헤픈 여자였어. 남자
를 밥 먹듯 갈아치웠지. 범인은 분명 그녀 인생을 스쳐간 무수한 남
자 중 하나일 거야."

"펄을 찾아보긴 하셨어요? 펄의 엄마에게 무슨 일이 있었는지 알
아보긴 하셨고요?"

"아니." 아버지가 대답했다. 그는 또다시 컵 안을 물끄러미 들여
다보았다. "경찰이 내가 그 아이의 친부라는 걸 알게 될까 두려웠어.
걔 때문에 살인사건 용의자가 돼버리면 안 되잖니. 하지만 다행스럽

게도 그런 일은 벌어지지 않았어. 그 아이 출생증명서엔 내 이름이 적혀있지 않았거든. 스텔라는 돈을 내놓으면 펄에게 내 존재를 끝까지 감춰주겠노라고 약속했고 말이야."

셀레나는 스티븐과 올리버를 떠올렸다. 그 아이들이 얼마나 관심받고 있는지. 얼마나 사랑받고 있는지. 그녀는 어떤 이유로든 아이들에게 애정을 끊어야 하는 상황을 상상해보려 애썼다. 죽어도 그러지는 못할 것 같았다. 또다시 긴 침묵이 찾아들었다. 부녀 사이의 거리가 점점 더 벌어지고 있었다. 어떻게 내 인생엔 이런 남자들 밖에 없지?

"어느 날 갑자기 펄이 불쑥 나타났을 때," 마침내 그가 다시 입을 열었다. "난 대번에 직감할 수 있었어. 그 애가 돈을 뜯으러 왔다는 걸 말이야."

"그래서 돈을 내주셨어요?"

"그래." 그가 말했다. "두 번 다시 찾아오지 않는다는 조건으로 큰 돈을 줬어."

돈으로 부녀의 연을 끊은 것이었다. 펄이 그 일로 상처를 받았을까? 셀레나는 펄의 얼굴을 떠올려보았다. 마사의 얼굴을. 그 얼굴에 아픔과 갈망이 담겨있었던가? 우리 가족의 일원이 되고 싶은 바람이? 이 모든 사건이 그녀의 비뚤어진 이기심에서 비롯된 것이었나?

"하지만 펄은 아빠의 딸이잖아요." 셀레나가 말했다. "펄에 대해 깊이 알고 싶지 않으셨어요?"

아버지가 쓸쓸한 웃음을 지었다. "그땐 그 애 말고도 골치 아픈 일이 많았어."

문제? 자식들 얘긴가? 아빠의 또 다른 가족? 아빠가 배신한 아내? 셀레나의 안에서 공허와 슬픔이 끓어올랐다. 그녀는 늘 친근한 아버지를 갈망했다. 따뜻하고 애정 넘치는 부녀관계를 자랑하는 여자들을 부러워도 했다. 어릴 적 아버지를 우러러보았을 때도 셀레나와 아버지 사이에는 늘 보이지 않는 벽이 존재했다. 어색한 포옹, 무성의한 볼 키스, 용돈. 하지만 아버지는 단 한 번도 딸을 위해 넉넉한 시간과 애정을 내주지 않았다. 어쩌면 그에게는 딸을 위해 내어줄 게 아무것도 없었는지도 몰랐다.

"그래서 어떻게 됐죠?" 셀레나가 물었다.

"돈을 쥐어주고 쫓아버렸지." 아버지가 말했다. "하지만 그 앤 사라지지 않았어. 한참 후에야 그 애가 원하는 게 돈이 아니라는 걸 깨닫게 됐지."

"돈이 아니면 뭘 원했던 건데요?"

"복수. 요구하는 만큼 돈을 내주었지만 그거로는 부족했어. 얼마 지나지 않아 사무실로 제보가 들어왔는데, 내가 여직원들을 성희롱해왔다나. 익명의 제보였지만 난 그 애 짓이라는 걸 대번에 알아챌 수 있었어. 몇몇 직원이 '미투'를 외치며 폭로에 동참했는데 보나 마나 펄의 부추김이 있었을 거야. 갠 거기서 멈추지 않았어. 지역의 한 가십 칼럼니스트를 찾아가 내게 또 다른 가족이 있다는 걸 폭로해버렸더라고. 네 엄마는 그 직후 날 떠나버렸고."

파탄 나버린 결혼생활, 실직, 실추된 명예. 당시 대학생이었던 셀레나는 멀리 떠나있었다. 그녀는 먼발치서 모든 걸 지켜보며 그 불똥이 애꿎은 자신에게 튀지 않도록 철저한 외면 모드에 들어갔다. 다행히 엄마와 아빠 모두 그 일에 대해서는 말을 아꼈다.

"펄은 내 인생을 잿더미로 만들어놓고 싶어 했어."

걘 파괴자야. 코라는 말했었다.

하지만 그게 완전한 진실일까?

"펄과 마지막으로 소통했던 게 언제였죠? 그 후로도 계속 연락해서 돈을 더 내놓으라고 하던가요?"

"그때 돈을 내주고 나선 연락을 받은 적이 없어." 아버지가 말했다. "연락이 끊긴 지 꽤 오래됐지. 거액을 뜯어내고 내 인생까지 망쳐놓았으니 지가 원하는 대로 다 된 거잖아."

할 말을 찾지 못한 셀레나가 자리에서 일어나려 하자 아버지의 손이 그녀의 팔뚝에 살며시 얹어졌다.

"그 애가 뭘 요구하든," 아버지가 말했다. "절대 들어줘선 안 돼. 어차피 그거로는 성에 차지도 않을 거야. 아주 위험한 애다. 걔가 네 앞에 나타났다는 건 널 해코지하겠다는 뜻이야. 네 인생까지 잿더미로 만들어버리려는 거라고."

37

펄

펄과 그레이시는 금세 브리짓의 차를 찾아냈다. 그들은 펄의 도요타를 몰고 주변을 살피다가 길고 외진 진입로 중간 지점에 서 있는 차를 발견했다.

브리짓은 차를 진입로 옆에 빼놓고 우거진 숲을 통해 걸어서 집으로 접근한 모양이었다. 펄이 도착해서 그 차를 발견하지 못했던 이유였다. 침입자가 몰고 온 차에 관심을 둘 만큼 정신이 말짱한 상태도 아니었지만.

펄은 차에서 내려 적막하고 서늘한 밤으로 들어섰다. 그녀의 부츠가 부드러운 흙으로 덮인 진입로를 지그시 밟아나갔다. 그녀는 여전히 넋이 나가있었다. 머릿속은 핑핑 돌고 있었고. 사실상 긴장증 상태에 빠져있었다. 펄은 정신이 들도록 뺨이라도 냅다 후려치고 싶었다.

아빠는 죽었다. 하지만 예상대로 아무런 감정이 들지 않았다. 머릿속에서는 사이렌이 울리고 있었고 속은 메슥거려왔다. 그리고 불쑥 찾아든 압도적인 공허감. 그녀는 또다시 제이슨을 떠올렸다. 아직 잠들어있을 그는 아침에 눈을 뜨자마자 그녀를 찾아 헤매기 시작할 것이다. 그녀가 제이슨 앞에서 능청스럽게 연기했던 캐릭터를. 하지만 그녀는 알고 있었다. 두 번 다시 그를 볼 일이 없을 거라는 사실을. 또 다른 캐릭터인 엘리자베스는 이미 기억 속에서 사라져가는 중이었다. 그녀는 자신에게 평범한 삶을 허락하지 않았던 아빠에게 화가 났다. 아빠는 이렇게 세상을 뜨는 것으로 처절히 망가진 그녀의 인생을 완전한 재기 불능 상태에 빠뜨려놓았다.

펄은 매끈한 최신형 메르세데스로 서서히 접근해나갔다. 그녀의 손에는 브리짓의 주머니에서 꺼내온 자동차 열쇠가 쥐어져있었다. 그녀가 바짝 다가가자 차 문 자물쇠가 풀리면서 실내등이 켜졌다. 안에서 경쾌한 기계음이 흘러나왔다. 그녀는 얼룩 하나 찾아볼 수 없는 고급 가죽 시트에 앉아 시동을 걸어보았다. 엔진이 살아나면서 계기판과 화면에 알록달록한 불빛이 떠올랐다.

내비게이션이 큰길에서 살짝 벗어나있는 그들의 위치를 알려주었다. 펄은 내비게이션 사용 내역을 살펴보았다. 아빠의 주소만 기록에 남겨져있었다. 펄은 그 기록을 삭제했다. 오도미터에 기록된 총 주행거리는 3천 마일도 채 되지 않았다. 사실상 새 차나 다름없었다. 펄은 계기판과 중앙 콘솔을 손으로 더듬어보았다. 시작 가격이 10만 달러가 넘는 S-클래스. 상속금에 착실하게 저축해온 급료까지, 경제적으로 넉넉했던 브리짓이 몰고 다닐 만한 차였다. 조수석 앞 바닥에는 구찌 토트백이 놓여있었다. 펄은 그것을 챙겨 들었다. 내용물은 나중에 살펴볼 계획이었다.

펄은 많은 게 궁금했다.

우선, 브리짓은 어떻게 아빠를 찾아냈을까? 그게 가장 궁금했다. 늘 추적과 미행과 발각을 두려워한 아빠는 자신의 흔적을 지우는 데 엄청난 공을 들여왔다. 하지만 그의 치밀한 계획에도 예기치 못한 빈틈이 있었던 모양이었다. 한 곳에 적을 두고 오래 머문 것이 화근이기는 했지만.

브리짓이 이곳에 왔다는 걸 아는 사람이 있을까? 브리짓이 실종돼버리면 또 누가 그녀를 찾으러 나타날 것인가? 경찰? 사설탐정?

충분히 가능성 있는 시나리오였다. 어쩌면 브리짓은 자신을 도와줄 누군가를 고용했는지도 몰랐다. 그 누군가가 지난 몇 년에 걸쳐 피닉스에서부터 이곳까지 아빠를 추적해왔을 수도 있었다. 아빠는 자신을 유령이라 생각했다. 늘 자신은 안전하다고, 누구도 이 집을 찾아내지 못할 거라고 큰소리를 쳐왔다. 대체 무엇이 잘못됐던 것일까?

그녀는 한동안 그렇게 앉아 고민에 빠졌다. 이 차를 내가 가져도 될까? 아냐, 그건 좀 위험해. 혹시 리스 차량은 아닐까? 궁금했다. 리스 차량이라면 도난 방지 소프트웨어인 로잭LoJack이 장착돼 있을 것이다. 실종 신고가 접수됨과 함께 리스 업체와 경찰이 신속하게 브리짓을 찾아 나서게 될 거라는 뜻이었다.

언제쯤 본격적인 수색이 시작될까? 이미 한창 진행 중이진 않을까?

펄이 알기로 브리짓에게는 가족이 없었다. 그저 업무상 알고 지내는 지인만이 몇몇 있을 뿐이었다. 모난 성격을 가진 그녀는 고독에 몸부림쳐온 여자였다. 사람보다 숫자에 훨씬 관심이 많았던 회계사.

외톨이. 아빠에게는 그녀보다 나은 표적이 없었을 것이다. 그녀는 아빠에게 꽃처럼 활짝 문을 열어주었고, 그는 그녀에게 관심을 한껏 던져주는 것으로 환심을 샀다.

나 때문에 사랑을 믿게 됐대. 언젠가 그가 펄에게 자랑스레 말했었다.

만약 브리짓이 이토록 오랫동안 원한을 품어왔다면, 그리고 오로지 아빠를 찾는 데만 집중해왔다면, 사교 생활에는 당연히 소홀할 수밖에 없었을 것이다. 그 어느 때보다도 외롭고 단절된 상태였을 거라는 뜻. 브리짓의 결단, 자신에게 모욕을 준 남자를 기어이 찾아내 죽이겠노라는 결심은 분명 반대의 목소리가 들리지 않는, 외부와 완전히 단절된 상태에서 내려졌을 것이다. 그녀를 다른 길로 이끌어줄 사람이 곁에 아무도 없었다는 의미였다.

펄은 시동을 켜둔 채 차에서 내렸다. 그리고 다시 자신의 차로 돌아갔다. 아침까지만 해도 남부럽지 않은 차였지만 브리짓의 메르세데스와 나란히 놓고 보니 그저 흉측한 고철 덩어리로만 보일 뿐이었다. 그녀가 노크를 하자 아이가 창문을 내렸다. 아이의 눈은 당장이라도 눈물을 쏟을 것처럼 흐려 보였다. 아니, 어쩌면 그 눈은 늘 그런 상태였는지도 몰랐다.

"몇 살이지?" 펄이 그레이시에게 물었다. "운전할 수 있어?"

소녀가 고개를 끄덕였다. "열다섯 살이에요."

"그럼 날 따라서 집으로 와."

그레이시가 운전석으로 옮겨갔다. 펄은 메르세데스로 돌아갔다. 그녀가 앞장을 섰고 그레이시는 뒤따랐다. 그렇게 두 사람은 집으로 향했다.

아빠는 성과보다도 게임에 얼마나 성실히 임했는지를 훨씬 더 중요하게 여겼다. 그는 인간의 피를 마시지 않으려 애쓰는 뱀파이어 같았다. 사기를 치고 돈을 뜯어내면서도 홀연히 사라지기 전, 표적들의 갈망을 채워주는 것을 잊지 않았다. 사기꾼도 얼마든지 친절하고 공손할 수 있다고 강조했다. 외로운 여자에게는 잠시나마 사랑과 로맨스와 기쁨을 주었고, 가족에게는 잃어버린 식구를 찾았다는 기분 좋은 믿음을 선물했다. 또한 사업 실패로 실의에 빠진 상대에게는 머지않아 뜻밖의 횡재를 하게 될 거라고 바람을 넣었다.

그는 단순한 사기꾼이 아니라 꿈을 짜는 직공이기도 했다.

그는 브리짓을 위해서도 꿈을 짜주었다. 그가 그 꿈을 도로 앗아가 버렸을 때 그녀는 폭발했다. 배신감에 단단히 사로잡힌 그녀는 몇 년에 걸쳐 그를 추적했고, 결국 그를 죽음으로 이끌었다.

"이번엔 아빠가 된통 당했네요." 펄이 허공에 대고 말했다.

그녀는 차고 안에서 방수포와 삽 두 개를 찾아냈다. 잿물이 든, 뜯지 않은 컨테이너도 보관돼 있었다. 왜 이런 걸 차고에 놔뒀을까? 그녀는 아직도 아빠에 대해 모르는 게 많았다. 굳이 알고 싶지도 않았고.

잿물은 꽤 쓸모가 있을 것 같았다. 물과 섞으면 시체의 조직을 신속히 분해시킬 수 있을 것이다. 선반에는 물이 담긴 1갤런짜리 통이 여럿 놓여있었다. 아빠는 비축 성향이었다. 언제 닥칠지 모르는 힘든 시기에 대비해 항상 식량과 물과 현금을 넉넉히 쌓아놓았다. 펄은 물통 다섯 개를 차에 실었다.

그녀가 다시 도요타로 돌아왔을 때 아이는 미동도 없이 조각상처럼 앉아있었다. 아이의 눈은 정면을 빤히 응시하고 있었다. 젠장. 아무짝에도 쓸모가 없네.

"네 도움이 필요해." 펄이 말했다. "나 혼자선 못 한다고."

적잖은 시간과 초인적인 힘이 필요한 고된 육체노동이 그들을 기다리고 있었다.

"경찰을 불러야 하지 않나요?" 그레이시가 펄을 돌아보며 물었다. "그 아줌마가 아빠를 죽였어요."

"경찰?" 펄이 나지막이 말했다. "경찰을 부르면 우린 어떻게 될 것 같아?"

그레이시는 고개를 저었다. 아이의 밀색 머리가 아른아른 빛을 발했다. 아이는 커다란 눈으로 펄을 올려다보았다. "아빠도 똑같은 말을 했었어요. 엄마가 죽어있는 걸 발견했을 때."

펄은 대꾸하지 않았다.

"누군가가 엄마를 죽였어요." 그레이시가 말했다. "아빠는 날 여기로 데려왔고요. 아빠는 위탁 가정이나 고아원에 가고 싶지 않으면 자길 따라오라고 했어요."

펄은 그들이 스텔라를 발견했던 밤을 떠올렸다. 그녀의 가슴이 따끔거려왔다.

펄은 아이에게 무슨 말을 해주어야 할지 알지 못했다. *이미 엎질러진 물이야.* 스텔라가 입버릇처럼 했던 말이었다. 지금 그들이 할 수 있는 일이라고는 현장을 수습하고 계속 전진하는 것뿐이었다.

"도와줄 거야, 말 거야?" 펄이 소녀에게 물었다. 밤은 점점 더 깊어져만 갔다.

마침내 그레이시가 고개를 끄덕였다.

4시간 후 동이 트면서 하늘이 희부연 잿빛으로 물들었다.

브리짓과 아빠는 얕게 파낸 땅속에 나란히 눕혀졌다. 10에이커에 달하는 숲속 한복판이었다. 무덤은 이보다 훨씬 깊어야 했다. 펄도 그걸 알고 있었다. 하지만 두 사람의 힘만으로는 어림없는 깊이였다.

그 어떤 길도 이곳으로 통하지 않았다. 완전한 사유지. 이곳에 묻어놓으면 절대 발견될 걱정이 없었다. 브리짓과 아빠는 이곳에서 영원히 함께하게 될 것이다. 브리짓이 그토록 갈망했던 대로. 어쩌면 그게 아닐 수도 있겠지만.

흙을 뒤집어쓴 펄과 그레이시의 몰골은 말이 아니었다. 물집이 잡힌 그들의 손은 얼얼했다. 펄은 시체들 위로 잿물을 뿌렸다. 이내 하얀 눈보라가 그들을 뒤덮어버렸다. 무덤 속으로 물도 끼얹었다. 화학물질이 물을 만나자 지글지글 끓는 소리가 났다.

뭐라고 한마디 해야 하나? 그래야겠지?

"미안해요, 아빠." 펄이 말했다. "결국 이렇게 끝이 나버렸네요."

그레이시는 진 빠진 모습으로 땅바닥에 누워 훌쩍이고 있었다. 아이는 두 번이나 속을 비워냈다. 한 번은 집에서 시체를 옮겼을 때, 그리고 또 한 번은 아빠를 들고 가다가 떨어뜨렸을 때. 녹초가 된 펄은 무덤에 흙도 제대로 덮어놓지 않은 채로 작업을 마쳤다.

펄은 욱신대는 어깨를 연신 놀려 브리짓과 아빠를 대충 묻고 나서 낙엽과 나뭇가지와 주변의 온갖 잔해를 모아와 그 위에 뿌려놓았다. 어스름 속에서 무덤은 다행히 튀어 보이지 않았다. 이 정도면 아빠도 만족해할 거야. 펄은 생각했다. 그녀는 명료하게 생각하고 신속히 움직였다. 이제 남은 일은 브리짓의 디지털 흔적과 차를 처리하는 것뿐이었다.

"아빠가 언니네 엄마도 죽인 거예요?" 그레이시가 땅에 누운 채로 물었다.

예기치 못한 질문에 펄이 움찔했다. 그녀는 잠시 할 말을 잃고 말았다.

"그건 나도 몰라." 마침내 펄이 대답했다. "그랬는지도 모르지."

"엄마는 날 사랑했어요." 그레이시가 말했다. "정말 좋은 엄마였는데."

아이의 목소리는 마치 펄의 눈에 보이지 않는 누군가에게 말을 하듯 아득하게 와닿았다. "엄마는 나름 최선을 다했어요. 옛날이야기도 많이 들려줬고요. 올빼미 이야기도."

"그랬구나." 펄이 나지막이 말했다.

그레이시는 신경쇠약에 걸린 듯 불안정한 모습이었다. 펄은 아이를 무작정 신뢰해서는 안 된다는 걸 알고 있었다. 그레이시를 죽이고 아이와 함께 판 무덤에 묻어버리는 게 현명한 일일 것이다. 아빠가 뭐라고 했더라? 비밀은 세 사람 중 둘이 죽어야만 지켜질 수 있다. 하나를 처치했으니 이제 하나만 남은 셈이었다.

하지만 펄은 그런 사람이 아니었다. 그녀의 정맥 안에서는 차가운 얼음물이 흐르고 있었다. 생각하고 느끼는 것부터가 남들과 달랐다. 하지만 한 가지 분명한 것은 그녀가 살인자가 아니라는 사실이었다.

펄은 아이를 부축해 일으켰다.

그녀가 이 장소를 묫자리로 선택한 이유는 따로 있었다.

이곳에는 오래된 지하 저장실이 마련돼 있었다. 아빠가 이 집을 그토록 마음에 들어 했던 가장 큰 이유였다. 그는 저장실을 '아지트'라고 불렀다. 그들은 이곳으로 이사를 온 후 무려 보름에 걸쳐 각종 보급품과 물, 통조림과 같은 오랫동안 보존할 수 있는 식료품, 침낭, 건전지로 작동되는 손전등, 책, 그리고 게임들로 아지트를 가득 채워놓았다. 아빠에겐 천국이 따로 없었다.

비상사태가 발생하면 신속하게 이곳으로 달려오는 거야. 알았지? 여기서 폭풍이 지나갈 때까지 기다리는 거야. 공공설비를 사용하지도 않고 사유 재산 조사 대상도 아니거든.

아빠는 빨간 기를 매단 나무토막으로 문의 위치를 표시해두었다.

넋이 나간 그레이시가 몸을 앞뒤로 살살 흔들며 앉아있는 동안 펄은 문을 찾아 걸쇠를 풀었다. 그녀가 문을 힘껏 당기자 경첩에서 유령의 집을 연상시키는 거슬리는 소음이 요란하게 들려왔다.

"이제부턴 내가 널 돌봐줄게. 알았지, 그레이시?" 펄이 아이를 부축해 일으키며 부드러운 톤으로 말했다. "네 엄마에게 무슨 일이 있었는진 모르겠지만 이제 아빠가 죽었으니 안심해도 돼. 나 믿지?"

그레이시는 펄에게 몸을 의지한 채 계단을 내려갔다. 펄은 아이를 아지트 바닥에 눕히고는 침낭을 덮어주었다.

"여기서 좀 쉬고 있어. 알았지?" 펄이 말했다. "잠시 나갔다 올게, 그레이시."

"알았어요." 아이가 기운 빠진 목소리로 속삭였다. 그레이시는 아직 꼬마였다. 한때 펄이 그랬던 것처럼.

펄이 계단을 오르는 동안 소녀는 미동도 없이 누워있었다. 펄은 문을 걸어 잠그고 나왔다. 브리짓의 디지털 활동 정보와 차를 처리한 후 그레이시에게로 돌아갈 생각이었다.

소셜 미디어를 정리하는 건 어렵지 않았다. 그녀는 브리짓의 휴대폰에서 찾은 셀카 사진을 이용해 페이스북에 글을 작성해 올렸다. "평생을 옳고 조심스럽게만 살아온 나. 이제 멋진 모험을 시작하려 합니다. 내가 몰랐던 세상과 나 자신을 발견하기 위해 한동안 잠수를 탈 거예요. 행운을 빌어주세요!"

가엾은 여자. 페이스북 친구가 고작 열다섯 명뿐이라니. 그나마 도 직장 동료와 먼 친척이 대부분이고. 그녀는 드문드문 글을 올려놓았고, 친구들의 반응은 썰렁했다. 일요일에 만들어 먹은 스튜 사진, 새로 산 차 사진, 미용실에 다녀와서 찍은 셀카 사진. 좋아요 몇 개, 그리고 드물게 올라온 무성의한 댓글들. 가엾은 브리짓. 이토록 존재 감 없이 살아왔다니. 펄에게는 다행스러운 일이었다. 그녀의 행방을 아는 사람은 아무도 없었다. 그녀의 실종을 수상하게 여길 사람도 없었고.

그 다음은 메르세데스. 그녀는 누군가를 알고 있었다. 아빠의 친구. 그들은 예전에 레스라는 남자의 서비스를 이용했던 적이 있었다. 그녀는 아빠의 휴대폰으로 그에게 전화를 걸었고, 그는 차를 세워놓을 장소를 알려주었다. 그녀는 그곳에 메르세데스를 세워놓고 5마일을 달려 집으로 돌아왔다. 매끈하게 빠진 새 차는 아무것도 남지 않을 때까지 분해되고, 또 분해돼버릴 것이다. 그 부품들이 어디로, 누구에게 팔려나가게 될지는 알 길이 없었다. 이런 전문적인 작업은 프로에게 맡겨야 뒤탈이 없었다.

그녀는 오전 나절이 다 돼서야 집에 돌아올 수 있었다. 그녀는 학교에서 한창 듣고 있어야 할 국제 경제학 강의를 떠올렸다. 모르긴 해도 제이슨은 최소한 다섯 번 이상 그녀에게 전화를 걸었을 것이다. 하지만 학생이자 여자 친구이자 일반인인 엘리자베스는 이미 사라져버린 후였다.

아무 일도 없었다는 듯이 평범하게 살아갈 수 있을 거라 생각해? 아빠는 물었었다. 불가능해. 우리 같은 사람들은 절대 그런 삶을 누릴 수 없어.

물론 아빠가 옳았다.

그녀는 진작 그걸 알고 있었다.

펄은 지하 저장실 바닥에 쓰러져 잠든 그레이시를 깨워 집으로 데려갔다. 펄은 그레이시의 옷을 세탁기에 넣고 나서 화장실로 향했다. 아이는 뜨거운 물로 몸을 씻는 중이었다. 문틈으로 아이의 훌쩍이는 소리가 새어나왔다.

아빠는 저 아이의 어떤 점이 마음에 들었던 걸까? 펄은 시체를 옮기고 무덤을 팔 때 아이에게서 엿보였던 패기를 떠올렸다. 시련 속에서 피어난 생존 의지.

"박박 문질러." 펄이 말했다. "손톱 밑도 깨끗이 닦고."

그녀는 자신의 방 세탁 바구니에서 챙겨온 깨끗한 옷을 아이에게 건넸다. 하트 무늬가 찍힌 팬티, 색 바랜 레깅스, 헐렁한 NYU 스웨터.

필은 샤워를 하고 나와 걸쳤던 모든 옷을 세탁기에 쑤셔 넣었다. 그리고 필요 이상의 세제를 쏟아부은 후 가장 뜨겁고 긴 옵션으로 세탁기를 돌렸다. 그런 다음, 아래층으로 내려가 현관을 청소했다. 그냥 놔두면 피가 나무 바닥으로 스머들 게 뻔했다. 그렇게 되면 혈흔을 깔끔히 제거할 수 없었다. 그것도 아빠에게 배운 내용이었다. 그는 가급적 피를 보는 일이 없도록 할 것을 당부했었다. 당장 누군가가 들이닥치지 않더라도 상황이 여의치 않아 보이면 현장을 깔끔히 정리하고 떠나라는 것이 아빠의 가르침이었다. 강박적인 청소와 신원 정리. 완벽한 탈출을 위한 아빠의 첫 번째 규칙이었다.

그레이시가 말없이 식탁에 앉아있는 동안 필은 차를 끓였다. 어깨를 움츠린 채 두 팔로 복부를 감싼 아이는 여전히 넋이 나간 모습이었다. 그나마 울음이 멈춰 다행이었다.

필은 꿀을 넣은 차를 식탁으로 가져와 그레이시 앞에 내려놓았다. 그녀는 잠시 아이의 밀색 머리와 새파란 눈, 섬세한 목선, 도톰한 분홍빛 입술을 바라봤다. 영묘함이 묻어나는 어여쁨이랄까, 아직 다 피지 않은 꽃을 보는 듯했다. 어쩌면 아빠는 그 점이 마음에 들었는지도 몰랐다. 직접 주조하고 싶은 점토 덩어리. 필에게는 그레이시만큼의 연성이 없었다. 하지만 그녀 또한 아빠에게 적잖이 휘둘리며 살아왔다. 아빠의 가르침이 그녀에게 지대한 영향을 끼쳤음은 누구도 부인할 수 없었다.

"이젠 어쩔 셈이에요?" 그레이시가 물었다.

"몇 살이라고 했더라?" 펄은 그새 아이의 나이를 잊어버리고 말았다.

"열다섯 살."

아이의 대답에 펄이 흠칫 놀랐다. 아직 꼬마잖아. 20대는 된 줄 알았는데. 아무리 못해도 열여덟 살은 넘었을 줄 알았는데. 다 큰 성인인 줄 알았더니 꼬마일 줄이야. 스텔라가 죽고 나서 찰리를 따라나섰을 때의 펄도 지금의 그레이시와 같은 나이였다.

"내 생각엔," 펄이 한동안 침묵을 지키자 그레이시가 입을 열었다. 아이에게서는 이 문제를 반드시 짚고 넘어가겠다는 단호한 의지가 엿보였다. "아빠가 우리 엄마를 죽인 것 같아요."

내 생각에도 그가 우리 엄마를 죽인 것 같아. 펄은 그렇게 말하고 싶은 충동을 애써 억눌렀다. 그건 사실일 수도, 사실이 아닐 수도 있었다. 그가 부추겼다면 그녀는 딸을 버리고 그와 함께 멀리 달아나버리고도 남았을 것이다. 물론 짐작일 뿐이었지만. 어쨌든 아빠는 죽었고, 과거는 이미 물 건너 가버린 후였다.

"왜 그렇게 생각해?" 펄이 물었다.

"우리가 엄마를 발견했을 때," 아이가 떨리는 목소리로 말했다. "엄마는 누군가에게 목이 졸려 숨진 상태였어요. 아빠가 아니라면 누가 그럴 수 있었겠어요?"

펄은 또다시 스텔라의 시체를 발견했던 순간을 떠올렸다. 눈앞이 캄캄해지고 다리가 탁 풀려버렸던 순간을. 딛고 있는 바닥이 공기처럼 느껴졌던, '찰리'라는 이름을 쓰는 아빠에게 이끌려 도망치듯 방을 나와 버렸던 순간을.

"아빠는 그들이 나타나 날 데려갈 거라고 했어요." 그레이시가 말했다. "엄마는 죽었고, 친척도 없으니 위탁 가정에 맡겨질 게 뻔하다면서."

표적을 고르기 전에 그런 부분까지 꼼꼼히 살펴본 모양이지? 실종돼도 신경 쓰거나 수상히 여기는 사람 하나 없을 모녀들만 찾아다닌 건가? 당연히 그랬을 거야. 아빠는 정찰의 왕이었으니까. 인내할 줄 알고 신중할 줄 알았던 진정한 포식자. 그는 달아나지 않을, 아니, 그러고 싶어 하지 않을 이들을 엄선해서 골라왔던 거야.

"아빠가 날 거둬주겠다고 했어요." 그레이시가 울먹이며 말했다.

자신만의 뒤틀린 방식으로 키우려고 했겠지. 펄에게 그랬던 것처럼.

"아빠가 언니네 엄마도 죽인 거예요?" 그레이시가 물었다. 아이가 촉촉해진 눈으로 펄을 빤히 응시했다.

"모르겠어." 펄이 대답했다. "어쩌면. 엄마에겐 아빠 말고도 남자가 많았어."

그레이시는 잠시 입을 닫고 천천히 눈을 끔뻑여댔다.

"언니는 왜 아빠를 따라나선 거예요?"

"갈 곳도, 날 거둬줄 사람도 없었으니까." 그건 사실이었다. 비록 완전한 진실은 아니었지만.

아이는 이해한다는 듯 천천히 고개를 끄덕였다.

"아빠를 사랑했어요?"

"응." 펄이 말했다. 그것 또한 사실이었다. 그의 정체가 무엇이었든, 펄은 세상 그 누구보다도 아빠를 사랑했다. 그는 그녀에게 아버지였고, 친구였으며, 공범자였다.

"나도 아빠를 사랑했어요." 그레이시가 말했다. "내가 왜 그랬는지 모르겠어요. 아빠는 날 특별한 존재로 여겨준 유일한 사람이었어요. 한동안 엄마랑 날 극진히 챙겨줬고요."

그건 펄의 경우도 마찬가지였다. 갑자기 슬픔이 밀려들기 시작했다. 대체 우리에게 왜 그랬던 거죠, 아빠? 때와 장소에 따라 새로운 모습으로 둔갑해온 그는 모두에게 각기 다른 존재로 각인돼 있었다. 대체 아빠의 껍데기 안에는 무엇이 담겨있었을까? 그냥 새까만 구멍만 큼지막하게 뚫려있진 않았을까?

정적에 묻힌 집 안에서는 냉장고의 틱틱 소리와 통풍구를 들락거리는 공기 소리만 나지막이 들릴 뿐이었다.

"이젠 어떡해요?" 그레이시가 물었다.

그럼 난 정체가 뭐지? 펄은 문득 궁금해졌다. 내 껍데기 안엔 뭐가 담겨있는 거지? 아빠랑 똑같은 새까만 구멍뿐인가?

"우리가 어떻게 했으면 좋겠니?" 펄이 물었다.

경찰에 연락해 그간의 일들을 소상히 알릴 수도 있었다. 어쩌다 이 지경에 놓이게 됐는지, 아빠가 무슨 짓을 벌여왔는지, 두 사람은 잠시 그 옵션을 두고 고민에 빠졌다.

추한 진실의 폭로.

그러고 나서는? 그들은 자신을 창조해나가는 대신 자신들이 당한 일들에 의해 정의될 것이다. 그레이시는 위탁 가정으로 보내질 것이고, 만천하에 정체가 드러난 펄은 한낱 흥미진진한 뉴스거리로 전락해버릴 것이다. 자기 자신이 아닌, 온 세상 차지가 돼버린다는 뜻.

그들은 한동안 서로에게서 눈을 떼지 않았다.

안 돼. 그 길만큼은 피해야 해. 인생의 그림자 속에 숨어 사는 게 훨씬 안전하다고.

"언니랑 같이 살고 싶어요." 그레이시가 말했다.

소녀는 자신이 무슨 말을 하고 있는지 모르는 듯했다. 아이는 쥐였다. 겁에 질린 쥐가 고양이에게 사랑을 달라고 애원하고 있었다.

아빠는 그들이 멀리 떠나주기를 바랐을 것이다. 그것이 안전한 선택이니까. 브리짓이 그들을 찾아냈다는 건 누구라도 그럴 수 있다는 뜻이었다. 브리짓의 소셜 미디어를 그럴듯하게 조작하고 차를 없애기는 했지만 그것만으로 안심하기에는 일렀다. 아빠의 표현을 빌리자면, 미진한 부분이 너무 많았다.

"아빠는 이제부터 우리가 자매라고 했어요." 그레이시가 말했다. "아빠는 언니가 자기한테 단단히 화가 나 있다는 걸 알고 있었어요. 하지만 언젠가는 반드시 돌아올 거라고 확신했어요. 우리 가족이 다시 뭉칠 때가 올 거라고."

결국 아빠가 궁극적으로 원했던 건 그것이었다. 가족. 그는 자신만의 뒤틀린 믿음과 방식으로 난처한 상황에 빠진 소녀들을 차례로 모아 '가족'이라는 이름으로 대충 꿰맞추며 살아왔다.

소녀가 식탁 너머로 손을 뻗었다. 아이의 손이 자기 손에 닿자 펄이 움찔했다. 세상은 항상 우리가 원하는 걸 순순히 내주지 않았다. 누구도 자신의 가족과 환경과 운명을 선택할 수 없었다. 우리가 끔찍이 사랑하는 것들을 허무하게 잃을 때도 많았다. 하지만 아빠는 자신과 남들을 위해 현실을 창조하는 데 달인이었다. 그리고 그는 펄에게 그 재능을 고스란히 물려주었다.

펄과 그레이시에게.

아빠는 자신이 마련한 집에서 두 딸이 친자매처럼 살아주기를 바랐을 것이다. 펄이 그레이시에게 자신이 터득하고 연마한 모든 기술을 가르쳐주기를. 그리고 자매가 함께 게임을 계속 이어나가 주기를. 다행스럽게도 그레이시는 남에게 쉽게 휘둘리는 타입이었다. 아이는 펄이 시키는 거라면 뭐든 군말 없이 따를 것이다. 새로 생긴 동생의 그런 점만큼은 펄도 마음에 쏙 들었다. 나중에 어떤 식으로든 도움이 될 테니까.

"좋아, 그레이시. 네가 원하는 대로 해줄게." 펄이 말했다.

소녀가 고개를 끄덕였다. 그제야 긴장이 풀리는지 아이의 어깨가 축 늘어지면서 복부를 감싸고 있던 두 팔도 밑으로 늘어졌다.

"하지만 아빠는 이름부터 바꿔야 한다고 해요."

현재형 시제. 어쩌면 아빠는 그들 안에서 영원히 살게 될지도 몰랐다. 머릿속 목소리로. 그림자로. 빛의 속임수로.

"아빠가 어떤 이름이 좋다고 하는데?" 펄이 물었다.

"아빠는 제니라는 이름이 좋겠대요." 아이가 말했다. "제네바의 애칭이에요."

38

셀레나

셀레나는 과속으로 차를 몰아 구불구불한 뒷길을 달려 나갔다. 그들은 집으로 향하는 중이었다.

그녀는 휴대폰을 흘끔 살폈다. 펄은 아직도 연락이 없었다. 화면에는 셀레나가 전송한 문자 메시지가 떠올라있었다. 기차에서 우연히 만난 낯선 사람. 오랫동안 그녀의 인생을 그림자처럼 지켜봐온 여자. 친구일 수도, 협력자일 수도, 파괴자일 수도 있는 누군가. 하지만 그게 다가 아니잖아. 안 그래? 셀레나는 자꾸 달아나려고만 하는 무언가를 붙잡으려고 손을 내밀었다. 감정, 생각.

"대체 원하는 게 뭐야, 펄?" 그녀가 빈 차에 대고 물었다.

그녀의 어깨는 콘크리트 깁스로 덮여있기라도 한 것처럼 무겁고 뻣뻣했다. 몸은 핸들 앞으로 기울어져있었다. 마치 그렇게 하면 더 빨리 달릴 수 있다는 듯이.

아빠의 목소리, 그가 들려준 사연이 계속 귓전을 맴돌았다. 그녀는 고난의 유년기를 보낸 펄에게 연민을 느꼈다. 어머니는 살해됐고, 아버지라는 사람은 매정하게 딸을 버렸다. 셀레나는 그녀의 흑화가 어느 정도 이해됐다.

셀레나는 가속 페달을 더욱 힘껏 밟았다. 달도 뜨지 않아 특히 더 어두운 밤이었다. 뒷길에는 가로등조차 없었다. 당장 사슴이 튀어나와도 놀랍지 않을 것 같았다. 하지만 그녀는 계속해서 속도를 높여나갔다. 속도, 엔진 소리, 그리고 굽이를 지날 때마다 들리는 타이어 미끄러지는 소리. 그녀는 미세하게나마 스트레스가 풀려가는 걸 느꼈다. 오늘 밤 내가 이 길에서 죽게 된다면? 그녀는 생각했다. 극적인 사고. 영광의 불길. 신문엔 어떤 헤드라인이 걸릴까? 버림받은 아내, 자동차 충돌사고로 사망. 묘한 매력이 느껴지는 표제였다. 악몽 같은 현실에서의 도피구처럼. 그나마 이런 헤드라인보다는 훨씬 나았다. 버림받은 아내, 남편이 정부를 살해한 혐의로 교도소에 들어간 후 싱글맘으로 새 출발하는 데 애먹어.

죽는 건 사는 것보다 훨씬 쉬웠다.

하지만 그럴 수는 없었다. 아이들 때문에라도. 그녀는 신중치 못하고 형편없는 부모 탓에 아이들이 고아가 되는 걸 원치 않았다. 그녀는 속도를 줄이고 깊은 숨을 한 번 들이쉬었다.

흥분을 가라앉혀, 셀레나. 그녀는 자신을 다그쳤다. 바로잡아. 이 악몽을 끝내라고. 이런 헤드라인을 그냥 내버려둘 거야?

헤드라이트 불빛이 밤을 갈라나갔다. 칠흑 같은 어둠 속에서 리본처럼 비비 꼬인 길은 한없이 이어졌다. 차의 속도가 줄어든 만큼 그녀의 심장 박동과 아드레날린의 펌프질도 느려졌다. 그녀는 차분하게 자신의 결혼생활을 되돌아보았다. 그들 부부 역시 남들과 마찬가지로 망상과 기대와 희망 사항이 한데 어우러진 내러티브의 기반

위에 예쁘고 아기자기한 결혼 이야기를 착실히 써나갔었다.

대판 부부싸움을 벌였어도, 아무 쓸모없는 결혼 상담을 몇 개월째 받고 있어도, 정교히 조작되고 걸러진 소셜 미디어 포스트와 같은 작은 거짓말들은 그들의 불행을 장밋빛으로 포장해주었다. 그리고 습관이 돼버린 가짜 오르가슴. 시작하자마자 대충 신속히 해치워버리고 싶은 마음이 간절해졌다. 하루 종일 부모 노릇으로 바빴던 그녀에게 잠은 섹스보다 더 꿀맛이었다.

그의 요리 실력이 점점 나아진다는 칭찬. 그것도 거짓말이었다.

맛이 뭐가 중요해? 그가 직접 뭘 만들었다는 사실이 중요하지. 셀레나가 불평을 늘어놓았을 때 베스는 말했다.

맙소사, 여자들의 수준이 고작 이 정도였나? 하지만 셀레나는 친구의 조언대로 그레이엄의 노력을 늘 칭찬했다. 아예 노력조차 하지 않는 것보다는 훨씬 나았으니까. 그녀는 태어나서 아버지가 요리를 하거나 설거지를 하거나 바닥을 닦는 모습을 단 한 번도 본 적이 없었다.

그나마 그레이엄은 아이들을 잘 돌보았고, 가사도 꽤 성심껏 도왔다. 그녀가 저녁 준비를 맡아 한 날에는 알아서 설거지를 책임졌다. 하지만 문제는 그런 남편의 노력이 그녀의 노력과는 비교가 되지 않을 만큼 미미하다는 사실이었다. 그럼에도 불구하고, 남편을 향한 그녀의 칭찬은 아이들의 볼품없는 그림과 형편없는 피아노 연주, 그리고 평범한 축구 실력에 대한 칭송과 동등한 무게로 던져졌다. 엄밀히 따지면, 거짓말은 아니었다.

반면, 그레이엄과 그녀 아버지의 거짓말은 스케일에서부터 그녀와 차이가 났다.

배신. 비밀. 태만.

하지만 그중 최악은 그녀가 자기 자신에게 늘어놓은 거짓말들이었다.

그녀는 결혼 전에 이미 남편이 어떤 사람인지 알았다. 그의 눈은 항상 주변 여자들을 따라다녔다. 언젠가, 그들이 정식으로 교제를 시작한 지 얼마 되지 않았을 때, 그녀는 그가 클럽 화장실 밖에서 한 여자와 대화하는 모습을 목격한 적이 있었다. 그는 부적절해 보이는 자세로 여자에게 바짝 붙어 서 있었다.

고백하자면, 처음에는 그녀도 그레이엄의 관심을 원위치로 돌려놓는 것을 흥미로운 도전으로 여겼다. 그래서 그녀는 강도 높은 운동으로 몸매를 가꾸고 속옷도 최대한 섹시한 것으로 골라 걸쳤다. 그레이엄이 반응하면 그녀는 일부러 그를 애태웠다. 전화가 걸려오면 무시해버렸고, 한번은 데이트 약속을 잡은 후 일부러 바람을 맞힌 적도 있었다. 당시 야한 내용의 문자 메시지를 즐겨 전송한 건 오히려 그녀였다.

그가 흥분하는 모습을 보면 그녀도 흥분이 됐다.

그래서 그녀는 윌 대신 그레이엄을 선택했다. 그레이엄은 그녀를 흥분시킬 줄 알았으니까. 미스터리하고 모험적인 그와 함께라면 더 재밌게 살 수 있을 것 같아서.

마침내 집에 도착한 그녀는 진입로로 들어서며 남편에 대해 자신이 알고 있는 모든 것이 다 거짓인지도 모른다고 생각했다.

그녀의 아버지는 거짓말쟁이에 사기꾼이었다. 그는 늘 밖으로만

나돌았고, 자신의 쾌락만을 챙기는 아주 이기적인 사람이었다. 나중에 보니 그레이엄도 아버지와 다르지 않았다.

셀레나는 운명적으로 아버지를 쏙 빼닮은 그레이엄을 선택했다. 남자라고는 아버지밖에 몰랐던 그녀는 반드시 그런 남자를 인생의 동반자로 맞아야 한다는 잠재의식 속 다짐에 휘둘려 평생 후회할 일을 저지르고 만 것이었다.

그녀는 차 시동을 끄고 길게 숨을 들이쉬었다가 천천히 내쉬었다.

어둡고 썰렁한 빈집에서는 어색한 고독이 묻어났다. 그들의 인생과 가족과 사랑의 에너지는 더 이상 감지되지 않았다. 마치 영혼 없는 육체처럼. 그녀 안에서 갑자기 울분이 차올랐다. 하지만 그녀는 이를 악물고 터져 나오려는 울음을 참아냈다.

여기선 아니야. 지금은 안 돼.

옷부터 갈아입어야 했다. 코트도 챙겨야 했고, 돈도 필요했다. 옷장에 고이 모셔둔 금고 안에는 비상금과 소형 5연발 권총을 넣어두었다. 그녀는 총을 다룰 줄 알았다. 크로 형사가 집에서 사라진 게 있느냐고 물었을 때 그녀는 곧바로 그 금고를 떠올렸다. 그녀가 방에 올라가 체크했을 때 금고는 옷장 속 맨 위 선반에 얌전히 놓여있었다. 수북이 쌓인 옷 밑에 깔린 채로. 그녀는 1년도 훨씬 전, 마지막으로 비상금을 넣었을 때 이후로 금고에 손을 대본 적이 없었다.

권총은 그들이 집을 산 후 그레이엄이 아내에게 선물한 것이었다. 그는 셀레나를 사격장으로 데려가 전담 강사를 붙여주었다. 한없이 어색하고 불편해했던 그녀는 오래 가지 않아 사격을 즐기는 경지에 이르게 됐다. 겨누고, 호흡하고, 당기고. 필요할 때 자신을 방어할 수 있게 됐다는 사실에 그녀는 대단히 만족했다. 하지만 그레이엄다운 참신한 선물을 실제로 사용하게 될 날이 오리라고는 상상도 못 했다.

그녀는 돈과 권총을 챙겨 마사인지 펄인지 하는 여자를 만나러 갈 생각이었다. 그녀가 원하는 게 무엇인지 알아내기 위해서. 그녀는 끝내 답문자를 보내오지 않았다. 그녀의 행방을 알 길은 없었지만 셀레나는 그녀가 자신을 기다리고 있다는 걸 알고 있었다. 그녀는 셀레나로부터 무언가를 원하고 있고, 기어이 그것을 뜯어내려 할 것이다.

그녀는 또다시 메시지를 전송했다. **기다리고 있어요, 펄. 원하는 걸 얘기해요.**

무응답.

마침내 셀레나는 차에서 내렸다. 차가운 밤공기가 피부로 스며들었다. 이제부터는 상황을 지배하는 게 중요했다. 아이들을 지키기 위해서라도 반드시 그래야만 했다. 어쩌면 생각보다 쉽게 해결될 수도 있었다. 펄이 원하는 게 단지 돈이라면. 셀레나는 순순히 돈을 내줄 것이다. 필요하다면 무엇이든 주저 없이 다 하겠노라고 결심을 굳힌 상태였다.

그녀가 집을 향해 걸음을 옮기는 동안 나무들은 은밀한 비밀을 속삭였다. 직접 목격해 알고 있는 모든 비밀을. 경관 조명을 은은하게 켜놓은 주변의 다른 집들은 온화한 분위기를 풍기고 있었다. 불 켜진 창문 안에서는 안전하고, 평범하고, 평화로운 삶들이 어우러지고 있었다. 적어도 밖에서 들여다보기에는 그랬다. 그저 허울에 지나지 않을 수도 있겠지만.

집은 조용했다. 그녀는 불도 켜지 않은 채 위층으로 올라갔다. 안방에 딸린 욕실에서 대충 씻고 나와 신속히 옷을 갈아입었다. 청바지, 검은 티셔츠, 모직 피코트, 검은 운동화. 그녀는 침대 발치에 놓인 벤치를 끌고 옷장으로 향했다. 벤치에 올라가 선 그녀는 옷장 안 선반 깊숙이 감춰둔 금고를 꺼내들었다.

셀레나는 생각보다 가벼운 금고를 끌어안고 바닥에 주저앉았다. 그녀가 코드를 입력하자 경쾌한 소리와 함께 뚜껑이 열렸다. 순간 그녀의 가슴이 철렁 내려앉았다. 권총이 보이지 않았다. 비상금도 절반가량 사라진 상태였다.

"빌어먹을." 돈을 세며 그녀가 속삭였다.

그녀가 금고에 보관해둔 현금은 5천 달러였다. 하지만 남은 돈은 2천 달러도 채 되지 않았다. 부모님이 생일선물로 준 돈과 회사에서 받은 보너스를 착실히 모아 만든 비상금의 존재를 그레이엄이 어떻게 알았을까? 권총은 왜 갑자기 사라진 거고? 그녀는 의아했다.

제네바가 가져가진 않았을까? 하지만 코드를 아는 사람은 셀레나와 그레이엄뿐이었다. 그가 제네바에게 코드를 알려주었거나 그가 직접 돈을 꺼내 그녀에게 건넸는지도 몰랐다. 에릭 터커가 그녀에게 차를 사주었듯이. 크로 형사가 그들의 재정 상태에 대해 물었을 때 그녀는 경제권이 자신에게 있음을 확신했었다.

그녀는 남은 돈을 주머니에 쑤셔 넣었다.

추가로 드러난 비밀. 그녀의 남편은 거짓말쟁이, 간통자, 여성 학대자에 더해 도둑이기까지 했다. 대체 총은 어디로 사라졌지? 권총은 그녀의 이름으로 등록된 것이었다. 그녀의 지문이 잔뜩 묻은 그녀

소유의 총. 크로 형사의 날카로운 질문과 그의 매서운 눈빛을 떠올리는 그녀의 가슴이 요동치기 시작했다. 제네바를 해치고 싶다는 생각을 해보셨습니까? 아니, 그런 생각은 해본 적이 없었다. 하지만 그 말을 누가 믿어줄까?

눈앞 풍경이 핑핑 돌기 시작했다. 스멀스멀 밀려든 공포와 자기 회의가 그녀의 귀에 대고 속삭였다. *지금 뭐하는 거야? 대체 뭘 어쩌려는 거지?* 그녀는 침대에 놓아둔 휴대폰이 울리고 있음을 뒤늦게 깨달았다.

그녀는 그쪽으로 다가가 발신자를 확인했다. 윌.

그녀의 엄마가 그에게 자초지종을 늘어놓은 모양이었다. 잠시 망설이던 그녀가 응답했다.

"셀레나." 윌이 바짝 긴장한 톤으로 말했다. "거기 어디야? 어머님이 무척 걱정하고 계셔. 아무 말도 없이 그냥 나가버렸다며?"

그는 그녀에게 대답할 기회조차 주지 않았다. "뭐 그런 건 아무래도 상관없어. 그 시체 있잖아, 경찰이 신원을 확인했어. 제네바 마크슨이 아니라더군."

그 소식에 셀레나는 안도의 한숨을 내쉬었다. 정말 다행이었다. 제네바와 그녀 가족에게는. 그녀는 하마터면 감사의 눈물을 쏟을 뻔했다. 그럼 그렇지. 그레이엄은 사람을 죽일 배짱조차 없는 사람이잖아.

"어떻게?" 그녀가 물었다. "최소한 몇 주 걸릴 거라고 했잖아."

"실종된 여자가 하나 더 있었어. 그녀 가족이 시체 어깨에 새겨진 문신을 보고 신원을 확인해 줬다더라고."

또 다른 실종 여성.

"실종자 이름은 재클린 카슨이야. 그 여자 알아?"

모르는 사람이었다. 이름이 귀에 살짝 익기는 했지만. "아니."

"그레이엄의 직장 동료였어. 그에게 성추행 당했다고 폭로한 여자. 그레이엄을 해고에 이르게 한 장본인."

순간 그녀의 숨이 턱 막혀버렸다. 그리고 이내 극심한 피로가 밀려들었다. 그녀는 마치 누군가가 몸에 남은 에너지를 몽땅 따라내 버린 듯한 기분을 느꼈다. 그녀는 매트리스에 풀썩 주저앉았다.

"그레이엄은 만나봤어?" 윌이 물었다.

그녀에게 호흡곤란이 찾아들었다. "그 사람…… 아직도 경찰서에 붙잡혀있어?"

윌의 입에서 긴 한숨이 터져 나왔다. 그가 난처해하는 톤으로 대답했다. "시체의 신원이 확인되기 한 시간쯤 전에 풀려났어. 경찰이 한창 그를 찾는 중이야. 넌 지금 어디 있어?"

"집." 그녀가 말했다. "우리 집에 왔어."

"당장…… 거기서 나와, 셀레나. 어머니 집에 가있어. 나도 그리로 갈 테니까."

그래. 윌의 말이 맞아. 이럴 땐 엄마랑 같이 있어야지. 아빠와 남편은 괴물이고, 난 기차에서 만난 낯선 여자에게 스토킹을 당하고 있으니까. 비록 그 스토커는 내 여동생이지만. 윌과 크로 형사에게 모든 걸 털어놓아야겠어. 이 악몽에서 벗어날 길은 그것뿐이야. 진실. 그 후 어떤 혹독한 대가를 치르게 되더라도. 문제는 그냥 알아서 해결되지 않아. 당당히 맞서서 직접 풀어나가야 한다고. 이젠 그걸 알

나이도 됐잖아.

그때 아래층에서 소음이 들려왔다. 익숙한 복도 바닥의 삐걱거림. 마치 감전이라도 된 듯 그녀의 몸이 움찔했다.

"월." 그녀가 휴대폰에 대고 속삭였다.

하지만 전화는 이미 꺼져버린 후였다. 그녀는 휴대폰을 충전한 게 언제였는지조차 기억하지 못했다. 침대 옆에서 충전기를 발견한 그녀는 허둥대며 벽 콘센트에 꽂았다. 화면에 빨간 배터리 아이콘이 떠올랐다. 죽은 휴대폰이 소생하기까지는 몇 분 기다려야 했다.

아래층에서는 계속 누군가의 발소리가 들려오고 있었다. 무언가가 바닥에 툭 떨어지는 소리와 주방문이 삐걱대며 열리는 소리도 났다. 그레이엄. 분명 남편일 거야.

달아나야 했다. 월의 당부대로 엄마에게로 돌아가야만 했다. 남편이 주방에 들어가 있는 동안 그녀는 계단을 뛰어 내려가 차에 오를 생각이었다. 설령 그가 달려든다 해도 걱정할 건 없었다. 그는 절대 그녀를 따라잡지 못할 테니까.

주방에서 무언가가 쨍그랑 소리를 내며 부딪쳤다. 찬장 문이 삐걱대며 열렸다 닫히는 소리도 들려왔다. 배가 고픈 모양이군. 먹을 걸 찾아 곰처럼 찬장을 뒤져대는 걸 보면. 아니, 술을 찾고 있는 건가?

미련을 두지 말고 당장 이곳을 떠야 했다. 월에게, 경찰에게 달려가 모든 걸 털어놓아야 했다. 하지만 그녀는 그러지 않았다. 아니, 그럴 수 없었다.

비록 거짓투성이였지만 그녀의 남편······. 그는 그녀를 사랑했었고, 그녀도 그를 사랑했었다. 그레이엄은 그녀의 아버지보다 훨씬 나은 아버지였다. 완벽하지는 않았지만 그는 아이들을 끔찍이 사랑했고 아이들도 그를 사랑했다.

어쩌면 그는 괴물이 아닌지도 몰랐다. 펄이 이 모든 걸 치밀하게 계획하고 실행에 옮겼을 가능성도 분명 있었다. 그녀가 제네바를 납치하고 재클린 카슨을 살해했을 가능성. 아무튼 그녀는 파괴자였다. 남의 인생을 무자비하게 망쳐놓는 건 그녀의 특기였다. 그런 그녀가 지금 셀레나의 인생에도 레킹 볼(철거할 건물을 부수기 위해 크레인에 매달고 휘두르는 쇳덩이)을 마구 휘둘러대고 있었다. 하지만 대체 왜? 어쩌면 펄은 행복하고 평범하게 살아온 셀레나가 죽이고 싶을 만큼 얄미웠는지도 몰랐다.

셀레나는 휴대폰과 충전기를 챙겨 아래층으로 내려갔다. 그녀는 복도의 콘솔형 테이블 옆 콘센트에 충전기를 꽂아놓았다. 그런 다음, 문을 열고 남편이 있는 주방으로 들어갔다.

39

셀레나

그레이엄은 식탁에 앉아있었다. 식탁에는 버번위스키가 놓여있었고, 그의 손에는 빈 글라스가 쥐어져있었다. 식탁에는 또 하나의 글라스가 놓여있었다. 마치 그녀를 기다리고 있었다는 듯이. 어스레함 속에서 그는 그림자로만 보일 뿐이었다.

셀레나는 식탁으로 다가가 음울함이 묻어나는 그의 눈을 쳐다보았다.

"대체 무슨 짓을 한 거야?" 그녀가 물었다.

"난 아무 짓도 안 했어." 그레이엄이 아내를 올려다보며 대답했다. "하늘에 두고 맹세해. 난 그녈 해치지 않았어. 그녀뿐만 아니라, 그 누굴 해친 적이 없었다고."

냉장고 안에서 얼음 떨어지는 소리가 들려왔다. 그 소리에 그녀가 화들짝 놀랐다.

"거짓말 마." 그녀가 나지막이 말했다. "라스베이거스 사건 잊었어?"

"그녀는 스트리퍼였어." 그가 두 개의 글라스를 버번으로 채운 후 그중 하나를 들고 단숨에 비워냈다.

그녀는 오래 전 자신을 사랑에 빠지게 했던 남자를 떠올려보았다. 매력이 넘쳤던 그는 늘 그녀를 웃게 했고, 그녀의 거침없고 모험적인 면을 눈뜨게 해주었다. 하지만 그 남자, 그녀가 배우자로 선택했던 그 남자는 사기꾼이었다. 지금 그녀 앞에 앉아있는 남자는 껍데기 안에 숨어 뛰쳐나올 기회만 엿봐온 위험한 인물이었다. 유인 상술.

"그때 난 만취 상태였다고." 그가 다시 바닥을 드러낸 자신의 글라스를 내려다보다가 다시 고개를 들고 그녀를 쳐다보았다. "순간적으로 자제력을 잃었던 것뿐이야."

"그녀도 인간이야. 누군가의 딸이고." 그녀가 말했다. "술 핑계를 대면 다들 이해해줄 거라 생각했어?"

"내겐……."

"알아." 그녀가 한 손을 들어 그의 말을 막았다. 그녀 안에서 다시 뜨거운 분노가 끓어오르기 시작했다. "당신에게 문제가 있다는 것도, 당신이 그걸 고치려 애써왔다는 것도 안다고. 하지만 보다시피 아무런 효과도 없잖아."

그는 두 손에 얼굴을 파묻었다. 그리고 울먹이며 다시 입을 열었다. "난 제네바를 해치지 않았어."

그녀는 그 말을 믿어주고 싶었다. 아주 간절하게.

"재클린은?"

그가 갑자기 움찔했다. 하지만 대답은 나오지 않았다.

"크로 형사가 당신이 해고된 진짜 이유를 알려줬어, 그레이엄."

그는 여전히 말이 없었다. 어깨가 들썩이는 걸 보니 또 울음이 터진 모양이군. 그는 핑곗거리를 다 써버리면 예외 없이 눈물을 쏟아냈다.

그녀는 입을 닫아버리고 떠나야 했다. 그로부터 최대한 멀리 벗어나야만 했다. 하지만 차마 그럴 수 없었다. 그녀는 늘 폭발 직전의 뜨거운 격노를 필사적으로 억누르며 살아왔다. 아빠의 거짓말이 탄로 났을 때도 그녀는 끓어오르는 분노를 애꿎은 엄마에게 쏟아냈다. 아버지를 증오하는 것보다 그게 쉬웠기 때문이었다. 그레이엄의 섹스팅에 대해 알게 됐을 때도 꾹 참았다. 라스베이거스 사건이 터졌을 때도, 아이들 놀이방에서 제네바와 그 짓을 벌였을 때도, 그녀는 폭발하지 않았다.

이 여자들 모두가 그 고약한 남자 하나 때문에 직간접적으로 크나큰 피해를 입었다. 그녀의 엄마, 그녀 자신, 라스베이거스 여자, 제네바, 재클린, 거기다 펄까지. 모두가 거짓말과 불륜, 폭행, 그리고 살인의 피해자가 돼버렸다. 남성의 변덕, 그들의 문제, 그리고 그들의 자제력 상실 때문에. 그녀의 아버지, 그녀의 남편.

그들은 대체 왜 그러는 걸까?

"그들이 발견한 시체는," 그녀가 떨리는 목소리로 말했다. "제네바가 아니었어. 재클린 카슨이라는 여자래."

그가 흠칫 놀라며 그녀를 올려다보았다. 그녀는 하마터면 그것을 진실된 반응으로 받아들일 뻔했다.

"뭐…… 뭐라고?" 그가 더듬거렸다. "설마."

그녀는 하마터면 그를 믿을 뻔했다.

그때 조리대에 놓인 물체 하나가 그녀의 눈에 들어왔다. 위층 금고에 보관돼 있어야 할 권총. 순간 그녀의 팔뚝에서 잔털이 곤두섰다.

"당신 대체 정체가 뭐야?" 그녀가 물었다.

그의 얼굴에서 슬픔과 분노의 표정이 교차했다. 그는 더 이상 그녀가 알던 그레이엄이 아니었다.

라스베이거스 사건을 수습한 후 그들은 함께 비행기를 타고 돌아왔다. 그녀는 홧김에 좌석을 1등석으로 업그레이드했고, 남편은 이코노미석 한복판에 덩그러니 남겨놓았다. 그후 몇 주 동안 그녀는 남편에게 눈길 한번 주지 않았다. 그녀의 머릿속에서는 젊은 여자의 이미지가 계속해서 깜빡여댔다. 그가 스트립 클럽에 출입했다는 사실은 순간적인 치기로 너그럽게 이해해줄 수 있었다. 하지만 폭력. 그건 그를 전혀 다른 사람으로 둔갑시켜놓았다. 극도로 비열하고 섬뜩한 무언가로.

하지만 그녀는 그와 심리 치료사에게 개선의 가능성이 열려있음을 납득시킬 기회를 허락했다.

결혼생활은 원래 협상의 연속이에요. 심리 치료사는 말했다. 두 사람 모두 어느 선까지 참고 살 수 있는지, 어디까지 용서할 수 있는지, 심각한 문제에 직면했을 때 어떻게 대처할 것인지 결정해야 합니다. 그때는 타당한 조언으로 들렸다. 그래서 그녀는 남편을 용서했다. 아이들을 위해서. 아이들만 아니었으면 그녀는 진작 그를 버리고 떠나버렸을 것이다. 셀레나는 올리버와 스티븐이 함께 하지 않는 삶을 상상조차 할 수 없었다. 부모라는 사람이 어떻게 자식을 버려두고 홀가분히 살아갈 수 있을까?

"당신 정체가 뭐야?" 그녀는 한때 자신의 남편이었던 낯선 남자에게 다시 물었다. "우린 남부러울 게 없었잖아. 대체 무슨 짓을 벌이고 다닌 거야?"

"셀레나." 그녀의 예상대로 애원이 시작됐다. "제발 날 믿어줘. 내가 실수를 저지른 건 인정해. 당신에게 큰 상처를 줬어. 라스베이거스의 그 여자에게도 씻지 못할 죄를 저질렀고. 하지만 이건 아니야. 지금 벌어지고 있는 일들, 맹세코 내가 그런 게 아니야. 난 제네바도 재클린도 해치지 않았어."

그는 진심을 담아 말하는 것처럼 보였다. 휘둥그레진 그의 눈은 둘 곳을 찾지 못하고 흔들렸다. 상처받은 순수한 어린 영혼을 보는 듯했다. 버번 냄새가 확 풍겨오자 그녀의 속이 울렁거렸다.

그가 자리에서 일어서자 그녀는 문 쪽으로 뒷걸음질 쳤다.

"내가 무서워?"

내가 남편을 무서워하고 있나?

크로 형사가 혹시 그레이엄이 폭력을 휘두른 적이 있었는지 물었을 때 그녀는 분개했었다. 물론 그런 적은 없었다. 오히려 그녀 남편의 머리에는 폭발한 아내가 만들어놓은 깊은 상처가 남아있었다. 게다가 그녀의 손찌검은 그때가 처음이 아니었다. 언젠가 라스베이거스 사건으로 언쟁이 벌어졌을 때 그녀는 욱하는 마음에 그레이엄의 뺨을 올려붙였다. 그 일이 있기 전, 그는 한 심리 치료 세션에서 여성을 존중하지 않는 아버지가 어머니에게 폭언을 일삼았던 사실을 고백했었다. 아버지가 어머니를 학대할 때마다 분노에 사로잡혔다고. 그는 아직도 귓전에 아버지의 목소리가 맴돌고 있다고 했다. 자제력을 잃고 폭발할 때마다 어김없이 찾아드는 목소리. 여자들은 다 거짓말쟁이들이야. 사람을 갖고 논다니까. 여자를 믿어선 안 돼. 속이 시커먼 능구렁이들이니까.

그 세션이 있은 후 그들은 대판 싸움을 벌였다. 그는 셀레나를 "남편 잡아먹는 지독한 년"이라고 표현했다. 그 말을 듣고 흥분한 그녀는 남편의 뺨을 냅다 후려쳤고, 그녀의 빨간 손자국은 다음날까지도 그의 볼에서 지워지지 않았다.

그가 셀레나에게 조금씩 다가갔다. 울긋불긋한 그의 얼굴에는 분노의 표정이 떠올라있었다. 등골이 오싹해진 그녀의 입 안이 바짝 타들어갔다. 그녀는 계속해서 뒷걸음질 쳐나갔다. 그녀의 두 손은 격노로 덜덜 떨리고 있었다.

"이제 어쩔 셈이야, 셀레나?" 그가 지분거리듯 말했다. 마치 그녀를 자극하려는 듯이.

"아, 알 것 같아." 대답이 없자 그가 계속 말을 이어나갔다.

이 사람은 지금껏 내게 폭력을 쓴 적이 없었어. 하지만 이번엔 다르지 않을까? 그러면 어쩌지?

셀레나가 등을 기대자 문이 열렸다. 잔뜩 긴장한 모습의 그레이엄은 마치 어색하게 춤을 추듯 계속해서 다가왔다.

"날 떠나려는 거지? 아이들을 데리고? 그렇게 내 인생을 망쳐놓으려는 거지?"

그는 눈을 번뜩이며 씩씩거렸다.

복도로 빠져나온 그녀는 멈추지 않고 계속 움직였다. 주먹이 쥐어진 그의 두 손은 양옆으로 길게 늘어뜨려져 있었다. 그는 180센티

미터가 훌쩍 넘는 키의 거구였다. 그녀는 늘 남편의 산만 한 덩치를 마음에 들어 했다. 그레이엄의 압도적인 신체조건은 항상 그녀를 주눅 들게 했고, 그의 억센 기운은 그녀의 마음을 든든하게 해주었다. 하지만 지금은 아니었다.

"반년도 채 되지 않아서 윌과 새살림을 차리려고? 응?"

"그만둬." 그녀가 말했다.

그녀는 콘솔형 테이블을 지나 계속 이동했다. 충전 중인 그녀의 휴대폰은 다시 살아나있었다. 문자 메시지와 전화가 속속 수신되면서 벨소리와 진동이 이어졌다. 그녀 몸속의 모든 신경 종말이 지글지글 끓고 있었다. 어서 챙겨 들고 달아나.

"그냥 놔둬." 그가 그녀의 시선을 따라 휴대폰을 내려다보았다. "나랑 얘기 좀 해. 당신에게 이해시키고 싶은 게 있어."

그녀는 엄마 집에서 자고 있을 아이들을 떠올렸다. 그를 따돌리고 아이들에게로 돌아가야 했다.

하지만 그녀 안에서는 또 다른 감정이 꿈틀대고 있었다. 그녀가 내니캠을 통해 그레이엄과 제네바의 불륜 행각을 목격했을 때 솟구쳐 올랐던 바로 그 감정이었다. 어쩌면 섹스팅 사건 직후에도 같은 감정이 찾아들었는지 모른다. 그 감정은 라스베이거스 사건을 거치면서 점점 커져갔을 것이고, 제네바 사건에 이르러 또 다른 차원으로 격상됐을 것이다. 물론 그 전부터 진작 존재해왔을 가능성도 있었다. 아내를 배신하고 바람을 피워 또 다른 가족과 아이들을 두게 된 그녀의 아버지. 그런 가장을 보고도 셀레나와 그녀의 엄마는 찍 소리한번 내지 못했다. 황당하지만 사실이었다. 그녀는 지금 평생 삼키고 억눌러온 분노로 온몸을 바르르 떨고 있었다.

"그래도 괜찮은 남편이었잖아." 그레이엄이 말했다. "대체로는. 내가 식구들에게 소홀한 적 있었어? 제발 날 믿어줘, 셀레나. 나에 대한 믿음을 버리지 말아줘."

그녀는 참지 못하고 웃음을 터뜨렸다. 하지만 파도처럼 솟구친 웃음은 이내 울음으로 바뀌었다.

"믿음?" 그녀가 말했다. 그 단어가 그녀의 목구멍 안에서 불처럼 느껴졌다. 그녀가 빽 소리쳤다. "믿음?"

순간 그녀 안에서 폭발이 일었다. 마치 정맥 속에서 군중이 환호하고 있는 기분이었다. 뜨겁게 달구어진 아드레날린은 빠르게 뿜어 내졌다. 갑자기 기운이 솟구친 그녀가 남편 앞으로 내달리기 시작했다.

그녀는 체중을 실어 남편을 힘껏 떠밀었다. 그녀의 몸이 쓰러진 그레이엄을 덮쳤다. 숨이 턱 막혀버린 그가 켁켁대며 바둥거렸다. 그녀가 주먹을 번쩍 쳐들었다가 그의 턱에 내리꽂았다. 그는 두 팔을 번쩍 들어 방어 태세를 취했다.

"셀레나." 그가 간신히 말했다. "그만해."

하지만 그녀는 계속해서 펀치를 내리꽂았다. 그리고 분노와 슬픔의 깊이만큼 격하게 흐느꼈다. 그녀 자신을 위해. 엄마, 제네바, 재클린, 그리고 펄을 위해. 펄은 이 모든 재앙의 씨앗이었다. 하지만 오랫동안 고통받아온 그녀를 탓할 수는 없었다. 애초에 셀레나에게 균열이 없었으면 그녀는 비집고 들어올 엄두를 내지 못했을 테니까.

지쳐버린 그녀의 주먹질이 느려졌다. 그레이엄은 두 팔로 머리를 감싼 채 누워 피를 흘리고 있었다. 그녀의 주먹과 팔은 불에 데인 듯 화끈거렸고, 호흡은 짐승처럼 거칠어져있었다.

몸에 올라탄 그녀를 뒤집어엎는 건 그에게 식은 죽 먹기였다. 그가 살짝 몸을 놀려 단숨에 전세를 역전시켰다. 어느새 그는 아내의 몸에 올라타 그녀를 내려다보고 있었다. 그의 얼굴에서 흘러내린 피가 그녀의 얼굴에 떨어졌다. 그녀의 입 안으로 스며든 그레이엄의 피가 목구멍을 타고 쓸려 내려갔다. 그는 체중을 잔뜩 실어 그녀의 허리 부분을 짓이겼다. 그녀는 그의 압도적인 기운에 눌려 미동조차 할 수 없었다. 그녀는 처음으로 느껴보는 무력감에 당황했다. 숨을 할딱이는 그녀의 팔과 손이 욱신거렸다.

"당신이 날 신나게 두들겨 팼을 때 말이야, 셀레나." 그가 씩씩대며 말했다. "난 저항 한번 않고 그냥 묵묵히 맞아줬어. 맞을 짓을 했으니까. 솔직히 기분이 나쁘지 않았어. 당신은 화가 났을 때 엄청 섹시하거든. 하지만 참는 데도 한계가 있어."

밑에 깔린 그녀는 그에게서 벗어나기 위해 필사적으로 몸부림쳤다. 그의 압도적인 힘 앞에서 그녀는 인형에 불과했다. 한없이 나약한 꼬마 아이.

"내려가 줘." 그녀가 비명에 가까운 목소리로 말했다.

순간 그레이엄의 얼굴에서 섬뜩한 빛이 번뜩였다. 그가 손바닥으로 셀레나의 뺨을 힘껏 내리쳤다. 그녀의 턱에 엄청난 충격이 가해졌다. 극심한 통증이 뒤통수와 목으로 퍼져나갔다. 눈앞에서는 별들이 핑핑 돌았다. 시간이 멎어버린 듯했다. 그의 일그러진 얼굴에는 그녀가 지금껏 한 번도 본 적 없는 흉측한 표정이 떠올라있었다. 이게 라스베이거스의 스트리퍼가 봤던 얼굴인가? 제네바가? 재클린이 봤던?

내 안에 뭔가가 살고 있어. 언젠가 그는 말했었다. *그게 풀려나면 난 내가 아닌, 다른 사람이 돼버려.* 한심한 핑계라며 무시해버렸던 그 말의 진위가 사실로 밝혀진 셈이었다. 그녀의 입 안에서 피 맛이 진하게 느껴졌다.

"아이들." 그녀가 말했다.

자신에게 찰싹 달라붙은 스티븐의 모습이 그녀의 뇌리를 스쳤다. 할머니와 함께 식탁에 앉아 툴툴대던 올리버의 모습도. 오, 맙소사. 애들도 못 보고 이대로 죽는 거 아니야? 내가 죽으면 누가 애들을 돌봐줄까? 그녀는 분노와 슬픔을 가득 담아 비명을 질렀다. 그녀는 자신의 무력함에 화가 났다.

"닥쳐, 셀레나." 한때 그녀의 남편이었던 낯선 남자가 가쁜 숨을 내쉬며 말했다. "또 맞고 싶어서 그래?"

그가 자세를 고치려 몸을 들썩였다. 그녀는 본능적으로 무릎을 올려 그의 사타구니를 힘껏 찍었다. 순간 딱딱하게 굳어버린 그의 얼굴이 하얗게 질려버렸다. 그의 입에서 신음에 가까운 비명이 새어나왔다. 마침내 그녀에게서 떨어져 나간 그가 몸을 잔뜩 웅크린 채 바닥을 뒹굴기 시작했다.

"개자식." 그녀가 말했다. "가만두지 않겠어."

그는 여전히 웅크린 채 끙 앓는 소리만 토해낼 뿐이었다.

그녀는 힘겹게 몸을 일으키고 휴대폰과 충전기를 챙겨 들었다. 그녀가 문 쪽으로 내달리려는 찰나 그의 억센 손이 그녀의 발목을 움켜잡았다. 그의 손톱이 그녀의 살을 파고들었다. 그녀는 중심을 잃고 바닥에 고꾸라졌다. 견목 바닥에 떨어진 휴대폰은 그녀의 손에 닿지 않는 곳까지 미끄러져나갔다.

숨이 턱 막혀버린 그녀가 할딱거리며 문 쪽으로 기어나가기 시작했다. 잽싸게 달려와 그녀에게 올라탄 그레이엄이 셀레나의 몸을 획 뒤집었다. 그녀의 고개가 젖히면서 머리가 바닥에 세게 부딪혔다. 그가 두 손으로 그녀의 목을 있는 힘껏 조르기 시작했다.

그녀는 더 이상 숨을 쉴 수도, 비명을 지를 수도 없었다. 그녀는 그의 손을 할퀴며 발버둥 쳤다.

남편. 그녀는 그의 이름을 불러보려 했지만 호흡이 끊긴 상태에서는 불가능했다.

"난 당신에게 모든 걸 내줬어." 그가 이를 갈며 말했다. "배은망덕한 년."

분노로 눈이 뒤집힌 그녀의 남편이 그녀를 죽이려 하고 있었다.

아니, 그녀를 죽이고 있었다.

40

셀레나

눈앞은 잿빛으로 물들어있었다. 그녀는 마치 어안 렌즈를 끼고 있는 듯한 기분을 느꼈다. 패닉에 빠진 그녀는 무기와 탈출구와 해법을 찾아 주변을 빠르게 훑어보았다.

진이 빠져버린 그녀의 눈에 콘솔 테이블 위에 걸린 가족사진이 들어왔다. 이렇게 찍어두면 나중에 꼭 쓸모가 있을 거예요. 사진사는 말했었다. 약속하죠. 내 아이들. 그녀의 머릿속에서 기억의 만화경이 펼쳐지고 있었다. 아이들의 웃는 얼굴, 스티븐이 으깬 완두콩을 자신의 머리에 쏟아 부었던 날, 올리버의 첫걸음, 스티븐이 서서히 잠에 빠져드는 엄마를 지켜보다가 졸린 눈을 끔뻑이며 엄마 품으로 파고들었을 때. 무수한 추억의 이미지가 아득하게 멀어져갔다. 필사적으로 노력했지만 그녀는 결국 실패한 엄마가 돼버리고 말았다. 여기서 내가 죽으면 아이들은 누가 돌봐줄까?

셀레나의 몸이 축 늘어졌다. 어둠이 밀려와 천근만근해진 그녀의 몸을 잠식해버렸다. 그녀의 눈은 아이들 사진에서 떨어지지 않았다. 그녀는 죽기 전에 아이들의 얼굴을 꼭꼭 담아두고 싶었다.

바로 그때, 그레이엄의 억센 손이 느슨해지면서 갈망했던 산소가 폐 안으로 스며들기 시작했다.

셀레나는 숨을 할딱이며 두 손을 자신의 목으로 가져갔다. 기침을 몇 번 하던 그녀가 헛구역질을 시작했다. 그녀의 목구멍을 타고 담즙이 역류했다. 여전히 그녀에게 올라타 있는 그레이엄은 넋이 나간 모습이었다. 그의 두 손은 양옆으로 축 늘어져있었다.

"저리 비켜." 그녀가 속삭임에 가까운 목소리로 말했다.

그는 촉촉하고 벌겋게 충혈된 눈으로 그녀를 내려다보았다. 갑자기 왜 우는 거지? 탈진해서? 아니면, 자신의 처지가 구슬퍼서? 그녀는 궁금했다. 어느새 그는 그녀가 아는 남편의 모습으로 돌아와 있었다. 그의 몸이 한쪽으로 스르르 고꾸라졌다. 이내 그의 머리가 바닥에 부딪히는 둔탁한 소리가 들려왔다.

그녀는 격하게 기침을 해대며 다시 문을 향해 기어나가기 시작했다. 그레이엄의 머리에 난 상처에서는 피가 배어나오고 있었다.

그때 셀레나의 눈에 그레이엄 뒤로 우뚝 서 있는 낯익은 여자의 모습이 들어왔다.

매니큐어가 칠해진 여자의 가느다란 손에는 권총이 쥐어져있었다. 여자는 그것으로 그레이엄의 머리를 가격한 모양이었다. 어찌나 세게 내리쳤던지 그녀의 블라우스 앞섶까지 피가 튀어있었다. 그녀의 얼굴에도 당황한 표정이 떠올라있었다. 가쁜 숨을 몰아쉬는 여자의 머리는 산발이 된 상태였다.

마사. 펄. 그녀의 이복동생. 기차에서 만난 낯선 여자.

41

셀레나

펄은 무언가를 말하고 있었지만 넋이 나가버린 셀레나에게는 제대로 들리지 않았다. 방금 그녀 눈앞에서 벌어진 일들은 여전히 현실로 와닿지 않았다. 내가 꿈을 꾸고 있는 건가? 산소 부족으로 정신이 몽롱해진 그녀는 어떻게든 의식의 끈을 놓지 않으려 애쓰고 있었다.

펄이 다가와 셀레나의 얼굴로 흘러내린 머리를 뒤로 넘겨주었다. 그녀의 얼굴은 창백했고, 눈은 멀겋게 변해있었다. 셀레나는 이 순간이 조금도 어색하지 않았다. 마치 오랫동안 알고 지낸 사이인 것처럼. 셀레나는 그녀 앞으로 손을 내밀었고, 펄은 그녀를 부축해 일으켰다. 펄은 보기보다 힘이 좋았다. 두 사람은 긴 소파로 다가갔다. 셀레나는 푹신한 쿠션에 풀썩 주저앉았다. 그레이엄의 손이 움켜쥐었던 그녀의 목에는 아직도 불에 타는 듯한 통증이 남아있었다.

펄이 담요를 끌어와 셀레나의 무릎에 덮어주었다.

"저 사람, 죽었어요?" 셀레나가 그레이엄 쪽을 돌아보며 속삭였다. 그는 여전히 복도 바닥에 뻗어있었다.

"아뇨." 펄이 대답했다. 사실 그녀도 그게 궁금했다.

셀레나는 그레이엄에게서 눈을 떼지 않았다. 펄의 손에는 아직도 권총이 쥐어져있었다.

"왜 내게 그랬어요?" 그녀가 가쁜 숨을 몰아쉬며 기어 들어가는 목소리로 펄에게 물었다. "왜 우리에게 이러는 거죠?"

펄은 대답이 없었다.

"처음부터 진실을 털어놓았으면 우린 당신을 반가이 맞아주었을 거예요." 셀레나가 말했다. 솔직히 그건 알 수 없었다. 정말로 그녀와 마리솔이 펄을 가족으로 인정하고 받아들여주었을지. 코라가 그녀를 딸로 거두어주었을지. 하지만 그녀는 분명 그랬을 거라 믿고 싶었다. 상처받은 그녀에게 마음의 문을 활짝 열어주었을 거라고.

"아뇨." 펄이 차분한 모습으로 말했다. 지난 두 번의 만남에서도 그랬듯이 그녀에게서는 그 어떤 감정도 읽어낼 수가 없었다. "그러지 않았을 거예요."

"어떻게 그런 말을 할 수 있죠? 당신은 우릴 모르잖아요."

"난 사람을 볼 줄 알아요." 그녀가 대수롭지 않다는 투로 말했다. "난 당신들에게 당신 아버지의 흠과 실수와 배신을 상기시킬 뿐이에요. 우리 아버지의."

셀레나는 여자를 빤히 쳐다보면서도 그레이엄에 대한 경계를 늦추지 않았다. 통증은 그새 그녀의 온몸으로 퍼져나간 상태였다.

"그래서 우리 가족을 망쳐놓으려고 했던 거군요." 셀레나가 말했다. "우리가 당신을 가족으로 받아줄 것 같지 않아서. 그렇죠? 그래서 우리 가족을 무너뜨리려고 했던 거 아닌가요? 혹시 다른 이유가 더 있나요? 대체 원하는 게 뭐죠? 돈을 더 뜯어내고 싶어요?"

그녀가 주머니에서 돈뭉치를 꺼내 여자 앞으로 내밀었다. 2천 달러도 채 되지 않는 푼돈이었다. 돈을 잠시 응시하던 펄의 얼굴에 희미한 미소가 머금어졌다.

"액수가 얼마 되지 않아요." 셀레나가 말했다. "하지만 돈이라면 더 끌어올 수 있어요. 얼마를 원하죠? 내가 어떻게 하면 물러가 주겠냐고요."

그녀의 손에서 떨어져 나간 돈뭉치가 낙엽처럼 바닥에 우수수 뿌려졌다. 셀레나는 자신이 무얼 하든 이 골치 아픈 문제들로부터 벗어날 길이 없음을 깨달았다. 게다가 문제는 이제부터가 시작이었다. 바닥을 뒹구는 그레이엄이 신음을 토해냈다. 그녀는 그쪽으로 달려가 그의 복부를 있는 힘껏 걷어차고 싶은 충동을 애써 외면했다. 솔직히 그녀에게는 그럴 힘도 남아있지 않았다.

어딘가에서 사이렌 소리가 아득하게 들려오고 있었다. 그녀는 펄에게도 그 소리가 들릴지 궁금했다.

"처음엔 돈이 목적이었어요." 펄이 말했다. 그녀는 셀레나 맞은편 의자에 앉아있었다. "그러다가 목표가 복수로 바뀌었죠. 어쩌면 난 돈과 복수, 그 둘 모두를 원했는지도 몰라요. 그래서 당신의 인생 속으로 파고들 방법을 궁리하기 시작했죠. 그리고 기어이 그 방법을 찾아냈고요."

셀레나는 힘겹게 자세를 고쳐 앉았다. 날카로운 통증이 그녀의 목을 타고 팔과 등으로 번져나갔다.

"내 눈에 비친 당신 인생은 완벽했어요." 펄이 계속 이어나갔다. "하지만 유심히 들여다보니 그렇지 않더군요."

"완벽과는 아주 거리가 멀죠." 셀레나가 말했다.

"당신 남편은 나쁜 사람이에요, 셀레나. 그를 미행하면서 그 사실을 알게 됐죠. 그는 괴물이에요."

셀레나의 머릿속이 서서히 맑아져갔다. 상황이 완벽히 파악되면서 무수한 질문이 속속 떠올랐다. 저 여자는 언제, 그리고 어떻게 집으로 들어올 수 있었지? 그레이엄에게 문자 메시지를 보내온 것도 펄이었나? 펄은 셀레나가 모르는 그레이엄의 비밀을 얼마나 알고 있을까? 질문은 꼬리를 물고 이어졌다.

사이렌 소리는 점점 크게 들려왔다. 펄은 말없이 자리에서 일어나 문 쪽으로 이동했다.

셀레나는 그녀에게 함께 있어달라고 청하고 싶어졌다. 하지만 차마 그럴 수 없었다. 그들은 친구가 아니었다. 앞으로도 친구로 지낼 일이 없고. 펄의 말이 맞는 것 같았다. 어쩌면 우리는 그저 인생이 얼마나 결함투성이고, 불완전하며, 고통스러운지 상기시키는 도구에 불과한지도 몰랐다.

"그가 재클린 카슨을 죽였나요? 아니면 당신이?" 셀레나가 물었다.

"난 그 누구도 해친 적이 없어요." 펄이 대답했다. "살인이라뇨."

그레이엄이 내놓았던 대답과 똑같았다. 두 사람은 남에게 극심한 고통을 가해왔다는 공통점이 있었다.

"내가 봤어요." 펄이 말했다. 셀레나는 어느 쪽을 믿어야 할지, 무엇을 믿어야 할지 마음의 갈피를 잡지 못했다. 누가 누굴 괴롭힌 거지? 누가 누굴 죽였고? 대체 내가 왜 이런 질문에 시달려야 하지? "난 그가 무슨 짓을 했는지 알고 있어요."

"거짓말." 숨소리가 섞인 속삭임. 모든 주장에 항의하는 한 음절짜리 대꾸였다.

셀레나는 궁금한 게 너무 많았다. 펄이 무엇을, 어떻게 목격했는지. 그녀는 펄이 알고 있는 모든 걸 알고 싶었다. 하지만 선뜻 목소리를 낼 수 없었다. 어쩌면 알고 싶지 않은 것인지도.

어느새 사이렌 소리는 한층 커져있었다. 셀레나의 휴대폰은 계속해서 울어댔다. 그레이엄은 여전히 바닥에 뻗어있었다. 정말 죽었나?

셀레나와 세상으로부터 떨어져 나간 펄은 작고 슬퍼 보였다. 나비. 아름답지만 좀처럼 찾기 힘든 나비. 그녀의 날갯짓 한 번에 세상이 뒤흔들렸다. 치명적인 흑나비.

"우리 엄마." 셀레나가 말했다. 그녀의 시야는 여전히 잿빛으로 뿌옇게 물들어있었다. 펄은 저만치 물러난 상태였다. "그리고 우리 아빠. 두 분이 당신에 대해 모든 걸 얘기해 줬어요. 당신이 무슨 일을 겪었는지, 당신이 무슨 짓을 해왔는지. 난 당신을 알아요. 그것도 아주 속속들이."

펄은 그녀를 쳐다보며 희미하게 미소를 지었다. 온화한 눈빛에서는 연민이 묻어났다. 셀레나는 또 한 번 묘한 끌림을 느꼈다. 기차에서 펄을 처음 만났을 때도 그녀는 지금과 같은 끌림을 느꼈었다. 현실에서는 절대 지속 가능하지 않은 어둡고 치명적인 끌림.

펄은 어깨 너머로 사이렌이 들려오는 쪽을 흘끔 돌아보았다가 다시 셀레나에게로 시선을 되돌렸다.

"이제 무슨 일이 벌어지든," 펄이 속삭였다. "당신을 괴롭혀온 문제들은 싹 사라져버릴 거예요. 영원히."

셀레나는 눈을 질끈 감고 잠시 생각에 잠겼다.

"그럼 제네바는요?"

하지만 그녀가 다시 눈을 떴을 때 방은 눈부신 불빛과 요란한 고함으로 가득 차있었다.

그리고 펄은 어딘가로 사라져버린 후였다.

42

셀레나

셀레나는 구급차 뒤편에 누워있었다. 그녀의 집은 깜빡이는 빨간 불빛에 물들어있었다. 그녀는 우르르 몰려온 차들을 세어보았다. 추가로 도착한 구급차 두 대, 순찰차 네 대, 마크 없는 위장 순찰차 두 대. 파견된 인력은 최소한 스무 명 이상이었다. 경관과 구급대원들은 그녀의 앞뜰과 집을 쉴 새 없이 들락거리고 있었다. 경찰 저지선 밖에는 잠옷 차림의 이웃들이 모여있었다. 팔짱을 낀 그들은 하나 같이 근심 어린 표정이었다. 한밤중에 몰려나와 그녀의 집을 에워싼 이웃들은 무너져 내린 그녀의 공든 탑을 신나게 구경하고 있었다. 하지만 그녀는 이 어수선한 상황으로부터 완전히 떨어져 나온 기분이었다. 어쩌면 그건 약기운 때문인지도 몰랐다.

맞은편에 앉은 그레이디 크로 형사는 눈을 부릅뜬 채 그녀를 응시하고 있었다.

그녀의 온몸이 욱신거렸다. 그레이엄에게 무자비하게 얻어맞은 턱도 여전히 얼얼했다. 그가 죽을힘을 다해 조였던 그녀의 목도, 어깨도, 허리도. 그리고 심장도. 그녀는 구급대원이 덮어준 담요를 어깨까지 끌어올렸다.

그녀는 그레이엄이 들것에 실려 나오는 걸 지켜보았다. 경관 두 명이 들것 옆에 바짝 붙어 서 있었다. 그녀 위치에서는 그의 얼굴이 잘 보이지 않았다. 그녀는 그가 시야에 담기지 않도록 몸을 최대한 뒤로 젖혔다. 윌은 아직도 안에서 상황을 수습하는 모양이었다. 무섭게 돌진하는 폭주 기관차 같은 참담한 상황을 수습하는 게 과연 가능한 일인지는 모르겠지만.

그녀는 크로 형사에게 모든 걸 털어놓았다. 펄을 처음 만난 순간부터 펄이 자신의 목숨을 구해준 순간까지. 그녀는 코라로부터 전해 들은 모든 이야기도 그에게 들려주었다. 이번에 처음 알게 된 이복동생의 존재, 그리고 펄이 어떻게 오랫동안 자신의 인생을 엿봐올 수 있었는지. 형사는 그녀가 쏟아내는 모든 비밀과 거짓말을 빠짐없이 수첩에 받아 적었다.

"오늘 절 찾아온 사람이 있었습니다." 크로가 말했다. "헌터 로스라는 남자인데요, 사립탐정이랍니다."

눈앞의 흐릿한 세상이 비현실적으로 느껴졌다. 그녀는 아득하게 들려오는 그의 목소리에 집중하려 애썼다.

"미제 사건을 전문으로 조사하는 사람입니다. 10년 전쯤, 스텔라 베어라는 여자가 피살되고 그녀의 열다섯 살 딸, 펄이 실종됐을 때 고용됐다고 하더군요. 아이 어머니의 남자 친구가 살인과 유괴 혐의로 용의선상에 올랐답니다. 수사에 더 이상 진전이 없자 미제 사건 전문가인 로스를 끌어들여 계속 조사토록 요청했다고 합니다."

셀레나는 방금 접한 정보를 잠시 곱씹어보았다. 그녀는 엄마가 가녀리고 야생적이라 표현했던, 엄마를 따라 슈퍼마켓으로 들어왔다는 소녀를 떠올렸다. 밖에서 안으로 파고들 기회만 엿봐온 아이. 어쩌면 펄에 대한 코라의 평가가 옳았는지도 몰랐다. 그녀가 파괴자라는 결론. 자신이 겪은 시련을 남에게 몇 배로 갚아주겠다며 칼을 갈아온 복수자. 어쩌면 그녀는 둘 다 아닐 수도 있었다. 둘 다일 수도 있고.

"우리 아버지에게 버림받은 후에," 셀레나가 말했다. "어머니가 살해되고, 자신은 유괴됐다고요?"

코라는 스텔라 살인사건과 펄의 실종에 대해 단 한 번도 언급한 적이 없었다. 어쩌면 그녀는 그 부분에 대해 몰랐을 수도 있었다. 일부러 비밀로 묻어두었거나. 너무 많은 비밀이 너무 깊숙이 묻혀있었다. 겹겹이 쌓인 무수한 막들 아래에. 대체 누가 어린 펄을 유괴했을까? 이렇게 세상에 나타나기 전까지 어디서 무엇을 하며 살아왔을까?

"로스는 끝내 그들을 찾지 못했습니다." 크로가 말했다. "스텔라 베어가 살해되기 몇 달 전에 찰스 핀치라는 사기꾼이 그녀와 가까이 지냈다고 합니다. 하지만 그는 유령처럼 사라져버렸습니다. 헌터 로스는 핀치가 스텔라 베어를 살해하고 펄을 유괴했다고 믿고 있어요. 펄이 그의 손에 자랐다고 말입니다."

셀레나는 음울한 분위기를 풍기던 펄을 떠올렸다. 역시.

"하지만 그가 오늘 절 찾아온 건 다른 이유 때문이었습니다. 믿기지 않으시겠지만." 크로 형사가 말했다.

그가 손에 쥔 파일에서 사진을 한 장 꺼내 들었다. 곱슬거리는 금발머리와 슬퍼 보이는 눈을 가진 소녀의 사진이었다. 셀레나는 사진 속 소녀를 대번에 알아볼 수 있었다. 셀레나의 손에서 사진이 바르르 떨렸다.

"그레이시 스티븐슨입니다." 크로가 말했다. "이 아이 어머니도 살해됐습니다. 이 아이 역시 살인이 발생한 날 실종됐고요."

"제네바예요." 셀레나가 말했다.

크로가 고개를 끄덕였다.

"같은 시나리오입니다. 그레이시의 어머니, 매기에게 접근해 친분을 쌓은 남자가 침대에서 목을 졸라 그녀를 살해했습니다. 스텔라와 동일한 수법으로 당한 것이죠. 그리고 그레이시는 사라졌습니다. 헌터 로스는 뉴스에 나온 제네바의 사진을 보고 그레이시라는 걸 대번에 알아차렸답니다. 두 미제 사건을 뚝심 있게 계속 파헤쳐온 덕분이었죠. 그는 곧장 새로운 DNA 증거가 나오진 않았는지 시스템을 뒤져봤답니다. 그러다 이번에 결정적인 증거를 찾게 된 것이죠."

셀레나의 머릿속에서 흩뿌려진 퍼즐 조각들이 차례로 맞물려가고 있었다.

"그럼 두 사건이 서로 연결된 셈이군요." 셀레나가 말했다. "경찰은 동일범의 소행으로 보고 있나요?"

"이 여자는," 크로 형사가 어린 펄의 사진을 들어 보였다. "동생이 실종됐다는 신고를 접수시킨 제네바의 언니입니다."

"그들이 공범이었군요." 셀레나가 말했다. 어떻게 그게 가능했지? 셀레나는 놀이터에서 제네바를 처음 만났고, 자신이 먼저 나서서 제네바를 보모로 채용했다. 하지만 그 모든 게 그들 자매가 오랫동안 치밀하게 짜온 계획이었다니.

크로의 설명이 이어졌다. "매기 스티븐슨 살인사건은 끝내 해결되지 않았습니다. 그레이시도 찾지 못했고요. 그들 모녀에게 접근해 일을 벌인 사기꾼은 제임스 파커라는 남자였습니다. 그 친구도 유령처럼 사라져버렸어요. 그들 모두 사진 하나 남기지 않고 증발해버렸습니다."

"무슨 얘긴지 이해가 안 되네요."

방송국 차가 속속 도착하면서 소음이 한층 높아졌다.

"찰스 핀치, 펄, 그레이시, 세 사람 모두 사기꾼입니다." 크로가 말했다. "남의 인생에 슬그머니 파고들어 부정한 방법으로 돈을 뜯어냈어요."

사기꾼들. 그들이 쓰는 수법은 황당하리만큼 구시대적이었다. 야바위나 쓰리 카드 몬테(퀸을 포함한 카드 세 장을 내보인 다음 교묘한 솜씨로 뒤섞어 엎어놓고는 그 퀸을 맞히게 하는 도박) 수준의 시시한 사기 행각. 나이지리아 왕자에게서 날아온 이메일 같은. 하지만 이들이 벌인 짓은 장난이 아니었다. 사람들의 삶이 망가졌고, 여성들이 죽어 나갔다.

"제네바가 의도적으로 내게 접근해 우리 아이들의 보모가 됐고, 그레이엄을 협박하기 위해 그를 유혹했다는 얘긴가요? 그럼 펄은요? 그녀는 여기서 어떤 역할을 한 거죠? 그리고 대체 왜?"

"그건 저도 아직 모릅니다." 그가 말했다. "그건 그녀만이 알고 있겠죠. 자신이 무슨 꿍꿍이였는지, 자신이 뭘 원했는지. 어쩌면 부인에게 해코지를 하는 게 그녀의 유일한 목적이었는지도 모릅니다."

고작 그것만이 아닐 텐데. 셀레나는 생각했다. 고작 내 인생을 가지고 놀려고 그 난리를 친 게 아니었을 텐데.

"제 생각엔 그들이 남편분······ 그레이엄이 어떤 사람인지 몰랐던 것 같습니다. 그들이 사람을 잘못 본 거예요. 제네바는 그를 에릭 터커 같은 쉬운 표적으로 여기고 섣불리 협박을 했을 겁니다. 그러다 그에게 죽임을 당한 것이죠."

갑자기 슬픔이 파도처럼 밀려들었다. 그녀는 손을 들어 촉촉해진 눈가를 훔쳤다.

"제네바가 죽었다고 믿으시는군요." 셀레나가 말했다.

크로가 손으로 정수리를 박박 문질렀다.

"제네바가 실종된 날 밤, 그레이엄이 동생의 아파트에서 몇 킬로미터 떨어진 대형 쓰레기 컨테이너에 무언가를 버리는 모습이 카메라에 찍혔습니다. 남편분과 관련 있는 젊은 여성의 시체가 얼마 전 발견됐지 않았습니까. 여성을 상대로 폭력을 쓴 전과도 있고요. 게다가 오늘 밤엔 부인께서 큰일을 당하시기까지 했습니다."

남편은 괴물이었다. 그녀의 귓전에서 펄의 속삭임이 맴돌았다. 당신을 괴롭혀온 문제들은 싹 사라져버릴 거예요. 연민과 애정이 묻어나는 목소리. 자기가 날 돕고 있다고 생각한 건 아닐까?

그레이엄을 실은 구급차가 사이렌을 울리며 진입로를 빠져나갔다. 이웃 주민들과 차량들이 비켜서자 구급차는 사이렌을 끄고 빠르게 동네를 벗어났다. 순찰차와 마크 없는 세단이 구급차를 뒤따랐다. 크로는 한동안 멀어져가는 차들을 물끄러미 바라보았다.

"제게 숨기고 계신 게 더 있습니까? 그레이엄에 대해서, 펄 베어에 대해서, 제네바에 대해서."

"없어요." 그녀가 말했다. 하지만 그에게 들려주고 싶은 얘기는 있었다. 그가 들어도 이해하지 못할 얘기.

제네바는 협박자였고, 가정 파괴범이었다. 하지만 그녀는 좋은 보모였다. 그녀는 올리버와 스티븐을 지극정성으로 돌봐주었다. 아이들을 성심껏 챙겨주었고, 재밌는 놀이 친구가 돼주었으며, 셀레나만큼이나 애정을 쏟아주었다. 아이들도 그런 그녀를 좋아하고 잘 따랐다. 아이들에게 그녀의 빈자리는 결코 작지 않을 것이다. 다른 상황이었다면 펄은 좋은 친구, 좋은 여동생이 돼주었을 것이다. 비록 셀레나의 인생을 망쳐놓기는 했어도 그녀가 셀레나의 생명의 은인임은 분명했다. 그레이엄도 따지고 보면 괜찮은 남편에 좋은 아버지였다. 그녀는 그를 사랑했고, 용서했으며, 믿어주었다. 그러다가 그는 갑자기 그녀를 죽이려 달려들었고, 그녀에게서 아이들을 앗아가려 했다.

그들은 부도덕한 일을 벌인 나쁜 사람들이었다. 하지만 그게 다가 아니었다. 크로 형사는 모든 겹을, 모든 면을, 그리고 악인들 속 깊숙이에 숨겨진 선한 마음을 결코 이해하지 못했을 것이다. 우리는 이토록 복잡한 세상에 살고 있었다. 아무리 질 나쁜 악인이라 해도 사랑 받을 자격이 있었다.

"없어요." 그녀가 다시 말했다. "형사님은 내가 아는 전부를 알고 계신 거예요."

43

제네바

발소리는 점점 커져가고 있었다. 제네바는 숨을 꾹 참았다. 그녀에게는 생각할 시간이 많았다. 머피 가족에 대해서, 터커 가족에 대해서, 그리고 자신이 벌여온 모든 사건에 대해서. 그녀는 그동안 중요한 결정을 몇 번 내렸었다.

발소리는 더 가까워지고, 더 요란해져갔다. 잠시 후, 문밖에서 빗장 풀리는 소리가 들려왔다. 삐걱대는 소리와 함께 문이 벌컥 열리고 누군가가 지하 저장실 계단을 내려오기 시작했다. 간이침대에 누워 있던 그녀가 벌떡 일어나 앉았다.

늘씬한 모습으로 문간에 나타난 펄이 불을 켰다.

"날 어떻게 다뤄야 할지 모른다고 매번 이렇게 가둬두면 어떻게 해?" 제네바가 말했다.

그녀는 지하 저장실이 싫지는 않았다. 다른 건 몰라도 차분하게 앉아 자신이 저지른 실수와 개선할 부분들, 그리고 이곳을 나가게 되면 무엇을 할 것인지 따위를 곱씹어보기에 이보다 나은 공간이 없었다. 또한 이곳은 몇 가지 중대 결정이 탄생한 곳이기도 했다.

"또 일을 그르칠 뻔했잖아." 펄이 말했다. "넌 내가 늘 이렇게 관리해줘야 실수를 하지 않는다고. 여기 갇혀있는 걸 다행으로 생각해. 지금 밖은 엄청 어수선하거든."

"애들은 무사해?" 그녀가 물었다. 아이들 생각에 그녀의 심장이 콩닥거리기 시작했다. "셀레나는?"

펄은 어깨를 으쓱이며 눈썹을 씰룩였다. "다들 아무 일 없을 거야."

바짝 다가온 펄이 부츠를 아무렇게나 벗어젖혔다. 부츠가 콘크리트 벽에 부딪히면서 요란한 소리를 냈다. 그녀는 두꺼운 검은색 더플백을 어깨에 메고 있었다.

"이게 끝이야." 제네바가 말했다. "이제 이 일은 그만두겠어. 정말로."

그녀는 자신의 결의를 비밀로 묻어둘 걸 그랬다는 후회가 들었다. 싸움으로는 펄을 절대 이길 수 없었다. 그건 여러 차례 싸움을 거치면서 확인된 사실이었다. 원한다면 펄은 동생을 지하 저장실에 영원히 가둬둘 수도 있었다.

"그거 알아?" 펄이 말했다. "실은 나도 그러려고 했어."

제네바가 눈을 비벼댔다. 그녀는 진이 빠져있었다. 지하실에 내려온 지 얼마나 됐더라? 하루? 이틀? 하지만 기분으로는 한 달도 넘은 것 같았다.

"웃기시네." 제네바가 말했다. "언니는 아빠보다 더 지독해. 적어도 아빠는 날 여기 가두지 않았다고."

못된 아빠는 자매에게 별의별 짓을 다 했었다. 그럼에도 아이들은 그를 친아버지처럼 잘 따랐다. 나름의 방식으로 그들을 사랑했던 끔찍하고, 영악하고, 살인적인 사기꾼.

"여기 분위기가 마음에 안 들어?" 펄이 말했다. 그녀는 스핑크스 같은 야릇한 미소를 지어 보였다. 마치 자신만이 이해한 농담에 반응하듯이.

"여긴 지하 감옥이야." 제네바가 말했다. "언니는 내 입을 막으려고 날 여기 가뒀어. 자기는 밖에 나가 신나게 활개를 치고 다니면서. 언니가 생각해도 너무한 것 같지 않아?"

"또 드라마 퀸처럼 왜 이래?"

펄은 커다란 더플 백을 바닥에 떨어뜨렸다.

"그게 뭐야?" 제네바는 수상쩍다는 눈빛으로 가방을 내려다보았다. 그녀는 안에 담긴 내용물이 무엇일지 궁금했다.

"반이야." 그녀가 말했다. "아빠랑 함께 모은 내 전 재산의 절반. 새로운 신원도 준비됐어. 운전면허증, 여권, 그리고 사회 보장 카드."

침대를 내려온 제네바는 바닥에 무릎을 꿇고 더플 백을 열어보았다. 가방은 현금으로 가득 채워져 있었다. 이게 다 얼마지? 척 봐도 엄청난 액수일 것 같았다. 그녀는 맨 위에 놓인 봉투를 뜯어보았다.

앨리스 그레이스 밀러. 아빠가 선호했던 부르기 좋고 심플한 이름이었다. 과거 자아를 상기시키는 이름이었지만 정작 제네바는 당시 상황을 전혀 기억하지 못했다.

"이젠 어디든 갈 수 있어." 펄이 말했다. "그 누구도 될 수 있고. 이제 넌 자유야."

제네바가 펄을 올려다보았다. 우리는 서로에게 어떤 존재일까?

운명이 맺어준 자매. 언젠가 펄은 말했었다. 제네바도 그 말에 동의했다. 그녀는 자신 안에서 어떠한 감정이라도 찾아보려 애썼다. 하지만 무언의 약속과 같은 마지못한 애정만이 건져질 뿐이었다. 그들은 시련을 함께했고, 누구보다도 서로를 잘 알았다. 그들은 자연스레 하나가 될 수밖에 없는 운명이었다. 그들은 각자 알고 있는 서로의 비밀을 죽을 때까지 지켜낼 것이다.

"언니는?" 제네바가 물었다.

"내 걱정일랑 마." 펄이 말했다. "내 일은 내가 알아서 할 테니까."

"당연히 그러겠지."

"자, 가자." 펄이 말했다. "내가 태워다줄게. 서둘러 여길 벗어나야 해."

지하 저장실은 춥고 어두웠지만 안전했다. 이곳에서는 예기치 못한 난처한 일이 벌어지지 않았다. 펄이 열어놓은 문틈으로 스며든 빛줄기가 검은 그림자들을 핥아댔다. 밖에서는 드넓은 세상이 기다리고 있었다. 그들은 어디든 갈 수 있고, 무엇이든 할 수 있었다. 마침내 은둔을 끝내야 할 때가 오고 말았다.

제네바는 자리에서 일어나 신발과 재킷을 챙겼다. 그런 다음, 더플 백을 어깨에 둘러멘 후 펄을 따라 밖으로 나갔다. 그녀는 손을 올려 눈부신 햇살을 막았다. 펄은 문을 닫고 자물쇠를 채웠다. 문은 덤불 속에 완벽히 감춰져있었다.

"나중에 문제가 터지면," 펄이 말했다. "여기 와서 몸을 피해. 곧바로 내게 문자 보내는 거 잊지 말고."

제네바가 고개를 끄덕였다. 하지만 그녀는 죽어도 이곳에 돌아올 마음이 없었다. 펄에게 연락하는 일도 결코 없을 것이고.

지하 저장실에서 몇 미터 떨어진 곳에는 아빠와 그를 죽인 여자가 묻혀있었다. 오래된 일이었지만 그들은 불과 몇 분 전의 일처럼 생생히 기억하고 있었다. 숲의 잔해 속에 파묻힌 무덤은 더 이상 육안으로는 찾을 수 없게 됐다. 펄은 자신의 발밑을 빤히 내려다보고 있었다. 제네바는 멈춰선 언니를 보고서야 그곳이 아빠가 묻힌 자리임을 깨달을 수 있었다.

"우린 이제 떠날 거예요, 아빠." 제네바가 말했다.

아빠를 부르는 그녀의 목소리는 앳되고 부드럽게 들렸다. 하지만 그녀의 딱딱하게 굳은 얼굴에서는 단호함만이 엿보였다. 잠시 후, 그녀가 다시 걸음을 옮겨나가기 시작했다.

제네바, 아니, 앨리스는 언니를 따라 차에 올랐다. 그들은 차를 타고 사유지를 빠져나갔다. 그녀는 백미러로 모락모락 피어오르는 검은 연기를 지켜보았다. 한때 그들의 집이 우뚝 서 있던 곳이었다. 오래 전 고아가 된 그녀가 아빠에게 이끌려갔던, 그리고 아빠가 죽은 후 펄과 함께 살았던 집.

제네바는 펄에게 집에 무슨 짓을 벌여놓고 왔는지 물으려다 생각을 바꾸었다.

당연히 불을 질렀겠지. 우리 흔적을 싹 지우려고.

그게 언니 방식이잖아.

44

펄

그 어느 곳에도 속해있지 않은 신성한 공항들. 궁극의 경계 공간. 이곳도 저곳도 아닌. 출발지로 치기도 그렇고, 목적지로 보기에도 그렇고. 중유中有(티베트 불교의 죽음과 환생 사이의 상태). 그 어떤 자아도 아닌 상태로 잠시 숨을 고를 수 있는 두 세상 사이의 쉼터.

펄의 마지막 대포폰. 펄은 텅 빈 게이트 앞 의자에 앉아 전화를 걸었다. 상대는 응답이 없었다. 시간이 너무 이른 모양이었다. 그녀는 항상 첫 항공편만을 고집했다. 유리창 밖 세상은 아직도 어둠에 묻혀 있었다. 다른 승객들은 꾸벅꾸벅 졸거나 축 늘어진 모습으로 커피를 홀짝이며 스마트폰을 만지작거리고 있었다. 하지만 펄은 정신이 또렷했다.

활주로가 내려다보이는 커다란 유리창에 비친 늘씬한 여자는 황금색 단발머리에 검은 레깅스와 터틀넥 스웨터, 항공 재킷, 그리고 검은 운동화 차림이었다. 얇게 한 화장은 자연스러운 느낌을 주었다. 모든 짐도 의상과 같이 검은색이었다. 펄은 이번 여정을 앞두고 최대한 수수한 모습을 연출하려 애썼다. 립스틱도 바르지 않았고, 향수도 뿌리지 않았다. 그저 눈에 연한 갈색 아이섀도만 살짝 발라놓았을 뿐이었다. 피부는 거의 감쌌고, 굳이 필요가 없는 커다란 안경까지 얼굴에 걸친 상태였다.

에밀리 펄 밀러. 그녀의 마지막 신분.

펄은 귀네스가 자신의 본명이 아니라는 걸 벤에게 해명할 생각이었다. 그는 그녀가 자신을 보호하기 위해 불가피하게 가명을 쓸 수밖에 없었음을 이해해줄 것이다. 인터넷에서 남자를 만날 때는 극도로 신중할 필요가 있었다. 상대가 사기꾼인지 범죄자인지 확인할 길이 없으니.

그녀가 전화를 끊으려는 순간 상대가 응답했다.

"헌터 로스입니다."

방금 잠에서 깬 목소리가 아니었다.

"펄이에요." 그녀가 말했다. "펄 베어."

웬일인지 그 이름이 어색하게 들렸다. 마치 거짓말을 한 것처럼 입 안이 까끌거렸다. 하지만 그것은 그녀가 실로 오랜만에 입에 담아본 진실이었다.

당황했는지 그는 한동안 아무 대꾸가 없었다. 마침내 그가 입을 열었다. "안녕, 펄. 널 아주 오랫동안 찾아 헤맸어."

"알아요." 그녀가 말했다. "고마워요. 고마워해야 하는 게 맞죠?"

로스가 헛기침을 한 번 했다. "무슨 일로 나한테 전화를 다?"

펄은 알고 싶은 게 많았다. 그에게 들려주고 싶은 얘기도 많았고. 헌터 로스는 그녀가 신뢰하는 유일한 사람이었다.

"그의 정체를 밝혀냈나요? 찰스 핀치?"

"아니." 그가 말했다. "네가 알 줄 알았는데."

"나도 몰라요." 펄이 솔직하게 대답했다. "그에겐 이름이 무수히 많았어요. 그조차도 다 기억하지 못했을걸요. 그가 죽고 나서 그의 소유물을 샅샅이 뒤져봤어요. 모든 문건이 다 위조된 것들이더라고요."

"정확히 언제 죽었지?"

"5년쯤 됐어요." 그녀가 말했다. "그의 사기에 피해를 본 여자가 어느 날 불쑥 나타나 그를 죽였고요. 그러고 나선 자살했고요." 물론 그건 완전한 진실이 아니었다. 하지만 그녀에게는 동생을 보호하는 게 우선이었다.

"그게 누구였지?" 로스가 물었다. 펄은 그가 통화를 녹음하고 있을지 궁금했다.

"브리짓이라는 여자였어요." 부끄럽게도 펄은 여자의 성을 기억하지 못했다. 펄에게 사기를 당한 피해자 중 상당수는 진작 그녀의 기억에서 지워진 상태였다. 펄에게 그들은 사람이 아닌, 표적일 뿐이었다.

"그렇군." 로스가 말했다. "그들의 시체는 어떻게 처리했지?"

그녀는 그날 밤을 떠올렸다. 무덤을 팠던 일. 격하게 흐느끼던 그레이스.

"그걸 알면 어쩔 건데요?"

그는 대답이 없었다. 둘러댈 거짓말을 찾아 머리를 굴리고 있나? 하지만 헌터 로스는 정직한 사람이었다.

"경찰에 알려야지." 마침내 그가 대답했다. "그들이 무덤을 파헤쳐 시체들을 거둘 거야."

혹시 나도 그러길 바라고 있진 않나? 이제 와서 시체를 꺼내는 게 과연 현명한 일일까? 아빠의 유골은 어떻게 될까? 정부 공동묘지에 이장이라도 시켜주려나?

"그가 우리 엄마를 죽인 범인인가요?" 필이 물었다. "혹시 다른 용의자도 있어요?"

로스가 긴 한숨을 천천히 내쉬었다. "네 생각은 어떠니, 필?"

"엄마에겐 남자 친구가 많았어요." 스텔라는 상대의 애를 살살 태우면서 그들을 마음껏 부려먹었다. 그녀에게 상대를 괴롭히는 건 재밌는 취미에 불과할 뿐이었다. 스텔라를 겪어본 남자라면 한 번쯤은 나쁜 마음을 먹어보았을 것이다. 그녀에게 당한 것이 분하고 억울해서. 마음을 준 여자로부터 원하는 걸 얻지 못했을 때 남자가 보이는 반응은 대개 그런 식이었다. 적어도 일부는 그랬다.

"그녀를 거쳐 간 남자들," 로스가 말했다. "누구도 그녀 곁에 남지 않았어. 널 딸로 거두고 싶어 한 사람도 없었고."

필은 그의 말을 잠시 곱씹어보았다.

"그는 날 거둬줬어요." 마침내 필이 입을 열었다. 그녀는 아빠가 스텔라를 죽였다고 믿고 싶지 않았다. 보나 마나 그랬겠지만. "그는 한 번도 날 괴롭힌 적이 없었어요. 내 몸에 손을 댄 적도 없었고요."

"그를 사랑했던 모양이구나."

"그랬던 것 같아요."

"그레이시 스티븐슨은?"

"그 애도 그한테 사랑받았고요."

로스가 다시 헛기침을 했다. 나이 든 남자들이 으레 그렇듯이. 휴대폰에서 여자의 목소리가 희미하게 흘러나왔다. *누구야, 여보? 이 시간에?*

"그 애 어머니도 살해됐어." 로스가 나지막이 말했다.

"알아요."

"내겐 패턴이 보이는데. 넌 어때?"

펄은 대답하지 않았다. 몇 분만 더 버티면 통화를 종료하고 휴대폰을 쓰레기통에 던져버릴 수 있었다.

"갠 어디 있지? 그레이시 말이야. 아니, 제네바라고 불러야 하나?"

"안전한 데 있어요." 펄이 말했다. 부디 그게 사실이기를 바라며. 그녀는 앞으로 동생을 볼 일이 없을 거라고 확신했다. "우린 과거를 잊고 산뜻하게 새 출발하기로 했어요."

"완전히 손 씻은 거야?"

"네."

"그동안 무던히 애를 썼지만 너희 수법을 간파하는 데 실패했어. 어떻게 둘이 파트너로 작업해왔는지."

"우린 파트너가 아니었어요."

"그래?"

"갠 개만의 방식이 있고," 펄이 말했다. "내겐 나만의 방식이 있었어요. 작업 스타일이 서로 달랐죠."

그것도 완전한 진실은 아니었다. 펄은 항상 뒤에서 그레이시를 조종하는 역할을 맡아왔다. 그레이시가 처음부터 그걸 눈치챘는지는 알 길이 없지만.

"그럼 터커 씨에게 사기를 친 것도 그 애 혼자 꾸민 일이었다는 얘긴가? 보모로 취직해서 남편을 유혹해 함께 잠자리를 갖고 나중에 그 일을 문제 삼지 않는다는 조건으로 돈을 뜯어내는 수법?"

"맞아요." 펄이 말했다. "걘 그렇게 해서라도 남의 가족의 일원이 되고 싶어 했어요." 그것 역시 사실과는 거리가 멀었다. 그레이시는 남의 가족을 파탄 내는 걸 좋아하지 않았다. 하지만 그건 그녀의 특기였다. 비록 수익은 적었지만 꾸준했다.

하지만 터커 부부가 보모를 구하고 있다는 소식을 그레이시에게 넌지시 언급한 건 바로 펄이었다. 그들은 셀레나의 소셜 미디어 친구들이었다. 펄은 소셜 미디어에서 셀레나가 곧 직장으로 복귀할 거라는 내용의 포스트를 확인한 후 그레이시를 부추겨 공원에서 그녀를 만나보게 했다. 미팅 이후 그녀가 계획한 모든 일은 물 흐르듯 착착 진행됐다.

"하지만 셀레나는 네 이복 언니잖아. 그녀를 오랫동안 지켜봐왔겠지? 분명 그랬을 거야."

그건 사실이었다.

펄은 지난 몇 년간 셀레나의 주변을 맴돌며 그녀를 유심히 지켜봐왔다. 셀레나와 그녀의 친구들, 그리고 어떤 이유에서인지 펄이 별 관심을 보이지 않았던 그녀의 언니(펄의 또 다른 이복 자매) 마리솔. 그녀는 먼발치서 셀레나가 결혼하고, 출산하고, 새 집으로 이사하고, 인스타그램을 공들여 관리하는 걸 지켜보았다.

또한 펄은 그레이엄의 소셜 미디어도 살펴보았다. 그의 소셜 미디어는 셀레나에 비해 썰렁했다. 친구도 몇 명 없었고. 그녀는 이따금 그를 미행하기도 했다. 그들 커플이 결혼에 골인한 지 2년쯤 지났을 때 펄은 그가 아내 몰래 바람을 피워온 사실을 알게 됐다. 그녀는 그를 좀 더 유심히 지켜보기로 했다.

그러던 어느 날, 아주 이상한 일이 생겼다. 문득 셀레나에게 연민이 느껴진 것이었다.

"복수를 하려 했던 거야? 그래서 널 버리고 떠난 아버지를 곤란하게 만들었어?" 헌터가 물었다. "머피 씨 부부에겐 왜 접근했지? 돈을 더 뜯어내려고? 그들 가족을 완전히 망쳐놓으려고?"

뜻밖의 질문에 펄은 흠칫 놀랐다. 그녀는 잠시 자기반성에 들어갔다.

내가 왜 그랬지? 그 이유가 달랑 하나였나?

처음엔 그랬는지도 몰랐다. 복수. 목표는 오로지 아버지에게 최대한의 고통을 안겨주는 것뿐이었다.

일이 순조롭게 진행됐다면 돈도 어느 정도 뜯어낼 수 있었을 것이다. 만약 셀레나가 카메라의 위치를 바꿔놓지 않았다면, 그래서 그레이시와 그레이엄이 불륜하는 순간을 포착하지 못했다면. 만약 양심의 가책을 느낀 그레이시가 툭하면 이 프로젝트에서 손을 떼겠다고 으름장을 놓지 않았다면.

하지만 단지 복수를 위해서만 벌인 일은 아니었다. 그레이엄이 간통자일 뿐 아니라, 괴물이기까지 하다는 사실을 알게 된 펄은 그를 벌하고 싶어졌다. 셀레나를 해방시키고 싶어졌다. 오래 전, 코라를 해방시켰던 것처럼. 그것은 시작된 지 10년이 훌쩍 넘은 궁극의 지구

전이었다. 그녀는 그들 주변을 맴돌며 완벽한 진입점이 나타날 때까지 기다렸다. 돈? 애초에 이건 돈이 목적이 아니었다. 복수도 마찬가지였고. 그녀는 아빠와는 달랐다.

사실 이건 진실을 파헤치는 작업이었을 뿐이었다. 그녀는 새로 드러난 진실이 들불처럼 번져 앞을 가로막는 모든 걸 불살라버리기를 바랐다. 파괴와 정화. 잿더미 속에서 새로운 생명이 태어날 수 있도록.

하지만 펄은 그 내용을 헌터 로스에게 구구절절 설명해줄 마음이 없었다. 어차피 그는 세상 모든 걸 흑백논리로만 보는 타입일 테니. 그녀가 벌인 짓은 분명 범죄였다. 그는 그것이 한 편으로는 옳은 일이었음을 결코 이해하지 못할 것이다.

"네." 그녀가 짧게 대답했다. 통화가 필요 이상으로 길어지고 있었다. "그게 다예요. 복수."

어쩌면 그게 그녀의 본심이었는지도 몰랐다. 그녀는 재클린 카슨을 위한 정의 실현도, 그녀를 신나게 이용해 먹고 살해까지 한 그레이엄에 대한 처벌도, 환상에 젖어 사는 이복 언니의 해방도 원치 않았다. 그녀는 오로지 자신의 안위, 그리고 남의 인생을 가지고 노는 신나는 게임에만 관심이 있을 뿐이었다.

"뜻하는 바를 결국 이룬 셈이군." 헌터가 피로에 전 무거운 톤으로 말했다.

"그랬다고 봐야죠." 공허한 슬픔이 밀려들자 펄은 심호흡으로 동요하는 마음을 달랬다.

"이젠 어쩔 셈이지?"

"사라져야죠. 여기서 내 할 일은 다 끝났으니까요."

"언제까지 숨어 지낼 거야?"

"그야 모르죠."

또 한 번 무거운 침묵이 찾아들었다. 펄은 전화를 끊어버릴까 고민에 빠졌다.

"왜 갑자기 내게 연락했는지 물어봐도 될까?" 마침내 헌터가 말했다.

좋은 질문이야. 아빠가 속삭였다. 그는 항상 그녀의 어깨 너머에서 모든 걸 지켜보았다. *대체 무슨 꿍꿍이로 그에게 연락한 거지?*

"종결." 그녀가 말했다. "당신을 위해서도, 날 위해서도. 당신은 희귀종이에요. 진실을 찾을 때까지 결코 포기하지 않는, 남을 진정으로 위하고, 또 챙길 줄 아는 좋은 사람. 난 당신의 그런 점이 마음에 들어요."

헌터가 피식 웃었다. "그렇게 말해주니 고맙군."

그녀는 그에게 아빠와 브리짓이 묻힌 위치를 알려주었다. 그녀는 지하 저장실의 위치를 표시해둔 작은 기를 무덤의 위치로 옮겨놓았다. 덕분에 그를 찾는 건 어렵지 않을 것이다. 아빠, 찰스, 빌, 짐, 크리스, 학대받은 아이, 사기꾼, 살인자, 그리고 수배자. 펄은 헌터 로스가 마침내 그를 잡아주기를 바랐다. 왠지 그래야 두 사람 모두가 마음의 안정을 찾을 수 있을 것 같았다.

누군가가 아직도 브리짓을 찾고 있다면 그들 역시도 마침내 마음의 평화를 얻게 될 것이다.

그녀는 그를 위해 준비한 모든 답을 내주었고, 더 이상 할 얘기는 남아있지 않았다.

"안녕히 계세요, 로스 씨. 끝까지 포기하지 않고 우릴 찾으려 애써 주셔서 고마워요."

"잘 가, 펄."

그녀의 이름이 마지막으로 불리는 순간이었다.

펄은 통화를 종료하고 휴대폰에서 심 카드를 뽑았다. 화장실로 들어간 그녀는 카드를 변기에 떨어뜨려 물을 내리고 부서진 휴대폰 조각들을 쓰레기통에 버렸다.

마침내 탑승이 시작됐다. 그녀는 우선순위 승객들과 함께 줄을 서서 1등석에 올랐다.

벤이 기다리고 있을 도착지에 내리면 그녀는 전혀 다른 자아로 새로 태어나있을 것이다. 그는 좋은 사람이었다. 충실하고, 애정이 넘쳤다. 그녀에게 진실한 사랑은 불가능한지도 몰랐다. 아무리 그 상대가 벤이라 해도. 하지만 그녀는 필사적으로 노력해보고 싶었다.

그녀는 벤에게 동생이 약물 과다복용으로 사망했으며, 이제는 그 토록 갈망했던 세상으로 홀가분하게 떠날 수 있게 됐다고 말했다. 그는 그녀와 어디로든 기꺼이 동행하겠다고 약속했다. 날짜에 맞춰 휴가를 내겠다면서. 그들은 함께 머리를 맞대고 어디서, 무엇을 하며 살 것인지 고민해보기로 했다.

당신과 함께 새 출발하게 돼서 너무 기뻐요. 그는 말했다. 우리 과거는 잊고 산뜻하게 인생 2막을 시작해봐요.

에밀리도 그와 같은 생각이었다.

45

셀레나

난 당신을 위해 그런 거예요. 언젠가는 내 진심을 알아줄 때가 올 거예요.

펄이 아버지의 인생에 불을 지르고 나서 한 달쯤 지났을 때 코라는 골목 인도를 서성이는 소녀를 또다시 보게 됐다. 아이는 저번과 마찬가지로 떡갈나무 옆에 서 있었다. 코라는 망설임 없이 문을 열고 밖으로 뛰어나갔다.

진입로에는 코라와 아이들의 짐을 실은 이삿짐 트럭이 세워져있었다. 그들은 큰 집을 떠나 도시 반대편에 자리한 작고 아담한 집으로 옮겨가게 됐다. 그녀는 더그에게 집을 양보했다. 구석마다 불쾌한 기억과 박살 난 꿈의 유령들이 숨어있는 집에서는 차마 살 수가 없었기 때문이었다. 셀레나와 마리솔을 등교시킨 코라는 성인이 된 후 처음으로 홀로 남겨진 상태였다.

원하는 게 뭐니, 펄? 소녀가 다가오자 코라가 물었다. 아이는 그새 많이 자라있었다. 저번보다 훨씬 당당하고 차분하고 노련해진 모습이었다.

미안하다는 말씀 드리고 싶었어요.

뜻밖의 말에 코라는 흠칫 놀랐다. 미안하다고?

저 때문에 괴로우셨잖아요.

코라는 그 말에 뭐라고 대꾸해야 할지 몰랐다. 그녀 또한 아이에게 사과해야 할 것 같은 기분이 들었다. 왜냐하면 펄 역시 크게 상처를 받았을 테니까. 코라는 척 봐도 그걸 알 수 있었다. 그 충격을 묵묵히 흡수하고 지금껏 말을 아껴온 코라와 달리 펄은 격노에 단단히 사로잡혀 복수의 칼날만을 갈아왔다. 아이는 표적을 향해 방아쇠를 당겼고 과녁의 중심을 정밀하게 타격했다.

원하는 걸 손에 넣었잖아. 안 그래? 코라는 말했다. *네가 요구하는 대로 돈을 내줬잖니. 제발 우릴 내버려 둬.*

코라는 실망 가득한 펄의 표정을 생생히 기억하고 있었다. *내가 이러는 건 돈 때문만이 아니에요.*

정말?

난 당신을 위해 그런 거예요. 차분하고 예쁘장한 아이가 냉담한 톤으로 말했다. *언젠가는 내 진심을 알아줄 때가 올 거예요.*

셀레나는 다락 사무실에 앉아 코라와 펄이 마지막으로 만나는 순간을 글에 담으려 애쓰는 중이었다. 내가 과연 엄마의 절망을 헤아릴 수 있을까? 예쁘장하고 불가사의한 펄이 하염없이 서성였던 초가을 골목의 풍경은 또 어떻게 묘사하고? 그녀는 은은하게 풍기던 갓 깎은 잔디 냄새와 나무에서 꽥꽥대던 파랑어치들을 떠올렸다. 그녀는 섬뜩하리만큼 자신에 대해 잘 알았던 펄 베어와 대면하는 기분을 알고 있었다.

그거 아니? 그들의 마지막 만남에 대해 들려주던 코라가 셀레나에게 말했다. 펄이 옳았어. 네 아버지와 갈라선 건 내 생애 최고로 잘한 일이었어. 당시엔 생애 최악의 사건으로 여겨졌지만. 그때 난 모든 걸 잃었지만 그 덕분에 나 자신을 찾게 됐어. 보호소에서 일하면서 파울로도 만났고.

흑나비. 그녀에게 펄 베어와 그레이시 스티븐슨, 그리고 그들이 어떻게 셀레나와 엮이게 됐는지를 글로 써보라고 제안한 건 베스였다. 지난 2년간 헌터 로스의 협조를 받아 사전 조사를 진행해온 셀레나는 초고의 완성을 코앞에 두고 있었다. 베스는 메이저 출판사와 계약을 성사시켰고, 책은 이듬해에 출간될 예정이었다. 윌, 그레이엄, 그리고 아이들이 그녀 인생에 나타나기 전, 셀레나는 작가 지망생이었다. 불가피하게 접어야만 했던 작가의 꿈은 잿더미로 변한 그녀의 인생 속에서 다시 싹을 틔웠다.

일단 한번 써봐. 베스는 말했다. 우리의 경험을 써나갈 땐 우리가 이야기를 확실하게 제어할 줄 알아야 해. 과거 이야기를 완벽히 제어해야만 더 나은 미래를 만들어나갈 수 있는 거야.

재클린 카슨 살인사건 피의자로 기소된 그레이엄은 재판에서 유죄 판결을 받고 교도소에 수감됐다. 이번 일로 크나큰 트라우마를 떠안게 된 아이들은 심리 치료를 받는 중이었다. 길고 고통스러운 영혼의 밤, 끝도 보이지 않는 어두운 터널 속에서 그녀는 자신의 사연을 쓰고 또 써나갔다.

그녀는 남편에 관한 진실을 숨기지 않았다. 모든 비밀이 고스란히 글 속에 담겼다.

몇 년에 걸쳐 그와 부적절한 관계를 맺어온 직장 동료들, 술집에서 그와 엮이게 된 여자들, 스트리퍼들, 그리고 점점 격화돼온 여성들에 대한 폭력의 수위. 라스베이거스에서 변을 당한 여자는 그저 시작에 불과했다. 셀레나에게 쫓겨난 날 밤, 그레이엄은 홧김에 재클린 카슨을 살해했다.

재클린 때문에 해고된 그레이엄은 한동안 문자 메시지로 그녀를 괴롭혀왔다. 셀레나가 그에게 장난감 로봇을 집어 던졌던 날 밤, 그레이엄은 절망과 분노에 단단히 사로잡혀있었다. 귀가하는 재클린을 붙잡아 그녀의 집으로 끌고 들어간 그레이엄은 그녀를 강간했고, 살해했다.

그는 여전히 그날 밤 일이 기억나지 않는다고 주장했다. 자신의 아내이자 자기 아이들의 엄마인 셀레나를 어떻게 죽이려 했는지도 기억에 없다고 했다. 그는 증인석에서 격하게 흐느꼈다. 그날 밤, 셀레나는 격노가 그를 괴물로, 그녀가 지금껏 살아오면서 한 번도 본 적 없는 누군가로 둔갑시키는 것을 똑똑히 보았다. 그가 아무것도 기억나지 않는다고 주장했을 때 그녀는 그 말을 믿었다.

하지만 그레이엄이 재클린의 아파트 밖에 세워진 SUV 안으로 돌돌 만 양탄자를 우악스럽게 쑤셔 넣는 모습과 그가 시체를 유기할 장소로 향하는 중에 도로 요금소를 지나는 모습은 보안 카메라에 고스란히 포착됐다. 또한 그를 미행했던 펄은 그가 피 묻은 옷을 벗어 쓰레기 컨테이너에 던져 넣는 모습을 카메라에 담는 데 성공했다.

그날 밤 펄이 어디까지 목격했는지 셀레나는 궁금했다. 만약 그녀가 그레이엄을 미행했다면 그가 재클린의 아파트 밖에서 그녀의 귀가를 기다리는 모습도 분명 보았을 것이다. 그런데 왜 끔찍한 참사를 막으려 하지 않았을까?

이 부분에 대한 궁금증은 그녀의 심리 치료 세션에서 어느 정도 풀렸다. 의사는 말했다. "정신적으로 문제가 있는 사람들의 행동을 설명하거나 이해하는 건 불가능해요. 현실을 묵묵히 받아들이고 앞으로 계속 전진해나가야죠. 그 끔찍한 사건을 극복해냈다는 사실을 감사히 여기면서."

코라, 파울로, 마리솔, 베스, 윌, 그리고 아이들의 굴하지 않는 에너지가 아니었으면 그녀는 결코 그날의 악몽을 떨쳐내지 못했을 것이다. 또한 펄이 아니었으면 셀레나는 그레이엄이라는 괴물을 버텨내지 못했을 것이다.

하지만 그녀는 아직도 글을 써나가고 있었다. 완전한 이해를 이룰 때까지 재판을 통해 알게 된 사실들과 용기를 내어 증인석에 오른 여자들의 이야기를 짜 맞춰 나가는 작업은 계속돼야만 했다. 모든 진실과 그것의 모든 측면이 적나라하게 드러날 때까지.

시계는 2시가 다 됐음을 알리고 있었다. 한 시간 후면 아이들을 데리러 나가봐야 했다. 그들은 작은 사립학교의 평화로운 분위기 속에서 상처받은 영혼을 치유해나가는 중이었다. 그녀는 아이들의 질문에 최대한 성실히 답변해주었고, 차마 답할 수 없는 질문은 심리 치료사에게 넘겼다. 그녀는 아무리 괴롭더라도 아이들에게만큼은 솔직하고 싶었다.

올리버와 스티븐은 매주 일요일, 그레이엄을 면회했다. 언제부터인가 아이들은 아버지와의 어색한 만남을 자연스레 받아들이게 됐다. 그들은 아버지에게 학교와 친구들과 새로 가입한 축구팀에 대해 신나게 들려주었다. 그는 눈앞에서 다투는 아이들을 중재했고, 말끝마다 칭찬을 덧붙였으며, 같이 집에 가자고 보채는 어린 형제를 달래주었다. 셀레나는 아이들을 데리고 그레이엄의 면회를 다녀온 적이 없었다. 아이들은 같이 가자고 졸랐지만 그건 그녀도, 그레이엄도 원하는 바가 아니었다. 적어도 아직은. 나중에 아이들이 좀 더 크면 달라질지 모르지만. 셀레나는 더 이상 전 남편 생각을 하지 않았다. 그와 말을 섞고 싶은 마음도 없었다. 그녀에게 그레이엄은 이미 죽은 것이나 다름없었다.

그녀는 가끔 그의 꿈을 꿀 때가 있었다. 꿈속에서 그레이엄은 그녀 위에 올라타 그녀의 목을 있는 힘껏 졸랐다. 그녀의 폐 안에서 모든 공기가 빠져나갈 때까지.

그녀는 아이들과 함께 살기 위해 2만 제곱미터 땅에 지은 외진 집을 마련했다. 곁에서 그녀를 물심양면으로 도와준 코라와 파울로의 집에서 얼마 떨어지지 않은 곳이었고, 그녀 언니의 집에서도 가까웠다. 참혹한 사건이 있은 후 그들의 관계는 눈에 띄게 돈독해졌다. 언니는 아이들을 성심껏 챙겨주었고, 셀레나 역시 조카들을 위해 헌신했다. 그 덕분에 올리버와 스티븐도 사촌들과 부쩍 친해졌다. 가족 모임은 늘 평화로운 분위기였다. 더 이상의 비밀도, 거짓말도 없었다.

셀레나는 아버지와의 관계를 완전히 끊어버렸다. 그녀 인생에는 크나큰 어둠을 끌어들여 가족을 고생시킨 아버지를 위한 공간이 없었다.

매물로 내놓은 그들의 다른 집은 한동안 팔리지 않았다. 살인자가 살았던 집에 기꺼이 들어와 살 사람은 아무도 없었다. 하지만 사람들의 기억은 오래가지 않았다. 그레이엄이 유죄 판결을 받고 나서 몇 달이 지나자 그들의 참혹한 사연은 대중의 의식 속에서 빠르게 바래져갔다. 결국 집은 시세에 조금 모자란 가격에 팔렸다. 셀레나는 박살 난 꿈의 유령들이 득실대는 곳을 벗어났다는 사실에 마냥 기쁠 뿐이었다.

그들이 이사한 집은 뉴욕 북부의 '더 할로스'라는 마을에 자리한 농가였다. 셀레나는 글을 쓰거나 아이들을 챙기지 않아도 되는 모든 시간을 1880년대에 지어진 집을 직접 수리하고 꾸미는 데 쏟아 부었다. 그건 그녀가 군이 그 집을 선택한 이유이기도 했다. 그녀에게는 자유 시간이 필요 없었다.

차 한 대가 진입로로 들어서는 소리가 들려왔다. 그녀는 작업 중이던 원고를 저장하고 아래층으로 내려갔다. 윌이 현관으로 들어서고 있었다. 그의 손에는 그녀가 가장 좋아하는 참나리 한 다발이 들려있었다.

그날 이후 그레이엄의 변호를 거부한 윌은 진영을 옮겨 셀레나를 성심껏 대리했다. 그레이엄은 또 다른 변호사를 고용해 재판에 임했다.

이제 셀레나와 윌은…… 가까운 친구로 지내고 있었다. 셀레나는 윌이 그 이상의 관계를 원한다는 걸 알고 있었다. 윌은 셀레나가 아직 마음을 충분히 추스르지 못했음을 알고 있었고. 그녀가 잃어버린 자신을 되찾기 위해서는 조금의 시간과 공간이 필요했다.

"이게 뭐야?" 셀레나가 꽃을 받아들며 물었다. 그녀는 그의 손을 꼭 잡고 그의 볼에 입을 맞추었다.

"이건⋯⋯." 윌이 입을 열었다. "그냥 분위기 좀 살려볼까 하고."

"고마워." 셀레나가 말했다. "나한테 너무 잘해주는 거 아니야, 윌?"

금요일이었다. 윌은 금요일마다 뜰에서 아이들과 놀아주었다. 그러고 나서는 피자를 시켜 먹으며 영화를 봤다. 가끔 마리솔과 그녀의 아이들이 함께하기도 했다. 가족과 함께 하는 즐거운 시간은 올리버와 스티븐의 조속한 치유에도 큰 도움이 됐다. 심리 치료사는 아이들이 건강하고 정상적인 방법으로 회복 중이라면서 시간이 약이라는 걸 재차 강조했다.

올리버는 종종 뚱하고 우울한 모습을 보였다. 스티븐이 성질을 부릴 때는 절박함이 느껴졌고. 셀레나는 아이들이 예전의 완전한 상태로 되돌아갈 수 있을지 궁금했다. 그들의 아버지가, 그리고 그녀의 아버지가 끌어들인 어둠에 아이들이 감염되면 어쩌나 걱정도 됐다. 그 못된 기운이 아이들의 DNA에까지 스며들까봐.

밤마다 그런 고민들이 셀레나의 잠을 앗아가 버렸다. 그녀는 비밀과 거짓말, 어두운 충동, 그리고 폭력적인 경향이 아이들에게까지 전염될까 두려웠다.

그녀와 윌은 식탁에 앉아 한동안 수다를 떨었다. 그녀의 책에 대해서, 그가 맡은 케이스에 대해서, 오늘 밤에는 또 어떤 영화를 볼지에 대해서. 윌은 자신이 아이들을 데려오겠다고 나섰다. 그러니 집에서 운동이나 하고 있으라면서. 아이들은 윌을 잘 따랐다. 그는 아이들 마음속 빈자리를 훌륭히 메워주었다. 그녀는 그런 좋은 친구가 곁에 있다는 사실에 감사했다. 물론 아쉬운 면도 있었지만 그의 정직하고 정중한 성품은 입이 닳도록 칭찬해도 부족했다. 파울로 역시 아이들에게 긍정적인 영향을 주었다. 아이들에게는 존경하고 우러러볼 남자가 둘이나 있는 셈이었다. 그녀는 아이들이 이토록 멋진 멘토들로부터 굳은 절개에서 우러나는 조용한 힘과 여자를 존중하는 마음을 배울 수 있기를 간절히 바랐다.

윌이 집을 나서자 셀레나는 위층으로 올라가 운동복과 운동화를 걸쳤다. 그런 다음, 집을 나와 시골길을 내달리기 시작했다. 바깥 공기는 따스했고, 하늘은 맑았다. 하루 종일 컴퓨터 앞에 앉아 원고와 씨름했던 그녀는 기분 좋은 리듬에 빠져들 때까지 분주히 다리를 놀렸다. 헤드폰에서 흘러나오는 커트 코베인의 거칠고 마성적인 목소리가 그녀의 흥을 돋워주었다. 그렇게 1마일쯤 달렸을 때 휴대폰이 울렸다. 그녀는 뛰는 속도를 줄이고 화면을 들여다보았다. 아이들 학교에 무슨 일이 생겼나?

도착한 문자 메시지는 윌이 아닌, 모르는 번호가 전송한 것이었다. 이런 메시지는 이번이 처음이 아니었다. 누구에게도 알리지 않았지만 그녀는 몇 달에 한 번씩 펄의 안부 메시지를 받아왔다. 메시지는 주로 그레이엄 관련 소식이 뉴스로 전해졌을 때 찾아들곤 했다. 그녀와 펄 사이에는 묘한, 하지만 진실한 연대감이 존재했다.

당신 생각을 많이 했어요. 난 나름 행복하게 지내고 있어요. 부디 당신도 그러기를.

셀레나는 그녀의 메시지에 반응한 적이 없었다. 이복동생이 자신의 답문자를 기대하지 않는다는 걸 알기에. 두 사람은 더 이상 돈독해질 수 없는 운명이었다. 펄은 흔적도 없이 사라져버렸다. 그녀는 사기, 갈취, 그리고 협박 혐의로 수배된 상태였다. 그녀와 제네바의 사기 수법에 피해를 본 사람은 한둘이 아니었다. 피해자 대부분은 남성이었고, 그들 대부분은 온갖 이유로 떳떳하지 못한 입장이었다. 셀레나는 펄의 연락을 받는 즉시 경찰에 알려야 했지만 그럴 마음이 없었다. 그녀의 마음 한구석에는 펄에 대해 감사하는 마음이 고여있었다. 그녀는 셀레나의 인생을 망쳐놓은 악인이었지만 그와 동시에 수렁에 빠진 셀레나의 인생을 구해준 은인이기도 했다. 그녀는 무언가를 앗아갔고, 그 대가로 무언가를 내주었다. 아무튼 그들의 관계는 미묘하고 복잡했다.

수감된 그레이엄의 사진을 봤어요. 아주 불행해 보이더라고요. 대체 그런 인간의 어디가 마음에 들어서 결혼까지 한 거예요?

셀레나의 입에서 피식 웃음이 터져 나왔다. 펄은 가끔 이렇게 익살맞을 때가 있었다. 메시지에서 슬픔과 고독이 묻어날 때도 있었지만. 그녀는 종종 무의미한 메시지를 남발하기도 했다. 휘발유 가격이 어떻다느니, 뉴스에 어떤 소식이 떴다느니 하면서. 이따금 분노를 잔

뚝 머금은 메시지가 날아들기도 했다. 그레이엄이 유죄 선고를 받은 날. **드디어 죗값을 받는군요. 이제 당신은 자유의 몸이에요.** 그녀는 셀레나가 집필 중인 책에 대해 아직 모르는 듯했다. 만약 참견하기 좋아하는 펄이 알았다면 분명 이런저런 의견을 개진해왔을 것이다. 재밌게도 펄은 메시지를 맺을 때마다 세상에 둘만 아는 조크를 예외 없이 덧붙였다.

셀레나는 회색 점들이 깜빡이는 걸 지켜보며 차분히 기다렸다.

참, 나, 마사예요.

기차에서 만났던.

감사의 말

모든 소설은 여정입니다. 기원, 생각, 순간에서부터 시작되죠. 글을 쓴다는 건 고독한 작업입니다. 아이디어가 한 권의 책으로 완성되기까지 조용한 진화를 거듭하게 되는데요, 그 과정에서 무수한 이들의 도움이 필요합니다.

제 경우, 모든 건 남편 제프리와 우리 딸 오션으로 시작해서 그들로 끝이 납니다. 사랑과 웃음으로 제 인생을 가득 채워주는 그들은 제게 늘 겸손의 미덕을 상기시키고, 끝없는 지지와 격려를 내어줍니다. 그들이 아니었으면 지금보다 훨씬 부족한 인간, 훨씬 부족한 작가였을 거예요.

에이전트 에이미 버코워와 그녀의 비서 메리디스 비겟, 그리고 라이터스 하우스의 뛰어난 팀은 글쓰기라는 드넓은 바다에서 길을 잃지 않도록 저를 잘 이끌어주었습니다. 그들의 지혜, 조직력, 열정, 그리고 헌신에 한없이 감사할 따름입니다.

담당 편집자 에리카 임란이에게 진심 어린 감사의 마음을 전합니다. 그녀의 인내심, 지혜, 지성, 그리고 애정 넘치는 가이드 덕분에 이

책이 빛을 볼 수 있게 됐습니다. 이런 유능한 편집자를 가까운 친구로 두고 있어 너무 행복해요. 마가렛 마버리 부사장님부터 탁월한 홍보 담당자 록샌 존스, 그리고 매의 눈을 가진 교열 담당자 제니퍼 스팀슨까지, 사려 깊고 성실하고 헌신적인 파크 로 북스의 모든 분들께도 감사 인사를 드립니다. 미술부의 남다른 비전과 제작부의 부당하게 간과된 노력, 그리고 두려움을 모르는 영업부의 기개도 결코 잊지 않겠습니다.

쉴 새 없이 제 자랑을 하고 다니며 책을 홍보해주는 가족과 친구들은 제게 크나큰 축복입니다. 제 부모님 조셉과 버지니아 미시온, 그리고 제 오빠 조는 어디서든 서점이 보일 때마다 진열대에서 제 책이 가장 돋보이도록 나름의 조치를 취해주셨습니다. 챔피언이자 좋은 친구인 에린 미첼과 헤더 미케셀은 제 원고를 가장 먼저 읽고 평가해주는 이성의 목소리들입니다. 그들이 읽어줘야만 비로소 집필 작업이 완전히 마무리됐다는 개운한 기분이 들어요.

독자가 없으면 작가는 아무것도 아닙니다. 따뜻하고 애정 넘치고 지지를 보내는 가족과 친구들, 그리고 의리로 똘똘 뭉친 오랜 팬들은 지역 행사 때마다 나타나 누구보다도 열심히 책을 홍보해주십니다. 먼 길도 마다치 않고 달려와 주시고, 제 책을 읽어주시고, 주변에 좋은 입소문을 내주시는 모든 분들께 진심으로 감사드립니다. 여러분의 도움이 제게 얼마나 큰 힘이 돼주는지 모르실 거예요.

이 책은 소설입니다. 하지만 모든 소설은 진실에 근간을 두고 있습니다. 그래서 제게도 사전 조사 작업이 무척 중요합니다. 마리아 코니코바의《컨피던스 게임The Confidence Game》은 직업 사기꾼의 머릿속을 들여다볼 수 있게 해주었습니다. 파멜라 마이어의《라이스포팅: 속임수를 간파하는 입증된 테크닉Liespotting: Proven Techniques to Detect Deception》, 그리고 그녀의 TED 강연은 사람들이 왜, 그리고 어떻게 거짓말을 하는지에 대해 깊이 이해할 수 있게 도와주었습니다. 하지만 소설이라는 명목 아래 저질러진 모든 실수와 오류의 책임은 전적으로 제게 있습니다.

옮기고 나서

길고 고된 일과를 마치고 통근열차에 몸을 실은 셀레나. 그녀는 옆 좌석의 낯선 이와 수다를 떨기 시작하고, 두 사람은 마치 무언가에 홀린 듯이 각자의 끔찍하고 치명적인 비밀을 서로에게 털어놓는다. 첫 챕터에서 독자는 이들의 우연한 만남이 가공할 재앙의 서막이라는 걸 어렵지 않게 짐작할 수 있다.

노련한 엉거는 결혼, 배신, 불륜 등 도메스틱 스릴러가 지겹도록 차용하는 소재들을 참신하고 놀라운 방식으로 풀어 간다. 무엇보다도 불륜이 초래한 압도적인 대재앙과 파괴적인 그 후폭풍을 매혹적인 설정과 휘몰아치는 플롯으로 승화시키는, 그리고 겉보기에 이질적인 서브플롯들과 도처에 도사리는 무수한 퍼즐들을 교묘히 연결 지어 하나의 큰 줄기로 엮어내는 능력은 가히 악마에 비할 만하다.

《7시 45분 열차에서의 고백》은 버림받은 것에 대한 분노가 어떻게 단죄 받아 마땅한 유죄인과 억울한 무죄인 양측 모두를 증오의 소용돌이 속으로 몰아갈 수 있는지를 몰입감 넘치는 스토리로 풀어낸 수작 도메스틱 스릴러다. 입체적으로 그려진 캐릭터들과 심도 있게

서술된 그들의 흥미롭고 애절한 사연, 여기에 적당량의 서스펜스와 충격 반전까지 완벽하게 버무려져 시니컬한 베테랑 독자마저도 엄지를 척 들 수밖에 없는 특급 스릴러가 탄생했다.

거장, 알프레드 히치콕 감독의 〈열차 안의 낯선 자들〉을 연상시키는 매혹적인 서막부터 브레이크 없이 폭주하는 클라이맥스까지, 《7시 45분 열차에서의 고백》은 도메스틱 스릴러의 홍수 속에서 권태감을 느껴온 독자들에게 모처럼의 반가운 선물이 될 것이라 믿어 의심치 않는다.

기획 단계부터 번역, 제작, 출간에 이르기까지 전폭적인 지원과 격려를 아끼지 않아주신 황금시간 편집부 여러분께 거듭 감사의 마음을 전한다.

최필원

7시 45분 열차에서의 고백

지은이 리사 엉거
옮긴이 최필원
펴낸이 정규도
펴낸곳 황금시간

초판 1쇄 발행 2023년 2월 28일

편집총괄 권명희
편집 채수영
디자인 정은경디자인

황금시간
Golden Time

주소 경기도 파주시 문발로 211
전화 (02)736-2031(내선 360)
팩스 (02)738-1713
인스타그램 @goldentimebook

출판등록 제406-2007-00002호
공급처 (주)다락원
구입 문의 전화 (02)736-2031(내선 250~252)
　　　　　 팩스 (02)732-2037

값 16,500원
ISBN 979-11-91602-37-1 03840